# GUSTAVE FLAUBERT

# Madame Bovary

# I

Nous étions à l'étude quand le proviseur entra, suivi d'un *nouveau* habillé en bourgeois et d'un garçon de classe qui portait un grand pupitre. Ceux qui dormaient se reveillèrent, et chacun se leva, comme surpris dans son travail.

Le proviseur nous fit signe de nous rasseoir; puis, se tournant vers le maître d'études :

— Monsieur Roger, lui dit-il à mi-voix, voici un elève que je vous recommande, il entre en cinquième. Si son travail et sa conduite sont méritoires, il passera dans les *grands*, où son âge l'appelle.

Resté dans l'angle, derrière la porte, si bien qu'on l'apercevait à peine, le *nouveau* était un gars de la campagne, d'une quinzaine d'années environ, et plus haut de taille qu'aucun de nous tous. Il avait les cheveux coupés droits sur le front, comme un chantre de village, l'air raisonnable et fort embarrassé. Quoiqu'il ne fût pas large des épaules, son habit-veste de drap vert à boutons noirs devait le gêner aux entournures et laissait voir, par la fente des parements, des poignets rouges habitués à être nus. Ses jambes, en bas bleux, sortaient d'un pantalon jaunâtre très tiré par les bretelles. Il était chaussé de souliers forts, mal cirés, garnis de clous.

On commença la récitation des leçons. Il les écouta de toutes ses

oreilles, attentif comme au sermon, n'osant même croiser les cuisses, n'y s'ap-
puyer sur le coude, et, à deux heures, quand la cloche sonna, le maître d'étu
des fut obligé de l'avertir, pourqu'il se mit avec nous dans les rangs.

Nous avions l'habitude, en entrant en classe, de jeter nos casquettes par terre, afin d'avoir ensuite nos mains plus libres ; il fallait, dés le seuil de la porte, les lancer sous le banc, de façon à frapper contre la murail
le, en faisant beaucoup de poussière : c'était là le *genre*.

Mais, soit qu'il n'eût pas remarquer cette manoeuvre ou qu'il n'eût osé s'y soumettre, la prière était finie que le nouveau tenait encore sa casquette sur ses deux genoux. C'était une de ces coiffures d'or-
dre composite, où l'on retrouve les éléments du bonnet à poils, du chapska, du chapeau rond, de la casquette de loutre et du bonnet de coton, une de ces pauvres choses, enfin, dont la laideur muette a des profondeurs d'expression comme le visage d'un imbécile. Ovoïde et renflée de baleines, elle commençait par trois boudins circulaires ; puis s'alternaient, séparés par une bande rouge, des losanges de ve-
lours et de poil de lapin ; venait ensuite une façon de sac qui se ter
minait par un polygone cartonné, couvert d'une broderie en soutache compliquée, et d'où pendait, au bout d'un long cordon trop mince, un petit croisillon de fils d'or, en manière de gland. Elle était neuve ; la visière brillait.

— Levez-vous, dit le professeur.

Il se leva ; sa casquette tomba. Toute la classe se mit à rire.

Il se baissa pour la reprendre. Un voisin la fit tomber d'un coup de coude, il la ramassa encore une fois.

— Debarrassez-vous donc de votre casque, dit le professeur qui était un homme d'esprit.

Il y eut un rire éclatant des écoliers qui décontenança le pauvre garçon, si bien qu'il ne savait s'il fallait garder sa casquette à la main, la laisser par terre ou la mettre sur sa tête. Il se rassit et la posa sur ses genoux.

— Levez-vous, reprit le professeur et dites-moi votre nom.

Le *nouveau* articula, d'une voix bredouillante, un nom inintelligible.

— Répétez !

Le même bredouillement de syllabes se fit entendre, couvert par les huées de la classe.

— Plus haut ! cria le maître, plus haut !

Le *nouveau*, prenant alors une résolution extrême, ouvrit une bouche demesurée et lança à pleins poumons, comme pour appeler quelqu'un, ce mot : CHARBOVARY.

Ce fut un vacarme qui s'élança d'un bond, monta en *crescendo*, avec des éclats de voix aigus (on hurlait, on aboyait, on trépignait, on repétait : CHARBOVARY ! CHARBOVARY ! ), puis, qui roula en notes isolées, se calmant à grand'peine, et parfois qui reprenait tout à coup sur la ligne d'un banc où saillissait encore çà et là, comme un pétard mal éteint, quelque rire étouffé.

Cependant, sous la pluie des pensums, l'ordre peu à peu se rétablit dans la classe, et le professeur parvenu à saisir le nom de Charles Bovary, se l'étant fait dicter, épeler et relire, commanda tout de suite au pauvre diable d'aller s'asseoir sur le banc de paresse, au pied de la chaire. Il se mit en mouvement, mais avant de partir hésita.

— Que cherchez-vous ? demanda le professeur.

— Ma cas..., fit timidement le nouveau, promenant autour de lui des regards inquiets.

— Cinq cents vers à toute la classe ! exclamé d'une voix furieuse, arrêta comme le *Quos Ego*, une bourrasque nouvelle — Restez donc tranquilles ! continuait le professeur indigné, et s'essuyant le front avec son mouchoir qu'il venait de prendre dans sa toque — Quant à vous, le *nouveau*, vous me copierez vingt fois le verbe *ridiculus sum*.

Puis, d'une voix plus douce :

— Eh ! vous la retrouverez, votre casquette ; on ne vous l'a pas volée !

Tout reprit son calme. Les têtes se courbèrent sur les cartons, et le *nouveau* resta pendant deux heures dans une tenue exemplaire, quoiqu'il y eût bien, de temps à autre, quelque boulette de papier lancée d'un bec de plume qui vint s'éclabousser sur sa figure. Mais il s'essuyait la main, et demeurait immobile, les yeux fermés.

Le soir, à l'étude, il tira ses bouts de manches de son pupitre, mit en ordre ses petites affaires, régla soigneusement son papier. Nous le vîmes qui travaillait en conscience, cherchant tous les mots dans le dictionnaire et se donnant beaucoup de mal. Grâce, sans doute, à cette bonne volonté, dont il fit preuve, il ne dut pas descendre dans la classe inférieure ; car, s'il savait passablement ses règles, il n'avait guère d'élégance dans les tournures. C'était le curé de son village, qui lui avait commencé le latin, ses parents, par économie, ne l'ayant envoyé au collège que le plus tard possible.

Son père, M. Charles-Denis-Bartholomé Bovary, ancien aide-chirurgien-major, compromis vers 1812, dans les affaires de conscription, et forcé, vers cette époque, de quitter le service, avait alors profité de ses avantages personnels pour saisir au passage une dot de soixante mil le francs qui s'offrait en la fille d'un marchand bonnetier, devenue amoureuse de sa tournure. Bel homme, hâbleur, faisant sonner haut ses éperons, portant des favoris rejoints aux moustaches, les doigts toujours garnis de bagues et habillé de couleurs voyantes, il avait l'aspect d'un brave, avec l'entrain facile d'un commis voyageur. Une fois marié, il vécut deux ou trois ans sur la fortune de sa femme, dînant bien, se levant tard, fumant dans de grandes pipes en porcelaine, ne rentrant le soir qu'après le spectacle, et fréquentant les cafés. Le beau-père mourut et laissa peu de choses. ; il en fut indigné, se lança dans la « fabrique », y perdit quelque argent, puis se retira dans la campagne où il voulut "faire valoir". Mais, comme il ne s'entendait guère plus en culture qu'en indienne, qu'il montait ses chevaux au lieu de les envoyer au labour, buvait son cidre en bouteilles au lieu de le vendre en barriques, mangeait les plus belles volailles de sa cour et graissait ses souliers de chasse avec le lard de ses cochons il ne tarda point à s'apercevoir qu'il valait mieux planter là toute spéculation.

Moyennant deux cents francs par an, il trouva donc à louer dans un village, sur les confins du pays de Caux et de la Picardie, une sorte de logis moitié ferme, moitié maison de maître; et, chagrin, rongé de regrets, accusant le ciel, jaloux contre tout le monde, il s'enferma, dès l'âge de quarante-cinq ans, dégoûté des hommes, disait-il, et décidé à vivre en paix.

Sa femme avait été folle de lui autrefois; elle l'avait aimé avec mille servilités qui l'avaient détaché d'elle encore davantage. Enjouée jadis, expansive et tout aimante, elle était, en vieillissant, devenue (à la façon du vin éventé qui se tourne en vinaigre) d'humeur dificile, piaillarde, nerveuse. Elle avait tant souffert sans se plaindre, d'abord, quand elle le voyait courir après toutes les gotons de village et que vingt mauvais lieux le lui renvoyaient le soir blasé et puant l'ivresse! Puis l'orgueil s'était révolté. Alors elle s'était tue, avalant sa rage dans un stoïcisme muet, qu'elle garda jusqu'à sa mort. Elle était sans cesse en courses, en affaires. Elle allait chez les avoués, chez le président, se rappelait l'échéance des billets, obtenait des retards; et, à la maison, repassait, cousait, blanchissait, surveillait les ouvriers, soldait les mémoires, tandis que, sans s'inquiéter de rien, Monsieur, continuellement engourdi dans une somnolence boudeuse dont il ne se réveillait que pour lui dire des choses désobligeantes, restait à fumer au coin du feu, en crachant dans les cendres.

Quand elle eut un enfant, il le fallut mettre en nourrice. Rentré chez eux, le marmot fut gâté comme un prince. Sa mère le nourrissait de confitures ; son père le laissait courir sans souliers, et, pour faire le philosophe, disait même qu'il pouvait bien aller tout nu, comme les enfants des bêtes. A l'encontre des tendances maternelles, il avait en tête un certain idéal viril de l'enfance, d'après lequel il tâchait de former son fils, voulant qu'on l'élevât durement, à la spartiate, pour lui faire une bonne constitution. Il l'envoyait se coucher sans feu, lui apprenait à boire de grands coups de rhum et à insulter les processions. Mais naturellement paisible, le petit répondait mal à ses efforts. Sa mère le traînait toujours après elle ; elle lui découpait des cartons, lui racontait des histoires, s'entretenait avec lui dans des monologues sans fin, pleins de gaîtés mélancoliques et de chatteries babillardes. Dans l'isolement de sa vie, elle reporta sur cette tête d'enfant, toutes ses vanités éparses, brisées. Elle rêvait de hautes positions, elle le voyait déjà grand, beau, spirituel, établi, dans les ponts et les chaussées ou dans la magistrature. Elle lui apprit à lire, et même lui enseigna, sur un vieux piano qu'elle avait, à chanter deux ou trois petites romances. Mais à tout cela, M. Bovary, peu soucieux des lettres, disait que ce *n'était pas la peine*. Auraient-ils jamais de quoi l'entretenir dans les écoles du gouvernement, lui acheter une charge ou un fonds de commerce ? D'ailleurs, « avec du toupet, un homme réussit toujours dans le monde ». Madame Bovary se mordait les lèvres, et l'enfant vagabondait dans le village.

Il suivait les laboureurs, et chassait, à coups de mottes de terre, les corbeaux qui s'envolaient. Il mangeait des mûres le long des fossés gardait les dindons avec une gaule, fanait à la moisson, courait dans le bois, jouait à la marelle sous le porche de l'église, les jours de pluie, et, aux grandes fêtes, suppliait le bedeau de lui laisser sonner les cloches, pour se pendre de tout son corps à la grande corde et se sentir emporter par elle dans sa volée.

Aussi poussa-t-il comme un chêne. Il acquit de fortes mains, de belles couleurs. A douze ans, sa mère obtint que l'on commençât ses études. On en chargea le curé. Mais les leçons étaient si courtes et si mal suivies, qu'elles ne pouvaient servir à grand'chose. C'était aux moments perdus qu'elles se donnaient, dans la sacristie, debout, à la hâte, entre un baptême et un enterrement ; ou bien le curé envoyait chercher son élève après l'Angelus, quand il n'avait pas à sortir. On montait dans sa chambre, on s'installait. Les moucherons et les papillons de nuit tournoyaient autour de la chandelle. Il faisait chaud, l'enfant s'endormait ; et le bonhomme, s'assoupissant, les mains sur son ventre, ne tardait pas à ronfler, la bouche ouverte. D'autres fois, quand M. le curé, revenant de porter le viatique à quelque malade des environs, apercevait Charles qui polissonnait dans la campagne, il l'appelait, le sermonait un quart d'heure, et profitait de l'occasion pour lui faire conjuguer son verbe au pied d'un arbre. La pluie venait les interrompre, ou une connaissance qui passait. Du reste, il était toujours content de lui, disait même que *le jeune homme* avait de la mémoire.

Charles ne pouvait en rester là. Madame fut energique. Honteux, ou fatigué plutôt, Monsieur céda sans resistance et l'on attendit encore un an que le gamin eût fait sa première communion.

Six mois se passèrent encore ; et, l'année d'aprés, Charles fut définitivement envoyé au collége de Rouen, où son pére l'amena lui-même, vers la fin d'octobre, à l'époque de la foire de Saint-Romain.

Il serait maintenant impossible à aucun de nous de se rien rappeler de lui. C'était un garçon de tempérament moderé, qui jouait aux récreations, travaillait à l'étude, écoutant en classe, dormant bien au dortoir, mangeant bien au refectoire. Il avait pour correspondant un quincaillier en gros de la rue Ganterie, qui le faisait sortir une fois par mois, le dimanche, aprés que sa boutique était fermée, l'envoyait se promener sur le port à regarder les bateaux, puis le ramenait au collége dés sept heures, avant le souper. Le soir de chaque jeudi, il ecrivait une longue lettre à sa mére, avec de l'encre rouge et trois pains à cacheter ; puis il repassait ses cahiers d'histoire, ou bien il lisait un vieux volume d'Anacharsis qui traînait dans l'étude. En promenade, il causait avec le domestique, qui était de la campagne comme lui.

A force de s'appliquer, il se maintint toujours vers le milieu de la classe ; une fois même, il gagna un 1er accessit d'histoire naturelle. Mais à la fin de sa troisiéme, ses parents le retirérent du collége.

pour lui faire étudier la médecine, persuadés qu'il pourrait se pousser seul jusqu'au baccalauréat.

Sa mère lui choisit une chambre, au quatrième, sur l'Eau-de-Robec, chez un teinturier de sa connaissance. Elle conclut les arrangements pour sa pension, se procura des meubles, une table et deux chaises, fit venir de chez elle un vieux lit en merisier, et acheta de plus un petit poêle en fonte, avec la provision de bois qui devait chauffer son pauvre enfant. Puis elle partit au bout de la semaine après mille recommandations de se bien conduire, maintenant qu'il allait être abandonné à lui-même.

Le programme des cours, qu'il lût sur l'affiche, lui fit un effet d'étourdissement: cours d'anatomie, cours de pathologie, cours de physiologie, cours de pharmacie, cours de chimie, et de botannique, et de clinique, et de thérapeutique, sans compter l'hygiène ni la matière médicale, tous les noms dont il ignorait les étymologies et qui étaient comme autant de portes de sanctuaires, pleins d'augustes tenèbres.

Il n'y comprendit rien; il avait beau écouter, il ne saisissait pas. Il travaillait pourtant, il avait des cahiers reliés, il suivait tous les cours, il ne perdait pas une seule visite. Il accomplissait sa petite tâche quotidienne à la manière du cheval de manège, qui tourne en place les yeux bandés, ignorant de la besogne qu'il broie.

Pour lui épargner de la dépense, sa mère lui envoyait chaque semaine, par le messager, un morceau de veau cuit au four, avec quoi il déjeunait le matin, quand il était rentré de l'hôpital, tout en battant la semelle contre le mur. Ensuite, il fallait courir aux leçons, à l'amphithéâtre, à l'hospice, et revenir chez lui à travers toutes les rues. Le soir, après le maigre dîner de son propriétaire, il remontait à sa chambre et se remettait au travail, dans ses habits mouillés qui fûmaient sur son corps, devant le poêle rougi.

Dans les beaux soirs d'été, à l'heure où les rues tièdes sont vides, quand les servantes jouent au volant sur le seuil des portes, il ouvrait sa fenêtre et s'accoudait. La rivière, qui fait de ce quartier de Rouen, comme une ignoble petite Venise, coulait en bas, sous lui, jaune, violette ou bleue entre ses ponts et ses grilles. Des ouvriers, accroupis au bord, lavaient leurs bras dans l'eau. Sur des perches partant du haut des greniers, des écheveaux de coton séchaient à l'air. En face, au de-là des toits le grand ciel pur s'étendait, avec le soleil rouge se couchant. Qu'il devait faire bon là-bas ! Quelle fraîcheur sous la hêtraie ! Et il ouvrait les narines pour aspirer les bonnes odeurs de la campagne, qui ne venaient pas jusqu'à lui.

Il maigrit, sa taille s'allongea, et sa figure prit une sorte d'expression dolente qui la rendit presque interessante. Naturellement, par nonchalance, il en vint à se délier de toutes les résolutions qu'il s'était faites. Une fois, il manqua le cours, le lendemain la visite, et, savourant la paresse, peu à peu n'y retourna plus.

Il prit l'habitude du cabaret, avec la passion des dominos. S'enfermer chaque soir dans un sale appartement public, pour y taper sur des tables de marbre de petits os de mouton marqués de points noirs, lui semblait un acte précieux de sa liberté, qui le rehaussait d'estime vis-à-vis de lui-même. C'était comme l'initiation du monde, l'accès des plaisirs defendus ; et en entrant, il posait la main sur le bouton de la porte avec une joie presque sensuelle. Alors, beaucoup de choses comprimées enlui se dilatèrent ; il apprit par coeur des couplets qu'il chantait aux bienvenues, s'ensthousiasma pour Béranger, sut faire du punch et connut enfin l'amour.

Grâce à ces travaux preparatoires, il échoua complètement à son examen d'officier de santé. On l'attendait le soir même à la maison pour fêter son succès !

Il partit à pied et s'arrêta vers l'entrée du village, où il fit demander samère, lui conta tout. Elle l'excusa, rejetant l'échec sur l'injustice des examinateurs, et le raffermit un peu, se chargeant d'arranger les choses. Cinq ans plus tard seulement M. Bovary connut la vérité ; elle était vieille, il l'accepta, ne pouvant d'ailleurs supposer qu'un homme issu de lui fût un sot.

Charles se remit donc au travail et prepara sans discontinuer les matières de son examen, dont il apprit d'avance toutes les questions par coeur. Il fut reçu avec une assez bonne note. Quel beau jour pour sa mère ! On donna un grand dîner.

Où irait-il exercer son art ? A Tostes. Il n'y avait là qu'un vieux médecin. Depuis longtemps, Mme Bovary guettait sa mort, et le bonhomme n'avait point encore plié bagage, que Charles était installé en face comme son successeur.

Mais ce n'était pas tout que d'avoir elevé un fils, de lui avoir appris la médecine et découvert Tostes pour l'exercer : il lui fallait une femme. Elle lui en trouva une : la veuve d'un huissier de Dieppe, qui avait quarante cinq ans et douze cents livres de rente.

Quoiqu'elle fût laide, sèche comme un cotret, et bourgeonnée comme un printemps, certes Mme Dubuc ne manquait pas de partis à choisir. Pour arriver à ses fin, la mère de Bovary fut obligée de les evincer tous, et elle déjoua même fort habilement les intrigues d'un charcutier qui était soutenu par les prêtres.

Charles avait entrevu dans le mariage l'avénement d'une condition meilleure, imaginant qu'il serait plus libre et pourrait disposer de sa personne et de son argent. Mais sa femme fut le maître ; il devait devant le monde dire ceci, ne pas dire cela, faire maigre tous les vendredis, s'habiller comme elle l'entendait, harceler par son ordre les clients qui ne payaient pas. Elle décachetait ses lettres, épiait ses démarches, et l'écoutait, à travers la cloison, donner ses consultations dans son cabinet, quand il y avait des femmes.

Il lui fallait son chocolat tous les matins, des égards à n'en plus finir. Elle se plaignait sans cesse de ses nerfs, de sa poitrine, de ses humeurs. Le bruit des pas lui faisait mal ; on s'en allait, la solitude lui devenait odieuse ; revenait-on près d'elle, c'était pour la voir mourir, sans doute. Le soir, quand Charles rentrait, elle sortait de dessous ses draps ses longs bras maigres, les lui passait autour du cou, et, l'ayant fait asseoir au bord du lit, se mettait à lui parler de ses chagrins ; il l'oubliait, il en aimait une autre ! On lui avait dit qu'elle serait malheureuse ; et elle finissait en lui demandant quelque sirop pour sa santé et un peu plus d'amour.

# II

UNE nuit, vers onze heures, ils furent reveillés par le bruit d'un cheval qui s'arrêta juste à la porte. La bonne ouvrit la lucarne du grenier et parlementa quelques temps avec un homme resté en bas, dans la rue. Nastasie descendit les marches en grelottant et alla ouvrir la serrure et les verrous, l'un après l'autre. L'homme venait chercher le médecin; il avait une lettre. Il laissa son cheval, et, suivant la bonne, entra tout à coup derrière elle. Il tira de dedans son bonnet de laine à houppes grises une lettre enveloppée dans un chiffon, et la présenta délicatement à Charles, qui s'accouda sur l'oreiller pour la lire. Nastasie, près du lit, tendit la lumière : Madame, par pudeur, restait tournée vers la ruelle et montrait le dos.

Cette lettre, cachetée d'un petit cachet de cire bleue, suppliait M. Bovary de se rendre immédiatement à la ferme des Bertaux, pour remettre une jambe cassée. Or, il y a, de Tostes aux Bertaux, six bonnes lieues de traverse, en passant par Longueville et Saint-Victor. La nuit était noire, Mme. Bovary jeune redoutait les accidents pour son mari. Donc, il fut décidé que le valet d'écurie prendrait les devants. Charles partirait trois heures plus tard, au lever de la lune. On enverrait un gamin à sa rencontre, afin de lui montrer le chemin de la ferme et d'ouvrir les clôtures devant lui.

Vers quatre heures du matin, Charles bien enveloppé dans son manteau se mit en route pour les Bertaux. Encore endormi par la chaleur du sommeil, il se laissait bercer au trot pacifique de sa bête. Quand elle s'arrêtait d'elle-même devant ces troncs entourés d'épines que l'on creuse au bord des sillons, Charles, se reveillant en sursaut, se rappelait vite la jambe cassée, et il tâchait de se remettre en mémoires toutes les fâctures qu'il savait. La pluie ne tombait plus: le jour commencait à venir, et, sur les branches des pommiers sans fleurs ni sans feuilles, des petits oiseaux se tenaient immobiles, hérissant leurs petites plumes au vent froid du matin. La plate campagne s'étalait à perte de vue, et les bouquets d'arbres autour des fermes faisaient, à intervalles éloignés, des taches d'un violet noir sur cette grande surface grise, qui se perdait à l'horizon dans le ton morne du ciel. Charles, de temps en temps, ouvrait les yeux ; puis, son esprit se fatiguant et le sommeil revenant de soi-même, bientôt, il entrait dans une sorte d'assoupissement où, ses sensations récentes se confondant avec des souvenirs, lui-même se percevait double, à la fois étudiant et marié, couché dans son lit, comme tout à l'heure, traversant une salle d'opérés comme autrefois. L'odeur chaude des cataplasmes se mêlait dans sa tête à la verte odeur de la rosée ; il entendait rouler sur leur tringle les anneaux de fer des lits et sa femme dormir... Comme il passait par Vassonville, il apercut, au bord d'un fossé un jeune garçon assis sur l'herbe.

— Etes-vous le médecin ? demanda l'enfant.

Mr. LHEUREUX
MARCHAND
D'ETOFFES

Lion d'or

Y. Mathieu St Laurent
51

# 마담 보바리

귀스타브 플로베르 지음　이브 생로랑 그림　방미경 옮김

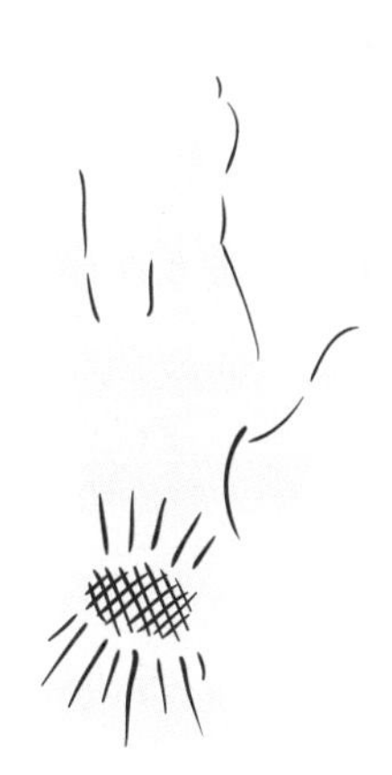

피에르 베르제-이브 생로랑 재단 부회장,
막심 카트루의 서문 포함

북레시피

*Madame Bovary*
Dessins de jeunesse d'Yves Saint Laurent
by Gustave Flaubert
First published by Editions Gallimard, Paris

# 서문

1857년 출간된 『마담 보바리』와 오랑의 성심중학교 학생이 그린 그림 사이에는 한 세기가 조금 넘는 세월이 가로놓여 있다. 1951년, 이브 마티외 생로랑은 열다섯 살이다. 어쩌면 그는 수업 시간에 플로베르의 소설을 공부하는지도 모른다. 한 해 전, 1950년 5월 6일 토요일에 이 사춘기 소년은 루이 주베가 연출한 〈아내들의 학교〉 초연을 본다. 크리스티앙 베라르의 무대가 그의 마음을 사로잡는다. "원근법으로 그린 도시…… 광장. 정원. 연보라색 하늘을 배경으로 그린 별 무리 같은 샹들리에들. 여기는 어디인가? 정확히 어느 한 시대를 상기시키는 역사적인 세부 사항은 아무것도 없다. 다 암시만 되어 있을 뿐이다. 하지만 여기는 17세기, 팔레 루아얄 정원, 파리다."*

이 소설의 앞부분에 모아놓은 근사한 그림들은 어떤 스타일의 탄생을 말해주고 있다. 생로랑은 1장 전체와 2장 첫 부분을 힘들여 필사하고 삽화를 그려놓았는데, 필사본은 그가 얼마나 공들여 글씨를 썼는지, 또한 얼마나 열정적이고 독창적인 성향을 지니고 있는지 보여준다. 이렇게 하나의 스타일이 탄생하고, 그것은 지배력과 재능에 대한 생로랑의 강렬한 욕망으로 인해 더 발전해간다. 이 그림들을 보면 그가 모직물 드레스, "연한 주황색에 초록이 섞인 방울술 장미꽃 다발 세 개로 더 돋보이는" 드레스와 보비에사르 무도회의 손님들이 하는 우아한 카드 게임, 엠마 보바리가 자작과 함께 춘 왈츠를 눈앞에 그리고 꿈꾸면서 보낸 시간을 짐작할 수 있다.

* 로랑스 베나엥, 『이브 생로랑, 전기』, 그라세, 2002, p. 22.

그의 그림 속에 많이 나오는 이 무도회 장면은 전쟁 기간 어린 이브 생로랑이 처음 보게 된 어떤 황홀한 장면과 공명한다. 살아 움직이는 그림과 같은 그 추억을 그는 정밀한 시선으로, 세부 묘사에 대한 뛰어난 감각으로, 마법처럼 멋진 모습으로 그려낸다. "우리가 있는 곳은 오랑 근처 시골이었다. 아버지는 없었고 어머니는 가출 비슷하게 집 밖으로 나가 미군 기지에서 열린 무도회에 갔다. 우리, 아이들은 하녀들과 함께 몰래 어머니를 따라갔다. 우리는 엄마가 춤추는 모습을 보고 싶었다. 창문들이 높아 하녀 하나가 나를 붙들어 올려주었고 나는 무도회장에서 어머니를 발견할 수 있었다. 그녀는 검은색 크레이프 드레스를 입고 있었다. 각이 진 소매에 가슴 부분이 뾰족하게 파이고 무릎 위까지 오는 드레스였다. 그녀는 데이지와 수레국화, 개양귀비를 묶어 꽃다발을 들었고, 목걸이 대신 하얀색 플라스틱 십자가가 달린 검은색 벨벳 리본을 목에 두르고 있었다. 정말 황홀하게 아름다웠다."*

이브 생로랑에게 의상이란, 엠마 보바리의 드레스든 그의 어머니의 것이든, 어떤 성격을 그려내는 것이다. 문학은 그에게 온갖 기질과 성향을 담은 장난감 세트이고 관습의 제복이다. 보바리 부인을 파산과 종말로 몰아넣는 옷감 상인 뢰뢰('행복'이라는 뜻이 내포되어 있다—역주) 씨의 성은 참으로 아이로니컬하다. 보바리 부인은 언제나 이브 생로랑에게 "오늘날에도 한 세기 전과 동일한 여자들의 절망적인 혼란 상태를"** 떠올리게 할 것이다. 그가 여자들에게 바치는 찬미, 해방을 위한 그들의 투쟁에 바치는 찬미는 여기에 이미 다 드러나 있다. 그리고 그 역시 평생 그 투쟁을 이어나갈 것이다.

피난처로서의 책, 숭배의 대상으로서의 책인 『마담 보바리』는 이브 생로랑

* 이본 바비와의 대담, '뉴욕 메트로폴리탄에서의 이브 생로랑. 예술가의 초상', 《르몽드》, 1983년 12월 8일자.

** 카트린 드뇌브와의 대담, 《글로브》, 1986년 5월 1일.

의 상상의 세계를 여는 열쇠들 가운데 하나이며 또한 피에르 베르제가 플로베르에게 바치는 숭배의 중심에 놓여 있다. 피에르 베르제가 자신의 엄청난 서가에서 매우 자랑스럽게 꼽는 것이 플로베르의 작품 구상 초안들과 『마담 보바리』의 초판본이다.

구아슈로 가볍게 하이라이트를 하고 검은색 잉크로 그린 그림들, 만화책과 삽화 위주 잡지를 구독하는 사춘기 소년의 열정을 전해주는 이 그림들을 다시 한번 들여다보자. 그의 여주인공은 가슴을 드러내고 있고, 이마가 넓고 마스카라를 붙였으며 거의 핀업걸처럼 보인다. 그에게 열리는 세상의 즐거움, 답답한 지방 생활에서 벗어난 '또 다른' 삶의 즐거움, 그리고 이제 곧 정복될 자유도 보인다. "우리는 아주 유쾌한 가족이었다. 그러나 우리 집에는 즐거움도 있었지만 내 그림, 무대, 의상, 연극으로 내가 만들어내는 세상이 있었다. 반면, 가톨릭 학교에서의 삶은 시련으로 가득했고 그 속에서 나는 몽상에 빠져 있거나 늘 생각에 잠겨 있었다. 그것은 수줍음이 많은 나를 내치는 세상이자 동급생들이 나를 비웃고 겁주고 때리는 세상이었다. [……] 파리의 정복에 뛰어들겠다는 확고한 의지와 더 높은 곳에 도달하리라는 굳은 의지가 뿌리내린 것이 그 시절이었다. 머릿속으로 나는 동급생들을 향해 말하곤 했다. 나는 너희들에게 복수할 거다, 너희들은 아무것도 아닌 존재일 거고 나는 모든 것이 될 것이다."*

문학과 이상에 미칠 듯이 매혹된 존재가 아니면 누가 이렇게 천진한 자기 마음을 고백하겠는가?

막심 카트루

피에르 베르제-이브 생로랑 재단 부회장

* 이본 바비와의 대담, *op. cit.*

마리 앙투안 쥘 세나르에게

파리 변호사회 회원
전 국회의장
전 내무부 장관

저명하신, 친애하는 변호사님께,

이 책 머리에, 헌사보다도 위에 당신의 이름을 적는 것을 허락하여주십시오. 이 책이 출판되는 것은 무엇보다도 당신 덕분이기 때문입니다. 당신의 훌륭한 변론을 통하여 저 자신에게도 제 작품은 뜻하지 않은 믿음과 기대를 얻게 되었습니다. 그리하여 여기에 감사의 마음을 표하오니 받아주시기 바랍니다. 아무리 감사를 드려도 당신의 웅변과 정성에는 결코 미치지 못할 것입니다.

귀스타브 플로베르
1857년 4월 12일, 파리.

루이 부이에에게

○ 본문의 각주는 역주임.

# 차례

# * 1부 *

# 1

우리가 자습실에 있는데 교장 선생님이 들어오고 뒤이어 사복 차림의 *새로 온 아이*와 큰 책상을 든 사환이 따라 들어왔다. 자고 있던 애들은 퍼뜩 깨어나, 한창 공부하는 중이었던 양 자리에서 벌떡 일어났다.

교장 선생님은 우리에게 앉으라는 손짓을 하고는 자습 선생님을 향해 나직하게 말했다.

"로제 선생님, 이 학생이 5학년으로 들어왔는데 좀 맡아주세요. 학업이나 품행이 괜찮으면 나중에 자기 나이에 맞게 *상급반*으로 가게 하고요."

교실 문 뒤 모퉁이에 있어서 잘 보이지도 않는 그 *새로 온 아이*는 한 열댓 살쯤 돼 보이고 키는 우리보다 더 큰 시골 아이였다. 마을 성가대원처럼 앞머리를 똑바로 자른 데다 조신한 모습인데 엄청 쑥스러워하고 있었다. 어깨가 넓지 않은데도 까만 단추가 달린 초록색 모직 재킷의 소매 진동 부분이 불편한 것 같았고 커프스 아래로 평소 장갑을 끼지 않아 불그레한 손목이 보였다. 누르스름한 바지는 멜빵을 너무 바짝 조여 위로 들려 있는데 그 아래로 푸른색 긴 양말을 신은 두 다리가 드러나 있었다. 그리고 제대로 광택을 내지 못한 징이 박힌 견고한 구두를 신고 있었다.

다 같이 수업 내용을 낭송하기 시작했다. 그는 다리를 꼬거나 턱을 괴거나 하는 것은 엄두도 내지 못하고 마치 설교를 듣듯 온 신경을 집중하여 낭송 소리를 듣고 있었고, 그래서 두 시에 종이 울렸을 때는 자습 선생님이 우리와 같이 줄을 서라고 일깨워줘야만 했다.

우리는 교실에 들어가면서 모자를 바닥에 던져 손에 걸리적거리는 것이 없게 하는 버릇이 있었다. 교실 문턱에서부터 벌써 모자를 긴 의자 밑으로 내던져서 벽에 탁 부딪혀 먼지가 확 일게끔 해야 했다. 그것이 멋이었다.

그러나 *새로 온 아이*는 이렇게 하는 것을 알아차리지 못했는지 아니면 따라 할 엄두가 나지 않았는지 기도가 다 끝나도록 모자를 무릎에 붙들고 있었다. 그것은 깃 달린 근위병 모자와 제2제정 시대 창기병 모자, 둥근 모자, 챙 달린 수달피 모자, 면 비니 모자의 요소들이 다 섞여 있는, 그러니까 소리 없는 그 추한 형상이 멍청한 인간의 얼굴처럼 깊이를 가늠 못 할 무언가를 드러내 보여주는 그런 초라한 물건이었다. 밑에 받침살이 들어가 부풀려진 그 타원형 모자는 먼저 둥근 띠 세 개가 빙 둘러 있고 그 위로 빨간색 줄을 경계로 벨벳 마름모와 토끼털 마름모가 번갈아 이어졌다. 그다음에는 자루 같은 것이 나오고 마지막 부분은 밑에 판지를 받쳐 빳빳한 다각형 모양에다 복잡하게 장식줄이 엮인 자수로 덮여 있었는데, 거기에서부터 아주 가늘고 긴 줄이 늘어진 다음 맨 끝에 작은 금빛 십자가가 일종의 술 같은 것으로 달려 있었다. 모자는 새것이었고 챙이 반짝반짝 빛났다.

"일어나세요." 선생님이 말했다.

그가 자리에서 일어났고 모자가 떨어졌다. 교실 전체에 웃음이 터졌다.

모자를 주우려고 그가 몸을 숙였다. 옆자리 아이가 팔꿈치로 툭 쳐서 모자가 떨어졌고, 그는 다시 한번 주워들었다.

"아 그 투구는 좀 저리 치워요." 위트 있는 분이었던 선생님이 말했다.

아이들이 요란하게 웃어대자 그 가여운 소년은 너무 당황해서 모자를 손에 그대로 들고 있어야 할지, 바닥에 내려놓아야 할지, 아니면 머리에 써야 할지 알 수가 없었다. 그는 자리에 앉아서 모자를 무릎 위에 올려놓았다.

"일어나서 이름을 말해보세요." 선생님이 다시 말했다.

*새로 온 아이*는 웅얼웅얼하는 소리로 알아듣지도 못하게 자기 이름을 말했다.

"다시 말해봐요."

반 아이들의 야유 소리 속에서 아까와 똑같이 몇 음절을 웅얼거리는 소리가 들려왔다.

"더 크게! 더 크게!" 선생님이 소리쳤다.

*새로 온 아이*는 그러자 최후의 결의를 다지고서 입을 어마어마하게 벌리고는 마치 누구를 부르기라도 하듯 *샤르보바리*, 이 단어를 있는 힘껏 외쳤다.

당장 야단법석 난리가 일어났고, 날카로운 목소리로(우리는 아우성을 치고, 짖어대고, 발을 쾅쾅 구르고, *샤르보바리! 샤르보바리!* 하며 계속 외쳐댔다) 점점 더 크게 소리를 질러대다가, 겨우 진정이 좀 되면서 드문드문 소란이 이어졌는데, 가끔씩 어떤 줄의 여기저기에서 채 꺼지지 않은 폭죽처럼 참았던 웃음이 튀어나오면 갑자기 소동이 다시 시작되곤 했다.

그러나 벌로 숙제가 쏟아지자 교실에 조금씩 질서가 잡혀갔고, 선생님은 그에게 이름을 똑바로 발음하게 해서 받아적은 다음, 철자를 하나하나 불러보게 하고, 다시 한번 읽어보게 하여 마침내 샤를 보바리라는 이름을 알아내기에 이르렀으며, 그러고는 곧바로 그 가여운 녀석에게 교탁 아래 열등생들이 앉는 긴 의자에 가서 앉으라고 지시했다. 그는 앞으로 나가려다 말고 우물쭈물했다.

"뭘 찾아요?" 선생님이 물었다.

"제 모……." 불안한 시선으로 두리번거리며 *새로 온 아이*가 주눅이 든 채 말했다.

또다시 소동이 일어났는데, 선생님이 화난 목소리로 "전원 시구 오백 줄 숙제"라는 말을 외치자 마치 Quos ego*처럼 소란이 뚝 그쳤다. 화가 난 선생님이 다시 "모두 조용히 해요."라고 하고는 모자에서 손수건을 꺼내 이마를 닦으면서 말했다. "새로 온 학생은 ridiculus sum** 동사를 스무 번 써와요."

그러고는 좀 더 부드러운 목소리로 말했다.

"그리고 그 모자 어디 안 가요. 누가 안 훔쳐 갔어요."

모두 평정을 되찾았다. 다들 필기판에 고개를 숙이고 있었고, 둥글게 뭉친 종이가 펜촉에 튕겨 날아와 얼굴을 때리곤 해도 *새로 온 아이*는 두 시간 동안 모범적인 자세로 앉아 있었다. 다만 손으로 얼굴을 문질렀을 뿐, 눈을 내리깐 채 그대로 가만히 있었다.

저녁때 자습실에서 그는 책상 속 토시를 꺼내 끼고는 자기 물건들을 정리하고 정성스레 종이에 줄을 그었다. 우리는 그가 모든 단어를 전부 사전에서 찾아가며 정말로 열심히 공부하는 것을 보았다. 아마도 그런 열의를 보여준 덕분에 하급반으로 내려가지 않았을 것이다. 왜냐하면 그는 문법은 그런대로 알고 있었지만 우아한 문장은 거의 사용하지 못했기 때문이다. 부모님이 돈을 아끼려고 가능한 한 늦게 학교에 보냈기 때문에 처음 그에게 라틴어를 가르쳐 주었던 사람은 마을의 신부였다.

그의 아버지 샤를-드니-바르톨로메 보바리 씨, 전직 군의관 보조로 1812년 징병 관련 사건에 연루되어 그 무렵 군을 떠나야만 했던 이 사람은, 뛰어난 외모를 이용해 한 양품류 판매인의 딸을 사랑에 빠지게 했고, 그렇게 해서 그녀에게 딸린 지참금 육만 프랑을 어쩌다가 손에 쥐게 되었다. 미남에 허풍선이, 박차 소리를 크게 내고 다니며 콧수염에 이어진 구레나룻을 기르고, 늘 여

* 베르길리우스의 『아에네이스』에서 넵튠이 당장 바람을 멈추라고 호통치는 대목에 나오는 라틴어 표현. "내가 너희들을……"에 해당하는 말로 동사가 생략된 채 협박의 의미를 지닌다.

** '나는 우스꽝스럽다'를 뜻하는 라틴어.

러 손가락에 반지를 끼고 화려한 색깔 옷을 입고 다니는 그는 영업사원처럼 붙임성 있게 활달한 데다 허세 가득한 호인이었다. 일단 결혼을 하고 나자 그는 잘 먹고, 늦게야 일어나고, 자기로 된 커다란 파이프 담배를 피우고, 저녁이면 공연이 끝나고 나서야 집에 들어오고, 카페들을 들락거리면서 이삼 년을 아내 돈으로 먹고살았다. 장인이 세상을 떠났는데 남긴 게 거의 없는 것을 알고 머리끝까지 화가 난 그는 *제조업*에 뛰어들었다가 돈을 잃고 시골로 내려가 땅을 *개척해*보려 했다. 하지만 그는 사라사 제조업만큼이나 농사일에 대해서도 아는 게 없는 데다가 말들을 일은 안 시키고 자기가 타고 다니고, 능금주를 통으로 판매하는 대신 자기가 병으로 다 마셔버리고, 마당에서 제일 튼실한 닭들만 잡아먹고, 농장의 돼지에서 나온 라드는 자기 구두 광내는 데 다 써버렸기 때문에, 자기가 뭘 해보려는 생각은 아예 하지도 않는 게 낫다는 것을 깨닫는 데 그리 오래 걸리지 않았다.

그래서 그는 피카르디와 코 지역 경계에 있는 마을에서 반은 농가, 반은 자택에 해당하는 집을 빌려 일 년에 이백 프랑으로 세를 들었다. 그러고는 침울한 심정으로 회한에 시달리며 하늘을 원망하고 모든 사람을 시기하다가, 마흔다섯 살이 되고부터는 사람들에게 진저리가 나서 이제 조용히 살기로 했다며 집 안에 틀어박히게 되었다.

예전에 그의 아내는 그에게 미쳐 있었다. 그를 너무도 사랑해서 뭐든 시키는 대로 다 했는데 그럴수록 그는 그녀에게서 더 멀어졌다. 전에는 명랑하고 외향적이며 정이 많던 그녀가 나이 들어가면서 (포도주가 김이 빠져 식초로 변해 가듯이) 성미가 까다로워졌고 노상 투덜댔으며 신경질적이 되었다. 처음에 그녀는 남편이 마을의 온갖 창녀들 뒤를 따라다니고, 수많은 흉한 곳을 돌아다니다가 저녁에 술 냄새를 풍기며 멍한 상태로 집에 들어오곤 할 때, 아무런 불평도 없이 속으로만 너무나 괴로워했다. 그러다가 자존심이 들고일어났다. 그때부터 그녀는 입을 꾹 다물고 분노를 속에서 다스리며 죽을 때까지 드러내지 않았다. 그녀는 끊임없이 뛰어다니고 일을 처리했다. 그녀가 소송대리인들과 재판장을 찾아가고, 어음들의 지불 만기일을 기억해 기한 연장을 얻어내고, 집에서는 다림질에 바느질, 빨래 등을 하고, 일꾼들을 감독하고, 계산서들을 처리하는 동안 주인 나리는 아무 근심 걱정 없이 노상 반쯤 잠든 듯 멍하니 뿌루퉁해 있다가 잠깐 정신이 들면 그녀에게 싫은 소리만 해댔고, 재 속에 침을 뱉어가며 불가에서 담배나 피웠다.

아이가 태어나자 그녀는 유모에게 아이를 맡겨야 했다. 나중에 아이가 집에 돌아왔을 때는 애지중지 왕자처럼 키웠다. 어머니는 잼을 실컷 먹였고, 아버지는 아이가 맨발로 뛰어다니게 두면서 자기가 무슨 철학자이기나 한 듯 짐승 새끼들처럼 벌거벗고 다녀도 된다고 말하기까지 했다. 어머니의 성향과는 반대로 그는 머릿속에 유년기에 대한 남성적인 이상을 품고 그 이상에 따라 자기 아들을 훈육하려 애썼고, 아이를 스파르타식으로 엄하게 키워서 튼튼한 체질을 만들어주려 했다. 불도 때지 않은 방에 아이를 재운다거나 럼주를 벌컥벌컥 들이켜라 시키고, 성당 제의 행렬에 욕설을 하라고 가르쳤다. 하지만 타고나기를 원래 조용한 그 아이는 아버지의 노력에 잘 부응하지 못했다. 어머니가 항상 아이를 뒤에 달고 다니면서 두꺼운 종이를 오려주기도 하고, 이야기도 들려주고, 우수가 깃든 유머와 감미로운 속살거림으로 가득한 독백을 끝도 없이 이어가며 아이와 이야기를 나누곤 했다.

고립된 삶 속에서 그녀는 흩어지고 부서진 자신의 허영심을 이 어린아이의 머리에 쏟아부었다. 높은 지위를 꿈꾸었고, 토목이나 법조계에 들어간 아들의 모습, 큰 키에 잘생기고 재기발랄하며 안정된 지위를 얻은 그런 모습을 벌써 눈앞에 그려보았다. 그녀는 아이에게 읽는 법을 가르쳤고, 집에 있는 오래된 피아노에 맞춰 짧은 사랑 노래 두세 곡을 가르쳐 부르게까지 했다. 하지만 문예에는 관심도 없는 보바리 씨는 이 모든 것에 대해 다 *필요 없는 짓!*이라고 말했다. 아이를 공립학교에 보내 학비를 대주고, 무슨 직책이나 가게를 마련해줄 만한 무엇이 그들에게 있기나 한가? 더구나 *배짱만 있으면 남자는 언제나 세상에서 성공할 수 있는 법.* 보바리 부인은 입술을 깨물었고 아이는 하릴없이 그저 마을을 어슬렁거리고 다녔다.

아이는 농부들을 따라다니고, 흙덩이를 던져 까마귀들을 쫓아 날아가게 했다. 도랑을 따라 오디를 따먹고, 장대로 칠면조를 지키고, 햇곡식이 날 무렵 건초를 만들고, 숲속을 달리고, 비가 오는 날에는 성당 입구에서 사방치기 놀이를 하고, 큰 축제 날에는 성당지기에게 자기가 종을 치게 해달라고 졸라서 굵은 밧줄에 온몸을 싣고 공중에 날아오르는 느낌을 누렸다.

그래서 그는 떡갈나무처럼 자라났다. 튼튼한 손, 근사한 피부색을 가지게 되었다.

그가 열두 살이 되자 어머니는 기어이 아이가 공부를 시작할 수 있게 만들었다. 신부에게 그 일을 맡겼다. 하지만 수업 시간이 너무 짧고 아이가 잘 따라가지 못해서 수업을 해봐야 별 소용이 없었다. 영세식과 장례식 사이의 빈 시간, 그냥 선 채로 바삐 서두르며 제의실에서 하는 수업이었다. 그렇지 않으면 신부가 밖에 나갈 일이 없을 때 *삼종기*도 후 자기 학생을 불러오게 했다. 신부의 방으로 올라가 자리를 잡으면 날벌레와 나방들이 촛불 둘레를 맴돌았다. 날씨가 무더웠고 아이는 잠이 들어버리곤 했다. 그러면 그 선량한 양반도 배 위에 손을 얹고 졸다가 금세 입을 벌린 채 코를 고는 것이었다. 어떤 때는 인근의 환자에게 종부성사를 해주고 돌아오다가 들판에서 장난을 치고 있는 샤를을 발견하고는 그를 불러 십오 분간 설교를 하고 난 뒤 그 김에 나무 아래에서 동사변화를 말해보라고 시키기도 했다. 비가 와서 멈추기도 하고 아는 사람이 지나가서 멈추기도 했다. 하여간 신부는 언제나 그에 대해 흡족해했고, 이 *청년*이 기억력이 좋다고 말하기까지 했다.

샤를이 여기서 그치도록 그냥 둘 수는 없었다. 부인은 아주 강력했다. 남편은 창피해서, 아니 그보다는 피곤해서 반대 없이 그냥 물러섰는데, 그러고 나서도 아이가 첫영성체를 받을 때까지 일 년을 더 기다렸다.

다시 여섯 달이 더 지났다. 그리고 그다음 해, 샤를은 루앙의 중학교에 입학이 확정되어 시월 말 무렵 생로맹 장이 서는 때 아버지가 직접 그를 데리고 갔다.

지금은 우리 중 누구도 그에 대해 어떤 것도 기억해내지 못할 것이다. 이제 그는 쉬는 시간에는 놀고, 자습실에서는 공부하고, 교실에서는 수업을 열심히 듣고, 기숙사에서는 잘 자고, 식당에서는 잘 먹는 온순한 성격의 소년이었다. 그는 강트리 가의 한 철물 도매상인을 연락책으로 두었는데, 이 사람이 한 달에 한 번 일요일에 가게 문을 닫은 후 그를 데리고 나가 항구에서 배들을 구경하며 다니게 하다가 일곱 시가 되면 바로 저녁 식사 전에 다시 학교로 데려오곤 했다. 목요일 저녁이면 그는 어머니에게 붉은색 잉크로 긴 편지를 써서 봉함용 풀로 세 군데를 봉했다. 그런 다음 역사 공책들을 펴고 복습을 하거나 아니면 자습실에 굴러다니는 낡은『아나카르시스』를 읽거나 했다. 산책로에서는 자기처럼 시골 출신인 학교 소사와 이야기를 나누기도 했다.

열심히 공부에 매진한 덕에 그는 늘 반에서 중간 정도를 유지했다. 심지어 한번은 자연사 과목에서 차석상을 받기까지 했다. 하지만 3학년이 끝나자 부모님은 그가 대학입학 자격시험까지 혼자 해나갈 수 있다고 확신했기 때문에 의학 공부를 시킨다며 그를 학교에서 빼냈다.

그의 어머니는 오드로벡에 있는, 평소 알고 지내던 세탁소 주인집 오층에 방을 하나 얻어주었다. 그녀는 하숙 조건을 정하고, 책상 하나와 의자 두 개를 사고, 집에서 오래된 자작나무 침대를 가져오게 하고, 또 이 안쓰러운 아들을 따뜻하게 해줄 땔나무와 작은 주철제 난로를 하나 샀다. 그러고 나서 일주일 후에 그녀는 이제 아무도 없이 혼자 남게 되는 것이니 바르게 행동해야 한다며 수도 없이 그에게 일러주고 떠났다.

게시판에 있는 강의 프로그램을 읽어보다가 그는 정신이 멍해졌다. 위생이

나 약물은 차치하고 해부학, 병리학, 생리학, 약학, 화학, 거기다 식물학, 또 임상학에 치료학 등 어원이 뭔지도 전혀 모르겠는 이 모든 이름들, 하나하나 모두 엄숙한 어둠으로 가득한 성소 같은 이름들이었다.

그는 아무것도 이해하지 못했다. 아무리 열심히 들어도 무슨 말인지 알 수가 없었다. 그래도 그는 공부를 했고, 공책들을 제본해 묶어두었고, 모든 강의를 다 들었고, 회진도 단 한 번 놓치지 않았다. 연자방아를 돌리는 말이 눈은 가려지고, 자기가 무엇을 빻고 있는지도 모르는 채 한군데서 빙빙 도는 것처럼 그는 그저 하루의 소소한 일과를 해나갔다.

돈을 덜 쓰게 해주려고 어머니가 매주 심부름꾼 편에 구운 송아지 고기를 보내면, 그는 오전에 병원에서 돌아와 발로 벽을 톡톡 치며 점심으로 그것을 먹었다. 그러고 나서는 수업이 있는 교실로, 계단식 강의실로, 무료 치료소로 달려가야 했고, 온갖 길들을 다 거쳐 집으로 돌아오곤 했다. 저녁이면 집주인이 내주는 빈약한 식사를 마치고 나서 자기 방으로 올라가, 붉게 달아오른 난로 앞에 앉아 김이 피어오르는 축축한 옷을 입은 채 다시 공부를 시작했다.

날씨가 좋은 여름날 저녁, 훈훈한 거리가 텅 비는 시간, 하녀들이 문간에서 깃털공 치기 놀이를 할 때면 그는 창문을 열고 창가에 팔꿈치를 괴었다. 저 아래로 강물이 다리와 철책 들을 지나 노란색, 보라색, 또는 푸른색으로 흘러가는 것을 보니, 루앙의 이 동네가 꼭 볼썽사나운 작은 베니스 같았다. 일꾼들이 강가에 쭈그려 앉아 강물에 팔을 씻고 있었다. 다락방 지붕들에서 튀어나온 긴 막대들 위에서는 면 실타래들이 바람에 마르고 있었다. 지붕들 너머로 파란 하늘이 드넓게 펼쳐지고 기울어가는 붉은 해가 보였다. 저기는 틀림없이 참 좋겠지! 너도밤나무 아래는 얼마나 시원할까! 이런 생각을 하면서 그는 콧구멍을 벌려 들판의 좋은 냄새를 들이마셔보지만 냄새는 그에게까지 미치지 않았다.

그는 살이 빠지고 키가 커졌으며, 표정에는 뭐랄까 애처로운 분위기 같은 게 실려 거의 관심을 끌기까지 하는 얼굴이 되었다.

그는 어느덧 스르르 무기력해져서 마음속에 다졌던 결심들을 점점 다 내려놓기에 이르렀다. 한번은 회진을 빼먹었고 다음 날에는 수업을 빼먹었으며, 그렇게 점점 게으름을 즐기다가 아예 수업에 가지 않게 되어버렸다.

그는 도미노에 미쳐서 카바레를 드나들었다. 일반인에게 공개된 더러운 방에 저녁마다 틀어박혀서 검은 점들이 찍힌 작은 앙 뼈 조각들로 대리석 탁자를 치는 일이 그에게는 자유를 행사하는 멋진 행위 같았고, 그렇게 자신을 높이 평가하는 느낌이 들자 자기가 한결 우월해지는 것만 같았다. 그것은 마치 세상에 입문하는 일, 금지된 쾌락을 접하는 일 같았다. 그래서 그는 그 방에 들어갈 때 거의 관능적인 쾌감을 느끼며 문손잡이에 손을 올려놓곤 했다. 그 시기, 그의 안에 억눌려 있던 많은 것들이 터져 나왔다. 그는 노래들을 외워서 만나는 여자들에게 불러주었고 베랑제에 열광했으며 펀치를 만들 줄도 알았고 마침내 사랑을 알게 되었다.

이렇게 인생 공부를 한 덕분에 그는 학위 없이 의료 행위를 하는 의사 시험에 완전히 실패했다. 그날 저녁 집에서는 합격을 축하하기 위해 그를 기다리고 있었다.

그는 걸어서 길을 떠나 마을 입구에 이르러 멈춰 섰다. 그리고 어머니를 불러달라고 해서는 사실대로 다 말했다. 어머니는 시험관들이 공정하지 못했기 때문에 떨어진 거라며 괜찮다고 했고, 자기가 다 알아서 할 테니 기운을 내라며 격려도 좀 했다. 오 년이 흐른 뒤에야 보바리 씨는 그 사실을 알게 되었다. 오래된 지난 일이었고, 게다가 자기에게서 나온 아이가 멍청이라고 생각할 수는 없는 노릇이었기에 그는 그냥 받아들였다.

그래서 샤를은 다시 공부를 시작했고, 쉬지 않고 시험 과목들에 대한 준비를 해서 질문들을 미리 다 외워버렸다. 그는 그럭저럭 괜찮은 점수로 합격을 했다. 어머니에게는 그 얼마나 좋은 날이었겠는가! 대단한 저녁상이 차려졌다.

그가 어디에 가서 의술을 시행할 것인가? 토트에서. 그곳에는 늙은 의사 한 명밖에 없었다. 오래전부터 보바리 부인은 그 사람이 언제 죽나 지켜보고 있었는데, 그 양반이 짐을 쌀 생각을 하기도 전에 벌써 샤를이 가서 후임으로 맞은편에 자리를 잡았다.

하지만 아들을 키우고, 의학 공부를 시키고, 의사 일을 할 곳으로 토트를 찾아낸 것으로 다 끝난 것이 아니었다. 그에게 아내가 필요했다. 어머니는 그에게 아내도 찾아주었다. 디에프에서 법원의 집행관을 했던 사람과 사별한 과부, 마흔다섯 살에 천이백 리브르의 연금을 받는 여자였다.

그 여자, 뒤뷔크 부인은 못생긴 데다 나무토막처럼 뻣뻣하고 청춘인 양 여드름투성이이긴 했지만 여기저기 고를 만한 혼처가 없지는 않았다. 목표에 도달하기 위해 어머니 보바리는 그 혼처들을 모두 몰아내야만 했는데, 신부들의 지원을 받는 돈육제품 가게 주인의 책략을 아주 노련하게 좌절시키기까지 했다.

샤를은 결혼을 하면 더 자유로워질 것이고, 자기 생각대로 행동하고 돈도 마음대로 쓸 수 있으리라 생각했기 때문에 이 결혼이 좀 더 나은 상황을 가져올 것이라 짐작했다. 그러나 아내가 주인이었다. 그는 사람들 앞에서는 이렇게 말해야 하고, 이 말은 하면 안 되고, 금요일에는 육식을 금하고, 그녀의 의도대로 옷을 입어야 하고, 치료비를 내지 않은 고객들에게 그녀의 명에 따라 독촉을 해야 했다. 그녀는 그의 편지들을 뜯어보고, 행동을 감시하고, 진료실에 여자들이 와 있으면 그가 진찰하는 말을 칸막이 너머로 엿들었다.

그녀는 매일 아침 코코아 한 잔이 꼭 있어야 했고, 항상 누가 신경 써서 자기를 살펴주어야만 했다. 끊임없이 그녀는 신경이 곤두서고, 가슴이 아프고, 기분이 안 좋다며 투덜댔다. 사람들 발소리가 괴롭다고 했다. 사람이 옆에 없으면 끔찍하게 외롭다고 했고, 그래서 다시 오면 아마도 자기가 죽었나 보러 온 것일 거라고 했다. 저녁때 샤를이 집에 돌아오면 그녀는 이불 밑에서 비쩍 마른 긴 팔을 들어 그의 목에 두르고 그를 침대 가에 앉히고는 마음이 괴롭다는 말을 주절대기 시작했다. 그가 그녀를 소홀히 한다, 다른 여자를 좋아하고 있다, 그녀가 불행해질 거라고 사람들이 그랬었다, 그렇게 주절대고 나서야 그녀는 건강 때문에 먹는 시럽을 좀 가져다 달라고 하고, 자기를 좀 더 사랑해달라고 하면서 말을 끝냈다.

# 2

어느 날 밤 열한 시쯤 그들은 집 바로 앞에서 말이 멈춰 서는 소리에 잠에서 깼다. 하녀가 다락방 창문을 열고 저 아래 길에 서 있는 남자와 뭐라고 한참 이야기를 했다. 그 남자는 의사를 찾아왔다고 했다. 가져온 편지가 있었다. *나스타지*는 떨면서 계단을 내려가 자물쇠를 따고 빗장을 열었다. 남자는 말을 문 앞에 두고 하녀를 따라 들어왔다. 그러고는 하녀의 등 뒤에서 쓱 나타나더니 회색 술이 달린 털모자에서 천으로 싼 편지 하나를 꺼내 조심스럽게 샤를에게 내밀었다. 그는 팔꿈치를 베개에 괴고 편지를 읽었다. 나스타지는 침대 옆에서 등불을 들고 서 있었다. 부인은 모습을 드러내지 않으려고 벽 쪽으로 돌아누워 있었다.

파란 밀랍으로 조그맣게 봉인된 그 편지는 보바리 씨가 얼른 베르토의 농장으로 와서 부러진 다리를 고쳐주기를 간청하고 있었다. 그런데 토트에서 베르토까지는 롱그빌과 생빅토르를 거쳐 지름길로 가도 족히 이십사 킬로미터는 되는 거리였다. 캄캄한 밤이었다. 보바리 부인은 남편에게 사고가 일어날까 두려워했다. 그래서 마부가 먼저 가기로 이야기가 되었다. 샤를은 세 시간 뒤 달이 뜰 때 떠날 것이었다. 남자아이 하나를 마중 내보내 그에게 농장으로 가는 길을 일러주고 앞장서서 출입문을 열어주도록 할 거라고 했다.

새벽 네 시 무렵 샤를은 외투를 든든하게 껴입고 베르토로 가는 길에 올랐다. 그는 아직도 따스한 잠 속에 파묻힌 채, 자기 말이 딸가닥딸가닥 걷는 평온한 발걸음에 몸을 싣고 흔들거리며 가고 있었다. 밭고랑 가에다 구덩이를 파고 가시나무를 둘러놓은 곳들이 나타나면 말이 저 혼자 우뚝 멈춰 섰는데, 그러면 샤를은 퍼뜩 잠에서 깨어나 부러진 다리를 기억해냈고, 자기가 아는 온갖 골절상들을 머릿속에 다시 떠올려보려 애썼다. 이제 비는 오지 않았다. 날이 밝아오기 시작했고, 잎을 다 떨군 사과나무 가지들 위로 새들이 미동도 없이 차가운 아침 바람에 작은 깃털을 곤두세우고 앉아 있었다. 평평한 들판이 끝도 없이 펼쳐져 있고, 농장들을 둘러싼 작은 숲들은 우중충한 하늘을 배경으로 지평선 너머까지 펼쳐진 저 광대한 잿빛 표면 위에서 드문드문 박힌 어두운 보랏빛 점처럼 보였다. 샤를은 가끔씩 눈을 떴다가 다시 정신이 혼미해지고 졸음이 밀려오면서 금세 반쯤 잠든 상태가 되어버렸는데, 그 속에서 그는 얼마 전 느꼈던 감각들이 예전의 추억들과 섞이면서 자신이 학생인 동시에 결혼한 사람이고, 조금 전처럼 침대에 누워 있는데 또 동시에 옛날처럼 수술 환자들 방을 지나가기도 하는 이중의 존재로 느껴지는 것이었다. 찜질약의 따스한 향이 머릿속에서 아침 이슬의 싱그러운 향과 뒤섞였다. 침대 위 커튼봉에서 쇠고리들이 미끄러지는 소리가 들리고 아내가 잠을 자는 소리가 들리고…… 바송빌을 지나가는데 남자아이 하나가 도랑가 풀밭에 앉아 있는 것이 보였다.

"의사 선생님이세요?" 하고 아이가 물었다.

샤를이 그렇다고 하자 아이는 나막신을 들고 앞장서서 달리기 시작했다.

농장으로 가면서 길잡이 아이의 말을 들어보니 루오 씨는 아주 잘 사는 부농인 모양이었다. 전날 저녁 이웃집에서 *갈레트에서 왕 뽑기*를 하고 돌아오는 길에 다리를 부러뜨렸다고 했다. 부인은 이 년 전에 세상을 떠났다. 그에게는 집안일을 돕고 있는 *따님* 하나밖에 없었다.

마차 바퀴 자국이 더 깊게 파였다. 베르토에 다가서고 있었다. 그러자 그 꼬마가 울타리 구멍으로 쏙 들어가 사라지더니 잠시 후 마당 끝으로 와서 출입문을 열었다. 젖은 풀잎에 말이 미끄러졌다. 샤를은 몸을 숙여 나뭇가지 아래를 지나갔다. 개집에 묶인 집 지키는 개들이 목줄을 잡아당기며 짖어댔다. 그의 말이 베르토 농장으로 들어서다가 겁을 집어먹고 멀찍이 물러섰다.

외관이 훌륭한 좋은 농장이었다. 마구간에는 열린 문들 너머로 새 여물통에서 편안하게 먹이를 먹고 있는 커다란 경작용 말들이 보였다. 건물들을 따라 퇴비가 넓게 펼쳐져 김이 오르고, 코 지방 가금 사육장에서는 보기 드문 화려한 공작새 대여섯 마리가 암탉과 칠면조들 가운데서 모이를 쪼아 먹고 있었다. 길쭉한 양우리, 벽면이 사람 손처럼 매끄러운 높은 헛간도 보였다. 곳간 밑에는 큰 수레 두 대와 쟁기 네 개, 거기에 따른 채찍, 목걸이 등 부속품 일체가 같이 놓였는데 곳간에서 떨어지는 먼지에 파란색 양털 부분이 더러워져 있었다. 오르막으로 경사진 마당에 나무들이 대칭으로 간격을 두고 서 있고, 연못 옆 거위 떼 소리가 즐겁게 꽥꽥 울렸다.

삼단 주름치마로 된 푸른색 양모 드레스를 입은 젊은 여자가 집 문간에서 나와 보바리 씨를 맞았고, 화덕에 불이 활활 타고 있는 부엌으로 안내했다. 화덕 주변으로 크기가 제각각인 작은 냄비들 속에서 사람들의 아침 식사가 끓고 있었다. 벽난로 안쪽에는 축축한 옷들을 걸어 말렸다. 부삽, 부집게, 풀무 주둥이 모두 크기가 엄청난 데다 윤기 나게 닦은 쇠처럼 반짝거렸고, 벽을 따라 죽 걸린 수많은 주방 도구들 위로 창유리에서 들어온 새벽 첫 햇살과 화덕의 밝은 불길이 섞여 어른거렸다.

샤를은 환자를 보러 이층으로 올라갔다. 수면모자는 멀리 내팽개치고 이불 속에서 땀을 흘리며 누워 있는 환자가 보였다. 흰 피부에 푸른 눈, 앞머리가 벗어지고 귀걸이를 한, 키가 작고 뚱뚱한 쉰 살 남자였다. 그는 브랜디가 담긴 커다란 물병을 옆 의자에 놔두고 가끔 기운을 내려고 따라 마시곤 했다. 그런데 의사를 보자마자 격앙됐던 기운이 순식간에 뚝 떨어지면서, 열두 시간 전부터 내내 퍼붓던 욕설을 그치고는 가냘프게 앓는 소리를 내기 시작했다.

아무런 합병증도 없는 단순한 골절이었다. 이보다 더 쉬운 경우는 샤를이 바랄 수도 없었을 것이다. 예전 선생님들이 환자들 침대 옆에서 어떻게 행동했었는지 떠올려보면서 그는 온갖 종류의 좋은 말들로 이 환자의 기운을 북돋아주었다. 메스에 기름을 바르듯 말로 어루만져주는 외과 처치였다. 부목이 있어야 해서 누가 수레 창고에 판자 더미를 가지러 갔다 왔다. 샤를이 그중 하나를 골라 몇 토막으로 자른 다음 유리 조각으로 매끄럽게 다듬는 동안 하녀는 시트를 찢어 붕대를 만들었고 엠마 양은 작은 쿠션을 만들려고 했다. 엠마가 반짇고리를 한참이나 찾고 있으니 아버지가 짜증을 냈다. 딸은 아무 대답도 하지 않았다. 그러다가 바느질을 하면서 그녀는 여러 번 바늘에 손가락을 찔렸고 그때마다 입에 대고 빨곤 했다.

샤를은 그녀의 새하얀 손톱을 보고 너무 놀랐다. 끝이 뾰족한 그 손톱은 윤기가 흐르고 갸름하게 다듬어져 디에프 상아보다 더 매끈했다. 하지만 손이 아름다운 건 아니었는데 좀 밋밋하다고 할까, 손마디가 약간 투박했다. 또 손이 너무 길기도 했고 윤곽선이 나긋나긋하지 못했다. 그녀에게서 아름다움을 발견할 수 있는 곳은 눈이었다. 갈색 눈이었는데 눈썹 때문에 검은색같이 보였고, 천진하면서도 당돌하게 상대방을 똑바로 응시하는 눈이었다.

처치가 끝나자 루오 씨가 나서서 *간단히 식사*라도 하고 가라고 의사에게 권했다.

샤를은 일층 거실로 내려갔다. 은 술잔과 식기 두 벌이 작은 탁자에 차려져 있었다. 탁자는 집 모양 지붕이 달린 큰 침대 발치에 놓여 있었는데 그 위로 터키 사람들 모습이 새겨진 사라사 천이 드리워져 있었다. 창문 맞은편의 높은 떡갈나무 장롱에서 아이리스 향과 눅눅한 시트 냄새가 풍겨왔다. 바닥에는 모서리마다 나란히 밀 포대들이 세워져 있었다. 돌계단 세 개 위 높이에 있는 바로 옆 곳간에 다 집어넣지 못하고 남은 것이었다. 습기 탓에 생긴 초석으로 초록색 벽 페인트칠이 갈라져 일어났고, 벽 한가운데에 미네르바의 얼굴이 그려진 황금빛 액자가 장식으로 걸려 있는데, 검은색 연필로 그린 그 그림 밑에 '사랑하는 아빠에게'라는 글자가 고딕체로 쓰여 있었다.

처음에는 환자 이야기, 그다음에는 날씨 이야기, 너무 춥다는 이야기, 밤이면 들판을 달린다는 늑대 이야기 들이 오갔다. 루오 양은 시골 생활이 별로 즐겁지 않았다. 농장 살림을 거의 혼자 맡아서 하고 있는 요즘은 특히나 더 그랬다. 거실이 쌀쌀한 탓에 그녀는 음식을 먹으며 오들오들 떨었는데, 그럴 때 도톰한 입술이 살짝 드러났고, 그러다가 말없이 가만히 있을 때면 입술을 잘근잘근 씹곤 했다.

아래로 접힌 흰 옷깃 위로 그녀의 목이 드러나 있었다. 앞가르마를 탄 검은 머리카락은 너무나 매끄러워서 가르마 양쪽이 마치 하나의 단면처럼 보였고, 머리 한가운데에 난 가느다란 가르마는 두개골의 곡선을 따라 살그머니 사라졌다. 귀 끝만 살짝 드러내고 뒤로 넘긴 머리카락은 관자놀이 쪽에서 빙그르르 돌아 머리 뒤에 커다랗게 틀어 올린 머리채와 합쳐졌는데, 시골 의사는 그런 머리를 태어나서 처음 보았다. 그녀의 두 뺨은 장밋빛이었다. 그리고 남자처럼 외알박이 뿔테 안경을 드레스 몸통 부분의 양쪽 단추에 걸어놓고 있었다.

샤를이 이층의 루오 씨에게 인사를 하고 내려와 떠나기 전에 다시 거실에 들어섰을 때, 그녀가 창문에 이마를 기대고 강낭콩 부목들이 바람에 쓰러져 있는 정원을 바라보는 모습이 보였다. 그녀가 뒤를 돌아보았다.

"뭐 찾으시는 게 있나요?" 엠마가 물었다.

"제 채찍이요." 그가 답했다.

그리고 그는 침대 위, 문 뒤, 의자 밑 등을 샅샅이 살펴보았다. 밀 포대와 벽 사이 바닥에 채찍이 떨어져 있었다. 엠마 양이 그걸 발견하고 밀 포대 위로 몸을 숙였다. 샤를도 남자로서 예의를 갖추려고 얼른 다가가 똑같이 몸을 숙이고 팔을 뻗었는데, 그 아래 몸을 숙인 아가씨의 등에 자기 가슴이 스치는 것이 느껴졌다. 그녀는 얼굴이 새빨개진 채 몸을 일으키고 채찍을 내밀면서 그를 경멸적 시선으로 쳐다보았다.

사흘 후에 다시 오겠다고 약속해놓고 그는 바로 다음 날 베르토로 갔고, 그 다음에는 정신이 없어서 잘못 온 것처럼 불쑥 들른 경우들은 차치하고 일주일에 두세 번은 규칙적으로 찾아갔다.

거기다 모든 일이 다 잘 되어갔다. 원칙대로 회복이 이루어졌고, 사십육 일 후 루오 씨가 자기 거처에서 혼자 걷기를 시도해보는 모습이 보이자 사람들은 보바리 씨를 실력이 대단한 사람으로 보기 시작했다. 루오 씨는 이브토나 심지어 루앙의 최고 의사들도 이보다 더 잘 낫게 해주지는 못했을 거라고 말하곤 했다.

샤를 본인은 자기가 왜 베르토에 가는 것을 좋아하는지 생각해보려고도 하지 않았다. 생각을 했다 하더라도 아마 그는 자기가 그곳에 열심히 가는 이유는 환자 상태가 위중해서라거나 아니면 수입을 기대해서라고 했을 것이다. 하지만 그 농장에 가는 것이 그가 살면서 매일 하는 별 볼 일 없는 일과들 가운데 예외적으로 멋진 일이 된 게 과연 그 때문일까? 거기에 가는 날이면 그는 이른 아침 자리에서 일어났고, 출발하면서 벌써 말을 빠르게 몰아 달려갔고, 농장에 들어서기 전 말에서 내려 신발을 풀에 문질러 닦고 검은 장갑을 꼈다. 마당에 들어서는 자신의 모습이 기분 좋았고, 울타리 문이 빙그르르 돌며 어깨를 스치는 느낌이 좋았고, 담 위에서 노래하는 수탉도 좋았고, 일꾼 아이들이 마중 나오는 것도 좋았다. 헛간도, 마구간도 좋았다. 생명의 은인이라며 탁 소리 내서 손을 잡는 루오 씨가 좋았다. 깨끗이 닦은 부엌 타일을 밟는 엠마 양의 작은 나막신이 좋았다. 높은 굽 때문에 그녀의 키가 약간 더 커 보였고, 그녀가 앞서 걸을 때 보면 나막신의 나무 바닥이 빠르게 들렸다가 안에 신은 편상화 가죽과 부딪히며 짤깍 소리가 났다.

그녀는 항상 현관의 첫 계단까지 그를 배웅했다. 아직 말을 데려다 놓기 전이면 그녀도 들어가지 않고 그냥 그 자리에 머물러 있었다. 작별 인사는 이미 했고 둘 다 아무 말도 하지 않았다. 바깥바람이 그녀를 휘감아 목덜미의 잔 머리카락이 보스스 일어나거나 앞치마 끈이 엉덩이 위에서 기다란 깃발처럼 나부꼈다. 어느 날인가, 얼음이 녹는 계절이었는데, 정원의 나무들 껍질에서 물기가 배어 나오고 건물들 지붕에서 눈이 녹아내리고 있을 때였다. 그녀가 문턱에 나와 섰다가 양산을 가져와서 펼쳐 들었다. 빛에 따라 색이 바뀌는 실크 양산에 햇살이 비쳐 그녀의 하얀 얼굴 위에 어른어른 그림자가 어렸다. 그 아래서 그녀가 따스한 날씨에 미소를 지었고, 무늬가 일렁이는 그 팽팽한 양산 위로 물방울이 토도독토도독 떨어지는 소리가 들렸다.

샤를이 베르토에 드나들기 시작한 초기에 보바리 부인은 환자의 상태가 어떤지 빼놓지 않고 물었고, 그녀가 복식부기로 작성하고 있는 장부에 루오 씨 앞으로 한 페이지 전체를 할애해놓기까지 했다. 그런데 그에게 딸이 하나 있다는 사실을 알고는 이리저리 정보를 알아보러 다녔는데, 루오 양은 우르슬라 수도회 소속 수녀원에서 이른바 *훌륭한 교육*을 받았고, 그래서 춤, 지리, 그림 등에 능하며 태피스트리도 만들 줄 알고 피아노도 칠 줄 안다는 것이었다. 최악이었다.

'그러니까 바로 그런 연유로 그 여자를 보러 가면서 얼굴이 그렇게 환하게 피고, 비에 젖을지도 모르는데 새 조끼를 입고 그랬던 거야? 아! 그 여자! 그 여자!……' 보바리 부인이 속으로 말했다.

그래서 그녀는 본능적으로 그 여자가 싫었다. 처음에는 넌지시 떠보는 것으로 마음을 달랬는데 샤를은 전혀 알아듣지 못했다. 그다음에는 아무 때나 잔소리를 해댔지만 그는 아내가 노발대발할까 두려워서 그냥 내버려 두었다. 나중에는 단도직입적으로 심한 말을 해댔지만 그는 뭐라 대답해야 할지 알지 못했다.

"루오 씨는 다 나았고 그 사람들은 아직 치료비도 안 냈는데 뭐하러 자꾸 베르토에 가는 거지? 아! 거기 누가 있으니까, 말도 잘하고, 수도 잘 놓고, 재주도 많은 사람이 있으니까. 당신이 좋아하는 게 그거였군. 도시 아가씨들이 필요했어!"

그리고 또 이어서 말했다.

"루오 씨 딸, 도시 아가씨! 나 참! 그 집 할아버지는 양치기였고 사촌 하나는 싸움질을 하다가 잘못해서 재판을 받을 뻔했다고. 그렇게 잘난 척할 필요 없어. 일요일에 백작 부인처럼 실크 드레스를 차려입고 성당에 갈 필요도 없고. 아이고 가엾은 양반, 그 아저씨는 작년에 유채 아니었으면 연체이자도 내기 곤란했을 거야!"

너무 피곤해서 샤를은 베르토에 가는 것을 그만두었다. 엘로이즈는 그를 너무나 사랑해서 그런다며 울고불고 키스를 퍼붓고 난 뒤 그에게 기도서에 손을 올리고 다시는 거기에 가지 않겠다고 맹세하라고 했다. 그래서 그는 그렇게 했다. 하지만 그의 마음속 과감한 욕망은 그런 행동이 비굴하다고 항의했고, 만남 금지가 자기에게는 그녀를 사랑할 수 있는 권리 같은 것이라고 순진하면서도 위선적인 생각을 했다. 거기다가 과부였던 그 여자는 말라깽이에 욕심도 많았다. 사시사철 작은 검은색 숄을 걸치고는 어깨뼈 사이로 끝부분을 늘어뜨리고 다녔다. 뻣뻣한 허리는 드레스가 무슨 칼집인 것처럼 감싸고 있는데, 치마가 너무 짧아서 회색 양말 위에 묶은 커다란 구두 리본과 발목이 다 드러나 보였다.

샤를의 어머니가 가끔 그들을 보러 왔다. 하지만 며칠이 지나면 며느리가 시어머니를 자기 칼날에 대고 가는 것같이 보였다. 그렇게 되면 그녀들은 잔소리와 비판으로 마치 두 개의 칼처럼 샤를을 계속 찔러댔다. 너무 많이 먹는다! 왜 누가 오기만 하면 아무한테나 술을 내놓느냐! 플란넬 옷을 안 입으려 드는 건 무슨 고집이냐!

봄이 시작될 무렵 어느 날, 뒤뷔크 미망인의 재산을 보유하고 있던 엥구빌의 공증인이 사무실 돈을 전부 들고 조수에 맞춰 배에 올라탄 일이 일어났다. 그래도 사실 엘로이즈는 아직 육천 프랑으로 추산되는 배의 지분 외에 생프랑수아 가의 주택을 보유하고 있다고 했다. 그렇지만 그렇게 떠들어댔던 재산 가운데 가구 몇 점과 옷가지 몇 벌을 빼고는 집에서 아무것도 눈에 띄는 게 없었다. 어떻게 된 건지 확실히 밝혀놓을 필요가 있었다. 알고 보니 디에프의 집은 기둥까지 야금야금 저당 잡혀 있었다. 공증인에게 무엇을 맡겼는지는 아무도 몰랐고, 배의 지분은 천 에퀴도 넘지 않았다. 그러니까 저 마나님이 거짓말을 한 것이다. 샤를의 아버지는 격노해서 길바닥에 의자를 내리쳐 부수며, 가죽값도 안 나가는 마구나 짊어진 저런 비쩍 마른 말한테 아들을 묶어놓아 신세 다 망쳤다고 아내를 비난했다. 그들은 토트로 찾아갔다. 양쪽이 자기 의견을 밝히며 따졌다. 언성이 높아지며 싸움이 벌어졌다. 엘로이즈는 눈물을 흘리며 남편의 품속에 뛰어들어 부모님으로부터 자기를 보호해달라고 애원했다. 샤를은 그녀를 변호해주려 했다. 그의 부모님은 화를 내며 집으로 가버렸다.

그러나 *타격은 이미 가해졌다.* 일주일 후 마당에서 빨래를 널던 그녀가 갑자기 피를 토했는데, 그다음 날 샤를이 창문의 커튼을 닫으려 등을 돌리고 있던 참에 "아! 이게 무슨!" 하며 탄식을 내뱉고는 기절해버렸다. 죽은 것이었다! 얼마나 놀랐겠는가!

묘지에서 모든 일이 다 끝나고 샤를은 집으로 돌아왔다. 아래층에 아무도 없었다. 이층 침실로 올라오니 그녀의 드레스가 아직 침대 발치에 걸려 있는 것이 보였다. 저녁이 다 되도록 그는 책상에 몸을 기댄 채 멍하니 서글픔 속에 잠겨 있었다. 어쨌든 그녀는 그를 사랑하지 않았던가.

# 3

어느 날 아침 루오 씨가 다리를 치료해준 비용을 치르러 샤를을 찾아왔다. 사십 수짜리 동전으로 칠십오 프랑과 칠면조 한 마리였다. 그는 가슴 아픈 소식을 들었다며 자기가 할 수 있는 온갖 위로의 말을 건넸다.

"그게 어떤 건지 저도 압니다!" 그가 샤를의 어깨를 두드리며 말했다. "저도 선생님 같았지요! 저희 집사람, 그 불쌍한 사람을 잃었을 때 저는 혼자 있으려고 들판으로 달려 나가곤 했어요. 나무 아래 주저앉아 펑펑 울면서 하느님을 부르고 온갖 욕설을 다 퍼부어댔지요. 나뭇가지에 보이는 두더지들, 배 속에 벌레가 우글거리는 저 두더지들 같았으면 좋겠다 싶었어요. 그러니까, 죽어버리고 싶었다고요. 그리고 다른 사람들은 지금 품에 꼭 안을 수 있는 마누라들하고 같이 있겠구나, 하고 생각하면서 몽둥이로 땅을 쾅쾅 내리쳤지요. 거의 미쳐 있었고 뭘 먹지도 않았어요. 안 믿어지겠지만 저는 그때 카페에 간다는 생각만 해도 구역질이 났어요. 그러다가 아주 천천히, 하루가 가고 또 하루가 가면서, 겨울이 가고 봄이 오고, 여름 끝에 가을이 오면서 조금씩조금씩 그런 게 사라져가더군요. 없어졌어요. 아니 그러니까 저 아래로 내려간 거예요. 뭔가가 여전히 저 깊은 곳에 남아서, 그 뭐랄까, 무거운 뭔가가 저 아래서 가슴을 내리누르고 있으니까요! 하지만 이게 우리 모두의 운명이니 자기 자신을 망가지게 놓아두어서는 안 되는 거고, 또 죽은 사람은 죽은 것이니까, 죽고 싶어한다는 건…… 기운을 내셔야 해요, 보바리 선생님. 다 지나갈 거예요! 우리 집에 좀 들르세요. 딸아이가 가끔 선생님 이야기를 하는데, 정말이에요, 그리고 선생님은 자기를 잊었을 거라는 말도 하고요. 이제 곧 봄인데 선생님 기분 전환도 좀 되도록 산토끼 군서지에 가서 토끼 한 마리 사냥하게 해드릴게요."

샤를은 그의 조언을 따랐다. 그는 베르토에 다시 찾아갔다. 모든 것이 어제처럼, 그러니까 다섯 달 전처럼 그대로였다. 배나무들에는 벌써 꽃이 피었고, 인정 많은 루오 씨가 이제는 일어서서 여기저기 걸어다니니 농장은 전보다 더 활기를 띠고 있었다.

의사 선생이 고통스러운 상황에 있으니 최대한 예의를 표해야 한다고 생각한 나머지 루오 씨는 그에게 전혀 모자를 벗을 필요가 없다고도 하고, 마치 환자라도 되는 듯 작은 소리로 말을 하고, 선생님이 드시도록 좀 더 가벼운 무언가, 익힌 배라든가 병에 든 크림 같은 것을 준비해놓지 않았다고 화를 내는 척하기까지 했다. 그는 이런저런 이야기들을 들려주었다. 샤를은 자신이 소리 내어 웃고 있다는 것을 깨달았다. 하지만 문득 아내의 기억이 떠오르자 얼굴이 다시 어두워졌다. 커피가 나왔다. 이제 아내 생각은 나지 않았다.

혼자 사는 데 익숙해져갈수록 아내 생각이 덜 나게 되었다. 자유로운 삶이 가진 새로운 매력을 알게 되면서 외로움도 곧 견딜 만해졌다. 이제 그는 식사 시간도 바꿀 수 있고, 집에 들어오고 나가는 데 이유를 댈 필요도 없고, 지쳤을 때는 침대에 팔다리를 대자로 뻗고 누울 수도 있었다. 그래서 그는 자기 자신을 아끼고 돌보며 사람들이 건네는 위로의 말들을 받아들였다. 다른 한편, 한 달 동안이나 사람들이 "젊은 사람이 정말 안됐어! 그게 무슨 일이야!"라고 계속 말을 했으니, 아내의 죽음이 그의 직업에도 나쁘게 작용하지는 않았다. 이름이 널리 퍼져서 고객의 수가 증가했고, 또 베르토에 마음대로 갈 수 있게 되었다. 무엇을 향한 것인지 모르는 어떤 희망, 어렴풋한 행복이 찾아왔다. 거울

앞에서 수염을 솔질하면서 보니 얼굴이 전보다 보기 좋아진 것 같았다.

어느 날 한번은 그가 세 시쯤 도착했더니 모두 밭에 나가고 아무도 없었다. 부엌으로 들어간 그는 처음에 엠마를 알아보지 못했다. 덧창이 닫혀 있었다. 덧창 나무 틈 사이사이로 햇빛이 들어와 가느다란 선들이 바닥 타일에 넓게 퍼졌고, 가구들 모서리에 부딪혀 끊어졌다가 천장에서 파르르 떨렸다. 파리들이 식탁 위 사람들이 마시고 둔 유리잔들을 따라 올라가다가 잔 바닥에 남은 사과주 속에 빠져 윙윙거렸다. 벽난로로 내려온 햇살에 바닥판의 그을음이 벨벳 같아 보이고 차갑게 식은 재는 살짝 푸른빛을 띠었다. 엠마는 창문과 난로 사이에서 바느질을 하고 있었다. 아무것도 걸치지 않은 맨 어깨 위에 작은 땀방울들이 맺혀 있는 것이 보였다.

시골식으로 그녀는 샤를에게 마실 것을 권했다. 그가 거절해도 그녀는 계속 권했고, 결국은 웃으면서 자기와 함께 리큐어를 한잔 마시자고 제안했다. 그녀는 그릇장에 가서 퀴라소 한 병을 꺼낸 뒤 팔을 뻗어 작은 잔 두 개를 집더니 한 잔에는 가득, 다른 한 잔에는 살짝 아주 조금만 따르고는 건배를 하고서 입으로 가져갔다. 거의 빈 잔이었기 때문에 그녀는 술을 마시기 위해 몸을 뒤로 젖혔다. 그런데 목이 당기도록 머리를 뒤로 젖히고 입술을 내밀어봐도 아무것도 닿는 게 없다며 웃더니 고운 치아들 사이로 혀끝을 내밀어 잔 바닥을 날름날름 핥았다.

엠마는 앉아서 아까 꿰매다 만 흰 면양말을 다시 집었다. 그러고는 고개를 숙이고 바느질을 했다. 그녀는 아무 말도 하지 않았고 샤를도 아무 말이 없었다. 그는 문 아래로 바람이 들어와 타일 바닥 위에 살짝 먼지가 일어 움직이는 것을 바라보고 있었다. 머릿속에서 쿵쿵 울리는 소리, 그리고 멀리 마당에서 알을 낳는 암탉의 울음소리만 들렸다. 엠마는 이따금씩 얼굴에 손바닥을 갖다 대 두 뺨을 식혔고, 그다음에는 벽난로 장작 받침쇠의 둥근 쇠공에 손을 대고 식혔다.

그녀는 이 계절이 시작되면서부터 현기증이 나곤 해서 괴롭다고 했다. 그러면서 해수욕이 도움이 되겠냐고 물었다. 그녀는 수녀원 이야기를 하고, 샤를은 중학교 때 이야기를 하기 시작하자 말이 계속 이어졌다. 그들은 엠마의 방으로 올라갔다. 그녀는 예전 음악 노트들, 상으로 받은 작은 책들, 장롱 아래칸에 박아두었던 떡갈나무 잎 왕관 같은 것들을 그에게 보여주었다. 또 어머니 이야기, 묘지 이야기도 했고, 정원의 화단을 가리키며 매달 첫 금요일마다 저 꽃들을 꺾어 어머니의 무덤에 가져다 놓는다는 말까지 했다. 그런데 이 집 정원사는 말을 제대로 안 듣는다고 했다. 그렇게 일을 못하니 참! 겨울 동안만이라도 도시에서 살았으면 좋겠는데, 하기는 화창한 날이 오래 이어지면 여름에 시골이 더 지루할지도 모를 일이었다. 무슨 말을 하느냐에 따라 그녀의 목소리는 환해졌다 날카로워졌다 하다가, 갑자기 우울한 분위기에 잠기며 느릿하게 소리의 높낮이 변화가 이어지면서 나중에는 거의 중얼중얼하는 혼잣말이 되었다. 또 때로는 해맑게 눈을 뜨며 명랑해졌다가 그다음에는 눈을 반쯤 감고 권태에 잠긴 시선을 하고서 이런저런 생각 속을 헤맸다.

저녁에 집으로 돌아오면서 샤를은 그녀의 말을 한 문장 한 문장 되새겨보았다. 그녀가 했던 말을 모두 머릿속에 다시 떠올리고 그 말이 무슨 의미인지 분명히 이해해서, 자기가 아직 그녀를 알지 못했던 때 그녀가 살았던 삶의 한 토막이 어떤 것이었는지 알아보려 애썼다. 하지만 처음 만났을 때의 모습이나 조금 전 헤어질 때의 모습과 다른 그녀의 모습은 전혀 떠오르지 않았다. 그러다가 그는 속으로 그녀가 앞으로 어떻게 될까, 결혼을 할까, 그렇다면 누구랑? 같은 질문을 했다. 아휴! 루오 씨는 재산이 많고 그녀는…… 너무나 아름다운데! 하지만 엠마의 얼굴이 눈앞에 자꾸만 떠오르고 팽이 소리 같은 단조로운 소리가 귀에서 윙윙 울려댔다. "그렇지만 네가 결혼을 하면! 네가 결혼을 하면!" 그는 밤에 잠을 이루지 못했고, 목이 조여오고 갈증이 났다. 그는 일어나서 물병의 물을 마시고 창문을 열었다. 하늘은 수많은 별들로 가득했고, 따스한 바람이 불었고, 먼 데서 개들이 짖었다. 그는 베르토 쪽으로 고개를 돌렸다.

샤를은 어쨌든 손해 볼 것은 없다 싶었고 기회가 되면 청혼을 하리라 작정했다. 하지만 기회가 생겨도 매번 적당한 말을 못 찾을까 두려워서 입이 달라붙곤 했다.

루오 씨는 누가 딸을 데려간다 해도, 집안일에 별로 도움도 되지 않는 딸이었기 때문에 그리 아쉬울 게 없었을 것이다. 그는 농사지어서 백만장자 된 사람을 본 적이 없으니 농사란 하늘의 저주를 받은 직업이라 여겼고, 딸이 농사일을 하기에는 너무 똑똑하다 싶어서 속으로 그런 딸을 옹호하고 있었다. 이 양반은 농사로 재산을 모으기는커녕 오히려 매년 손해를 보는 중이었다. 상거래에 뛰어난 재주가 있고 그 일의 술책들을 재미있어했던 반면, 농장의 내부 관리를 포함하여 농사 그 자체에는 전혀 맞지 않는 사람이었기 때문이다. 그는 주머니에 꽂은 손을 쉬이 빼지 못했고, 좋은 음식과 따뜻한 온기와 편안한 잠자리 등 자신의 삶과 관련된 모든 것을 위해 쓰는 돈을 전혀 아끼지 않았다. 그는 거친 사과주, 살짝 익힌 넓적다리 고기, 브랜디를 넣고 오래 저어 거품을 낸 *글로리아* 커피를 좋아했다. 그는 부엌에서 벽난로를 마주하고 연극에서처럼 음식을 다 차려 가져다 놓은 작은 탁자 앞에 앉아 혼자 식사를 했다.

그는 자기 딸이 옆에 있으면 샤를이 볼이 빨개지는 것을 알아챘고, 그러니 조만간 이 사람이 청혼을 할 터인데, 그렇다면 무엇을 어떻게 할 것인지 이런저런 일들을 모두 따져보았다. 그가 생각하기에 샤를은 좀 *왜*소하다 싶었고 썩 바람직한 사윗감은 아니었다. 하지만 행동거지가 바르고 검약하며 학력이 높다고 하니 아마도 지참금을 놓고 이러니저러니 하지는 않을 것 같았다. 그 당시 루오 씨는 *자기 땅* 이십이 에이커를 팔아야 할 참이었고, 벽돌공과 마구상에게 갚아야 할 돈도 많은 데다 압착기 굴대도 바꾸어야 하는 상황이었다.

'딸을 달라고 하면 그렇게 하지 뭐.' 하고 그는 속으로 생각했다.

생미셸 축제 기간에 샤를은 베르토에 와서 사흘을 머물렀다. 이틀 동안을 십오 분 있다가, 십오 분 있다가 하며 미루기만 하더니 마지막 날도 똑같이 지나갔다. 루오 씨가 배웅을 나왔다. 움푹한 길을 같이 걸어가다 이제 헤어질 참이었다. 때가 왔다. 샤를은 울타리 모퉁이까지 가면 말해야지 하다가 마침내 그곳을 지나쳤을 때 웅얼웅얼 말을 꺼냈다.

"루오 아저씨, 말씀드리고 싶은 게 있는데요."

그들은 걸음을 멈추었다. 샤를은 아무 말이 없었다.

"이야기해봐요. 내가 전부 알고 있는 이야기 아닌가?" 루오 씨가 기분 좋게 웃으며 말했다.

"아저씨…… 아저씨……." 샤를이 더듬거렸다.

"나는 더 바랄 나위 없어요." 루오 씨가 말을 이었다. "우리 애도 같은 생각이긴 하겠지만 그래도 그 애 의견을 물어봐야지. 그러니까 지금은 그냥 가고, 나도 이만 집으로 돌아갈게요. 좋다고 하면, 잘 들어요, 사람들 눈도 있으니 선생님은 다시 올 필요 없어요. 그러면 그 아이가 너무 당황스러워할 거예요. 하지만 선생님이 너무 초조해하면 안 되니까 덧창을 벽에 닿게 활짝 열어놓을게요. 저 뒤에서 울타리 너머로 몸을 기울이면 보일 거예요."

그러고 나서 그는 멀어져갔다.

샤를은 나무에 말을 매어놓았다. 그리고 오솔길로 달려가 기다렸다. 삼십 분이 흘렀고 시계를 보며 십구 분을 더 셌다. 갑자기 벽에 뭔가 쾅 부딪히는 소리가 났다. 덧창이 활짝 젖혀져 있었고 문고리가 아직 흔들리고 있었다.

다음 날 아홉 시 벌써 그는 농장에 와 있었다. 샤를이 들어서자 엠마는 얼굴을 붉히면서도 태연한 척 살짝 웃어 보이려 애썼다. 루오 씨는 미래의 사위를 끌어안았다. 필요한 일들에 대한 이야기는 나중으로 미루었다. 결혼식은 샤를의 상이 끝나야, 그러니까 다음 해 봄 무렵이나 돼야 제대로 치를 수 있기 때문에 시간도 많이 남아 있었다.

그렇게 기다림 속에 겨울이 지났다. 루오 양은 혼수 준비에 전념했다. 일부는 루앙에 주문을 했고, 잠옷이나 수면모자 같은 것들은 옷본을 빌려 직접 만들었다. 샤를이 농장에 들를 때마다 결혼 준비 이야기가 오갔다. 만찬은 어느 방에서 할지, 요리는 얼마나 필요할지, 전식은 무엇으로 할지 생각했다.

하지만 엠마는 그런 것보다는 횃불을 환하게 밝히고 자정에 결혼식을 하고 싶다고 했다. 그러나 루오 씨는 그런 생각을 도통 이해할 수가 없었다. 그리하여 마침내 결혼식이 열렸고, 하객 마흔세 명이 참석해 열여섯 시간을 식탁에서 보낸 뒤 그다음 날에도 이어지고 그다음 며칠 간도 얼마간 계속되었다.

# 4

손님들은 마차를 타고 아침 일찍부터 도착했다. 말 한 마리가 끄는 짐마차, 긴 좌석이 있는 이륜 짐수레, 덮개가 없는 이륜마차, 가죽 커튼이 달린 마차 들이었다. 그리고 인근 마을들의 젊은이들은 달리는 짐수레에서 넘어지지 않으려고 짐칸 가로장을 손으로 붙들고 덜컹덜컹 흔들리며 일렬로 서서 왔다. 고데르빌, 노르망빌, 카니 등 사십 킬로미터 거리에서 오는 것이었다. 양가의 친척들을 모두 초대했고 다퉜던 친구들과도 화해했으며 오랫동안 보지 못한 친지들에게도 편지를 보냈다.

때때로 울타리 뒤에서 채찍 소리가 들려오고 곧이어 울타리 문이 열리면 이륜마차가 들어서곤 했다. 마차는 현관 첫 번째 계단까지 달려와 갑자기 멈춘 다음 사람들을 쏟아놓았고, 마차 이곳저곳에서 사람들이 무릎을 문지르고 팔을 뻗으면서 내렸다. 여자들은 모자를 쓰고 도시풍 드레스 차림이거나 금빛 시곗줄을 늘어뜨리고 있는 사람, 케이프 양쪽 끝을 교차시켜 허리띠 속에 찔러 넣은 사람, 색깔 있는 숄을 두르고 등에 핀을 꽂아 뒷목이 다 드러난 사람 등 각양각색이었다. 자기 아버지와 비슷한 복장을 한 남자아이들은 새 옷이 불편한 모양이었고(심지어 이날 난생처음 구두를 신어보는 아이들도 많았다), 그 옆에는 첫영성체 때의 흰 드레스를 이번에 수선해서 늘여 입고 한마디 말도 없이 서 있는, 아마 남자아이들의 사촌이거나 누나인 듯한 열넷 혹은 열여섯 살 정도의 여자아이들 몇이 보였는데, 장미 기름으로 반들거리는 머리를 하고서 어리둥절해하며 얼굴이 빨개진 채 장갑을 더럽힐까 무척 겁을 집어먹은 모습이었다. 마차들마다 말을 풀어놓을 마부가 턱없이 모자랐기 때문에 남자 손님들이 소매를 걷어올리고 직접 그 일을 했다. 그들은 사회적 지위에 따라 연미복, 프록코트, 재킷, 조끼 등을 입고 있었다. 큰 행사 때가 아니면 옷장에서 나오는 법이 없고 집에서 애지중지하는 좋은 연미복, 긴 옷자락이 바람에 나부끼고 원기둥 모양 칼라에 자루처럼 큰 주머니가 달린 프록코트, 보통 구리 테두리가 달린 챙 모자를 같이 착용하는 나사 재킷, 두 눈처럼 단추 두 개가 등에 나란히 달리고 옷자락이 목수의 도끼날 일격에 완전히 잘려 나간 것 같은 아주 짧은 조끼 들이었다. 또 다른 몇몇 사람들은(이들도 물론 식탁 맨 아래쪽에서 식사를 하게 되어 있었지만) 행사 때 입는 셔츠, 그러니까 깃이 어깨 위로 내려오고 등에 잔주름이 잡히고 허리가 길게 내려와 아래쪽에 붙은 띠로 조이게 되어 있는 셔츠를 입고 있었다.

그리고 셔츠들은 가슴이 갑옷처럼 불룩했다. 모두들 머리를 새로 깎은 데다 수염도 바짝 깎아 귀가 머리에서 떼어놓은 듯 튀어나와 있었다. 심지어 해도 뜨기 전에 일어난 몇 사람은 수염을 깎을 때 잘 보이지 않아서 코 밑에 비스듬하게 칼자국을 내기도 했고, 또는 턱을 따라 피부가 삼 프랑짜리 동전만 하게 벗겨져서 길을 오며 바람을 맞아 벌겋게 됐고 기분 좋은 흰 얼굴 전체가 분홍색 반점으로 얼룩얼룩했다.

면사무소가 농장에서 이 킬로미터 거리라 모두 걸어서 갔다가 성당 예식이 끝나고 다시 걸어서 돌아왔다. 처음에는 색깔 있는 스카프처럼 하나로 이어졌던 행렬이 초록빛 밀밭들 사이로 구불거리는 좁은 오솔길을 따라 들판에서 물결처럼 일렁이더니, 곧이어 길게 늘어지고 이야기를 하느라 꾸물거리며 열 무리로 흩어졌다. 나선형 리본으로 장식한 바이올린을 들고서 악사가 선두에 섰고, 그다음에는 신랑 신부가, 그 뒤에는 친척과 친구들이 뒤섞여 따라갔으며, 맨 뒤에서는 아이들이 귀리 줄기에서 방울 같은 꽃을 떼어내며 놀거나 눈에 띄지 않게 자기들끼리 놀고 있었다. 엠마의 드레스는 너무 길어서 단이 살짝 땅에 끌렸다. 가끔씩 그녀는 걸음을 멈추고 치마를 끌어올렸고 그럴 때면 거친 풀과 엉겅퀴 가시들을 장갑 낀 손가락으로 우아하게 떼어냈는데, 그러는 동안 샤를은 빈손으로 그녀가 일을 끝내기를 기다리고 있었다. 루오 씨는 새 실크해트를 쓰고서 검은색 예복의 소매 커프스가 손을 덮어 손톱까지 내려온 차림으로 샤를의 어머니 보바리 부인에게 팔을 내준 채 팔짱을 끼고 있었다. 마음속으로 이 사람들 모두를 무시하고 있던 보바리 씨는 그저 단추가 한 줄로 달린 군복 모양의 프록코트만 입고 있었는데, 어떤 금발의 시골 아가씨에게 술집에서 하는 수작을 늘어놓고 있었다. 아가씨는 인사를 하고 얼굴이 빨개지면서 무어라 대꾸도 못 했다. 다른 결혼식 하객들은 사업 이야기를 하기도 하고 등 뒤에서 장난도 치며 벌써부터 서로 흥을 돋우고 있었다. 그리고 귀를 기울여보면 악사가 들판에서도 계속 싸구려 바이올린을 켜고 있는 소리가 여전히 들려왔다. 악사는 사람들이 자기 뒤에 멀리 있다는 것을 알아차리면 걸음을 멈춰 숨을 돌리고는 바이올린 줄이 소리가 더 잘 나도록 활에 한참 송진을 칠한 다음 다시 걷기 시작했고 스스로 박자를 잘 탈 수 있도록 바이올린 손잡이를 내렸다 올렸다 하면서 앞으로 나아갔다. 악기 소리에 먼 데서 새들이 날아갔다.

식탁이 차려진 곳은 수레를 두는 헛간 아래였다. 식탁 위에는 소 안심 네 덩어리, 닭고기 프리카세 여섯 개, 송아지 스튜, 양고기 넓적다리 세 개가 놓여 있고 가운데에는 근사한 새끼돼지 구이에 참소리쟁이를 넣은 소시지 네 개가 둘러 있었다. 식탁 모서리에는 브랜디가 담긴 유리병들이 놓여 있었다. 순한 사과주는 병마개 주위로 짙은 거품을 뿜어내고 있었고 모든 잔에 포도주가 미리 가득 따라져 있었다. 식탁이 살짝만 움직여도 출렁이는 노란 크림이 큰 접시들 위에 놓였고, 그 매끈한 표면 위에는 사탕과자로 된 신랑 신부 이름 이니셜이 아라베스크체로 씌어 있었다. 파이와 누가를 위해서는 이브토의 파티시에를 불러왔다. 그 사람은 이 지역에서 처음 일을 시작하는 터라 여러 가지에 각별히 신경을 썼다. 그리고 디저트로 데커레이션케이크를 파티시에가 직접 들고 나오자 사람들의 탄성이 터졌다. 먼저 바닥은 신전 모양의 파란 정사각형 종이 박스인데 회랑과 기둥들이 있고 금빛 종이 별이 총총한 벽감들마다 작은 석고상들이 늘어서 있었다. 그다음 두 번째 단에는 사부아 케이크로 된 탑을 중심으로 안젤리카, 아몬드, 건포도, 오렌지 조각들로 장식한 아주 작은 요새들이 빙 둘러 있었다. 그리고 맨 위는 초록빛 초원으로, 잼으로 만든 호수와 바위들, 헤이즐넛 껍데기로 된 배들이 있고, 작은 아모르*가 초콜릿 그네를 타고 있는 모습이 보이는데 양쪽 기둥 꼭대기에는 둥근 구슬 대신 진짜 장미 봉오리가 꽂혀 있었다.

사람들은 저녁이 될 때까지 계속 먹었다. 앉아 있는 것이 너무 피곤해지면 마당에 나가 좀 거닐거나 헛간에서 병마개 놀이를 했다. 그러고는 다시 식탁으로 돌아왔다. 나중에 몇 사람은 잠이 들어 코를 골았다. 하지만 커피가 나오자 모두 다시 정신을 차리고는 노래를 불러대기 시작하고, 묘기를 부리고, 무거운 것을 들어 올리고, 엄지손가락 아래로 지나가는 놀이를 하고, 어깨에 수레를 올려놓으려 들고, 상스러운 농담을 해대고, 여자들을 끌어안기도 했다. 콧구멍까지 귀리를 포식한 말들은 저녁때 길을 나서는데 끌채에 잘 들어가지 않았다. 말들이 뒷발질하다가 앞발을 들고 일어서버리자 마구가 부서졌는데 주인들은 욕을 퍼붓거나 웃음을 터뜨렸다. 그리고 밤새 내내 달빛 아래 그 고장의 길들을 달리던 포장마차가 수로에 처박혔다가 튀어 오르고, 자갈밭 위에서 요동을 치고, 비탈길을 간신히 올라갔는데 그럴 때면 여자들은 마차 문밖

* 로마 신화에 나오는 사랑의 신.

으로 몸을 내밀어 안내인들을 붙들었다.

베르토에 남은 사람들은 부엌에서 밤새 술을 마셨다. 아이들은 긴 의자 아래에서 잠이 들었다.

신부는 아버지에게 제발 관습적인 장난을 피하게 해달라고 간청해두었다. 그런데 생선도매상을 하는 사촌 하나가(심지어 결혼 선물로 가자미 한 쌍을 가져온 사람이었다) 열쇠 구멍에다 입으로 물을 뿜으려 들었고, 그러자 루오 씨가 얼른 달려와 막으며 사위의 사회적 지위가 있으니 그런 부적절한 장난을 하면 안 된다고 설명했다. 그럼에도 불구하고 그 사촌은 말을 잘 들으려 하지 않았다. 그는 속으로 루오 씨가 거만하게 군다고 생각하면서 한쪽 구석에 대여섯 사람이 모인 곳으로 갔는데, 이 사람들 역시 어쩌다가 연속해서 급이 낮은 고기를 받게 되어 대접을 잘 못 받았다고 여기며 집주인에 대해 수군댔고, 드러내놓고 말하지는 않았지만 집주인이 망하기를 바랐다.

샤를의 어머니는 종일 꾹 다문 입을 열지 않았다. 신부의 옷차림에 대해서도, 연회상 배열에 대해서도 그녀의 의견을 묻지 않았기 때문에 일찌감치 그녀는 뒤로 물러나 있었다. 그녀의 남편은 뒤따라 들어오지 않고 생빅토르에서 시가를 사오게 해서는 키르슈를 탄 그로그를 마시며 날이 밝을 때까지 피웠는데, 시골에서는 그로그에 키르슈를 섞는 것 같은 건 알지 못하므로 훨씬 더 근사하게 보일 만한 일이라고 여겼다.

샤를은 농담을 잘하는 성격이 전혀 아니었고 결혼식 연회에서 눈에 띄지 못했다. 수프가 나올 때부터 사람들은 작정을 하고 그에게 비꼬는 말이나 말장난, 이중의 의미를 지닌 말, 칭찬, 외설적인 말 등을 던졌는데 그의 대답은 한결같이 형편없었다.

그런데 다음 날이 되자 그는 다른 사람이 된 것 같았다. 지난밤의 처녀가 오히려 그였나 싶을 정도였는데 반면에 새신부는 무슨 일이 있었나 짐작할 만한 것이 아무것도 보이지 않았다. 제일 짓궂은 사람들도 무어라 말을 해야 할지 몰랐고 그녀가 지나가면 엄청나게 긴장을 한 채 그저 쳐다보기만 했다. 그런데 샤를은 아무것도 감추지 않았다. 그녀를 내 아내라고 부르고, 반말을 하고, 마주치는 사람들에게 그녀가 어디 있냐고 묻고, 사방으로 그녀를 찾아다니고, 때로는 마당에 그녀를 데리고 나가기도 했다. 그녀의 허리에 팔을 두르고 그녀에게 몸을 비스듬히 기대어 머리로 블라우스 윔플 부분을 구겨지게 만들면서 나무 아래로 계속 걷고 있는 그의 모습이 멀리서 보였다.

결혼식 이틀 후 부부는 길을 떠났다. 샤를은 환자들 때문에 더 이상 자리를 비울 수가 없었다. 루오 씨는 자기 마차로 그들을 데려다주도록 하고 바송빌까지 직접 배웅했다. 거기서 그는 딸에게 마지막으로 입맞춤을 하고 마차에서 내려 집으로 돌아갔다. 백 걸음쯤 걷다가 그는 걸음을 멈추고, 먼지 속에서 바퀴를 굴리며 멀어져가는 마차를 바라보면서 큰 한숨을 내쉬었다. 그리고 자신의 결혼식, 옛날의 그 시절, 아내의 첫 임신을 떠올렸다. 그녀 아버지의 집에서 그녀를 말잔등에 태우고 눈 속을 달려 자기 집으로 데려왔던 날, 자신도 무척이나 기분이 좋았다. 크리스마스 무렵이었고 들판이 온통 하얀색이었다. 그녀는 한쪽 팔로 그를 붙잡고 다른 팔로는 바구니를 들고 있었다. 코 지방 머리 장식의 긴 레이스가 바람에 날려 가끔씩 그녀의 입을 스쳤고, 그가 고개를 돌려보면 그녀의 어깨 위, 모자의 금박 장식 아래에서 말없이 미소 짓고 있는 분홍빛 작은 얼굴이 바로 곁에 보였다. 손을 녹이려고 그녀는 가끔씩 그의 가슴에 손을 넣곤 했다. 이 모든 것이 얼마나 오래된 일인가! 아들이 살아 있었다면 지금 서른 살이 되었을 텐데! 그러고서 뒤를 돌아보니 길에는 아무것도 보이지 않았다. 마음이 텅 빈 집처럼 서글퍼졌다. 진수성찬에 더한 술기운으로 흐릿해진 머릿속에서 행복했던 추억들과 음울한 생각들이 뒤섞이며 그는 한순간 성당 쪽으로 한번 둘러 가고 싶은 마음이 들었다. 하지만 그런 모습이 자신을 더 서글퍼지게 할까 두려워서 곧장 집으로 돌아갔다.

샤를 씨와 부인은 여섯 시 무렵 토트에 도착했다. 자기 동네 의사의 새 아내를 보려고 이웃 사람들이 창가로 몰려나왔다.

나이 많은 하녀가 나와 그녀에게 인사를 드렸고, 저녁 식사가 아직 준비되지 못해 죄송하다면서 그동안 집 안을 한번 둘러보라고 권했다.

# 5

벽돌 건물의 정면은 거리, 아니 오히려 도로라고 해야 할 큰길과 연이어 있었다. 문 뒤에는 깃이 작은 외투, 말고삐, 검은색 가죽 모자가 걸려 있고 바닥 한구석에는 아직도 마른 흙이 잔뜩 묻은 각반 한 켤레가 놓여 있었다. 오른쪽에 있는 방은 식사도 하고 거실로도 쓰이는 공간이었다. 희미한 화환 무늬로 맨 위에 테두리를 두른 밝은 노란색 벽지는 바탕 직물이 제대로 팽팽하게 당겨지지 않아서 전체적으로 쿨렁거렸다. 빨간색으로 가장자리를 두른 하얀 광목 커튼이 창문들 위에 서로 교차로 드리워져 있고, 좁다란 벽난로 상판에는 달걀형 유리 용기를 씌운 은도금 촛대 두 개 사이에 히포크라테스의 얼굴이 들어간 벽시계가 빛나고 있었다. 복도의 다른 쪽은 넓이가 여섯 걸음쯤 되고 탁자 하나, 의자 셋, 사무실용 안락의자 하나가 놓인 샤를의 진료실이었다. *의학 사전* 한 질이 페이지들이 붙은 채 출판된 원상태 그대로, 하지만 여기저기 팔리며 손을 탄 탓에 제본 부위는 다 헐어버린 채로 전나무 책장 여섯 단을 거의 다 채우고 있었다. 진료를 하는 동안 벽을 넘어 밀가루와 버터를 섞어 볶는 냄새가 풍겨왔고 또한 진료실에서 환자들이 기침하는 소리나 자기네 이야기를 늘어놓는 소리가 부엌에서 다 들렸다. 그다음에는 몹시 낡은 큰방이 나오고 마구간이 있는 마당으로 바로 이어졌다. 화덕이 놓인 이 방은 지금은 장작

광이나 포도주 저장실, 창고 같은 것으로 쓰였는데 고철이나 빈 술통, 못 쓰는 농기구, 무슨 용도인지도 모를 먼지투성이 물건들로 가득했다.

가로보다 세로가 긴 정원은 과수밭의 살구나무들로 뒤덮인 흙반죽 담을 양쪽에 두고 가시나무 울타리까지 이어지다가 그다음에는 들판이 나왔다. 한가운데에는 석판 위에 슬레이트로 된 해시계가 놓여 있고, 가느다란 찔레나무들로 꾸민 화단 네 개가 효용성 있는 작물들이 심어진 보다 실용적인 사각형 땅을 빙 둘러 에워싸고 있었다. 맨 구석에는 가문비나무들 아래 사제의 석고상이 기도서를 읽고 있는 모습이 보였다.

엠마는 침실로 올라갔다. 첫 번째 방은 가구가 없는 빈방이고 두 번째 방이 부부 침실로, 붉은색 천이 드리워진 내실에 마호가니 침대가 놓여 있었다. 조개껍질로 된 상자 하나가 서랍장에 장식으로 놓여 있고, 창가의 책상 위에는 하얀 실크 리본으로 묶은 오렌지꽃 한 다발이 병에 꽂혀 있었다. 신부의 부케, 다른 신부의 부케였다. 그녀는 그것을 물끄러미 바라보았다. 상황을 알아차린 샤를이 꽃다발을 집어서 다락으로 가져가는 사이 엠마는 안락의자에 앉아(사람들이 그녀의 주위에 짐을 가져다 놓고 있었다) 상자에 든 자신의 결혼식 부케를 생각하며 몽상에 빠져들어 혹시 자기가 죽는다면 사람들이 그것을 어떻게 할까 하고 자문해보았다.

처음 얼마 동안 그녀는 집 안을 어떻게 바꿀지 생각하며 시간을 보냈다. 그녀는 촛대의 유리 뚜껑을 벗겨내고, 계단을 새로 칠하고, 정원에 해시계 주위로 빙 둘러 벤치를 놓게 했다. 심지어 물고기가 있는 분수를 만들려면 어떻게 해야 하는지 묻기까지 했다. 그리고 그녀가 마차를 타고 다니기를 좋아한다는 것을 안 남편이 중고 보크 마차를 하나 구해서 등불을 새로 달고 스티치가 들어간 가죽 흙받기를 달았더니 거의 이륜마차 틸뷔리 비슷해 보였다.

그러니 그는 세상에 아무 근심 걱정이 없었다. 마주 앉아 식사를 하는 것, 저녁에 큰길로 나가 거니는 것, 그녀가 머리카락을 쓸어올리는 몸짓, 그녀의 밀짚모자가 창문 고리에 걸린 모습, 그리고 샤를이 짐작도 못 했던 기쁨을 가져다주는 다른 많은 것들이 이제 그를 끊임없이 행복하게 해주고 있었다. 그는 아침에 침대에서 나란히 베개를 베고 누워, 수면모자가 반쯤 덮은 그녀의 금빛 뺨 솜털 위로 햇살이 비쳐드는 것을 바라보았다. 그렇게 가까이서 보니 그녀의 눈이 더 커 보이고 특히 잠을 깨면서 몇 번이나 눈을 깜박일 때 그랬다. 어두운 데서는 검은색이고 밝은 데서는 짙은 파란색인 그 눈은 맨 밑은 더 짙은 색이고 에나멜 같은 표면으로 올라오면서 색이 옅어지는 여러 층의 색깔들로 이루어진 것 같았다. 샤를의 눈은 그 깊은 바닥으로 빠져들어갔고, 거기에 머리에는 수건을 두르고 셔츠 윗부분을 풀어헤친 자신의 모습이 조그맣게 보였다. 그는 자리에서 일어났다. 그녀는 그가 집을 나서는 것을 보려고 창가로 와서 헐렁한 실내복 차림으로 제라늄 화분 두 개 사이에 팔꿈치를 고이고 서 있곤 했다. 샤를은 길에 나와 돌 위에 발을 올리고 박차를 조였고 그녀는 위에서 꽃잎이나 풀잎을 입으로 뜯어 그에게 불어 보내며 계속 말을 하곤 했다. 그러면 그 꽃잎과 풀잎은 공중에서 새처럼 반원을 그리며 팔랑거리다가 문 앞에 가만히 서 있는 늙은 백마의 헝클어진 갈기 위에 걸렸다가 바닥에 떨어졌다. 샤를은 말에 올라 그녀에게 키스를 보냈고 그러면 그녀는 손짓으로 답하고 창문을 닫았다. 그리고 그는 길을 떠났다. 이제 그는 긴 리본처럼 끊임없이 먼지를 일으키는 큰길에서, 나무들이 반원 천장처럼 드리워진 우묵한 길을 따라, 밀이 무릎까지 자란 밀밭 옆 오솔길에서, 어깨에 햇살을 싣고 코로 아침 공기를 마시며, 가슴 가득 지난밤의 희열을 담고 평온한 마음과 만족스러운 몸으로, 마치 저녁 식사 후 소화 중인 송로버섯의 향을 아직 되새기고 있는 사람들처럼 자신의 행복을 반추하면서 길을 갔다.

지금까지 그의 삶에서 좋은 일이 무엇이 있었던가? 중학교 때였을까? 그 높은 담 안에 갇힌 채 반에서 그보다 더 부유하고 힘이 센 친구들 가운데 혼자이던 그때, 그의 억양을 놀리며 웃어대고 옷차림을 비웃던 아이들, 어머니가 토시 속에 과자를 넣어 가지고 면회실로 찾아오던 그런 아이들 속에서 혼자이던 그때? 좀 더 나중에 의학 공부를 하던 때였을까? 키가 작은 직공과 사귀고 있었는데 같이 춤을 추러 갈 돈이 늘 부족했던 그 시절? 그다음에 그는 침대 속 발이 얼음처럼 차갑던 과부와 열네 달을 같이 살았다. 하지만 이제 너무도 사랑하는 이 예쁜 여자가 평생 자기 것이 되었다. 그에게 세상은 그녀의 보드라운 치마 둘레를 벗어나지 않았다. 그리하여 그는 지금 곁에서 그녀를 사랑하고 있지 않은 자신을 책망하고, 그녀를 보고 싶어하고, 서둘러 집으로 돌아오고, 두근거리는 가슴으로 계단을 오르는 것이었다. 엠마는 방에서 화장을 하고 있었다. 그가 발소리를 죽여 살그머니 다가가 그녀의 등에 키스하면 그녀는 소리를 질렀다.

그는 그녀의 빗, 반지, 숄을 계속 만져보고 싶은 것을 참을 수가 없었고, 때로는 그녀의 두 뺨에 진한 키스를 하거나 또는 손가락 끝에서 어깨까지 그녀의 드러낸 팔을 따라 올라가며 가벼운 키스를 하기도 했다. 그러면 그녀는 매달리는 어린아이에게 하듯이 반쯤 미소 지으며 성가신 듯 밀쳐냈다.

결혼하기 전에 그녀는 사랑의 감정을 가지고 있다고 믿었다. 그러나 그 사랑에서 생겼어야 할 행복이 찾아오지 않으니 그녀는 자기가 잘못 생각했던 것이 틀림없다는 생각이 들었다. 그리고 엠마는 책에서 그렇게나 아름다워 보였던 *지극한 행복, 열정, 도취* 같은 말들이 삶에서 정확히 무엇을 의미하는지 알아보려 애썼다.

# 6

엠마는 전에 『폴과 비르지니』를 읽고서 작은 대나무 집과 도밍고라는 흑인, 피델이라는 개, 그리고 특히 종탑보다 더 높은 커다란 나무에서 붉은 과일들을 따다 주거나 맨발로 모래밭을 달려 새 둥지를 가져다주는 그런 착한 남동생 같은 존재의 애틋한 우정을 꿈꾸었다.

엠마가 열세 살 때 아버지가 직접 그녀를 도시로 데려가 수도원에 넣었다. 그들은 생제르베 구역의 여관에 묵었는데 저녁 식사 때 드 라 발리에르 양의 이야기가 그려진 접시들이 나왔다. 그 전설에 대한 설명은 칼자국들로 여기저기 끊겨 있었지만 모두가 종교와 미묘한 감정 이야기들, 궁정의 화려함을 찬양하는 것이었다.

수도원에서 지내게 된 초기에 엠마는 전혀 지루해하지 않고 수녀들과 함께 지내는 것이 좋았다. 수녀들은 그녀를 즐겁게 해주려고 식당을 지나 긴 복도를 따라가면 나오는 작은 성당에 엠마를 데려가곤 했다. 엠마는 쉬는 시간에도 거의 놀지 않았고 교리문답을 잘 알아들었으며, 보좌신부의 어려운 질문에 대답하는 사람도 언제나 그녀였다. 교실의 포근한 공기 바깥으로 한 번도 나가지 않고, 구리 십자가가 달린 묵주를 지닌 창백한 안색의 여인들 가운데 생활하면서 그녀는 제단의 향기, 차가운 성수반, 빛나는 촛불에서 발산되는 신비로우면서 나른한 분위기에 잠겨 살그머니 졸음에 빠져들곤 했다. 미사를 제대로 따라가는 대신 그녀는 기도서 안에 하늘색 테두리로 장식된 성화를 들여다보고 있었고, 병든 어린양, 날카로운 화살이 박힌 성스러운 심장, 십자가를 지고 걷다가 쓰러지는 가여운 예수님의 그림을 좋아했다. 고행을 하려고 하루 종일 아무것도 먹지 않기도 시험해보았다. 무슨 서약을 해서 실행하면 좋을까 머릿속으로 곰곰이 생각하기도 했다.

고해를 하러 갈 때면 그녀는 어둠 속에 무릎을 꿇고 두 손을 모은 채, 신부님의 나직한 말소리를 들으며 창살에 얼굴을 대고 조금이라도 더 오래 머무르기 위해 자잘한 죄들을 지어내곤 했다. 설교 속에 계속 나오는 약혼자, 남편, 천상의 연인, 영원한 결혼 등의 비유가 그녀의 영혼 깊숙한 곳에서 예기치 않은 달콤한 행복감을 불러일으켰다.

저녁이면 기도 시간 전에 자습실에서 종교 관련 낭독을 했다. 주중에는 성서 이야기 요약이나 프레시누 신부의 『설교집』을 낭독하고 일요일에는 기분 전환으로 『기독교의 정수』 몇 대목을 읽었다. 처음에 그녀는 낭만적인 우수의 낭랑한 탄식 소리, 지상과 영원의 모든 메아리로 반복되는 그 소리에 골똘히 귀 기울였다. 상가 구역의 가게 뒷방에서 유년을 보냈다면 그녀는 보통 작가들을 통해서야 알게 되는, 마음을 사로잡는 자연의 서정성에 아마도 마음을 활짝 열었을 것이다. 하지만 엠마는 시골을 너무나 잘 알았다. 가축 떼의 울음소리, 소 젖짜기, 쟁기질도 알고 있었다. 조용한 환경에 익숙했기 때문에 그녀는 오히려 변화무쌍한 쪽에 마음이 갔다. 바다는 오로지 폭풍우 때문에 좋았고 푸른 나무도 오로지 폐허 속에 띄엄띄엄 심겨 있을 때만 좋았다. 그녀는 어떤 것에서 무언가 개인적인 이득을 얻을 수 있어야만 했다. 그래서 그녀는 자기 마음을 즉각 움직이게 만드는 것이 아니면 모두 무용한 것으로 물리쳤다. 예술적이기보다 감상적인 기질 탓에, 풍경에는 관심 없고 일어나는 감정을 좇았으므로.

수도원에는 매달 와서 일주일 동안 세탁 일을 하는 나이 든 여자가 하나 있었다. 대혁명 때 몰락한 옛날 귀족 가문 사람으로 대주교의 보호를 받고 있던 그 여자는 식당에서 수녀들과 같은 식탁에서 식사를 했고, 식사를 마친 후 다시 일하러 올라가기 전에 잠깐 이야기를 나누곤 했다. 기숙생들은 종종 자습실을 빠져나와 그녀를 보러 가곤 했다. 그녀는 바느질을 하면서 자기가 잘 아는 흘러간 사랑 노래들을 나지막이 불렀다. 이야기를 들려주거나 바깥소식을 알려주고, 시내에서 심부름도 해주었으며, 앞치마 주머니에 늘 넣고 다니는 소설책을 상급반 학생들에게 몰래 빌려주기도 했는데 그녀 자신도 틈이 날 때마다 한참씩 정신없이 보던 책이었다. 그 책들은 오로지 사랑, 연인인 남자와 여자, 외진 정자에서 정신을 잃고 쓰러지는 괴롭힘 당한 귀부인, 마차 역마다 살해되는 마부들, 페이지마다 죽어 넘어가는 말들, 어두운 숲, 흔들리는 마음, 맹세, 흐느낌, 눈물과 키스, 달빛 아래 작은 배, 숲속의 나이팅게일, 사자처럼 용감하고 어린양처럼 온화하며 더할 나위 없이 고결한 데다 늘 잘 차려입고 눈물도 많은 신사들 이야기뿐이었다. 그리하여 열다섯 살 때 엠마는 오래된 책방의 먼지 쌓인 책들의 페이지를 넘기며 여섯 달을 보냈다. 이후 월터 스콧을 읽고 나서는 역사를 다룬 것에 매료되었고, 궤짝, 위병대기소, 음유시인 등에 대한 몽상에 빠졌다. 그녀는 오래된 성에서 긴 코르사주의 드레스를 입고, 아치형 클로버 장식 아래 돌 위에 팔꿈치를 기대고 손으로 턱을 괸 채, 저 멀리 들판에서 하얀 깃털을 단 기사가 검정말을 타고 달려오는 것을 바라보며 나날을 보내는 성주 귀부인처럼 살고 싶었다. 그 당시 엠마는 마리 스튜어트를 숭배했고 유명한 여자들이나 불운한 여자들을 열렬히 숭앙했다. 잔 다르크, 엘로이즈, 아녜스 소렐, 라 벨 페로니에르, 클레망스 이조르 같은 여자들은 역사의 광막한 어둠 속에 혜성처럼 두드러지게 떠올라 있었다. 그 광막한 어둠 속에서는 또한 떡갈나무와 성 루이, 죽어가는 바이야르, 루이 11세의 몇몇 잔혹한 짓, 약간의 생바르텔레미 이야기, 그 베아른 사람의 깃털 장식 등이, 그리고 루이 14세의 치적이 과장되게 그려진 접시들의 기억들 역시 여기저기에, 그러나 더 깊은 어둠에 묻힌 채 서로 아무런 연관 없이 불쑥불쑥 튀어나왔다.

그녀가 음악 시간에 부르던 성악곡들은 한결같이 황금 날개의 어린 천사, 성모 마리아상, 모래언덕, 곤돌라 뱃사공 등이 나오는 평화로운 곡이었는데, 그 멍청한 가사 스타일과 경망스러운 음을 통해 그녀에게 연애 감정의 실제가 매혹적으로 펼쳐지는 환영을 어렴풋이 보여주었다. 같은 반 친구들 몇이 호화롭게 장정된 기념 도서들을 새해 선물로 받아 수도원에 가지고 왔다. 들키지 않게 이 책들을 숨겨야 했는데 그것은 아주 큰 일이었다. 아이들은 기숙사 공동침실에서 책을 읽었다. 아주 조심스럽게 그 아름다운 비단 장정을 만지며 엠마는 작품 아래 거의 백작이나 자작이라 서명된, 한 번도 들어본 적 없는 저자들의 이름을 황홀한 시선으로 뚫어지게 바라보았다.

그림 위의 얇은 종이를 입으로 불어서 반으로 접혀 올라가게 했다가 다시 가만히 페이지 위로 내려앉게 하면서 그녀는 전율했다. 그림들은 발코니 난간 앞에서 짧은 외투를 입은 젊은 남자가 벨트에 돈주머니가 달린 흰 드레스를 입은 여자를 꼭 끌어안고 있는 것이거나, 둥근 밀짚모자를 쓴 금발 곱슬머리의 영국 귀부인들이 옅은 색깔 큰 눈으로 앞을 응시하고 있는 이름 없는 초상화들이었다. 공원 한가운데를 미끄러지듯 달리는 마차 안에 길게 누운 여자들 모습도 보였고, 흰 반바지 차림의 어린 마부 둘이 빠르게 몰고 가는 그 마차 앞으로 그레이하운드 한 마리가 뛰어오르고 있었다. 또 다른 여자는 소파에 앉아 봉인이 뜯긴 편지를 옆에 두고, 검은 커튼이 반쯤 드리워진 살짝 열린 창문 너머로 꿈에 잠긴 듯 물끄러미 달을 쳐다보고 있었다. 뺨에 눈물 한 방울을 달고서 중세풍 새장 창살 사이로 멧비둘기에게 입을 맞추는 순진한 여자도 보였고, 미소 띤 얼굴을 어깨 쪽으로 갸우뚱하게 기울인 채 끝이 위로 올라간 구두처럼 뾰족한 손가락들을 위로 젖히고서 데이지 꽃잎을 떼어내고 있는 여자도 보였다. 또 다른 데는 아치 아래에서 무희들의 품에 안긴 채 몽롱하게 긴 파이프를 물고 있는 술탄, 이교도, 터키의 검, 그리스 모자 들이 그려져 있었고, 특히 저 디오니소스를 찬미하는 고장의 희미한 풍경들은, 야자나무, 전나무, 오른쪽에 호랑이 왼쪽에 사자, 수평선에는 타타르 첨탑, 전경에는 로마의 폐허, 그다음 웅크려 앉은 낙타 들을 보여주었다. 이 모두가 말끔한 원시림에 둘러싸여 있고, 커다란 빛 한 줄기가 물 위에 수직으로 내리쬐어 표면에 일렁이는데, 강철 같은 회색빛 바탕 위에 여기저기 헤엄치는 백조들이 하얗게 긁힌 자국같이 도드라졌다.

기숙사 공동침실의 고요 속에서 그리고 늦게까지 아직 대로를 달리고 있는 마차 소리 속에서 엠마 앞에 하나하나 지나가는 이 세상의 모든 그림들을 그녀 머리 위 벽에 달린 등불이 비춰주고 있었다.

엠마는 어머니가 돌아가시고 처음 며칠간 많이 울었다. 그녀는 고인의 머리카락으로 추모 액자를 만들게 했고, 삶에 대한 슬픈 생각으로 가득한 편지를 베르토에 보내 나중에 자기도 같은 무덤에 묻어달라고 했다. 아버지는 딸이 병이 났다고 믿고 그녀를 보러 왔다. 보잘것없는 흐릿한 삶의 나날들 속에서 보통 사람은 절대 도달하지 못하는 이런 드문 이상적인 상태에 자신이 단번에 도달했다고 느껴져서 엠마는 마음속으로 흐뭇했다. 그래서 그녀는 라마르틴의 시들이 늘어놓는 이야기에 빠져들었고 호수 위 하프 소리와 죽어가는 백조가 부르는 모든 노래, 세상 모든 낙엽 떨어지는 소리, 순결한 처녀들이 하늘로 올라가는 소리, 계곡에서 울려오는 영원의 목소리에 귀를 기울였다. 좀 지루했지만 그렇다는 걸 절대 인정하고 싶지 않았고, 습관처럼 계속 읽다가 나중에는 허영심으로 계속했는데, 그러다가 마침내 이마의 주름도 마음의 슬픔도 사라지면서 편안해지는 느낌이 놀라웠다.

루오 양에게 수도자의 소명이 있음을 너무도 확신했던 수녀들은 그녀가 자신들의 울타리를 벗어나는 것처럼 보인다는 사실을 알아차리고 몹시 놀랐다. 실제로 수녀들은 그녀에게 아주 많은 성무일과와 피정, 구일기도, 설교를 아낌없이 해주었고, 성자와 순교자들에게 경배를 드려야 함을 수없이 강조하며 정숙한 육체와 영혼의 구원에 대해 너무도 많은 충고를 했는데 그러한 나머지 엠마는 누가 고삐를 확 잡아당긴 말처럼 행동하고 말았다. 말하자면 갑자기 발걸음을 멈췄고 재갈이 입에서 튀어나왔다. 열광의 한가운데에서도 실리적인 이 영혼, 꽃 때문에 성당을 좋아했고 연애에 대한 가사 때문에 음악을, 정념의 열기 때문에 문학을 좋아했던 이 영혼은, 계율이 자신의 기질에 반하는 것이어서 더욱 짜증스러웠던 것과 마찬가지로 신앙의 신비에 대해 반발했다. 아버지가 와서 그녀를 기숙사에서 데리고 갈 때 엠마가 떠나는 것을 보며 사람들은 조금도 안타까워하지 않았다. 수도원장은 그녀가 최근 들어 공동체를 공경하는 마음도 거의 가지지 않게 되었다고 생각하기까지 했다.

집으로 돌아온 엠마는 처음에는 일꾼들을 부리는 일을 즐겼지만 얼마 후 시골이 너무도 싫어졌고 수도원이 그리워졌다. 샤를이 처음 베르토에 갔을 당시 그녀는 자신이 이제 더 배울 것도 없고 더 이상 아무것도 느낄 것도 없는, 삶에 완전히 환멸을 느낀 사람이라 여기고 있었다.

그러나 새로운 상황의 불안, 아니 어쩌면 이 남자의 존재가 주는 자극이 그녀가 마침내 저 황홀한 열정적 사랑을 가지게 되었다고, 분홍 깃털의 커다란 새가 시 속의 찬란한 창공을 맴돌듯 이제껏 어딘가 머물러 있던 그 사랑을 자신도 가지게 되었다고 믿게 하기에 충분했다. 그런데 지금 그녀는 이 고요한 삶이 자신이 꿈꾸었던 행복이라고는 도저히 생각할 수가 없었다.

# 7

그녀는 그래도 지금이 자기 삶에서 가장 아름다운 나날, 이른바 밀월이라는 생각을 가끔 했다. 그 행복을 맛보기 위해서는 아마도 낭랑하게 울리는 이름을 가진 고장, 결혼식 후 며칠간 감미로운 느긋함 속에 빠져 있게 해주는 고장들로 떠났어야 했는데! 푸른색 실크 차양이 달린 역마차 좌석에 앉아, 산속에서 염소들의 방울 소리, 희미한 폭포 소리와 함께 계속 이어지는 마부의 노래를 들으며 가파른 산길을 천천히 오른다. 해가 저물 때는 바닷가에서 레몬나무 향기를 맡는다. 그리고 저녁이 되면 별장의 테라스에서 단둘이 손을 깍지 끼고 앞날을 계획하며 별들을 바라본다. 어떤 식물이 특별히 어떤 토양에만 잘 맞고 다른 곳에서는 잘 자라지 못하는 것처럼 이 지상의 어떤 곳들은 반드시 행복을 가져다줄 것 같았다. 어째서 그녀는 긴 옷자락의 벨벳 연미복, 부드러운 가죽 구두, 뾰족한 모자, 소매 커프스를 갖춘 차림의 남편과 함께 스위스 산장의 발코니에 팔꿈치를 고이거나 스코틀랜드의 오두막집에 자신의 슬픔을 넣어둘 수가 없다는 말인가!

아마도 그녀는 이 모든 것들을 누군가에게 털어놓고 싶었을 것이다. 하지만 구름처럼 모양이 변하는, 바람처럼 휘몰아치는 이 알 수 없는 불안을 어떻게 말할 것인가! 그러니 그녀에게는 표현할 말도, 기회도, 용기도 없었다.

그렇지만 샤를이 그럴 마음이 있다면, 그것을 짐작이라도 한다면, 단 한 번이라도 그의 시선이 그녀의 생각에 가닿는다면, 그녀는 마치 과수밭의 익은 과일이 손만 대면 떨어지듯 자기 마음속에서 많은 것이 왈칵 쏟아져 나올 것 같았다. 그러나 그들의 생활이 더 친밀해져갈수록 마음속으로는 더 무관심해져 그녀를 남편에게서 멀어지게 했다.

샤를의 대화는 거리의 보도처럼 평평했고, 누구나 하는 평범한 생각들이 감동도 웃음도 몽상도 불러일으키지 못한 채 그 보도를 행진했다. 그는 루앙에 살 때 파리에서 온 배우들을 보러 극장에 가고 싶었던 적이 한 번도 없다고 말하곤 했다. 그는 수영도 못하고, 검술도 모르고, 권총도 쏠 줄 몰랐으며 어느 날 그녀가 소설에서 맞닥뜨린 승마 용어를 설명해줄 수도 없었다.

하지만 남자는 모든 것을 다 알고, 여러 가지 활동에 뛰어나고, 힘이 넘치는 열정과 세련된 삶과 온갖 신비의 세계로 이끌어줄 수 있어야 하지 않는가? 그런데 그는, 이 남자는, 아무것도 가르쳐주지 않았고 아무것도 몰랐고 아무것도 바라지 않았다. 그는 엠마가 행복하다고 믿었다. 그러나 그녀는 너무도 확고한 그 평온함과 유유자적한 둔감함, 자기가 그에게 주고 있는 행복까지도 못마땅하고 그가 미운 마음이 들었다.

엠마는 가끔 그림을 그렸다. 그리고 샤를은 옆에 가만히 서서, 그녀가 자기 작품을 더 잘 보려고 눈을 깜빡이거나 엄지손가락으로 빵 조각을 둥글게 굴리면서 도화지 위에 고개를 숙이고 있는 모습을 바라보는 것이 무척이나 즐거웠다. 피아노를 칠 때면 그녀의 손가락이 빨리 움직일수록 그는 더 놀라워했다. 그녀는 아주 여유롭게 피아노 건반을 두드렸고 높은음에서 낮은음까지 단번에 멈추지도 않고 모든 건반을 훑었다. 현이 낡아 음이 맞지 않는, 그녀의 손에 그렇게 뒤흔들린 그 오래된 악기는 창문이 열려 있으면 마을 끝까지 소리가 들렸고, 모자도 없이 실내화 바람으로 큰길을 지나가던 집행관 서기가 손에 서류를 든 채 발걸음을 멈추고 그 소리를 들었다.

다른 한편 엠마는 집안을 잘 이끌어나갈 줄 알았다. 고지서 느낌을 주지 않게 잘 다듬어 표현한 편지를 써서 환자들에게 진료비 청구서를 보냈다. 일요일 저녁 식사에 이웃을 초대할 때면 요리를 예쁘게 꾸밀 방법을 개발했고, 포도 잎사귀 위에 피라미드 모양으로 자두를 멋지게 담았으며, 접시에 잼 병을 뒤집어서 내놓기도 했는데 심지어는 디저트 때 입을 가시는 물그릇을 사야겠다는 말을 하기까지 했다. 이 모든 것으로 인해 사람들은 보바리에게 깊은 경의를 표하게 되었다.

마침내 샤를도 이런 아내를 가졌으니만큼 자신이 더 높은 위치에 있는 사람이라고 생각하게 되었다. 그는 엠마가 연필로 그린 작은 스케치 두 점을 큰 액자에 넣어 거실 벽에 긴 초록색 줄로 걸어놓고는 자랑스럽게 사람들에게 보여주곤 했다. 미사가 끝나고 사람들이 집으로 돌아올 때면 자수로 장식된 근사한 실내화를 신고 자기 집 문 앞에 서 있는 그의 모습이 보였다.

그는 아주 늦게, 열 시나 때로는 자정에 집으로 돌아오곤 했다. 그럴 때면 먹을 것을 좀 달라고 했는데, 하녀는 잠자리에 들었기 때문에 음식을 차리는 것은 엠마였다. 그는 더 편하게 식사를 하려고 프록코트를 벗었다. 그날 만났던 사람들, 들렀던 마을들, 자기가 써준 처방전들을 하나하나 다 이야기했고, 아주 흐뭇해하며 남은 스튜를 먹고, 치즈 껍질을 벗기고, 사과를 깨물어 먹고, 포도주를 다 마신 다음 침대로 가서 등을 대고 누워 코를 골았다.

오랫동안 면으로 된 수면모자를 써왔기 때문에 머릿수건이 귀에 잘 붙어 있지 않았다. 그래서 아침이면 그의 머리카락은 엉망으로 헝클어져 얼굴을 덮었고, 밤사이 베갯잇 끈이 풀어져 삐져나온 깃털로 하얗게 되어 있었다. 그가 언제나 신고 다니는 투박한 부츠는 발목에 복사뼈 쪽으로 비스듬히 두꺼운 주름 두 개가 잡혀 있는데 나머지 발등 부분은 마치 나무틀을 집어넣은 것처럼 팽팽하게 일직선을 이루고 있었다. 그는 *시골에서는 이런 게 아주 좋다*고 말하곤 했다.

그의 어머니는 이렇게 절약하는 것이 좋다고 칭찬했다. 어머니가 집에서 좀 심하게 싸우고 난 후 예전처럼 아들을 보러 왔던 것이다. 하지만 어머니는 며느리가 마음에 거슬리는 것 같았다. 며느리가 *집안 형편에 맞지 않게 너무 격조 있는 생활*을 하려 든다고 생각했다. 장작이며 설탕이며 양초가 *대저택에서 쓰는 것처럼 금방 없어져*버리질 않나, 부엌에서 타고 있는 잉걸불이면 요리 스물다섯 접시는 만들고도 남을 텐데! 그녀는 리넨 제품들을 장롱에 정리해 넣었고, 정육점 주인이 고기를 가져올 때 잘 지켜보라고 일렀다. 엠마는 이런 권고들을 받았다. 보바리 부인은 가르침을 아끼지 않았다. 그리고 파르르 떨리는 입술에서 '아가'라는 말, '어머니'라는 말이 하루 종일 오갔고, 제각기 노여움에 떨리는 목소리로 부드러운 말들을 주고받았다.

뒤뷔크 부인 때는 어머니가 여전히 더 사랑받는다는 느낌이 들었는데, 지금은 엠마에 대한 샤를의 사랑이 자신의 애정에 대한 변절이자 자기 소유의 것을 침해당하는 일만 같았다. 그리하여 그녀는 마치 몰락한 어떤 사람이 예전 자기 집의 식탁에 둘러앉은 사람들을 창살 너머로 바라보듯, 아무 말 없이 서글프게 아들의 행복을 지켜보았다. 어머니는 아들에게 예전 추억을 말하듯 자신의 고생과 희생을 상기시켰고, 그에 비해 엠마는 집안일에 너무 태만하다면서, 그가 그녀를 그렇게까지 애지중지하는 것은 결코 분별 있는 태도가 아니라고 말을 맺었다.

샤를은 무어라 대답해야 할지 알 수 없었다. 그는 어머니를 존중했고 아내를 한없이 사랑했다. 그는 한쪽의 판단이 틀리지 않는다고 여기면서도 또 다른 쪽도 비난할 수 없다고 생각했다. 보바리 부인이 떠나고 나서 그는 자기 엄마가 했던 말 중 가장 대수롭지 않은 말 한두 가지를 똑같은 표현으로 조심스럽게 건네보았다. 엠마는 한마디로 그가 틀렸다는 것을 입증하면서 환자들에게나 가보라고 했다.

그러면서도 엠마는 자기가 믿는 이론들에 근거하여 자신에게 사랑의 감정이 생기기를 바랐다. 달빛이 비치는 정원에서 자기가 외우고 있는 모든 연애시를 낭송하고 그에게 우수 어린 느린 곡조를 애절하게 불러주기도 했다. 하지만 그러고 나서도 전과 마찬가지로 마음이 아무렇지도 않았고, 그렇다고 샤를이 더 열렬해지거나 감동한 것 같아 보이지도 않았다.

이렇게 자기 심장에 부싯돌을 살짝 문질러보아도 불티 하나 일어나지 않자, 게다가 자기가 경험하지 않은 것은 이해하지 못하고 통상적인 형태로 나타나지 않은 것은 믿지 못하는 사람이었기에, 그녀는 샤를의 사랑이 더 이상 전혀 대단할 것이 없다고 쉽게 확신해버렸다. 그의 사랑의 표현은 규칙적이 되었다. 그는 정해진 시간에 그녀에게 키스를 했다. 그것은 단조로운 만찬 뒤에 으레 나오게 되어 있는 디저트 같은, 여러 습관 중의 하나였다.

의사 선생님의 치료로 폐렴이 나았다는 한 사냥터지기가 보답으로 안주인에게 이탈리아 그레이하운드 강아지 한 마리를 가져다주었다. 그녀는 잠시 혼자 있기 위해서, 또 먼지 나는 길과 늘 똑같은 정원만 눈에 들어오는 것을 벗어나기 위해서 그 강아지를 데리고 이따금 산책을 나갔다.

그녀는 반빌의 너도밤나무 숲, 들판 쪽 담 모퉁이의 빈집 근처까지 가곤 했다. 넓은 도랑 속에는 잡초들 사이에 살을 벨 듯 잎이 날카로운 기다란 갈대들이 있었다.

지난번에 왔을 때와 아무것도 달라진 것이 없는지 먼저 주변을 둘러보았다. 똑같은 자리에 디기탈리스와 향꽃무, 큰 자갈들을 둘러싼 쐐기풀 무리, 창문 세 개를 따라 뒤덮인 지의류 식물이 여전히 그대로 있었다. 언제나 닫혀 있는 그 창의 덧문들은 녹슨 쇠막대 빗장들 위로 썩어서 허물어지고 있었다. 강아지가 들판을 빙빙 돌고, 노란 나비들을 향해 짖어대고, 뾰족뒤쥐를 잡으러 다니고, 밀밭 가의 개양귀비를 물어뜯기도 하는 것처럼 그녀의 생각은 처음에는 정처 없이 이리저리 떠돌아다녔다. 그러다가 생각이 조금씩 한 곳에 고정되자, 그녀는 잔디에 앉아 양산 끝으로 바닥을 콕콕 찌르면서 같은 말을 되풀이했다.

"세상에, 내가 왜 결혼을 했지?"

다른 우연의 조합으로 다른 남자를 만날 수는 없었을까 자문했다. 그러면서 실제로 일어나지 않는 그런 일들, 다른 삶, 자신이 알지 못하는 그 남편은 어땠을까 상상해보려 애썼다. 누구든 정말 저 남자와는 달랐다. 그 사람은 잘생기고, 재기발랄하고, 기품 있고, 사람의 마음을 끄는 남자, 아마도 예전 수도원 친구들이 결혼했을 법한 그런 남자였을 수도 있었을 것이다. 그 친구들은 지금 무얼 하고 있을까? 도시에서 거리의 소음, 극장의 웅성거림과 무도회의 환한 불빛을 누리며, 마음이 부풀어 오르고 감각이 활짝 피어나는 그런 삶을 살고 있겠지. 그런데 그녀는, 그녀의 삶은 북쪽으로 창이 난 다락방처럼 냉랭했고, 권태, 이 소리 없는 거미는 그녀의 어두운 마음속 구석구석 거미줄을 치고 있었다. 그녀는 단상에 올라가서 작은 왕관을 받았던 상장 수여식 날들을 머릿속에 떠올렸다. 머리를 땋아 늘이고 하얀 드레스에 발등을 드러낸 모직 구두를 신은 그녀는 아주 사랑스러운 모습을 하고 있었고, 그녀가 자리로 돌아갈 때 남자들이 몸을 숙여 축하 인사를 건네주었다. 마당은 마차들로 가득했다. 사람들이 마차 문 너머로 그녀에게 작별 인사를 했고 음악 선생님이 바이올린 케이스를 들고 지나가며 인사를 건넸다. 이 모든 것이 얼마나 먼 옛날 일인가! 얼마나 먼!

그녀는 잘리를 불러 무릎 사이에 안고는 길고 가냘픈 머리를 쓰다듬으며 강아지에게 말했다.

"자, 주인에게 키스를 하세요, 아무 걱정도 없는 당신."

뒤이어 그녀는 느릿하게 하품을 하는 그 가냘픈 동물의 우수 어린 표정을 바라보다가 가슴이 뭉클해졌고, 마치 큰 슬픔에 잠긴 누군가를 위로하는 것처럼 크게 소리 내어 강아지에게 이야기했다.

때로 돌풍이 몰려왔다. 코 지방의 고지대 전체를 단번에 휩쓸면서 들판 멀리까지 소금기 머금은 찬 기운을 몰고 오는 바닷바람이었다. 땅에 누운 등심초가 휘파람 소리를 내고 너도밤나무 잎들이 파르르 떨며 사그락거리는 한편, 나무들 꼭대기는 하염없이 너울거리며 크게 중얼거리는 것 같은 소리를 냈다. 엠마는 어깨 위 숄을 여미고 일어섰다.

가로수 길에서는 나뭇잎에 반사되어 초록빛을 띤 햇살이 그녀의 발아래 부드럽게 밟히는 이끼를 비추었다. 해가 저물고 있었다. 나뭇가지들 사이로 하늘이 붉었고 일렬로 죽 늘어선 비슷비슷한 나무 기둥들은 황금빛 배경 위로 도드라진 갈색 회랑 같아 보였다. 갑자기 무서워진 그녀는 잘리를 불러 큰길로 해서 얼른 토트에 돌아와서는, 안락의자에 풀썩 주저앉아 저녁 내내 아무 말도 하지 않았다.

그런데 9월 말 무렵, 그녀의 삶에 놀라운 일이 일어났다. 보비에사르의 앙데르빌리에 후작 댁에 초대를 받은 것이다.

왕정복고 시기에 국무경을 지낸 후작은 정계 복귀를 모색하면서 오래전부터 하원 입후보를 준비하고 있었다. 겨울에는 여러 곳에 장작을 나누어주었고, 도의회에서는 계속하여 열정적으로 자기 지역을 위한 도로 건설을 요청했다. 무더위가 한창일 때였는데, 그의 입안에 생긴 종기를 샤를이 제때 핀셋 한번 놀리는 시술로 기적처럼 낫게 해준 적이 있었다. 그리고 시술 비용을 치르기 위해 토트에 보내진 재정 담당자가 저녁때 돌아가 의사네 정원에서 아주 근사한 체리를 보았다고 이야기했다. 보비에사르에서는 그런데 벚나무가 잘 자라지를 않았다. 후작은 보바리에게 꺾꽂이 가지 몇 개를 부탁했고, 그에 대한 인사를 직접 해야 한다고 생각해서 그곳에 찾아갔다가 엠마를 보았는데, 몸매도 예쁘고 인사를 하는 모양이 시골 여자 같지 않다고 생각했다. 그러니 이 젊은 부부를 초대해도 성에서 과도한 호의라거나 잘못을 범한 일이라고 생각하지는 않을 것이었다.

어느 수요일 세 시에 보바리 부부는 그들의 보크 마차에 올라 보비에사르로 향했다. 뒤에는 커다란 트렁크가 묶여 있고 마차 전면부에는 모자 상자가 놓였다. 그뿐 아니라 샤를은 다리 사이에 상자 하나를 끼워놓고 있었다.

그들은 땅거미가 질 무렵 도착했고, 그때쯤 마차들을 밝히기 위해 정원에 초롱불이 켜지기 시작했다.

# 8

이탈리아식 현대 건축물인 그 성은 드넓은 잔디밭 맨 끝에, 양쪽 날개가 앞으로 나오고 낮은 계단이 세 개 있는 디귿자 모양으로 넓게 자리 잡고 있었다. 그곳에 드문드문 서 있는 커다란 나무숲들 사이에서 소 몇 마리가 풀을 뜯었고, 한편 모래가 덮인 구불구불한 길 위로는 진달래, 고광나무, 까마귀밥나무들이 옹기종기 모인 곳에서 비죽비죽 초록빛 가지들이 튀어나와 있었다. 다리 아래로 시냇물이 흘렀다. 안개 너머로 초가지붕의 건물들이 들판에 흩어져 있는 것이 보였고, 그 주위에 나무들로 덮인 완만한 언덕 두 개가 둘러 있고, 그 뒤로 숲속에는 헐려버린 오래된 성의 잔재인 창고와 마구간이 평행으로 나란히 서 있었다.

샤를의 *보크* 마차가 건물 가운데 계단 앞에서 멈췄다. 하인들이 나타났다. 후작이 다가와서 의사 부인에게 팔을 내밀어 팔짱을 끼고 로비로 인도했다.

로비는 대리석 타일 바닥에 천장이 아주 높아서 발소리와 목소리가 성당 안에서처럼 울렸다. 정면에는 똑바로 난 계단이 있고, 왼쪽에는 마당으로 난 회랑이 당구실로 이어졌는데, 상아로 된 공을 치는 소리가 문간에서 들려왔다. 응접실로 가기 위해 회랑을 지나가다가 엠마는 당구 게임 둘레에 서 있는 심각한 얼굴의 남자들, 높이 맨 넥타이 위에 턱을 고이고 당구채를 밀면서 소리 없이 미소 짓는 남자들을 보았다. 벽을 장식한 어두운색 나무판 위에는 커다란 황금빛 액자들이 걸려 있는데 그 아래에는 검은색으로 이름이 씌어 있었다. 그녀는 읽어보았다. "장 앙투안 당데르빌리에 디베르봉빌, 라 보비에사르 후작 겸 라 프레네 남작, 1857년 10월 20일, 쿠트라 전투에서 전사." 다른 곳에는 "장 앙투안 앙리 기 당데르빌리에 드 라 보비에사르, 프랑스 해군 제독, 생미셸 훈장 수훈자, 1692년 5월 29일, 라 우그 생 바스트 전투에서 부상, 1693년 1월 23일 라 보비에사르에서 사망."이라고 씌어 있었다. 등잔 불빛이 당구대의 초록색 융단 위에서 꺾여 방 안에 그림자를 드리웠기 때문에 그다음 것들은 겨우 알아볼 수 있을 정도였다. 불빛은 수평으로 죽 이어진 그림들을 갈색으로 물들이면서 니스가 갈라진 틈들을 따라 가느다란 물고기 가시 같은 형태로 표면에 부딪혀 흩어졌다. 그리고 황금빛 테두리의 이 커다란 검은 사각형들에서 여기저기 그림의 좀 더 밝은 부분, 창백한 이마, 똑바로 앞을 응시하는 눈, 가루가 덮인 붉은색 제복 어깨 위로 늘어뜨린 가발, 또는 툭 튀어나온 종아리 위의 양말 고정 밴드 고리 같은 부분들이 드러나 보였다.

후작이 응접실 문을 열었다. 여자들 중 하나(바로 후작 부인)가 일어나 엠마에게 다가오더니 자기 옆 소파에 앉히고는 오래전부터 알았던 것처럼 다정하게 이야기를 건넸다. 마흔 살가량 된, 아름다운 어깨와 매부리코, 느릿하고 길게 끄는 목소리를 가진 여자였는데, 그날 저녁에는 뒤로 삼각형 끝부분이 늘어지는 레이스 숄만 밤색 머리에 두르고 있었다. 그 옆에는 등받이가 긴 의자에 금발의 젊은 사람 하나가 앉아 있었다. 그리고 남자들은 연미복 옷깃의 장식 단춧구멍에 작은 꽃을 꽂고 벽난로 주위에서 여자들과 담소를 나누고 있었다.

일곱 시에 만찬이 나왔다. 수가 많은 남자들은 로비의 첫 번째 식탁에 앉고 여자들은 후작 부부와 함께 식당의 두 번째 식탁에 앉았다.

엠마는 안으로 들어서면서 꽃향기와 아름다운 냅킨 · 식탁보 냄새, 불에 구운 고기 향과 송로 냄새가 섞인 따스한 공기에 감싸이는 것을 느꼈다. 촛대 위의 촛불들이 은제 요리 덮개 위에 길게 불빛을 드리우고 뿌옇게 김이 서린 집게들이 희미한 빛을 반사하고 있었으며, 식탁 전체에 일렬로 꽃장식이 놓였고 테두리가 넓은 접시 위에는 주교 모자 모양으로 접은 냅킨이 놓였는데 양쪽의 벌어진 주름 사이에 타원형 롤빵이 담겨 있었다. 커다란 바닷가재의 붉은 다리들이 접시 바깥으로 나와 있고 이끼를 깐 성긴 바구니 속에 큰 과일들이 쌓여 있었다. 깃털이 그대로 붙어 있는 메추라기에서 모락모락 김이 올라왔다. 실크 양말, 짧은 반바지, 흰 넥타이 차림에 가슴 장식을 단, 재판관처럼 진중한 표정을 한 급사장이 손님들 어깨 사이로 잘 잘라놓은 요리들을 내밀고는 손님이 선택한 요리를 숟가락질 한 번으로 깔끔하게 들어 올렸다. 구리 몰딩의 커다란 도자기 난로에 새겨진, 턱까지 천을 두른 여인상이 사람들로 가득한 방을 가만히 바라보고 있었다.

보바리 부인은 여러 여자들이 유리잔에 장갑을 넣어두지 않았다는 것을 알아차렸다.

그런데 식탁 끝 상석에는 그 모든 여자들 한가운데에 어떤 노인이 혼자 음식이 가득한 접시 위로 등을 구부린 채 어린아이처럼 냅킨을 목 뒤로 묶고 입에서 소스를 흘리며 식사를 하고 있었다. 눈에는 핏발이 섰고 뒤로 땋아 내린 머리를 검은 리본으로 묶어놓았다. 그 노인은 후작의 장인, 라베르디에르 공작으로, 콩플랑 후작 댁에서 르 보드뢰유로 사냥을 가던 시절 아르투아 백작의 총애를 받았던 사람이고, 쿠아니 씨와 로죙 씨 사이에서 마리 앙투아네트 왕비의 연인이었다고 했다. 그는 온갖 방탕한 일로 요란한 삶을 살았다. 그의 삶은 수많은 결투, 도박, 여자 납치로 이어졌고, 재산을 모두 날려버렸으며 집안 사람들을 경악하게 만들었다. 하인 하나가 뒤에서 그가 더듬거리며 손가락으로 가리키는 요리들 이름을 귀에 대고 큰 소리로 말해주었다. 엠마의 눈길은 자기도 모르게, 특별하고 고귀한 무언가에 시선이 쏠리듯, 입술이 처진 그 노인에게로 자꾸만 다시 돌아가곤 했다. 이 사람은 궁에서 살았고 왕비들의 침대에 몸을 뉘었던 것이다!

얼음에 채워두었던 샴페인이 나왔다. 엠마는 입안에 차가운 술이 닿자 온몸에 전율이 일었다. 그녀는 석류를 본 적도 없고 파인애플을 먹어본 적도 없었다. 심지어 설탕가루까지도 다른 곳에서보다 더 희고 고와 보였다.

얼마 후 여자들은 무도회 준비를 하기 위해 방으로 올라갔다.

엠마는 데뷔 무대에 서는 여배우처럼 세세하게 신경을 써서 치장했다. 미용사의 권고대로 머리를 했고, 침대에 펼쳐놓은 가벼운 모직 드레스에 몸을 집어넣었다. 샤를의 바지는 배가 너무 조였다.

"발밑에 거는 끈 때문에 춤추기가 거북하겠어." 그가 말했다.

"춤을 춘다고?" 그녀가 말했다.

"응!"

"아니, 정신이 나갔네! 사람들이 비웃을 텐데, 그냥 가만히 있어요. 그리고 의사한테는 그게 더 바람직해요." 그녀가 덧붙였다.

샤를은 아무 말도 하지 않았다. 그는 엠마가 옷을 다 입는 동안 방 안을 이리저리 서성거렸다.

그는 촛대 두 개 사이 거울 속에 비친 그녀를 뒤에서 바라보았다. 검은 눈이 더 검게 보였다. 앞가르마를 타서 양쪽으로 내려 귀 부분에서 살짝 볼록하게 나온 머리가 파르라니 빛났다. 틀어 올린 머리에 꽂은 장미꽃 가지가 흔들리며 꽃과 꽃잎 끝의 인조 물방울들도 파르르 떨렸다. 그녀는 연한 주황색 드레스를 입고 있었는데 초록이 섞인 방울술 장미꽃 다발 세 개로 더 돋보였다.

샤를은 그녀에게 다가가 어깨에 키스를 했다.

"저리 가요. 다 구겨지잖아!"

리토르넬로를 켜는 바이올린 소리와 호른 소리가 들려왔다. 엠마는 뛰어가고 싶은 마음을 누르며 계단을 내려갔다.

카드리유*가 이미 시작되어 있었다. 사람들이 모여들었다. 서로 몸을 밀쳤다. 그녀는 문 근처 긴 의자에 앉았다.

콩트르당스**가 끝나자 남자들이 서서 이야기를 나누고 하인들이 큰 쟁반을 들고 다닐 수 있는 공간이 생겼다. 자리에 앉아 있는 여자들 쪽에서는 채색된 부채들이 팔락이고, 꽃다발들이 사람들의 얼굴에 어린 미소를 반쯤 가리고, 황금빛 미개가 달린 작은 향수병이 살짝 펼친 손에서 돌아가고, 그 손에 낀 흰 장갑들은 손톱의 형태를 드러내 보이며 손목의 살을 꽉 조이고 있었다. 레이스 장식, 다이아몬드 브로치, 둥근 메달이 달린 팔찌가 코르사주에서 가볍게 흔들리고, 가슴에서 반짝이고, 드러낸 팔 위에서 살랑거렸다. 이마에 꼭 붙이고 목덜미에서 틀어 올린 머리칼에는 물망초, 재스민, 석류꽃, 이삭 모양 장식, 수레국화 등이 왕관 모양이나 포도송이 또는 잔가지 모양으로 꽂혀 있었다. 평화롭게 자기 자리에 앉아 상을 찌푸리고 있는 할머니들은 붉은색 터번 모양 모자를 쓰고 있었다.

엠마는 파트너가 자기 손끝을 잡고 춤 대열에 들어가 바이올린이 춤의 시작을 알리는 첫 음을 내기를 기다리며 가슴이 조금 뛰었다. 하지만 곧 떨림은 사라졌다. 그리고 오케스트라의 리듬에 맞춰 그녀는 가볍게 목을 움직이며 앞으로 미끄러져 나갔다. 다른 악기들이 가만히 있고 때로 바이올린 혼자 섬세하고 우아한 연주를 들려줄 때면 그녀의 입가에 미소가 떠올랐다. 옆쪽에서는 테이블의 융단 위에 금화들이 쏟아지는 맑은 소리가 들렸다. 그다음 모든 악기들이 동시에 다시 연주를 시작하여 코넷이 큰 소리를 울리고, 사람들의 발이 박자에 맞춰 바닥을 밟고, 치마는 부풀어 올라 서로 스치고, 서로 손을 잡았다가 놓았다. 조금 전 상대 앞에서 내리떴던 누군가의 두 눈이 다시 돌아와 상

* 프랑스의 사교댄스.

** 네 쌍 혹은 여덟 쌍의 남녀가 서로 마주 보며 추는 춤.

대를 똑바로 응시하곤 했다.

스물다섯 살에서 마흔 살가량 된 남자들(열댓 명 정도)이 춤추는 사람들 속에 섞여 있거나 문 입구에서 이야기를 나누고 있었는데, 나이나 차림새나 얼굴 모습은 달라도 어딘가 비슷하게 닮은 데가 있어 다른 사람들과 구별되었다.

그들의 옷은 더 부드러운 천으로 더 잘 만든 것 같았고 관자놀이 쪽으로 둥글게 말아 올린 머리카락은 더 고급스러운 포마드를 발라 윤기가 흘렀다. 그들의 얼굴빛에서는 부티가 났다. 도자기의 하얀빛, 실크의 어른거리는 모양, 아름다운 가구의 니스칠이 한층 더 돋보이게 만드는 하얀 얼굴빛, 맛있는 음식을 건강하고 사려 깊게 섭취하여 유지되는 하얀 얼굴빛이었다. 그들은 넥타이를 아래로 낮게 매서 목의 움직임이 편안해 보였다. 긴 구레나룻은 접힌 칼라 위로 내려왔다. 그들은 그윽한 향기가 풍겨 나오는, 큰 대문자로 이름 첫 자를 수놓은 손수건으로 입술을 닦았다. 나이가 들어가는 사람들은 젊어 보이는 반면 젊은이들의 얼굴에는 어딘가 성숙한 분위기가 어려 있었다. 무심한 그들의 눈길에는 하루하루 매일 사랑이 충족된 자의 평온함이 감돌았다. 그리고 그들의 부드러운 몸놀림 너머로 특유의 난폭함이 드러났는데, 그건 혈통 좋은 말을 다룬다든가 매춘부들 세계를 드나드는 일같이, 힘을 행사하고 허영심을 만족시킬 수 있는 그런 상당히 쉬운 일들을 장악함으로써 생긴 것이었다.

엠마와 세 걸음 떨어진 곳에서 푸른색 옷을 입은 기사가 하얀 얼굴에 진주 장신구로 치장을 한 젊은 여자와 이탈리아 이야기를 하고 있었다. 그들은 생피에르 성당 기둥의 굵기, 티볼리, 베수비오 화산, 카스텔라마레, 카시노, 제노바의 장미, 달빛 아래 콜로세움에 대한 찬양을 늘어놓았다. 엠마는 다른 쪽 귀로는 무슨 말인지 모르겠는 단어들로 가득한 대화를 듣고 있었다. 사람들이 한 젊은이를 둘러싸고 있었는데, 지난주에 영국에서 한참 망설이다가 결단을 내려 *미스 아라벨*과 *로뮐뤼스*를 이기고 이천 루이를 땄다고 했다. 어떤 사람은 자기 경주말들이 살이 쪘다고 불평했고, 또 어떤 사람은 인쇄 잘못으로 자기 말의 이름이 틀리게 나갔다고 투덜댔다.

무도회장의 공기가 무거웠다. 등잔 불빛이 흐려지고 있었다. 사람들이 당구실로 물러났다. 하인 하나가 의자에 올라가 유리창 두 개를 깨뜨렸다. 유리 깨지는 소리에 보바리 부인이 뒤를 돌아보니 농부들이 정원에서 창살에 얼굴을 대고 안을 들여다보고 있는 것이었다. 그러자 베르토가 떠올랐다. 농장, 질퍽한 늪, 사과나무 아래 서 있는 작업복 차림의 아버지가 눈앞에 보이고, 예전처럼 착유장에서 우유 단지의 크림을 걷어내고 있는 자기 자신의 모습도 보였다. 그러나 번개 치듯 번쩍이는 지금 이 순간, 지금까지 그토록 분명했던 과거의 삶은 완전히 사라졌고 자기가 정말 그 삶을 살았는지도 거의 의심스러웠다. 그녀는 지금 여기 있었다. 그리고 무도회장 주위는 이제 나머지 모든 것을 뒤덮은 어둠뿐이었다. 그녀는 그때 은도금 조개 모양 그릇을 왼손에 들고 버찌 술이 든 아이스크림을 먹고 있다가 숟가락을 입에 문 채 눈을 반쯤 감았다.

엠마 옆에 있던 여자가 부채를 떨어뜨렸다. 한 남자가 춤추며 지나가고 있었다.

"제 부채를 좀 주워주시면 너무나 감사하겠어요. 저기 소파 뒤에 떨어졌거든요."

그 남자가 몸을 굽히고 팔을 뻗는 사이 젊은 여자의 손이 그의 모자 안에 세모로 접은 하얀 무언가를 던져 넣는 것을 엠마는 보았다. 그 남자는 부채를 집어 정중하게 그 여자에게 건네주었다. 여자는 머리를 까딱하여 고맙다는 인사를 하고는 자기 꽃다발 냄새를 맡기 시작했다.

야식으로 스페인 포도주와 라인 지역 포도주가 많이 나오고, 가재류와 아몬드 우유로 만든 수프, 트라팔가 푸딩, 가장자리에 젤리가 붙어 접시에서 흔들흔들하는 온갖 종류의 냉육이 나왔고, 식사가 끝난 뒤 마차들이 하나씩 떠나기 시작했다. 모슬린 커튼 한쪽을 살짝 걷으면 마차의 등불들이 어둠 속으로 미끄러져 들어가는 것이 보였다. 긴 의자에 사람들이 듬성듬성해졌다. 게임을 하는 사람들 몇이 아직 남아 있었고, 연주자들은 혀에 손끝을 올려 식히고 있었다. 샤를은 문에 등을 기대고 반쯤 졸고 있었다.

새벽 세 시에 코티용 춤*이 시작되었다. 엠마는 왈츠를 출 줄 몰랐다. 모두가, 앙데르빌리에 양이나 후작 부인도 왈츠를 추었다. 이제 성에서 묵을 손님들 한 열두어 명 정도만 남아 있을 뿐이었다.

그런데 왈츠를 추던 남자 하나가 두 번째로 보바리 부인에게 와서 자기가 이끌어줄 테니 그녀가 잘 해낼 거라며 같이 추기를 또 청했다. 사람들은 그를 친근하게 자작이라 불렀고, 앞이 많이 파인 조끼가 가슴을 꼭 조이는 것같이 보였다.

그들은 천천히 시작해서 점점 더 빨라졌다. 같이 빙글빙글 돌았다. 주변의 모든 것들, 등잔이며 가구, 벽도 바닥도 모두 축 위의 원반처럼 빙글빙글 돌았다. 문 옆을 지나면서 엠마의 드레스 아랫자락이 바지에 스쳤다. 한 사람의 다리가 서로 다른 사람 다리 사이에 끼어들었다. 그는 아래로 그녀를 내려다보았고 그녀는 눈을 들어 그를 보았다. 그녀는 갑자기 몸이 굳어 멈춰 서버렸다. 다시 춤이 이어졌다. 그리고 자작은 더 빠르게 그녀를 이끌어 회랑 끝으로 같이 사라졌는데, 그녀는 숨을 헐떡이면서 넘어질 뻔했고 그래서 잠깐 그의 가슴에 머리를 기댔다. 잠시 후, 여전히 빙빙 돌면서 하지만 아까보다 천천히 그는 그녀를 다시 원래 자리로 데려다 놓았다. 그녀는 등을 벽에 부딪쳐 기대면서 눈에 손을 갖다 댔다.

엠마가 다시 눈을 떴을 때, 응접실 한가운데서 스툴에 앉은 한 여자 앞에 세 남자가 무릎을 꿇고 왈츠를 청하고 있었다. 그녀는 자작을 택했고 바이올린이 다시 시작되었다.

사람들은 그들을 바라보았다. 여자는 몸을 꼿꼿이 세우고 턱은 아래로 내

* 왈츠나 폴카에 맞추어 네 쌍의 남녀가 함께 추는 춤.

린 채, 남자는 허리를 뒤로 젖히고 팔꿈치는 둥그렇게 구부리고 입은 앞으로 내민 항상 같은 자세로, 앞으로 나아갔다가 다시 돌아왔다. 그녀는, 저 여자는, 왈츠를 출 줄 알았다! 그들은 오랫동안 계속했고 다른 사람들을 지치게 만들었다.

담소가 몇 분간 더 이어지다가 손님들은 작별 인사, 아니 차라리 아침 인사를 나눈 뒤 방으로 자러 갔다.

샤를은 계단의 난간을 잡고 힘겹게 올라갔고 *무릎이 몸통으로 밀려 들어가는 것* 같았다. 그는 다섯 시간이나 내내 테이블 앞에 서서 어떻게 돌아가는 건지도 모르는 카드 게임을 들여다보고 있었다. 그래서 마침내 부츠를 벗고 나자 만족의 한숨을 크게 내쉬었다.

엠마는 어깨에 숄을 걸치고서 창문을 열고 팔꿈치를 괴었다.

캄캄한 밤이었다. 빗방울이 조금 떨어졌다. 그녀는 눈꺼풀을 시원하게 해주는 습한 바람을 들이마셨다. 무도회의 음악이 아직도 귓가에 울렸고, 이제 곧 버려야만 할 이 화려한 삶의 환상을 더 길게 연장하기 위해 그녀는 잠들지 않고 깨어 있으려 애썼다.

새벽이 밝아왔다. 엠마는 어젯밤 보았던 사람들이 모두 어느 방에 들었을까 곰곰 생각에 잠긴 채 오래도록 하염없이 성의 창문들을 바라보았다. 그녀는 그들의 삶을 알고 싶고, 그 속에 들어가고 싶고, 거기에 섞이고 싶었다.

그러나 추위에 몸이 떨렸다. 그녀는 옷을 벗고 이불 속에 들어가, 자고 있는 샤를 곁에서 몸을 웅크렸다.

아침 식사 때 사람들이 많았다. 식사는 십 분 정도 걸렸다. 리큐어가 나오지 않자 샤를은 이상하다며 의아해했다. 식사 후 당베르빌리에 양은 브리오슈 조각들을 바구니에 모아서 작은 연못의 백조들에게 가져다주었고 사람들은 온실 안을 거닐었다. 털이 곤두선 이상한 식물들이 공중에 매달린 화분들 아래 피라미드 모양으로 층을 이루고 있고, 뱀이 우글거리는 둥지처럼 화분 가장자리에는 서로 뒤엉킨 초록색 긴 줄들이 늘어뜨려져 있었다. 제일 끝에 있는 오렌지나무용 온실은 지붕이 덮인 채로 성의 부속건물들까지 이어졌다. 후작은 그 젊은 여자를 즐겁게 해주기 위해 그녀를 데리고 마구간을 보러 갔다. 바구니 모양 꼴 시렁 위 도자기 판에 검은색으로 말들의 이름이 씌어 있었다. 혀로 딱딱 소리를 내면서 사람들이 지나가자 말들마다 자기 칸 속에서 몸을 움직였다. 마구를 두는 곳 바닥을 보니 응접실 바닥처럼 반짝거렸다. 마차의 마구들은 가운데 회전 기둥 두 개 위에 세워져 있고, 재갈, 채찍, 등자, 재갈 사슬 등은 벽을 따라 일렬로 정리되어 있었다.

그사이 샤를은 그의 *보크* 마차에 말을 매달라고 하인에게 부탁하러 갔다. 계단 앞으로 마차가 나오고 거기에 모든 짐을 쑤셔 넣은 뒤 보바리 부부는 후작과 후작 부인에게 인사를 하고 토트로 떠났다.

엠마는 말없이 바퀴가 돌아가는 것을 보고 있었다. 샤를은 의자 끝에 앉아 두 팔을 벌리고 마차를 몰았고, 작은 말은 자기 몸에 비해 너무 넓은 끌채 속에서 같은 쪽 앞뒤 다리를 동시에 같은 방향으로 움직이며 달렸다. 축 처진 고삐 줄이 엉덩이에 부딪혀 땀에 푹 절었고, *보크* 뒤에 매놓은 상자가 차체에 규칙적으로 세게 부딪혔다.

티부르빌 언덕에 이르렀을 때 갑자기 말을 탄 사람들이 시가를 문 채 큰 소리로 웃으며 앞으로 지나갔다. 엠마는 후작을 봤다고 믿었다. 그녀는 뒤를 돌아보았지만 지평선에는 속보나 구보의 일정하지 않은 리듬에 따라 사람들 머리가 올라갔다 내려갔다 하는 것밖에 보이지 않았다.

일 킬로미터쯤 더 갔는데 말의 엉덩이 끈이 끊어져서 가던 길을 멈추고 줄로 그것을 고쳐야만 했다.

그런데 샤를이 마지막으로 마구를 한번 살펴보다 말 다리 사이 바닥에 무언가가 보여서 집어 들었다. 초록색 실크로 가장자리가 둘러 있고 중앙에 사륜마차 문에 있던 것과 같은 문장이 새겨진 시가 케이스였다.

"시가까지 두 개 들어 있네. 오늘 저녁 먹고 나서 피우면 되겠다." 그가 말했다.

"담배 피워요?" 그녀가 물었다.

"가끔, 기회가 되면."

집에 도착했는데 저녁 식사가 준비되어 있지 않았다. 안주인이 화를 냈다. 나스타지가 건방지게 대꾸를 했다.

"나가요! 사람을 놀리네. 해고예요." 엠마가 말했다.

저녁은 양파 수프와 참소리쟁이를 곁들인 송아지 고기였다. 엠마와 마주 보고 앉아서 샤를은 행복한 듯 두 손을 비비며 말했다.

"역시 집이 최고야!"

나스타지가 우는 소리가 들렸다. 샤를은 이 가여운 아가씨를 조금 좋아했다. 예전 홀아비 시절에 아무 일도 없이 쓸쓸한 저녁이면 그녀가 자주 말동무가 되어주곤 했었다. 그의 첫 환자였고 이곳에서 처음 알게 된 사람이었다.

"정말 완전히 내쫓은 거야?" 결국 그가 물었다.

"네. 누가 못하게 해요?" 엠마가 대답했다.

그러고 나서 그들은 잠자리가 준비되는 동안 부엌에서 몸을 녹였다. 샤를이 시가를 피우기 시작했다. 입술을 내밀고, 연달아 침을 뱉고, 연기를 내뿜을 때마다 뒤로 물러서면서 시가를 피웠다.

"탈 나겠네." 경멸하듯 그녀가 말했다.

그는 시가를 내려놓고 펌프로 달려가 찬물을 한잔 들이켰다. 엠마는 시가 케이스를 집어서 장롱 바닥으로 휙 던져버렸다.

다음 날은 하루가 얼마나 길었던가! 엠마는 자기 집 작은 정원에서 서성이며 같은 길을 수없이 왔다 갔다 하고, 화단 앞, 과수밭 앞, 신부 석고상 앞에서 멈춰 섰다가, 전에는 자신이 너무도 잘 알았던 이 모든 것들을 바라보며 소스라치게 놀랐다. 무도회가 벌써 그렇게 먼 옛날 일인 것만 같다니! 도대체 무엇이 그저께 아침과 오늘 저녁을 이렇게 멀리 떨어뜨려놓았단 말인가! 보비에사르에 다녀온 일은 폭풍우가 때로 하룻밤 사이 산을 갈라 깊은 균열이 생기듯 그녀의 삶에 구멍 하나를 만들어놓았다. 그렇지만 엠마는 체념했다. 아름다운 드레스와 머리 장식, 마룻바닥의 매끄러운 왁스에 바닥이 노랗게 된 비단신까지 경건한 마음으로 옷장 속에 잘 넣어두었다. 그녀의 마음도 그 신발 같았다. 부유함에 스치고 닿아 그녀의 마음에는 지워지지 않을 무언가가 자리 잡게 된 것이었다.

그러니까 그 무도회의 기억은 엠마에게 일과가 되었다. 수요일이 돌아올 때마다 그녀는 잠에서 깨며, '아! 일주일 전에…… 이 주일 전에…… 삼 주일 전에 거기 있었지!'라고 생각했다. 그러다가 조금씩 사람들의 모습이 기억 속에서 뒤섞이고, 콩트르당스 곡조가 기억나지 않고, 하인들 복장과 성의 여러 방들도 이제는 그리 선명하게 떠오르지 않았다. 세세한 것들은 사라져갔으나 회한은 그대로 남았다.

# 9

샤를이 밖에 나가면 엠마는 종종 장롱 속에 개어놓은 리넨 제품들 사이에서 초록색 실크 시가 케이스를 꺼내보곤 했다.

그녀는 그것을 바라보고, 열어보고, 버베나와 담배 냄새가 섞인 안감의 냄새를 맡았다. 누구 것이었을까?…… 자작의 것이었겠지. 어쩌면 연인의 선물이었을지도 모른다. 자단나무로 된 자수틀, 아무도 못 보게 숨겨놓은 그 예쁜 기구에 바탕천을 끼우고 수를 놓았던 것이다. 생각에 잠긴 그 여인의 부드러운 곱슬머리가 그 위로 드리워졌고, 많은 시간이 걸렸으리라. 사랑의 숨결이 바탕천 한 올 한 올 사이로 지나갔다. 바늘을 한번 찌를 때마다 희망이나 추억을 거기에 새겨넣었고, 명주실들이 서로 얽혀 새겨지는 모든 무늬는 오로지 소리 없는 뜨거운 사랑이 변함없이 계속되고 있음을 의미할 뿐이었다. 그리고 어느 날 아침 자작이 그것을 가져갔겠지. 널찍한 벽난로 선반 위, 꽃병들과 퐁파두르식 시계 사이에 그것이 놓여 있었을 때, 그들은 무슨 말을 했을까? 그녀는 지금 토트에 있고 그는, 그는 이제 파리에 있다. 거기에! 거기, 파리는 어떤 곳일까? 얼마나 굉장한 이름인가! 엠마는 기쁨을 맛보고 싶어 조그맣게 그 이름을 되뇌었다. 그 이름은 그녀의 귀에 대성당의 종처럼 울렸고, 포마드 병의 라벨에서도 그 이름은 그녀의 눈에 불꽃처럼 빛났다.

밤에 생선도매상들이 수레를 타고 「라 마르졸렌」을 부르며 창 아래로 지나갈 때면 엠마는 잠에서 깨곤 했다. 그리고 그 쇠바퀴 소리가 마을 밖으로 나서며 땅에서 금세 잦아드는 것에 귀를 기울이며 생각했다.

'저 사람들은 내일이면 그곳에 있겠구나!'

그리고 그녀는 머릿속에서 그들을 따라 언덕을 올라갔다 내려가고, 마을들을 지나고, 별빛 아래 큰길을 달렸다. 얼마나 갔는지 모를 거리를 지나고 나면 어렴풋한 어떤 곳, 언제나 그녀의 꿈이 사라져 없어지는 어떤 곳이었다.

그녀는 파리의 지도를 하나 사서 손끝으로 지도에서 수도를 일주했다. 대로를 거슬러 오르고, 거리를 나타내는 선들 사이 모퉁이에서마다 걸음을 멈추고, 집을 나타내는 하얀 사각형 앞에서 멈춰 서곤 했다. 끝내는 눈이 피곤해져 눈꺼풀을 감았고, 그러면 가스등들이 어둠 속에서 바람에 흔들리는 모습, 극장 정면 회랑 앞에서 큰 소리를 내며 마차 발판이 펼쳐지는 모습이 보였다.

그녀는 여성지 《라 코르베유》와 《살롱의 공기 요정》을 구독했다. 연극 개막 공연, 경마, 파티에 대한 기사들을 빠짐없이 탐독했고, 여가수의 데뷔, 상점 개점에 관심을 가졌으며 새로운 유행, 옷을 잘 만드는 재봉사들의 주소, 숲의 날이나 오페라의 날 등을 다 알고 있었다. 외젠 쉬의 소설에서 실내장식에 대한 설명을 공부하기도 했다. 발자크와 조르주 상드의 소설을 읽으면서는 자신의 개인적인 욕망을 상상 속에서 만족시키려고 했다. 샤를이 말을 건네며 식사를 하는 동안 그녀는 식탁에까지 책을 들고 와서 책장을 넘겼다. 책 속에서는 언제나 자작의 추억이 되살아났다. 그녀는 만들어진 작중인물들과 자작을 서로 연관시켰다. 그러나 그를 중심으로 한 원은 점점 더 넓어지고, 그리하여 그가 지닌 후광이 더 멀리까지 드리워져서 그 빛이 다른 꿈들을 환하게 비춰 주는 것이었다.

그리하여 대서양보다도 더 희미하고 막연한 파리는 진홍빛 대기 속에서 그녀의 눈에 어른거렸다. 수많은 삶이 소란스럽게 돌아가면서도 그곳에서 삶은 여러 부분으로 나뉘고 뚜렷한 장면들로 분류되어 있었다. 엠마에게는 그중 두세 가지밖에 안 보였는데, 그 두세 가지가 나머지를 전부 가려버렸고 또 그것만으로 인류 전체를 대표했다. 대사들의 세계 사람들은 반짝반짝 윤이 나는 바닥에서, 거울로 벽을 두른 응접실에서, 벨벳 융단을 덮고 황금색 술을 늘어뜨린 타원형 탁자 주위에서 걸어다녔다. 거기에는 바닥에 끌리는 드레스, 커다란 비밀, 미소 뒤에 감춘 불안이 있었다. 그다음은 공작부인들의 세상이었다. 그곳 사람들은 얼굴이 창백했다. 그들은 네 시에 일어났다. 여자들은, 그 가여운 천사들은 치마 안에 영국식 레이스로 된 속치마를 입었고, 경박한 외양에 능력을 인정받지 못하는 남자들은 오락처럼 즐기기 위해 자기 말들을 혹사하고, 바덴바덴에 하절기를 지내러 가고, 마흔 살쯤 돼서 결국 상속녀들과 결혼을 했다. 자정이 지나 밤참을 먹는 레스토랑의 독실에서 촛불을 밝히고 문인들과 여배우들이 섞인 무리가 깔깔 웃어댔다. 그 문인들은 왕처럼 돈을 마음껏 쓰고 다니고, 이상적인 야망과 비현실적인 망상으로 가득 차 있었다. 그것은 다른 모든 삶 저 위에 있는 삶, 하늘과 땅 사이에, 폭풍 속에 있는 숭고한 어떤 것이었다. 나머지 세상은 분명한 장소도 없고 마치 존재하지 않는 것처럼 사라지고 없었다. 게다가 무언가가 가까이 있을수록 그녀의 생각은 다른 데로 향했다. 바로 곁에서 그녀를 둘러싸고 있는 모든 것, 지루한 시골, 어리석은 소시민들, 별 볼 일 없는 삶, 이 모든 것이 그녀에게는 이 세상의 예외, 어쩌다가 붙들린 특별한 우연으로 보였고, 반면 저 너머에는 지극한 행복과 뜨거운 열정의 광대한 나라가 끝없이 펼쳐져 있었다. 욕망에 사로잡힌 그녀는 화려한 생활의 감각적인 쾌락과 마음의 기쁨을 혼동했고, 우아한 생활 습관과 섬세한 감정을 혼동했다. 사랑도 인도 식물과 마찬가지로 준비된 토양, 특별한 온도가 필요하지 않겠는가? 그러니까 달빛 아래 짓는 한숨, 긴 포옹, 떨쳐버리는 손위에 흐르는 눈물, 뜨거운 육체의 열기와 사랑의 번민, 이런 것들은, 한가롭기 그지없는 큰 성의 발코니라든가 실크 차양과 두꺼운 양탄자, 창가를 가득 채운 화분들, 단 위에 놓인 침대가 있는 침실과 떼어놓을 수 없는 것이고, 반짝이는 보석과도 하인들 제복의 반짝이는 견장과도 떼어놓을 수 없는 것이었다.

매일 아침 말의 털을 빗겨주러 오는 역마차 일꾼이 커다란 나막신을 신고 복도를 지나갔다. 작업복은 구멍이 나 있고 나막신 안에는 맨발에 헝겊 신을 신고 있었다. 저렇게 반바지 차림에 겨우 역참 심부름꾼이나 할 수밖에 없다니! 일을 끝내면 일꾼은 종일 다시 오지 않았다. 샤를이 집에 오면서 직접 말을 마구간에 데려가 안장을 벗기고 고삐를 걸어놓았고, 하녀가 짚단을 가져다가 먹이통에 아무렇게나 던져놓기 때문이었다.

나스타지(눈물을 줄줄 흘리며 결국 토트를 떠났다) 대신에 엠마는 유순해 보이는 열네 살짜리 고아 아이 하나를 데려와 일하게 했다. 엠마는 면 모자를 못 쓰게 했고 주인에게 삼인칭으로 말할 것, 물컵은 접시에 받쳐서 가져올 것, 노크하고 들어올 것, 그리고 다림질하기, 풀 먹이기, 옷 입는 시중들기 등을 가르쳤으며, 그 아이를 자신의 몸종으로 만들고자 했다. 새로 온 하녀 펠리시테는 쫓겨나지 않기 위해 아무런 불평 없이 그대로 따랐다. 그리고 마님이 열쇠를 평소 찬장에 그냥 놔두었기 때문에 매일 저녁 조금씩 설탕을 훔쳐서는 기도 후 혼자 침대에서 먹곤 했다.

오후에 펠리시테는 가끔 집 맞은편의 마부들에게 가서 이야기를 나누었다. 마님은 위층 자기 방에 있었다.

엠마는 실내 가운을 다 풀어헤치고 있어서 가운의 앞가슴 부분 안쪽이 두 자락의 숄 모양으로 젖혀진 사이로 금단추가 세 개 달린 반소매 주름 블라우스가 드러나 보였다. 허리띠는 굵게 꼬아 만든 띠에 큰 술들이 달린 것이었고 석류 빛의 작은 실내화에는 넓은 리본 장식이 달려 발목을 덮고 있었다. 그녀는 편지를 보낼 사람이 없는데도 압지와 편지지, 펜대, 편지 봉투 들을 사들였다. 선반의 먼지를 털고, 거울을 들여다보고, 책을 한 권 집어 들기도 했고, 그러다가 책의 어떤 줄에서 읽기를 멈추고는 몽상에 빠져 무릎 위에 책을 떨어뜨렸다. 여행을 하고 싶기도 했고 다시 수도원에 돌아가 살고 싶기도 했다. 그녀는 죽고 싶었고 동시에 파리에서 살고 싶었다.

샤를은 눈이 오나 비가 오나 지름길로 말을 타고 다녔다. 농장의 식탁에서 오믈렛을 먹고, 축축한 침대 속에 팔을 집어넣고, 사혈할 때 뿜어 나오는 미지근한 피를 얼굴에 맞고, 헐떡이는 숨소리를 열심히 듣고, 대야를 검사하고, 더러운 속옷을 숱하게 걷어 올렸다. 그러나 그는 매일 저녁 활활 타오르는 난로, 다 차려놓은 식탁, 푹신한 가구, 그리고 세련된 옷차림에 매력적이고 싱그러운 향기를 풍기는 아내를 볼 수 있었다. 그 향기가 어디서 오는 건지, 바로 그녀의 살갗이 블라우스를 향기롭게 하는 것은 아닌지 알 수는 없었지만.

엠마는 여러 방면으로 섬세한 감각을 발휘해서 그를 매혹했다. 그것이 때로는 종이 촛농받이를 만드는 새로운 방식이거나 드레스 밑단에 새로 단 장식이기도 했고, 또는 아주 간단한 요리에 갖다 붙인 특별한 이름이기도 했다. 그 요리는 하녀가 망쳐놓은 것이었지만 샤를은 끝까지 즐겁게 다 먹어 치웠다. 엠마는 루앙에서 시계에다 장신구를 여러 개 달고 다니는 여자들을 보고 자기도 그런 장신구들을 샀다. 벽난로 위에 파란색 큰 유리 화병 두 개를 놓고 싶어했고 얼마 후에는 은도금 골무와 함께 상아 반짇고리를 가지고 싶어했다. 샤를은 그런 고상한 것들에 대해 아무것도 몰랐기 때문에 더욱더 매혹되었다. 그런 것들은 무언가 그의 감각에 더 즐거움을 주고 집을 더 아늑하게 해주었다. 그것은 마치 그가 걷는 삶의 오솔길에 죽 뿌려놓은 금가루 같은 것이었다.

샤를은 건강했고 안색도 좋았다. 아주 확고한 명성도 얻었다. 그곳의 시골 사람들은 그가 거만하지 않아서 좋아했다. 그는 아이들을 귀여워했고 술집에도 전혀 가지 않았으며, 게다가 덕이 있다는 평판으로 신뢰를 불러일으켰다. 그는 특히 카타르성 염증과 가슴 질환에서 좋은 성과를 올렸다. 자기 환자들을 죽게 할까 봐 엄청 두려웠기 때문에 샤를은 사실 진정제 물약밖에는 거의 처방하지 않았고 가끔 구토제라든가 족욕, 거머리 치료 같은 것이나 처방할 뿐이었다. 외과 치료가 겁이 나서 그런 것은 아니었다. 사람들 피를 말 피 뽑듯이 넉넉하게 뽑았고 이를 빼는 데는 *엄청난 손아귀 힘*을 가지고 있었다.

여하튼 그는 *돌아가는 형편을 알기 위해서* 전에 광고 전단을 받았던 새 잡지 《의학의 벌집》을 구독 신청했다. 그는 저녁을 먹고 나서 잡지를 조금 읽었지만 방의 온기에다 식곤증까지 더해져 오 분도 못 가 잠이 들어버렸다. 두 손으로 턱을 괴고 머리카락은 등잔 아래까지 갈기처럼 펼쳐놓은 채 그렇게 그대로. 엠마는 그 모습을 바라보며 어깨를 으쓱했다. 그녀는 왜 적어도 밤이면 책에 파묻혀 공부하고, 예순 살쯤 류머티즘이 생기는 나이가 되면 마침내 허술한 검은색 정장에 훈장을 다는 남자, 자기 일에 열정을 다하는 과묵한 남자를 남편으로 가지지 못했단 말인가. 그녀는 자신의 이름, 이 보바리라는 이름이 유명해졌으면 좋겠고, 책방에 전시되고 신문에 계속 나오고 프랑스 전체에 알려지면 좋을 것 같았다. 하지만 샤를은 야망이 조금도 없었다! 최근에 그와 같이 진찰을 했던 이브토의 한 의사가 바로 환자 침대맡에서, 모여 있는 친척들을 앞에 두고 그에게 살짝 모욕을 준 일이 있었다. 그날 저녁 샤를이 그 일을 이야기했을 때 엠마는 그 동료에 대해 큰 소리로 화를 냈다. 샤를은 가슴이 뭉클해졌다. 그는 눈물을 글썽이며 그녀의 이마에 키스를 했다. 하지만 그녀는 수치심으로 격분해서 그를 치고 싶은 마음이었고, 복도에 나가 창문을 열고서 마음을 진정시키기 위해 찬 공기를 들이마셨다.

"얼마나 한심한 남자야! 얼마나 한심한 남자야!" 입술을 깨물며 그녀는 작은 소리로 말했다.

게다가 그녀는 남편이 점점 더 짜증스러워졌다. 그는 나이를 먹어가면서 몸놀림이 둔해졌다. 디저트 시간에 빈 병의 코르크 마개를 썰고 있고, 음식을 먹은 뒤 혀로 이를 훑었다. 수프를 허겁지겁 먹으면서 한 모금 넘길 때마다 꿀꺽꿀꺽 소리를 냈고, 살이 찌기 시작하는 바람에 안 그래도 작은 눈이 불룩해진 광대뼈로 인해 관자놀이 쪽으로 치켜 올라가 보였다.

엠마는 때때로 빨간색 니트 가장자리를 조끼 속에 넣어주거나 넥타이를 바로잡아주기도 했고 그가 끼려고 하는 색바랜 장갑을 멀리 치워버리기도 했다. 그런데 그것은 샤를이 생각하듯 그를 위한 것이 아니었다. 그것은 그녀 자신을 위한 것이었고, 이기심이 그에게로 확장됐고 신경이 곤두섰기 때문이었다. 때때로 또한 그녀는 자기가 읽은 것들, 소설이나 새로운 희곡의 한 대목이라든가 언재소설에 나오는 *상류사회*의 일화 같은 것들을 그에게 이야기해주었다. 여하튼 샤를은 언제나 귀를 열어놓고 있었고 언제나 동의할 준비가 되어 있는 사람이었기 때문이다. 그녀는 자기 강아지에게도 속마음을 많이 털어놓지 않았던가! 그녀는 벽난로의 장작이나 괘종시계 추에라도 그렇게 했을 것이다.

그렇지만 마음 깊은 곳에서 그녀는 사건을 기다리고 있었다. 조난당한 선원처럼 그녀는 저 멀리 안개 낀 수평선에서 하얀 돛단배를 찾으며 자신의 고독한 삶에 절망적인 눈길을 던지곤 했다. 그 우연이 어떤 것일지, 어떤 바람이 그 우연을 몰아 그녀에게까지 이르게 해줄지, 그것이 어떤 기슭으로 그녀를 데려갈지, 그것이 작은 배일지 갑판 세 개의 선박일지, 고뇌를 싣고 있을지 아니면 출입구까지 행복으로 가득할지 그녀는 알지 못했다. 하지만 매일 아침 잠에서 깰 때마다 그날 그 우연이 찾아오길 바랐고, 모든 소리에 귀 기울이고 갑자기 벌떡 일어나기도 했다가 왜 그것이 찾아오지 않는지 의아해했다. 그러다가 해가 질 때면 언제나 더 서글픈 마음으로 내일이 오기를 바라는 것이었다.

다시 봄이 왔다. 배나무에 꽃이 피고 날씨가 훈훈해지기 시작하면서 그녀는 가슴이 답답한 증상을 느끼곤 했다.

칠월이 시작되면서부터 그녀는 당베르빌리에 후작이 아마도 보비에사르에서 무도회를 다시 열리라고 생각하면서 시월이 되려면 몇 주가 남았는지 손을 꼽아가며 세고 있었다. 그러나 편지도 방문도 없이 구월이 다 지나갔다.

이렇게 실망하고 괴로움을 겪은 후 그녀의 마음은 또다시 텅 비어버렸고,

그러고는 똑같은 나날의 연속이 다시 시작되었다.

그러니까 이제 늘 비슷한 나날, 수도 없이 많은 나날들은 아무것도 가져다 주지 않은 채 그렇게 하루하루 지나갔던 것이다! 다른 이들의 삶은 아무리 단조롭다 하더라도 적어도 무슨 일이 일어날 수 있는 기회는 있었다. 뜻밖의 사건이 때로 예기치 못한 일들을 끝없이 만들어내고 환경이 바뀐다. 그러나 그녀에게는 아무 일도 일어나지 않았다. 하느님의 뜻이었던 것! 미래는 캄캄한 복도, 끝에 이르면 문이 굳게 잠겨 있는 복도였다.

그녀는 음악을 그만두었다. 뭐하러 연주를 한단 말인가? 누가 듣겠는가? 연주회에서 짧은 소매 벨벳 드레스를 입고 에라르 피아노 앞에 앉아 가벼운 손끝으로 상아 건반을 두드리며 주위에서 황홀감에 젖은 속삭임이 산들바람처럼 떠도는 것을 결코 느낄 수도 없을 테니 애써 힘들게 연습할 필요가 없었다. 그림 도화지들과 자수 작품도 다 장롱에 넣어버렸다. 무슨 소용인가? 무슨 소용? 바느질도 짜증스럽기만 했다.

'책은 다 읽었어.' 그녀는 속으로 말했다.

그리고 그녀는 부젓가락을 빨갛게 달구거나 비가 내리는 것을 바라보면서 가만히 있었다.

일요일에 저녁 종이 울릴 때는 얼마나 서글펐던가! 엠마는 깨진 종에서 차례차례 울리는 종소리에 온 신경을 집중한 채 멍하니 귀를 기울이고 있었다. 지붕 위에 고양이 한 마리가 희미한 햇살에 등을 활처럼 구부린 채 느릿느릿 걷고 있었다. 큰길에는 바람이 불어 긴 꼬리처럼 먼지가 일었다. 가끔 먼 데서 개가 짖었다. 그리고 종소리는 일정한 간격으로 단조롭게 계속 울리며 들판 속으로 사라져갔다.

그러는 사이 성당에서 사람들이 나왔다. 반들반들 윤을 낸 나막신을 신은 여자들, 새 셔츠를 입은 농부들, 그 앞에서 모자도 안 쓰고 깡충깡충 뛰는 아이들, 모두가 집으로 돌아갔다. 그리고 늘 똑같은 남자 대여섯 명이 남아 주막집

대문 앞에서 밤이 되도록 병마개 놀이를 했다.

겨울은 추웠다. 아침마다 창유리에 성에가 끼었고, 마치 반투명 유리를 통과한 것처럼 희끄무레하게 비쳐 들어오는 햇빛이 때로는 하루 종일 변화 없이 그대로인 날도 있었다. 오후 네 시부터 벌써 등불을 켜야 했다.

화창한 날이면 그녀는 정원으로 내려갔다. 이슬이 내려 배추 위에는 포기마다 투명한 긴 실로 이어진 은빛 레이스가 놓여 있었다. 새소리도 들리지 않고 모든 것이, 짚이 덮인 과수밭도, 돌담 갓돌 아래 병든 큰 뱀 같은 포도나무도 다 잠들어 있는 것 같았는데, 담 가까이 가보면 다리가 여러 개 달린 쥐며느리가 기어가는 것이 보였다. 울타리 옆 작은 전나무들 가운데 삼각모를 쓰고 성무일과서를 읽고 있는 사제상은 오른쪽 발이 없어졌고 심지어 석고도 얼어서 껍질이 일어나 얼굴에 하얗게 옴이 올라 있었다.

뒤이어 그녀는 다시 방으로 올라가 문을 닫고 숯을 가지런히 펼쳐놓았다. 그러고는 불의 열기에 몸이 나른해지면서 더 커다란 권태가 다시 자신을 짓누르는 것을 느꼈다. 아래층에 내려가 하녀와 이야기라도 하면 좋았겠지만 스스러워 그러지 못했다.

매일 같은 시간에 검은색 실크 모자를 쓴 초등학교 교사가 자기 집 덧창을 열었고, 산림감시원이 작업복에 칼을 차고 지나갔다. 아침과 저녁에 역마차를 끄는 말들이 세 마리씩 길을 건너 늪지로 물을 마시러 갔다. 가끔씩 술집 문에서 종소리가 울렸고, 바람이 불 때면 가발가게 겸 이발소의 간판으로 가로막대에 걸어놓은 작은 구리 대야들이 덜커덩덜커덩하는 소리가 들렸다. 이 가게에는 옛날에 유행했던 오래된 판화가 장식으로 창유리에 붙어 있고 머리카락이 노란 밀랍 여인 흉상도 있었다. 이 이발사 역시 이제 보람도 없는 자기 직업과 잃어버린 미래를 한탄했고, 예를 들어 루앙 같은 큰 도시 항구의 극장 근처에 가게 하나를 내는 것을 꿈꾸며, 하루 종일 면사무소에서 성당까지 침울한 표정으로, 손님을 기다리면서 그저 왔다 갔다 하고 있었다. 보바리 부인이 눈을 들면 언제나 그리스 모자를 귀까지 눌러쓰고 질긴 모직 재킷을 입은, 보초를 서는 초병 같은 그 사람이 거기에 보였다.

오후에는 가끔 거실 유리창에 어떤 남자의 얼굴이 나타났다. 햇볕에 그을린 얼굴에 검은 구레나룻을 길렀고, 천천히 하얀 이를 드러내며 부드럽게 활짝 미소 지었다. 왈츠가 곧 시작되었고 오르간 소리에 맞춰 작은 거실에서 손가락만 한 남자 댄서들, 분홍색 터번을 두른 여자들, 재킷을 입은 티롤 사람들, 검은색 예복을 입은 원숭이들, 짧은 바지를 입은 신사들이 안락의자들 사이로, 소파들, 콘솔들 사이로 빙글빙글 돌았는데 가느다란 금종이 띠로 모서리가 연결된 거울 조각들 속에서도 그 모습이 비쳐서 계속 이어졌다. 남자는 오른쪽 왼쪽으로, 창문들 쪽을 바라보면서 기계 상자가 돌아가게 했다. 때때로 그는 거무튀튀한 침을 멀리 경계석에 내뱉으면서, 딱딱한 가죽끈 때문에 어깨가 아파 무릎으로 기계를 받쳐 올리곤 했다. 그 기계 상자의 음악은 때로는 애처롭고 단조롭게 늘어지다가 어떤 때는 즐겁고 빠르게, 아라베스크 양식 구리 창살 안쪽의 분홍색 태피터 커튼을 넘어 윙윙거리며 새어 나왔다. 그것은 여기가 아닌 극장 무대에서 연주하는 곡조, 살롱에서 부르는 노래, 저녁에 휘황한 불빛 아래 추는 춤곡, 엠마에게까지 도달하는 사교계의 메아리였다. 사라반드 춤곡들이 머릿속에서 끊임없이 이어졌고, 융단의 꽃들 위에서 춤추는 인도 무희처럼 그녀의 생각은 음표와 더불어 튀어 오르고 꿈에서 또 다른 꿈으로, 슬픔에서 또 다른 슬픔으로 이리저리 흔들렸다. 남자의 모자에 사람들이 돈을 다 넣어주고 나자 그는 파란색 낡은 모직 커버를 악기에 씌운 다음 등에 메고 무거운 발걸음으로 길을 떠났다. 엠마는 그 사람이 떠나가는 모습을 물끄러미 바라보고 있었다.

그러나 그녀가 더 이상 견딜 수 없었던 것은 특히, 팬에 김이 오르고 문이 삐걱거리고 벽에 습기가 배어 나오며 바닥 타일이 축축한 일층 작은 거실에서 식사를 하는 시간이었다. 삶의 모든 쓴맛이 그녀의 접시에 담겨 나온 것 같았고, 삶은 고기에서 김이 오르는 것을 보자 영혼의 밑바닥에서부터 또 다른 구역질이 치밀어 오르는 것 같았다. 샤를은 천천히 오래 먹었다. 그녀는 개암을 몇 개 깨작거리거나 팔꿈치를 고인 채 칼끝으로 방수천 식탁보에 금을 그으며 꼼지락거렸다.

엠마는 이제 살림을 전혀 돌보지 않았고, 어머니 보바리가 사순절 며칠을 보내러 토트에 왔다가 이런 변화를 보고 무척 놀랐다. 정말로 전에는 그렇게 꼼꼼하고 섬세했던 그녀가 이제는 하루 종일 옷도 제대로 입지 않은 채 회색 면양말을 신고 있었고 양초로 불을 밝히기도 했다. 자신들은 부자가 아니니 절약을 해야 한다고 계속 말했고, 자기는 아주 만족한다, 아주 행복하다, 토트가 정말 마음에 든다 등등, 시어머니의 입을 다물게 만드는 다른 새로운 말들을 덧붙였다. 하기는 이제 엠마는 시어머니의 충고를 따를 것 같지도 않았다. 심지어 한번은 어머니 보바리가 작정을 하고서 주인이 하인들의 종교를 잘 감독해야 한다고 주장했는데, 엠마가 몹시 화난 눈으로 너무도 냉랭한 미소를 지으며 대답하는 바람에 이 양반이 더 이상 건드리지 못했던 적도 있었다.

엠마는 대하기 어렵고 변덕스러워졌다. 어떤 요리를 만들어달라고 시키고는 손도 대지 않았고, 어떤 날에는 흰 우유만 마셨다가 다음 날엔 차를 열두 잔이나 마셨다. 밖에 나가지 않겠다고 종종 고집을 부렸다가 나중에는 가슴이 답답하다며 창문을 열고 얇은 옷을 입었다. 하녀를 심하게 혼내고 나서는 선물을 주거나 이웃들 집에 다녀오라고 보내기도 했고, 또 가끔 지갑에 든 은화를 전부 가난한 사람들에게 던져주기도 했는데, 그렇다고 영혼 속에 늘 아버지의 못이 박인 손 같은 어떤 것을 지니고 있는 시골 사람들 대부분이 그렇듯이, 그녀가 그렇게 다정하거나 남의 감정을 잘 이해하는 사람은 아니었다.

이월이 끝나가는 무렵 루오 씨는 다친 다리가 나았던 것을 기념하며 근사한 칠면조 한 마리를 직접 사위에게 가져와서 토트에 사흘을 머물렀다. 샤를은 환자들을 보러 갔으므로 엠마가 아버지와 함께 지냈다. 아버지는 방에서 담배를 피우고, 장작 받침쇠에 침을 뱉으며 농사, 송아지, 암소, 닭, 동회 이야기들을 했다. 그래서 엠마는 아버지를 보내고 문을 닫는데 마음이 편안해졌고 그러면서 스스로 깜짝 놀랐다. 다른 한편 그녀는 이제 무엇에 대해서건 누구에 대해서건 더 이상 경멸을 감추지 않았다. 그리고 때때로 남들이 인정하는 것은 비난하고, 타락하고 부도덕한 것은 인정하면서 괴상한 의견을 피력하곤 했다. 남편은 놀라서 눈이 휘둥그레졌다.

이런 비참한 삶이 영원히 지속될 것인가? 그녀는 빠져나오지 못할 것인가? 행복하게 살고 있는 다른 모든 여자들보다 그녀가 못할 것이 없는데! 보비에사르에서 봤던 공작부인들이 자기보다 몸맵시도 둔하고 하는 행동도 별볼 일 없던데 하느님은 왜 이렇게 불공평한지 엠마는 하느님을 증오했다. 그녀는 벽에 머리를 기대고 울었다. 떠들썩한 삶, 가면무도회의 밤, 자신이 알지 못하는 그리고 그런 삶에는 분명히 존재할 대단한 쾌락과 격렬한 열정을 선망했다.

그녀는 얼굴이 창백해지고 심장이 너무 뛰었다. 샤를은 쥐오줌풀과 캠퍼증기 쬐기를 처방해주었다. 누가 뭔가를 해주려 할 때마다 모든 것이 그녀를 더 짜증 나게 하는 것 같았다.

며칠씩 몹시 흥분해서 계속 떠들어대는 때도 있었다. 이런 열광 상태 다음에는 느닷없이 말도 안 하고 움직이지도 않는 무기력 상태에 빠졌다. 그때 정신을 차리려면 자기 팔에 오드콜로뉴를 아주 많이 뿌려야 했다.

엠마가 계속 토트에 대해 불평을 했기 때문에 샤를은 이 고장이 영향을 끼쳐 병이 생겼을지도 모른다고 생각하게 되었고, 그 생각에 골몰하다 보니 다른 곳에 가서 자리를 잡는 건 어떨까 심각하게 고려하게 되었다.

그때부터 엠마는 마르기 위해 식초를 마셨고 잦은 마른기침을 해대면서 완전히 식욕을 잃어버렸다.

사 년이 지나 이제 *자리를 잡기 시작하*는 시기에 토트를 떠난다는 것이 샤를에게는 괴로운 일이었다. 그렇지만 꼭 그래야만 한다면! 그는 옛 스승을 보러 엠마를 데리고 루앙에 갔다. 그 병은 신경 질환이었다. 환경을 바꿔야 한다고 했다.

이리저리 알아본 끝에 샤를은 뇌샤텔 지역에 용빌라베라는 큰 마을이 있는데 폴란드에서 피난 온 그곳 의사가 바로 지난주에 떠나버렸다는 것을 알게 되었다. 그래서 그는 그곳 약사에게 편지를 보내 인구수, 가장 가까운 데 있는 의사와의 거리, 전에 있던 의사가 일 년에 얼마나 벌었는지 등을 알아보았다. 그리고 답이 만족스러웠기 때문에 그는 엠마의 건강이 나아지지 않는다면 봄 무렵 이사를 하기로 결정했다.

이사를 준비하느라 서랍을 정리하던 어느 날 엠마는 무언가에 손가락을 찔렸다. 결혼식 부케의 철삿줄이었다. 오렌지꽃 봉오리들은 먼지로 노랗게 되었고 은색 테두리를 두른 실크 리본은 가장자리가 풀어져 있었다. 그녀는 그것을 불 속에 던져버렸다. 그것은 마른 짚보다 빠르게 불타올랐다. 그다음 재 위에 붉은 덤불처럼 앉았다가 천천히 사그라들었다. 그녀는 부케가 불타는 것을 바라보았다. 마분지로 된 작은 열매들이 터지고 놋쇠줄들이 뒤틀렸으며, 장식줄이 녹아내렸다. 오그라든 종이 꽃잎들은 벽난로 바닥판을 따라 검은 나비들처럼 하늘거리다가 결국 굴뚝으로 날아올랐다.

토트를 떠나던 삼월에 보바리 부인은 임신 중이었다.

# * 2부 *

# 1

용빌라베(옛 성 프란치스코회 수도원 때문에 이렇게 불리게 되었는데 지금은 잔해조차 남아 있지 않다)는 아베빌 도로와 보베 도로 사이, 리월 강 유역 맨 끝, 루앙에서 삼십이 킬로미터 떨어진 곳에 있는 마을이다. 일요일이면 남자아이들이 강어귀에 나와 줄낚시로 송어를 잡으며 노는 이 작은 강은 물레방아 세 개를 돌린 다음 앙델 강으로 흘러 들어간다.

라 부아시에르에서 큰길을 지나 강 유역이 내려다보이는 뢰 언덕 꼭대기까지 계속 가면 완전히 녹초가 된다. 그곳을 지나는 강을 경계로 양쪽 지역이 뚜렷하게 다른 모습을 하고 있다. 왼쪽은 전부 목초지, 오른쪽은 경작지이다. 구불구불 이어지는 나지막한 언덕들 아래 초원이 펼쳐지고 뒤로는 브레 지방의 목초지와 연결되는데, 또 한편 동쪽에는 평야가 완만하게 올라가면서 점점 넓어지다가 황금빛 밀밭이 끝도 없이 펼쳐진다. 초원의 가장자리에서 흐르는 강물은 목초지의 빛깔과 밭이랑의 빛깔을 하얀 선으로 갈라놓고, 그렇게 해서 이 들판은 초록색 벨벳 깃이 달리고 은색 줄로 테두리가 장식된 커다란 외투를 펼쳐놓은 것처럼 보인다.

여기에 이르면 지평선 끝으로 아르괴유 숲의 떡갈나무들과 들쑥날쑥한 붉은 줄이 위에서 아래로 그어진 생장 언덕의 절벽들이 눈앞에 펼쳐진다. 그것은 비의 흔적으로, 잿빛을 띠는 산을 배경으로 가느다란 선들의 붉은 색조가 눈에 띄는 것은 저 너머 주변 지역에 철분이 함유된 샘들이 많이 흐르고 있기 때문이다.

이곳은 노르망디와 피카르디 그리고 일드프랑스의 경계로, 별 특징 없는 풍경처럼 특별한 사투리도 없는, 근본 없는 지방이다. 이 지역 전체에서 가장 형편없는 뇌샤텔 치즈를 만드는 곳도 이곳이며, 게다가 모래와 자갈투성이인 이 푸석푸석한 땅을 기름지게 만들려면 비료가 많이 필요하므로 농사에 비용이 많이 든다.

1835년까지 용빌로 오려면 다닐 만한 길이 전혀 없었다. 그런데 이 시기에 아베빌 도로와 아미앵 도로를 이어주고 때로 루앙에서 플랑드르로 가는 짐마차꾼들이 이용할 수 있는 *큰 지방*도로가 만들어졌다. 그러나 용빌라베는 그런 *새로운 돌파구*가 생겼는데도 여전히 침체된 상태였다. 사람들은 농사 방식을 개선하는 대신 아무리 가치가 떨어져도 계속 목장에만 매달렸고, 이 게으른 마을은 평야에서 비켜나 자연히 강 쪽으로 계속 퍼져나갔다. 멀리서 보면 소를 지키는 사람이 물가에서 낮잠을 자는 것처럼 강기슭을 따라 길게 드러누워 있는 형상이다.

언덕 아래 다리 다음에는 어린 사시나무들을 심어놓은 둔덕이 시작되고 곧바로 이 고장에서 처음 나오는 집들까지 이어진다. 마당 한가운데 놓인 그 집들은 울타리에 둘러싸여 있고, 마당에는 포도 압착실, 짐수레 보관실, 브랜디 제조실 같은 시설들이 사다리나 장대, 낫 들이 걸린 울창한 나뭇가지 아래 여기저기 흩어져 있다. 눈 위까지 눌러쓴 털모자처럼 초가지붕은 낮은 창문의 거의 삼 분의 일까지 내려와 있고, 불룩 튀어나온 두꺼운 창유리는 병 밑바닥처럼 한가운데에 혹이 하나 나 있다. 검은색 지지대 나무들을 대각선으로 대 놓은 석고벽 위에 가끔 가느다란 배나무가 기대서 있고, 일층 출입문에는 작은 회전식 울타리가 있어 병아리들이 들어오는 것을 막아준다. 병아리들이 사과주에 젖은 갈색 빵 부스러기들을 쪼아먹으러 문턱으로 오기 때문이다. 그렇지만 갈수록 점점 마당이 좁아지고, 집들이 서로 가까이 붙어 있게 되면서, 울타리는 사라진다. 빗자루 손잡이 끝에 매달아놓은 고사리 다발이 어느 집 창문 밑에서 흔들리고 있다. 대장간이 나오고 그다음엔 수레 만드는 목수가 보이고 새 짐수레 두세 채가 바깥으로 길 위까지 삐져나와 있다. 이어서 격자창을 통해 원형 잔디밭 너머에 하얀 집이 하나 보인다. 손가락을 입에 댄 큐피드상이 잔디밭에 장식으로 놓여 있고, 주철 항아리 두 개가 작은 계단 양쪽에 놓여 있다. 문 위에는 방패꼴 표지가 반짝인다. 공증인의 집, 그리고 이 고장에서 제일 아름다운 집이다.

맞은편 길로 스무 걸음쯤 더 가서 광장 입구에 성당이 있다. 그 둘레에 가슴 높이의 담으로 둘러싸인 작은 묘지가 있는데, 무덤들이 너무 빼곡히 차서 지면에 거의 닿은 오래된 묘석들이 하나로 이어진 타일 바닥처럼 되고 말았고 거기에서 풀이 돋아나 저절로 반듯한 초록 사각형들 모양이 나타났다. 성당은 샤를 10세의 재위 말년에 새로 지어졌다. 나무로 된 원형 천장은 위에서부터 썩기 시작하고 있었고 원래의 파란색 표면 군데군데에 검은색 구멍들이 나 있다. 문 위로 파이프 오르간이 있어야 할 주랑에는 남자들이 앉는 자리가 있고 나막신 소리가 울리는 나선형 계단이 이어져 있다.

전체가 연결된 스테인드글라스 창으로 환한 햇살이 들어와 벽 옆에 정렬된 장의자들을 비스듬히 비춘다. 장의자의 군데군데에 밀짚 깔개를 못으로 박아놓았는데 그 아래에는 '아무개 씨의 좌석'이라고 크게 씌어 있다. 좀 더 멀리, 공간이 좁아지는 곳에는 고해실과 작은 성모상이 짝을 이루고 있다. 성모상은 비단옷에 은빛 별들로 가득한 망사 베일을 쓰고, 샌드위치 군도의 우상같이 광대뼈 부분이 온통 빨갛게 채색돼 있다. 마지막으로 성당 맨 안쪽에는 *내무대신이 기증한* 「성 가족」 복제 그림 하나가 촛대 네 개 사이에서 제단을 굽어보고 있는 것으로 성당 내부가 마무리된다. 전나무로 된 성가대석은 칠

없이 원목 그대로였다.

시장은, 그러니까 스무 개 정도의 기둥이 떠받치고 있는 기와지붕은, 그 하나만으로 용빌 광장의 거의 절반을 차지하고 있다. *파리 건축가의 설계*로 지어진 면사무소는 일종의 그리스 신전 양식으로 약사의 집 모퉁이에 있다. 일층에는 이오니아식 기둥 세 개, 이층에는 아치형 회랑이 있고, 그 끝 삼각면은 한쪽 발로 헌장을 짚고 다른 쪽 발로는 정의의 저울을 쥔 갈리아 수탉이 가득 채우고 있다.

하지만 가장 눈길을 끄는 것은 *리옹도르* 여관 맞은편의 오메 씨 약국이다. 특히 저녁에, 벽등이 켜질 때, 그리고 약국 진열창을 근사해 보이게 하는 빨간색, 초록색 병들이 멀리 땅 위에 길게 두 빛깔을 드리울 때, 그럴 때면 책상에 팔꿈치를 괴고 있는 약사의 그림자가 마치 여러 색깔 폭죽 속에 들어가 있는 것처럼 그 빛 너머로 어렴풋이 보인다. 그의 집은 위에서 아래까지 영국식 서체, 둥근 서체, 인쇄체로 '비시, 셀츠, 바레주 광천수, 정화 시럽, 라스파유 치료법, 아라비아 라카우, 다르세 당의정, 르뇨 연고, 붕대, 입욕제, 건강식품 초콜릿 등등'이라고 쓰인 벽보들로 도배가 되어 있다. 그리고 약국의 폭 전체를 차지하는 간판에는 황금색 글자로 '약사 오메'라고 씌어 있다. 그다음 약국 맨 안쪽, 계산대에 고정해놓은 커다란 저울 뒤로는 유리를 끼운 문 위에 '조제실'이라는 단어가 펼쳐지고, 문 중간쯤에 다시 한번 검은색 바탕에 황금색 글씨로 '오메'라고 씌어 있다.

그 밖에는 이제 용빌에 아무것도 볼 것이 없다. 소총 사정거리 정도 되는 (유일한) 길에는 가게들 몇이 늘어서 있고 모퉁이에 이르면 길이 갑자기 끝난다. 그 길을 오른쪽에 두고 생장 언덕 아래를 따라가면 곧 묘지가 나온다.

콜레라 시기에 묘지를 넓히기 위해 한쪽 담을 허물고 옆의 땅 삼 에이커를 사두었다. 하지만 전처럼 무덤들이 문 쪽으로만 계속 몰려서 이 새로운 부분은 전체가 거의 빈 채로 남아 있다. 묘혈 파는 인부이자 동시에 성당지기인(이렇게 해서 교구의 시신들로부터 이중의 이익을 얻어내고 있는) 관리인이 빈 땅을 활용해서 감자를 심었다. 그렇지만 해가 갈수록 그의 작은 밭이 줄어들고 있고, 전염병이라도 생기게 되면 그는 사람들이 죽어서 좋아해야 할지 무덤이 많아져서 슬퍼해야 할지 알 수가 없다.

"당신은 죽은 사람들로 먹고사는군요, 레스티부두아!" 어느 날 신부님이 그에게 말했다.

이런 음침한 말에 그는 생각에 잠겼고 한동안 일을 멈추었다. 하지만 오늘도 그는 감자 농사를 계속하고 있고, 감자가 저절로 자란다고 태연하게 주장하기까지 한다.

이제 이야기하려는 사건들 이후로도 용빌에서는 아무것도 변하지 않았다. 양철로 된 삼색기는 성당의 종탑 꼭대기에서 여전히 돌아간다. 새로운 물품들을 파는 가게에서는 길쭉한 인도 사라사 깃발이 아직도 바람에 나부낀다. 약사의 태아 표본들은 하얀 부싯깃 덩어리처럼 지저분한 알코올 용액 속에서 점점 더 부패해간다. 그리고 여관 대문 위로는 비 때문에 색이 바랜 낡은 황금 사자가 여전히 복슬개같이 구불구불한 갈기를 행인들에게 보여주고 있다.

보바리 부부가 용빌에 도착하기로 된 날 저녁, 여관 주인인 과부 르프랑수아 부인은 너무나 바빠서 땀을 뻘뻘 흘리며 냄비들을 젓고 있었다. 다음 날은 마을에 장이 서는 날이었다. 미리 고기를 다듬고 닭의 내장을 비우고 수프와 커피를 만들어야 했다. 게다가 숙박객들의 식사, 의사와 그의 부인과 하녀의 식사도 있었다. 당구실에서는 웃음소리가 울려 퍼졌다. 작은 응접실에서는 방앗간 주인 세 사람이 브랜디를 달라고 불러댔다. 장작은 타고 잉걸불은 튀고, 부엌의 긴 식탁 위로는 커다란 생 양고기 덩어리들 사이에 접시들이 높이 쌓여서 시금치를 써는 도마가 흔들리며 접시도 같이 흔들렸다. 닭장에서는 하녀가 목을 따려고 쫓아가자 가금류들이 꽥꽥거리는 소리가 들려왔다.

초록색 가죽 실내화를 신은 남자 하나가 살짝 얽은 얼굴에 금색 술이 달린 벨벳 모자를 쓰고 벽난로에서 등에 불을 쬐고 있었다. 이 사람의 얼굴은 자신에 대한 만족감만으로 꽉 찬 것 같았고, 방울새가 그의 머리 위 버들가지 새장 속에서 편안하게 있는 것만큼이나 그도 역시 자기 삶 속에서 아주 편안한 듯해 보였다. 이 사람이 약사였다.

"아르테미즈!" 여관 주인이 소리쳤다. "나뭇단 꺾어놓고, 물병들 채우고, 브랜디 갖다주고, 빨리 해! 이제 올 사람들한테 무슨 디저트를 내놓을지만이라도 알았으면 좋겠네! 뭐야! 이삿짐 일꾼들이 당구실에서 또 난리야! 짐수레는 대문에 그냥 내팽개쳐 두고! *이롱델* 마차가 오다가 들이받을 수도 있는데! 이폴리트 불러서 좀 치우라고 해!…… 아이고, 오메 씨, 저 사람들 열다섯 판이나 치고 사과주를 여덟 병이나 마셨다니까요!…… 저러다 당구대 우단을 찢어놓고야 말지." 그녀는 거품 뜨는 조리를 손에 들고 멀리서 그 사람들을 쳐다보며 말했다.

"큰 피해는 아닐 거예요. 하나 더 사시죠 뭐." 오메 씨가 답했다.

"당구대를 하나 더 사요?" 과부가 소리를 질렀다.

"저거는 이제 오래 못 간다니까요, 르프랑수아 부인. 다시 말하지만 지금 손해를 보고 있는 거예요. 큰 손해를 보고 있다고요! 그러니까 당구 치는 사람들은 요즘에 구멍은 좁고 큐는 무거운 걸 원한다니까요. 이제 구슬치기 같은 거 안 해요. 모든 게 다 변했어요! 시대와 발을 맞춰야지요! 텔리에를 보세요, 차라리……."

여관 주인은 분해서 얼굴이 시뻘게졌다. 약사가 덧붙여 말했다.

"뭐라 하시든 그 집 당구대가 이 집 것보다 더 쓸만하죠. 그리고 폴란드를 위해서라든가 리옹 수재민을 위해서 찬조금을 모으는 내기를 할 생각까지 했잖아요."

"그 사람 같은 비열한 놈들은 겁 안 나요!" 여관 주인이 살찐 어깨를 으쓱하면서 말을 끊고 끼어들었다. "어허, 오메 씨, *리옹도르*가 살아 있는 한 사람들은 올 거라고요. 우리 돈 많아요. 오히려 어느 날 아침 *카페 프랑세*가 문을 닫고 덧문에다가 언짢은 안내문이나 붙여놓은 걸 보시게 될 거예요!……" 그러고도 그녀는 혼잣말로 계속 중얼거렸다. "우리 당구대를 바꾸라니, 빨래를 널어놓기에도 얼마나 편한데, 또 사냥철에는 손님을 여섯까지 그 위에 재웠는데!…… 그런데 이놈의 굼벵이 이베르는 뭐 하느라 안 와?"

"여기 손님들 저녁 식사에 그 사람이 오기를 기다리나요?" 약사가 물었다.

"기다리느냐고요? 아이고 비네 씨를요? 여섯 시 땡 치면 그 사람이 들어오는 걸 보게 될 거예요. 이 세상에 그렇게 정확한 사람은 없으니까. 항상 작은 방에 자리를 잡아야 해요. 다른 데서 저녁 식사를 하게 하느니 차라리 죽이는 게 더 쉬울걸요. 얼마나 까탈스러운지! 사과주에는 또 얼마나 까다로운지! 레옹 씨 같지가 않아요. 이 사람은 가끔 일곱 시에 오기도 하고 심지어 일곱 시 반에 오기도 해요. 자기가 뭘 먹는지 쳐다보지도 않아요. 정말 괜찮은 젊은이예요! 큰 소리 한번 내는 법 없고."

"교육을 받은 사람하고 기병 출신 세무 관리하고는 큰 차이가 있는 거니까요."

여섯 시가 울렸다. 비네가 들어왔다.

그는 마른 몸에 일자로 떨어지는 푸른색 프록코트를 입고 귀덮개가 정수리에서 끈으로 묶인 가죽 모자를 썼는데, 위로 올린 챙 밑으로 대머리 이마에 모자를 늘 써서 눌린 자국이 드러나 보였다. 검은 모직 조끼, 빳빳한 칼라, 회색 바지 차림에 사시사철 윤이 나게 닦은, 불거진 엄지발가락 부분이 양쪽 똑같이 불룩해진 부츠를 신고 있었다. 턱을 두른 금빛 수염은 한 올도 비어져 나오지 않은 채 화단 가장자리처럼 그의 무미건조한 긴 얼굴 가장자리를 둘러싸고 있었고, 눈은 작고 코는 매부리코였다. 온갖 카드 게임에 능하며 좋은 사냥꾼에 훌륭한 필체를 지닌 그는 집에 금속 가공 기계를 두고 냅킨 고리 만들기를 즐겼는데, 예술가처럼 집요하고 소시민처럼 욕심 사납게 만들어대서 온 집안이 고리로 넘쳐났다.

그는 작은 방 쪽으로 갔다. 그러나 먼저 방앗간 주인 세 명을 그 방에서 나가게 해야 했다. 그리고 식탁이 차려지는 내내 비네는 난로 옆 자기 자리에 말없이 앉아 있었다. 그다음 평소처럼 문을 닫고 모자를 벗었다.

"인사를 한다고 혀가 닳지는 않을 텐데!" 여관 주인과 둘만 남게 되자 약사가 말했다.

"더 말하는 법이 없어요." 그녀가 답했다. "지난주에 모직물 판매상 둘이 왔는데, 아주 재치가 넘치는 젊은이들이었죠, 저녁에 우스운 이야기를 많이 해줬는데 나는 웃다가 눈물이 다 났다니까요. 그런데 저 양반은 청어처럼 한마디도 안 하고 저기 저렇게 있더라고요."

"음, 상상력도 없고 재치도 없고 사교적인 데라곤 하나도 없는 거죠." 약사가 말했다.

"그래도 능력은 있다던데요." 여관 주인이 반박했다.

"능력이요?" 약사가 맞받았다. "저 사람이! 능력? 카드 게임에서는 그럴 수도 있겠네." 그가 아까보다 차분하게 덧붙였다.

그러고는 이어서 말했다.

"아! 거래가 많은 도매상이나 법률가, 의사, 약사 들이 너무나 일에 몰두하다 보니 좀 비현실적이 되고 심지어 퉁명스러워지기도 하는 것, 그건 이해해요. 이야기 속에도 그런 특성들이 나오죠. 하지만 적어도 그건 그 사람들이 뭔가 생각을 하고 있기 때문이에요. 내 경우를 봐도 약병 라벨을 쓰려고 책상 위에서 펜을 찾다가 결국 내 귀에 꽂아놓은 걸 발견하는 일이 얼마나 많은지 몰라요."

그러는 동안 르프랑수아 부인은 *이롱델*이 도착하나 보려고 문간으로 갔다. 그녀는 소스라치게 놀랐다. 검은색 옷을 입은 남자가 불쑥 부엌으로 들어섰다. 저물녘의 어스름한 빛 속에서 그 사람의 벌건 얼굴과 건장한 체격이 눈에 들어왔다.

“어쩐 일이세요, 신부님?” 벽난로 선반 위에 양초를 꽂아 일렬로 세워둔 구리 촛대 하나를 집어 들며 여관 주인이 물었다. “뭐 한잔 드시겠어요, 카시스나 포도주 한잔?”

그 성직자는 매우 정중하게 거절했다. 그는 지난번 에르느몽 수도원에 두고 온 우산을 찾으러 온 것이었는데, 르프랑수아 부인에게 저녁때 사제관으로 가져다 달라고 부탁하고는 *저녁 기도 종*이 울리는 성당으로 갔다.

광장에서 신부의 구두 소리가 사라지자 약사는 조금 전 그의 행동이 몹시 무례한 것이었다고 했다. 목을 축일 음료 한잔을 거절한다는 것은 가증스럽기 그지없는 위선이었다. 신부들은 죄다 사람들이 안 보는 데서 질펀하게 퍼마시고 십일조 시절을 되돌리려고 든다는 것이었다.

여관 주인은 신부 편을 들었다.

“그런데 신부님은 당신 같은 사람 네 명은 무릎 위에 올려서 반으로 접을 수도 있을 거예요. 작년에 짚단 들여올 때 우리 일꾼들을 도와주셨는데 여섯 단을 한꺼번에 들더라고요. 그렇게 힘이 세요!”

“브라보!” 약사가 말했다. “그러면 그렇게 욕구가 넘치는 건장한 사람들에게 고해실로 댁의 따님들을 보내시지요! 내가 나랏일을 한다면 한 달에 한 번 신부들 피를 뽑게 하겠어요. 그래요, 르프랑수아 부인, 매달, 정맥 절개 사혈을 하는 거죠, 치안과 미풍양속을 위해서!”

“그만 좀 하세요, 오메 씨! 정말 불경한 사람이네. 신앙심도 없는 사람이야!”

약사가 답했다.

“신앙 있어요, 내 신앙. 심지어 위선적으로 가장하거나 재간만 부리는 저들 모두보다 더 신앙을 가지고 있다고요. 오히려 나는 신을 숭배하는 사람입니다! 나는 지고의 존재, 창조주를 믿어요. 그게 무엇이든 그건 상관없죠. 시민으로서의 의무와 가장으로서의 의무를 다하라고 우리를 이 세상에 있게 하신 그분을 믿는 거예요. 하지만 성당에 가서 은접시에 입을 맞춘다든가, 우리보다 더 잘 먹고 사는 그 많은 사기꾼들을 내 주머니에서 나오는 돈으로 살찌게 할 필요는 없지요! 숲에서도, 들판에서도 신을 경배할 수 있고 심지어 옛날 사람들처럼 저 창공을 올려다보면서도 할 수 있는 거니까요. 나는, 나의 신은 소크라테스, 프랑클랭, 볼테르, 베랑제라는 신이에요. 나는 「사부아 부제의 신앙 고백」과 1789년의 불후의 원칙을 지지해요. 그러므로 나는 지팡이를 짚고 화단을 거니는 하느님, 친구들을 고래 배 속에 머물게 해주는 하느님, 비명을 지르고 죽었다가 사흘 후에 부활하는 그 선하신 하느님 같은 양반은 인정하지 않아요. 그 자체로 터무니없는 소리고 게다가 물리학의 모든 법칙에 어긋나요. 말이 났으니 말인데 그건, 신부들이 항상 파렴치한 무지 속에 빠져 있고 사람들도 그 속에 끌어들이려고 애쓴다는 것을 우리에게 보여주는 거라고요."

그는 말을 하다가 너무 흥분한 나머지 잠시 시의회 한복판에 있다고 착각하고는 자기를 둘러싼 청중들을 눈으로 찾으며 입을 다물었다. 하지만 여관 주인은 이제 그의 말을 듣고 있지 않았다. 그녀는 멀리서 들려오는 바퀴 소리에 귀를 기울이고 있었다. 바퀴의 헐거운 쇠 테두리가 땅에 부딪히는 소리와 섞여 마차 소리가 분명히 들려오더니 마침내 *이롱델*이 문 앞에 멈춰 섰다.

커다란 바퀴 두 개로 굴러가는 노란색 궤짝 같은 마차였는데, 바퀴가 덮개 높이까지 올라와서 승객들이 길도 내다보지 못하게 가로막고 어깨를 더럽히기도 했다. 좁은 창문의 작은 유리는 마차 문이 닫혀 있을 때 창틀 속에서 흔들렸고 폭풍우가 몰아쳐도 다 씻겨 내려가지 않는, 오래 묵은 먼지가 쌓이고 또 쌓여 얼룩진 여기저기에 진흙이 튀어 있었다. 삼두마차에서 첫 번째 말이 가운데 앞장섰고 언덕을 내려갈 때면 마차 바닥이 덜컹거리며 바닥에 닿았다.

용빌의 마을 사람들 몇 명이 광장에 나왔다. 그들은 새로운 소식을 묻고, 무슨 일인지 사정을 알아보고, 광주리를 달라고 하는 등 모두 한꺼번에 떠들었다. 이베르는 누구에게 대답을 해야 할지 알 수가 없었다. 시내에 나가서 이

지역의 심부름을 해다 주는 사람이 그였다. 가게들을 들락거리면서 구두 장수에게는 가죽 꾸러미를, 대장장이에게는 쇠붙이를, 자기 주인에게는 청어 한 통을 구해다 주고, 모자가게의 모자들, 이발사네 앞머리 가발 등을 가져왔다. 그러고는 집에 올 때 돌아오는 길을 따라 짐을 배달했는데, 말들이 저 혼자 달리는 동안 자리에서 일어나 목청껏 소리를 지르며 물건들을 마당 담 너머로 집어 던졌다.

그날은 사고 때문에 좀 늦어졌다. 보바리 부인의 강아지가 들판으로 달아나버렸던 것이다. 사람들이 십오 분가량이나 휘파람을 불며 찾아다녔다. 이베르도 매 순간 얼핏 그 강아지를 본 것 같아서 이 킬로미터나 돌아갔다 왔다. 엠마는 울었다가 화를 냈다가 샤를 때문에 이런 나쁜 일이 생겼다고 원망했다. 마차를 같이 타고 있던 옷감 장수 뢰뢰 씨는 잃어버린 개들이 몇 년이 지난 다음에도 주인을 알아봤다는 수많은 예를 들면서 그녀를 위로하려 애썼다. 콘스탄티노플에서 파리까지 돌아왔다는 이야기도 들었다고 했다. 또 어떤 개는 직선거리로 이백 킬로미터를 가고 강을 네 개나 건너서 돌아왔다고 했다. 또 바로 자기 아버지도 복슬개를 키웠는데 십이 년 동안이나 사라졌다가 어느 날 저녁 시내에 식사를 하러 가는데 길에서 갑자기 등 뒤로 펄쩍 뛰어올랐다는 것이었다.

# 2

엠마가 맨 먼저, 그다음 펠리시테, 뢰뢰 씨, 유모가 내린 다음, 밤이 되자마자 구석 자리에서 완전히 잠이 들어버린 샤를을 깨워 내리게 해야 했다.

오메가 자기를 소개했다. 그는 부인에게 정중한 예를 표하고 의사 선생에게 인사를 한 다음, 도움을 드릴 수 있어서 몹시 기쁘다고 말하고, 아내가 부재중이기도 해서 외람되지만 초대도 받지 않고 이렇게 와 있게 되었다고 살갑게 덧붙였다.

보바리 부인은 부엌에 들어서자 벽난로 쪽으로 다가갔다. 두 손가락 끝으로 무릎 부근의 드레스 자락을 잡고 발목까지 들어 올린 다음, 불 위에서 돌아가고 있는 넓적다리 고기 위로 검은색 편상화를 신은 발을 내밀었다. 불길은 그녀의 드레스 조직과 하얀 피부의 고른 모공, 심지어 가끔 깜빡이는 눈꺼풀까지 강렬한 빛으로 파고들면서 그녀의 몸 전체를 비추었다. 반쯤 열린 문으로 바람이 들어올 때마다 불길의 붉은 색조가 그녀 위에 커다랗게 일렁였다.

벽난로의 반대편에서 한 금발의 청년이 조용히 그녀를 바라보고 있었다.

레옹 뒤퓌 씨(바로 *리옹도르*의 두 번째 단골)는 공증인 기요맹의 사무실 서기로 용빌에서 매우 지루한 나날을 보내고 있었기 때문에 저녁나절에 이야기를 나눌 누군가가 여관에 묵으러 오기를 기대하면서 식사 시간을 뒤로 미루곤 했다. 일이 끝나고 나면 그는 무엇을 해야 할지 몰라 정확한 시간에 도착해서는 수프에서부터 치즈까지 비네와 단둘이 식사하는 시간을 견뎌내야 했다. 그래서 그는 새로 온 손님들과 식사를 같이 하면 어떻겠냐는 여관 주인의 제안을 기쁘게 수락했고, 르프랑수아 부인이 한껏 모양을 내서 사 인분 식기를 차려놓은 큰방으로 모두들 옮겨갔다.

오메는 코감기가 걱정돼서 그런다며 자신의 그리스식 모자를 그냥 쓰고 있어도 괜찮겠는지 물었다.

그러고 나서 옆자리를 돌아보며 말했다.

"부인께서는 좀 고단하시지요? *이롱델*을 타고 있으면 정말 끔찍하게 흔들리잖아요."

"맞아요." 엠마가 대답했다. "하지만 흔들리는 게 전 늘 재미있어요. 장소를 바꾸는 걸 좋아해요."

"같은 장소에 못 박혀 산다는 건 정말 갑갑한 노릇이죠." 서기가 한숨을 내쉬며 말했다.

"저처럼 노상 말을 타고 돌아다녀야 한다면……." 샤를이 말했다.

"아니, 그보다 더 기분 좋은 건 없을 것 같은데요." 레옹이 보바리 부인을 향해 말했다. 그리고 덧붙였다. "그럴 수 있다면요."

"그런데," 약사가 말했다. "우리 지역에서 의술을 베푸는 직업은 그리 힘들지 않습니다. 왜냐하면 우리 도로들 상태가 이륜마차로 다닐 만하고 또 대체로 농민들 형편이 넉넉해서 돈도 꽤 잘 내거든요. 의학적 측면에서 말씀드리자면, 장염, 기관지염, 담즙 질환 등의 통상적인 경우 외에 수확기에 가끔 간헐적인 발열 같은 것이 있지만, 요컨대 심각한 것들은 거의 없고, 체액이 냉한 사람들이 많다는 것 빼고는 특별히 주의를 기울일 만한 것이 전혀 없는데, 그건 아마 우리 농가들의 한심한 위생 조건에 기인하는 것일 겁니다. 아! 보바리 선생님도 수많은 편견과 싸워야 하실 거예요. 선생님이 아무리 의학적으로 애쓰셔도 수많은 고집스러운 인습들과 매일매일 부딪치게 될 겁니다. 당연히 의사나 약사를 찾아와야 하는데 그보다는 아직도 구일기도나 성물, 신부에게 의지하고 있거든요. 그래도 기후는 정말 나쁘지 않고 마을에 구십 대 노인도 몇 분 계세요. 온도계가(제가 관찰을 해봤지요) 겨울에는 사 도까지 내려가고 제일 기온이 높은 계절에도 섭씨 이십오 도나 기껏해야 삼십 도니까, 레오뮈르식 열씨로는 최고 이십사 도가 되고, 아니면 (영국식 단위로) 화씨 오십사 도, 그 정도지요. 그리고 사실 한편으로는 아르괴유 숲이 우리를 북풍으로부터 지켜주고 다른 한편으로는 생장 언덕이 서풍으로부터 지켜줍니다. 그렇지만 강물에서 나오는 수증기와 들판의 많은 가축들 때문에, 가축들은 아시다시피 많은 암모니아, 즉 질소, 수소, 산소(아니, 질소와 수소만이죠) 등을 발산하는데, 그러니까 지면 부식토에서 발산하는 기화된 물질을 빨아들이고, 이런 여러 가지 발산물들을 모두 혼합해서, 말하자면 한 묶음으로 모아서, 대기 중에 전기가 퍼져 있는 경우 전기와 결합되어, 결국에는 열대 지방에서처럼 해로운 가스를 발생시킬 수도 있을 그런 높은 기온, 이 높은 기온은 말이지요, 바로 그것이 밀려오는 쪽에서, 아니 그보다는 밀려오기 시작했을 처음 출발점, 즉 남쪽에서 남동풍에 의해 완화되고, 이 남동풍은 센강을 지나면서 저절로 온도가 내려가 어떤 때는 갑자기 러시아의 미풍처럼 불어온답니다!"

"근처에 적어도 산책할 데는 있나요?" 보바리 부인이 청년에게 이어서 말했다.

"오! 거의 없어요." 그가 답했다. "숲 가장자리 언덕 위에 '방목장'이라 부르는 곳이 하나 있지요. 일요일에 가끔 가는데요, 책을 들고 가서 해가 지는 걸 보곤 하지요."

"석양만큼 놀랍고 아름다운 건 없는 것 같아요. 그런데 특히 바닷가에서요." 그녀가 이어서 말했다.

"오! 저도 바다를 너무 좋아합니다." 레옹이 말했다.

"그리고 그 끝없이 펼쳐진 광막한 공간, 바라보고 있으면 영혼이 고양되고 무한, 이상에 대해 생각하게 되는 그런 공간에서는 영혼이 더 자유롭게 떠다닐 것 같지 않나요?" 보바리 부인이 말을 이었다.

"산 풍경도 마찬가지지요." 레옹이 계속했다. "작년에 제 사촌이 스위스 여행을 했는데 호수의 시적인 정취와 폭포의 매력, 빙하의 어마어마한 기운은 상상도 할 수 없다고 하더군요. 믿을 수 없게 커다란 소나무들이 급류 위에 가로누워 있기도 하고, 절벽 위에 오두막집들이 매달려 있고, 구름이 걷힐 때면 수백 미터 아래로 계곡 전체가 다 내려다보인다네요. 이런 풍경은 사람들을 열광하게 하고, 기도하게 만들고, 황홀감에 빠지게 하겠지요. 그래서 저는 상상력을 북돋기 위해 웅장한 경관 앞에서 피아노를 치곤 했다는 그 유명한 음악가 이야기가 놀랍지 않아요."

"음악을 하시나요?" 그녀가 물었다.

"아닙니다. 그냥 아주 좋아하지요." 그가 답했다.

"아! 그 사람 말 듣지 마세요, 보바리 부인. 순전히 겸손일 뿐이에요." 오메가 자기 접시에 몸을 숙이면서 끼어들었다. "뭐라고요? 아니, 지난번에 방에서 「수호천사」를 기가 막히게 부르던데. 조제실에서 들었지요. 배우처럼 또박또박 끊어서 부르던데요."

실제로 레옹은 약사네 집 삼층의 광장으로 난 작은 방에서 지내고 있었다. 그는 집주인의 이런 칭찬에 얼굴이 빨개졌는데, 집주인은 벌써 의사 쪽으로 몸을 돌려 용빌의 주요 인사들을 한 사람 한 사람 나열하고 있었다. 오메는 이런저런 일화들을 들려주고 정보들을 알려주었다. 공증인의 재산은 아무도 정확하게 모른다, 무척 잘난 척을 하는 *튀바슈네 집이 있다*, 등등.

엠마가 다시 말을 이었다.

"무슨 음악을 좋아하세요?"

"오! 독일 음악, 꿈을 꾸게 하는 음악이요."

"이탈리아에 가보셨어요?"

"아뇨, 아직. 하지만 내년에 법학 공부를 마치러 파리에 가서 살게 되면 보게 되겠죠."

"아까 부군께는 말씀드렸지만, 도망간 저 한심한 야노다 말인데요, 그 사람이 허황되게 사치를 부려놓은 덕분에 용빌에서 제일 쾌적한 집들 중 하나에 사시게 됐습니다. 그 집에서 특히 의사에게 편리한 점은 *알레* 길로 난 문이 있어 보이지 않게 드나들 수 있다는 거죠. 그뿐 아니라 그 집에는 살림에 편한 모든 것이 다 갖춰져 있답니다. 세탁실, 찬방이 딸린 부엌, 거실, 과일 저장실 등이요. 참, 돈에 신경도 안 쓴 친구였죠! 정원 끝 연못 옆에는 여름에 맥주를 마시겠다고 일부러 정자를 만들어놓았는데, 만약 부인께서 원예를 좋아하시면……." 약사가 말했다.

"제 아내는 그런 건 신경 안 씁니다." 샤를이 말했다. "운동을 하라고 권하는데도 늘 방에 들어앉아 책 읽는 걸 좋아해요."

"저하고 같네요." 레옹이 말했다. "바람이 유리창에 부딪히고 등불이 환하게 밝혀진 저녁에 책 한 권 들고 불 가에 앉아 있는 것보다 정말 더 좋은 게 있을까요?……"

"그렇죠?" 엠마가 크게 뜬 검은 눈으로 그를 응시하며 말했다.

"아무 생각도 하지 않고, 시간이 흐르죠." 그가 계속 말을 이어갔다. "가만히 앉은 채 눈앞에 보이는 것 같은 나라들을 돌아다니고, 생각은 소설 속에 빠져 세세한 묘사들을 따라 넘나들거나 온갖 사건들의 우여곡절을 따라가죠. 등장인물들과 섞여 하나가 되고, 그들의 옷 속에서 자기 심장이 뛰는 것 같아지는 겁니다."

"맞아요! 맞아요!" 그녀가 말했다.

"그런 적 있나요?" 레옹이 다시 말했다. "전에 가졌던 막연한 생각과 먼 데서 다시 떠오르는 흐릿한 이미지, 자신의 감정을 있는 그대로 다 펼쳐놓은 듯한 표현을 책 속에서 만나는 일 같은 거 말이에요."

"그런 경험 있지요." 그녀가 말했다.

"바로 그래서 저는 특히 시인을 좋아합니다." 그가 말했다. "저는 산문보다 시가 더 감동적이고 시를 읽을 때 더 눈물을 흘리게 되는 것 같아요."

"하지만 나중에는 피곤해져요." 엠마가 말했다. "그래서 요즘은 오히려 단숨에 내용이 진전돼서 펼쳐지는 무서운 이야기가 좋아요. 저는 세상에 있을 법한 평범한 주인공이나 미지근한 감정은 정말 싫어요."

"그렇죠." 서기가 자기 생각을 말했다. "그런 작품들은 마음에 감동을 주지도 못하고, 예술의 진정한 목적에서 멀리 떨어진 것 같아요. 삶에서 겪는 수많은 환멸 속에서 생각으로라도 고귀한 성격과 순수한 애정, 행복한 장면으로 옮겨갈 수 있다는 것은 너무나 포근하게 마음을 달래주는 일이지요. 세상으로부터 멀리 떨어져 여기에 사는 저에게는 그것이 유일한 낙입니다. 용빌에는 정말 할 만한 게 거의 없어요!"

"아마 토트 같은가 보네요." 엠마가 말을 이었다. "그래서 저는 늘 도서 대여점 회원이었어요."

"부인께서 제가 그리할 수 있는 영광을 베풀어주신다면, 제게 최고 저자들로 구성된 서가가 있으니 사용하실 수 있게 해드리지요." 엠마의 말 끝부분을 듣고는 약사가 말했다. "볼테르, 루소, 드릴, 월터 스콧, 《연재소설의 메아리》 등등이 있고, 그뿐 아니라 여러 가지 정기 간행물도 받아보는데, 그중에서도 제가 뷔시와 포르주, 뇌샤텔, 용빌, 그리고 주변 구역들의 통신원으로 누리는 혜택으로 《루앙의 등불》은 매일 받아보고 있습니다."

식탁에 앉아 있은 지 두 시간 반이 되었다. 하녀 아르테미즈가 끈으로 엮은 슬리퍼를 타일 바닥에 힘없이 끌면서 접시들을 하나씩하나씩 나른 데다가, 매번 뭔가를 잊어버리고 아무 말에도 귀를 기울이지 않았기 때문이다. 당구실 문도 반쯤 열린 채로 그냥 두어 손잡이 끝이 문에 계속 부딪혔다.

레옹은 이야기를 하면서 자기도 모르게 한쪽 발을 보바리 부인이 앉아 있는 의자 다리 받침대에 올려놓고 있었다. 그녀의 목에 두른 파란색 작은 실크 타이는 둥글게 가두리 장식이 된 하얀 삼베 칼라를 주름 장식 깃처럼 똑바로 받쳐주고 있었다. 그리고 머리의 움직임에 따라 그녀의 얼굴 아랫부분이 칼라 속에 들어가거나 살포시 나오기도 했다. 샤를과 약사가 이야기를 나누는 동안 두 사람은 이렇게 곁에 앉아 초점 없는 막연한 대화 속으로 빠져들어갔는데, 우연히 꺼낸 말들이 가닿는 중심은 언제나 서로 똑같이 공감대를 이루는 지점이었다. 파리의 공연, 소설 제목, 새로운 카드리유 춤, 그들이 알지 못하는 사교계, 그녀가 살았던 토트, 지금 그들이 있는 용빌, 이 모든 것에 대해 그들은 저녁 식사가 끝날 때까지 세세히 알아보고 온갖 이야기를 나누었다.

커피가 나오자 펠리시테는 새집에 침실을 준비해놓으러 갔고 손님들도 곧 자리를 떴다. 르프랑수아 부인은 재만 남은 난로 옆에서 잠들어 있고, 마구간 일꾼은 등불을 손에 들고 보바리 부부를 집에 데려다주려고 기다리고 있었다. 그의 붉은 머리칼에는 지푸라기가 엉켜 있고 왼쪽 다리를 절고 있었다. 그가 다른 손으로 신부님의 우산을 집어 들자 사람들은 걷기 시작했다.

마을은 모두 잠들어 있었다. 시장의 기둥들이 커다란 그림자를 길게 드리웠다. 땅바닥은 여름밤처럼 온통 회색빛이었다.

그런데 의사의 집은 여관에서 오십 보 거리여서 길을 나서자 바로 인사를 나누어야 했고 일행은 흩어졌다.

엠마는 현관에 들어서자 벌써 회벽의 냉기가 젖은 빨래처럼 어깨 위로 내려앉는 것을 느꼈다. 벽은 새것이었지만 나무 계단이 삐걱거렸다. 이층 침실에는 커튼이 없는 창문으로 희끄무레한 빛이 비쳐들고 있었다. 나무들 꼭대기가 조금 보이고 더 멀리로는 안개 속에 반쯤 잠긴 목초지가 내다보였는데, 강물의 흐름에 따라 달빛을 받으며 안개가 피어오르고 있었다. 방 한가운데에 옷장 서랍들, 병, 커튼걸이, 금도금 막대 들이, 의자 위에 매트리스가, 바닥에 대야들이 뒤죽박죽으로 널브러져 있었다. 가구를 나른 남자 둘이 아무렇게나 거기에 전부 내버려 두고 갔기 때문이다.

그녀가 처음 온 낯선 곳에서 잠을 자는 것은 네 번째였다. 첫 번째는 수도원에 들어갔던 날, 두 번째는 토트에 도착했을 때, 세 번째는 보비에사르에서, 그리고 이번이 네 번째였다. 그리고 매번 그것은 그녀의 삶에서 새로운 단계의 시작 같은 것이었다. 그녀는 서로 다른 장소들에서 어떤 일들이 똑같이 일어날 수 있다고 생각하지 않았고, 그러니 이미 살아낸 부분이 나빴기에 앞으로 살아갈 삶은 아마도 나을 것 같았다.

# 3

다음 날 잠에서 깬 엠마는 광장에 서기가 있는 것을 보았다. 그녀는 실내 가운 차림이었다. 서기가 얼굴을 들고 인사했다. 그녀는 얼른 고개 숙여 인사를 하고 창문을 닫았다.

레옹은 하루 종일 저녁 여섯 시가 오기를 기다렸다. 그런데 여관에 들어서며 보니 식탁에 비네 씨밖에 없었다.

전날의 저녁 식사는 그에게 대단한 사건이었다. 이제껏 그는 두 시간 동안 계속 *숙녀*와 이야기를 나눠본 적이 한 번도 없었다. 전에는 그렇게 잘 말하지 못했을 텐데 도대체 그 많은 것들을, 어떻게 그런 표현으로, 그녀에게 설명할 수 있었을까? 평소에 그는 소심했으며, 부끄러움도 많고 숨기는 것도 많아 늘 조심스럽게 행동했다. 용빌에서 그는 *아주 품위 있게* 행동하는 청년으로 알려져 있었다. 그는 나이 든 사람들이 자기 의견을 피력하면 주의 깊게 들었고 정치 이야기에 전혀 흥분하는 것 같아 보이지도 않았는데, 이는 젊은 사람에게서 보기 힘든 훌륭한 점이었다. 그리고 그는 여러 가지 재능이 많아서 수채화도 그렸고 높은음자리표도 알았으며 저녁 식사 후 카드 게임을 하지 않을 때는 문학 작품을 즐겨 읽었다. 오메 씨는 그를 학력 때문에 높이 평가했다. 오메 부인은 그를 배려심이 많은 사람이라며 좋아했는데, 왜냐하면 그 집 아이들,

항상 지저분한 데다가 버릇도 없고 어머니처럼 뚱뚱하고 둔한 그 어린애들을 정원에서 데리고 놀아주었기 때문이다. 그 집에는 아이들을 돌보는 사람으로 하녀 말고도 쥐스탱이라는 약국 조수가 하나 있었다. 그는 오메 씨의 먼 친척으로 불쌍하다고 집에 들였는데 동시에 하인 역할도 하고 있었다.

약사는 최고의 이웃 같은 태도를 보였다. 보바리 부인에게 상인들에 대해 알려주고, 일부러 자기가 거래하는 사과주 장수를 부르고, 직접 맛을 보고, 술통이 지하 저장고에 잘 놓였는지 감독했다. 또 버터를 싸게 사서 비축하려면 어떻게 해야 하는지도 일러주었으며, 성당 관리와 묘지 관리 일 외에 시간당 또는 일 년씩 용빌의 주요 정원들을 고객 취향대로 손질해주는 레스티부두아, 성당 관리인하고 계약도 마무리해주었다.

약사가 이렇게 아첨에 가까운 친절을 보이는 것은 단지 남의 일을 나서서 돌봐줘야 직성이 풀리는 성격 때문만은 아니었고 숨겨진 뒷생각이 있었다.

그는 면허를 소지하고 있지 않은 모든 이에게 의료 행위를 금지하는 공화력 11년 방토즈 월 19일 법 제1조를 위반하여, 누군지 모르는 어떤 이의 밀고로 루앙의 고등법원 검사장 특별실로 소환당했던 적이 있었다. 법복 차림에 어깨에는 흰담비 가죽을 두르고 둥근 모자를 쓴 법관이 선 채로 그를 맞았다. 법정이 열리기 전 아침이었다. 복도에서는 헌병의 투박한 군화가 지나가는 소리가 들려왔고 멀리서 커다란 자물쇠를 채우는 것 같은 소리도 들려왔다. 약사는 귀가 윙윙 울리며 뇌출혈로 쓰러질 것만 같았다. 지하 감옥, 울고 있는 식구들, 팔려버린 약국, 다 흩어져버린 약병들이 눈앞에서 어른거렸다. 그래서 카페에 들어가 럼주 한 잔과 셀츠 탄산수를 마시고 정신을 차려야만 했다.

그때 경고를 받은 기억이 조금씩 약해지자 그는 다시 예전처럼 약국 안쪽 구석에서 가벼운 진료를 계속했다. 그런데 면장은 그것을 못마땅해했고 동업자들은 시기했으니 모든 것을 다 조심해야 했다. 친절하게 행동해서 보바리 씨를 자기한테 가깝게 만들어놓으면 그가 감사의 마음을 가지게 될 테고 나중에 무언가 알게 되더라도 아무 말 하지 못하게 될 것이었다. 그래서 오메는 매일 아침 그에게 신문을 가져다주었고 오후에도 종종 약국을 잠시 비우고 의사에게 가서 대화를 나누었다.

샤를은 울적했다. 환자가 오지 않았기 때문이다. 그는 아무 말 없이 한참 동안 가만히 앉아 있기도 하고 진찰실에 가서 잠을 자기도 했으며 아내가 바느질하는 것을 바라보고 있기도 했다. 기분을 전환해보려고 집에서 일꾼이 하는 일을 직접 하기도 했고 페인트공들이 남겨둔 페인트로 다락방을 칠해보기도 했다. 하지만 돈 걱정이 머리에서 떠나지 않았다. 토트의 집수리, 엠마의 몸단장, 이사 등에 돈을 너무 많이 쓴 나머지 삼천 에퀴 이상의 지참금이 이 년 만에 다 사라져버렸다. 그리고 신부의 석고상은 빼놓는다고 해도 토트에서 용빌로 오면서 얼마나 많은 것들이 망가지고 없어졌는지 모른다. 그 석고상은 수레가 너무 심하게 흔들려서 캥캉푸아의 보도 위에 떨어져 산산조각으로 부서지고 말았다.

그러다가 더 좋은 관심거리가 생기면서 주의를 다른 데로 돌리게 되었다. 아내의 임신이었다. 예정일이 가까워질수록 그는 아내를 더 애지중지했다. 그것은 또 다른 의미에서 두 몸이 확고하게 맺어지는 일이었고, 더 복합적인 부부의 유대감 같은 것이 이어지는 일이었다. 아내가 굼뜨게 움직이는 모습이나 코르셋을 하지 않은 허리를 엉덩이 위로 천천히 돌리는 모습이 멀리서 보일 때, 그리고 마주 앉아 그녀를 마음껏 바라볼 때, 그녀가 안락의자에 앉아 피곤한 자세를 취할 때, 그는 행복에 겨워 어쩔 줄을 몰랐다. 그는 일어나서 그녀에게 키스를 하고, 두 손으로 얼굴을 쓰다듬고, 사랑스러운 엄마라고 부르고, 춤을 추게 하려고도 해보고, 반은 웃고 반은 울면서 머리에 떠오르는 온갖 애정 어린 농담들을 늘어놓았다. 아이를 가졌다는 생각만 해도 말할 수 없이 기뻤다. 이제 그에게는 아무것도 부족한 것이 없었다. 그는 인생을 통째로 다 맛보았고, 인생이라는 테이블에 평화롭게 두 팔꿈치를 괴고 앉아 있는 것이었다.

엠마는 처음에는 무척 놀랐지만 나중에는 어머니가 된다는 것이 무엇인지 알고 싶어서 얼른 아기를 낳았으면 좋겠다는 마음이 들었다. 그런데 자기가 원하는 대로 지출을 할 수도 없고 분홍색 실크 커튼이 달린 작은 배 모양의 요람이나 수놓은 아기 모자를 살 수도 없게 되자 갑자기 기분이 확 상해서는 출산용품 준비를 그만두고 마을의 바느질꾼에게 선택도 흥정도 없이 한 번에 다 주문해버렸다. 그러므로 그녀는 모성애가 일어나는 그런 준비 과정을 즐기지 못했고, 그래서 그녀의 애정은 아마 처음부터 좀 약해졌던 것 같다.

그렇지만 샤를이 식사 시간마다 어린아이 이야기를 했기 때문에 그녀도 곧 아이 생각을 좀 더 지속적으로 하게 되었다.

엠마는 아들을 원했다. 힘이 넘치고, 머리는 갈색인 아이, 이름은 조르주라고 할 것이었다. 이렇게 아이가 남자일 거라 생각하니 마치 지난날 자신의 모든 무력감에 대해 복수할 수 있다는 희망이 생기는 것 같았다. 남자는 적어도 자유롭다. 불타는 정열을 체험하고 여러 나라를 돌아다니며, 장애물들을 넘어 통과하고, 저 멀리 있는 행복도 움켜잡을 수 있다. 그런데 여자는 계속 금지에 부딪힌다. 무력하고도 유순한 여자는 연약한 몸과 법률의 속박에 직면해 있다. 여자의 의지는 모자에 줄로 연결된 베일처럼 바람이 불어오는 대로 펄럭인다. 언제나 욕망에 끌리면서, 적절하게 행동해야 하는 관습에 붙들린다.

어느 일요일 여섯 시쯤, 아침 해가 떠오를 때 그녀는 아이를 낳았다.

"딸이야!" 샤를이 말했다.

엠마는 머리를 옆으로 돌렸고 정신을 잃었다.

거의 동시에 오메 부인과 *리옹도르*의 르프랑수아 부인이 달려와서 그녀를 끌어안았다. 약사는 조금 열린 문틈으로 조심스럽게 우선 몇 마디 축하 인사만 건넸다. 그는 아기를 한번 보자고 했고, 살펴보더니 아주 정상이라고 했다.

산후조리를 하는 동안 엠마는 딸의 이름을 무엇으로 할지 고심하며 시간을 보냈다. 처음에는 이탈리아식으로 끝나는 클라라, 루이자, 아망다, 아탈라 같은 이름들을 다 검토해보았다. 갈쉥드라는 이름도 괜찮은데 이죄나 레오카디가 더 마음에 들었다. 샤를은 아이 이름을 자기 어머니와 같은 이름으로 하고 싶어했다. 엠마는 반대했다. 달력의 성녀 이름들을 처음부터 끝까지 다 훑어보고 외국 이름들도 찾아보았다.

"전에 레옹 씨하고 이야기를 했는데 왜 마들렌이라고 하지 않는지 모르겠다고, 요새 엄청 인기 있는 이름이라고 하던데요." 약사가 말했다.

하지만 샤를의 어머니는 그런 죄인의 이름에는 결사반대였다. 오메 씨는 위인이나 유명한 사건, 고귀한 개념을 상기시키는 모든 이름들을 좋아했고, 바로 그런 방식으로 자기 아이들 넷의 이름을 지었다. 그리하여 나폴레옹은 영광을, 프랑클랭은 자유를 의미했다. 이르마는 아마도 낭만주의에 대한 굴복이 아니었나 싶다. 하지만 아탈리는 프랑스 연극의 최고 불후의 명작에 대한 오마주였다. 왜냐하면 그가 철학적 신념 때문에 예술을 찬미하지 못하는 것은 아니었고, 그의 안에 있는 사상가가 감성적인 사람을 숨도 못 쉬게 짓누르는 것은 아니었기 때문이다. 그는 상상과 광신의 영역을 나누고 차이를 구분할 줄 알았다. 예를 들어 그 비극의 사상은 비난했지만 문체는 예찬했다. 전체 구상은 끔찍하게 싫어했지만 세부적인 것들에는 전부 박수를 보냈고, 등장인물들에 대해서는 몹시 화를 냈지만 그들이 하는 말에는 열광했다. 긴 대목을 읽어 내려가며 그는 도취했다. 하지만 성직자 무리가 자기네 영업장에서 잇속을 챙길 것을 생각하면 참담해졌고, 이런 혼란스러운 감정에 사로잡혀 그는 라신에게 왕관을 씌우고 싶기도 했고 동시에 이 사람과 한 십오 분 동안 토론을 하고 싶기도 했다.

나중에 엠마는 보비에사르 성에서 후작 부인이 한 젊은 여자를 베르트라고 부르던 것이 기억났다. 그러자 바로 그 이름으로 정했고, 루오 씨가 올 수 없었기 때문에 오메 씨에게 대부가 되어주기를 부탁했다. 그는 선물로 자기 약국의 온갖 제품들, 즉 대추 여섯 상자, 라카우 한 병 가득, 마시멜로 세 통,

거기에다 벽장에서 찾아낸 막대 얼음사탕 여섯 개를 가져다주었다. 축하식 날 저녁에 성대한 만찬이 준비되었다. 신부도 왔다. 활기찬 분위기였다. 오메 씨는 리큐어가 나올 무렵 「착한 사람들의 하느님」을 불렀다. 레옹 씨는 뱃노래를, 대모인 어머니 보바리 부인은 제1제정 시대의 연가를 불렀다. 마지막으로 아버지 보바리 씨가 아이를 데리고 내려오라고 하더니 머리 위에 샴페인 한 잔을 부으며 세례를 주기 시작하는 것이었다. 성사 중 첫 번째인 세례성사를 이런 식으로 조롱하는 것을 보고 부르니지앵 신부는 분개했다. 아버지 보바리 씨가 『신들의 전쟁』을 인용하여 응답하자 신부는 자리를 뜨려고 했다. 부인들이 애원하고 오메가 끼어들어 겨우 신부를 다시 자리에 앉혔다. 신부는 받침 접시에서 반쯤 마시고 남은 작은 커피잔을 태연하게 다시 집어 들었다.

아버지 보바리 씨는 그러고도 한 달을 더 용빌에 머물렀는데, 아침에 그가 광장에서 파이프를 피우려고 은 장식줄이 달린 근사한 경찰 모자를 쓰고 있는 것을 보고 마을 사람들은 감탄했다. 그리고 평소 브랜디를 많이 마시기 때문에 그는 자주 하녀를 *리옹도르*에 보내 아들 앞으로 달아놓고 술을 사 오게 했다. 또 자기 스카프들에 뿌린다고 며느리가 가진 오드콜로뉴를 전부 다 써버리기도 했다.

며느리는 시아버지와 함께 있는 것을 전혀 싫어하지 않았다. 그는 세상을 다 돌아본 사람이었다. 베를린, 빈, 스트라스부르 이야기를 해주고 장교 시절 그가 만났던 애인들이며 자신이 마련한 성대한 오찬들에 대한 이야기를 들려주었다. 그리고 그는 다정한 모습을 보인 데다가 때로는 계단이나 정원에서 엠마의 허리를 안으며 "샤를, 너 조심해라!"라고 소리치기까지 했다.

그래서 어머니 보바리는 아들의 행복이 깨질까 두려워졌고, 결국에는 남편이 며느리의 사고에 비도덕적인 영향을 미치게 될까 겁이 나서 서둘러 출발을 재촉했다. 아마 그보다 더 심각한 걱정도 있었을 것이다. 보바리 씨는 무엇이든 지키는 것이 아무것도 없는 사람이었다.

어느 날 엠마는 목수 아내인 유모네 집에 맡긴 아기가 너무나 보고 싶어졌다. 그래서 산후조리 기간 육 주가 아직 남았는지 달력에서 확인도 해보지 않고 언덕 아래 큰길과 목초지 사이에 있는 마을 끝의 롤레네 집으로 향했다.

정오였다. 집마다 창문에는 덧문이 닫혀 있었고, 파란 하늘의 따가운 햇빛 아래 반짝이는 슬레이트 지붕들은 박공 꼭대기에 불꽃이 튀는 것처럼 보였다. 후덥지근한 바람이 불고 있었다. 엠마는 걷는 데 힘이 빠지는 것 같았고 보도의 자갈들이 통증을 일으켰다. 그녀는 집으로 그냥 돌아갈까 아니면 어디에 좀 들어가서 앉을까 망설였다.

그때 레옹 씨가 겨드랑이에 서류 뭉치를 끼고 옆집 문에서 나왔다. 그는 그녀에게 다가와 인사를 하고는 뢰뢰네 가게 앞에 드리워진 회색 차양 아래 그늘로 들어섰다.

보바리 부인은 아이를 보러 가는 길인데 기운이 없어지기 시작한다고 말했다.

"혹시……." 레옹은 말을 꺼냈지만 차마 다음 말을 하지 못했다.

"어디 볼일이 있으세요?" 그녀가 물었다.

그리고 서기가 대답을 하자 그녀는 함께 가주기를 청했다. 이 이야기는 저녁이 되자 벌써 용빌에 쫙 퍼졌고, 튀바슈 면장 부인은 하녀를 앞에 놓고 *보바리 부인이 자기 평판을 망치고 있다*고 말했다.

유모네 집으로 가려면 거리를 지나서 묘지로 가는 것처럼 왼쪽으로 돌아 작은 집들과 마당들 사이로 쥐똥나무가 늘어선 오솔길을 따라가야 했다. 나무에는 꽃이 피었고 개불알풀과 들장미, 쐐기풀, 그리고 덤불에서 튀어나온 나무딸기도 있었다. 울타리 틈으로 오막살이 집들이 보이고, 돼지 한 마리가 퇴비 위에 서 있는 모습, 줄에 매인 소들이 나무 기둥에 뿔을 비벼대고 있는 모습이 보였다. 두 사람은 나란히, 그녀는 그에게 몸을 기대고 그는 그녀의 발걸음에 맞춰 보폭을 줄이면서 천천히 걸었다. 앞에서 파리떼가 윙윙거리며 더운 공기

속을 날아다녔다.

그들은 그늘을 드리운 오래된 호두나무를 보고 그 집을 알아보았다. 갈색 기와지붕에 키가 낮은 그 집에는 다락방 창문 밖으로 묵주처럼 엮은 양파 다발이 매달려 있었다. 가시나무 울타리에 기대놓은 나뭇단들이 네모난 상추밭, 라벤더 몇 그루, 섶으로 받친 꽃핀 완두를 둘러싸고 있었다. 더러운 물이 풀 위로 튀면서 흐르고 온 주위에 구분도 되지 않는 온갖 누더기와 뜨개 양말, 붉은 옥양목 캐미솔이 흩어져 있고 두꺼운 천의 큰 시트 한 장이 울타리에 길게 널려 있었다. 울타리 문 여는 소리에 유모가 젖을 물린 아기를 한쪽 팔에 안고 나타났다. 다른 손으로는 부스럼투성이 얼굴에 초라하고 허약한 아이 하나를 잡아끌고 있었다. 루앙의 양품점 상인 아들로 부모가 장사에 너무 바빠 시골에 맡겨놓은 것이었다.

"들어오세요." 유모가 말했다. "사모님 아기는 저기서 자요."

그 집에 하나뿐인 일층 침실에는 커튼도 없는 커다란 침대 하나가 안쪽 벽에 붙어 있고 밀가루 반죽 통이 창가를 차지하고 있었으며 깨진 유리창은 해님 모양의 파란 종이로 막아놓았다. 문 뒤 구석에는 번쩍이는 징을 박은 반장화가 빨랫대 타일 아래 가지런히 놓여 있고, 곁에는 기름이 가득 든 병 하나에 깃털이 꽂혀 있었다. 먼지가 쌓인 벽난로 위에 *마티외 랑스베르그* 달력이 부싯돌, 양초 토막, 부싯깃 조각 들 사이에 굴러다녔다. 마지막으로 이 방 최고의 쓸데없는 사치품은 나팔을 부는 르노메 여신인데, 아마 향수 광고지에서 오려낸 것 같은 그림을 나막신용 핀으로 벽에 붙여놓은 모양이었다.

엠마의 아이는 바닥에 놓인 버드나무 요람에서 자고 있었다. 그녀는 아기를 이불째 들어서 안고 몸을 좌우로 흔들며 부드럽게 노래를 부르기 시작했다.

레옹은 방 안을 왔다 갔다 했다. 이렇게 궁색한 방 한가운데에 이 아름다운 여인이 남경 옷감으로 된 드레스를 입고 서 있는 모습이 그에게는 이상하기만 했다. 보바리 부인의 얼굴이 빨개졌다. 그는 자기가 눈길을 주지 말아야 할 것을 무례하게 쳐다본 모양이라 생각하고 얼굴을 다른 데로 돌렸다. 잠시 후 엠마는 턱받이에 젖을 토한 아기를 다시 자리에 눕혔다. 유모가 바로 와서 그것을 닦아내며 얼룩이 눈에 뜨이지는 않을 것이라고 강조했다.

"이런 적 많아요." 유모가 말했다. "계속 이 아이 씻기는 게 일이라니까요! 그러니까 잡화점 카뮈에게 말해서 제가 필요할 때 비누를 좀 내주라고 하시면 어떨까요? 그러면 사모님한테도 더 편하고 제가 번거롭게 해드릴 일도 없을 텐데요."

"그래요, 그래요!" 엠마가 말했다. "안녕히 계세요, 롤레 아주머니."

그리고 그녀는 문턱에서 발을 닦으며 밖으로 나왔다.

유모는 밤에 일어나야 하는 게 힘들다고 계속 말하면서 마당 끝까지 따라 나왔다.

"어떤 때는 너무 지쳐서 의자에 앉은 채로 잠이 들어버리기도 한다니까요. 그러니까 분쇄 커피 일 파운드만이라도 좀 주시면 제가 그걸로 한 달은 쓸 수 있을 거고 아침에는 우유를 넣어서 마실 텐데요."

유모가 연거푸 고맙다고 인사하는 말을 다 듣고 보바리 부인은 그 집을 떠났다. 그런데 오솔길로 조금 걸어 나오다가 나막신 소리가 나서 뒤를 돌아보았다. 유모였다.

"무슨 일이에요?"

그러자 그 시골 여자는 엠마를 따로 느릅나무 뒤로 끌고 가서 자기 남편 이야기를 늘어놓기 시작했다. 그 사람 직업으로, 일 년에 육 프랑을, 대장이…….

"결론을 빨리 말해요." 엠마가 말했다.

"저, 그러니까," 단어 하나마다 한숨을 내쉬며 유모가 말을 이어갔다. "저 혼자 커피를 마시는 걸 보면 그 사람이 좀 울적해할까 걱정이라서요. 아시겠지만 남자들이란……."

"받게 할 거라잖아요." 엠마가 다시 말했다. "준다니까요!…… 참 성가시네요."

"아이고, 사모님, 그 사람이 부상을 입고 나서 가슴에 아주 심한 경련을 일으키곤 하거든요. 사과주 때문에 몸이 더 나빠진다는 말까지 하고요."

"얼른 말을 하세요, 롤레 아주머니!"

"그래서요," 유모는 몸을 숙여 절을 하며 말을 이었다. "너무 지나친 부탁이 아니라면……" 그녀는 또 한 번 머리를 숙였다. "괜찮으실 때…… 브랜디 한 병만 좀……" 그러고는 애원하는 눈빛으로 마침내 말을 마쳤다. "그걸로 아기 발을, 혀처럼 보드라운 발을 닦아줄 거예요."

유모에게서 놓여나자 엠마는 다시 레옹 씨의 팔을 잡았다. 그녀는 얼마 동안 빨리 걸어갔다. 그러다가 나중에 발걸음을 늦췄고, 앞을 보던 눈길을 돌리니 청년의 어깨에 눈길이 닿고 프록코트에 달린 검은색 벨벳 깃이 보였다. 그 위로 곧게 잘 빗질한 밤색 머리카락이 드리워져 있었다. 그녀는 그의 손톱이 용빌 사람들 그 누구보다 길다는 것을 알아보았다. 손톱을 다듬는 것은 서기가 신경을 많이 쓰는 일 중 하나였다. 그래서 거기에 쓰는 특별한 칼을 필기도구함에 넣어두고 있었다.

그들은 냇가를 따라 용빌에 돌아왔다. 더운 계절에는 둔치가 더 넓어져서 정원의 담 아래까지 드러나 보였고 강으로 내려가는 몇 단의 층계가 보였다. 차가워 보이는 강물이 소리 없이 빠르게 흘러갔다. 가느다란 긴 풀들이 물에 휩쓸려 다 같이 구부러졌고, 물의 흐름대로 출렁이는 초록색 머리카락처럼 투명한 강물 속에 퍼졌다. 때로 등심초 끄트머리나 수련 잎사귀에 다리가 가는 곤충이 기어가거나 가만히 머물러 있었다. 부서졌다 솟아오르는 물결의 파란 작은 물방울들에 햇살이 내리쬐었다. 가지를 친 오래된 버드나무의 잿빛 나무껍질이 물속에 비쳤다. 그 너머 주변의 목초지는 모두 텅 비어 있었다. 농장에서는 점심을 먹을 시간이었고, 길을 걷는 젊은 여인과 그녀를 동반하는 남자의 귀에 들려오는 것은 오솔길 흙 위에서 발을 맞춰 걷고 있는 자신들의 발소리, 주고받는 말소리, 엠마의 옷이 여기저기서 사그락사그락 스치는 소리뿐이었다.

정원의 담벼락은 갓돌에 병 조각들이 놓였고 온실 유리처럼 뜨거웠다. 벽돌 틈에 향꽃무가 돋아나 있었다. 보바리 부인이 쓰고 있던 양산 끝이 스치자 시든 향꽃무 꽃들이 노란 가루가 되어 흩어졌고, 또 바깥으로 나와 있던 인동덩굴 가지가 양산 가장자리의 술 장식에 엉키면서 실크 천에 살짝 스치기도 했다.

그들은 이제 곧 루앙 극장에서 공연을 하게 될 스페인 무용단에 대해 이야기했다.

"가실 거예요?" 그녀가 물었다.

"가능하면요." 그가 답했다.

그들은 또 다른 할 이야기는 없었을까? 두 사람의 눈에는 더 중요한 이야기들이 가득 담겨 있었는데 말이다. 보통의 일상적인 이야기를 하려고 애를 쓰면서도 그들은 둘 다 똑같이 어떤 우울한 느낌에 휩싸여 있었다. 그것은 끊이지 않는 깊은 영혼의 속삭임, 입에서 나오는 소리를 넘어서는 속삭임이었다. 이렇게 불시에 덮친 새로운 느낌, 이 은근한 느낌이 무엇인지 놀라고 당혹한 그들은 그 느낌에 대해 말을 해볼 생각도, 원인이 뭔지 밝혀낼 생각도 하지 못했다. 미래의 행복은 열대 지방의 바닷가처럼 그 앞에 펼쳐진 망망대해에 천성과 같은 무력함과 향기로운 미풍을 불어 보내고, 아직 드러나지 않은 수평선은 신경조차 쓰지 않은 채 그렇게 도취 속에 잠들어버린다.

가축들이 밟고 지나가서 흙길 한쪽이 움푹 파여 있었다. 진흙 바닥에 듬성듬성 박혀 있는 커다란 초록색 돌 위로 걸어가야만 했다. 엠마는 발을 어디에 놓아야 할지 보느라 여러 차례 멈추곤 했다. 그리고 흔들거리는 돌 위에서 기우뚱거리며 두 팔을 펼치고 허리는 숙인 채 어쩔 줄 모르는 눈빛으로, 물웅덩이에 빠질까 겁내며 소리 내어 웃었다.

보바리 부인은 자기 집 정원 앞에 이르자 작은 문을 열고 계단을 뛰어올라 사라져버렸다.

레옹은 사무실로 돌아갔다. 주인은 부재중이었다. 그는 서류를 훑어보고 펜을 다듬어놓은 다음 끝으로 모자를 쓰고 밖으로 나갔다.

그는 아르괴유 언덕 꼭대기, 숲 초입의 '방목장'으로 올라갔다. 전나무 아래 바닥에 누워 손가락 사이로 하늘을 쳐다보았다.

"너무 지루해!" 그가 혼잣말을 했다. "너무 지루해!"

그는 오메를 친구로, 기요맹을 주인으로 두고 이런 마을에서 살고 있는 자신이 불쌍했다. 기요맹, 완전히 일에 매여 살고, 금테 안경을 끼고 하얀 넥타이에 붉은 구레나룻을 기른 이 사람은 영국인 같은 꼿꼿한 태도를 보여서 처음에는 서기가 감탄을 했지만 섬세한 정신이 뭔지도 모르는 사람이었다. 약사의 부인, 이 사람은 노르망디 최고의 아내로, 양처럼 순하고, 자식들, 아버지, 어머니, 사촌들을 지극히 아끼고, 다른 이들의 아픔에 같이 눈물을 흘리며, 집안 살림은 그냥 되는 대로 놔두고, 코르셋은 끔찍하게 싫어하는 여자였다. 하지만 동작은 너무나 굼뜨고, 말을 듣고 있기 너무나 지루하고, 외모는 너무나 평범하며, 대화는 너무나 제한되어 있어서, 그녀가 서른 살, 자신은 스무 살에다 바로 맞은편 방에서 자고 매일 이야기를 하는데도 불구하고, 그는 누군가에게 그녀가 여자일 수 있다는 생각도, 드레스를 입은 것 말고 여성에 해당하는 다른 것을 가지고 있다는 생각도 전혀 해본 적이 없었다.

그다음에 그의 주변에 누가 있었을까? 비네, 몇몇 상인, 술집 주인 두세 명, 신부, 마지막으로 튀바슈 면장과 그의 두 아들, 부유하고 퉁명스러우며 둔한 사람들, 자기 땅에 농사를 짓고, 가족이 모여 무진장 먹어 치우고, 게다가 독실한 신자이며, 정말로 참을 수 없는 집단이었다.

하지만 이 모든 사람들의 얼굴이 한데 모인 진부한 바탕 위로 엠마의 얼굴만이 홀로 뚜렷하게 떠올랐다. 그러나 그 모습은 저 멀리 있었다. 그녀와 자기 사이에 아득한 심연 같은 것이 느껴졌기 때문이다.

처음에 그는 약사와 같이 그녀의 집에 여러 번 갔었다. 샤를은 그를 맞아들이고도 왜 왔는지 별로 궁금해하지 않았다. 그래서 레옹은 실례가 되면 어쩌나 걱정도 되고 가까워지고 싶지만 거의 불가능해 보이기도 해서 어떻게 처신해야 할지를 몰랐다.

# 4

추워지기 시작하면서부터 엠마는 침실을 놔두고 거실에서 지냈다. 거실은 천장이 낮고 길이가 긴 형태였고 벽난로 위에 놓인 식물들이 무성한 잎을 펼쳐 거울에 닿아 있었다. 그녀는 창가의 안락의자에 앉아 길을 지나는 마을 사람들을 바라보곤 했다.

레옹은 하루에 두 번 사무실에서 나와 *리옹도르*로 갔다. 멀리에서 그가 오는 소리가 엠마에게 들려오곤 했다. 그녀는 몸을 기울이며 그 소리를 들었다. 그리고 그 청년은 늘 같은 식의 복장으로, 고개를 돌리지도 않은 채 커튼 뒤로 쓱 지나갔다. 그런데 해가 질 무렵, 그녀가 수를 놓다 말고 무릎에 내려놓은 채 왼손으로 턱을 고이고 있을 때 그 그림자가 갑자기 나타나 휙 미끄러지듯 지나가면 엠마는 종종 소스라치게 놀랐다. 그러면 이제 그녀는 자리에서 일어나 상을 차리라고 이르곤 했다.

오메 씨는 저녁 식사 중에 나타나곤 했다. 그리스식 모자를 손에 들고 매번 똑같이 "안녕하세요, 여러분!"이라고 하면서, 아무도 방해하지 않으려고 발소리를 죽이며 걸어 들어왔다. 그다음 식탁에 딱 붙어서 부부 가운데 자리를 잡고 나면 의사에게 환자들 소식을 물었고, 또 의사는 진료비가 얼마나 될 것 같은지 그에게 물었다. 그러고는 *신문*에 난 이야기들이 화제에 올랐다. 이 시간이면 오메는 내용을 거의 속속들이 다 알고 있었다. 그래서 그 내용을 그대로 다 전해주면서 기자의 설명도 덧붙이고 프랑스와 외국에서 일어난 재난들 하나하나까지 다 말해주었다. 그러다가 화젯거리가 다 떨어지면 얼른 식탁에 보이는 음식들에 대해 자기 의견을 피력하기 시작하는 것이었다. 심지어 때로는 반쯤 일어나서 보바리 부인에게 제일 연한 고기 부위를 가리켜 보이기도 하고, 하녀 쪽을 돌아보며 스튜를 잘 끓이는 방법이라든가 맛을 내는 재료를 위생적으로 다루는 방법에 대해 조언을 하기도 했다. 향료, 국물의 풍미를 돋우는 질소 성분, 즙과 젤라틴 같은 단어들을 늘어놓는데 참으로 놀라울 정도였다. 하기야 자기 약국에 약병들이 가득한 것 이상으로 오메는 머릿속이 조리법들로 가득 차 있어서 온갖 잼과 식초, 달콤한 리큐어를 만드는 재주가 뛰어났고, 새로 발명된 경제적인 가열기구들을 죄다 알고 있었으며 치즈를 보관하는 방법이나 맛이 변한 포도주를 되살리는 방법까지도 알고 있었다.

여덟 시가 되면 쥐스탱이 약국 문을 닫기 위해 그를 데리러 왔다. 그럴 때 오메 씨는 놀리는 듯한 눈으로 그를 바라보았는데, 특히 펠리시테가 옆에 있으면 더 그랬다. 자기 조수가 의사네 집을 좋아한다는 눈치를 채고 있었기 때문이다.

"저 녀석이 딴생각을 하기 시작했는데요. 제가 장담하는데, 이 댁 하녀한테 홀딱 반한 모양이에요!" 오메 씨가 말했다.

그런데 쥐스탱의 더 심각한 결점, 약사가 꾸짖곤 하는 잘못은 그가 자꾸만 사람들의 대화에 귀를 기울인다는 것이었다. 예를 들면 일요일에 아이들이 안락의자에 누워 헐렁한 커버를 등으로 끌어당기다가 잠이 들어버리면 오메 부인이 아이들을 데려가라고 쥐스탱을 거실로 부르는데, 그는 거실로 들어와서는 나가려고 하지 않는 것이었다.

약사네 집에서 하는 저녁 모임에 사람들이 많이 오지는 않았는데, 오메가 하도 무언가를 비방하고 자기의 정치적 견해를 늘어놓는 바람에 인망 있는 여러 사람을 차례차례 멀어지게 만들었기 때문이다. 서기는 빠지지 않고 언제나 갔다. 그는 초인종 소리가 들리자마자 달려 나가 보바리 부인을 맞이하고, 숄을 받아들고, 눈이 오면 그녀가 구두 위에 신고 오는 끈으로 엮은 큰 슬리퍼를 약국의 책상 아래 따로 놓아두었다.

먼저 삼십일 게임이 몇 차례 이어졌다. 다음에는 오메 씨가 엠마와 에카르테 게임을 했다. 레옹은 그녀 뒤에서 자기 생각을 일러주었다. 그는 엠마의 의자 등에 손을 짚고 서서 그녀의 틀어 올린 머리에 꽂은 빗살을 쳐다보았다. 그녀가 카드를 던지려고 움직일 때마다 드레스 오른쪽이 들려 올라갔다. 틀어 올린 머리에서 갈색빛이 등으로 내려와 감돌다가 점점 희미해지며 조금씩 어둠 속으로 사라져갔다. 그리고 드레스는 주름이 많이 잡혀 부풀어 오른 치마가 의자 양쪽으로 내려와 바닥에 드리워 있었다. 레옹은 어쩌다 자기 구두 뒤축에 치맛자락이 밟힌 것 같으면 마치 누군가를 밟은 것처럼 얼른 뒤로 물러서곤 했다.

카드 게임이 끝나면 약사와 의사는 도미노 게임을 했고, 그러면 엠마는 자리를 옮겨 탁자에 팔꿈치를 괴고《일뤼스트라시옹》을 훑어보았다. 자기 패션 잡지를 가져왔던 것이다. 레옹은 그녀 옆에 앉았다. 그들은 함께 그림을 보기도 하고, 페이지를 넘기기 전에 다른 사람이 마저 보기를 기다려주기도 했다. 그녀가 그에게 시를 읽어달라고 부탁하는 일도 자주 있었다. 레옹은 단조롭고 길게 끄는 어조로 시를 낭송했고 사랑 표현이 나오면 살며시 소리가 사그라들게 했다. 하지만 도미노 소리가 방해되었다. 오메 씨가 도미노에 아주 세서 샤를을 풀 더블 식스로 이겼다. 그다음에 백 점짜리 세 판이 끝나고 나면 두 사람 모두 난로 앞에서 금세 스르르 잠이 들어버렸다. 불은 재 속에서 다 꺼져갔다. 찻주전자도 다 비었다. 레옹은 여전히 시를 읽어 내려갔다. 엠마는 등잔 갓을 무의식적으로 계속 돌리면서 귀를 기울였다. 등잔 갓의 얇은 천에는 마차를 탄 피에로와 평형봉을 들고 줄에서 춤추는 여자들이 그려져 있었다. 레옹은 읽기를 멈추고 잠들어버린 청중을 몸짓으로 가리켰다. 그러면 그들은 조그만 소리로 이야기를 주고받았는데, 이제는 아무도 듣는 사람이 없으니 대화가 더 감미롭게 느껴졌다.

그들 사이에는 이렇게 일종의 연합, 책과 사랑 노래의 지속적인 교류가 자리를 잡았다. 보바리 씨는 질투심이 거의 없어서 그것에 대해 이상하게 생각하지 않았다.

샤를은 생일 선물로 흉부까지 모두 번호가 새겨진 파란색의 근사한 골상학용 흉상을 받았다. 서기가 신경을 쓴 것이었다. 그는 다른 것에도 신경을 많이 써주었고 루앙에 가서 심부름을 해주기까지 했다. 그리고 한 소설가의 책으로 인해 즙이 많은 식물 열풍이 일자 레옹은 보바리 부인을 위해 그것을 사서 *이롱델*을 타고 그 식물의 빳빳한 털에 손가락을 찔려가며 무릎 위에 고이 안아 가져왔다.

엠마는 도자기 화분들을 올려놓기 위해 십자형 유리창 앞에 난간이 달린 선반을 설치했다. 서기도 창가에 매단 작은 정원을 만들었다. 그들은 창가에서 각자의 꽃을 가꾸는 모습을 서로 알아보곤 했다.

마을의 창문들 중에는 누군가 더 많이 모습을 보이는 곳이 있었다. 일요일에는 아침부터 밤까지, 그리고 날이 맑으면 매일 오후, 돌림판에 상체를 숙인 수척한 비네의 옆모습이 다락방 창문에 보이곤 했기 때문이다. 돌림판이 돌아가는 단조로운 소리가 *리옹도르*까지 들려오곤 했다.

어느 날 저녁 레옹이 집에 와서 방으로 가보니 연한색 바탕에 벨벳과 양모로 짠 카펫이 놓여 있었다. 그는 오메 부인, 오메 씨, 쥐스탱, 아이들, 부엌일하는 여자, 모두를 불러 모았다. 자기 사무실 주인에게도 이야기를 했다. 모두들 그 카펫을 보고 싶어했다. 왜 의사 부인이 서기에게 그렇게 *인심*을 쓴 것일까? 이 일은 아주 이상해 보였고, 그래서 사람들은 결국 그녀가 *그의 애인*인 게 틀림없다고 생각하게 되었다.

그는 그런 말이 나게끔 했다. 그럴 만큼 노상 그녀의 매력과 재치에 대해 이야기를 해대는 통에 한번은 비네가 거기에 대고 이렇게 버럭 대꾸한 적도 있었다.

"나하고 그게 무슨 상관이에요. 만날 일도 없는 사람인데."

레옹은 엠마에게 어떻게 *고백해야* 할지 애간장을 태웠다. 그리고 언제나 그녀를 언짢게 하지 않을까 하는 두려움과 그렇게 겁이 많은 자신에 대한 부끄러움 사이를 오가며 눈물이 솟도록 낙담하고 욕망으로 괴로워했다. 그러다가 아주 굳은 결심을 하고 여러 번 편지를 썼지만 매번 찢어버리고 다음으로 미루었다. 과감하게 다 말하리라는 계획을 몇 번이나 실행에 옮기려 했지만 엠마 앞에만 가면 그 결심은 무너져버렸고, 샤를이 나타나 *보크* 마차로 인근의 환자에게 같이 가보자고 하면 곧바로 그러자며 보바리 부인에게 인사를 남기고 자리를 떠났다. 그녀의 남편, 이 또한 그녀에 속한 무언가가 아니겠는가?

엠마를 보자면, 그녀는 자기가 그를 사랑하는 것인지 스스로 묻지도 않았다. 사랑이란 느닷없이, 번쩍 터지는 광채와 더불어 벼락처럼 오는 것이라고 믿었다. 삶 위로 떨어져 내리는 하늘의 폭풍우, 그리고 삶을 뒤엎어버리고 사람의 의지를 나뭇잎처럼 휩쓸어가버리며 온 마음을 심연으로 몰아가는 폭풍우 같은 것. 그녀는 주택의 테라스에서 빗물받이 홈통이 막히면 빗물이 호수를 만든다는 것을 알지 못했고, 그래서 그렇게 안심하고 있다가 갑자기 벽에 생긴 균열을 발견했다.

## 5

이월의 어느 일요일, 눈이 내리는 오후였다.

보바리 씨와 보바리 부인, 오메, 레옹은 모두 함께 용빌에서 이 킬로미터 떨어진 골짜기로 공사 중인 아마 방적 공장을 보러 갔다. 약사는 운동을 시킨다고 나폴레옹과 아탈리를 데려갔고 쥐스탱도 우산을 어깨에 메고 따라갔다.

그런데 가볼 만하다던 이곳은 시시하기 그지없었다. 커다란 공터에 모래와 자갈 무더기 사이로 벌써 녹이 슨 톱니바퀴 몇 개가 뒤죽박죽 널브러져 있고, 공터 한가운데에는 작은 창문이 많이 뚫린 기다란 사각형 건물 하나가 서 있었다. 아직 완성된 건물이 아니어서 지붕 서까래 사이로 하늘이 보였다. 이삭이 섞인 밀짚 한 단이 박공의 가로대에 묶여 삼색 리본을 바람에 펄럭이고 있었다.

오메는 계속 이야기를 했다. 일행들에게 이 건물이 앞으로 얼마나 중요한 것이 될지 설명했고, 나무판자의 견고성과 벽의 두께를 따져보면서 비네가 특별한 용도로 지니고 다니는 것처럼 막대자를 가지고 오지 않은 것을 많이 아쉬워했다.

엠마는 샤를의 팔을 잡고 어깨에 살짝 기댄 채, 안개 너머로 멀리 희고 눈부신 빛을 발산하고 있는 둥근 태양을 바라보았다. 그러나 고개를 돌리니 거기, 샤를이 있었다. 모자를 눈썹까지 눌러쓰고 두터운 두 입술을 떨고 있으니 바보 같은 무언가가 얼굴에 더해진 모습이었다. 심지어 등까지, 그 태평한 등까지 보기만 해도 짜증이 났고, 프록코트로 덮인 그 등에 그 인물의 무미건조함이 쫙 펼쳐져 있는 것처럼 느껴졌다.

짜증스러운 그런 기분 속에서 일종의 도착적인 쾌감을 맛보며 그녀가 샤를을 바라보고 있는 동안 레옹이 한 걸음 앞으로 나왔다. 그는 추위로 창백해져서 얼굴에 더 감미로운 우수가 서려 보였다. 넥타이와 목 사이에 셔츠의 칼라가 살짝 느슨해져서 살이 드러나 보였다. 한쪽 귀 끝이 머리카락 아래로 나와 있고, 구름을 올려다보는 커다란 파란 눈은 엠마에게 하늘이 비친 산속의 호수보다 더 투명하고 아름다워 보였다.

"아이고 이놈아!" 갑자기 약사가 소리쳤다.

그러고는 석회 더미에 뛰어들어 신발을 하얗게 칠해버린 아들에게로 달려갔다. 실컷 야단을 맞은 나폴레옹은 엉엉 울기 시작했고 쥐스탱이 짚이 섞인 흙으로 신발을 닦아주었다. 하지만 칼이 있어야 했다. 샤를이 자기 것을 내주었다.

'야, 저 사람은 농사꾼처럼 주머니에 칼을 넣고 다니는구나!' 그녀가 속으로 말했다.

진눈깨비가 떨어지자 그들은 용빌로 향했다.

보바리 부인은 그날 저녁 이웃집에 가지 않았다. 그리고 샤를이 나간 뒤 아무도 없다는 것을 느끼자 또다시 두 사람을 비교하기 시작했다. 거의 눈앞에서 직접 또렷하게 보고 있는 것 같은, 그리고 나중에 기억을 되짚어볼 때면 대상을 확장된 시각으로 바라보게 되는 그런 비교였다. 침대에 누워 타오르는 밝은 불꽃에 시선을 둔 엠마에게는 레옹이 바로 저 앞에 서서 한 손으로는 단장을 꾹 눌러 짚고 다른 손으로는 태평스레 아이스크림을 먹는 아탈리를 잡고 있는 모습이 아직도 눈앞에 선했다. 멋있었다. 눈을 뗄 수가 없었다. 그녀는 다른 날들에 그가 보였던 다른 태도들, 그가 했던 말들, 목소리, 그라는 사람 전체를 다시 떠올려보았다. 그리고 마치 키스를 하듯 입술을 내밀면서 연거푸 말했다.

"그래, 멋있어! 멋있어!…… 그는 사랑을 하는 게 아닐까?" 그녀는 자신에게 물었다. "그렇다면 누구를?…… 아니, 그건 나잖아!"

증거들이 모두 한꺼번에 펼쳐지며 그녀의 가슴이 쿵쾅거렸다. 벽난로의 불꽃이 천장에 비쳐 밝고 활기찬 그림자가 일렁였다. 그녀는 두 팔을 쫙 뻗으며 위를 보고 돌아누웠다.

그러다가 그 똑같은 탄식이 또 시작되었다. "아! 일이 잘 풀렸다면! 왜 이런 거냐고? 대체 뭐가 가로막은 걸까……?"

자정에 샤를이 돌아왔을 때 그녀는 잠들었다 깬 것처럼 보였다. 그리고 그가 옷 벗는 소리가 나자 그녀는 머리가 아프다고 했다. 그리고 저녁 모임에서 뭘 했냐고 나른하게 물었다.

"레옹 씨는 일찍 올라갔어." 샤를이 말했다.

그녀는 미소를 짓지 않을 수 없었다. 그리고 마음속에 새로 찾아온 환희를 가득 품고서 잠이 들었다.

다음 날 해 질 무렵, 새로운 물품들을 파는 가게의 주인인 뢰뢰 씨가 그녀를 방문했다. 이 가게 주인은 아주 노련한 사람이었다.

가스코뉴에서 태어났으나 노르망디 사람이 된 그는 남쪽 지방 사람의 달변에 더해 코 지방 사람의 교활함을 지니고 있었다.

수염도 없는 기름지고 축 늘어진 그의 얼굴은 연하게 감초를 달인 탕약으로 칠한 것처럼 보였고 머리가 하얀색이어서 까맣고 작은 눈이 더 번뜩여 보였다. 전에 그가 무엇을 하던 사람인지는 아무도 몰랐다. 어떤 사람들은 그가 등짐장수였다고도 하고 또 어떤 사람들은 루토에서 은행업자였다고도 했다. 확실한 것은 그가 비네마저 오싹하게 만들 정도로 복잡한 계산을 암산으로 해낸다는 사실이었다. 비굴할 정도로 지나치게 예의 바른 그는 인사를 하거나 초대를 하려는 사람의 자세로 언제나 허리를 반쯤 구부리고 다녔다.

뢰뢰 씨는 크레이프가 달린 모자를 문간에 벗어놓고 들어와서 초록색 상자를 탁자에 내려놓았다. 그러고는 사모님의 신뢰를 얻지 못한 채 오늘까지 온 것이 속상하기 그지없다며 대단히 공손하게 한탄을 늘어놓기 시작했다. 그의 가게처럼 보잘것없는 가게는 *품격 높은 여성*의 관심을 끌 만하지 못하다는 것이었다. 그러면서 품격이라는 단어에 힘을 주었다. 그렇지만 그녀는 주문만 하면 되고, 그러면 봉제 재료도 그렇고 리넨 제품이든 보자든 새로 나온 유행품이든 원하는 것은 무엇이든 다 자기가 가져오겠다는 것이었다. 한 달에 네 번 정기적으로 시내에 나가기 때문이었다. 그는 가장 유력한 가게들과 거래하고 있었다. *트루아 프레르*나 *바르브 도르*, *그랑 소바주* 같은 데에 가서 자기 이야기를 물어보면 된다고 했다. 그곳 주인들은 자기를 속속들이 다 알고 있다고 할 것이었다! 오늘은 그래서 지나는 길에, 아주 드문 기회가 주어져서 손에 넣게 된 몇 가지 물건들을 사모님께 보여드리고자 이렇게 온 것이었다. 그러고는 상자에서 수가 놓인 칼라를 대여섯 개 꺼내놓았다.

보바리 부인은 그것들을 살펴보았다.

"필요한 게 없네요." 그녀가 말했다.

그러자 뢰뢰 씨는 알제리산 스카프와 영국제 바늘 몇 갑, 밀짚으로 엮은 슬리퍼, 그리고 마지막으로 수형자들이 코코넛으로 투명하게 세공한 삶은 달걀 받침 네 개를 조심스럽게 늘어놓았다. 그런 다음 두 손을 탁자에 올려놓고 허리를 구부려 목을 앞으로 길게 빼고 입을 벌린 채, 딱히 마음 가는 데 없이 물건들을 훑어보는 엠마의 시선을 좇았다. 먼지를 털어내려는 듯, 전체로 다 펴놓은 실크 스카프들을 가끔 손톱으로 톡톡 쳤다. 그러면 스카프는 사그락 소리를 내며 흔들리고, 실크 천의 금색 스팽글이 초록색 노을빛에 작은 별처럼 반짝였다.

"이건 얼마지요?"

"얼마 안 해요, 얼마 안 합니다." 그가 답했다. "전혀 급할 게 없어요. 언제든 괜찮습니다. 저희는 유대인이 아니거든요!"

그녀는 잠시 생각하다가 결국 뢰뢰 씨의 제안을 다시 사절했다. 그는 전혀 동요하지 않고 말했다.

"아 네, 나중에 서로 의견이 맞을 날이 있겠지요. 저는 여자분들과 언제나 뜻이 잘 맞는답니다. 제 아내 경우는 빼야 하지만요!"

엠마가 미소를 지었다.

"제가 드리려던 말씀은, 저는 돈은 신경 쓰지 않는다는 거지요…… 필요한 경우 제가 드릴 수도 있습니다." 아까의 농담 이후에 호인 같은 태도로 그가 다시 말했다.

그녀는 깜짝 놀란 몸짓을 했다.

"아! 멀리 갈 것도 없이 지금 바로 해드릴 수도 있어요. 믿으셔도 됩니다." 그가 얼른 낮은 목소리로 말했다.

그러고는 그 당시 보바리 씨가 치료해주고 있던 *카페 프랑세*의 주인, 텔리에 씨의 소식을 묻기 시작했다.

"텔리에 씨는 그러니까 어디가 아픈 거예요?…… 집이 떠나가라 기침을 하는데, 이제 곧 플란넬 속옷보다는 전나무 관이 필요하지 않을까 걱정이에요. 그 양반 젊을 때 어지간히 흥청거리고 놀았거든요. 그런 사람들은 말입니다, 사모님, 원칙이라는 게 없다니까요! 브랜디로 속을 까맣게 태워버렸어요. 하지만 어쨌든 아는 사람이 떠나는 걸 보는 건 유감스러운 일이지요."

그리고 상자를 다시 닫으면서 이렇게 샤를의 환자에 대한 이야기를 늘어놓았다.

"그런 병의 원인은 아마 날씨 때문일 거예요." 찌푸린 얼굴로 유리창을 바라보며 그가 말했다. "저도 몸이 썩 좋지 않답니다. 등이 아파서 조만간 의사 선생님께 진찰을 받으러 가야 할 거예요. 그럼 안녕히 계십시오, 보바리 부인. 언제든 불러주십시오. 대단히 감사합니다."

그리고 그는 문을 가만히 닫았다.

엠마는 저녁 식사를 쟁반에 담아서 자기 방 벽난로 옆에 차리게 했다. 그녀는 아주 오래 식사를 했다. 모두 다 맛있는 것 같았다.

'내가 얼마나 잘했어!' 그녀는 스카프 생각을 하면서 속으로 말했다.

계단에서 발소리가 들려왔다. 레옹이었다. 엠마는 자리에서 일어나 서랍장 위에 감침질하려고 개켜둔 손걸레들 중 맨 위의 것을 집어 들었다. 그가 나타났을 때 그녀는 하던 일로 한창 바쁜 것처럼 보였다.

보바리 부인은 매번 말을 하다가 말았고 레옹 또한 몹시 거북한 듯 가만히 있었기 때문에 대화는 맥없이 시들했다. 그는 벽난로 옆 낮은 의자에 앉아서 손가락으로 상아 케이스만 돌리고 있었다. 그녀는 바늘을 꽂거나 가끔 손톱으로 천에 주름을 잡았다. 아무 말이 없었다. 그녀가 말을 했다면 그 말에 사로잡혀 있었을 것처럼 그는 그녀의 침묵에 사로잡혀 입을 다물고 있었다.

'가여운 사람!' 그녀가 생각했다.

'내가 뭘 기분 나쁘게 한 걸까?' 그가 속으로 물었다.

그러다가 결국 레옹이 입을 열어 사무실 일로 조만간 루앙에 가게 될 것 같다고 말했다.

"부인의 음악 회원 기간이 끝났던데 제가 다시 가입을 하면 될까요?"

"아뇨." 그녀가 답했다.

"왜요?"

"왜냐하면……."

그러고서 입술을 깨물며 그녀는 회색 실이 길게 달린 바늘을 천천히 뽑아 올렸다.

바느질이 레옹의 신경을 곤두서게 했다. 엠마의 손가락 끝이 긁힌 것 같았다. 그는 마음을 설레게 할 만한 말이 머릿속에 떠올랐지만 입 밖으로 꺼내지 못했다.

"그럼 이제 그만두시게요?" 그가 다시 말을 이었다.

"뭐요? 음악이요?" 그녀가 약간 격한 어조로 말했다. "아유, 그렇죠. 집안 살림에, 남편도 살펴야 하고, 어쨌든 할 일이, 그보다 먼저인 일이 수도 없이 많아요."

그녀가 괘종시계를 쳐다보았다. 샤를의 귀가가 늦어지고 있었다.

그녀의 얼굴에 걱정이 서렸다. 두세 번 이런 말을 되풀이하기까지 했다.

"너무나 좋은 사람이에요!"

서기도 보바리 씨를 좋아했다. 그러나 그에 대한 그런 애정 표현을 듣자 기분이 상하고 놀라웠다. 그래도 레옹은 그 말을 받아서, 사람들마다, 특히 약사가 그를 칭송하더라고 말했다.

"네, 착한 사람이죠." 엠마가 다시 말했다.

"그렇고말고요." 서기가 말을 이었다.

그리고 오메 부인 이야기를 하기 시작했는데, 그녀는 옷을 너무 아무렇게나 입어서 평소에 그들에게 웃음을 주곤 했다.

"그게 뭐 어때서요?" 엠마가 말을 끊었다. "자녀를 둔 좋은 어머니는 몸치장 같은 건 신경 쓰지 않아요."

그러고는 다시 침묵에 빠졌다.

그 이후에도 계속 그런 식이었다. 그녀의 말, 행동, 모든 것이 달라졌다. 집안 살림에 충실하고, 성당에 꼬박꼬박 나가고, 전보다 하녀를 엄격하게 다루는 모습을 보였다.

그녀는 유모에게서 베르트를 데려왔다. 손님들이 오면 펠리시테가 아이를 데려왔고, 보바리 부인은 아이 팔다리를 보여주려고 옷을 벗기기도 했다. 그녀는 아이들이 정말 좋다고 했다. 아이가 자신의 위안, 기쁨, 열광이라며 애정을 표시하고 그에 더해 서정적인 감정을 쏟아놓았다. 용빌 사람이 아닌 다른 이들이 봤더라면 『노트르담 드 파리』의 사셰트를 떠올렸을 것이다.

샤를이 집에 돌아오면, 슬리퍼를 덥히려고 벽난로 재 옆에 둔 것을 발견하곤 했다. 이제 그의 조끼에 안감이 빠져 있는 일도 없고 셔츠에 단추가 떨어져 있는 일도 없었으며, 심지어 옷장을 열면 수면모자들이 같은 높이로 가지런히 쌓여 있어 흐뭇하기까지 했다. 엠마는 예전처럼 정원을 산책하는 것에 싫은 기색을 보이지도 않았다. 남편이 무엇을 제안하면 무슨 의도인지 짐작하지 못하더라도 늘 그러자고 했고 아무 소리 없이 그의 뜻에 따랐다. 그러던 어느 날 레옹은 저녁 식사 후 난롯가에 앉아 있는 샤를을 보았다. 배에 두 손을 얹고 장작 받침대에 두 발을 올린 채 소화를 하느라 뺨은 붉어지고 두 눈은 행복에 겨워 물기가 촉촉해져 있는데, 아이는 카펫 위를 기어다니고, 허리가 가느다란 저 여인은 안락의자 등 뒤로 다가가 남편의 이마에 키스를 하는 것이었다. 그 모습을 보고 레옹은 속으로 자신에게 말했다.

'미친 짓이지! 어떻게 저 여인에게 다가갈 수 있단 말인가?'

그녀는 그렇게 너무도 정숙해 보이고 도저히 다가갈 수 없을 것 같아서 그의 마음속 모든 희망이, 아주아주 희미한 것이라 할지라도, 전부 사라져버렸다.

그러나 이렇게 체념을 함으로써 그는 아주 특별한 조건 속에 그녀를 놓아두게 되었다. 그녀는 그가 조금도 가져볼 수 없는 육체적인 특성들을 다 벗어버린 것이었다. 그리하여 그의 마음속에서 그녀는 하늘에 오르는 신과 같은 존재처럼 장엄하게 상승하고 또 상승하며 이 세상을 벗어났다. 그것은 일상의 생활을 뒤흔들지 않는 순수한 감정, 아주 드문 것이기에 우리가 마음속에 보듬어 키워가는, 그리고 만약 잃어버린다면 느끼게 될 슬픔이 그것을 가짐으로써 얻는 기쁨보다 더 크고 아픈 그런 순수한 감정이었다.

엠마는 점점 야위어가면서 뺨은 창백해지고 얼굴은 길어졌다. 앞가르마를 탄 검은 머리, 커다란 눈, 곧게 뻗은 코, 새와 같은 움직임을 지닌 채 늘 아무 말이 없는 그녀는 삶을 그저 스치듯 지나가고 이마에는 어떤 숭고한 운명의 희미한 표지가 새겨진 것 같지 않았던가? 그녀는 너무나 침울하고도 차분하며, 너무나 온화한 동시에 신중했기 때문에 그녀 옆에 있으면 마치 성당 안에서 대리석의 냉기와 섞인 꽃향기에 전율하듯 얼음장 같은 매혹에 사로잡히는 느낌이 들었다. 다른 사람들마저도 이런 매혹에서 벗어나지 못했다. 약사는 이렇게 말했다.

"저렇게 능력이 뛰어나니 군청에서 일해도 잘 해낼 여자예요."

마을 여자들은 그녀의 절약 정신을, 환자들은 그녀의 예의 바름을, 가난한 사람들은 그녀의 자비로움을 칭송했다.

그러나 엠마는 욕망과 분노, 증오로 가득 차 있었다. 똑바로 주름을 잡은 드레스는 뒤흔들린 마음을 감추고 있었고 그토록 정숙한 입술은 마음속 고통을 발설하지 않았다. 그녀는 레옹을 사랑했고 그의 모습을 마음속에 그려보는 기쁨을 마음껏 누리기 위해 어떻게든 혼자 있으려 했다. 그의 모습이 보이면 그런 황홀한 상념에 빠지지 못하고 마음이 흐트러졌다. 엠마는 그의 발소리에 가슴이 뛰었다. 그러다가 그가 옆에 있게 되면 떨리던 마음은 가라앉아버리고 오로지 큰 놀라움만 남았다가 나중에는 결국 슬픔으로 변하고 말았다.

레옹은 몹시 낙심하여 그녀의 집을 나올 때 엠마가 뒤따라 자리에서 일어나 그를 보고 있다는 것을 알지 못했다. 그녀는 그의 모든 행동에 신경을 썼고 얼굴을 살폈으며 그의 방을 찾아갈 핑계를 구하느라 온갖 이야기를 다 지어냈다. 약사의 부인은 그와 같은 지붕 아래서 잘 수 있으니 아주 행복할 것 같았다. 그리고 *리옹도르*의 비둘기들이 빗물받이 홈통에 분홍색 발과 하얀 날개를 적시러 그곳에 오는 것처럼 그녀의 생각은 끊임없이 그 집으로 달려갔다. 그러나 엠마는 자신의 사랑을 의식할수록 그것이 드러나지 않도록 그리고 약해지게 만들기 위해 더욱더 그 마음을 억눌렀다. 그녀는 레옹이 그것을 알아차리기를 바랐다. 그리고 더 쉽게 그렇게 되도록 해줄 우연이나 재난들을 상상해보았다. 그러지 못하게 그녀를 붙드는 것은 아마도 나태나 공포였을 것이며 부끄러움 역시 작용했을 것이다. 엠마는 자신이 그를 너무 멀리 밀어내버렸다고, 이제 때를 놓쳐버렸다고, 다 망쳐버렸다고 생각했다. 그러다가도 또 "나는 고결한 여자야"라고 스스로에게 말하면서, 그리고 다 체념한 포즈를 취하고 거울 속의 자신을 바라보면서 자긍심과 기쁨을 느꼈고, 그런 느낌은 희생을 치르고 있다고 믿는 그녀의 마음을 위로해주었다.

그러면 육체적인 욕망과 돈에 대한 욕심, 정념에 따르는 우수, 이 모든 것이 하나의 고통 속으로 녹아들어버렸다. 그렇다고 거기에서 생각을 돌리려 하기는커녕 오히려 그 고통에 더 매달려서, 아픔을 통해 흥분을 느끼고 어디에서든 그런 기회를 찾으려 들었다. 식탁에 음식이 제대로 차려지지 않았다거나 문이 조금 열려 있다고 그녀는 짜증을 냈고, 자신이 가지지 못한 벨벳, 자신에게 없는 행복, 너무 높은 꿈, 너무 작은 집에 대해 한탄했다.

그녀의 화를 더 돋운 것은 샤를이 그녀의 고통을 짐작조차 하지 못하는 것 같다는 사실이었다. 아내를 행복하게 해주고 있다고 믿는 그의 확신은 그녀에게 멍청한 모욕인 것만 같았고 그렇게 마음을 턱 놓고 있는 것이 배은망덕으로 느껴졌다. 대체 누구를 위해서 정숙하게 산다는 말인가? 샤를, 그가 바로 모든 행복의 장애물, 모든 비참의 원인, 사방에서 수많은 끈으로 그녀를 조여서 묶어놓은 뾰족한 핀 같은 것이 아니겠는가?

그래서 그녀는 자신의 문제들로부터 생기는 온갖 증오심을 그에게 다 전가했고, 그런 마음을 줄이려 노력할수록 미움만 더 커졌다. 아무 소용없는 이런 노력 끝에 또 다른 절망할 계기들이 생기면서 두 사람 사이를 더 멀어지게 했기 때문이다. 그녀는 자기 자신의 온화한 태도에까지 반발이 일었다. 보잘것없는 집안 형편이 화려한 삶을 꿈꾸게 만들었고 모성애는 간음의 욕망으로 그녀를 몰아갔다. 그녀는 샤를이 자기를 때려서 좀 더 정당하게 그를 혐오하고 복수할 수 있기를 바랐다. 가끔 어떤 잔혹한 가정이 머릿속에 떠올라 깜짝 놀라는 때도 있었다. 그래서 늘 미소 지어야 했고 그녀가 행복한 사람이라고 하는 말을 수도 없이 들어야 했으며, 그런 척을 해야 했고 사람들이 그렇게 믿도록 놔두어야 했다.

그렇지만 엠마는 이런 위선이 역겨웠다. 레옹과 어디 먼 곳으로 도망쳐서 새로운 운명을 시도해보고 싶다는 유혹이 그녀를 사로잡았다. 그러나 곧이어 그녀의 마음속에는 어둠으로 가득한 어렴풋한 심연이 벌어지는 것이었다.

'게다가 그 사람은 이제 나를 사랑하지 않아.' 그녀는 생각했다. '어떻게 될까? 어떤 구원을 기다려야 하나? 어떤 위안을? 이 고통이 어떻게 가라앉기를?'

그녀는 기진맥진해서 숨을 헐떡이고, 꼼짝도 못 한 채 작은 소리로 흐느끼며 눈물을 흘렸다.

"왜 주인님께 아무 말씀을 안 하세요?" 엠마가 발작을 일으키는 중에 들어온 하녀가 물었다.

"신경이 날카로워져서 그래." 엠마가 답했다. "아무 말 말아, 걱정하실 거야."

"아 네." 펠리시테가 다시 말을 이었다. "꼭 게린 같으시네요. 이 댁에 오기 전 제가 디에프에서 알았던, 폴레의 어부 게렝 할아버지의 딸이요. 게린은 너무나도 슬프고 슬퍼서, 걔가 자기 집 문간에 서 있는 걸 보면 문 앞에 관 덮는 천이라도 널려 있는 것 같았다니까요. 걔 병은 머릿속에 안개 같은 게 끼어 있는 것 같다고 했는데, 의사들도 신부님도 어떻게 할 수가 없었어요. 그게 심해지면 혼자 바닷가에 나갔는데, 세관 관리가 순찰을 돌다가 걔가 자갈밭에 엎드려서 울고 있는 걸 여러 번 봤대요. 그러다가 결혼을 하고 나서 그게 싹 없어졌다더라고요."

"그런데 나는, 결혼을 하고 나서 시작됐어." 엠마가 말했다.

# 6

어느 날 저녁, 엠마가 창문이 활짝 열린 창가에 앉아 교회지기 레스티부두아가 회양목을 전지하는 것을 보고 있을 때 갑자기 *삼종기도* 종소리가 들려왔다.

사월 초, 앵초가 활짝 핀 때였다. 흙을 갈아놓은 화단에 훈훈한 바람이 뒹굴고 정원은 여자들처럼 여름 축제를 위해 치장을 하는 것 같았다. 정자의 나무살 사이로 저 멀리 목초지 풀밭 위를 시냇물이 흔들리듯 구불구불 흘러가는 것이 보였다. 잎이 진 포플러나무들 사이로 저녁 안개가 지나가면서, 가지에 걸린 얇은 베일보다 더 희미하고 투명한 보랏빛이 퍼져 나무들의 윤곽이 흐릿해졌다. 더 멀리에는 가축들이 걸어다니고 있었다. 발소리도 울음소리도 들리지 않았다. 다만 아직도 울리고 있는 종소리가 허공에서 잔잔한 탄식으로 울려 퍼졌다.

계속 울리는 종소리를 들으며 이 젊은 여인의 생각은 소녀 시절과 기숙사 때의 옛 추억 속에서 방황했다. 제단 위의 꽃이 가득한 꽃병들과 작은 기둥들이 있는 감실 위로 큰 촛대들이 높이 솟아 나와 있던 모습이 떠올랐다. 길게 늘어선 하얀 미사포들, 기도대에 몸을 숙인 수녀님들의 검은색 빳빳한 두건이 여기저기 박혀 있던 그 하얀 미사포들의 행렬 속에 자신도 예전처럼 섞여 있고 싶었다. 일요일 미사 때 고개를 숙였다가 들면 원을 그리며 푸르스름하게 피어오르는 향 사이로 성모님의 온화한 얼굴이 보였다. 그렇게 옛날 생각을 하다가 그녀는 가슴이 뭉클해졌다. 마치 휘몰아치는 폭풍 속 새의 깃털처럼, 기운이 하나도 없이 나른하고 몸을 가누지 못할 것 같은 느낌이 들었다. 그래서 그녀는 자신도 의식하지 못한 채, 그 어떤 신앙이든 자신의 영혼을 쏟아붓고 거기에서 존재 전체가 사라질 수만 있다면 그런 신앙을 받들 채비가 되어 성당을 향해 걸어갔다.

광장에서 엠마는 성당에 갔다 돌아오는 레스티부두아와 마주쳤다. 하루 일당을 깎아 먹지 않기 위해 잠시 일을 멈췄다가 성당 일을 본 다음 다시 일을 하러 가는 길이었다. 그러다 보니 그는 자기 편한 대로 *삼종기도* 종을 울렸다. 그런데 다른 한편, 종이 좀 일찍 울리면 아이들에게 교리문답 시간을 미리 알려주게 되는 셈이었다.

벌써 와 있던 아이들 몇은 묘지의 포석 위에서 구슬 놀이를 하고 있었다. 다른 아이들은 담 위에 말타기 자세로 앉아 다리를 흔들면서, 작은 울타리와 맨 끝 무덤들 사이에 자라난 큰 쐐기풀들을 나막신으로 쓰러뜨리고 있었다. 그쪽만이 초록빛이고 나머지는 전부 묘석들뿐인데, 제의실에 빗자루가 있어도 언제나 고운 먼지로 덮여 있었다.

운동화를 신은 아이들이 그곳이 마치 자기들을 위해 만든 마룻바닥인 것처럼 뛰어다녔고, 종이 울리는 소리 사이로 그들이 크게 떠드는 소리가 들렸다. 종탑 꼭대기에서 내려와 바닥에 끌리는 굵은 밧줄이 아래위로 움직이면서 종소리가 점점 작아졌다. 제비들이 작은 소리를 내며 공기를 가르고 날아가, 빗물막이 기와 아래 노란 둥지로 재빠르게 들어갔다. 성당 맨 안쪽에 등불이 켜져 있었다. 공중에 매달린 컵 안의 심지에 불을 밝힌 야등이었다. 멀리서 보면 그 빛은 기름 위에서 흔들리는 부유스름한 점 같았다. 긴 햇살이 성당 중앙 홀을 가로지르고 있어서 양쪽 옆과 모서리들이 더 어두워 보였다.

"신부님은 어디 계시지?" 창문 걸쇠를 너무 넓은 구멍에 걸었다 뺐다 하며 놀고 있는 어린아이에게 보바리 부인이 물었다.

"이제 오실 거예요." 아이가 대답했다.

정말로 사제관 문이 끼익 소리를 내면서 부르니지앵 신부가 나타났다. 아이들이 우르르 성당 안으로 몰려 들어갔다.

"저 개구쟁이들, 언제나 똑같다니까." 신부가 중얼거렸다.

그리고 너덜너덜해진 교리문답서가 발에 차이자 집어 들며 말했다.

"아무것도 귀한 줄을 모르니 참!"

그러다 보바리 부인을 보고는 얼른 말했다.

"죄송합니다. 미처 못 알아봤네요."

그는 교리문답서를 주머니에 쑤셔 넣고는 멈춰 서서 두 손가락으로 무거운 제의실 열쇠를 계속 흔들어댔다.

얼굴에 정면으로 내리쬐는 저물녘 햇살에 그의 사제복은 검은색 옷감이 바랜 듯해 보였고 팔꿈치는 반들반들, 옷 아랫단은 나달나달했다. 넓은 가슴에 한 줄로 달린 작은 단추들을 따라 기름 자국과 담배 자국들이 나 있는데, 주름 잡힌 불그레한 목 살이 칼라 위로 처져 있고 거기에서 멀어질수록 얼룩이 더 많아졌다. 누런 반점이 피부 곳곳에 보이다가 희끗희끗한 수염의 빳빳한 털 속에 모습을 감추었다. 방금 저녁 식사를 한 그는 소리를 내며 가쁜 숨을 쉬었다.

"건강은 어떤가요?" 신부가 다시 말했다.

"안 좋네요. 아파요." 엠마가 답했다.

"음, 나도 그래요." 신부가 말을 이었다. "첫더위가 이상하게 사람을 나른하게 만들잖아요? 뭐 할 수 없죠! 바오로 성인 말씀처럼 우리는 고통받기 위해 태어난 거예요. 그런데 보바리 씨는 뭐라고 하던가요?"

"그 사람은 뭐." 무시하는 듯한 몸짓을 하며 그녀가 말했다.

"뭐라고요!" 신부가 깜짝 놀라서 되물었다. "선생님이 뭔가 처방을 안 해줬어요?"

“아!” 엠마가 말했다. “제게 필요한 건 지상의 약이 아니에요.”

그러나 신부는 성당 안을 몇 번씩 들여다보았는데, 무릎을 꿇고 앉은 아이들이 서로 어깨를 밀쳐대더니 수도사 카드놀이에서 카드들이 와르르 다 쓰러지는 것처럼 쓰러지고 있었다.

“저는 알고 싶어요…….” 그녀가 다시 말했다.

“잠깐, 잠깐, 리부데,” 신부가 화난 목소리로 소리를 질렀다. “너 이제 내가 가서 안절부절못하게 해줄 거다, 이 나쁜 놈!”

그러고는 엠마를 돌아보며 말했다.

“목수 부데의 아들이지요. 부모가 생활이 좀 편해지니까 아이를 제멋대로 하게 내버려 두는 거예요. 그렇지만 마음만 먹으면 습득이 빠른 아이죠. 머리가 좋거든요. 그리고 저는 가끔 장난으로 저 애를 리부데라고 부른답니다(마롬에 가려면 올라가야 하는 언덕처럼). 심지어 몽* 리부데라고도 하죠. 하하, 몽** 리부데! 언젠가 주교님께 이 말을 해드렸더니 웃으시는데…… 그분이 웃어주시더라고요. 그런데 보바리 씨는 어떻게 지내시나요?”

그녀는 못 들은 것 같았다. 신부가 계속 말했다.

“아마 여전히 무척 바쁘시겠죠? 우리, 그러니까 그분과 나는 분명히 이 교구에서 일이 제일 많은 두 사람이니까요. 그분은 몸을 고치는 의사고 나는 영혼을 고치는 의사지요!” 그가 껄껄 웃으면서 덧붙였다.

“네……, 신부님은 모든 불행을 덜어주시죠.” 그녀가 말했다.

“아, 말도 마세요, 보바리 부인! 오늘 아침만 해도 붓는 증상이 있는 암소 때문에 바디오빌까지 가야 했다니까요. 사람들이 그게 저주라고 믿더라고요. 그 암소들을 전부, 내가 어떻게 해야…… 아이고 잠깐만요! 롱그마르, 부데!

* mon. 나의.

** mont. 산.

조용히 못해! 이제 그만!"

그러고는 바로 성당으로 달려 들어갔다.

그때 아이들은 큰 책상 주위에서 서로 밀쳐대거나 성가대 의자 위로 기어오르기도 하고 기도서를 펼치기도 했다. 또 다른 아이들은 고해실까지 살금살금 다가가 곧 들어가려 하고 있었다. 그런데 갑자기 신부가 들이닥쳐서 모두의 따귀를 때렸다. 그는 웃옷 깃을 잡아 아이들을 번쩍 들어서는 성가대석 바닥에, 마치 거기에 박아놓으려는 것처럼 세게 내려놓아 무릎을 꿇게 했다.

"에, 농부들은 진짜 불쌍하죠." 엠마 옆으로 돌아온 신부가 큰 사라사 수건 한쪽을 이로 물어 펼치면서 말했다.

"다른 사람들도 있잖아요." 그녀가 답했다.

"그럼요! 도시 노동자들도 그렇고."

"아니 그 사람들이 아니라……."

"말씀 중에 죄송하지만, 제가 아주 가난한 어머니들을 아는데, 정숙한 여인들이죠, 정말이에요, 진정한 성녀들인데, 먹을 빵조차 없답니다."

"하지만 신부님, 빵은 있지만 다른 게 없는 여자들이……." 이렇게 말하는 그녀의 입가가 일그러졌다.

"겨울에 불이 없는 여자들이요." 신부가 말했다.

"아니, 그건 문제도 아니고."

"뭐라고요? 문제도 아니라니요? 내 생각엔 사람은 몸이 따습고 배가 부르면…… 왜냐하면 결국……."

"어휴, 어휴!" 그녀가 한숨을 내쉬었다.

"어디 불편하세요?" 신부가 걱정되는 듯 앞으로 다가오며 말했다. "혹시 체한 거 아닐까요? 집에 돌아가서 차를 좀 드시죠, 보바리 부인. 그러면 기운이 날 거예요. 아니면 찬물에 흑설탕을 넣어 한잔 드시든가."

"왜요?"

이제 그녀는 꿈을 꾸다가 깨어나고 있는 사람처럼 보였다.

"손으로 이마를 쓸어내리시길래요. 현기증이 나는가 했지요."

그러고는 다른 생각이 난 듯 말했다.

"그런데 아까 저한테 뭔가 물어보셨죠? 뭐였더라? 생각이 안 나네."

"제가요? 아니에요……, 아니에요……." 엠마가 여러 번 말했다.

그리고 이리저리 주위를 둘러보던 그녀의 시선이 사제복 차림의 이 노인에게로 천천히 내려왔다. 그들은 아무 말도 하지 않고 마주 서서 서로를 바라보았다.

"자, 그러면, 보바리 부인," 마침내 신부가 입을 열었다. "이만 실례하겠습니다. 해야 할 일이 먼저라서요. 저 악동들을 해결해야겠어요. 이제 곧 첫영성체가 다가오고 있잖아요. 또 당황해서 허둥지둥할까 봐 걱정입니다! 그래서 예수승천일까지는 수요일에 한 시간씩 더 저 녀석들을 *확고부동하게* 붙들어두지요. 저 한심한 녀석들! 저런 녀석들은 아무리 빨리 주님의 길로 인도한다 해도 빠른 게 아니에요. 게다가 주님께서 몸소 거룩하신 예수님의 말씀을 통해 우리에게 권유하신 것이기도 하고…… 건강 조심하십시오, 부인. 부군께도 안부 전해주세요."

그리고 그는 성당 입구에서 무릎을 꿇어 경배하고 안으로 들어갔다.

엠마는 그가 머리를 살짝 옆으로 기울이고 두 손은 약간 펼쳐 밖으로 내놓은 채 양쪽 신도석 사이로 굼뜨게 걸어가는 것을 보았다.

뒤이어 그녀는 조각상이 축 위에서 회전하듯 단번에 발꿈치를 돌려 집으로 가는 길을 걷기 시작했다. 그러나 신부의 굵은 목소리와 아이들의 낭랑한 목소리가 아직도 귀에 들려와 등 뒤에서 계속 말을 하고 있었다.

"당신은 그리스도인입니까?"

"네, 저는 그리스도인입니다."

"그리스도인이란 무엇인가요?"

"세례를 받고……, 세례를 받은……, 세례를 받은."

그녀는 난간을 잡고 계단을 올라 방에 들어가서는 안락의자에 털썩 주저앉았다.

유리창의 희끄무레한 빛이 물결치듯 흔들리며 서서히 아래로 내려갔다. 늘 있던 제자리에 놓인 가구들이 더 꼼짝도 안 하는 것 같고, 컴컴한 바닷속에 잠기듯 어둠 속에 잠기는 것처럼 보였다. 벽난로의 불은 꺼져 있고 벽시계 소리만 여전했다. 엠마는 자기 안에서는 이토록 혼란이 몰아치고 있는데 이렇게 방 안이 고요하다는 것이 왠지 모르게 놀라웠다. 그런데 그때 창문과 작업대 사이에 어린 베르트가 서 있다가 뜨개 신발을 신고 뒤뚱뒤뚱 엄마에게 다가와 앞치마 리본 끝을 잡으려 했다.

"나 좀 놔둬!" 손으로 아이를 밀어내며 엠마가 말했다.

아이는 금방 다시 와서 그녀의 무릎에 더 가까이 다가갔다. 그리고 무릎에 팔을 짚고서 커다란 푸른 눈을 들어 엄마를 바라보는데 입술에서 맑은 침이 흘러 그녀의 실크 앞치마에 떨어졌다.

"좀 놔두라니까!" 엠마가 몹시 짜증을 내며 다시 말했다.

그녀의 표정에 아이가 겁을 먹고 울음을 터뜨렸다.

"아 좀 놔두라잖아!" 그녀가 팔꿈치로 아이를 밀치며 말했다.

베르트는 서랍장 발치에 넘어져 잔 모양의 구리 장식에 부딪혔다. 아이의 뺨이 베여 피가 났다. 보바리 부인은 달려가 아이를 안아 일으키고 초인종 끈이 끊어질 만큼 세게 잡아당기며 온 힘을 다해 하녀를 불렀다. 그리고 자기 자신에게 저주를 퍼붓기 시작하려는데 샤를이 나타났다. 저녁 시간이어서 집에 돌아온 것이었다.

"여기 좀 봐요, 여보." 엠마가 차분한 목소리로 말했다. "아이가 놀다가 바닥에 넘어져서 다쳤어요."

샤를은 전혀 심각한 것이 아니라며 그녀를 안심시키고 소염제 연고를 가지러 갔다.

보바리 부인은 식당에 내려가지 않았다. 아이를 보면서 혼자 있고 싶다고 했다. 그러고서 잠든 아이를 물끄러미 바라보는데 남아 있던 불안이 조금씩 사라져갔고, 조금 아까 별것 아닌 일에 그렇게 당황했다니 자기 자신이 정말 바보 같고 또 착하다는 생각이 들었다. 정말로 베르트는 이제 흐느끼지 않았다. 지금은 아이가 숨 쉴 때마다 보일 듯 말 듯 솜이불이 오르내렸다. 굵은 눈물방울이 반쯤 감은 아이의 눈가에 맺혀 있고 속눈썹 사이로 눈 안의 옅은 색 두 눈동자가 보였다. 뺨에 붙인 반창고가 탱탱한 피부를 비스듬히 당기고 있었다.

'이상한 일이야, 애는 어째 이리 못생겼나!' 하고 엠마는 생각했다.

밤 열한 시에 샤를이 약국에 다녀오니(저녁 식사 후에 남은 소염제 연고를 돌려주러 갔었다) 아내가 요람 옆에 서 있었다.

"아무것도 아니라니까 그러네." 그가 엠마의 이마에 입을 맞추며 말했다. "그렇게 불안해하지 마, 여보, 당신이 병나겠네!"

샤를은 약사네 집에 가서 오래 있었다. 그리 마음이 동요된 내색을 하지 않았는데도 불구하고 오메는 그에게 힘을 주고 *기분을 북돋아주려* 애를 썼다. 그래서 아이들을 위협하는 여러 가지 위험이나 하인들의 부주의에 대한 이야기가 오갔다. 오메 부인도 어릴 때 그런 경우가 있었는데, 예전에 부엌일하는 하녀가 숯불을 한 사발 그녀의 놀이옷에 쏟아서 아직도 가슴에 그 자국이 있다는 것이었다. 그래서 좋은 부모인 자기들은 수도 없이 조심을 한다고 했다. 칼은 절대 갈아놓지 않고 방바닥에 초칠도 하지 않았다. 유리창에는 쇠창살을 달고 창틀은 튼튼한 막대로 받쳐놓았다. 오메의 아이들은 자유롭기는 해도 뒤에서 지켜보는 사람 없이는 나다닐 수 없었다. 감기 기운만 조금 있어도 아이들 아버지가 기관지 약을 잔뜩 먹였고 네 살이 넘도록 아이들 모두가 가차 없이 누비 털모자를 쓰고 다녀야 했다. 그것은 사실 오메 부인의 강박 때문이었다. 그녀의 남편은 그렇게 머리를 압박하면 지능 기관에 나쁜 결과를 초래할 수도 있지 않나 두려워서 내심 조마조마했고, 그러다가 이런 말이 툭 튀어나와버렸다.

"아니 당신은 애들을 카리브 사람이나 보토쿠도족*을 만들겠다는 거야?"

그러는 동안에 샤를은 몇 번이나 대화를 멈춰보려고 애를 썼다.

계단을 앞서 내려가기 시작한 서기에게 그가 귓속말로 "할 말이 있는데요." 하고 속삭였다.

'뭔가 눈치를 챈 건가?' 레옹이 생각했다. 가슴이 뛰고 별별 억측을 다 했다.

샤를은 마침내 문을 닫고 나서 그에게 좋은 은판 사진이 얼마나 하는지 루앙에 가서 알아봐달라고 부탁했다. 검은 예복을 입은 자신의 사진, 이것은 아내에게 사랑을 전할 깜짝 선물, 섬세한 배려였다. 하지만 그는 그 전에 *사정이 어떤지* 좀 알고 싶었다. 레옹 씨는 거의 매주 시내에 나가니 이런 일이 폐가 되지는 않겠다 싶었다.

매주 무슨 목적으로? 오메는 연애라든가 뭔가 *젊은이의 사연* 같은 것이 있으리라 추측했다. 그러나 착각이었다. 레옹은 한때의 사랑을 좇아다니고 있는 것이 아니었다. 그는 그 어느 때보다 침울했고, 르프랑수아 부인은 요사이 그가 음식을 많이 남기는 걸 보고 그렇다는 것을 알고 있었다. 좀 더 사정을 알아보려고 세무 관리에게 물어봤는데, 비네는 건방진 말투로 자기는 *경찰한테 돈 받은 적 없다*고 대답하는 것이었다.

그렇지만 이 사람에게도 그 친구가 아주 이상해 보이기는 했다. 레옹이 종종 의자에서 팔을 벌리고 몸을 뒤로 젖힌 채, 산다는 것에 대해 우물우물 뭐라고 한탄하곤 했기 때문이다.

"그건 당신이 기분전환을 전혀 하지 않아서 그래요." 세무 관리가 말했다.

* 브라질 동부에 거주하는 아메리카 인디언 종족.

"무슨 기분전환이요?"

"내가 당신이라면 돌림판을 마련할 텐데!"

"하지만 저는 돌림판 작업을 할 줄 모릅니다." 서기가 답했다.

"아, 그렇네요." 비네는 턱을 쓰다듬으며 만족과 경멸이 섞인 표정으로 말했다.

레옹은 이루지 못하는 사랑에 지쳐 있었다. 그리고 그는 의기소침해져갔다. 그것은 삶에 아무런 재미도 없고 삶을 지탱해줄 아무런 희망도 없을 때, 늘 똑같은 삶이 반복되면서 빠져들게 되는 감정이었다. 그는 용빌과 용빌 사람들이 너무나 지겨워서 어떤 사람들이나 어떤 집들을 보기만 해도 짜증이 솟구쳐 견딜 수가 없었다. 약사도 호인이기는 하지만 정말로 견뎌내기 어려워졌다. 그렇지만 새로운 상황을 머릿속에 그려보면 마음이 끌리면서도 두려웠다.

처음에는 두려웠지만 곧 속을 태우며 조급한 마음이 되었고, 그렇게 되자 저 멀리 파리에서 가면무도회의 팡파르가 울리는 모습이 눈앞에 어른대고 요염한 여공들의 웃음소리가 귓전에 울렸다. 거기에서 법학 공부를 마쳐야 하는데 무엇 때문에 떠나지 않는가? 누가 못 가게 하는가? 그래서 그는 마음속으로 준비를 해보기 시작했다. 해야 할 일을 미리 정리해보았다. 머릿속으로 가구 배치도 했다. 거기에서 그는 예술가의 삶을 살 것이었다. 기타 레슨도 받을 것이었다. 실내복, 바스크 베레모, 파란색 벨벳 슬리퍼도 사놓을 것이었다. 심지어 그는 벽난로 위에 펜싱 검 두 개를 엑스자로 놓고 그 위에 해골과 기타를 놓은 모습을 그려보며 벌써 감탄하기까지 하고 있었다.

어려운 것은 그의 어머니의 승낙이었다. 이보다 더 타당한 생각이 어디 있나 싶었지만 말이다. 그의 주인조차 그가 더 발전할 수 있을 만한 다른 사무실에 가보라고 권했다. 그래서 레옹은 절충안을 택해 루앙에서 서기 대리 자리를 알아보았으나 찾지 못했고, 결국은 자기가 즉시 파리에 가서 살아야 하는 이유들을 상세히 설명하는 긴 편지를 어머니에게 보냈다. 어머니가 승낙했다.

그는 전혀 서두르지 않았다. 한 달 내내 매일 이베르가 용빌에서 루앙으로, 루앙에서 용빌로 그를 위해 궤짝과 트렁크, 짐꾸러미 들을 실어 날랐다. 그런데 레옹은 새로 의복을 갖추고 안락의자 세 개의 속을 더 채워 넣고 스카프를 여러 장 사는 등 한마디로 세계일주 준비보다 더한 준비를 다 해놓고도, 방학 전에 시험을 치르고 싶다 했으니 속히 출발하라는 어머니의 두 번째 편지를 받기까지 한 주 또 한 주 미루고 있었다.

작별 인사를 할 때가 오자 오메 부인은 눈물을 흘렸고 쥐스탱도 흐느껴 울었다. 오메는 강인한 남자답게 속마음을 감추고 친구의 짧은 외투를 공증인의 집 앞까지 직접 들어다 주려 했다. 공증인이 자기 마차로 레옹을 루앙까지 데려다줄 것이었다. 이제 딱 보바리 씨에게 작별 인사를 할 시간만이 남아 있었다.

레옹은 계단 맨 위에 오르자 너무 숨이 차서 잠시 걸음을 멈췄다. 그가 방으로 들어서자 보바리 부인이 얼른 일어났다.

"또 접니다!" 레옹이 말했다.

"그럴 줄 알았어요!"

그녀는 입술을 깨물었고, 피부 아래로 피가 확 몰리면서 이마 끝에서 옷깃 가장자리까지 온통 장밋빛으로 물들었다. 그녀는 벽에 어깨를 기대고 계속 서 있었다.

"선생님은 안 계시나 봐요?" 그가 말했다.

"안 계세요."

그녀가 다시 반복했다.

"안 계세요."

그러고는 침묵이었다. 그들은 서로를 바라보았다. 그리고 똑같은 고통 속에 두 사람의 생각이 섞이면서, 마치 두근거리는 두 가슴이 서로를 꼭 끌어안듯 그들의 생각이 하나로 합쳐졌다.

"베르트에게 작별 키스를 하고 싶어요." 레옹이 말했다.

엠마는 계단을 몇 개 내려가 펠리시테를 불렀다.

그는 빠르게 방 안을 둘러보았다. 모든 것을 뚫고 들어가려는 듯, 전부 다 가져가려는 듯 그의 시선이 벽, 선반, 벽난로 위에 머물렀다.

그러나 엠마가 다시 방으로 들어왔고 하녀가 베르트를 데려왔다. 베르트는 실에 거꾸로 매달린 바람개비를 흔들고 있었다.

레옹은 아이의 목에 여러 번 입을 맞추었다.

"잘 있어, 아가! 잘 있어, 예쁜 아가야, 잘 있어!"

그러고는 아기를 어머니에게 건넸다.

"데려가." 그녀가 말했다.

그들 둘만 남았다.

보바리 부인은 등을 돌린 채 유리창에 얼굴을 기대고 있었고, 레옹은 손에 모자를 들고 허벅지를 톡톡 두드리고 있었다.

"비가 오겠네요." 엠마가 말했다.

"외투가 있습니다." 그가 답했다.

"아!"

그녀는 고개를 숙이고 이마를 앞으로 내민 채 얼굴을 돌렸다. 빛이 대리석에 미끄러지듯 이마를 지나 눈썹의 곡선까지 스쳐 지나갔다. 엠마가 지평선 저 멀리 무엇을 바라보고 있는지, 마음속 깊은 곳에서 무슨 생각을 하고 있는지 아무도 알 수 없는 채.

"그럼, 안녕히 계세요!" 레옹이 한숨을 내쉬며 말했다.

그녀가 돌연히 얼굴을 들었다.

"네, 안녕히……, 어서 가세요!"

그들은 서로 가까이 다가섰다. 그가 손을 내밀었고 그녀는 망설였다.

"그럼 영국식으로 하죠." 웃으려고 애쓰면서 그녀가 손을 건네며 말했다.

레옹은 손가락에 그녀의 손이 닿는 것을 느끼자 자기 존재의 실체 자체가 전부 그 촉촉한 손바닥 속으로 빠져들어가는 것만 같았다.

이제 그는 손을 폈다. 두 사람의 눈이 다시 한번 마주쳤고, 그리고 그는 사라졌다.

시장에 이르자 그는 걸음을 멈추고, 초록색 덧문 네 개가 달린 그 하얀 집을 마지막으로 한 번 더 보기 위해 기둥 뒤에 몸을 숨겼다. 그 방 창문에서 어떤 그림자를 본 것 같았다. 하지만 커튼이 아무도 손대지 않은 것처럼 스르르 커튼걸이에서 풀리면서 비스듬한 긴 주름들이 천천히 움직이다가 단번에 확 펼쳐지더니, 그다음에는 회벽보다 더 미동도 없이 똑바로 드리워 있었다. 레옹은 달리기 시작했다.

멀리 길 위에 주인의 마차가 보이고 그 옆에 넝마 같은 옷을 걸친 남자가 말을 붙들고 있는 것이 보였다. 오메와 기요맹 씨가 같이 이야기를 나누고 있었다. 그를 기다리고 있는 것이었다.

"작별 키스를 해줘요." 약사가 눈물을 글썽이며 말했다. "여기 당신 외투요. 추위 조심하세요! 자신을 잘 돌봐야 해요! 건강 조심하고요!"

"자, 레옹, 타요!" 공증인이 말했다.

오메는 흙받기 위로 몸을 구부리고서 흐느끼느라 자꾸 끊어지는 목소리로 이런 서글픈 한마디를 떨구었다.

"무사히 잘 가요!"

"안녕히 계세요!" 기요맹 씨가 답했다. "자, 이제 갑시다!" 그들은 출발했고 오메는 집으로 돌아갔다.

보바리 부인은 정원으로 난 창문을 열고 구름을 바라보았다.

구름은 루앙 쪽 서편에 몰려들었다가 금세 시커멓게 소용돌이치며 흘러갔고, 커다란 햇살들이 허공에 매달린 트로피의 황금 화살처럼 그 뒤에서 뻗어 나왔다. 나머지 텅 빈 하늘은 도자기처럼 하얀색이었다. 그러나 돌풍이 불어와 포플러나무들이 휘청이고 갑자기 비가 내리기 시작했다. 초록빛 나뭇잎에 빗방울이 후드득 떨어졌다. 얼마 후 다시 해가 나오고 암탉이 울고 참새가 비에 젖은 수풀 속에서 날개를 퍼덕이고 모래 위 웅덩이에 고인 물이 분홍빛 아카시아 꽃잎을 싣고 흘러갔다.

'아! 그는 이제 멀리 갔겠구나!' 하고 그녀는 생각했다.

오메 씨는 평소와 같이 여섯 시 반, 저녁 식사 중에 찾아왔다.

"이제 우리 젊은이를 떠나보냈네요." 그가 자리에 앉으면서 말했다.

"그렇군요." 의사가 대답했다.

그러고는 의자에서 몸을 돌리며 말했다.

"댁에는 뭐 새로운 일이 있나요?"

"별거 없어요. 다만 아내가 오늘 오후 마음에 동요가 좀 있었지요. 그렇잖아요, 여자들이란, 아무것도 아닌 일로 마음이 흔들리고, 제 아내가 특히 그래요. 그렇다고 화를 내면 안 되는 게, 여자들의 신경 조직은 우리 남자들 것보다 훨씬 유연하기 때문이죠."

"가엾은 레옹! 파리에서 어떻게 사는지…… 잘 적응할까요?" 샤를이 말했다.

보바리 부인이 한숨을 내쉬었다.

"에이, 무슨!" 약사는 혀를 차며 말했다. "레스토랑에서 근사한 파티도 하고, 가면무도회에 샴페인에, 이 모든 게 쭉 이어질 거예요. 제가 장담합니다."

"그렇게 흐트러질 사람이라고는 생각하지 않는데요." 보바리가 반박했다.

"저도 그래요." 오메 씨가 얼른 말을 받았다. "하지만 다른 사람들이 하는 대로 따라야 할 거예요. 아니면 위선적이라고 여겨질 위험이 있으니까요. 선생님은 카르티에 라탱에서 그 놈팡이들이 여배우들하고 뭘 하고 돌아다니는지 모르실 겁니다. 게다가 파리에서는 대학생들이라면 아주 대환영이거든요. 조금만 매력이 있으면 최고 상류사회에 발을 들여놓을 수 있고, 심지어 포부르 생제르맹의 귀부인들이 그들에게 푹 빠져버리는 수도 있는데 그렇게 되면 아주 멋진 결혼을 할 기회를 얻게 되는 거죠."

"하지만, 나는 걱정이 되는 게, 그 사람이…… 그곳에서……." 의사가 말했다.

"맞습니다." 약사가 말을 끊었다. "그게 메달의 뒷면이죠. 그곳에서는 항상 손으로 주머니를 꼭 잡고 있어야 해요. 예를 들어 선생님이 공원에 가 있다고 해보죠. 옷을 말끔하게 입고 심지어 훈장까지 단, 외교관으로 보일 만한 그런 사람이 나타나는 겁니다. 그 사람이 선생님한테 다가와서 말을 하는 거죠. 슬그머니 친근해지게 만들고 코담배를 권하거나 모자를 집어주기도 해요. 그러고는 더 친해지는 거예요. 카페에 데려가고, 별장에 초대하고, 포도주를 마시면서 온갖 사람들을 다 소개해주는데, 하지만 그런 경우 사 분의 삼은 선생님 지갑을 털거나 나쁜 일에 끌어들이려는 수작일 뿐인 거예요."

"맞아요." 샤를이 대답했다. "하지만 내가 생각한 건 특히 이런저런 질병들이에요. 예를 들면 지방 학생들을 괴롭히는 장티푸스 같은 거 말이죠."

엠마의 몸이 파르르 떨렸다.

"음식의 변화와 그로 인해 신체 전반에 초래되는 혼란 때문이지요." 약사가 말을 이어갔다. "그리고 또 파리의 물은 어떻고요! 식당 음식은, 그 향신료를 넣은 음식들은 결국 피를 자극하게 되고, 누가 뭐라 해도 맛있는 스튜만 못하지요. 저는 말이죠, 저는 항상 가정식 요리를 더 좋아했어요. 그게 더 건강한 거죠! 그래서 저는 루앙에서 약학 공부를 할 때 식사가 제공되는 기숙사에 들어갔어요. 교수님들과 같이 식사를 했죠."

그리고 그는 쥐스탱이 에그 밀크를 만들어야 한다고 데리러 올 때까지 계속 자신의 일반적인 의견과 개인적으로 공감하는 것에 대해 늘어놓았다.

"한시도 쉴 틈이 없군! 노상 사슬에 묶여 있어!" 약사가 외쳤다. "단 일 분도 나가 있을 수가 없네! 경작용 말처럼 피땀을 흘려야 한다니까! 이 무슨 비참한 목줄 신세인가!"

그리고 문가에 이르러 이렇게 말했다.

“그건 그렇고, 소식 들으셨어요?”

“무슨 소식이요?”

“아주 가능성이 큰 건데, 센 앵페리외르 지역 농사 공진회가 올해는 용빌라베에서 열릴 거래요.” 오메가 눈썹을 치켜올리고 매우 진지한 표정을 지으며 말을 이었다. “적어도 그런 소문이 돌고 있어요. 오늘 아침 신문에도 그에 대한 언급이 있더라고요. 우리 군에는 최고로 중대한 사건이 될 거예요. 하지만 나중에 또 이야기하도록 하지요. 그럼 이만…… 감사합니다, 잘 보여요. 쥐스탱이 등불을 들고 있어요.”

# 7

다음 날은 엠마에게 침울한 하루였다. 모든 것이 사물의 표면에 흐릿하게 감도는 검은 공기에 싸여 있는 것 같았고, 버려진 성안에 겨울바람 부는 소리처럼 슬픔이 나직하게 울부짖으며 그녀의 영혼 깊숙이 내려앉았다. 그것은 다시 돌아오지 않을 것에 대한 몽상, 어떤 일이 끝날 때마다 덮쳐오는 권태, 요컨대 습관이 된 모든 움직임이 중단될 때, 계속 이어지던 진동이 갑자기 멈췄을 때 오는 고통이었다.

보비에사르에서 돌아와 카드리유 춤이 머릿속에서 소용돌이치던 때처럼 그녀는 맥을 잃은 채 침울했고 절망에 빠져 모든 것에 무감각했다. 레옹은 전보다 더 큰 키에 더 잘생기고 더 감미롭고 더 흐릿한 모습으로 다시 떠올랐다. 그는 그녀에게서 멀리 떨어져 있었지만 그녀를 떠나지 않은 채 거기 있었고, 집을 둘러싼 담이 그의 그림자를 붙잡아두고 있는 것 같았다. 그녀는 그가 밟았던 카펫, 그가 앉았던 빈 의자들에서 눈을 뗄 수가 없었다. 강물은 여전히 흐르고 미끄러운 강둑을 따라 잔잔한 물결을 천천히 밀어 보내고 있었다. 그들은 바로 이 물결의 속삭임을 들으며 이끼 덮인 자갈 위를 여러 번 같이 거닐었었다. 얼마나 찬란한 햇빛이 그들을 비추었던가! 정원의 깊은 곳 그늘 아래에서 단둘이 얼마나 행복한 오후를 보냈던가! 레옹은 모자를 벗고 나무 스툴에 앉아 큰 소리로 책을 읽었다. 목초지에서 서늘한 바람이 불어와 책장과 정자의 한련꽃이 흔들렸고…… 아! 그는 떠났다. 그녀의 삶의 유일한 기쁨이, 행복해질 수도 있다는 단 하나의 희망이! 어떻게 그 행복이 눈앞에 있을 때 잡지 않았단 말인가? 그 행복이 달아나려 할 때 왜 두 손으로, 무릎 꿇고 그것을 붙들어두지 못했단 말인가? 그녀는 레옹을 사랑하지 못한 자신을 저주했다. 그의 입술을 갈망했다. 그의 곁으로 달려가 그의 품속에 몸을 던지고, "저예요, 저는 당신 거예요!"라고 말하고 싶은 욕망이 그녀를 사로잡았다. 하지만 엠마는 그렇게 하려면 어떤 난관을 넘어야 할지 미리 근심에 빠져들었고, 후회로 인해 욕망은 더 자라나 점점 강렬해져만 갔다.

그때부터 이렇게 레옹을 추억하는 일은 무기력한 그녀의 삶의 중심 같은 것이 되었다. 그 추억은 러시아 황야의 나그네들이 눈 위에 버려두고 간 모닥불보다 더 세게 타올랐다. 그녀는 불가로 달려가서 그 곁에 웅크리고 앉아 꺼져가는 불꽃을 살살 뒤적여보다가, 좀 더 불길을 살릴 수 있을 만한 것이 없나 온 주위를 찾으러 다녔다. 가장 먼 어렴풋한 기억과 가장 최근의 사건들, 실제 경험과 머릿속 상상, 스러지고 마는 쾌락에 대한 욕망, 죽은 나뭇가지처럼 바람에 부러지는 행복한 삶에 대한 계획, 아무 결실 없는 부덕, 부서진 희망, 집안의 짚 더미, 이 모든 것을 그녀는 다 주워 모아서 자신의 슬픔을 따뜻하게 덥히는 데 썼다.

하지만 불길은 잦아들었다. 땔감이 저절로 소진됐을 수도 있고 아니면 불속에 태울 것을 너무 많이 쌓아서 그랬을 수도 있다. 사랑은 부재로 인해 조금씩 꺼져갔고 회한은 습관이 되면서 숨이 죽어갔다. 그리고 그녀의 흐린 하늘을 붉게 물들였던 환한 불길은 더 많은 구름으로 뒤덮여 점점 사라져갔다. 의식이 잠들어버린 상태 속에서 그녀는 남편에 대한 혐오감을 연인에 대한 갈망으로, 활활 타오르는 증오를 다시 뜨거워지는 애정으로 착각하기까지 했다. 그러나 폭풍은 여전히 몰아치고 있었고 정념은 재가 될 때까지 타버렸기 때문에, 그리고 어떤 구원도 찾아오지 않고 조금의 햇살도 비춰주지 않았기 때문에, 사방은 완전히 깜깜한 밤이었고 그녀는 살을 에는 끔찍한 추위 속에 길을 잃고 있었다.

그리하여 토트에서 보냈던 안 좋은 나날들이 다시 시작되었다. 이제 그녀는 자신이 전보다 훨씬 더 불행하다고 여겼다. 슬픔을 겪었고 그것이 영원히 끝나지 않으리라 확신했기 때문이다.

자기 자신에게 그렇게나 큰 희생을 강요했던 여자라면 하고 싶은 것을 좀 마음대로 해도 되는 법이었다. 그녀는 고딕양식 기도대를 사들였고 손톱 세징을 위한 레몬을 사는 데 한 달 만에 십사 프랑을 썼다. 파란색 캐시미어 드레스를 사려고 루앙에 편지를 쓰기도 했다. 또 뢰뢰의 가게에서 제일 근사한 스카프를 사서 실내용 가운 차림에 그 스카프로 허리를 묶고 있었다. 덧창은 닫아두고, 책 한 권을 손에 들고서 그녀는 그런 괴상한 차림으로 소파에 누워 지냈다.

또 자주 머리 모양을 바꾸었는데 부드러운 컬을 만들고 길게 땋아 내려 중국식으로 했다가 남자처럼 한쪽에 가르마를 타고 머리에 머리카락을 딱 붙이기도 했다.

그녀는 이탈리아어를 배우고 싶다며 이런저런 사전들과 문법책, 흰 종이 등을 사들였다. 역사와 철학 등 진지한 독서도 시도했다. 한밤중, 환자 때문에 누가 부르러 온 줄 알고 샤를이 자다가 벌떡 일어나 "나가요"라고 더듬거린 적도 몇 번 있었다.

하지만 그것은 엠마가 등불을 다시 켜려고 성냥을 긋는 소리였다. 그녀의 독서는 그러나 시작만 하고 장롱 가득 처박아둔 자수천들과 같은 식이었다. 책을 집어 들었다가 곧 내던져버리고 다른 책으로 옮겨가곤 했던 것이다.

엠마는 가끔 발작을 일으켰고, 그럴 때 잘못하면 그녀가 미친 짓을 하게 만들기 쉬웠다. 하루는 엠마가 브랜디를 큰 잔으로 반 잔 마시겠다고 우겼는데,

어리석게도 샤를이 어디 할 수 있으면 해보라고 하자 끝까지 다 들이켜버린 적도 있었다.

엠마는 허공에 붕 뜬(용빌 여자들의 표현이었다) 것 같기는 했지만 그렇다고 즐거워 보이지는 않았고, 노처녀나 실패한 야심가의 입꼬리가 일그러져 얼굴이 구겨지듯 그녀의 입가에도 변함없이 그런 일그러진 표정이 드리워 있었다. 그녀는 온몸이 창백했고 하얀 천처럼 희었다. 코 피부가 콧구멍 쪽으로 늘어나고 사람을 바라보는 시선이 흐릿했다. 그리고 관자놀이에서 흰머리 세 개를 발견했다며 이제 자기는 늙었다는 말을 수도 없이 했다.

기절하는 일도 종종 일어났다. 하루는 피를 토하기까지 해서 샤를이 안절부절 걱정을 하자, 그녀는 "아니, 무슨 일이 일어난다고 그래?"라는 것이었다.

샤를은 자리를 피해 진찰실로 갔다. 그러고는 의자에 앉아 탁자에 팔꿈치를 괴고 골상학 해골 아래서 울었다.

마침내 그는 어머니에게 집으로 좀 와달라는 편지를 보냈다. 그리고 두 사람은 함께 엠마에 대해 여러 차례 긴 논의를 했다.

어떤 결정을 해야 하는가? 그녀가 모든 치료를 거부하고 있으니 무엇을 해야 할 것인가?

"네 아내에게 뭐가 필요한지 알아?" 어머니 보바리가 말을 이었다. "일을 하게 만드는 거야, 손으로 하는 일을! 저 애가 다른 사람들처럼 자기 밥벌이를 해야 한다면 저렇게 우울하지 않을 거라고. 제 머릿속에다 온갖 생각들을 쑤셔 넣고 하는 일 없이 놀고 있으니까 저러는 거야."

"하는 일이 있는데요." 샤를이 말했다.

"아! 하는 일이 있다! 뭘 하는데? 소설책, 나쁜 책, 종교를 반대하고 볼테르의 말로 신부님들을 조롱하는 그런 책들 읽는 거? 얘야, 그러다 큰일 난다. 그리고 종교가 없는 사람은 언제나 결국 잘못되게 돼 있어."

그래서 엠마가 소설을 읽지 못하게 하기로 결정을 보았다. 전혀 쉬워 보이는 일은 아니었다. 어머니가 그 일을 맡았다. 루앙을 지날 때 직접 도서 대여점에 가서 엠마가 정기구독을 그만둔다고 알리기로 했다. 서점 주인이 그래도 그 해악을 끼치는 일을 고집한다면 그땐 경찰에 알려도 되지 않겠는가?

시어머니와 며느리의 작별 인사는 건조했다. 함께 지낸 삼 주일 동안 그 둘은 식탁에서나 잠자리에 들기 전 인사말과 소식을 주고받은 것을 제외하면 거의 몇 마디 나누지 않았다.

어머니 보바리 부인은 수요일, 용빌에 장이 서는 날 떠났다.

아침부터 광장 가득 짐수레들이 늘어서 있었다. 모두 끌채를 들어 기울여 놓은 짐수레들은 성당에서 여관까지 집들을 따라 죽 늘어서 있었다. 또 다른 쪽은 텐트로 된 가건물들에서 면제품이나 담요, 양모 양말, 말 고삐나 바람에 끝이 팔락이는 파란 리본 더미 등을 팔고 있었다. 묵직한 금속 제품들이 바닥에 펼쳐져 있고 그 양쪽에는 피라미드 형태로 쌓은 달걀과 끈적한 지푸라기가 비어져 나온 치즈 바구니가 있었다. 밀 타작하는 기계 옆에는 평평한 닭장 속에서 꼬꼬댁거리는 암탉들이 창살 사이로 목을 내밀고 있었다. 군중들이 움직이려 하지 않고 한 곳에 빽빽이 몰려 있어서 약국 진열장을 잘못하면 무너뜨릴 것 같은 때도 가끔 있었다. 수요일이면 약국에 손님들이 쉴 새 없이 몰려들었는데, 그것은 약을 사기 위해서보다 진찰을 받기 위해서였다. 그만큼이나 인근 마을들에 오메 선생의 명성이 자자했다. 흔들림 없이 뻔뻔한 그의 태도가 시골 사람들의 마음을 사로잡았던 것이다. 그들은 그를 어떤 의사들보다 더 대단한 의사로 여겼다.

엠마는 창가에 팔꿈치를 괴고서(그녀는 자주 그러곤 했는데, 창문은 시골에서 극장이나 산책길을 대신하는 것이다) 시골 사람 무리를 흥미롭게 바라보고 있다가 어느 순간 초록색 벨벳 프록코트 차림의 신사 하나를 발견했다. 그 사람은 투박한 각반을 차고 있으면서도 노란색 장갑을 끼고 있었다. 그런데 그 사람이 의사네 집으로 오고 있는 것이었다. 무슨 생각에 골몰한 듯 고개를 숙인 농부가 뒤를 따라오고 있었다.

"의사 선생님을 좀 뵐 수 있을까요?" 문간에서 펠리시테와 이야기를 나누고 있던 쥐스탱에게 그가 물었다.

그러고는 쥐스탱을 이 집 하인으로 알고 말했다.

"로돌프 불랑제 드 라 위셰트라는 사람이 왔다고 말해주시오."

처음 나타난 이 사람이 자기 이름에 '드'라는 전치사를 덧붙인 것은 자신이 귀족임을 내세우기 위해서가 전혀 아니라 자기를 좀 더 잘 알리려고 한 것이었다. 실제로 라 위셰트는 용빌 근처의 영지로 그가 최근에 그곳의 성과 농장 두 개를 매입했고, 직접 경작은 하지만 그리 힘들여 애쓰지는 않고 있었다. 그는 독신이었고 *적어도 자산소득이 만오천 리브르*는 될 거라고들 했다.

샤를이 진찰실로 들어왔다. 불랑제 씨는 같이 온 사람을 소개하면서 온몸*이 저리고 따끔따끔*해서 피를 뽑고 싶어한다고 했다.

"그러면 불순물이 빠져나갈 것 같아요." 의사가 아무리 설명을 하고 조언을 해줘도 그 사람은 이렇게 우겨댔다.

그래서 보바리는 붕대와 대야를 가져오게 한 다음 쥐스탱에게 대야를 잘 잡고 있으라고 했다. 그리고 벌써 하얗게 질려 있는 그 시골 사람에게 말했다.

"에이, 겁내지 마세요."

"예, 예, 어서 하세요!" 그가 대답했다.

그러고는 허세를 부리며 팔을 내밀었다. 세모날을 찌르자 피가 뿜어나와 거울에 튀었다.

"대야를 더 가까이 대!" 샤를이 외쳤다.

"*주목!*" 농부가 말했다. "이건 뭐 분수에서 물이 콸콸 솟구치는 것 같네! 내 피가 어쩜 이렇게 빨간가! 이거 틀림없이 좋은 거죠, 그렇죠?"

"처음에는 아무 느낌이 없다가 나중에 실신을 하는 경우도 가끔 있는데, 특히 이 사람처럼 체격이 좋은 사람이 그렇죠." 의사가 이어서 말했다.

이 말에 그 시골 사람은 손가락으로 만지작거리던 상자갑을 떨어뜨렸다. 갑자기 그의 어깨가 심하게 들썩거리며 의자 등받이가 삐걱거렸다. 그의 모자가 바닥에 떨어졌다.

"이럴 것 같더라니." 혈관에 손가락을 갖다 대면서 보바리가 말했다.

쥐스탱의 손에 들린 대야가 떨리기 시작했다. 그의 무릎이 비틀거리고 얼굴이 창백해졌다.

"여보! 여보!" 샤를이 불렀다.

엠마가 한달음에 계단을 내려왔다.

"식초 좀!" 샤를이 소리쳤다. "아! 세상에, 둘이서 한꺼번에!"

그는 너무 당황해서 습포를 갖다 대는 것도 쩔쩔맸다.

"괜찮아요." 불랑제 씨가 쥐스탱을 두 팔로 안으며 아주 침착하게 말했다.

그리고 그는 탁자 위에 쥐스탱을 앉히고 벽에 등을 기대게 해주었다.

보바리 부인이 쥐스탱의 넥타이를 풀기 시작했다. 셔츠에 달린 끈이 묶여 있어서 그녀는 소년의 목에 잠시 손가락을 넣고 가볍게 움직거렸다. 그러고 나서 자신의 흰 삼베 수건에 식초를 부어 그의 관자놀이를 톡톡 찍은 다음 조심스럽게 불어주었다.

짐수레꾼은 정신이 돌아왔다. 그러나 쥐스탱은 아직도 기절한 상태로, 눈동자가 우유 속의 파란 꽃처럼 공막 속에 사라져 있었다.

"저 애가 못 보게 이걸 치워야겠어." 샤를이 말했다.

보바리 부인이 대야를 들었다. 탁자 밑에 대야를 두려고 몸을 구부리는데 그녀의 드레스가(허리가 길고 풍성한 치마폭이 네 개의 날개로 이어진 노란색 여름 드레스였다) 진찰실 타일 바닥에 나팔처럼 펼쳐졌다. 그리고 몸을 숙인 엠마가 두 팔을 벌리면서 살짝 비틀거리자 부풀어 올랐던 치마가 상체의 굴곡을 따라 군데군데 꺼져들었다. 그러고 나서 그녀가 물병을 가져와 설탕 몇 조각을 녹이고 있는데 약사가 들어왔다. 그 난리법석 중에 하녀가 그를 데리러 갔던 것이다. 자기 조수가 눈을 뜨고 있는 것을 보자 약사는 안도의 숨을 내쉬었다. 그리고 쥐스탱의 주위를 돌면서 위아래로 훑어보았다.

"바보야! 정말 바보 같은 놈이야! 틀림없는 바보야!" 약사가 말했다. "사혈하는 게 그렇게 대단해! 아무것도 무서운 게 없는 놈이! 보시다시피 저 다람쥐 같은 놈이 현기증 나게 높은 나무에 올라가서 호두를 털어대는 놈이라니까요. 그렇잖아, 말 좀 해봐! 자랑을 해보라고! 그래가지고 나중에 약사 노릇을 잘도 하게 생겼다. 중대한 상황에 법정에 소환돼서 법관들에게 사실을 똑바로 의식하게 해줘야 하는 일도 생길 텐데 말이야. 그럴 때는 절대 냉정을 잃지 말고 이치를 잘 따져가면서 남자라는 것을 보여줘야 하는 거야. 아니면 바보 멍청이가 되는 거라고!"

쥐스탱은 아무 대답도 하지 않았다. 약사는 계속해서 말했다.

"누가 너보고 여기 오라 그랬어? 선생님과 사모님께 맨날 폐만 끼치잖아. 게다가 수요일에는 약국에 네가 있어야 하는데. 지금도 집에 손님이 스무 명이나 있다고. 내가 너를 생각해서 다 놔두고 달려온 거야. 자, 얼른 가! 뛰어! 가서 기다려. 약병들 조심하고!"

쥐스탱이 옷을 다시 입고 나간 다음 잠시 기절에 대한 이야기가 오갔다. 보바리 부인은 한 번도 그래본 적이 없다고 했다.

"여자분으로는 대단한 일인데요!" 불랑제 씨가 말했다. "그런데 아주 예민한 사람들이 있잖아요. 저는 결투 때 권총 장전 소리만 듣고 기절해버린 입회인도 봤어요."

"저는 말이지요." 약사가 말했다. "다른 사람 피는 봐도 아무렇지 않아요. 그런데 내가 피를 흘리는 건 생각만 해도, 까무러칠 것 같거든요. 너무 깊이 생각한다면 말이지요."

그러는 동안 불랑제 씨는 자기 하인에게 이제 원을 풀었으니 진정하라고 당부하면서 집으로 돌려보냈다.

“덕분에 선생님을 알게 되었습니다.” 그가 덧붙였다.

그런데 이 말을 하면서 불랑제 씨는 엠마를 보고 있었다.

이어서 그는 탁자 한쪽에 삼 프랑을 내려놓고는 건성으로 인사를 하고 밖으로 나갔다.

그는 금세 강 건너편에 다다라 있었다(위셰트로 돌아갈 때 지나는 길이었다). 그리고 엠마는 목초지에서 그가 포플러나무 아래로 걸어가다가 무언가를 생각하는 사람처럼 이따금 걸음을 늦추는 것을 보았다.

‘그 여자 아주 괜찮은데!’ 그가 속으로 말했다. ‘아주 괜찮아, 저 의사 부인. 이도 예쁘고, 검은 눈에 귀여운 발, 파리 여자 같은 자태. 대체 어디서 튀어나온 거지? 저 뚱뚱한 녀석이 어디서 저런 여자를 찾아냈을까?’

로돌프 불랑제 씨는 서른네 살이었다. 그는 기질이 거칠고 두뇌 회전이 빠른 데다 여자 경험도 많고 그 방면에 대해 잘 알았다. 그런 그에게 그녀가 예뻐 보였다. 그래서 그는 그녀에 대해, 그리고 그녀의 남편에 대해 공상에 빠져들었다.

‘그 친구는 아주 멍청한 것 같아. 그 여자는 아마 지겹겠지. 그 친구 손톱도 더럽고 수염도 사흘은 안 깎았던데. 그가 환자들을 보러 돌아다니는 동안 그녀는 집에서 양말이나 깁고 있는 거야. 그리고 지루해하는 거지! 도시에 살고 싶고, 매일 저녁 폴카를 추고 싶고! 가여운 여자! 조리대 위의 잉어가 물을 찾아 입을 벌리듯 고것은 사랑을 갈구하는 거야. 한 세 마디 친절한 말만 건네면 고것은 너를 열렬히 사랑하게 될 거야. 틀림없어! 그거 참 보드랍고 예쁘겠는데!…… 그래, 그런데 나중에 그걸 어떻게 떼어내버리지?’

그렇게 미래를 상상하는 가운데 쾌락의 장애물들을 떠올리다 보니 그와 대조되어 자신의 정부가 생각났다. 그녀는 그가 만나고 있는 루앙의 여배우였다. 그 여자는 이제 생각만 해도 지겨웠다.

‘아! 보바리 부인이 그 여자보다 훨씬 예쁘고 특히 훨씬 신선하지. 비르지니는 확실히 너무 통통해지기 시작했어. 즐거워하는 걸 보면 너무 진절머리가 나. 아니 게다가 새우는 어찌 그리 밝히는지!'

들판은 텅 비어 있었고 로돌프 주위로는 풀잎이 구두에 부딪히며 나는 규칙적인 소리와 멀리 귀리 밑에 웅크린 귀뚜라미 울음소리밖에 들리지 않았는데, 그는 아까 본 옷차림으로 진찰실에 있는 엠마의 모습을 눈앞에 그리다가 그녀의 옷을 벗겨보았다.

"오! 내가 가지고 말 거야!" 지팡이로 앞에 있는 흙덩이를 쿡 찔러 뭉개면서 그가 외쳤다.

그리고 곧 그는 그 일의 진행을 위한 책략을 검토했다. 스스로에게 이런저런 질문들을 던져보았다.

'어디서 만나지? 어떻게? 어린애가 노상 딸려 있을 테고 하녀에 이웃들에 남편에 온갖 귀찮은 것들이 만만치 않을 거란 말이야. 에이, 이거 시간을 너무 허비하겠는데!'

그러다가 또다시 생각했다.

'그 눈이 송곳처럼 심장을 찌른단 말이야. 그리고 그 하얀 피부…… 난 하얀 여자들이 너무 좋아!'

아르괴유 언덕 꼭대기에서 그는 결심을 굳혔다.

"기회를 찾기만 하면 돼. 음, 가끔 들르고 사냥한 고기나 닭 같은 것도 보내는 거야. 필요하면 피도 뽑지 뭐. 친구가 되고 그 사람들을 우리 집에 초대하고…… 아! 참 그렇지!" 그가 덧붙였다. "이제 곧 공진회가 열리지. 그녀도 거기 올 테니 만나게 되겠지. 그렇게 시작하는 거야, 과감하게. 그게 제일 확실하니까."

# 8

드디어 화제의 공진회 날이 왔다. 이 성대한 행사 날이 되자 아침부터 마을 사람들이 모두 문간에 나와 행사 준비 이야기를 했다. 면사무소 정면 박공은 담쟁이덩굴로 장식되었다. 목초지에 연회를 위한 천막이 세워졌고 광장 한가운데 성당 앞에는 일종의 구포가 도지사의 도착과 상을 받는 농부들의 이름을 알릴 때 울리기로 되어 있었다. 뷔시의 국민군이(용빌에는 국민군이 없었다) 와서 비네가 대장인 의용 소방대와 합류했다. 이날 비네는 목에 평소보다 더 높은 칼라를 달았고, 제복 몸통이 하도 꽉 조이는 바람에 상체가 너무 뻣뻣하고 움직임이 없어 살아 움직이는 부분은 모두 일사불란한 힘찬 걸음걸이와 함께 박자에 맞춰 올라가는 두 다리로 내려가버린 것 같았다. 세무 관리와 국민군 대장 사이에는 경쟁의식 같은 것이 남아 있어서 두 사람이 각각 자신의 능력을 보여주기 위해 자기 사람들을 따로 훈련하게 하고 있었다. 붉은색 견장과 검은색 가슴받이가 번갈아 지나가는 모습이 보였다. 그것은 끊이지 않고 계속 반복됐다. 이렇게 화려한 행사가 펼쳐진 적은 한 번도 없었다! 전날부터 집을 깨끗이 청소해놓는 마을 사람들이 여럿이었고 반쯤 열린 창문에는 삼색기들이 걸렸으며 술집마다 사람들로 가득했다. 그리고 풀 먹인 모자와 금 십자가, 여러 색깔의 숄 들이 화창한 날씨에 눈보다 더 하얗게 보이고 환한 햇살을 받아 반짝였으며, 이곳저곳에 흩어진 그 갖가지 색깔들이 프록코트와 푸른색 작업복의 칙칙한 단조로움을 좀 덜어주고 있었다. 인근 농가의 여자들이 말에서 내리며, 치마를 더럽힐까 봐 몸에 딱 붙게 걷어붙여 큰 핀을 꽂아두었던 것을 풀었다. 반면에 남편들은 모자를 아끼겠다고 그 위에 손수건을 덮고 한쪽 모서리를 이로 물고 있었다.

군중이 마을 양쪽 끝에서 큰길로 모여들었다. 골목길에서, 작은 길에서, 집에서 사람들이 쏟아져 나왔고 축제를 보러 가기 위해 실장갑을 끼고 나오는 마을 여자들 뒤에서 현관문 노커가 덜커덩하고 울리는 소리가 들렸다. 특히 사람들의 감탄을 자아낸 것은 고위층이 앉게 되어 있는 연단 양옆의 초롱으로 덮인 기다란 삼각형 촛대꽂이였다. 그리고 또한 면사무소의 기둥 네 개에 일종의 장대 같은 것들이 묶여서 장대마다 초록 바탕에 금색 글씨로 멋을 낸 작은 깃발들이 달려 있었다. 그중 하나에는 '상업을 위하여', 다른 하나에는 '농업을 위하여', 세 번째에는 '공업을 위하여', 그리고 네 번째에는 '조형예술을 위하여'라는 글씨가 보였다.

그러나 모든 이들의 얼굴을 환하게 만드는 이런 희희낙락한 분위기가 여관 주인 르프랑수아 부인의 얼굴만은 어둡게 만들고 있는 것 같았다. 그녀는 부엌 계단에 서서 입속으로 이런 말을 중얼거리고 있었다.

"무슨 바보 같은 짓이야! 천막 가건물을 세우다니 그게 무슨 바보 같은 짓이냐고! 도지사가 어릿광대처럼 천막에서 저녁을 먹는 게 편할 거라고 생각하나? 저런 처치 곤란거리를 놓고 지역을 위한 일이라고 부르는 거야? 그렇다면 뇌샤텔에 가서 싸구려 식당 주인을 불러올 필요가 없었잖아! 아니 누구를 위해서? 소 치는 사람들을 위해서! 거지들을 위해서!……"

약사가 지나갔다. 그는 검은 예복에 남경 직물 바지, 비버 가죽 구두 차림을 하고서 이날은 특별히 모자를 높이가 낮은 것으로 쓰고 있었다.

"안녕하십니까!" 약사가 말했다. "가볼게요. 바빠서요."

그리고 그 뚱뚱한 과부가 어디에 가느냐고 묻자 말했다.

"이상하게 보이죠, 안 그래요? 저야 뭐 쥐가 치즈에 틀어박혀 있는 것보다 더 노상 조제실에 틀어박혀 있는 사람인데."

"무슨 치즈라고요?" 여관 주인이 말했다.

"아니, 아니요, 아무것도 아니에요." 오메가 말했다. "그냥 저는, 르프랑수아 부인, 제가 보통 집에 틀어박혀 지낸다는 말을 하려던 겁니다. 그런데 오늘은 상황이 이러하니 반드시……."

"아! 저기 가시는군요?" 그녀가 경멸하는 투로 말했다.

"네, 맞습니다." 약사가 놀라면서 대답했다. "제가 자문위원단 아니겠어요?"

르프랑수아 부인은 잠시 그를 빤히 쳐다보더니 결국 미소를 지으며 대답했다.

"그렇다면 다른 얘기죠! 그런데 농사하고 선생님이 무슨 상관이 있어요? 그러니까 농사일을 안다고요?"

"물론 알지요. 저는 약사, 즉 화학자니까요! 화학은요, 르프랑수아 부인, 자연의 모든 물체를 이루는 분자의 상호작용에 대해 아는 것이 목표이고, 따라서 농업은 그 영역에 포함되어 있는 것이죠. 그리고 실제로 비료의 구성 성분, 액체의 발효, 가스의 분석, 부패물에서 나는 악취의 영향, 이 모든 것이 바로 화학 그 자체가 아니면 뭐겠습니까?"

여관 주인은 아무 대답도 하지 않았고 오메는 계속 말했다.

"농학자가 되려면 직접 땅을 일구거나 가금류를 길러봐야만 한다고 생각하세요? 그보다는 오히려 관련된 물질의 구성, 지질학적 퇴적층, 대기의 작용, 토양과 광물과 물의 성질, 여러 물체의 밀도와 모세관 현상, 또 뭐가 있나, 그런 것들을 알아야 한답니다. 그리고 건물의 건축, 동물의 식이, 하인들의 영양 섭취 등을 지도하고 비판하기 위해서는 모든 위생학 원칙을 속속들이 파악하고 있어야 하고, 또한 르프랑수아 부인, 식물학도 잘 알고 있어야 합니다. 식물들을 식별할 수 있어야 한다고요, 아시겠어요? 어떤 것이 유익한 것이고 어떤 것이 해로운 것인지, 또 어떤 것이 비생산적이고 어떤 것이 영양이 많은지, 그리고 여기 이것은 뽑아내서 저기 다시 심는 게 좋은지, 이런 건 증식시키고 저런 건 아예 없애버리는 게 좋은지 알아야 하는 거죠. 요컨대 무언가의 개선을 알리기 위해서는 팸플릿이나 공공 문서들을 통해 과학의 최신 동향을 파악하고 있어야 하고 항상 연구를 손에서 놓지 않아야 한다는 건데……."

여관 주인은 *카페 프랑세*의 문을 계속 쳐다보고 있었고 약사는 계속 말을 이어갔다.

"제발 우리 농민들이 화학자가 되어주길, 아니면 적어도 과학의 충고에 더 귀 기울여주길 바라는 바입니다! 그래서 제가 말이지요, 최근에 아주 뛰어난 소논문을 하나 썼지요. 제목이 '사과주의 제조와 효능에 대한 연구 및 이에 관한 몇 가지 새로운 고찰'이라고 돼 있는 칠십이 페이지가 넘는 논문인데 이걸 루앙의 농학회에 보냈답니다. 그랬더니 농업 부문 과수 원예학 계열 위원으로 추대되는 영광을 얻었지 뭡니까. 그러니까, 내 저작물이 대중에게 널리 보급되었다면……."

그러나 르프랑수아 부인이 어딘가에 정신이 팔려 있는 것 같아서 약사는 말을 멈추었다.

"저기 좀 봐요!" 그녀가 말했다. "정말 이해가 안 가네! 저런 싸구려 식당에!"

그러고는 스웨터 가슴 부분의 코가 늘어나도록 어깨를 으쓱하면서 노래가 흘러나오는 경쟁자 술집을 두 손으로 가리켰다.

"그래봤자 얼마 못 갈 거예요." 그녀가 덧붙였다. "일주일도 안 돼서 다 끝날 테니까."

오메가 깜짝 놀라 뒤로 물러섰다. 르프랑수아 부인이 세 계단을 내려서서 그의 귀에 대고 말했다.

"아니, 모르고 계셨어요? 이번 주에 압류할 거래요. 저 집을 팔게 하는 게 뢰뢰라네요. 그 사람이 어음으로 아주 결딴을 낸 거죠."

"세상에 이런 끔찍한 일이!" 약사가 외쳤다. 그에게는 상상할 수 있는 모든 상황에 적합한 표현이 언제나 준비되어 있었다.

그래서 여관 주인은 기요맹 씨의 하인 테오도르에게서 들은 이야기를 약사에게 들려주기 시작했는데, 그녀는 텔리에를 정말 싫어하긴 했지만 그래도 뢰뢰가 나쁘다고 했다. 굽신거리면서 남을 속여먹는 사람이라는 것이었다.

"아! 저기, 시장에 그 사람이 있네요." 그녀가 말했다. "초록색 모자를 쓴 보바리 부인에게 인사를 하는군요. 보바리 부인은 불랑제 씨와 팔짱까지 끼고 있어요."

"보바리 부인!" 오메가 말했다. "얼른 가서 인사를 해야겠네요. 텐트 속 주랑 아래 앉으면 좋아할 텐데."

그러고는 르프랑수아 부인이 좀 더 이야기를 해주려고 부르는데 듣지도 않고 약사는 빠른 걸음으로 멀어져갔다. 그는 입가에 미소를 머금고 무릎을 쭉 뻗어 걸음을 옮기면서 좌우로 수없이 인사를 건넸고, 검은 예복의 큰 옷자락이 바람에 뒤로 흩날려 공간에 넓게 펴졌다.

로돌프가 멀리서 오는 약사를 알아보고 얼른 발걸음을 재촉했는데 보바리 부인은 너무 숨이 차했다. 그래서 그는 걸음을 늦추고 미소를 지으며 툭 내뱉듯 그녀에게 말했다.

"저 뚱보를 피하려고. 약사 말이에요."

그녀가 팔꿈치로 그를 쿡 찔렀다.

'이건 무슨 뜻이지?' 그가 속으로 물었다.

그러고는 계속 걸으면서 곁눈으로 그녀를 살펴보았다.

그녀의 옆모습은 너무도 평온해서 아무것도 짐작할 수 없었다. 갈댓잎 같은 연한색 리본이 달린 타원형 모자 속에서 얼굴에 햇빛을 받아 윤곽이 뚜렷하게 드러났다. 긴 속눈썹이 둥글게 위로 올라간 두 눈은 똑바로 앞을 보고 있었고, 분명 눈을 크게 뜨고 있는데도 얇은 피부 아래 조용히 맥박치는 피 때문에 광대뼈 쪽으로 눈꼬리가 당겨진 것처럼 보였다. 코끝에는 장밋빛이 어려 있었다. 어깨 쪽으로 고개를 살짝 기울였고 입술 사이로 진주 같은 흰 치아 끝부분이 보였다.

'나를 놀리는 건가?' 로돌프가 생각했다.

하지만 엠마의 그 몸짓은 단지 조심하라고 알려주는 것일 뿐이었다. 뢰뢰 씨가 따라오면서 대화에 끼어들려는 듯 때때로 그들에게 말을 걸고 있었기 때문이다.

"날씨가 정말 좋네요! 사람들이 죄다 나왔어요! 동풍이 불고요."

보바리 부인도 로돌프도 거의 대답을 해주지 않았는데 두 사람이 조금 움직이기만 하면 그는 얼른 다가와서 모자에 손을 갖다 대며 "네?" 하고 묻곤 했다.

대장장이 집 앞에 이르자 로돌프는 큰길로 울타리까지 가지 않고 갑자기 보바리 부인을 끌어당겨 오솔길로 들어서면서 소리쳤다.

"안녕히 가세요, 뢰뢰 씨! 다음에 봬요!"

"어쩜 그렇게 잘 떼어놓으세요!" 그녀가 웃으며 말했다.

"뭐 때문에 다른 사람이 끼어들게 두겠어요?" 그가 말했다. "오늘 기쁘게도 이렇게 당신과 함께 있을 수 있는데……."

엠마는 얼굴이 붉어졌다. 로돌프는 말을 끝맺지 않았다. 그러고는 날씨가 화창하다거나 풀밭 위를 걸으니 좋다는 이야기를 했다. 데이지 몇 송이가 자라 있었다.

"예쁜 데이지꽃이 있네요." 그가 말했다. "이걸로 사랑에 빠진 이 고장 모든 여자들에게 예언을 해줄 수 있겠는데요."

그리고 그가 덧붙였다.

"꺾어볼까. 어떠세요?"

"당신은 사랑을 하고 있나요?" 그녀가 살짝 기침을 하며 말했다.

"음, 그럴 수도 있지요." 로돌프가 대답했다.

목초지에 사람들이 많이 모여들기 시작했고, 큰 우산과 바구니를 들고 아이들을 데리고 있는 여자들과 계속 부딪혔다. 시골 여자들이 길게 줄지어 오면 길을 종종 비켜주어야 했다. 파란 양말에 평평한 신발을 신고 은반지를 낀 하녀들이었는데 그 옆을 지나갈 때면 우유 냄새가 났다. 그들은 줄지어 선 백양나무 가로수에서부터 연회용 텐트까지 목초지를 길게 가로지르며 그렇게 넓게 퍼져서 손을 잡고 걸어왔다. 그런데 지금은 심사 시간이어서, 막대 위에 긴 밧줄을 묶어 타원형 경기장처럼 해놓은 곳으로 농부들이 하나둘씩 차례대로 들어가고 있었다.

코를 밧줄 쪽으로 향하고 있는 가축들이 크기가 다른 엉덩이들로 어지럽게 줄을 맞춰 거기 모여 있었다. 돼지들은 코를 땅에 처박고 잠이 들었고, 송아지들은 음매음매 울고, 양들은 메에메에 울었다. 암소들은 다리 하나를 접고서 풀 위에 엎드려 천천히 되새김질하며 주위에 파리들이 윙윙거리는 가운데 무거운 눈꺼풀을 껌뻑이고 있었다. 짐수레꾼들이 팔소매를 걷어붙이고, 뒷발로 서서 암말을 향해 있는 힘껏 울어대는 종마들을 고삐로 붙들어두고 있었다. 암말들은 목을 길게 뻗고 갈기를 늘어뜨린 채 평온한 모습이었고 망아지들은 어미의 그늘에서 쉬기도 하고 때로는 젖을 빨러 오기도 했다. 이렇게 겹겹이 쌓인 모든 몸뚱어리들의 긴 물결 위로 하얀 갈기가 바람에 파도처럼 일어나고 뾰족한 뿔이 솟아오르는 것이 보였고 뛰어가는 사람들의 머리도 보였다. 백 보쯤 떨어진 울타리 바깥에는 입마개를 씌운 커다란 검은 황소가 콧구멍에 쇠고리를 달고 청동으로 된 짐승처럼 꼼짝도 하지 않고 서 있었다. 다 해진 옷을 입은 아이가 고삐를 잡고 있었다.

그러는 동안 가축들의 줄 사이로 남자들 몇 명이 무거운 발걸음을 옮겨 동물들을 하나하나 검사한 뒤 낮은 목소리로 의논을 하곤 했다. 그중 더 중요한 위치에 있는 것 같아 보이는 한 사람이 걸어가면서 카탈로그에 메모를 하고 있었다. 그 사람이 심사위원장, 드로즈레 드 라 팡빌 씨였다. 그는 로돌프를 알아보자 얼른 달려 나와 상냥하게 미소 지으며 말했다.

"아니, 불랑제 씨, 우리는 이렇게 나 몰라라 하시는 겁니까?"

로돌프는 그런 게 아니고 찾아가려던 참이라고 했다. 하지만 위원장이 사라지고 나자 그가 다시 말했다.

"그건 정말 아니죠. 안 갈 거예요. 당신하고 있는 게 훨씬 좋아요."

그리고 로돌프는 농사 공진회를 비웃으면서도 더 마음대로 돌아다니기 위해 헌병에게 파란색 통행증을 내보였고, *출품된 것* 중 훌륭한 것이 있으면 그 앞에서 가끔 멈춰 서기까지 했다. 보바리 부인은 별로 좋아하지 않았다. 그것을 알아차리고서 그는 용빌 여자들의 옷차림에 대해 농담을 하기 시작했다. 그러고는 자기 자신이 복장에 신경을 못 쓴 것에 대해 사과했다. 그의 복장은 평범한 것과 신경 써서 꾸민 것이 일관성 없이 뒤섞여 있었는데, 일반 사람들은 보통 그것이 상궤를 벗어난 생활, 무질서한 감정, 예술의 강한 영향력, 그리고 사회적 관습에 대한 어떤 지속적인 경멸을 나타낸다고 생각했고, 그것은 그들에게 매혹적이기도 하고 짜증스럽기도 했다. 그런 식으로 소맷부리에 주름이 잡힌 그의 흰 삼베 셔츠는 바람에 따라 회색 즈크 조끼의 개방된 부분에서 부풀어 올랐고, 큰 줄무늬가 있는 바지 아래로는 반들반들한 가죽으로 갑피를 댄 남경 직물 단화가 드러나 보였다. 구두가 어찌나 윤기가 났는지 풀잎이 비쳐 보일 정도였다. 그는 한 손은 재킷 주머니에 꽂고 밀짚모자를 비스듬히 쓴 채 그 구두로 말똥을 꾹 눌러 밟았다.

"게다가 시골에 살면……." 그가 덧붙였다.

"모두 허탕이죠." 엠마가 말했다.

"맞아요!" 로돌프가 답했다. "저 사람들 중에 단 한 사람도 옷맵시가 뭔지 이해할 수 있는 사람이 없다니!"

그리하여 그들은 초라한 시골, 그로 인해 숨이 막히는 생활, 그 속에서 사라져버리는 헛된 기대에 대해서 이야기했다.

"그래서 저는 슬픔 속에 빠져들고……." 로돌프가 말했다.

"당신이요!" 그녀가 놀라워하며 말했다. "저는 당신이 아주 쾌활한 줄 알았는데요?"

"아, 겉보기에만 그렇지요. 사람들 속에 있으면 얼굴에 익살꾼 가면을 잘 쓰거든요. 하지만 달빛 아래 묘지를 보면서 거기 잠든 이들 사이에 있는 게 더 낫지 않을까 몇 번이나 생각했는지 모르고……."

"그럼 친구들은요? 그 생각은 하지 않으세요?" 그녀가 말했다.

"제 친구들요? 어떤 친구들 말이에요? 내가 친구가 있기나 한가? 누가 제 걱정을 하겠어요?"

그리고 그는 이 마지막 말과 함께 입술 사이로 휘파람 같은 소리를 냈다.

그러나 그들은 누가 뒤에서 엄청나게 쌓아 올린 의자들을 들고 오는 바람에 양쪽으로 갈라서야 했다. 그 사람은 의자를 너무나 많이 끌어안고 있어서 나막신 끝과 앞으로 쭉 뻗은 두 팔의 끝만 보였다. 수많은 사람 속에서 성당 의자를 날라오고 있는 묘지 관리인 레스티부두아였다. 자기 이익과 관련된 모든 일에 아이디어가 넘치는 그가 이렇게 농사 공진회에서 이득을 볼 방법을 찾아냈던 것이다. 그리고 어느 주문에 응답을 해야 할지 모를 정도였으니 그의 아이디어는 성공적이었다. 정말로 마을 사람들은 너무 더워서, 밀짚 좌석에서 향냄새가 나는 그 의자들을 서로 차지하려고 다투었고, 꽤 경건한 모습으로 촛농이 묻은 등받이에 등을 기대고 앉았다.

보바리 부인은 다시 로돌프의 팔짱을 꼈다. 그는 혼잣말을 하듯 계속 말했다.

"그래요! 많은 것들이 제게는 결핍되어 있었지요! 언제나 혼자였어요. 아! 내 삶에 어떤 목표가 있었다면, 따스한 사랑을 만날 수 있었다면, 어떤 사람을 발견했다면…… 오! 제게 있는 모든 에너지를 다 쏟아부었을 거예요. 모든 것을 다 뛰어넘고, 모든 것을 다 없애버렸을 겁니다!"

"하지만 당신은 별로 동정을 받을 사람 같지는 않은데요." 엠마가 말했다.

"아! 그렇게 생각하세요?" 로돌프가 말했다.

"왜냐하면 어쨌든 자유로우시잖아요." 그녀가 답했다.

그녀는 좀 주저하다가 덧붙였다.

"부자고."

"놀리지 마세요." 그가 대답했다.

그러자 그녀가 절대 놀리는 것이 아니라고 하는데 그때 대포 소리가 울렸다. 사람들은 즉시 서로 밀쳐대며 뒤죽박죽으로 마을을 향해 달려갔다.

그것은 잘못 쏜 경보였다. 도지사는 도착하지 않았다. 심사위원들은 행사를 시작해야 할지 더 기다려야 할지 어찌할 바를 모르고 당황했다.

마침내 광장 끝에서 비쩍 마른 두 마리 말이 끄는 커다란 임대 포장마차가 나타났고, 하얀 모자를 쓴 마부가 있는 힘껏 채찍을 내리치고 있었다. 비네가 겨우 때에 맞추어 "받들어총!" 하고 소리쳤고 국민군 대장도 따라서 했다. 모두 총을 모아둔 곳으로 달려갔다. 다들 허겁지겁 서둘렀다. 칼라를 다는 것을 잊어버린 사람들도 있었다. 그러나 도지사의 마차도 이런 야단을 짐작했는지 한 쌍으로 매인 두 마리 말이 체인 위로 몸을 흔들면서 천천히 면사무소의 주랑 앞에 도착했고 바로 그때 국민군과 소방대가 북을 울리며 발을 맞추어 그곳에 도열했다.

"제자리 걷기!" 비네가 소리쳤다.

"제자리에 서!" 대장이 소리쳤다. "좌로 나란히!"

그리고 받들어총의 구령에 이어 소총 고리들이 딸까닥하면서 마치 구리 냄비가 계단에서 굴러떨어지는 것 같은 소리가 나더니 그다음 다시 모든 총이 원위치로 내려갔다.

그때 은빛 수가 놓인 짧은 연미복 차림의 남자가 마차에서 내리는 것이 보였는데, 이마는 벗어지고 뒤통수에만 머리카락이 있는, 안색이 창백하고 매우 온화해 보이는 사람이었다. 두툼한 눈꺼풀에 덮인 왕방울 눈은 군중을 바라보느라 반쯤 감겼고 또한 그와 동시에 뾰족한 코를 치켜들며 오목한 입에 억지 미소를 띠고 있었다. 그는 장식띠로 면장을 알아보고는 도지사는 올 수가 없었다고 설명했다. 자신은 도의회 의원이라고 했다. 그러고는 몇 가지 변명을 덧붙였다. 튀바슈가 깍듯이 예를 갖춰 응답을 하자 그는 정말 송구스럽다고 했다. 두 사람은 그렇게 마주 보고 이마가 거의 닿을 듯이 서 있었고, 그 주위로 심사위원, 면 의원, 유력인사들, 국민군, 그리고 군중들이 빙 둘러 있었다. 도의원은 검은색의 작은 세모꼴 모자를 가슴에 대고 인사를 계속 반복했고, 튀바슈는 활처럼 몸을 구부리고서 마찬가지로 미소를 띤 채 더듬거리며 무어라 표현할지 궁리하다가 마침내 왕정에 대한 충성을 맹세하고 이날의 행사는 용빌의 영광이라 확언했다.

여관의 심부름꾼 이폴리트가 와서 마부들로부터 고삐를 받아들고 안짱다리를 절룩이며 *리옹도르*의 현관으로 말들을 데려갔다. 마차를 보려고 많은 사람들이 거기에 모여 있었다. 북 치는 소리와 대포 소리가 울리자 남자들이 한 줄로 연단에 올라가 튀바슈 부인이 빌려준 붉은색 위트레흐트 패브릭 안락의자에 앉았다.

이 사람들은 모두 다 비슷비슷했다. 햇볕에 약간 그을려 황금빛을 띠는, 피부가 축 늘어진 얼굴은 단맛이 나는 사과주 색깔이었고 부풀어 오른 구레나룻은 하얀색 넓은 나비넥타이로 받쳐 맨 크고 빳빳한 칼라 밖으로 삐져나와 있었다. 조끼는 모두 벨벳이었고 숄이 달린 것이었다. 회중시계는 모두 긴 리본 맨 끝에 타원형 홍옥 도장 같은 것이 달려 있었다. 그리고 그들은 신경 써서 바짓가랑이를 벌리고 허벅지를 두 손으로 누르고 있었는데, 광택을 없애지 않은 그 바지의 천은 견고한 부츠의 가죽보다 더 번들번들 빛이 났다.

상류층 여자들은 뒤쪽으로 현관의 기둥들 사이에 자리 잡고 있었고 일반 군중들은 그 맞은편에 서 있거나 의자에 앉아 있었다. 정말로 레스티부두아는 목초지에서 이곳으로 의자들을 전부 옮겨다 놓았는데 그러고도 또 의자들을 가지러 계속 성당으로 달려가곤 했다. 그가 그렇게 돈벌이를 하느라 얼마나 그곳을 혼잡하게 만들었는지 연단의 작은 계단까지 도달하는 데만도 사람들이 애를 먹었다.

"제 생각에는요," (자기 자리로 가려고 지나가는 약사를 향해) 뢰뢰가 말했다. "저기에 베네치아 지주를 두 개 세워놓았어야 해요. 좀 단순하면서도 호화로운 무언가, 최신 유행에 맞는 어떤 것이 있었다면 아주 보기 좋았을 텐데 말이에요."

"물론이죠." 오메가 답했다. "하지만 어쩌겠어요! 모든 걸 도맡아 한 게 면장이니. 안목이 없거든요, 그 한심한 튀바슈는. 그 사람은 아예 예술적 재능이라고 하는 게 전혀 없어요."

그러는 동안 로돌프와 보바리 부인은 면사무소 이층으로 올라갔다. 그곳의 *회의실*이 비어 있는 것을 보고 로돌프는 여기 있으면 좀 더 편하게 행사를 구경할 수 있겠다고 말했다. 그는 황제의 흉상 아래 타원형 탁자 주변에서 의자 세 개를 창가에 가져다 놓고 보바리 부인과 나란히 앉았다.

연단 위에서 오래도록 속삭이는 소리와 협의가 이어지며 술렁임이 있었다. 마침내 도의원이 자리에서 일어났다. 이제 그의 이름이 리외뱅이라는 것을 아는 사람들이 생겼기 때문에 여기저기 군중들 사이에서 그 이름이 퍼져나갔다. 이윽고 그가 종이 몇 장을 살펴보고서 좀 더 잘 보이도록 눈을 가까이 갖다 대더니 연설을 시작했다.

신사 여러분,

무엇보다 먼저(오늘 이 회합의 목적을 여러분께 말씀드리기에 앞서, 또한 확신하건대, 이 느낌은 여러분 모두와 함께 나누는 것이리라 생각합니다), 말씀드렸다시피, 먼저, 상급 기관과 정부의 그리고 황제 폐하의 공적에 대해 감사를 표하고자 합니다. 여러분, 우리의 군주, 공적인 번영과 사적인 번영 그 어느 것도 소홀히 여기지 않으시며, 폭풍우 치는 바다의 끊임없는 위험들 속에서 국가라는 전차를 그토록 확고하고 지혜로운 손으로 이끌어가시는, 그뿐만 아니라 전쟁과 똑같이 평화가, 그리고 공업과 상업, 농업, 미술이 모두 존중될 수 있도록 하시는 우리의 경애하는 왕께 감사의 인사를 올리는 바입니다.

"저는 좀 물러서야겠어요." 로돌프가 말했다.
"왜요?" 엠마가 말했다.
그런데 이때 도의원의 목소리가 이상한 어조로 올라갔다. 그는 이렇게 선언했다.

여러분, 지금은 더 이상 국민의 분열이 우리의 광장을 피로 물들이는 시대가 아니고, 지주와 상인, 노동자까지도, 평화로운 잠에 빠져들려 하는 밤에 갑자기 화재경보 소리에 잠을 깨게 될까 봐 몸을 떨던 시대도 아니며, 가장 전복적인 이념들이 감히 이 사회의 기반을 뒤흔들었던 시대도 아닌 것이며……

"저 아래에서 저를 알아볼 수도 있을 것 같아서요." 로돌프가 대답했다. "그러면 한 이 주 동안은 변명을 하고 다녀야 할 거예요. 그리고 제 평판이 나빠서……."
"어머, 무슨 그런 말을 하세요." 엠마가 말했다.
"아니에요, 정말 평판이 지독하답니다."
도의원이 계속 말을 이어갔다.

그러나 여러분, 이런 암울한 풍경을 기억에서 밀어내고 아름다운 우리 조국의 현 상황으로 눈을 돌리면 무엇이 보입니까? 어디에나 상업과 예술이 꽃을 피우고 있습니다. 어디에나 나라의 새로운 동맥과 같은 새로운 교통로들이 생겨 새로운 관계들을 만들어내고 있습니다. 우리의 커다란 공업 중심지들은 다시 활동을 재개했습니다. 더욱더 굳건해진 종교는 우리 모두의 마음에 미소를 보냅니다. 우리의 항구는 배로 가득 차 있고 신뢰가 다시 살아나고 있으며, 이제 프랑스는 마침내 다시 숨을 쉬게 된 것입니다!……

"뭐 하긴 세상의 시각으로 보면 맞는 말이겠죠?" 로돌프가 덧붙여 말했다.

"그게 무슨 말이에요?" 엠마가 물었다.

"무슨 말이냐고요! 끊임없이 고통받는 영혼들이 있다는 걸 모르시나요? 그들에게는 꿈과 행동이, 최고로 순수한 열정과 최고로 격렬한 쾌락이 번갈아 필요하고, 그래서 온갖 종류의 환상과 광기 속으로 그렇게 뛰어드는 겁니다." 그가 말했다.

그러자 그녀는 놀라운 나라들을 다녀온 여행자를 바라보듯 그를 쳐다보며 다시 말했다.

"우리는, 가엾은 우리 여자들은 그런 걸 즐기지조차 못하는걸요!"

"즐겨봐야 서글프지요. 거기에서 행복을 찾을 수는 없으니까요."

"하지만 행복을 찾을 수 있기는 한 걸까요?" 그녀가 물었다.

"그럼요. 언젠가는 만나게 됩니다." 그가 대답했다.

도의원의 말이 다시 이어졌다.

또한 바로 이것이 여러분들이 깨달은 것입니다. 농민과 농업 노동자 여러분, 전적으로 문명의 과업인 그 일을 이끌어가는 평화의 개척자 여러분!

진보적, 도덕적 인간인 여러분! 여러분은 알고 계십니다. 정치의 폭풍우는 불순한 기후보다 정말로 더욱더 무섭다는 것을 말입니다…….

"언젠가는 만나게 됩니다." 로돌프가 다시 한번 말했다. "언젠가, 갑자기, 절망하고 단념했을 때 말이에요. 그때 지평선이 열리고 어떤 목소리 같은 것이 '자 여기 있다!' 하고 외치는 거예요. 당신은 그 사람에게 당신이 살아온 이야기를 다 털어놓고, 모든 것을 다 주고, 모든 것을 다 희생하고 싶다는 마음이 드는 겁니다! 서로 설명할 필요도 없이 그냥 서로를 알게 되죠. 꿈속에서 이미 서로를 본 적이 있는 거예요. (그리고 그는 그녀를 쳐다보았다) 마침내 행복이, 그토록 찾아 헤맸던 그 보석이, 여기에, 당신 앞에 있어요. 그것은 빛나고 반짝입니다. 그렇지만 우리는 아직도 머뭇거리며 망설이고, 확신을 가질 엄두를 내지 못합니다. 마치 캄캄한 어둠 속에서 환한 빛이 있는 곳으로 나선 것처럼 너무 눈이 부신 상태로 있는 겁니다."

그리고 이 말을 마치면서 로돌프는 연극적인 몸동작을 덧붙였다. 갑자기 현기증을 일으킨 사람처럼 얼굴에 손을 갖다 댄 것이다. 그다음엔 그 손을 툭 떨어뜨려 엠마의 손 위에 얹었다. 그녀는 자기 손을 뺐다. 그때에도 도의원은 여전히 개회사를 읽고 있었다.

그리고 여러분, 그에 대해 어떤 사람이 놀라겠습니까? 그것은 오로지 상당히 맹목적인 사람, 그리고 (저는 이렇게 말하는 것이 두렵지 않습니다) 농업 종사자들의 정신을 아직도 제대로 알지 못할 만큼 지난 시대의 편견에 깊게 빠져 있는 사람뿐일 것입니다. 과연 애국심과 공공의 대의에 대한 헌신을, 한마디로 지성을 농촌 말고 어디에서 더 많이 찾아볼 수 있겠습니까? 제가 말한 지성이란 피상적인 지성, 한가로운 정신들의 공허한 장식이 아니라 무엇보다 먼저 유용한 목적을 추구하며 그래서 각 개인의 행복, 공동체의 개선, 그리고 국가를 지지하는 데에 공헌하는 깊이 있고 절제된 그런 지성을 말하는 것으로서, 그것은 법률의 준수와 의무의 이행으로부터 나오는 결과이며……

"아! 또." 로돌프가 말했다. "노상 저 의무, 의무 하는 소리에 정말 진력이 나요. 플란넬 조끼를 입은 멍청한 늙은이들, 휴대용 화로와 묵주를 가지고 다니는 편협한 할머니들 무리가 계속해서 우리 귀에 대고 '의무! 의무!' 노래를 부르고 있는 거예요. 의무란, 그럼요, 의무란 위대한 것을 느끼는 것, 아름다운 것을 귀하게 여기는 것이지 온갖 사회의 관습을, 그리고 그것이 우리에게 부과하는 굴욕을 받아들이는 게 아니에요."

"하지만……, 하지만……." 보바리 부인이 무언가 항변하려 했다.

"아니요! 무엇 때문에 정열에 반대한단 말입니까? 정열은 이 지상에서 유일하게 아름다운 것 아닌가요? 영웅적 행동과 열광, 시, 음악, 예술, 그러니까 모든 것의 원천이 아닌가요?"

"하지만 조금은 세상의 견해를 따르고 도덕을 지켜야 해요." 엠마가 말했다.

"아! 그게 두 가지가 있거든요." 그가 반박했다. "하나는 작은 것, 의례적인 것, 사람이 정한 것, 끊임없이 변하고 큰 소리로 떠들어대고 저 아래 모여 있는 바보들처럼 천박하고 분주한 그런 것이지요. 그러나 다른 하나는 영원한 것이고, 우리를 둘러싼 풍경처럼 그리고 우리를 환히 밝혀주는 푸른 하늘처럼 우리 주위에 그리고 우리 위에 있는 것이고요."

리외뱅 씨는 이제 막 손수건으로 입을 닦은 참이었다. 그가 계속해서 말했다.

그리고 여러분, 제가 여기에서 농업의 효용성을 증명해야 할까요? 누가 우리에게 필요한 것을 주나요? 대체 누가 우리가 살아가게 하는 양식을 공급해주나요? 농민 아닌가요? 농민입니다. 여러분. 농민의 부지런한 손으로 들판의 풍요로운 밭고랑에 씨를 뿌려서 밀이 자라나게 하고, 그것이 신묘한 기계를 통해 가루로 빻아져 밀가루라는 이름의 물품으로 나오면, 거기에서 도시로 운반되어 곧 빵집으로 배달되고, 그러면 제빵사는 가난한 자에게나 부자에게나 똑같이 식량으로 만드는 것입니다. 우리가 입는 옷을 위해 목장에서 수많은 가축을 살찌우는 것도 역시 농민 아닌가요? 농민이 없다면 어떻게 우리가 옷을 입을 것이며 어떻게 음식을 먹을 것이란 말입니까? 그리고 또 여러분, 그렇게 먼 데서 예를 찾을 필요까지 있을까요? 우리의 닭장을 장식하는 저 소박한 동물, 우리의 잠자리에 폭신한 베개를 제공해주면서 또한 동시에 우리의 식탁에 맛있는 고기와 달걀을 제공하는 저 동물의 중요성을 누가 종종 생각해보지 않았을까요? 그러나 자애로운 어머니가 자식들에게 모든 것을 내어주듯, 잘 경작된 땅이 제공하는 온갖 산물들을 하나하나 열거하자면 한도 끝도 없을 것입니다. 여기에는 포도나무, 저기에는 사과주를 만드는 사과나무가 있습니다. 저기에는 유채, 조금 더 가면 치즈, 그리고 아마도 있지요. 여러분, 아마를 빼놓으면 안 됩니다! 아마는 최근 몇 년간 상당한 성장세를 보인 것으로서, 여러분의 각별한 주의를 요청하는 바입니다.

그렇게 주목을 요청할 필요도 없었다. 모여 있는 모든 사람이 그의 말을 받아 마시려는 것처럼 입을 크게 벌리고 있었기 때문이다. 튀바슈는 옆에서 눈을 크게 뜨고 그의 말을 경청하고 있었고 드로즈레 씨는 가끔씩 가만히 눈을 감곤 했다. 그리고 좀 더 멀리에는 약사가 그의 아들 나폴레옹을 무릎에 끼고서 단 하나의 음절도 놓치지 않으려고 손을 동그랗게 오므려 귀에 대고 있었다. 다른 심사위원들도 동의한다는 표시로 조끼 속에 처박은 턱을 천천히 끄덕였다. 소방대는 연단 아래에서 총검에 기대 쉬고 있었다. 그러나 비네는 팔꿈치를 쳐들고 칼끝을 위로 향한 채 꼼짝도 하지 않고 서 있었다. 그는 소리는 들었겠지만 코까지 내려오는 모자챙 때문에 앞은 아무것도 보이지 않았을 것이다. 비네의 상관인 중위, 튀바슈 씨의 막내아들은 모자가 더 가관이었다. 그의 모자는 엄청 크고 머리에서 이리저리 흔들렸으며, 인도 사라사 스카프의 끝이 밖으로 비어져 나와 있었던 것이다. 그는 그 모자를 쓰고서 어린아이같이 해맑게 미소 지었고, 땀이 흐르는 희고 작은 얼굴에는 즐거움과 심한 피로와 졸음이 서려 있었다.

광장은 집들이 있는 곳까지 사람으로 꽉 차 있었다. 창문마다 팔꿈치를 괸 사람들, 대문에 나와 서 있는 사람들이 보였고, 쥐스탱은 약국 진열장 앞에서 완전히 넋을 놓고 눈앞의 광경을 바라보고 있었다. 모두 아무 말도 하지 않았는데도 리외뱅 씨의 목소리는 공중에서 흩어져버리고 말았다. 드문드문 토막난 말이 들려올 뿐이었고 그것도 군중 속에서 의자들 끌리는 소리 때문에 들리다 말다 했다. 그러다가 갑자기 뒤에서 길게 이어지는 황소 울음소리나 길모퉁이에서 서로 화답하는 어린 양들의 울음소리가 들려왔다. 실제로 소 치는 사람과 양치기들이 거기까지 가축들을 몰고 와 있어서, 가축들은 가끔씩 주둥이 앞에 늘어진 나뭇잎 조각을 혀로 뜯으며 울음소리를 냈다.

로돌프는 엠마에게 더 가까이 다가가 작은 소리로 빠르게 말했다.

"저런 세상의 음모가 당신을 화나게 하지 않나요? 세상이 단죄하지 않는 감정이 하나라도 있습니까? 가장 고귀한 본능, 가장 순수한 공감이 박해받고 비방당하고, 그래서 가여운 두 영혼이 마침내 만났다고 해도 모든 것이 그 둘이 하나가 되지 못하게 조직되는 거죠. 그렇지만 두 영혼은 애를 쓰고, 날개를 펄럭이고, 서로를 부를 겁니다. 상관없어요. 언제든, 여섯 달 후, 십 년 뒤에 그들은 서로 만나 사랑할 거예요. 왜냐하면 운명이 그렇게 시키고 또 두 영혼은 서로를 위해 태어났으니까요."

그는 팔짱 낀 팔을 무릎에 올려놓은 자세로 엠마를 향해 얼굴을 들어 가까이에서 그녀를 뚫어져라 쳐다보았다. 그녀는 황금빛 작은 선들이 그의 검은 눈동자에서 주위로 퍼져나가고 있는 것을 보았고 그의 머리카락에 윤기를 내주는 포마드의 향을 맡기까지 했는데, 그러자 온몸이 나른해지고 보비에사르에서 자신을 춤추게 했던 자작, 그의 턱수염에서도 이 머리카락처럼 바닐라와 레몬 향이 났다는 것이 떠오르면서 무의식적으로 그 향기를 더 깊이 들이마시기 위해 눈을 스르르 감았다. 그러나 의자 뒤로 몸을 젖히며 눈을 스르르 감는 순간 지평선 저 멀리에서 낡은 승합마차 *이롱델*이 흙먼지를 길게 남기며 뢰 언덕을 내려오고 있는 것이 보였다. 바로 저 노란 마차를 타고 레옹은 수없이 그녀에게 돌아오곤 했었다. 그리고 바로 저 길로 그는 영원히 떠나버렸다! 바로 앞에, 창가에 그의 모습이 보이는 것 같았다. 그러다가 모든 것이 뒤섞이면서 희미한 구름이 지나갔다. 그녀는 아직도 샹들리에 불빛 아래 자작의 팔에 안겨 왈츠를 추고 있는 것 같기도 하고, 레옹이 먼 데 있는 게 아니어서 이제 곧 올 것 같기도 하고…… 그러면서도 여전히 바로 옆에 있는 로돌프의 얼굴이 느껴지기도 했다. 그 달콤한 감각은 그렇게 예전 그녀의 욕망들 속으로 파고 들어갔고, 그녀의 영혼 위로 확 퍼져나가는 향기 속에서 그 욕망은 마치 바람에 날리는 모래알처럼 소용돌이쳤다. 그녀는 기둥머리를 둘러싼 담쟁이덩굴의 싱그러운 내음을 여러 번 힘껏 들이마셨다. 그녀는 장갑을 벗고 손을 닦았다. 그리고 손수건으로 얼굴에 부채질을 하는 동안 그녀의 관자놀이에서 펄떡이는 맥박 소리 너머로 웅성거리는 군중의 소리와 연설문을 낭독하는 도의원의 목소리가 들려왔다.

그는 이렇게 말했다.

> 계속하세요! 끈기 있게 계속하세요! 타성의 제안에도, 무모한 경험주의의 너무 성급한 충고에도 귀 기울이지 마십시오! 무엇보다 먼저 토지의 개량과 좋은 비료, 말, 소, 양, 돼지의 종자 개량에 주력하십시오! 이 농업 공진회가 여러분에게 평화의 경기장, 승자가 나가면서 패자에게 손을 내밀고

보다 나은 성공의 희망 속에 그와 형제가 되는 그런 경기장이 되기를 바랍니다! 그리고 여러분, 존경하는 봉사자 여러분! 겸허한 하인 여러분! 이제까지 그 어떤 정부도 그 힘겨운 노동에 시선을 돌리지 않았으나 이제 여기에 오셔서 여러분의 말 없는 미덕의 보상을 받으십시오! 그리고 확신하십시오! 이제부터는 국가가 여러분을 늘 지켜보고 있을 것이며, 여러분을 응원하고, 보호하고, 여러분의 정당한 요구를 존중하고, 여러분의 힘겨운 희생의 짐을 최대한 덜어줄 것임을 말입니다!

그러고 나서 리외뱅 씨는 자리에 앉았다. 드로즈레 씨가 일어나 또 다른 연설을 시작했다. 그의 연설은 도의원의 것만큼 화려하지는 않았을지 모르나 보다 실증적인 스타일로, 즉 보다 전문적인 지식과 격조 있는 생각들로 진가를 나타냈다. 따라서 정부에 대한 찬사는 줄었고 종교와 농업이 더 많은 자리를 차지했다. 그 둘의 관계에 대한, 그리고 어떻게 그 둘이 항상 문명에 공헌해왔는지에 대한 이야기였다. 로돌프는 보바리 부인과 함께 꿈, 예감, 자기처럼 끌리는 매력에 대해 말했다. 연사는 사회의 기원으로 거슬러 올라가 인간이 숲 속 깊은 곳에서 열매를 따 먹고 살았던 야생의 시대를 묘사하고 있었다. 그 후 인간은 짐승의 가죽을 버리고 직물을 걸쳤으며, 밭고랑을 파고 포도나무를 심었다. 그것은 좋은 것이었을까? 이러한 발견에는 이점보다 부정적인 면이 더 많지는 않았을까? 드로즈레 씨는 자기 자신에게 이런 문제를 제기했다. 로돌프는 자기 작용에서 조금씩 친근감으로 이야기를 옮겨갔고 그러는 동안 위원장은 쟁기를 든 킨키나투스, 배추를 심는 디오클레티아누스, 씨앗 뿌리기로 한 해를 시작하는 중국 황제들의 예를 들었으며, 다른 한편 이 젊은 남자는 저항할 수 없는 끌림은 분명 전생에 그 이유가 있는 것이라고 젊은 여자에게 설명하고 있었다.

"그러니까 우리는, 무엇 때문에 우리는 서로 알게 되었을까요? 어떤 우연으로 그렇게 됐을까요?" 로돌프가 말했다. "그건 아마도 하나로 합류하기 위해 흘러가는 두 개의 강물처럼, 먼 거리를 가로질러 우리의 특별한 성향이 서로를 서로에게 밀어주었기 때문일 겁니다."

그리고 그는 그녀의 손을 잡았다. 엠마는 손을 빼지 않았다.

〈전체 우수 경작상!〉 위원장이 외쳤다.

"예를 들어 아까 제가 댁에 갔을 때……."

〈캥캉푸아의 비제 씨.〉

"제가 이렇게 당신과 함께 다닐 줄 알았겠어요?"

〈칠십 프랑!〉

"백 번도 넘게 저는 그냥 가려고 했어요. 그런데 당신을 따라왔고 여기 이렇게 있는 거예요."

〈퇴비 상.〉

"오늘 저녁도, 내일도, 또 다른 날들도, 평생 동안, 여기 이렇게 있을 거고요!"

〈아르괴유의 카롱 씨에게 금메달!〉

"그 어떤 사람과 함께 있을 때도 이렇게 완전한 매혹은 경험해본 적이 없으니까요."

〈지브리 생마르탱의 뱅 씨!〉

"그러니 저는 당신의 추억을 가지고 갈 겁니다."

〈메리노 염소 상으로는……〉

"하지만 당신은 저를 잊으실 거고 저는 그림자처럼 사라질 거예요."

〈노트르담의 블로 씨!〉

"아니, 아니잖아요. 제가 당신의 생각 속에, 당신의 삶 속에 무언가가 될 수 있을까요?"

〈돼지 품종 상, 동등*하게 똑같이* 르에리세 씨와 퀼랑부르 씨에게 상금 육십 프랑!〉

로돌프는 엠마의 손을 꽉 쥐었다. 그 손은 포획된 멧비둘기가 다시 날아가려 하는 것처럼 파르르 떨렸고 몹시 뜨거웠다. 그런데 손을 빼려는 것인지 아니면 그가 자기 손을 꽉 쥐는 것에 응답하는 것인지 그녀가 손가락을 움직였다. 그러자 그는 이렇게 외쳤다.

"오! 감사합니다! 저를 밀어내지 않으시는군요! 마음씨 고운 당신! 제가 당신 것이라는 걸 알아주시네요! 어디 좀 봐요, 당신을 바라보게 해줘요!"

창문으로 들어온 바람에 탁자를 덮은 융단이 흐트러졌고 저 아래 광장에는 시골 여자들의 커다란 모자가 하얀 나비의 날개처럼 바람에 들려 펄럭였다.

〈착유 가능 씨앗의 깻묵 활용 상.〉 위원장이 계속해나갔다.

그가 서둘러서 열거했다.

〈인분 비료 상, 아마 재배 상, 배수 상, 장기 임대차 상, 하인 업무 상.〉

로돌프는 이제 아무 말도 하지 않았다. 그들은 서로를 바라보고 있었다. 더할 수 없이 극에 달한 욕망으로 그들의 마른 입술이 파르르 떨었다. 그리고 자연스레 그들의 손가락이 부드럽게 서로 얽혔다.

〈사스토 라 게리에르의 카트린 니케즈 엘리자베트 르루, 같은 농장에서 오십사 년 근속으로 은메달! 이십오 프랑 상당입니다!〉

〈어디 있나요, 카트린 르루?〉 도의원이 다시 물었다.

그녀는 나오지 않았는데, 어디서 수군거리는 소리가 들렸다.

"나가!"

"싫어."

"왼쪽에!"

"겁내지 마!"

"아! 참 바보 같네!"

"도대체 있어요, 없어요?" 튀바슈가 소리쳤다.

"있어요!…… 저기 있어요!"

"이리 나오세요!"

그러자 허름한 옷 속에 잔뜩 움츠린 자그마한 할머니가 겁먹은 모습으로 연단을 향해 나아갔다. 나무창을 댄 커다란 신발을 신고 허리에는 파란색 큰 앞치마를 두르고 있었다. 테두리 장식도 없는 모자 속의 여윈 얼굴은 시든 레네트 사과보다 더 주름이 많았고 붉은색 윗옷 소매 아래로 마디가 굵은 기다란 손이 보였다. 헛간의 먼지, 빨래하는 잿물, 양털의 기름기가 그 손에 껍질이 일어나게 하고 생채기를 내고 딱딱해지게 해서, 깨끗한 물에 씻었는데도 더러워 보였다. 그리고 하도 일을 많이 해서 그 손은 마치 그 자체로 이제껏 겪어온 수많은 고통을 겸허히 증언하려는 듯 다 펼쳐지지 못한 채 반쯤 오므려져 있었다. 무언가 수도자 같은 강직한 분위기로 인해 얼굴에는 기품 있는 표정이 어렸다. 그 어떤 슬픔이나 감동도 이 연한 빛깔의 눈동자를 부드럽게 만들지는 못했다. 동물들과 늘 함께 지내왔기 때문에 그녀는 동물들처럼 말이 없고 평온해져 있었다. 그렇게 많은 사람들 속에 있는 것이 그녀는 처음이었다. 그래서 그 수많은 깃발과 북소리, 검은 예복을 입은 남자들, 도의원의 십자훈장에 마음이 놀라고 겁을 먹은 그녀는 앞으로 나가야 할지 도망을 가야 할지, 왜 사람들이 자기를 앞으로 떠미는지, 왜 심사위원들이 자기에게 미소를 짓는지 알 수가 없어서 꼼짝도 못 하고 얼어붙어 있었다. 만면에 웃음이 가득한 저 부르주아들 앞에 반세기에 걸친 그 노예의 삶이 그렇게 서 있었다.

"가까이 오세요, 존경하는 카트린 니케즈 엘리자베트 르루!" 도의원이 위원장에게서 수상자 명단을 받아들고 말했다.

그는 서류와 할머니를 번갈아 쳐다보면서 아버지 같은 어조로 다시 말했다.

"자 이리 오세요, 이리 오세요!"

"귀가 먹었어요?" 튀바슈가 의자에서 벌떡 일어나며 말했다.

그러고는 그녀의 귀에 대고 큰 소리로 외쳤다.

"오십사 년 근속! 은메달! 이십오 프랑! 할머니가 받는 거라고요."

그다음, 그녀는 메달을 받고서 한참을 들여다보았다. 그러자 지극히 행복한 미소가 그녀의 얼굴 가득 퍼졌고, 자리를 떠나면서 이렇게 중얼거리는 소리가 들렸다.

"우리 동네 본당 신부님께 드려서 나를 위한 미사를 올려달라고 해야겠다."

"저게 무슨 광신이래요!" 약사가 공증인 쪽으로 몸을 기울이며 탄성을 내질렀다.

대회는 끝나고 군중들은 흩어졌다. 그리고 이제 연설문도 다 읽었으므로 각자 자기 자리로 돌아갔고 모든 것이 평상시로 돌아갔다. 주인들은 하인들을 윽박질렀고 하인들은 가축들을 때렸으며, 가축들은 뿔 사이에 초록색 왕관을 쓰고 상을 받은 것에는 아무런 관심도 없이 느릿느릿 외양간으로 돌아갔다.

그러는 동안 국민군은 총검 끝에 브리오슈를 꽂고 술병 바구니를 든 부대의 북 치는 사람과 함께 면사무소 이층으로 올라갔다. 보바리 부인은 로돌프의 팔을 잡았다. 그는 그녀를 집까지 데려다주었고 문 앞에서 헤어졌다. 그리고 연회 시간을 기다리며 목초지에서 혼자 산책을 했다.

연회는 길고 시끄럽고 서비스도 엉망이었다. 사람들이 너무 빽빽하게 모여 있어서 팔도 움직이기 힘들었고 벤치로 가져다 놓은 좁다란 판자는 손님들 무게로 부러질 뻔했다. 사람들은 엄청나게 먹어댔다. 각자 자기 몫을 실컷 먹었다. 모두들 이마에서 땀이 흘렀다. 식탁 위에 걸린 등불들 사이로 가을 아침 강물에 어린 안개처럼 하얀 김이 감돌았다. 로돌프는 텐트 벽에 등을 기대고 엠마 생각에만 너무 빠져 있어서 아무 소리도 들리지 않았다. 그의 뒤편으로 잔디 위에는 하인들이 더러워진 접시를 쌓고 있었다. 옆 사람들이 뭐라고 말을 해도 그는 대답하지 않았다. 누가 그의 잔에 포도주를 부어주었지만, 주위가 더 시끄러워져도 그의 머릿속엔 아무 소리도 끼어들지 못했다. 그는 그녀가 했던 말, 그녀의 입술 모양만을 꿈꾸듯 생각하고 있었다. 그녀의 얼굴이 마법의 거울처럼 둥그런 군모의 계급장에서 빛났다. 그녀의 옷 주름이 텐트 옆면을 따라 내려왔고 사랑을 나눌 미래의 나날들이 끝없이 눈앞에 펼쳐졌다.

그날 저녁 불꽃놀이 때 그는 그녀를 다시 보았다. 하지만 엠마는 남편과 오메 부인, 약사와 함께 있었고, 약사는 빗나간 불꽃이 위험하다며 몹시 걱정이었다. 그래서 걸핏하면 일행을 벗어나 비네에게 가서 조심을 시켰다.

튀바슈 씨 앞으로 배송된 불꽃놀이용 화약 제조 물품들은 너무 지나치게 조심해서 다루느라 지하실에 넣어두었었다. 그래서 축축해져버린 화약에 불이 잘 붙지 않는 바람에 제 꼬리를 무는 용의 형상을 나타내게 되어 있던 주요 부분은 완전히 실패했다. 때때로 빈약한 통 모양의 꽃불이 초라하게 솟아오르곤 했다. 그럴 때 군중은 입을 벌리고 탄성을 내질렀고 어둠 속에서 누가 허리를 간지럽힌 여자들의 비명 소리도 거기에 섞여 있었다. 엠마는 아무 말 없이 샤를의 어깨에 살짝 기대 몸을 웅크리고 있었다. 그리고 고개를 들어 어두운 하늘 속으로 날아오르는 빛나는 불꽃을 눈으로 좇았다. 로돌프는 초롱불의 희미한 빛에 비친 그녀를 바라보고 있었다.

초롱불들이 하나씩 꺼져갔다. 반짝이는 별들이 보이기 시작했다. 비가 몇 방울 떨어졌다. 그녀는 모자를 쓰지 않고 있던 머리에 숄을 둘렀다.

그때 도의원의 마차가 여관에서 나왔다. 술에 취해 있던 마부가 갑자기 졸기 시작했다. 그리고 마차 덮개 위 등불 두 개 사이로 마부의 커다란 몸이 차체 쇠띠의 움직임에 따라 좌우로 흔들리는 것이 멀리서도 눈에 띄었다.

"저렇게 취해서 마차를 모는 건 정말 엄벌에 처해야 해요!" 약사가 말했다. "매주 면사무소 문 앞 특별 게시판에다가 한 주간 알코올에 중독됐던 사람들 이름을 전부 써 붙이면 좋겠어요. 그러면 통계상으로도 명백한 연보 같은 것이 될 테고 필요한 경우에는…… 아, 잠깐만요."

그러더니 약사는 소방대 대장에게 뛰어갔다.

그 사람은 집으로 돌아가던 길이었다. 이제 자기 돌림판 곁으로 가는 것이었다.

"대원 하나를 보내시든가 아니면 직접 좀 가보시면 안 될까 싶은데……." 오메가 그에게 말했다.

"나 좀 내버려 두세요. 아무 일도 없으니까." 세무 관리가 대답했다.

"안심하세요." 약사가 자기 친구들 곁에 돌아와서 말했다. "비네 씨가 그러는데, 확실히 필요한 조치는 다 취해졌다고 하네요. 불씨 같은 건 전혀 떨어질 일이 없대요. 소방 펌프도 가득 차 있고요. 자 이제 가서 잡시다."

"그래요. 정말 그래야겠어요." 오메 부인이 크게 하품을 하며 말했다. "하지만 아무튼 오늘 축제는 정말 멋진 하루였어요."

로돌프는 다정한 시선으로 조그맣게 그 말을 반복했다.

"아, 그래요. 정말 멋진 하루였어요"

그리고 모두들 서로 인사를 나누고 돌아섰다.

이틀 후 《루앙의 등불》에는 농사 공진회에 관한 큰 기사가 실렸다. 오메가 다음 날 바로 열변을 토하는 기사를 써 보냈던 것이다.

〈이 꽃줄 장식, 이 꽃들, 이 화환들은 무엇 때문이었는가? 갈아놓은 우리의 토지 위에 열기를 내뿜는 저 작열하는 열대의 태양 아래, 거기에 모인 군중은 성난 바다의 파도와 같이 어디로 달려갔던 것인가?〉

그러고 나서 그는 농민들의 상황에 대해 말했다. 분명 정부가 많은 일을 했지만 충분하지는 않았다! 〈힘을 내십시오! 수많은 개혁이 필요합니다. 그것을 이루어냅시다.〉 그는 이렇게 외쳤다. 그다음 도의원의 입장에 관해 말하면서 그는 '우리 민병대의 위풍당당함'도, '가장 활기찬 우리 마을 여자들'도 빠뜨리지 않았고, 〈머리가 벗어진 노인들, 그곳에 참석한 족장과 같은 분들, 그중 몇몇은 불멸의 우리 군대에서 싸우고 남아 계신 분들로 남자다운 우렁찬 북소리에 아직도 가슴이 뛰는 것을 느낀다.〉 하는 말도 잊지 않고 언급했다. 그는 자기 자신을 주요 심사위원 중 하나로 밝히고, 심지어 약사 오메 씨는 사과주에 대한 논문을 농학회에 제출했다고 주석을 달아 알리기까지 했다. 상품 수여 대목에 이르러서는 수상자의 기쁨을 디오니소스 찬가 풍으로 묘사해놓기도 했다. 〈아버지는 아들을, 형제는 형제를, 남편은 아내를 끌어안았다. 소박한 메달을 자랑스럽게 보여주는 이들도 있었으니, 아마도 집으로 돌아가서는 마음씨 착한 아내 곁에서 눈물을 흘리며 작은 초가집 구석진 벽 한쪽에 그 메달을 걸어놓았을 것이다.〉

〈여섯 시쯤 리에자르 씨의 목장에 차려진 연회에서는 축제의 주요 참가자들이 모두 모였다. 더할 나위 없이 화기애애한 분위기가 계속 이어졌다. 수차례 건배가 행해졌다. 리외뱅 씨는 황제 폐하를 위하여!, 튀바슈 씨는 도지사님을 위하여!, 드로즈레 씨는 농업을 위하여!, 오메 씨는 산업과 미술, 이 두 자매를 위하여!, 레플리셰 씨는 개량을 위하여! 건배했다. 밤이 되자 불꽃놀이의 찬란한 불빛이 갑자기 하늘을 환하게 밝혔다. 그것은 진정한 만화경, 진짜 오페라 무대 같았고, 우리의 작은 마을이 잠시 『천일야화』의 꿈속으로 옮겨간 듯했다.〉

〈우리의 이 가족 모임을 어지럽히는 그 어떤 불상사도 일어나지 않았음을 확실히 해두자.〉

그리고 그는 이렇게 덧붙였다.

〈다만 성직자의 불참을 주목할 수 있었다. 아마도 성직자들은 진보를 다른 식으로 이해하고 있는 듯하다. 그것은 로욜라의 사도들이여, 당신들의 자유다.〉

## 9

여섯 주가 흘렀다. 로돌프는 다시 오지 않았다. 어느 날 저녁 마침내 그가 나타났다.

농사 공진회 다음 날 그는 속으로 생각했다.

'너무 빨리 찾아가지는 말자. 그러면 안 좋을 거야.'

그리고 그는 주말에 사냥을 떠났다. 사냥을 다녀온 후에는 너무 늦었다고 생각했다가 나중에는 다시 이런 생각을 했다.

'하지만 만약에 첫날 나한테 홀딱 빠진 거라면 지금 내가 보고 싶어서 안달이 났을 거고 나를 더 좋아하고 있을 거야. 해보자, 그럼!'

그리고 그는 그 집 거실에 들어서며 엠마의 얼굴이 하얘지는 것을 보고 자신의 계산이 옳았음을 깨달았다.

그녀는 혼자 있었다. 해가 저무는 무렵이었다. 유리창에 드리워진 작은 모슬린 커튼 때문에 석양이 더 짙어 보였고, 햇살이 내리꽂힌 도금된 청우계가 들쭉날쭉한 폴립들 사이로 거울에 비쳐 불꽃처럼 번졌다.

로돌프는 그대로 서 있었다. 그리고 그의 첫 인사말에 엠마는 대답을 하기는 했으나 겨우 목소리를 냈다.

"제가, 일이 좀 있었습니다. 아팠어요." 그가 말했다.

"많이요?" 그녀가 외쳤다.

"음, 아니요……." 그녀 곁의 스툴에 앉으며 로돌프가 말했다. "다시 오지 않으려고 했거든요."

"왜요?"

"모르시겠어요?"

그는 다시 한번 엠마를 쳐다보았다. 그러나 그 시선이 너무 격렬해서 그녀는 얼굴을 붉히며 고개를 숙였다.

"엠마……."

"선생님!" 그녀가 그에게서 조금 떨어지며 말했다.

"아! 이것 보세요." 로돌프가 침울한 목소리로 말했다. "다시 오지 않으려고 했던 게 옳았잖아요. 이 이름, 내 영혼에 가득한 이 이름, 그냥 밖으로 나와버린 이 이름을 당신은 부르지 못하게 하니까요! 보바리 부인!…… 모두들 당신을 이렇게 부르지요!…… 그런데 그건 당신 이름이 아니에요. 다른 사람의 이름이죠."

그는 다시 한번 말했다.

"다른 사람의!"

그리고 그는 손으로 얼굴을 가렸다.

"그래요. 난 당신 생각만 해요…… 당신의 기억이 나를 미치게 해요! 아! 미안해요!…… 그만 가겠습니다…… 안녕히…… 멀리 갈 거예요…… 아주 멀리, 당신이 더 이상 내 소식을 듣지 못하도록 멀리…… 그런데…… 오늘은…… 무슨 힘에 떠밀려 당신에게 온 건지 알 수가 없네요. 하늘의 뜻에 맞설 수는 없는 거니까, 천사의 미소에 저항할 수는 없는 거니까, 아름다운 것, 매혹적인 것, 사랑스러운 것에 끌려갈 수밖에는 없는 거니까 그런 거겠죠!"

엠마는 이런 말을 듣는 것이 처음이었다. 마치 증기탕에 들어가 피로를 푸는 사람처럼 그녀의 자존심은 이런 뜨거운 표현에 완전히 녹아내리고 말았다.

"하지만, 여기 찾아오지는 않았어도, 당신을 볼 수는 없었어도, 아! 적어도 당신을 둘러싸고 있는 것들을 얼마나 오래도록 바라봤는지 모릅니다. 밤에, 매일 밤 자리에서 일어나 이곳까지 와서 당신 집을, 달빛 아래 지붕을, 당신 창에 흔들리는 정원의 나무들을, 그리고 작은 등불을, 어둠 속 유리창 너머로 빛나는 희미한 불빛을 늘 바라보곤 했습니다. 아! 당신은 몰랐겠지요. 가련하고 비참한 한 남자가 그렇게 가까이 그리고 그렇게 멀리 거기 있었다는 걸……." 그가 말했다.

엠마는 흐느껴 울며 그를 향해 돌아섰다.

"오! 이렇게 좋은 분을!" 그녀가 말했다.

"아니요. 당신을 사랑하는 것일 뿐입니다! 당신도 알잖아요! 말해줘요, 한 마디만! 딱 한 마디만!"

그리고 로돌프는 어느새 의자에서 바닥으로 스르르 내려갔다. 그런데 부엌에서 나막신 소리가 들렸고, 거실문을 보니 닫혀 있지 않았다.

"좀 엉뚱한 부탁이지만 들어주시면 정말 고맙겠어요!" 자리에서 일어서며 그가 말했다.

그 부탁은 집을 둘러보고 싶다는 것이었다. 그는 이 집이 어떻게 생겼는지 알고 싶어했다. 보바리 부인은 별로 문제될 게 없겠다 싶었고, 두 사람이 자리에서 일어서는데 샤를이 들어왔다.

"안녕하세요, 박사님." 로돌프가 그에게 말했다.

이 예기치 않은 호칭에 기분이 좋아진 샤를은 과하게 상냥한 태도를 보였고, 로돌프는 그 틈을 이용해 정신을 조금 수습하고서 말했다.

"부인께서 건강 이야기를 하시던 중이었는데……."

샤를은 말을 끊으며 사실 자신도 걱정이 많다면서 아내가 숨이 가쁜 증세가 다시 시작되었다고 했다. 그러자 로돌프는 승마가 좋지 않겠냐고 물었다.

"그렇죠! 아주 좋지요, 좋습니다!…… 좋은 생각이에요! 당신, 그렇게 하는 게 좋겠다."

그런데 그녀가 반대하면서 자기는 말조차 없다고 하자 로돌프 씨가 말을 대주겠다고 했다. 그녀는 사양했고 그는 더 고집하지 않았다. 그러고 나서 그는 다시 방문할 이유를 만들어놓기 위해 전에 사혈했던 마부가 여전히 어지러운 증상을 보인다고 말했다.

"제가 들러보겠습니다." 보바리가 말했다.

"아니, 아닙니다. 마부를 여기로 보내겠습니다. 제가 같이 오지요. 그게 더 편하실 거예요."

"아, 그러면 좋죠. 감사합니다."

곧이어 아내와 둘만 남게 되자 샤를이 물었다.

"불랑제 씨가 그렇게 친절한 제안을 하는데 왜 거절한 거야?"

그녀는 뿌루퉁한 표정으로 이런저런 구실을 찾다가 나중에는 *이상하게 보일 것 같아서* 그랬다고 했다.

"아니, 그게 무슨 상관이야!" 샤를이 제자리에서 빙글 돌며 말했다. "건강이 제일 먼저지! 당신이 잘못했어!"

"난 승마복도 없는데 어떻게 말을 타라 그래요?"

"한 벌 주문해야겠네!" 그가 답했다.

승마복이 그녀의 마음을 움직였다.

옷이 마련되자 샤를은 불랑제 씨에게 아내가 그의 뜻을 따를 준비가 되었으며 그의 배려를 기대하고 있다고 편지를 썼다.

다음 날 정오에 로돌프는 승마용 말 두 필을 끌고 샤를의 집 앞에 도착했다. 말 하나는 귀에 분홍색 술을 달았고 사슴 가죽으로 된 여성용 안장이 놓여 있었다.

로돌프는 그녀가 아마 이런 것을 본 적이 없으리라 생각하며 보드라운 긴 부츠를 신고 왔다. 그가 커다란 벨벳 상의에 하얀 편물 바지를 입고 층계참에 나타났을 때 엠마는 정말로 그의 모습에 매료되었다. 그녀는 준비를 다 하고 그를 기다리고 있었다.

쥐스탱은 그녀를 보려고 약국을 빠져나왔고 약사도 밖으로 나왔다. 약사는 불랑제 씨에게 여러 가지 권고를 했다.

"불행은 순식간에 일어난답니다! 조심하세요! 이 말들이 어쩌면 너무 혈기 왕성할 수도 있어요."

엠마의 머리 위에서 무슨 소리가 들렸다. 펠리시테가 어린 베르트를 즐겁게 해주려고 유리창을 두드리고 있었다. 아이가 멀리서 키스를 보냈다. 어머니도 채찍 손잡이를 흔들어 아이에게 응답했다.

"잘 다녀오세요!" 오메가 소리쳤다. "무엇보다 조심, 조심하세요!"

그리고 두 사람이 멀어져가는 것을 쳐다보면서 그는 신문을 흔들었다.

발아래 흙을 느끼자 엠마의 말은 달리기 시작했다. 로돌프도 그녀 옆에서 달렸다. 그들은 가끔 이야기를 주고받았다. 얼굴을 약간 숙이고 오른쪽 팔을 쭉 뻗어 손을 위로 쳐든 채 그녀는 안장에 앉아 몸이 흔들리는 대로 그 박자에 자신을 맡기고 있었다.

언덕 밑에서 로돌프는 고삐를 늦추었다. 그들은 함께 단숨에 내달았다. 그리고 꼭대기에 이르자 말들이 발걸음을 뚝 멈추었고 그녀의 파란색 커다란 베일이 다시 아래로 가라앉았다.

시월 초였다. 들에는 안개가 자욱했다. 언덕들의 윤곽 사이로 지평선까지 안개가 길게 드리워 있기도 했고 다른 데서는 중간중간 끊어져 산 위로 오르다가 사라지기도 했다. 때로 안개의 틈 사이로 햇살이 비쳐 그 아래로 저 멀리 용빌의 지붕들, 물가의 정원, 마당, 담, 성당의 종루가 보였다. 자기 집이 어딘가 찾아보려고 엠마가 눈을 가늘게 뜨고 바라보니 자신이 사는 초라한 마을이 그렇게 작아 보일 수가 없었다. 그들이 서 있는 언덕에서 보면 골짜기 전체가 대기 속으로 증발하는 희뿌연 큰 호수 같아 보였다. 군데군데 나무 덤불이 검은 바위처럼 튀어나와 있었다. 그리고 안개 위로 솟아 나온 높은 포플러나무들 꼭대기는 바람에 흔들리는 모래사장 같았다.

그 옆의 전나무들 사이 잔디밭에는 미지근한 공기 속에 갈색 햇빛이 어른거렸다. 담뱃가루 같은 불그레한 흙에 말발굽 소리가 부드러워졌다. 말들은 걸어가다가 앞에 떨어진 솔방울을 발굽으로 차내곤 했다.

이렇게 로돌프와 엠마는 숲 가장자리를 따라갔다. 그녀는 가끔 그의 시선을 피하기 위해 얼굴을 돌리곤 했는데, 그러면 죽 늘어선 전나무 기둥만 보이고 계속 보다 보면 조금 어지러워졌다. 말들이 숨을 헐떡였다. 안장의 가죽이 삐거덕거렸다.

그들이 숲속으로 들어가는 순간 해가 나왔다.

"하느님이 우리를 보호해주시는군요!" 로돌프가 말했다.

"그런가요?" 그녀가 말했다.

"앞으로! 앞으로!" 그가 답했다.

그가 혀로 딸깍 소리를 냈다. 말들이 앞으로 달려 나갔다.

길가의 긴 풀들이 엠마의 등자에 걸리곤 했다. 로돌프는 말을 달리면서도 그때마다 풀을 걷어내주었다. 또 어떤 때는 나뭇가지를 헤쳐주기 위해 그녀 바로 옆으로 지나가서 엠마의 다리에 그의 무릎이 닿는 것이 느껴지기도 했다. 하늘이 파래졌다. 나뭇잎 하나 움직이지 않았다. 여기저기 넓은 공간에 히드가 가득하고 온통 꽃 천지였다. 넓게 펼쳐진 제비꽃밭과 가지마다 회색, 갈색, 금색 등 여러 색이 섞인 나무들이 번갈아 이어졌다. 덤불 아래에서 파드닥 날개 치는 소리나 떡갈나무에서 까마귀가 날아오르며 깍깍 우는 작은 소리가 자주 들렸다.

그들은 말에서 내렸다. 로돌프가 말을 맸다. 그녀가 앞서서 마차 바퀴 자국 사이의 이끼가 덮인 길을 걸어갔다.

그런데 그녀는 치맛자락이 너무 길어서 뒤쪽을 들어 올리고도 불편하게 걷고 있었고, 뒤에서 따라가던 로돌프는 검은색 나사 옷자락과 검은색 편상화 사이의 고운 흰 양말을, 그녀의 벗은 몸같이 느껴지는 그 양말을 하염없이 바라보았다.

그녀가 걸음을 멈추었다.

"좀 지치네요." 엠마가 말했다.

"자, 조금만 더요. 기운을 내세요!" 그가 말했다.

그다음 백 보쯤 더 가서 엠마는 다시 멈춰 섰다. 머리 위의 남성용 모자에서 엉덩이까지 비스듬히 드리워진 베일 너머로 그녀의 얼굴은 마치 푸르른 물결 속을 헤엄쳐 오기라도 한 듯 투명한 푸른빛 속에 잠겨 있었다.

"대체 어디로 가는 건가요?"

그는 아무 대답도 하지 않았다. 그녀는 숨을 헐떡였다. 로돌프는 주위를 둘러보며 수염을 잘근거렸다.

어린나무들을 베어낸 좀 더 넓은 공간에 도착했다. 그들은 쓰러져 있는 통나무에 앉았다. 그리고 로돌프는 그녀에게 자신의 사랑을 이야기하기 시작했다.

처음부터 찬사를 늘어놓아 그녀를 겁나게 만들지는 않았다. 그는 조용하고 진지했으며 우수에 잠겨 있었다.

엠마는 고개를 숙이고 발끝으로 바닥의 나무 조각들을 움직이면서 그의 말을 들었다.

그러나 이런 말, "이제 우리의 운명은 하나가 되지 않았나요?"라는 말이 나오자 그녀는 이렇게 대답했다.

"아니에요! 아시잖아요. 그건 불가능해요."

그녀는 일어서서 가려고 했다. 그는 그녀의 손목을 잡았다. 그녀는 멈춰 섰다. 그리고 사랑이 담긴, 눈물 어린 눈으로 그를 얼마 동안 바라본 뒤 격한 어조로 말했다.

"아! 부탁이에요, 우리 그 이야기는 그만해요…… 말은 어디 있어요? 이제 돌아가죠."

그는 화가 나고 언짢은 듯한 몸짓을 했다. 그녀는 되풀이해서 말했다.

"말은 어디 있어요? 말이 어디 있죠?"

그러자 로돌프는 묘한 미소를 지으면서 눈을 똑바로 뜨고 이를 악문 채 두 팔을 벌리고서 앞으로 다가섰다. 그녀는 떨면서 뒤로 물러섰다. 엠마가 더듬거리며 말했다.

"무서워요! 저를 괴롭히는군요! 이제 그만 돌아가요."

"할 수 없지요." 그가 얼굴을 바꾸며 말했다.

그리고 그는 곧 점잖고 다정하고 수줍은 태도로 다시 돌아갔다. 그녀는 그의 팔짱을 끼었다. 그리고 왔던 길을 돌아갔다. 로돌프가 말했다.

"왜 그러는 거죠? 무엇 때문에? 난 아까 알 수가 없었어요. 당신이 아마 오해를 한 것 같은데요? 내 마음속에서 당신은 견고하고 티끌 하나 없는 저 높은 곳의 성모상 같은 존재입니다. 그러나 당신이 있어야 나는 살 수 있어요! 당신의 눈, 당신의 목소리, 당신의 생각이 있어야 한다고요. 나의 친구, 나의 누이, 나의 천사가 돼주세요!"

그리고 그는 팔을 뻗어 그녀의 허리를 안았다. 그녀는 빠져나가려고 몸을 틀었지만 힘이 하나도 없는 동작이었다. 그렇게 그는 그녀의 허리에 팔을 두르고 걸음을 옮겼다.

하지만 말들이 나뭇잎을 뜯어 먹는 소리가 들려왔다.

"아, 또!" 로돌프가 말했다. "가지 말아요! 조금만 더 있어요!"

그는 좀 더 멀리, 물결 위에 수초들이 초록색 무리를 이루고 있는 작은 연못가로 그녀를 데려갔다. 시든 수련이 등심초들 사이에 가만히 떠 있었다. 두 사람이 풀 위를 걷는 소리에 개구리들이 펄쩍 뛰어 몸을 숨겼다.

"나는 지금 잘못하고 있어요. 이건 잘못이에요. 당신 말을 듣다니 내가 미쳤나 봐요." 그녀가 말했다.

"왜요?…… 엠마! 엠마!"

"아, 로돌프!……" 이 젊은 여인은 그의 어깨에 몸을 기대며 천천히 말했다.

그녀의 나사 옷이 그의 벨벳 상의에 꼭 달라붙었다. 그녀의 하얀 목이 뒤로 젖혀지고 한숨으로 부풀어 올랐다. 그리고 몸을 제대로 가누지 못한 채 눈물을 쏟으며, 긴 전율과 함께 얼굴을 가리고 자신의 몸을 내맡겼다.

저녁의 어둠이 내리고 있었다. 수평으로 길게 누운 햇살이 나뭇가지들 사이로 비쳐들어 그녀의 눈을 부시게 했다. 주위로는 여기저기, 나뭇잎들 속이나 바닥에, 마치 벌새들이 날면서 깃털을 흩뿌려놓은 것처럼 빛의 조각들이 흔들리고 있었다. 아무 소리도 들리지 않았다. 달콤한 무언가가 나무들에서 새어 나오고 있는 것 같았다. 엠마는 심장이 다시 뛰기 시작하고 마치 젖이 흐르는 강물처럼 몸속에서 피가 도는 것이 느껴졌다. 그때 아주 멀리, 숲 너머 다른 언덕에서, 한참 이어지는 희미한 외침 소리, 길게 끌리는 어떤 목소리가 들려왔고, 마치 무슨 음악처럼 그녀의 흥분한 신경의 마지막 떨림에 섞여드는 그 소리에 엠마는 조용히 귀를 기울이고 있었다. 로돌프는 시가를 입에 물고 고삐 두 개 가운데 부러진 것을 칼로 다듬고 있었다.

그들은 갈 때와 같은 길로 용빌에 돌아왔다. 진흙 위에 나란히 찍힌 말 발자국들, 똑같은 덤불, 풀밭 속 똑같은 조약돌들이 다시 보였다. 아무것도 변한 것이 없었다. 그렇지만 그녀에게는 산맥이 자리를 옮긴 것보다 더 엄청난 무언가가 일어난 것이었다. 로돌프는 가끔씩 몸을 기울여 엠마의 손을 잡고 키스했다.

말 위의 그녀는 아름다웠다. 날씬한 허리를 꼿꼿이 세우고 말갈기 위에 무릎을 굽힌 채 얼굴은 바깥 공기에 살짝 발그레해진, 붉은 석양 속의 그녀.

용빌로 들어서며 엠마는 포석이 깔린 길 위에서 말을 타고 빙글빙글 돌았다. 사람들이 창문에서 그녀를 내다보았다.

남편이 저녁 식사를 하면서 그녀의 안색이 좋다고 했다. 하지만 산책이 어땠냐고 묻자 엠마는 못 들은 척했다. 그리고 양쪽의 촛불 사이에서 접시 옆에 팔꿈치를 대고 앉아 있었다.

"엠마!" 샤를이 말했다.

"뭐요?"

"저기, 오늘 오후에 알렉상드르 씨네 집에 갔더니 나이를 좀 먹은 암말이 하나 있던데, 무릎에 상처가 살짝 있긴 하지만 아주 근사하더라고. 분명히 한 백 에퀴 정도면 살 수 있을 것 같은데……."

그가 덧붙여 말했다.

"당신이 좋아할 것 같아서 그 말을 맡아뒀는데……, 그걸 샀는데…… 잘한 건가? 어때?"

그녀는 동의한다는 표시로 머리를 끄덕였다. 그러고 나서 십오 분쯤 지났을 때 그녀가 물었다.

"오늘 저녁에 나가요?"

"응. 왜?"

"아, 아니, 아니에요."

그러고는 샤를에게서 풀려나자마자 엠마는 자기 방으로 올라가 혼자 안에 틀어박혔다.

처음에는 머리가 핑 도는 느낌이었다. 나무들, 길, 구덩이, 로돌프가 보였고, 나뭇잎이 파르르 떨리며 골풀들이 사락거리는데 그의 팔이 자신을 끌어안던 것이 아직도 느껴졌다.

그러다 그녀는 거울에 비친 자신의 얼굴을 보고 깜짝 놀랐다. 그녀의 눈이 그렇게 크고, 그렇게 검고, 그렇게 깊은 적이 없었다. 그녀에게 드리운 미묘한 무언가가 그녀의 모습을 완전히 바꿔놓았다.

엠마는 혼자서, "나는 연인이 있다! 연인이!"라는 말을 되풀이하며, 이 생각을, 그리고 자신에게 또 한 번의 사춘기가 찾아왔다는 생각을 만끽했다. 그러니까 그녀는 마침내 저 사랑의 기쁨을, 자신이 단념했던 뜨거운 행복을 소유하게 되는 것이었다. 그녀는 놀라운 어떤 곳, 거기에는 온통 정념, 도취, 열광만이 있을 그런 곳으로 들어서고 있었다. 푸른 빛을 띤 아득하게 넓은 세상이 그녀를 둘러쌌고, 최고조에 이른 감정이 그녀의 생각 아래에서 반짝였으며, 평범한 일상은 단지 저 멀리, 저 아래, 어둠 속, 그 높은 봉우리들 사이사이에서만 나타날 뿐이었다.

그때 엠마는 예전에 읽었던 책 속의 여주인공들을 떠올렸고, 그러자 기억 속에서 불륜의 사랑에 빠진 여자들 무리가 그녀를 매혹하는 수녀들의 목소리로 오페라 합창단처럼 노래하기 시작했다. 그녀 자신이 정말로 이런 상상 속 존재가 되었고, 그토록 갈망했던 사랑에 빠진 여자의 유형이 바로 자신이라고 생각하면서 소녀 시절의 기나긴 몽상을 현실에서 이루어냈던 것이다. 게다가 엠마는 마침내 복수를 했다는 만족감도 느꼈다. 충분히 고통을 겪지 않았던가! 하지만 그녀는 이제 승리했고 사랑이, 그렇게 오래도록 억눌려 있던 사랑이 기쁨 속에 끓어올라 전부 다 분출되었다. 그녀는 후회도, 불안도 마음의 혼란도 없이 그 사랑을 한껏 음미했다.

다음 날은 새로운 달콤함 속에서 지나갔다. 그들은 서로 여러 가지 맹세를 했다. 엠마는 그에게 자신의 슬픔을 이야기했다. 로돌프는 키스로 그녀의 이야기를 막았다. 그러면 그녀는 눈을 살며시 감고 그를 바라보면서 다시 한번 자기 이름을 불러달라고, 그리고 사랑한다고 다시 말해달라고 했다. 그들은 그 전날처럼 숲속의, 나막신 만드는 사람의 오두막에 있었다. 벽은 밀짚으로 돼 있고 천장은 너무 낮아서 몸을 숙이고 있어야만 했다. 둘은 마른 나뭇잎 침상에 꼭 붙어 앉아 있었다.

그날부터 그들은 매일 저녁 서로에게 편지를 썼다. 엠마는 시냇가의 정원 끝에 있는 테라스의 틈새에 자기 편지를 가져다 놓았다. 로돌프가 거기에 와서 편지를 가져가고 자기 편지를 두고 가는데 그녀는 편지가 너무 짧다고 늘 불평이었다.

샤를이 새벽이 되기 전에 나간 어느 날 아침, 그녀는 당장 로돌프를 만나고 싶다는 충동에 사로잡혔다. 위셰트는 금방 닿을 수 있는 거리였으므로 한 시간쯤 있다가 용빌로 돌아와도 모두들 아직 자고 있을 것이었다. 그런 생각이 들자 그녀는 욕망으로 숨이 가빠졌고, 어느새 목초지 한가운데로 달려가 뒤도 돌아보지 않고 빠른 걸음으로 길을 갔다.

날이 밝아오고 있었다. 엠마는 저 멀리 연인의 집, 제비 꼬리 모양의 풍향계가 희미한 새벽빛을 배경으로 까맣게 모습을 드러낸 그 집을 알아보았다.

농장 뜰을 지나 성 같은 본체가 보였다. 가까이 다가가자 벽이 저절로 열리기라도 한 것처럼 그녀는 안으로 들어갔다. 똑바로 난 커다란 계단이 복도를 향해 위층으로 이어져 있었다. 엠마가 어떤 문의 걸쇠를 돌리자 방 안쪽에 잠들어 있는 한 남자의 모습이 눈에 확 들어왔다. 로돌프였다. 그녀는 소리를 내질렀다.

"아니 당신이! 당신이!" 그가 이 말을 반복했다. "어떻게 온 거야?…… 아니, 옷이 다 젖었네!"

"사랑해요!" 그의 목에 두 팔을 두르며 그녀가 답했다.

처음 감행한 이 대담한 일이 성공하자 이제는 샤를이 집에서 일찍 나갈 때마다 엠마는 얼른 옷을 갈아입고 강가로 이어지는 계단을 살금살금 내려가곤 하게 되었다.

그러나 소들이 건널 수 있도록 설치한 널빤지가 걷어 올려져 있을 때는 강가의 벽을 따라가야 했다. 강둑은 미끄러웠다. 그녀는 넘어지지 않으려고 시든 무아재비 다발을 손으로 붙들었다. 그다음에는 갈아놓은 밭을 가로지르며 발이 빠져서 비틀거렸고 얇은 편상화가 벗겨질 것만 같았다. 머리에 두른 스카프는 목초지에 부는 바람에 펄럭였다. 그녀는 황소가 무서워서 달리기 시작했다. 그리고 숨을 헐떡이며 뺨을 장밋빛으로 물들인 채 온몸에서 수액과 초목과 대기의 싱그러운 향기를 내뿜으며 도착했다. 로돌프는 그 시간에 아직 자고 있었다. 그것은 마치 봄날 아침이 그의 방 안으로 들어오는 것 같았다.

창문에 드리워진 노란 커튼으로 무거운 황금빛 햇살이 부드럽게 스며들었다. 엠마는 눈을 깜빡이면서 더듬거렸고 머리칼에 맺힌 이슬방울이 토파즈의 후광처럼 얼굴에 드리워졌다. 로돌프는 웃으면서 그녀를 끌어당겨 가슴 위에 껴안았다.

그러고 나서 그녀는 방을 자세히 둘러보고, 가구의 서랍들을 열어보고, 그의 빗으로 머리를 빗고 면도 거울에 얼굴을 비춰보았다. 종종 침대 옆 협탁 위, 물병 옆에 있는 레몬과 각설탕들 사이에서 커다란 파이프를 집어 입에 물어보기까지 했다.

작별 인사를 하는 데는 십오 분은 족히 걸렸다. 그럴 때 엠마는 눈물을 흘렸다. 그녀는 로돌프를 잠시도 떠나고 싶지 않았다. 자기 의지보다 더 강한 무언가가 그녀를 그에게로 떠밀곤 했기 때문에 어느 날엔가는 그녀가 불쑥 나타나는 것을 보고 그가 방해를 받은 사람처럼 얼굴을 찌푸리게 되었다.

"왜 그래요?" 엠마가 말했다. "어디 아파요? 말해봐!"

결국 그는 심각한 표정으로, 이렇게 찾아오는 것은 신중하지 못하고 그녀에게 위험한 행동이라고 자기 생각을 말했다.

# 10

로돌프의 이런 걱정이 그녀의 마음에도 조금씩 자리를 잡게 되었다. 처음에는 사랑에 완전히 도취되어 그 이상은 아무것도 생각하지 않았다. 그러나 사랑이 없으면 살 수 없게 되어버린 지금, 그녀는 이 사랑에서 무언가 사라지거나 아니면 아예 사랑이 흔들릴까 봐 두려웠다. 그의 집에 갔다가 돌아올 때 엠마는 불안한 눈길로 주변을 둘러보고, 지평선 위로 스쳐 가는 모든 형체, 누가 밖을 내다보고 있을 수도 있는 마을의 모든 창문을 살펴보곤 했다. 발소리, 외침 소리, 쟁기 소리에 귀를 기울였다. 그러다가 머리 위에서 흔들리는 포플러나무 잎보다 더 덜덜 떨면서 하얗게 질린 채 걸음을 멈추곤 했다.

그렇게 집으로 돌아오던 어느 날 아침, 그녀는 갑자기 자신을 겨누고 있는 것 같은 기다란 소총의 총신을 얼핏 본 것 같았다. 총신은 도랑가 풀숲에 반쯤 묻힌 작은 통 위로 비스듬히 나와 있었다. 엠마는 겁에 질려 정신을 잃을 것 같았지만 그래도 앞으로 걸어 나갔는데, 마치 상자 속 용수철에서 튀어나오는 악마처럼 한 남자가 통에서 나왔다. 그 사람은 무릎까지 오는 각반을 매고 모자를 눈 있는 데까지 눌러쓴 채 코가 빨개져서 입술을 떨고 있었다. 야생오리를 잡으려고 잠복하고 있던 비네 대장이었다.

"가까이 오기 전에 멀리서 말을 좀 했어야죠! 총을 보면 반드시 표시를 해야 하는 겁니다." 그가 소리를 질렀다.

세무 관리는 그런 식으로 자기가 방금 무척 겁이 났었다는 것을 감추려 애썼다. 야생오리 사냥은 선상의 경우 외에는 도의회 법령으로 금지되어 있는데 비네 씨는 준법정신이 투철하다면서도 막상 자기가 그 법을 어기고 있었기 때문이다. 그래서 그는 매 순간 전원 경찰이 오는 소리가 들리는 것만 같았다. 하지만 이런 불안이 쾌감을 더 자극했고, 그는 통 속에 혼자 앉아서 자신의 즐거움과 간교한 아이디어에 박수를 치고 있었다.

비네는 엠마를 보고서 무척 안심한 것 같았다. 그가 얼른 말을 걸었다.

"추운 게 아니라 이건 뭐 *꽁꽁 얼겠어요!*"

엠마는 아무 대답도 하지 않았다. 그가 계속 말했다.

"그런데 이렇게 이른 시간에 나오셨네요?"

"네." 그녀가 더듬거리며 대답했다. "우리 아이가 있는 유모네 집에 다녀오는 길이에요."

"아! 그렇군요! 저는 보시다시피 꼭두새벽부터 여기 이러고 있습니다. 그런데 날이 어찌나 뿌연지 새가 바로 총구 앞에 오지 않으면……."

"안녕히 계세요, 비네 씨." 엠마가 돌아서며 그의 말을 끊었다.

"안녕히 가십시오, 부인." 그가 차갑게 대답했다.

그리고 그는 통 속으로 다시 들어갔다.

엠마는 그렇게 불쑥 세무 관리에게 인사를 하고 떠난 것을 후회했다. 아마도 그는 그녀에게 좋지 않은 추측을 할 것이었다. 보바리네 아기가 일 년 전 집에 돌아왔다는 것을 용빌 사람 모두가 아는데 유모 이야기를 꺼냈다니 최악의 변명이었다. 게다가 그 근방에는 아무도 살지 않았다. 그 길은 위셰트 저택으로만 통하는 길이었다. 그러니까 비네는 그녀가 어디에서 오는 길인지 짐작하고 있었던 것이고, 절대 입을 다물고 있지 않고 떠들어댈 것이 분명했다. 그녀는 상상할 수 있는 모든 거짓말을 궁리하느라 머리를 쥐어짜고 그 멍청한 사냥꾼을 끊임없이 눈앞에 떠올리며 저녁이 될 때까지 꼼짝하지 않고 있었다.

저녁 식사 후 샤를은 근심에 잠긴 엠마를 보고서 기분을 풀어주려고 약사네 집에 함께 가자고 했다. 그런데 약국에서 그녀가 처음 본 사람이 또 그 세무 관리였다. 그는 붉은 약병의 불빛이 비치는 계산대 앞에 서서 이렇게 말했다.

"황산 반 온스만 주세요."

"쥐스탱, 여기 황산 좀 가져와라." 약사가 소리쳤다.

그러고 나서 오메 부인의 방으로 올라가려는 엠마에게 말했다.

"아니, 그냥 계세요, 아내가 내려올 거예요. 그동안 난롯불이나 좀 쪼이세요…… 실례합니다…… 안녕하세요, 박사님(약사는 이 *박사*라는 단어를 말하기를 무척 좋아했는데, 상대를 이렇게 부르면 그 말에 담긴 무언가 장중한 분위기가 자기에게 솟아나는 것 같았던 모양이다)…… 야, 약사발 뒤엎지 않게 조심해! 아니 차라리 작은 방에 가서 의자들 좀 가져와라. 여기 홀 안락의자는 건드리지 말아야 하는 거 알잖아."

그리고 오메가 자기 안락의자를 원위치에 놓으려고 계산대 밖으로 튀어나오는데 그때 비네가 당산 반 온스를 달라고 했다.

"당산?" 약사가 경멸하는 투로 말했다. "난 모르는 건데요. 몰라요. 혹시 옥살산 말하는 거예요? 옥살산, 그거 맞죠?"

비네는 여러 가지 사냥 장비에 녹이 슬어서 녹을 없애는 구리 광택제를 직접 만들기 위해 부식제가 필요하다고 설명했다. 엠마는 흠칫 몸을 떨었다. 약사가 말하기 시작했다.

"하긴 날씨가 썩 좋지 않죠. 습기 때문에 그래요."

"하지만 거기에 잘 맞춰나가는 사람도 있죠." 세무 관리가 자기는 다 안다는 듯한 표정으로 말을 받았다.

그녀는 숨이 막혔다.

"그리고 또 이런 것도 주세요……."

'집에 안 갈 모양이구나.' 그녀가 생각했다.

"송진과 테레벤틴 반 온스씩, 황색 밀랍 사 온스, 골탄 일 온스 반만 주세요. 내 장비들의 에나멜가죽을 닦으려고요."

약사가 밀랍을 자르기 시작할 때 오메 부인이 이르마를 안고 나폴레옹은 옆에, 아탈리는 뒤에 데리고 나타났다. 그녀는 창가의 벨벳 의자에 앉았고 남자아이는 스툴에 웅크려 앉았다. 아이의 누나는 아빠 옆의 대추 상자 둘레를 맴돌았다. 약사는 깔때기를 채우고 병을 마개로 막고 병에 라벨을 붙이고 꾸러미를 포장했다. 그의 둘레에서 모두 입을 다물고 아무 말도 하지 않았다. 다만 가끔씩 저울에서 추가 울리는 소리나 약사가 조수에게 일러주는 작은 소리가 들릴 뿐이었다.

"댁의 따님은 잘 있나요?" 오메 부인이 불쑥 질문을 던졌다.

"조용!" 연습장에 숫자를 써넣으며 그녀의 남편이 큰 소리로 말했다.

"왜 안 데리고 왔어요?" 그녀가 작은 소리로 계속 말했다.

"쉿! 쉿!" 엠마가 손가락으로 약사를 가리키며 말했다.

그러나 비네는 계산서를 보는 데 완전히 집중해서 아무 소리도 못 들었을 것이다. 마침내 그가 갔다. 그제야 엠마는 긴장이 풀려서 크게 숨을 내쉬었다.

"웬 숨을 그렇게 크게 내쉬어요?" 오메 부인이 말했다.

"아, 좀 더워서요." 엠마가 답했다.

그렇게 해서 다음 날 그들은 앞으로 어떻게 만나는 게 좋을지 곰곰이 생각했다. 엠마는 선물로 하녀를 매수해볼까 했다. 하지만 용빌에서 은밀한 집을 하나 찾아보는 게 더 나을 것 같았다. 로돌프가 알아보겠다고 약속했다.

겨울 내내 그는 일주일에 서너 번 어두운 밤에 정원으로 찾아왔다. 엠마는 일부러 울타리의 자물쇠를 빼놓았는데 샤를은 그것이 없어졌나 보다 했다.

로돌프는 왔다는 것을 알리기 위해 덧문에 모래를 한 줌 던지곤 했다. 그녀는 벌떡 일어났다. 하지만 샤를이 벽난로 가에서 수다를 떠는 버릇이 있는 데다 이야기가 끝이 없어서 가끔은 기다려야 하는 때도 있었다. 그녀는 안절부절 속이 타들어 갔다. 그럴 수만 있다면 엠마는 눈으로 그를 쏘아 올려 창문 밖에 내던질 것 같았다. 마침내 그녀는 밤 화장을 하기 시작했다. 그러고 나서 책을 한 권 들고는 몹시 재미있다는 듯 아주 태연하게 읽기 시작했다. 그런데 침대에 누운 샤를이 어서 와서 자라고 그녀를 불렀다.

"어서 와, 엠마. 잘 시간이야." 그가 말했다.

"네, 가요." 그녀가 답했다.

하지만 그는 촛불에 눈이 부셔서 벽 쪽으로 돌아누웠다가 잠이 들어버렸다. 그녀는 숨을 죽이고 미소를 지으며 두근거리는 가슴으로 잠옷만 입은 채 밖으로 나갔다.

로돌프는 커다란 외투를 입고 있었다. 그는 외투로 엠마를 폭 싸 안고 허리에 팔을 두르며 말없이 그녀를 정원 안쪽으로 데려갔다.

그곳은 예전의 여름날 저녁, 레옹이 그토록 사랑 가득한 눈으로 그녀를 바라보았던 바로 그 정자 아래의 낡은 나무 벤치였다. 그녀는 이제 레옹은 거의 생각하지도 않았다.

잎이 떨어진 재스민 가지 사이로 별들이 반짝였다. 등 뒤로 냇물 흐르는 소리, 가끔씩 강둑에서 마른 갈대가 일렁이는 소리가 들렸다. 커다란 그림자 무리가 어둠 속에서 여기저기 부풀어 올랐다. 그러고는 때로 한꺼번에 파르르 떨면서 일어나 두 사람을 덮치러 몰려오는 거대한 검은 파도처럼 한쪽으로 기울어지곤 했다. 밤 추위 때문에 그들은 서로를 더 꼭 껴안았다. 그들의 입술에서 나오는 숨결은 더 강렬하게 느껴졌다. 서로 바라보는 희미한 두 눈은 더 커 보였고 사방이 고요한 가운데 그들이 속삭이는 말들만 수정처럼 맑은 음을 내며 두 사람의 영혼 위로 떨어져 겹겹의 파동 속에 퍼져나갔다.

비가 오는 밤이면 그들은 헛간과 마구간 사이의 진찰실로 숨어들었다. 엠마는 책들 뒤에 숨겨두었던 부엌의 촛대에 불을 붙였다. 로돌프는 자기 집처럼 편안하게 자리를 잡았다. 책장과 책상, 그리고 방 안의 모든 것을 바라보고 있자니 기분이 짜릿하게 좋아졌다. 그래서 그는 참지 못하고 샤를을 놀리는 많은 농담을 해대서 엠마를 당황하게 했다. 엠마는 그에게서 좀 더 진지한 모습을, 경우에 따라서는 좀 더 극적인 모습을 보고 싶었다. 지금처럼 샛길에서 누가 오는 발소리가 들린 것 같은 이런 경우에는.

"누가 와!" 그녀가 말했다.

그가 촛불을 불어 껐다.

"권총 있어?"

"왜?"

"아니…… 방어를 해야지." 엠마가 대답했다.

"당신 남편에게? 아! 그 한심한 친구를!"

그리고 로돌프는 "손가락으로 탁 튕겨 뭉개버릴 것"이라는 의미의 몸짓을 하면서 말을 맺었다.

엠마는 그의 용기에 깜짝 놀랐다. 한편으로 좀 야비함이나 천진하면서도 상스러운 면이 느껴져서 눈살이 찌푸려졌지만 말이다.

로돌프는 그 권총 이야기를 많이 생각해보았다. 그녀가 진지하게 말한 것이라면 그건 우스꽝스럽고 심지어 가증스럽기까지 하다고 그는 생각했다. 왜냐하면 자신은 질투심에 속을 끓이는 사람이 아니어서 그 선량한 샤를을 미워할 이유가 전혀 없었기 때문이다. 그리고 이 점에 대해 엠마는 대단한 맹세를 하게 했지만 그는 그것도 좋은 취향은 아니라고 생각했다.

게다가 그녀는 아주 감상적이 되었다. 세밀화를 서로 교환한다든가 머리카락을 서로 한 줌씩 잘라주어야 했고, 이제는 영원한 결합의 징표로 반지를, 진짜 결혼반지를 원했다. 종종 그녀는 저녁 종이나 *자연의 목소리*에 대한 이야기를 했다. 그리고 자기 어머니와 그의 어머니 이야기도 했다. 로돌프는 어머니가 돌아가신 지 이십 년이 넘었다. 그런데도 엠마는 마치 버려진 아기를 어르듯 어린애에게 하는 말투로 그를 위로했고 심지어 달을 쳐다보면서 이렇게 말한 적도 있었다.

"분명히 저 위에서 그분들이 우리의 사랑을 함께 지지해주고 계실 거야."

하지만 그녀는 너무 예뻤다! 그는 이렇게 순진한 여자를 가져본 적이 없었다. 가벼운 연애가 아닌 이런 사랑은 그에게 새로운 것이었고, 그래서 쉽게 여자를 만나는 습관에서 그를 벗어나게 했으며 그의 자긍심과 관능을 동시에 북돋웠다. 그의 부르주아적 상식으로 보면 하찮기만 한 엠마의 열광도 그 자신을 향한 것이기 때문에 마음속 깊은 곳에서는 기분이 좋았다. 그리하여 사랑받는다는 확신이 들면서 그는 거리낌이 없어졌고 자기도 모르는 사이에 태도가 달라졌다.

그는 이제 예전처럼 그녀를 울게 만드는 달콤한 말들도 하지 않았고 그녀를 미치게 만드는 격렬한 애무도 하지 않았다. 그래서 그들의 대단한 사랑은 마치 강물이 바닥으로 빨려 들어가듯, 그 사랑의 강물 속에 빠진 채 살아가는 그녀 아래로 점점 내려가는 것 같다가 결국 그녀가 진흙 바닥을 보고 말았다. 그녀는 그것을 믿으려 하지 않았다. 그녀는 더 사랑하고 사랑했고, 로돌프는 점점 무관심을 덜 감추게 되어갔다.

그녀는 자기가 그의 유혹에 넘어간 것을 후회하는지 아니면 더 이상 그를 사랑하고 싶지 않은 것인지 알 수가 없었다. 자신의 유약함을 느끼는 데서 오는 굴욕감은 원망으로 변해갔고, 그 원망은 관능의 쾌락이 달래주었다. 그것은 애착이 아니라 끊임없는 유혹 같은 것이었다. 그는 그녀를 지배하고 있었다. 그녀는 그것이 거의 두려웠다.

그럼에도 불구하고 겉으로 드러나는 모습은 어느 때보다 평온했다. 로돌프가 자기 기분대로 그 불륜의 사랑을 이끌어가는 데 성공했기 때문이었다. 그리고 여섯 달이 지나 봄이 왔을 때 그들은 서로에게, 평온하게 가정의 불길을 보살펴나가는 부부처럼 되어 있었다.

이때는 루오 씨가 다리 치료 기념으로 칠면조를 보내오는 시기였다. 선물은 늘 편지와 함께 왔다. 엠마는 바구니의 끈을 자르고 편지를 꺼내 읽었다.

사랑하는 내 자식들에게,

이 편지를 받을 때 너희 두 사람이 다 건강하기를, 그리고 이 칠면조가 지난번 것들보다 낫기를 바란다. 이것이 좀 더 연하고, 뭐냐 좀 더 큼직해 보이니까 말이다. 그런데 다음번엔 너희가 꼭 칠면조가 더 좋다고 하지 않는다면 좀 바꿔서 닭을 하나 보낼 거다. 그리고 바구니는 지난번 것 두 개하고 같이 돌려보내다오. 속상하게 우리 집 수레 창고 지붕이 바람이 심하게 불던 날 밤에 숲으로 날아가버렸단다. 수확도 썩 좋지 못하다. 하여간 너희를 언제 보러 가게 될지 모르겠다. 혼자가 되고부터는 집을 떠나기가 너무 어렵구나, 엠마.

그리고 그 어른이 펜을 놓고 한동안 몽상에 잠겨 있었던 듯 여기에서 줄 사이가 비어 있었다.

나는 잘 지낸다. 지난번에 이브토 장에 가서 감기에 걸린 것만 빼면. 우리 양치기가 하도 입맛이 까다로워서 다른 사람을 구하려고 거기 갔었지. 그런 불한당들 때문에 얼마나 괴로운지! 게다가 그놈은 정직하지도 않았어.

이번 겨울에 너희 고장을 지나다가 거기서 이를 뽑았다는 행상한테서 보바리가 여전히 일을 열심히 하고 있다는 얘길 들었단다. 내 그럴 줄 알고 있었지. 그리고 그 사람이 자기 이를 보여주더라. 같이 커피를 한잔 마셨다. 그 사람한테 너를 봤냐고 물었더니 그건 아니지만 마구간에 말 두 마리가 있는 걸 봤다더라. 그래서 일이 잘 돌아가고 있구나 했다. 참 다행

이야. 하느님이 너희에게 세상의 모든 행복을 내려주시기를 빈다.

아직도 내 사랑하는 손녀 베르트 보바리를 보지 못한 것이 슬프구나. 그 아이를 위해 네 방 아래 정원에 아부안 자두나무를 하나 심었단다. 아무도 손대지 못하게 하고 나중에 잼을 만들어서 찬장에 넣어두었다가 그 애가 오면 줄 거다.

잘 있거라, 사랑하는 내 자식들. 두 뺨에 키스를 보낸다, 내 딸아. 그리고 자네, 내 사위에게도, 그리고 아기에게도.

사랑을 가득 담아,<br>너희들을 사랑하는 아버지,<br>테오도르 루오

엠마는 그 두꺼운 종이를 한참 손에 들고 있었다. 여기저기 맞춤법이 틀린 그 글자들 사이로 엠마는 마치 가시나무 울타리 속에 반쯤 몸을 숨긴 암탉처럼 꼬꼬댁거리는 다정한 마음을 따라 읽었다. 벽난로 재로 잉크를 말린 듯 편지에서 회색 먼지가 살짝 옷에 떨어졌다. 부젓가락을 집으려 난로에 몸을 구부리는 아버지 모습이 거의 눈앞에 보이는 것 같았다. 아버지 곁에서 나무 의자에 앉아 벽난로 속에서 파닥거리며 타오르는 바다 등심초의 큰 불길에 막대기 끝을 태우던 게 얼마나 오래된 일인가!…… 그녀는 햇빛으로 가득했던 여름날 저녁을 떠올렸다. 누가 지나가면 망아지들이 울면서 뛰어오르고 또 뛰어오르고…… 그녀의 창문 아래에는 꿀통이 하나 놓여 있어서 때로 꿀벌들이 햇빛 속을 빙빙 돌다가 튀어 오르는 황금 구슬처럼 유리창에 와서 부딪혔다. 그 시절은 얼마나 행복했던가! 얼마나 자유로웠던가! 얼마나 희망에 차 있었던가! 얼마나 많은 환상으로 가득했던가! 이제는 아무것도 남아 있지 않았다. 그녀는 처녀 시절, 결혼, 사랑이라는 상황을 차례차례 겪으면서 영혼의 모험에

그것들을 다 써버리고 말았다. 길을 가던 나그네가 여관에 묵으며 매번 자기가 가진 풍요로운 무언가를 놓고 오듯이 그렇게 그녀는 인생길을 걸으며 계속 그것들을 잃어갔다.

그런데 그녀를 이렇게 불행하게 만든 사람은 대체 누구인가? 그녀를 이렇게 뒤흔들어놓은 그 기막힌 재앙은 어디에 있을까? 자신을 고통스럽게 만드는 원인을 찾기라도 하려는 듯 엠마는 고개를 들어 주위를 둘러보았다.

사월의 햇살이 선반의 도자기들에 내려앉았다. 난롯불이 타고 있었다. 그녀는 실내화 아래로 부드러운 양탄자를 느꼈다. 햇빛은 하얗고 공기는 온화했으며 딸아이가 깔깔거리며 웃는 소리가 들려왔다.

정말로 그때 잔디밭에 풀을 베어 널어놓은 한가운데서 베르트가 뒹굴고 있었다. 아이는 풀더미 위에 엎드려 있었다. 하녀가 아이의 치마를 붙들고 있었다. 레스티부두아가 옆에서 풀을 긁어모으면서 다가갈 때마다 아이는 두 팔을 파닥이며 몸을 기울이곤 했다.

"아기를 이리 데려와요!" 아이를 안으려고 달려 나가며 엠마가 말했다. "너무나 사랑해, 내 착한 아기! 너무나 사랑해!"

그러다가 아이의 귀 끝이 조금 더러운 것을 보고는 얼른 벨을 눌러서 따뜻한 물을 가져오게 한 다음 아이를 씻기고 속옷, 양말, 신발을 다 갈아신기더니 마치 여행에서 돌아온 것처럼 아이의 건강에 대해 질문을 퍼붓고, 마침내 한 번 더 입을 맞추고 조금 눈물을 흘리더니 다시 아이를 하녀에게 건네주었는데 하녀는 이런 과도한 애정 표현에 너무 놀라 어안이 벙벙했다.

로돌프는 그날 저녁 엠마가 평소보다 심각해 보인다고 느꼈다.

'지나가겠지 뭐, 변덕일 거야.' 그는 이렇게 생각했다.

그러고는 연달아 세 번을 약속 장소에 나타나지 않았다. 그가 다시 나타났을 때 그녀는 냉랭하고 거의 무시하는 듯한 태도를 보였다.

"아, 시간 낭비하는 거야, 귀여운 것……."

그러고서 그는 그녀가 우울하게 한숨을 내쉬는 것도, 손수건을 꺼내는 것도 전혀 알아차리지 못하는 척했다.

엠마가 자기의 잘못을 뉘우친 것은 바로 그때였다!

그녀는 자기가 대체 왜 그렇게 샤를을 혐오하는지, 그리고 그를 사랑할 수 있다면 더 좋지 않을까 자문하기까지 했다. 하지만 샤를은 이렇게 되돌아오는 감정을 붙들어주지 못했고, 그래서 그녀가 희생하겠다는 의향만 지닌 채 어쩔 줄 모르고 있을 때, 약사가 그녀에게 기회를 제공하러 왔다.

# 11

오메는 얼마 전에 안짱다리 치료의 새로운 방법을 높이 평가하는 글을 읽은 적이 있었다. 그래서 그는 진보의 신봉자로서 용빌이 *보다 높은 수준에 도달하기* 위해 내반족 수술을 시행해야 한다는 애향적인 생각을 품게 되었다.

"왜냐하면 말이에요." 약사가 엠마에게 말했다. "나쁠 게 뭐가 있겠어요? 한번 따져보세요(그러고는 그런 시도의 장점을 손가락으로 꼽았다). 성공할 게 거의 확실하고, 환자는 걱정을 덜고 보기도 좋아지고, 수술한 사람은 단번에 명성을 얻고. 예컨대 부군께서도 *리옹도르*의 저 가엾은 이폴리트가 더는 절뚝거리지 않게 고쳐주고 싶지 않겠어요? 생각해보세요. 그 친구가 오는 손님들한테마다 자기 다리 고친 이야기를 할 테고, 그리고 또(오메가 주위를 둘러보며 목소리를 낮추었다) 그것에 대해 제가 신문사에 짤막한 글을 하나 써 보낸다고 누가 뭐라 하겠어요? 와 정말, 신문 기사는 돌고 돌지요…… 사람들이 그 이야기를 하고…… 그러다가 눈덩이처럼 커지는 겁니다! 그리고 또 누가 알아요? 누가 알겠어요?"

정말로 보바리가 성공할 수도 있었다. 엠마가 보기에 그가 솜씨가 없다 할 이유가 없었고, 명성과 부를 쌓을 수 있는 그런 일을 하게끔 그를 인도한다면 그녀 자신도 얼마나 흐뭇하겠는가? 그녀는 사랑보다 더 견고한 무언가에 기댈

수 있기만을 원했다.

샤를은 약사와 엠마가 자꾸만 권하자 그냥 설득당하고 말았다. 그는 루앙에 뒤발 박사의 책을 주문해서 매일 밤 머리를 손으로 감싸고 열심히 그 책을 읽었다.

그가 첨족, 내반족, 외반족, 즉 스트레포카토포디, 스트레팡도포디, 스트레펙소포디(또는 좀 더 정확하게 말하자면 아래쪽, 안쪽, 바깥쪽으로 휜 여러 가지 발의 기형) 등을 공부하고 있는 동안 오메 씨는 그 여관 심부름꾼에게 수술을 받으라고 부추기고 있었다.

"아마 살짝 아픈 느낌 정도만 있을 거야. 피를 조금 뽑을 때처럼 그냥 따끔한 정도라고. 티눈 빼는 것보다도 못하다니까."

이폴리트는 생각에 잠겨 멍청한 두 눈을 굴리고 있었다.

"그런데 나하고는 상관도 없는 일이야." 약사가 계속 말했다. "너를 위해서 그러는 거라고! 순전히 인류애 때문에! 허리 부위의 요동을 동반한 흉측한 절뚝거림으로부터 네가 벗어나는 것을 보고 싶다고, 이 친구야. 아무리 아니라고 해도 그게 네가 일하는 데 상당히 지장이 될 거야."

그러고 나서 오메는 수술을 받고 나면 얼마나 활기차고 민첩해질지 생각해보라고 했고, 여자들한테 더 잘 보이게 될 거라는 말을 슬쩍 건네기까지 했다. 그러자 이 마부의 입가에 멍청한 미소가 떠올랐다. 그다음 약사는 허영심을 공략했다.

"야, 너 남자 아니냐? 군대에 가서 깃발을 들고 싸워야 한다면 어떻게 되겠어?…… 아휴! 이폴리트!"

그리고 오메는 과학의 혜택을 거부하는 이런 고집, 이런 맹목은 도저히 이해할 수가 없다고 선언하고는 가버렸다.

이 가엾은 사람은 결국 굴복하고 말았다. 모두가 공모한 셈이었기 때문이다. 절대 남의 일에 끼어들지 않는 비네, 르프랑수아 부인, 아르테미즈, 이웃들,

그리고 면장 튀바슈 씨까지 모두가 다 그에게 권하고 훈계하고 창피를 주었다. 하지만 그가 마침내 결심을 하게 된 것은 *돈이 전혀 안 든다는 사실 때문*이었다. 수술을 위한 기계까지 보바리가 책임지기로 했다. 이 너그러운 제안은 엠마의 생각이었다. 샤를은 속으로 자기 아내는 천사라고 생각하며 그 제안에 동의했다.

약사의 충고대로 샤를은 목수를 시켜서 자물쇠공의 도움을 받아 무게가 팔 파운드 나가는 일종의 상자 같은 것을 세 번이나 다시 만들게 한 끝에 완성했다. 쇠, 나무, 철판, 가죽, 수나사, 암나사 등이 아낌없이 사용되었다.

그렇지만 이폴리트의 어떤 힘줄을 잘라야 하는지 알기 위해 먼저 그의 다리가 어떤 종류의 안짱다리인지 알아야 했다.

그는 한쪽 발이 다리와 거의 직선을 이루고 있으면서 안쪽으로 발이 돌아가 있었고, 그래서 그것은 내반족이 약간 섞인 첨족, 또는 심한 첨족 성향의 가벼운 내반족이었다. 하지만 이 내반족 녀석은, 정말로 말의 발처럼 넓적한 데다 거친 피부, 굳어버린 힘줄, 굵은 발가락, 말 편자 모양의 시커먼 발톱이 있는 첨족을 하고서도 아침부터 밤까지 사슴처럼 뛰어다녔다. 광장에서는 길이가 다른 다리를 앞으로 뻗으며 마차 주위를 뛰어다니는 그의 모습을 언제나 볼 수 있었다. 심지어 이 다리가 다른 쪽 다리보다 더 힘차 보이기까지 했다. 이 다리는 너무나 일을 많이 한 나머지 인내와 활력이라는 정신적 특성 같은 것을 획득하게 되었고, 그래서 누가 힘든 일을 시키면 오히려 그쪽 다리로 몸을 지탱하게 되는 것이었다.

그런데 그 발은 첨족이니, 나중에 내반족 해결을 위해 정강이 근육을 손대야 하더라도 우선은 아킬레스건을 먼저 잘라야 했다. 왜냐하면 이 의사가 한 번에 두 개의 수술을 할 엄두도 내지 못했고, 심지어 자기가 모르는 중요한 부위를 잘못 건드릴까 두려워서 벌써 덜덜 떨기까지 하고 있었기 때문이다.

셀시우스 이래 십오 세기가 지나 처음으로 동맥 직접 결합 수술을 시행한 앙브루아즈 파레도, 뇌경막을 뚫고 종양을 절개하려 한 뒤퓌트랑도, 최초로 위턱뼈 절제술을 한 장술도, 보바리가 손가락 사이에 *근육 절단용 메스*를 쥐고 이폴리트에게 다가갈 때만큼 심장이 두근거리고 손을 떨고 온 정신이 긴장돼 있지는 않았을 것이다. 그리고 그 옆의 테이블에는 마치 종합병원처럼 헝겊과 밀랍을 먹인 실, 약국에 있는 것을 전부 가져와 피라미드처럼 쌓아놓은 엄청 많은 붕대가 보였다. 처음부터 이런 준비를 다 해놓은 것은 오메 씨였다. 구경하러 모인 사람들이 감탄을 하게끔 그런 것이기도 하고 자기 자신이 환상을 계속 품고 있기 위해서이기도 했다. 샤를이 메스로 피부를 찔렀다. 툭 하는 둔탁한 소리가 들렸다. 힘줄이 절단되었고 수술이 끝났다. 이폴리트는 너무 놀라서 아직 정신을 차리지 못했다. 그는 보바리의 두 손에 몸을 굽히고 키스를 퍼부었다.

"자자, 진정해." 약사가 말했다. "은혜를 베풀어주신 분께 감사 인사는 나중에 해."

그리고 그는 마당에서 어떻게 됐나 기다리고 있는 대여섯 명에게 결과를 이야기해주러 갔다. 그들은 이폴리트가 똑바로 걸어서 나오는 줄 알고 있었다. 잠시 후 샤를은 환자를 기계틀에 묶어놓고 집으로 갔다. 엠마가 몹시 걱정하며 문가에서 그를 기다리고 있었다. 그녀는 샤를의 목에 확 매달렸다. 그들은 식탁에 앉았다. 그는 음식을 많이 먹었고 심지어 디저트 때는, 일요일에 손님들이 왔을 때나 자신에게 허용하는 호사인 커피까지 한잔 마시고 싶다고 했다.

그날 저녁은 많은 이야기가 오가고 함께 이런저런 꿈을 꾸는 멋진 시간이었다. 그들은 앞으로 돈을 많이 벌게 되고, 그러면 집안 살림이 훨씬 좋아지리라는 이야기를 했다. 샤를은 자신의 명성이 널리 퍼지고 생활이 풍족해지며 아내가 자기를 늘 사랑해주는 것을 머릿속에 그려보았다. 그리고 엠마는 이렇게 새롭고 건전하고 더 나은 감정으로 마음이 상쾌해지는 것이, 요컨대 자기를 사랑해주는 이 가여운 남자에게 어떤 애정을 느끼게 된 것이 행복했다. 한

순간 로돌프 생각이 머릿속에 스쳐 갔다. 하지만 그녀의 눈길은 다시 샤를에게 돌아갔다. 놀랍게도 샤를의 이를 보는데 그리 흉하지 않다는 생각까지 드는 것이었다.

그들이 이미 침대에 누웠는데 갑자기 오메 씨가 방금 쓴 글을 들고, 하녀가 말리는데도 방으로 들어왔다. 《루앙의 등불》에 보내 오늘 일을 알리려는 글이었다. 읽어보라고 그들에게 가져온 것이었다.

"직접 읽어주세요." 보바리가 말했다.

약사가 읽어 내려갔다.

"〈아직도 편견들이 유럽의 한 부분을 그물처럼 뒤덮고 있지만, 우리 고장에는 마침내 찬란한 빛이 비쳐들게 되었다. 바로 그렇게 우리의 작은 마을 용빌은 이번 화요일에 외과 수술의 새로운 실험 무대가 되었으며 동시에 인류애의 숭고한 행위가 이루어지는 무대가 되었다. 우리의 가장 탁월한 의사 중 한 분인 보바리 씨가……〉"

"아, 그건 너무해요! 너무해!" 샤를이 감동으로 벅차하며 말했다.

"무슨 말씀이세요, 전혀 아니에요! 아니 어떻게…… 〈안짱다리 수술을 시행했다……〉 과학 용어는 쓰지 않았어요. 아시다시피 신문에는…… 사람들이 다 알아듣지는 못하니까요. 대중들은……."

"그렇지요." 보바리가 말했다. "계속 읽으세요."

"그럼 다시 읽겠습니다." 약사가 말했다. "〈우리의 가장 탁월한 의사 중 한 분인 보바리 씨가 안짱다리 수술을 시행했다. 수술을 받은 사람은 이폴리트 토탱으로, 과부 르프랑수아 부인이 운영하는 아름 광장의 호텔 *리옹도르*에서 이십오 년 전부터 마부 일을 하고 있는 사람이다. 많은 관심이 집중된 새로운 시도였기 때문에 수많은 사람들이 모여들어 호텔 문 앞이 참으로 혼잡을 이루었다. 게다가 수술은 마치 마술처럼 이루어졌고, 또한 그 질긴 힘줄이 마침내 의술의 노력 앞에 굴복했음을 말해주듯이 피부 위로 피가 몇 방울 솟아나고 그만이었다. 신기하게도 환자는(우리가 *직접 보고 나서* 말하는 것임) 전혀 고통을 호소하지 않았다. 현재까지 환자는 더 이상 바랄 것이 없는 상태이다. 모든 점에서 회복이 아주 빠를 것으로 보인다. 그러니 다음 마을 축제에서는 우리의 이폴리트가 즐거운 합창이 울려 퍼지는 바커스 춤 무리 속에 들어가 그 활기와 뛰어오르는 발동작으로 자신이 완전히 나았음을 증명하는 것을 보게 될지 누가 알겠는가? 그러므로 자비로운 학자들에게 영광을! 인류의 개선과 치유를 위해 밤새워 연구하는 이 불굴의 정신들에게 영광을! 영광을! 세 번 거듭 영광을! 이것이 바로 눈먼 자들은 볼 것이고, 귀먹은 자들은 들을 것이며, 절름발이는 일어서 걸을 것이라 외치는 경우가 아니겠는가! 예전에 광신이 선택된 자들에게 약속했던 것을 이제는 과학이 모든 인간을 위해 성취하였다! 이 대단한 치료의 경과에 대한 소식을 독자들에게 계속 알리도록 하겠다.〉"

그런데 닷새가 지나고 르프랑수아 부인이 완전히 겁에 질려 달려오며 외쳤다.

"살려주세요! 사람이 죽어가요!…… 나 정말 미치겠네!"

샤를이 *리옹도르*로 달려갔고, 그가 모자도 안 쓰고 광장을 달려가는 것을 보고 약사도 튀어나왔다. 그 자신이 숨을 헐떡이고 얼굴이 벌게진 채 불안한 표정으로 계단을 올라가는 사람들 모두에게 질문을 던졌다.

"아니 우리 중요한 내반족 환자가 무슨 일이죠?"

그 내반족 환자는 끔찍한 경련을 일으키며 몸부림을 쳤고, 그래서 다리를 묶어놓은 기계틀이 벽을 쾅쾅 쳐대 벽이 다 부서질 것 같았다.

다리의 위치가 틀어지지 않도록 매우 조심하며 마침내 상자를 걷어내자 참혹한 광경이 펼쳐졌다. 발은 너무 부어올라 형체가 사라지고 피부 전체가 이제 막 터질 지경인 데다 문제의 기계로 인해 생긴 피하출혈로 뒤덮여 있었다. 이폴리트가 이미 그 기계 때문에 아프다고 호소를 했는데 누구도 주의를 기울이지 않았었다. 그가 완전히 틀린 소리를 하는 것은 아니라고 인정해야만 했을 때 몇 시간 풀어주기는 했다. 그러나 부기가 조금 가라앉자마자 두 학자는 다리를 기계 속에 다시 고정하는 것이 옳다고 판단을 내리고 좀 더 빨리 낫게 하기 위해 더 세게 조여놓았다. 그리고 결국 사흘이 지난 뒤 이폴리트가 더 이상 참을 수 없게 되자 그들이 다시 한번 기계를 풀어주었는데 그 결과를 보고 몹시 놀랐다. 납빛의 부기가 다리 전체에 퍼져 여기저기 물집이 잡히고 거기에서 검은 액체가 새어 나오고 있었다. 심각한 상태였다. 이폴리트가 지루해하자 르프랑수아 부인은 기분전환이라도 좀 되라고 그를 부엌 옆 작은 방으로 옮겨놓았다.

그러나 매일 저녁 식사를 하러 오는 세무 관리가 그런 환자 옆에 있는 것을 언짢아하며 불평을 했다. 그래서 이폴리트를 당구실로 옮겼다.

그는 거기에서 창백한 얼굴에 길게 자란 수염과 퀭해진 눈으로, 파리들이 달려드는 더러운 베개 위에 땀이 맺힌 얼굴을 이리저리 돌려가며 두꺼운 담요들을 덮고 끙끙 앓고 있었다. 보바리 부인이 그를 보러 오곤 했다. 찜질을 위한 천을 가져다주기도 하고, 위로를 해주고 용기를 북돋워주었다. 뿐만 아니라 곁에 늘 사람이 없지는 않았고 특히 장이 서는 날에는 더 그랬다. 그때는 농부들이 그의 주위에서 당구도 치고, 큐를 가지고 펜싱을 하고, 담배를 피우고 술을 마시고 노래하고 떠들어댔다.

"좀 어때?" 이폴리트의 어깨를 치면서 그들이 말했다. "아, 보아하니 썩 좋지 못하구먼. 하지만 자네 잘못이야. 이것도 해보고 저것도 해보고 그래야지."

또 사람들은 다른 치료법으로 전부 나은 사람들 이야기를 해주었다. 그러고는 위로를 한다고 이렇게 덧붙였다.

"너무 몸을 아껴서 그래. 일어나라고. 왕처럼 그렇게 세월을 보내고 있어서야 원! 아, 상관없고, 이 친구야, 냄새가 고약해!"

실제로 괴저는 점점 올라오고 있었다. 보바리 자신이 그 때문에 병이 날 지경이었다. 그는 한 시간마다 끊임없이 찾아왔다. 이폴리트는 공포로 가득한 눈으로 그를 쳐다보았고, 흐느껴 울면서 중얼거렸다.

"언제 낫는 거예요?…… 저 좀 살려주세요!…… 너무 힘들어요! 너무 힘들어요!"

그러면 의사는 언제나 식이요법을 권하고 돌아갔다.

"야, 저 사람 이야기는 듣지 마." 르프랑수아 부인이 말했다. "저들이 너를 벌써 이렇게나 괴롭혀놨잖아? 기운이 더 없어질 거야. 자, 얼른 먹어!"

그러고서 맛있는 수프, 양 넓적다리 고기, 베이컨, 그리고 때로는 브랜디 한 잔까지 갖다주었지만 그는 입에 대지도 못했다.

부르니지앵 신부도 이폴리트의 상태가 나빠지고 있다는 소식을 듣고 그를 만나고 싶어했다. 이폴리트를 보고 신부는 그의 고통을 불쌍히 여긴다는 말로 시작하고서 곧 그것은 주님의 뜻이니 기뻐해야 할 것이며 하루빨리 하늘과 화해하는 기회로 삼아야 한다고 말했다.

"왜냐하면 자네는 해야 할 의무를 좀 소홀히 했으니까 말이야." 신부가 말했다. "전례 때에 거의 모습을 보이지 않았어. 성체를 받지 않은 지 몇 년인가? 할 일이 많다는 것도 알고 세상의 풍파를 겪다 보니 구원의 문제에 신경을 쓰지 못했다는 것도 이해해. 하지만 이제 그것을 생각해야 할 때야. 그렇다고 절망하지는 말게. 하느님의 심판을 받을 때(자네는 아직 거기까지 가지는 않았지, 나도 잘 알아) 그분의 자비를 간구하여 분명 최상의 상태로 죽음을 맞은 큰 죄인들을 나는 알고 있네. 자네도 그 사람들처럼 훌륭한 본보기가 되기를 바라보세! 그러니 앞날을 대비해서 말이지, 자네가 아침저녁으로 '은총이 가득하신 마리아님, 기뻐하소서!'하고 '하늘에 계신 우리 아버지'를 외워보는 건 어떤가? 그래, 그렇게 하는 거야. 나를 위해서. 그러면 내가 고마울 거야. 어려울 거 없잖아?…… 약속해주겠나?"

그 가엾은 사람은 약속을 했다. 신부는 그날 이후 매일 찾아왔다. 그는 여관 주인과 수다를 떨고 때로는 이폴리트가 알아듣지 못하는 농담이나 말장난을 섞어 이런저런 일화들을 이야기했다. 그러다가 기회만 오면 상황에 맞게 표정을 바꾸고 종교 이야기로 돌아갔다.

신부의 열성이 성공한 듯해 보였다. 얼마 지나지 않아서 그 내반족 환자가 병이 나으면 봉스쿠르로 순례를 가고 싶다는 마음을 표했던 것이다. 이에 대해 부르니지앵 신부는 나쁠 것이 없다고 대답했다. 두 가지 대비가 한 가지 대비보다 나았다. *아무것도 손해 볼 것이 없었다.*

약사는 이를 *신부의 농간*이라며 분개했다. 그는 그것이 이폴리트의 회복에 해를 끼친다고 주장했고 르프랑수아 부인에게 누차 거듭해서 이렇게 말했다.

"가만히 좀 놔두세요! 그냥 두라고요! 당신들 신비주의로 저 친구 정신을 혼란스럽게 하고 있잖아요!"

하지만 이 아주머니는 더 이상 그의 말을 들으려 하지 않았다. 그가 *이 모든 사태의 원인*이었다. 그녀는 어깃장을 놓으려고 환자의 머리맡에 회양목 가지와 물이 가득 담긴 성수반을 걸어두기까지 했다.

그렇지만 외과 수술만큼이나 종교도 그를 구해주지 못하는 것 같았다. 발끝에서 배 쪽으로 계속 썩어 올라오는 기세를 막을 도리가 없었다. 물약을 바꾸거나 찜질을 해봐도 아무 소용이 없었고 매일 근육이 더 박리됐다. 그래서 르프랑수아 부인이 이제 다른 수가 없으니 뇌샤텔의 유명한 카니베 씨를 불러도 되겠느냐고 물었을 때 샤를은 결국 고개를 끄덕일 수밖에 없었다.

의학 박사, 나이는 쉰 살, 좋은 지위를 누리며 자신감에 넘치는 이 의사는 무릎까지 썩은 그 다리를 보고는 거리낌 없이 경멸을 드러내며 웃었다. 그러고는 다리를 절단해야 한다고 딱 잘라 말하고 약국으로 가서는, 가엾은 사람 하나를 어떻게 그런 상태로 만들어놓을 수 있냐며 그런 멍청이들이 어디 있냐고 맹렬하게 비난했다. 그는 약국에서 오메 씨의 프록코트 단추를 잡고 흔들며 노발대발했다.

"파리의 발명품이 바로 이거예요! 이게 바로 수도의 인사들이 해낸 생각이라고요! 사시, 클로로포름, 결석 쇄석술 같은 이런 끔찍한 것들은 정부가 다 금지해야 해요! 그런데 똑똑한 척하고 싶어서 결과는 신경도 안 쓰고 온갖 치료를 마구잡이로 들이미는 거지. 우리는, 그 사람들하고 달리 우리는, 그렇게 대단하지 않아요. 우리는 학자도 아니고 멋쟁이도 아니고 아부꾼도 아니에요. 우리는 의사고 환자를 치료하는 사람이에요. 건강하게 잘 지내는 사람을 수술한다는 건 상상도 못 할 일이라고요! 안짱다리를 똑바로 편다고! 안짱다리를 펴서 똑바로 세울 수 있어요? 꼽추를 똑바로 세우려는 거나 마찬가지지!"

오메는 이 말을 들으며 몹시 괴로웠다. 하지만 그는 카니베의 처방전이 가끔 용빌까지 오기도 해서 그의 비위를 건드리지 않아야 하기 때문에 비굴한 미소 속에 불편함을 감추고 있었다. 그래서 그는 보바리를 변호하지 않았고 심지어 아무런 반박도 하지 않았다. 그렇게 자신의 원칙을 내던짐으로써 그는 보다 중요한 거래의 이익을 위해 자신의 품격을 희생했다.

카니베 박사가 하는 이 다리 절단 수술은 마을에서 대단한 사건이었다. 그날이 되자 마을 사람들 모두가 다른 날보다 더 일찍 일어났고, 그랑드뤼 거리는 사람으로 가득 찼는데도 마치 사형집행이 이뤄지는 것처럼 어딘가 음산한 분위기였다. 사람들은 식료품 가게에서 모두 이폴리트의 병에 대해 이야기하고 있었다. 가게들은 아무것도 팔지 않았다. 면장 아내 튀바슈 부인은 수술하는 의사가 오는 것을 보려고 안달을 하며 창가를 떠나지 않았다.

카니베 씨는 직접 자신의 이륜마차를 몰고 왔다. 그런데 뚱뚱한 그의 무게에 계속 눌린 나머지 오른쪽 용수철이 내려앉아서 마차가 조금 기울어진 채 달렸고, 옆자리 방석 위에는 빨간 양가죽을 씌운 커다란 상자가 놓였는데 거기에 달린 구리 걸쇠 세 개가 위풍당당하게 빛나는 것이 보였다.

*리옹도르*의 현관에 돌풍처럼 들이닥친 그 의사는 말을 풀어놓으라고 크게 소리를 질렀다. 그리고 나서 잠시 후 마구간으로 가서 말이 귀리를 잘 먹는지 보았다. 왜냐하면 그는 환자의 집에 가면 우선 자기 말과 마차부터 챙겼기 때

문이다. 그래서 사람들은 "아, 카니베 씨, 괴짜지!"라고 말했다. 그리고 사람들은 조금도 흔들리지 않는 이런 냉정함 때문에 그를 더 높이 평가했다. 세상이 무너져 사람들이 다 죽는다 해도 그는 자신의 습관을 조금도 고치지 않을 것이었다.

오메가 나타났다.

"잘 보조해주세요." 의사가 말했다. "준비됐나요? 자, 전진!"

하지만 약사는 얼굴을 붉히며 이런 수술에 참여하기엔 자신이 너무 예민하다고 고백했다.

"수술하는 것을 구경만 하는 사람은, 있잖아요, 상상이 막 발동해서 말이지요! 그리고 저는 신경계통이 워낙……."

"아이고!" 카니베가 말을 끊었다. "그게 아니라 당신은 지금 뇌일혈이 일어나게 생겼어요. 하기는 놀랄 일도 아니지. 당신들, 약사 선생들은 계속 부엌에 틀어박혀 있으니까. 그래서 체질이 결국 변하는 거라고요. 나를 봐요. 나는 매일 네 시에 일어나서 찬물로 수염을 다듬어요(나는 추위를 전혀 모릅니다). 플란넬 내복도 안 입고, 감기도 절대 안 걸려요. 흉부가 튼튼한 거지. 철학자처럼 이렇게도 살고 저렇게도 살고, 아무거나 다 잘 먹고. 바로 그래서 나는 당신들처럼 허약하지 않은 거예요. 그리고 나한테는 그리스도교인을 베는 거나 닭 한 마리 토막 치는 거나 완전히 똑같아요. 그러면 당신들은 습관이라고 말하겠지, 습관!……"

그러니까 이 두 사람은 담요 속에서 불안으로 진땀을 흘리고 있는 이폴리트는 신경도 쓰지 않은 채 계속 이야기만 하고, 약사는 외과 의사의 침착함이란 장군의 침착함과 같다는 말을 하고 있었다. 이런 비유가 카니베의 마음에 들어서 그는 의술이 얼마나 어려운 것인지 장광설을 늘어놓았다. 그는 동네 의원의 의사들이 의술의 명예를 실추시키고 있지만 자신은 그것을 성직으로 여기고 있다고 했다. 마침내 환자에게 돌아온 그는 오메가 가져온 붕대, 안짱다리 수술 때 나왔던 것과 같은 붕대를 살펴보고 나서 손발을 붙잡아줄 사람이 필요하다고 했다. 레스티부두아를 불러오게 했다. 카니베 씨는 소매를 걷어붙이고 당구실로 들어갔고 약사는 아르테미즈와 여관 주인과 함께 남았다. 이 두 사람은 그들의 앞치마보다 더 하얗게 질린 채 문에 귀를 대고 있었다.

그러는 동안 보바리는 집을 나설 엄두도 내지 못했다. 그는 아래층 거실의 불 없는 벽난로 구석에 앉아서 얼굴을 가슴에 묻은 채 두 손을 모으고 시선은 한곳에 고정하고 있었다. 이 무슨 낭패인가 하고 그는 생각했다. 결국 실망만 하게 되다니! 생각할 수 있는 모든 대비를 다 했는데. 그렇게 될 운명이었나 보다. 그건 그렇고 만일 이폴리트가 죽기라도 하면 그가 죽인 셈이 될 것이었다. 그리고 왕진을 가서 사람들이 물으면 무슨 이유를 댈 것인가? 그런데 그가 무슨 실수를 했던 건 아닐까? 하지만 제일 유명한 외과 의사들도 실수를 곧잘 했다. 사람들이 절대 믿으려 하지 않는 것이 바로 그것이었다. 다들 웃어대고 욕을 할 것이었다. 그 이야기는 포르주까지, 뇌샤텔까지, 루앙까지, 온 데 다 퍼질 것이었다. 의사들이 그를 비판하는 글을 쓸지도 몰랐다. 논쟁이 이어질 테고, 그러면 신문에 답변을 해야 하게 될 터였다. 명예를 잃고 파산하여 몰락한 자신의 모습이 눈앞에 떠올랐다. 수많은 추측으로 포위당한 그의 상상은 마치 바다에 떠가며 물결 따라 구르는 빈 통처럼 이런저런 추측 속을 떠다녔다.

엠마는 맞은편에서 그를 바라보고 있었다. 그녀는 샤를이 겪는 굴욕을 함께하고 있지 않았다. 그녀는 다른 굴욕을 겪고 있었다. 보잘것없는 사람이라는 것을 벌써 수없이 보고 충분히 알았으면서 마치 그것을 몰랐던 듯, 저런 사람이 무언가를 해낼 수 있으리라고 상상했다는 게 수치스러웠다.

샤를은 방 안을 이리저리 왔다 갔다 했다. 그의 신발이 바닥에 닿아 삐걱거렸다.

"앉아요. 신경 거슬려." 엠마가 말했다.

그가 다시 앉았다.

대체 어떻게 해서 그녀는(그렇게 똑똑한 그녀가!) 또 한 번 착각을 하게 되었던 것일까? 그뿐 아니라 무슨 통탄할 만한 강박관념으로 이렇게 계속 희생만 하면서 자기 존재를 망가뜨려놓았단 말인가? 그녀는 화려함을 좋아하는 자신의 본능, 빼앗긴 영혼, 구차한 결혼과 가정생활, 상처 입은 제비처럼 진흙탕에 빠진 자신의 꿈, 열망했던 모든 것, 자신에게 금했던 모든 것, 가질 수도 있었을 모든 것을 떠올려보았다. 그런데 무엇을 위해서? 왜?

마을을 가득 채운 침묵 사이로 찢어질 듯한 비명이 허공을 가로질렀다. 보바리는 기절할 듯 하얗게 질렸다. 엠마는 신경질적인 몸짓으로 눈썹을 찡그렸다가 생각을 이어갔다. 그런데 그것은 바로 이 사람, 이 인간, 아무것도 이해하지 못하고 아무것도 느끼지 못하는 이 남자를 위해서였다! 아주 태평하게, 이제 그 한심한 이름이 그녀의 이름을 더럽히게 되리라는 것을 짐작도 못 하고 저러고 있으니 말이다. 이런 사람을 사랑하려고 그녀는 수많은 노력을 했고, 다른 이의 품에 안겼던 것을 울면서 뉘우쳤었다.

"아, 어쩌면 외반족이었을 수도 있겠다!" 생각에 잠겨 있던 보바리가 갑자기 소리쳤다.

은접시에 납 총알이 떨어지듯 그녀의 생각 속에 이 말이 예상치 못하게 툭 떨어지자 엠마는 흠칫 몸을 떨며 고개를 들고 그게 무슨 말인지 짐작해보려 했다. 그리고 두 사람은 아무 말 없이 서로를 쳐다보았다. 서로를 보고 있다는 것이 거의 어리둥절할 만큼 두 사람의 의식은 다른 곳에 멀리 떨어져 있었다. 샤를은 취한 사람처럼 흐릿한 눈으로 그녀를 바라보면서 꼼짝도 하지 않은 채, 다리가 절단된 사람이 마지막으로 내지르는 비명, 멀리서 어떤 짐승이 목이 잘리며 울부짖는 것처럼 발작적으로 날카롭게 끊기는 가운데 길게 오르내리며 이어지는 비명을 듣고 있었다. 엠마는 핏기 없는 입술을 잘근잘근 씹으면서, 손으로는 산호 가지를 꺾어 만지작거리며 막 발사되려는 불화살같이 이글거리는 눈동자로 샤를을 뚫어지게 쳐다보고 있었다. 이제 그의 모든 것,

그의 얼굴, 옷, 그가 말하지 않고 있는 것, 그라는 사람 전체, 그의 존재 자체가 짜증스러웠다. 그녀는 예전에 자신이 정절을 지켰던 것을 마치 죄를 뉘우치듯 후회했고, 그러고도 아직 남은 정절의 미덕은 그녀의 자존심이 맹렬하게 내리쳐서 다 무너져내렸다. 간통이 승리를 구가하는 이런 잘못된 아이러니를 그녀는 한껏 즐겼다. 그녀는 자신의 연인을 다시 기억 속에 떠올리며 현기증이 일도록 매혹에 빠져들었다. 그녀의 온 마음이 거기에 홀려, 새로이 뜨거워진 열정으로 그 이미지에 빨려 들어갔다. 그리고 샤를은 마치 그녀의 눈앞에서 죽어가며 임종의 고통 속에 있는 것이나 마찬가지로, 그녀의 삶에서 벗어나 영원히 존재하지 않는, 아무것도 할 수 없고 완전히 무가 되어버린 존재 같았다.

보도에서 무슨 소리가 났다. 샤를이 쳐다보았다. 그는 내려진 덧창 사이로 햇빛이 가득한 시장 한쪽에서 카니베 박사가 스카프로 이마를 닦고 있는 것을 알아보았다. 오메가 뒤에서 커다란 붉은 상자를 들고 있었다. 두 사람은 약국 쪽으로 걸어갔다.

그 순간 문득 마음이 약해지고 풀이 죽은 샤를이 아내 쪽으로 돌아서며 말했다.

"나 좀 안아줘, 여보."

"저리 가요!" 화가 나서 얼굴이 확 달아오른 그녀가 말했다.

"왜 그래? 왜 그래?" 너무 놀란 그가 같은 말을 반복했다. "진정해! 마음을 가라앉혀!…… 내가 당신을 사랑하는 거 알잖아!…… 이리 와!"

"그만 좀 해요!" 그녀는 냉혹한 표정으로 소리쳤다.

그러고 그녀는 거실을 나가버렸다. 나가면서 문을 너무 세게 닫는 바람에 벽에서 기압계가 떨어져 부서졌다.

샤를은 깜짝 놀라 안락의자에 주저앉았다. 그는 엠마가 대체 왜 저러는지 이유를 찾아보다, 신경성 질환인가 상상도 해보고, 눈물도 흘리고, 그러면서 주위에 무언가 불길하고 알 수 없는 기운이 흐르고 있다는 것을 어렴풋이 느꼈다.

그날 밤 로돌프는 정원에 들어서면서 현관 밑 맨 아래 계단에서 자신을 기다리고 있는 정부를 발견했다. 그들은 서로를 끌어안았고, 그 뜨거운 입맞춤 속에서 그간의 원망이 눈처럼 녹아내렸다.

# 12

그들은 다시 사랑하기 시작했다. 심지어 종종 엠마는 한낮에 갑자기 그에게 편지를 쓰곤 했다. 그리고 유리창 너머로 쥐스탱에게 신호를 보내면 그는 얼른 마포를 풀어놓고 위셰트로 달려갔다. 그렇게 해서 로돌프가 오면 그녀는, 너무 지루하다, 남편이 지긋지긋하다, 사는 게 너무 끔찍하다는 말을 하고 싶었던 것이라고 했다.

"그런 걸 내가 어떻게 해줄 수가 있나?" 참다못해 하루는 그가 소리쳤다.

"아! 당신이 원하기만 한다면!……"

그녀는 머리를 풀어내린 채 멍한 눈으로 그의 무릎 사이 바닥에 앉아 있었다.

"대체 뭐를?" 로돌프가 말했다.

엠마가 한숨을 내쉬었다.

"우리 둘이 다른 곳에…… 어딘가…… 가서 사는 거야……."

"미쳤어, 정말!" 그가 웃으며 말했다. "그게 가능해?"

그녀는 자꾸 그 이야기로 돌아왔다. 그는 무슨 말인지 모르는 척하면서 화제를 돌렸다.

그가 이해할 수 없었던 것, 그것은 그 단순한 사랑이라는 것 속에 뭐 그리 괴로울 게 많은가 하는 것이었다. 그녀의 애착에는 동기와 이유 그리고 보조적인 요소가 있었다.

실제로 그 애정은 남편에 대한 혐오감 속에서 매일 그만큼 더 커갔다. 그녀는 한 사람에게 자신을 바칠수록 다른 한 사람이 끔찍하게 더 싫어졌다. 로돌프와 시간을 보낸 다음 샤를과 함께 있게 되었을 때만큼 그가 그렇게 보기 싫고, 손가락이 뭉툭해 보이고, 머리가 둔하고, 하는 행동이 품위 없어 보인 적이 없었다. 그럴 때 그녀는 아내이며 정숙한 여자 노릇을 하고 있으면서도 머릿속으로는, 검은 머리카락이 둥글게 말려 햇볕에 그을린 이마 위로 드리운 그 얼굴, 그렇게 건장하고도 우아한 몸, 이성적인 사고의 경험을 그렇게 많이 소유한 남자, 그렇게 열광적으로 욕망을 분출하는 그 남자를 생각하며 온몸이 뜨겁게 달아올랐다. 그녀가 세공사처럼 공들여 손톱을 다듬는 것도, 아낌없이 얼굴에 콜드크림을 바르고 손수건에 파촐리 향유를 뿌리는 것도 다 그를 위해서였다. 그녀는 팔찌, 반지, 목걸이를 잔뜩 걸쳤다. 그가 오기로 되어 있으면 엠마는 커다란 파란색 유리 화병 두 개에 장미를 가득 꽂아놓고, 왕자님을 기다리는 궁녀처럼 자기 몸과 방을 준비해놓고 있었다. 하녀는 끝도 없이 속옷을 빨아야만 했다. 그래서 펠리시테는 하루 종일 부엌에서 꼼짝도 못 했고 그저 어린 쥐스탱이 그녀가 일하는 것을 보며 옆을 지키곤 했다.

쥐스탱은 기다란 다리미판에 팔꿈치를 고이고 주위에 펼쳐진 온갖 여자용 물품들을 정신없이 쳐다보고 있었다. 능직면포 치마들, 어깨 숄, 작은 칼라, 엉덩이는 넓고 아래로 가면서 좁아지는 겹쳐 여미는 바지 등이었다.

"이건 뭐 하는 거예요?" 페티코트나 훅에 손을 대면서 소년이 물었다.

"이런 거 한 번도 본 적이 없어?" 펠리시테가 웃으며 답했다. "너희 주인 오메 부인은 이런 걸 하나도 안 걸치는 것처럼 그러네."

"아, 그렇지! 오메 부인!"

그리고 그는 생각에 잠긴 듯한 말투로 덧붙였다.

"이 집 부인처럼 오메 부인도 귀부인인가?"

하지만 펠리시테는 그가 이렇게 옆에서 얼쩡거리는 것이 짜증스러웠다. 그녀가 여섯 살이나 더 많았고, 또 기요맹 씨네 하인 테오도르가 그녀에게 관심을 표하기 시작했기 때문이다.

"저리 좀 가라!" 그녀가 녹말풀이 든 병을 옮기면서 말했다. "차라리 가서 아몬드나 빻아. 어째 노상 여자들 곁에서 그렇게 쑤시고 다니냐. 이 말도 안 듣는 꼬마야, 턱에 수염이나 좀 난 다음에 끼어들어라."

"어휴, 화 좀 내지 마요. 내가 *마님* 구두를 닦아줄게요."

그러고는 냉큼 선반에서 진흙투성이—밀회의 진흙—구두를 집어 들었는데, 손가락이 닿자 진흙이 가루가 되어 떨어졌다. 그는 햇살 속으로 천천히 피어오르는 먼지를 물끄러미 쳐다보았다.

"구두가 망가질까 봐 그렇게 겁이 나냐!" 하녀가 말했다. 그녀가 구두를 닦을 때는 그렇게 조심스럽게 하지 않았다. 마님은 천이 조금 닳으면 바로 그녀에게 던져주었기 때문이다.

엠마는 장롱에 신발을 많이 넣어두고 한꺼번에 이것저것 신다가 버렸는데 샤를은 한마디도 뭐라 할 수 없었다.

바로 그런 식으로 그는, 이폴리트에게 의족을 선물하는 게 마땅하다는 엠마의 판단을 따라서 목재 의족을 사는 데 삼백 프랑을 지불했다. 그 의족은 코르크로 싸여 있고 용수철로 된 관절이 있으며, 검은색 바지로 덮이고 끝에 반짝이는 부츠가 달린 복잡한 기구였다. 그러나 매일 그렇게 근사한 다리를 쓸 엄두가 나지 않았던 이폴리트는 좀 더 평범한 것을 하나 더 마련해달라고 보바리 부인에게 간청했다. 의사는 물론 그 구입 비용을 또 지불했다.

그렇게 해서 마구간지기는 차츰 다시 일을 하기 시작했다. 예전처럼 온 마을을 돌아다니는 그의 모습을 볼 수 있었는데, 샤를은 멀리서 의족이 보도에 부딪히는 둔탁한 소리가 들리면 얼른 다른 길로 돌아가곤 했다.

의족 주문을 맡은 것은 상인 뢰뢰 씨였다. 그래서 그에게 엠마를 자주 볼 기회가 주어졌다. 그는 파리에서 온 신상품들이나 여성용의 수많은 진기한 물건들에 대해 그녀와 이야기를 나누었고, 아주 사근사근한 태도를 보였으며 전혀 돈을 청구하지 않았다. 엠마는 그렇게 쉽게 자신의 온갖 기분을 다 만족시켜주는 데에 점점 빠져들었다. 그렇게 해서 그녀는 로돌프에게 선물하기 위해 루앙의 우산 가게에 있는 아주 근사한 채찍을 주문했다. 뢰뢰는 다음 주에 그것을 탁자에 올려놓았다.

하지만 다음 날 그가 잔돈은 빼고 이백칠십 프랑인 청구서를 들고 그녀의 집에 찾아왔다. 엠마는 몹시 당황했다. 책상의 서랍은 모두 비어 있었다. 레스티부두아에게 이 주일이 넘는 노임, 하녀에게는 반년 치, 그리고 다른 것들도 지불할 것이 많았고, 보바리는 매년 생피에르 축제 무렵 오곤 하는 드로즈레 씨의 송금을 애타게 기다리고 있었다.

처음에 그녀는 뢰뢰를 돌려보내는 데 성공했다. 하지만 결국은 그가 더는 못 기다리겠다고 했다. 그도 소송을 당하고 있었는데 돈은 하나도 없고, 그러니 일부라도 계산을 해주지 않으면 할 수 없이 그녀가 가져간 물건들을 전부 다시 찾아가야만 한다는 것이었다.

"그래요. 가져가세요." 엠마가 말했다.

"아, 웃자고 한 소리입니다." 뢰뢰가 말했다. "다만 채찍만은 좀 주시면 싶은데요. 옳지! 부군께 달라고 하면 되겠네요."

"아니, 아니에요!" 그녀가 말했다.

'아하! 잡았다.' 뢰뢰가 생각했다.

그리고 자신이 알아차린 것에 대해 확신에 차서 밖으로 나서며 그는 늘 그렇듯 조그맣게 휘파람을 불며 작은 소리로 이렇게 반복했다.

"좋았어! 두고 봅시다! 두고 보자고요!"

엠마가 이 일을 어떻게 하면 좋을까 궁리하고 있는데 *드로즈레 씨로부터* 온 파란색 작은 두루마리 종이를 하녀가 벽난로 위에 가져다 놓았다. 엠마는 얼른 달려가 열어보았다. 나폴레옹 금화 열다섯 개가 있었다. 바로 필요한 금액이었다. 계단에서 샤를의 발소리가 들렸다. 그녀는 금화를 서랍 깊숙이 넣고 열쇠로 잠갔다.

사흘 뒤에 뢰뢰가 다시 나타났다.

"해결 방안을 하나 제안드릴까 해서요." 그가 말했다. "약속된 금액 대신 부인께서 원하신다면……."

"자 여기 있어요." 그의 손에 나폴레옹 금화 열네 개를 놓으며 그녀가 말했다.

상인은 깜짝 놀랐다. 이어 그는 실망을 감추려고 변명을 늘어놓으면서 몇 가지 제안을 했지만 엠마는 모두 거절했다. 그러고는 그가 거슬러준 백 수짜리 은화 두 개를 앞치마 주머니 안에서 잠시 만지작거렸다. 그녀는 나중에 돈을 돌려놓기 위해 절약을 하리라 다짐했다.

'아, 몰라. 그이는 금방 잊어버리겠지 뭐.' 하고 그녀는 생각했다.

진홍빛 둥근 손잡이가 달린 채찍 외에도 로돌프는 '아모르 넬 코르'*라는 문구가 새겨진 봉인 도장, 그뿐 아니라 목에 두를 스카프, 그리고 끝으로 샤를이 예전에 길에서 주워와 엠마가 보관해온 자작의 것과 똑같은 담배 케이스도 받았다. 하지만 그는 그 선물들을 받기 부끄럽다고 했다. 그는 여러 선물을 거절했지만 엠마가 고집을 꺾지 않아 결국 받아들이면서도, 그녀가 너무 고집이 세고 끈질기다고 했다.

얼마 후 그녀는 이상한 아이디어를 내놓았다.

"자정이 되면 당신은 내 생각을 하는 거야." 엠마가 말했다.

그리고 그가 깜빡 잊었다고 고백을 하면 그때부터 비난이 쏟아졌고 그러다가 늘 똑같은 말로 끝나곤 했다.

* Amor nel cor. 가슴속에 사랑을.

"나 사랑해?"

"그럼, 사랑하지." 그가 대답했다.

"많이?"

"물론이지."

"다른 여자는 사랑하지 않았지, 응?"

"내가 숫총각이라고 믿었던 거야?" 그가 웃으면서 크게 말했다.

엠마는 울고, 그러면 그는 그런 게 아니라고 말장난으로 그녀를 웃겨가며 달래느라 애를 썼다.

"당신을 사랑해서 그러는 거야." 그녀가 다시 말했다. "당신이 없으면 못 살 만큼 당신을 사랑해. 알아? 때로 당신이 너무 보고 싶어서 내가 미쳐버리고 가슴이 갈가리 찢어질 것 같아. '그 사람은 어디 있을까? 혹시 다른 여자들에게 이야기를 하고 있나? 그 여자들이 그를 보고 웃고, 그가 다가가고……' 이런 생각을 해. 아니지, 아무도 당신 마음에 들지는 않지? 더 아름다운 여자들도 있겠지. 하지만 나는 사랑을 더 잘 할 수 있어. 나는 당신의 하녀, 당신의 후궁! 당신은 나의 왕, 나의 우상! 착하고 아름다운 당신! 영민하고 힘센 당신!"

그는 이런 말을 너무 많이 들어서 전혀 새로울 것이 없었다. 엠마는 모든 정부들과 비슷했다. 그리고 새로움에서 오는 매력이 옷이 벗겨지듯 조금씩 벗겨져 나가자 언제나 같은 모양 같은 언어를 지닌 정념의 그 영원한 단조로움이 적나라하게 드러났다. 그렇게 편력이 심한 이 남자는 비슷한 표현들 밑에 숨은 여러 감정의 차이를 구분하지 못했다. 방탕한 입술, 돈으로 사고파는 입술들이 그에게 그 비슷한 말들을 너무 많이 속삭였기 때문에 그는 그런 표현들이 순진무구하다고 거의 믿지 않았다. 보잘것없는 애정을 감춘 과장된 말들은 깎아서 들어야 하는 거라고 생각했다. 영혼 가득한 진심이 때로 지극히 공허한 비유로 흘러나오는 수는 없다는 듯이. 그 누구도 결코 자신의 욕구, 자신의 관념, 자신의 고통이 정확히 어느 정도인지 보여줄 수는 없으니 말이다. 그리고 인간의 언어는 깨진 냄비와 같아서, 그것을 두드려 만든 멜로디로 별을 감동시키고 싶은데 곰이나 춤추게 만드니 말이다.

그러나 로돌프는 무슨 일을 하건 조금 뒤로 물러서서 바라보는 사람에게 속한 뛰어난 비판 능력을 가지고, 이번의 연애에서 새로이 개척할 또 다른 쾌락을 발견했다. 그는 여자가 수줍어하는 것을 전부 거추장스럽게 여겼다. 그는 엠마를 거칠게 다루었다. 그렇게 해서 그녀를 유연하고도 타락한 무언가로 만들어놓았다. 그것은 그에게는 찬탄으로 가득한, 그녀에게는 쾌락으로 가득한 일종의 어리석은 애착이었고 그녀를 마비시키는 지극한 행복이었다. 그리고 엠마의 영혼은 말부아지 포도주 통 속의 클라랑스 공작처럼 이 도취 속에 풍덩 빠져 쪼그라든 채 잠겨버렸다.

정사가 습관이 된 것만으로 보바리 부인은 자태가 달라졌다. 시선은 대담해졌고 말도 거침없어졌다. 심지어 그녀는 *세상을 조롱하듯* 입에 담배를 문 채 로돌프와 거니는 부적절한 행동도 했다. 긴가민가하고 있던 사람들은 결국 그녀가 남자처럼 몸통이 꽉 조이는 조끼를 입고 *이롱델*에서 내리는 것을 보고는 더 이상 의심하지 않았다. 그리고 남편과 끔찍한 싸움을 벌이고 아들 집에 피해 와 있던 어머니 보바리 부인도 다른 마을 여자들보다 덜 분개하지는 않았다. 어머니는 그 밖에도 많은 것이 마음에 안 들었다. 우선 소설을 금지하라는 그녀의 충고를 샤를이 듣지 않았던 것. 그다음으로는 *집안이 돌아가는* 꼴이 마음에 들지 않았다. 그래서 잔소리를 해댔는데, 특히 한번은 펠리시테 경우를 놓고 싸움이 벌어졌다.

어머니 보바리 부인이 전날 저녁에 복도를 지나가다가 한 남자와 같이 있는 펠리시테를 발견했다. 마흔 살가량의 갈색 목걸이를 두른 남자였는데 그녀의 발소리를 듣고 얼른 부엌을 빠져나갔다고 했다. 그 말을 듣고 엠마는 웃음을 터뜨렸다. 하지만 어머니 보바리 부인은 사회도덕을 우습게 여기는 게 아니라면 하인들의 품행을 감독해야 한다고 단호하게 말했다.

"어느 세상에서 오셨어요?" 이 말을 하는 며느리의 눈길이 너무나 오만불손했던 나머지 어머니는 엠마에게 지금 자기 자신을 방어하고 있는 건 아니냐고 해버렸다.

"나가세요!" 자리에서 벌떡 일어나며 엠마가 말했다.

"엠마!…… 엄마!……" 화해를 시켜보려고 샤를이 큰 소리로 두 사람을 불렀다.

그러나 그들은 극도로 화가 나서 휙 나가버렸다. 엠마는 발을 구르며 여러 차례 말했다.

"아니 저게 무슨 매너야! 저 시골 노인네가 정말!"

그는 어머니에게 달려갔다. 그녀는 노여워서 어찌할 바를 모르고 말까지 더듬었다.

"버르장머리 없는 것! 경박하기 짝이 없는 것! 아니 그보다 더해!"

그리고 그녀는 며느리가 와서 사과하지 않으면 당장 떠나겠다고 했다. 그래서 샤를은 다시 아내에게 가서 제발 부탁이라고 무릎을 꿇고 애원했다. 엠마는 결국 대답했다.

"그래! 그러죠."

정말로 엠마는 시어머니에게 공작부인처럼 품위 있게 손을 내밀며 말했다.

"죄송합니다."

그러고 나서 방으로 올라가 침대에 그대로 몸을 던지고는 베개에 얼굴을 묻고 어린아이처럼 엉엉 울었다.

특별한 일이 생기면 그녀가 덧창에 하얀 종이를 걸어두기로 로돌프와 약속을 해둔 적이 있었다. 혹시 그가 용빌에 있게 되면 집 뒤 골목으로 달려오도록 하기 위해서였다. 엠마가 신호를 보냈다. 사십오 분쯤 기다리고 있는데 시장 모퉁이에서 로돌프의 모습이 불쑥 나타났다. 그녀는 창문을 열고 그를 부르고 싶었다. 하지만 벌써 그는 사라지고 없었다. 그녀는 낙심해서 다시 쓰러져버렸다.

그런데 얼마 안 있어서 누가 복도를 걸어오고 있는 것 같았다. 그 사람인가 보았다. 그녀는 계단을 내려가 마당을 가로질렀다. 거기, 바깥에, 그가 있었다. 엠마는 그의 품에 몸을 던졌다.

"조심해야지." 로돌프가 말했다.

"아, 정말!" 그녀가 답했다.

그리고 그녀는 모든 이야기를 허둥지둥 두서없이 늘어놓기 시작해서, 사실을 과장하며 여러 가지 이야기를 지어냈고, 하도 곁가지를 많이 덧붙이는 바람에 무슨 말인지 그는 하나도 알아듣지 못했다.

"자자, 내 가여운 천사, 기운 내, 진정하고, 자, 참는 거야!"

"하지만 꾹꾹 참으면서 괴로워한 게 벌써 사 년이야!…… 우리의 사랑 같은 이런 사랑은 하늘에 고해야 하는 거야. 저들은 나를 고문하고 있어. 더는 못 참겠어. 나를 구해줘!"

그녀는 로돌프에게 바싹 몸을 붙였다. 눈물이 그렁그렁한 그녀의 눈이 물결 속 불꽃처럼 반짝였다. 가슴이 빠르게 헐떡거렸다. 그는 이제껏 그녀에게 이렇게 사랑을 느껴본 적이 없었다. 그 바람에 그는 정신을 잃고 이렇게 말했다.

"어떻게 해야 하지? 뭘 원해?"

"나를 데려가줘!" 그녀가 외쳤다. "나를 다른 데로 데려가줘!…… 오, 제발!"

그리고 그녀는 와락 그의 입술에 키스를 했다. 마치 그 입맞춤에서 흘러나오는 예기치 못한 승낙을 꽉 붙들겠다는 듯이.

"하지만……." 로돌프가 말했다.

"하지만 뭐?"

"그러면 당신 딸은?"

잠시 생각에 잠기더니 그녀가 대답했다.

"데리고 가자, 할 수 없잖아!"

'참 기막힌 여자야!' 멀어져가는 엠마를 바라보면서 그가 생각했다.

그녀가 방금 정원 쪽으로 달려갔기 때문이다. 누가 부르고 있었다.

어머니 보바리 부인은 그날 이후 며느리의 변신에 몹시 놀랐다. 정말로 엠마는 훨씬 유순해진 모습을 보였고 피클 담그는 법을 묻기까지 할 정도로 시어머니를 공경하는 태도를 보였다.

그것은 두 사람을 더 잘 속이기 위해서였을까? 아니면 쾌감을 주는 일종의 금욕주의로, 이제 곧 내던져버릴 것들의 쓴맛을 더 깊이 느끼려는 것이었을까? 그러나 엠마는 그런 것은 안중에도 없었다. 다가올 자신의 행복을 미리 맛보는 데 푹 빠져 있을 따름이었다. 로돌프와 있으면 노상 그 이야기였다. 그녀는 그의 어깨에 기대 속삭였다.

"있잖아, 우리가 역마차를 타면!…… 당신도 그 생각해? 그렇게 되겠지? 마차가 앞으로 내달리는 걸 느끼면 꼭 풍선을 타고 하늘로 올라가는 것 같고, 구름을 향해 떠나는 것 같을 거야. 내가 날짜를 손꼽아 세고 있는 거 알아?…… 당신은?"

이 시기만큼 보바리 부인이 아름다웠던 적은 없었다. 그녀는 기쁨과 열광과 성공에서 나오는 저 형언할 수 없는 아름다움, 그러니까 바로 기질과 상황이 조화롭게 어우러진 그런 아름다움을 지니고 있었다. 그녀의 갈망, 슬픔, 쾌락의 경험, 결코 늙지 않는 환상이 마치 비료와 비, 바람, 태양이 꽃들에게 하듯이, 점점 그녀를 키워나가 마침내 엠마는 타고난 자기 존재의 모든 것을 활짝 꽃피우고 있었다. 그녀의 눈꺼풀은 깊은 눈동자를 품은 사랑의 그윽한 시선을 위해 일부러 만들어진 것 같았고, 강렬한 숨결로 얇은 콧방울이 벌어졌으며, 거뭇한 솜털이 살짝 그늘을 드리운 도톰한 입술 끝이 위로 올라갔다. 음탕한 그림에 능한 예술가가 그녀의 목덜미 위에 하나로 땋은 머리카락을 드리워놓은 것만 같았다. 그것은 간통의 움직임에 따라 매일 풀어헤쳐져 묵직한 다발로 아무렇게나 말려 있는 머리카락이었다. 이제 그녀의 목소리는 더 나긋한 억양을 띠었고 몸도 더 나긋해졌다. 주름진 치맛자락이나 발이 구부러지는 모습에서는 사람의 마음을 파고드는 미묘한 무언가가 퍼져 나왔다. 샤를이 보기에 그녀는 신혼 때처럼 말할 수 없이 탐스러웠고 도저히 저항할 수가 없었다.

밤중에 집에 돌아오면 그는 감히 그녀를 깨우지 못했다. 도자기로 된 등불이 천장에 비쳐서 밝은 동그라미가 파르르 떨렸고, 작은 요람을 두른 커튼은 침대 옆 어둠 속에서 둥그렇게 부풀어져 하얀 오두막 같은 모습을 하고 있었다. 샤를은 그것을 물끄러미 바라보았다. 딸아이의 숨소리가 들리는 것 같았다. 아이는 이제 커갈 것이다. 계절이 바뀔 때마다 빠르게 성장할 것이다. 해 질 녘 활짝 웃으면서 조끼에 잉크를 묻힌 채 바구니를 팔에 걸고 학교에서 돌아오는 딸아이의 모습이 벌써 눈앞에 보였다. 그다음에는 아이를 기숙사에 보내야 할 테고 돈이 많이 들 것이다. 어떻게 할까? 그는 열심히 궁리를 해보았다. 인근에 작은 농장을 하나 빌려서 환자들을 보러 갈 때 매일 아침 들러 직접 감독을 하면 어떨까 싶었다. 그 수입을 절약해서 저축 계좌에 넣어둘 생각이었다. 그다음 어딘가 아무 데든 주식을 사리라. 그리고 또 환자도 늘 것이다. 그는 그렇게 기대했다. 베르트가 잘 자라기를, 재능이 많기를, 피아노도 배우기를 바랐으므로. 아! 나중에 열다섯 살이 되어 어머니를 닮은 그 애가 여름에 제 엄마처럼 커다란 밀짚모자를 쓰면 얼마나 예쁠까! 멀리서 보면 꼭 자매 같겠지. 저녁이면 딸이 그들 곁에 앉아 등잔불 아래서 공부하는 모습도 머릿속에 그려보았다. 그의 슬리퍼에 수를 놓아주기도 할 것이다. 집안 살림도 하고, 온 집안을 그 아이의 상냥함과 명랑함으로 가득 채울 것이다. 그리고 마침내 아이를 출가시킬 생각을 하게 될 때가 오겠지. 확실한 직업을 가진 좋은 청년을 찾아주리라. 그 남자는 딸아이를 행복하게 해줄 것이다. 그리고 그 행복은 언제까지나 계속 이어지리라.

엠마는 자는 게 아니라 잠든 척하고 있었다. 그리고 샤를이 옆에서 잠이 드는 동안 그녀는 다른 꿈들로 깨어났다.

말 네 마리가 끄는 마차에 실려 그녀는 벌써 일주일 전부터 어떤 새로운 곳을 향해 달리고 있었고, 이제 그들은 다시 돌아오지 않을 것이었다. 그들은 서로 팔을 끼고 아무 말 없이 달리고 또 달렸다. 가끔 그들은 산꼭대기에 올라 둥근 지붕들, 다리, 배, 레몬나무 숲과 흰 대리석 성당들, 그 뾰족한 종루에 깃든 황새 둥지들이 눈앞에 확 펼쳐지는 광경을 내려다보았다. 큰 포석들 때문에 그들은 평보로 가고 있고, 바닥에는 빨간 코르셋을 입은 여자들이 선사하는 꽃다발들이 깔려 있었다. 종이 울리는 소리, 당나귀 우는 소리, 희미한 기타 소리, 분수 소리가 들려왔다. 분수가 내뿜는 수증기는 그 아래 미소 띤 하얀 석상들의 발치에 피라미드 모양으로 놓인 과일 더미들을 시원하게 식혀주고 있었다. 그러다가 어느 날 저녁 그들은 절벽과 오두막들을 따라 갈색 그물이 바람에 마르고 있는 어촌 마을에 당도했다. 그들이 살려고 멈춘 곳이 바로 거기였다. 그들은 바닷가 만 깊은 안쪽, 야자수 그늘이 드리워진 평평한 지붕의 나지막한 집에서 살 것이었다. 곤돌라를 타고 바다를 떠다니고 흔들리는 해먹에 누워 있기도 하리라. 그들의 삶은 그들이 입고 있는 실크 옷처럼 편안하고 넉넉하며, 눈앞에 펼쳐진 온화한 밤처럼 온통 별들이 가득하고 따스할 것이었다. 하지만 그녀가 그려보는 이 광막한 미래의 풍경에 특별한 무언가는 전혀 모습을 보이지 않았다. 하루하루 나날들은 한결같이 근사했고 물결처럼 전부 다 비슷했다. 그리고 그것은 한없이, 조화롭게, 푸르스름한 빛을 띠며, 내리쬐는 햇빛 아래 수평선에서 흔들리고 있었다. 그런데 그때 아이가 요람 속에서 기침을 하거나 보바리의 코 고는 소리가 더 크게 들려오고, 그러면 엠마는 새벽빛이 유리창을 희미하게 비추고 쥐스탱이 벌써 약국의 차양을 여는 아침이 되어서야 잠이 드는 것이었다.

엠마는 뢰뢰 씨를 오게 해서 말했다.

"외투가 필요해질 것 같아요. 칼라가 길고 안감을 댄 큰 외투요."

"여행을 떠나시나요?" 뢰뢰가 물었다.

"아니요! 하지만…… 하여간, 부탁할게요. 괜찮겠죠? 아주 빨리요!"

그가 머리를 숙였다.

"그리고 또 트렁크도 필요한데…… 너무 무겁지 않고……, 편리한 거로."

"네네, 알겠습니다. 대략 구십이 센티에 오십 센티 정도로, 요즘 나오는 거죠."

"그리고 여행가방도 하나."

'이건 틀림없이 뭔 소동이 있었던 거야.' 뢰뢰가 생각했다.

"자 여기." 보바리 부인이 허리띠에서 회중시계를 끌러주며 말했다. "이거 받으세요. 이걸로 계산해주세요."

그러나 상인은 그건 아니라고 소리쳤다. 잘 아는 사이인데 자기가 그녀를 의심이라도 한단 말인가? 이 무슨 어린아이 같은 생각인가! 그래도 그녀는 적어도 줄만이라도 받으라고 계속 우겼다. 그래서 뢰뢰가 그것을 이미 주머니에 넣고 돌아서는데 그녀가 그를 다시 불러 세웠다.

"전부 가게에 놓아두세요. 외투는—생각을 해보는 듯하더니—아니, 외투도 가져오지 마세요. 재봉사 주소만 저한테 주시고 제가 아무 때나 찾을 수 있게 일러두세요."

그들이 도망가기로 한 것은 다음 달이었다. 그녀는 루앙에 볼일을 보러 가는 것처럼 용빌을 떠날 것이었다. 로돌프는 자리를 예약하고 여권을 만들고 파리에 편지를 보내는 일까지 해두기로 했다. 파리에서 우편마차 한 대 전체를 빌려 마르세유까지 간 다음 거기에서 사륜마차를 한 대 사서 거기서부터 제노바까지 멈추지 않고 달리기 위해서였다. 그녀는 짐을 뢰뢰의 가게에 잘 보내놓은 뒤 아무도 의심하지 않도록 바로 *이롱델*에 싣게 할 예정이었다. 그리고 이 모든 과정에서 아이 문제는 한 번도 거론된 적이 없었다. 로돌프는 그 이야기를 피했다. 그녀도 그 생각을 하지 않는 것 같았다.

그는 어떤 일을 마무리하기 위해 이 주일만 더 시간을 갖고자 했다. 그다음 일주일이 지나자 이 주일을 더 요구했다. 그러고 나서는 몸이 아프다고 했고 그다음에는 먼 곳을 다녀왔다. 8월이 지났고, 그렇게 계속 연기를 한 끝에 그들은 9월 4일 월요일에는 무슨 일이 있어도 떠나기로 확정했다.

마침내 토요일, 전전날이 되었다.

로돌프가 평소보다 좀 이른 밤에 왔다.

"준비는 다 됐어?" 엠마가 그에게 물었다.

"응."

그리고 그들은 화단을 한 바퀴 돌고 테라스 옆의 담장 돌에 앉았다.

"우울해 보이네." 엠마가 말했다.

"아니, 왜?"

그런데 그는 다정하면서도 어딘가 이상한 시선으로 그녀를 바라보았다.

"떠나게 되니까 그래?" 그녀가 다시 물었다. "당신이 좋아했던 것, 여기서 지낸 삶을 다 놔두고 떠나려니까? 이해해…… 하지만 나는, 나는 이 세상에 아무것도 없는걸? 나한테는 당신이 전부야. 그러니까 당신한테는 내가 전부가 될 거고. 내가 당신의 가족, 당신의 나라가 될게. 내가 당신을 보살피고 당신을 사랑할게."

"어쩌면 이렇게 사랑스러울까!" 두 팔로 엠마를 안으며 그가 말했다.

"정말?" 요염하게 웃으며 그녀가 말했다. "나를 사랑해? 맹세해봐!"

"당신을 사랑하느냐고! 당신을 사랑하느냐고! 아니, 사랑하는 것보다 더 사랑하지. 내 사랑!"

완전히 둥글고 자줏빛이 도는 달이 목초지 끝의 지면에서 올라오고 있었다. 달이 곧 포플러나무 가지 사이로 떠올랐고, 나뭇가지들이 마치 구멍이 뚫린 검은 커튼처럼 군데군데를 가려놓았다. 얼마 후 달은 하얀빛으로 반짝이며 나타나 텅 빈 하늘을 환하게 비추었다. 그리고 이제는 아주 천천히 시냇물 위에 커다란 원을 떨어뜨려 수없이 많은 별이 반짝이게 만들었다. 그 은빛 광채는 마치 반짝이는 비늘로 덮인 머리 없는 뱀처럼 물속 깊이 몸을 비틀며 들어가고 있는 것 같았다. 어떤 괴물 같은 촛대에서 다이아몬드가 녹아 방울방울 떨어져 내리는 것 같기도 했다. 온화한 밤이 그들 주위에 펼쳐져 있었다. 여러 겹의 어둠이 나뭇가지들을 채웠다. 엠마는 반쯤 눈을 감고 불어오는 시원한 바람을 깊이 들이마셨다. 두 사람은 각자 밀려드는 몽상에 너무 깊이 빠져 있어서 아무 말도 하지 않았다. 지난날의 사랑하던 마음이 흐르는 강물처럼 조용히 넘실거리며 고광나무 향기에 취하듯 나른하게 마음속에 되살아나, 풀밭 위에 가지를 늘어뜨리고 가만히 서 있는 버드나무의 그림자보다 더 크고 우수에 찬 그림자를 그들의 추억 속에 투영하고 있었다. 종종 고슴도치나 족제비 같은 먹이를 찾는 밤 짐승이 나뭇잎을 흔들었고, 때로는 다 익은 복숭아가 과수밭에 저절로 떨어지는 소리가 들리기도 했다.

"아, 아름다운 밤이다!" 로돌프가 말했다.

"우리에게 이런 밤이 앞으로 많을 거야!" 엠마가 이어서 말했다.

그러고는 혼잣말을 하듯 말했다.

"그래, 여행이 참 좋을 거야…… 그런데 왜 마음이 좀 슬프지? 알지 못하는 미래가 두려워서인가?…… 익숙해 있던 것들을 떠나게 돼서?…… 아니면 그보다는…… 아냐, 너무 행복해서 그런 거야. 어쩌면 이렇게 약해 빠졌는지. 그렇지? 미안해!"

"아직 늦지 않았어." 그가 외쳤다. "잘 생각해. 후회할지도 몰라."

"절대로 안 해!" 그녀가 격한 어조로 말했다.

그리고 그에게 다가오며 말했다.

"나한테 대체 무슨 불행이 닥칠 수 있겠어? 당신과 함께라면 건너지 못할 사막도 절벽도 대양도 없어. 우리는 함께 살아갈수록 날마다 더 단단하고 더 완전한 포옹 같은 나날이 될 거야. 우리에겐 마음의 혼란도 걱정도 장애물도 없을 거야. 우리 둘이서만, 우리를 위해서만, 영원히…… 말 좀 해봐. 그렇다고 해줘."

그는 간간이 "응…… 응……." 하고 대답을 했다. 그녀는 그의 머리카락 속에 손을 넣고는 눈물을 뚝뚝 흘리면서도 어린아이 같은 목소리로 계속 말했다.

"로돌프! 로돌프!…… 아, 로돌프, 내 사랑 로돌프!"

자정을 알리는 소리가 울렸다.

"열두 시야!" 그녀가 말했다. "자, 이제 내일이야! 아직 하루가 남았네!"

그는 가려고 일어났다. 그러자 이 동작이 마치 그들의 도피를 알리는 신호이기라도 한 것처럼 엠마는 갑자기 즐거운 표정이 되었다.

"여권 잘 가지고 있지?"

"응."

"아무것도 잊은 거 없어?"

"없어."

"확실해?"

"그럼."

"프로방스 호텔에서 나를 기다리는 거 맞지?…… 정오에?"

그가 고개를 끄덕였다.

"그럼 내일 봐!" 마지막으로 그를 어루만지며 엠마가 말했다.

그리고 그녀는 그가 멀어져가는 것을 바라보았다.

그는 뒤돌아보지 않았다. 그녀는 그의 뒤를 쫓아가 물가의 가시덤불 사이로 몸을 구부리고 소리쳤다.

"내일 봐!"

그는 벌써 강을 건너 목초지에서 빨리 걸어가고 있었다.

몇 분 후에 로돌프는 걸음을 멈추었다. 그리고 그녀의 하얀 옷이 유령처럼 조금씩 어둠 속으로 사라지는 것을 보았을 때 그는 가슴이 너무 심하게 뛰어서 쓰러지지 않으려고 나무에 몸을 기댔다.

"이런 멍청한 새끼!" 그가 자신에게 심하게 욕을 했다. "아 몰라. 뭐, 예쁜 정부였어."

그러자 곧 아름다운 엠마가 그 사랑의 모든 쾌락과 더불어 눈앞에 다시 떠올랐다. 처음에는 잠시 마음이 약해졌지만 이내 그녀에게 확 역증이 솟았다.

"아니 하여간, 내가 고향을 떠날 수는 없는 거잖아. 애를 떠맡을 수도 없고 말이야." 그는 몸짓을 해가면서 크게 소리쳤다.

그는 더 확실하게 마음을 굳히기 위해서 이런 말들을 했던 것이다.

"게다가 또 여러 가지 번거로운 일이며 비용이며…… 아, 안 돼, 안 돼, 절대 안 돼! 너무 바보 같은 짓이었을 거야!"

# 13

집으로 돌아가자마자 로돌프는 트로피처럼 벽에 걸어놓은 사슴 머리 아래의 책상에 후다닥 가서 앉았다. 하지만 손에 펜을 잡았는데 쓸 말이 아무것도 떠오르지 않아서 팔꿈치를 괴고 생각을 하기 시작했다. 자신이 내린 결정이 갑자기 그들 사이를 엄청나게 벌려놓은 것처럼 엠마는 벌써 머나먼 과거 속으로 멀어져간 것 같았다.

그녀에 대해 뭔가 다시 떠올려보려고 침대 머리맡 장롱을 뒤져 평소에 여자들의 편지들을 넣어두던 오래된 랭스 비스킷 상자를 꺼내왔다. 상자에서는 습한 먼지 냄새와 시든 장미 향이 났다. 먼저 희미한 얼룩이 묻은 손수건이 눈에 띄었다. 엠마의 손수건이었다. 언젠가 산책을 하다가 그녀가 코피를 흘렸던 적이 있었다. 하지만 그는 기억하지 못했다. 그 옆에는 엠마가 준, 네 귀퉁이가 다 상한 작은 초상화가 있었다. 그녀는 너무 요란하게 차려입었고 *비스듬한 시선*은 더 보기 민망했다. 그렇게 한참 그림을 들여다보고 그녀에 대한 추억을 떠올리다 보니 엠마의 윤곽은 점점 그의 기억 속에서 뭉뚱그려져 마치 살아 있는 얼굴과 그려진 얼굴이 문질러져 양쪽이 다 지워져버린 것같이 되었다. 마침내 그는 그녀의 편지 몇 개를 읽어보았다. 그 편지들은 온통 그들이 떠날 여행에 대한 설명뿐으로 사무용 전갈처럼 간략하고 기술적이고 급하게 쓴 것들이었다. 그는 예전의 좀 더 긴 편지들을 다시 보고 싶었다. 상자 맨 밑바닥에서 그런 편지를 찾아보려고 로돌프는 상자를 뒤집어 다른 것들을 모두 쏟아냈다. 그리고 기계적으로 종이와 물건들 더미를 뒤지기 시작했는데 꽃다발, 가터벨트, 검은 가면, 핀, 머리카락 같은 것이 뒤죽박죽 섞여 있었다. 머리카락! 갈색, 금발 머리카락. 어떤 것은 상자의 철제부품에 걸려 상자를 열 때 끊어진 것도 있었다.

이렇게 추억 속을 거닐면서 그는 철자법만큼 다양한 글씨체와 문체를 찬찬히 살펴보았다. 편지들은 다정한 것도 있고 명랑하거나 익살스러운 것, 우수에 잠긴 것도 있었다. 사랑을 요구하는 편지, 돈을 요구하는 편지들도 있었다. 한 단어를 보고 어떤 얼굴, 몸짓, 목소리가 떠오르기도 했다. 하지만 때로는 아무것도 기억나지 않았다.

사실 이 여자들은 그의 생각 속으로 한꺼번에 밀려들어와 서로 밀쳐대다가 마치 똑같은 사랑의 높이로 키가 다 같아진 것처럼 조그맣게 쪼그라들어버리고 말았다. 그래서 그는 뒤섞인 편지 한 움큼을 집어 오른손에서 왼손으로 폭포처럼 떨어뜨리며 잠깐 장난을 쳤다. 그러다가 로돌프는 마침내 그마저도 지겨워지고 졸리기 시작해서 상자를 장롱에 도로 가져다 넣으며 이렇게 혼잣말을 했다.

"정말 웃기는 소리 천지네!……"

이것은 그의 견해를 요약하는 말이었다. 아이들이 학교 마당을 뛰어다니는 것처럼 쾌락이 그의 마음을 너무 짓밟아놓아서 그 마음속에는 초록빛 풀 한 포기 돋아나지 못했고, 그 마음에 지나간 것은 아이들보다도 더 정신없는 것이어서 그들처럼 담벼락에 제 이름 하나 새겨놓지 못했기 때문이다.

"자, 시작해보자!" 그가 혼자 말했다.

그는 편지를 써 내려갔다.

힘을 내요, 엠마! 힘을 내요! 나는 당신의 삶을 불행하게 만들고 싶지 않아요……

'어쨌든 이건 정말이야.' 로돌프가 생각했다. '내가 이러는 건 그녀를 위해서야. 난 진실한 거야.'

당신의 결심에 대해 심사숙고해보았나요? 내가 당신을 어떤 심연 속으로 끌어들이고 있는지 알아요? 가엾은 천사여. 모르죠? 당신은 행복을, 미래를 믿고서 온 마음을 다 맡긴 채 미친 듯이 앞으로 나갔던 거예요…… 아! 우리는 정말 불행한 사람들입니다. 정신이 나갔어요.

로돌프는 좀 괜찮은 구실을 찾으려고 쓰기를 멈추었다.

'내 재산을 다 날렸다고 하면 어떨까?…… 아, 아니야. 그래 봐야 아무 소용없을 거야. 나중에 또 반복하게 될 거라고. 이런 여자들이 말귀를 알아듣게 할 수 있기는 한 걸까?'

그는 곰곰 생각하다가 덧붙였다.

당신을 잊지 않을 거예요. 믿어줘요. 그리고 나는 계속 당신을 향한 깊은 애정을 간직하고 있을 겁니다. 우리의 열렬한 감정은 언젠가, 언젠가 때가 되면 (이것이 인간사의 운명이지요) 아마 사그라질 거예요. 권태가 찾아올 거고, 그러면 내가 당신의 회한을 지켜보게 되고 또 내가 그 회한을 야기했으니 나 또한 회한에 사로잡히게 되는 그런 끔찍한 고통을 겪지 않으리라고 누가 장담하겠어요? 당신에게 찾아올 슬픔을 생각만 해도 나는 너무나 괴롭습니다, 엠마! 나를 잊어요! 왜 내가 당신을 알게 되어야만 했을까요? 왜 당신은 그렇게나 아름다웠던 건가요? 내가 잘못한 걸까요? 오 하느님! 아니에요, 아니에요, 운명만을 탓해주세요!

“바로 이 말이 늘 효과 만점이지.” 그가 혼자서 말했다.

아! 당신이 만일 어디에서나 흔한, 마음이 가벼운 여자였다면 나는 틀림없이 이기적인 생각으로 경험 한번 해보자 그랬을 것이고 그러면 당신에게 위험도 없었을 겁니다. 하지만 당신의 매력인 동시에 당신을 아프게 하는 그 뜨겁고 감미로운 감정 때문에 사랑스럽기 그지없는 여인인 당신이 미래의 우리 입장이 잘못되리라는 걸 깨닫지 못했던 거지요. 나도 처음에는 그런 생각을 깊게 하지 않았고, 결과는 예상도 하지 않은 채 이상적 행복의 그늘 아래 쉬고 있었습니다. 독을 뿜는 만치닐나무 그늘 아래 있는 것과 마찬가지인데 말이지요.

“내가 돈이 아까워서 포기한 거라고 생각할지도 몰라…… 아, 몰라, 할 수 없지 뭐, 끝을 내야 해!”

세상은 잔인합니다, 엠마. 우리가 어디에 가 있든 세상은 우리를 따라왔을 겁니다. 당신은 무례한 질문들과 비방, 경멸, 모욕을 견뎌야 했을지 모릅니다. 당신에게 모욕이라니! 아…… 나는 당신을 왕좌에 앉혀놓고 싶은 사람인데! 부적처럼 당신 생각을 품고 떠나는 사람인데! 이렇게 멀리 떠남으로써 나 스스로 내가 당신에게 준 모든 고통에 대한 벌을 내리려는 겁니다. 나는 떠나요. 어디로? 나도 몰라요. 나는 지금 제정신이 아니에요. 잘 있어요! 당신을 잃은 이 불행한 남자를 기억해줘요. 당신의 아이에게 내 이름을 알려주고 기도할 때 그 이름을 말하게 해줘요.

촛불 두 개의 심지가 흔들렸다. 로돌프는 창문을 닫으려고 일어났다가 다시 돌아와 앉으며 말했다.

"다 쓴 것 같다. 아! 이거 하나 더 있네. 그 여자가 와서 성가시게 조를까 봐 겁나니까."

당신이 이 서글픈 편지를 읽을 때면 나는 멀리 떠나 있을 거예요. 당신을 다시 보고 싶은 유혹을 피하기 위해 최대한 빨리 도망치고 싶었기 때문입니다. 약해지면 안 돼요! 나는 돌아올 거예요. 아마도 이다음에 우리는 아무렇지도 않게 우리의 옛사랑 이야기를 하게 되겠지요. 잘 있어요!

그리고 마지막으로 '잘 있어요Adieu'라는 단어를 둘로 나눠서 '하느님에게A Dieu!'라고 쓰고는 스스로 아주 멋지다고 생각했다.

'이제 뭐라고 서명을 하지?' 그가 생각했다. '당신의 충실한?…… 아니야. 당신의 친구?…… 그래, 이거다.'

당신의 친구.

그는 편지를 다시 읽어보았다. 잘 쓴 것 같았다.

"불쌍한 여자!" 그는 마음이 좀 약해졌다. "나를 바위보다 더 무심한 사람이라고 생각하겠군. 이 부분에서는 눈물이 좀 필요했는데. 하지만 난 울 수가 없어. 내 잘못이 아니야." 그래서 로돌프는 컵에 물을 따라 손가락을 담갔다가 큰 물방울을 하나 툭 떨어뜨렸고, 그랬더니 잉크 위에 희미한 얼룩이 생겼다. 그런 다음 편지를 봉하려고 봉인 도장을 찾다 보니 '아모르 넬 코르'라는 문구를 새긴 도장이 나왔다.

"이건 별로 상황에 맞질 않는데…… 에이, 모르겠다."

그러고 나서 그는 파이프를 세 대 피운 다음 잠자리에 들었다.

다음 날 자리에서 일어나(늦게 잠들어서 두 시경에) 로돌프는 살구를 한 바구니 따오라고 시켰다. 그 바구니 바닥에 포도잎으로 가려 편지를 넣고는 곧바로 밭 일꾼 지라르에게 조심해서 보바리 부인 집에 가져다드리라고 일렀다. 그는 계절에 따라 과일이나 사냥한 것을 보내면서 그녀와 이런 방식으로 편지를 주고받곤 했다.

"부인이 내 소식을 묻거든 여행을 떠났다고 해. 부인 손에 직접 바구니를 전해줘야 해…… 가봐. 조심하고!"

지라르는 새 작업복을 입고 살구 둘레에 손수건을 묶은 다음 징을 박은 투박한 나막신을 신고 저벅저벅 큰 걸음으로 걸어 느긋하게 용빌로 가는 길에 접어들었다.

지라르가 집에 도착했을 때 보바리 부인은 펠리시테와 함께 부엌의 탁자에서 세탁물을 정리하고 있었다.

"여기, 주인님이 부인께 보내시는 겁니다."

어떤 불길한 예감에 사로잡힌 엠마는 주머니에서 동전을 찾으며 그 농부를 얼이 빠진 듯한 눈으로 쳐다보았고, 농부 쪽에서도 이런 선물이 누군가를 그렇게 감동시킬 수 있다는 게 이해가 되지 않아 놀란 눈으로 그녀를 쳐다보았다. 잠시 후 그가 나갔다. 펠리시테는 그대로 머물러 있었다. 엠마는 더 참을 수가 없어서 살구를 가져다 놓으려는 것처럼 거실로 달려가 바구니를 뒤집었고, 잎사귀들을 헤치며 편지를 발견하고 그것을 열어봤다. 그리고 마치 뒤에 끔찍한 불이라도 붙은 것처럼 완전히 공포에 질린 채 자기 방으로 달려갔다.

샤를이 거기 있었고 엠마도 그를 보았다. 그가 뭐라고 말을 했지만 그녀는 아무것도 들리지 않았고, 숨을 헐떡이며 정신없이, 뭐에 취한 사람처럼 계속 계단을 빠르게 올라갔다. 손에는 여전히 그 끔찍한 편지, 양철판처럼 차르랑 소리를 내는 그 종이를 쥐고 있었다. 삼층의 닫혀 있는 다락방 문 앞에서 그녀가 멈추었다.

이제 그녀는 마음을 가라앉혀보려 했다. 편지 생각이 났다. 마저 읽어야 하는데 엄두가 나지 않았다. 그건 그렇고 어디에서? 어떻게? 사람들이 볼 텐데.

'아, 아니다, 여기서는 괜찮을 거야.' 그녀가 생각했다.

엠마는 문을 열고 들어갔다.

슬레이트 지붕에서 찌는 듯한 열기가 곧장 내려와 그녀의 관자놀이를 죄고 숨이 막히게 했다. 간신히 지붕 밑 채광창까지 가서 빗장을 끄르자 환한 햇빛이 한꺼번에 쏟아져 들어왔다.

맞은편 지붕들 너머로 넓은 들판이 끝없이 펼쳐져 있었다. 아래로는 마을의 텅 빈 광장이 보였다. 보도의 자갈들이 반짝이고 집마다 바람개비가 꼼짝도 하지 않고 멈춰 있었다. 길모퉁이로 아래층에서 뭔가 날카롭게 울리며 붕붕거리는 소리가 새어 나왔다. 비네가 회전판을 돌리고 있는 것이었다.

엠마는 다락방 창가에 기대고 서서 분노로 코웃음을 치며 그 편지를 다시 읽었다. 하지만 편지에 집중을 하면 할수록 생각이 더 혼란스러워졌다. 그의 모습이 눈앞에 보이고, 목소리가 들리고, 두 팔로 그를 끌어안았다. 성곽을 부수는 엄청난 추처럼 심장이 쿵쿵 뛰었고, 빨라졌다 느려졌다 제멋대로 쿵쾅거렸다. 그녀는 땅이 무너져내렸으면 하는 마음으로 주위를 둘러보았다. 끝내버리면 왜 안 되지? 누가 그러지 못하게 붙드는 거지? 그녀는 자유로웠다. 그래서 그녀는 앞으로 나아가 저 아래 포석을 보면서 말했다.

"뛰어내려! 뛰어내려!"

밑에서 곧바로 올라오는 햇살이 그녀의 몸을 깊은 심연 속으로 잡아당기고 있었다. 광장 바닥이 일렁거리면서 벽을 따라 솟아오르는 것 같고 마룻바닥이 앞뒤로 흔들리는 배처럼 한쪽으로 기울어지는 것 같았다. 거대한 공간에 둘러싸인 채 절벽 끝에 붕 떠 있는 느낌이었다. 하늘의 푸른빛이 그녀를 향해 몰려들었고, 텅 빈 머릿속에 바람이 휘돌았다. 이제 몸을 그냥 그대로 내맡기기만 하면 되었다. 그녀를 부르는 노한 목소리처럼 회전판이 붕붕거리는 소리가 계속 들려왔다.

"여보! 여보!" 샤를이 소리쳤다.

그녀가 멈췄다.

"어디 있는 거야? 이리 와!"

이제 막 죽음에서 빠져나왔다는 생각에 엠마는 공포에 질려 정신을 잃을 뻔했다. 그녀는 눈을 감았다. 그리고 어떤 손이 소매에 닿는 걸 느끼고 몸서리를 쳤다. 펠리시테였다.

"주인님이 기다리세요. 저녁 식사가 준비됐어요."

이제 내려가야 했다! 식탁에 앉아야 했다!

먹으려 해보았지만 음식이 목에 걸려 숨이 막혔다. 그래서 그녀는 수선한 부분을 살피려는 듯 냅킨을 펼쳤다가 정말로 그 일에 집중해서 천의 실들을 세보려고 했다. 불현듯 편지가 다시 생각났다. 잃어버렸나? 어디서 찾지? 하지만 정신이 녹초가 되어버려 식탁에서 일어날 구실을 생각해낼 수가 없었다. 그리고 겁쟁이가 되어 있었다. 엠마는 샤를이 무서웠다. 그가 모든 것을 다 알고 있는 것이 분명했다. 정말로 그는 묘하게 이런 말을 내뱉었다.

"로돌프 씨를 한동안 못 보게 될 것 같던데."

"누가 그래요?" 파르르 떨면서 엠마가 말했다.

"누가 그랬냐고?" 그녀가 말을 낚아채듯 묻는 데 좀 놀라면서 샤를이 대답했다. "좀 전에 *카페 프랑세* 문 앞에서 지라르를 만났는데 그러더군. 여행을 떠났다던가 떠날 예정이라던가."

그녀는 목이 메었다.

"그런데 왜 그렇게 놀라? 가끔 그렇게 기분전환을 하러 떠나곤 하더라고. 하긴 뭐 나도 인정해. 재산도 있고 독신이고 그러니…… 하여간 그 친구, 잘 즐기고 살아. 재미있는 사람이야. 랑글루아 씨가 그러는데……."

하녀가 들어오는 바람에 그는 조심하느라 입을 다물었다.

하녀는 선반 위에 흩어져 있는 살구를 바구니에 담았다. 샤를은 아내의 얼굴이 붉어져 있는 것을 알아차리지 못한 채 그것을 가져오게 해서 한 입 먹기까지 했다.

"와, 기가 막히네!" 그가 말했다. "자, 먹어봐."

그러면서 샤를이 바구니를 내밀자 그녀는 가만히 밀어냈다.

"그럼 냄새라도 한번 맡아봐. 진짜 좋아." 여러 번 코 밑에 바구니를 갖다대며 그가 말했다.

"숨이 막혀요." 엠마가 벌떡 일어나며 소리쳤다.

그러나 꾹 눌러 참자 경련은 사라졌다. 이어 그녀가 말했다.

"아무것도 아니에요. 아무것도. 신경이 예민해져서 그래요. 앉아서 식사해요."

이렇게 말한 건 누가 자꾸 그녀에게 질문을 하고 보살펴주려 하고 곁에 계속 남아 있으려 할까 봐 두려웠기 때문이다.

샤를은 시키는 대로 다시 자리에 앉았고, 손에 살구씨를 뱉었다가 자기 접시에 내려놓았다.

갑자기 파란색 이륜마차 하나가 빠르게 광장을 지나갔다. 엠마는 소리를 지르고 뻣뻣하게 몸이 굳은 채 바닥에 뒤로 쓰러졌다.

사실 로돌프는 여러 생각 끝에 루앙으로 떠나기로 결정했다. 그런데 위셰트에서 뷔시로 가려면 용빌을 거치는 길밖에 없었기 때문에 마을을 지나가야 했던 것이고, 엠마는 번개처럼 노을빛을 가르고 지나가는 등불로 그 마차를 알아보았다.

집 안에서 일어나는 소리를 듣고 약사가 달려왔다. 식탁과 접시가 모두 뒤집혔다. 소스, 고기, 칼, 소금통, 기름병 들이 방 안 여기저기에 흩어져 있었다. 샤를은 도와달라고 소리소리 질렀고 베르트는 겁에 질려 울어댔다. 그리고 펠리시테는 손을 덜덜 떨면서 전신에 경련이 이는 부인의 옷을 풀고 있었다.

"얼른 약국에 뛰어가서 방향성 각성제를 가져올게요." 약사가 말했다.

얼마 후 엠마가 약병의 향을 들이마시며 눈을 뜨자 약사가 말했다.

"그럴 줄 알았어요. 이건 죽은 사람도 깨어나게 할 거예요."

"말 좀 해봐!" 샤를이 말했다. "말 좀 해봐! 정신 차려! 나야, 당신을 사랑하는 샤를이야. 나 알아보겠어? 자, 여기 당신 딸. 안아봐."

아이는 어머니의 목에 매달리려고 팔을 내밀었다. 하지만 엠마는 고개를 돌리며 더듬더듬 말했다.

"아니, 아니…… 아무도!"

그녀는 다시 기절했다. 사람들이 엠마를 침대로 옮겼다.

그녀는 입을 벌리고 눈은 감은 채 두 손을 펼치고 미동도 없이 마치 밀랍 조각상처럼 창백한 모습으로 누워 있었다. 눈에서 눈물이 냇물처럼 흘러나와 배게 위로 떨어졌다.

샤를은 침실 안쪽 구석에 우두커니 서 있었다. 약사는 그 곁에서 삶의 심각한 상황에 어울리는 침묵을 지키며 생각에 잠긴 모양새로 서 있었다.

"마음 놓으세요." 약사가 샤를의 팔꿈치를 툭 건드리며 말했다. "발작은 지나간 것 같아요."

"네. 이제 좀 안정이 되네요." 엠마가 자는 모습을 바라보며 샤를이 대답했다. "가여운 사람…… 가여운 사람…… 저렇게 다시 몸져눕다니!"

그러자 오메는 일이 어떻게 일어난 거냐고 물었다. 샤를은 그녀가 살구를 먹다가 갑자기 발작을 일으켰다고 대답했다.

"이상하네……" 약사가 다시 말했다. "하지만 뭐 살구로 인해 실신을 할 수도 있겠지요. 어떤 냄새에 아주 민감한 체질이 있어요. 심지어 이건 병리학적 견지에서나 생리학적 견지에서 충분히 연구해볼 만한 좋은 문제가 될 수 있을 거예요. 신부들은 그 중요성을 알고 있었죠. 의식에 쓸 향을 늘 혼합해왔던 사람들이니까요. 그건 이성을 마비시키고 황홀감을 불러일으키기 위한 것이지요. 그리고 남자보다 섬세한 여자들에게서 더 효과를 얻기 쉽고요. 불에 탄 뿔 냄새, 부드러운 빵 냄새에 기절하는 여자들도 있다고 하는데……."

"아내가 깨지 않게 조심하세요." 보바리가 작은 소리로 말했다.

"그리고 인간만이 아니라 동물도 이런 이상 현상의 대상이 됩니다." 약사가 계속 말했다. "그러니까, 속칭 고양이풀이라고 부르는 *네페타 카타리아*가 고양이 족속에게 기이하게 최음 효과를 일으킨다는 건 선생님도 아시지요. 그런데 제가 확실하게 보증하는 예가 하나 있는데, 브리두(제 옛 친구인데 현재 말팔뤼 가에 자리를 잡고 있지요) 이 친구네 개는 코담배 갑만 가져다 대면 경련을 일으킨답니다. 기욤 숲 자기 별장에서 친구들을 앞에 놓고 실험도 종종 해 보였어요. 단순한 재채기 유발제가 네발짐승의 조직에 이런 피해를 일으킨다는 걸 사람들이 믿을까요? 정말 이상한 일이죠, 안 그래요?"

"네." 제대로 듣고 있지 않던 샤를이 말했다.

"이는 곧 신경계통에 변이가 많다는 걸 증명해주는 것이죠." 약사는 흐뭇하게 만족한 표정으로 미소 지으며 계속 말을 이어나갔다. "부인의 경우를 보자면, 저는 사실 솔직히 말하자면 정말 예민한 분이라고 늘 생각해왔어요. 그래서 증상에 대응한다는 구실로 체질을 공격하는, 소위 치료 약이라고 하는 건 아무것도 선생님께 절대 권하지 않을 겁니다. 안 됩니다. 그런 끔찍한 투약은 안 됩니다. 식이요법, 이거면 다 돼요. 진통제, 완화제, 감미료 말이지요. 그리고 어쩌면 상상력에 충격을 줘야 한다고 생각하지 않으세요?"

"어떤 점에서요? 어떻게?" 보바리가 말했다.

"아, 바로 그게 문제지요! 그것이 정말로 문제인 거예요. 최근에 제가 신문에서 읽은 대로 그야말로 *That is the question!*이죠."

그때 엠마가 깨어나서 외쳤다.

"편지는? 그 편지는?"

사람들은 그녀가 헛소리를 한다고 생각했다. 이 증세는 자정부터 시작되었다. 뇌막염이라는 진단이 내려졌다.

사십삼 일 동안 샤를은 엠마 곁을 떠나지 않았다. 환자도 보지 않았다. 잠자리에 들지도 않고 계속해서 그녀의 맥박을 재고 찜질 연고를 발라주고 냉수찜질을 해주었다. 그는 쥐스탱을 뇌샤텔까지 보내 얼음을 구해 오게 했다. 오는 길에 얼음이 녹아버리면 쥐스탱을 다시 보냈다. 카니베 씨를 불러 진찰을 부탁해보기도 하고 루앙에서 옛 스승인 라리비에르 박사를 모셔오기도 했다. 그는 절망했다. 가장 두려웠던 건 엠마가 극도로 실의에 빠져 있다는 것이었다. 그녀는 말도 하지 않고 듣지도 않고 심지어 전혀 아파하는 것 같지도 않았다. 그녀의 몸과 마음이 같이 작동을 멈추고 쉬고 있는 것 같았다.

시월 중순쯤 되자 엠마는 베개를 등에 고이고 침대에 앉아 있을 수 있게 되었다. 샤를은 그녀가 처음으로 잼을 바른 빵을 먹는 것을 보고 눈물을 흘렸다. 다시 기운이 돌아왔다. 엠마는 오후에 몇 시간씩 자리에서 일어나 있을 수 있게 되었고, 몸 상태가 좋게 느껴진 어느 날 샤를은 그녀를 부축해서 정원을 한 바퀴 거닐게 해보았다. 오솔길의 모래가 낙엽에 덮여 보이지 않았다. 엠마는 샤를에게 어깨를 기대고 실내화를 끌면서 한 걸음 한 걸음 걸으며 계속 미소를 짓고 있었다.

그들은 그렇게 정원 안쪽 테라스 옆까지 갔다. 그녀는 천천히 허리를 펴고 손을 눈 위에 대며 앞을 바라보았다. 그녀는 멀리, 아주 멀리 내다보았다. 그러나 지평선에는 풀을 태우는 커다란 불길만이 언덕 위에서 연기를 피우고 있을 뿐이었다.

"이러다 지치겠어, 여보." 보바리가 말했다.

그리고 정자 아래로 들어가도록 그녀를 부드럽게 밀었다.

"여기 이 벤치에 앉아. 편할 거야."

"아, 아니야, 거기는 아니야, 거기는 아니야." 엠마가 다 꺼져가는 목소리로 말했다.

그녀는 현기증이 일었고, 그날 밤부터 병이 재발하여 전보다 더 불확실한 형태를 보이고 더 복합적인 특성을 나타냈다. 때로는 심장에 통증이 생겼다가 그다음에는 가슴에, 뇌에, 사지에 통증이 나타났다. 갑자기 구토를 하기도 했는데 샤를은 그것을 보고 암의 초기 증상이라고 생각했다.

그리고 이 불쌍한 남자는 그에 더하여 돈 걱정까지 안고 있었다!

# 14

우선 오메 씨의 약국에서 가져다 쓴 모든 약값을 어떻게 배상할지 알 수가 없었다. 샤를은 의사로서 약값을 내지 않아도 됐지만 그래도 그런 빚을 진다는 것은 조금 부끄러운 일이었다. 그리고 하녀가 안주인 역할을 하게 된 지금 생활비 지출이 두려울 정도가 되었다. 청구서들이 빗발쳤다. 집에 물품을 대주는 사람들이 투덜거렸다. 특히 뢰뢰가 집요하게 그를 괴롭혔다. 사실 이 사람은 엠마의 병이 제일 심할 때 그 상황을 이용해서 계산서를 부풀리려고 외투, 여행가방, 하나도 아닌 두 개의 트렁크, 그 밖의 수많은 물건을 서둘러 가져다 놓았다. 샤를이 아무리 필요 없다고 해도 소용없었고, 그 상인은 이 모두가 다 주문받은 물건들이니 다시 가져갈 수 없다고 답했다. 게다가 회복기에 있는 부인의 심기를 불편하게 하는 일이 될 테니 잘 생각해보라는 것이었다. 한마디로 뢰뢰는 자기 권리를 포기하고 물건들을 가져가느니 법적 소송을 할 작정이었다. 나중에 샤를이 물건들을 상인의 가게로 돌려보내라고 시켰는데 펠리시테는 잊어버리고 말았다. 그리고 샤를은 다른 걱정들이 많았기에 그 일은 더 이상 생각하지 않고 있었다. 그러다가 뢰뢰 씨가 다시 공격 개시를 하며 위협과 한탄을 번갈아 하는 식으로 졸라대는 바람에 결국 보바리는 육 개월 기한의 어음에 서명을 하고 말았다. 그런데 어음에 서명을 하자마자 대담한 생각이 떠올랐다. 뢰뢰 씨에게 천 프랑을 빌리자는 것이었다. 샤를은 좀 난처한 표정으로 그 금액을 마련할 방법이 없을까 물었고, 일 년 기한으로 이자는 원하는 대로 내겠다고 덧붙였다. 뢰뢰는 가게로 달려가 그 금액을 에퀴로 가져와서는, 보바리가 다음 해 9월 1일 그에게 천칠십 프랑을 지불할 것을 서약한다는 내용을 받아쓰게 하여 어음을 작성했다. 이미 약정한 백팔십 프랑과 더불어 곧 천이백오십 프랑이 되는 것이었다. 이렇게 육 퍼센트 이자로 빌려주고 사 분의 일의 수수료가 추가되면, 그리고 공급한 물품에서 적어도 삼 분의 일의 이윤이 돌아오게 되면 열두 달 만에 백삼십 프랑의 이익을 얻게 되는 것이었다. 그리고 그는 일이 거기에서 끝나지 않기를 바랐다. 어음 지불이 불가능해짐에 따라 기한 연장이 되고, 그 얼마 안 되는 돈이 의사의 집을 요양원 삼아 영양을 많이 섭취하여 언젠가 아주 오동통해져서, 자루가 터질 지경으로 불어나서 그에게 돌아오기를 바랐다.

게다가 뢰뢰에게 있어서는 모든 것이 성공적이었다. 뇌샤텔 병원에 사과주를 납품하는 데 낙찰이 되었고, 기요맹 씨는 그뤼메닐의 이탄광 주식을 그에게 약속했다. 또한 그는 아르괴유와 루앙 사이에 새로운 승합마차 운행을 해보려는 생각을 품고 있었는데, 그러면 아마 그 낡아 빠진 *리옹도르*는 얼마 안 있어 망해버리고 더 빨리 달리고 요금은 저렴하며 짐을 많이 실을 수 있는 그 승합마차는 용빌의 모든 상거래가 그의 손안에서 이루어지게 해줄 것이었다.

샤를은 내년에 무슨 수로 그 많은 돈을 다 갚을 수 있을까 여러 번 생각해보았다. 아버지에게 도움을 청한다거나 아니면 무언가를 판다거나 하는 이런저런 방책을 찾아보고 궁리했다. 하지만 그의 아버지는 들은 척도 안 할 테고 그 자신은 내다 팔 것도 없었다. 그러다 보니 샤를은 상황이 얼마나 곤란하게 되었는지 깨달았지만 그렇게 골치 아픈 생각은 얼른 의식에서 치워버리고 말았다. 그는 그런 일로 엠마를 잊고 있는 자신을 비난했다. 마치 그의 생각은 모두 이 여자에게 속한 것이어서 계속 그 생각을 하지 않는다면 그녀에게서 무언가를 훔치는 것이라도 되는 듯이 말이다.

겨울은 혹독했다. 부인의 회복기는 길었다. 날이 좋으면 그녀를 안락의자에 앉혀 광장이 내려다보이는 창가에 밀어다 놓았다. 엠마는 이제 정원을 싫어해서 그쪽 덧창은 늘 닫혀 있었던 것이다. 그녀는 말을 팔기를 원했다. 예전에 좋아했던 것들이 이제는 마음에 들지 않았다. 그녀의 생각은 온통 자신을 돌보는 일에만 한정된 것처럼 보였다. 그녀는 침대에서 간식을 먹고, 초인종으로 하녀를 불러 자기 허브차는 어떻게 됐냐고 묻거나 잠시 이야기를 나누곤 했다. 그러는 동안 시장 지붕 위의 눈이 방 안으로 움직임 없는 하얀빛을 반사했다. 이어서 비가 내렸다. 그리고 엠마는 반드시 되돌아오고 마는 자잘한 일들, 하지만 그녀에게는 하나도 중요하지 않은 일들을 어떤 불안감 속에서 매일 기다렸다. 그래도 그중 가장 특별한 것은 저녁에 *이롱델*이 도착하는 일이었다. 그때가 되면 여관 주인은 소리를 질러대고 그에 대답하는 다른 목소리들이 들려왔으며, 다른 한편 포장에서 짐짝들을 찾는 이폴리트의 등불이 어둠 속에서 별처럼 빛났다. 정오에는 샤를이 들어왔다가 다시 나갔다. 그다음에 그녀는 수프를 먹었고, 다섯 시쯤 되어 해가 질 무렵이면 학교에서 돌아오는 아이들이 보도에서 나막신을 끌고 가는데 모두가 자를 꺼내 들고 덧문 고리를 하나하나 두드리며 지나갔다.

부르니지앵 씨가 엠마를 보러 오는 때가 바로 이 시간이었다. 건강이 어떤지 묻고 새로운 소식을 가져다주기도 했으며, 즐거움이 없지 않은 소소한 이야기를 다정하게 주고받는 가운데 그녀에게 종교를 가지도록 권하곤 했다. 신부의 사제복만 보아도 그녀는 위안을 얻었다.

병이 최고로 심해졌던 어느 날, 그녀는 죽음을 앞두고 있다고 여기고 병자성사를 요청했다. 하여 방 안에서 성사를 위한 준비를 해나가는데, 여러 가지 시럽이 가득 널린 서랍장을 제단으로 꾸미고 펠리시테가 바닥에 달리아꽃을 여기저기 놓는 과정에서 엠마는 강력한 무언가, 자신의 고통과 모든 지각과 모든 감정으로부터 그녀를 놓여나게 해주는 무언가가 자기 위로 지나가는 것을 느꼈다. 그녀의 몸은 가벼워져 무게가 나가지 않았고 완전히 다른 삶이 시작되었다. 그녀는 자신의 존재가 하느님을 향해 올라가 마치 불붙은 향이 연기가 되어 사라지듯 그 사랑 속에서 소멸해가는 것 같았다. 침대 시트에 성수가 뿌려졌다. 신부가 성합에서 하얀 성체를 꺼냈다. 입술을 내밀어 자기 앞에 주어진 주님의 몸을 받아들일 때 그녀는 혼절할 듯한 천상의 기쁨을 느꼈다. 침대 커튼이 그녀 주위로 구름처럼 부드럽게 부풀어 올랐고, 서랍장 위에서 타고 있는 촛불 두 개는 눈부신 후광의 광채처럼 보였다. 그러자 그녀는 허공에서 울리는 천사의 하프 소리를 들었고, 하느님 아버지가 불꽃 날개의 천사들에게 지상으로 내려가 그녀를 안고 오라고 하는 것을 보았다고 생각하면서 고개를 아래로 툭 떨구었다. 하느님 아버지는 초록빛 종려나무 잎을 든 성자들에 둘러싸인 채 창공의 황금 옥좌에서 장엄하게 빛을 발하고 있는 모습이었다.

이 찬란한 환영은 꿈꿀 수 있는 가장 아름다운 것으로 엠마의 기억 속에 남게 되었다. 그래서 그녀는 이제 그 감각을 되찾으려 애썼다. 그 감각은 여전히 계속되고 있기는 했지만 전보다는 절대적이지 않으면서도 감미로운 느낌은 예전과 같았다. 자존심이 기진맥진 무너져내린 그녀의 영혼은 마침내 그리스도교의 겸허함 속에서 쉴 수 있었다. 또한 엠마는 쇠약한 상태에서 느끼는 쾌감을 음미하며 자신에게서 의지가 허물어지는 것을, 그리하여 입구가 활짝 열려 은총이 물밀듯 밀려들어오는 것을 바라보았다. 그러니까 지상의 행복 대신에 더 커다란 지극한 행복이 존재하고, 모든 사랑을 넘어서는 또 다른 사랑, 멈춤도 없고 끝도 없고 영원히 더 커가기만 하는 그런 사랑이 존재하는 것이었다! 그녀는 희망의 환상들 속에서 땅 위의 높은 곳에 떠 있는, 하늘과 하나로 섞이는, 그리고 자신이 그 속에 있기를 소망하는 순수의 상태를 엿보았다. 그녀는 성녀가 되고 싶었다. 그녀는 묵주를 사고 기적의 패를 몸에 지니고 다

넜다. 침대 머리맡에 에메랄드가 박힌 성유물함을 두고 매일 저녁 거기에 입맞추고 싶어했다.

신부는 그녀가 이런 모습을 보이는 데에 감탄했다. 엠마의 신앙이 너무 열렬해서 저러다가 결국 사교에 가까워지거나 비정상이 될 수도 있을 것 같다 싶기는 했지만 말이다. 그러나 이런 방면에는 경험이 그리 없어서 신부는 그것이 정도를 넘어서자 얼른 주교님이 다니는 서점 주인 불라르 씨에게 편지를 써 *아주 영성이 충만한 여성 신도를 위해 정평이 나 있는 무언가*를 보내달라고 부탁했다. 책방 주인은 마치 검둥이들에게 싸구려 장신구를 보내는 것처럼 아무렇게나 당시 유통되는 종교 서적들을 이것저것 싸서 보냈다. 그것은 문답식 교본이나 거만한 어조의 팸플릿, 분홍빛 표지에 달콤한 문체로 음유시인 같은 신학생이나 회개한 여류 문인이 쓴 소설류 등이었다. 『이것을 깊이 생각하라』, 『마리아의 발 앞에 무릎을 꿇은 사교계 인사』(여러 훈장의 수여자 드 ○○○ 씨 지음), 『볼테르의 잘못, 젊은이들을 대상으로』 등등이 있었다.

보바리 부인은 아직 정신이 그리 또렷하지 못해서 무엇에건 제대로 몰두할 수 없었다. 게다가 그녀는 너무 서둘러서 읽으려 들었다. 제례의 계율들은 짜증스러웠다. 거만하게 논쟁을 벌이는 글들은 그녀가 알지도 못하는 사람들을 집요하게 공격하고 있어서 싫었다. 종교적인 것을 가미한 세속 이야기들은 세상을 전혀 모르고 쓴 것같이 보였고, 진리의 증거를 기대하고 있던 그녀를 오히려 조금씩 진리에서 멀어지게 하는 것 같았다. 그래도 그녀는 계속 읽어나갔다. 그리고 들고 있던 책을 손에서 떨어뜨릴 때면 자신이 하늘의 영기로 가득 찬 영혼이 품을 수 있는 가장 섬세한 가톨릭 신앙의 우수에 사로잡힌 것이라고 믿었다.

로돌프의 기억은 마음속 가장 깊은 곳에 묻어두었다. 그리고 그는 땅속에 묻힌 제왕의 미라보다 더 장엄하게, 미동도 없이 거기 머물러 있었다. 향을 뿌린 이 위대한 사랑에서는 어떤 향기가 퍼져 나왔고, 그 사랑은 모든 것을 통과

하여 더러움 없이 깨끗한 대기 속에 포근한 정을 향기처럼 가득 채워놓았다. 그녀는 그 속에서 살고 싶었다. 고딕식 기도대에 무릎을 꿇을 때면 그녀는 예전에 불륜을 저지르며 마음속 열정을 연인에게 토로하던 그 달콤한 말들을 주님께 속삭였다. 믿음이 찾아오게 하기 위해서였다. 그러나 하늘에서는 그 어떤 환희도 내려오지 않았고, 그녀는 왠지 기만을 당한 것 같은 막연한 느낌 속에 뻐근해진 팔다리를 펴고 자리에서 일어섰다. 이러한 탐색은 또 하나의 공덕일 뿐이라고 그녀는 생각했다. 그리고 자기 신앙에 자부심을 느끼면서 엠마는 예전의 그 귀부인들과 자신을 비교해보았다. 라 발리에르 공작부인의 초상화를 바라보며 그녀는 그들의 영예를 꿈꾸었던 적이 있었다. 그 귀부인들은 화려한 긴 드레스 자락을 그토록 품위 있게 뒤로 늘어뜨려 끌면서, 아무도 없는 곳으로 피신하여 삶에 상처 입은 마음속 울음을 그리스도의 발 앞에 쏟아놓고 있었다.

그래서 엠마는 자선 활동에 과도하게 빠져들었다. 가난한 사람들을 위해 옷을 만들고 산후조리 중인 여자들에게 땔감을 보냈다. 그리고 하루는 샤를이 집에 돌아오니 부랑자 세 명이 식탁에서 수프를 먹고 있었다. 그녀가 아플 때 남편이 유모에게 다시 보냈던 딸아이를 집으로 돌아오게 했다. 엠마는 아이에게 글 읽기를 가르치고 싶었다. 베르트가 아무리 울어도 그녀는 이제 짜증을 내지 않았다. 그것은 묵묵히 참고 따르겠다는 결심, 모든 것에 관대하려는 태도였다. 무엇에 대해서건 그녀가 쓰는 말은 이상적인 표현들로 가득했다. 자기 아이에게는 이렇게 말했다.

"복통은 지나갔니, 우리 아기?"

어머니 보바리 부인도 비난할 거리를 아무것도 찾지 못했다. 자기 집 행주는 수선하지 않고 고아들 옷은 뜨개질해 보내려는 고집 정도나 못마땅할까, 다른 건 아무것도 없었다. 그러나 부부싸움에 시달려온 부인은 이 평온한 집에 있는 것이 좋아서 남편 보바리 씨의 빈정거리는 소리를 피하려고 부활절이 지나서까지 머물러 있었다. 보바리 씨는 성금요일마다 빠짐없이 소시지를 주문해서 먹는 인물이었다.

시어머니는 똑바른 판단과 진지한 태도로 엠마를 좀 강인하게 만들어주었는데, 시어머니 외에도 엠마는 매일 다른 사람들과 함께 어울려 지냈다. 랑글루아 부인, 카롱 부인, 뒤브뢰유 부인, 튀바슈 부인, 오메 부인이 그들이었다. 오메 부인은 두 시부터 다섯 시까지 정기적으로 찾아왔는데 이 훌륭한 여인은 사람들이 엠마에 대해서 뭐라고 떠들어대도 아무것도 믿으려 하지 않았다. 오메네 아이들도 그녀를 보러 왔다. 쥐스탱이 데려왔다. 쥐스탱은 아이들과 같이 방으로 올라와 문간에 가만히 아무 말 없이 서 있었다. 심지어 보바리 부인이 거기에 신경이 미치지 못해 화장을 시작한 적도 종종 있었다. 먼저 머리를 크게 휙 흔들어 머리빗을 뽑아냈다. 둥글게 말려 있던 검은 머리카락이 무릎까지 한꺼번에 확 풀어져 내려오는 것을 처음 보았을 때 그는, 이 가여운 소년은, 무언가 놀라운 것, 새로운 것, 그것의 찬란한 빛이 그를 두렵게 하는 그 무언가 안으로 느닷없이 들어간 느낌이었다.

엠마는 아마 그의 말 없는 열의도, 수줍은 소심함도 눈치채지 못했을 것이다. 자신의 삶에서 사라져버린 사랑이 거기, 바로 옆에서, 그 투박한 셔츠 속 사춘기 소년의 심장, 그녀에게서 발산되는 아름다움을 향해 열린 그 심장 속에서 팔딱팔딱 뛰고 있음을 엠마는 짐작도 하지 못했다. 게다가 그녀는 이제 모든 것을 너무도 무심하게 대했고, 너무도 다정한 말과 너무도 고고한 시선, 너무도 다양한 태도를 지녔기 때문에 그녀를 보면 이기심인지 자선인지, 퇴폐인지 미덕인지 더 이상 구별도 되지 않았다. 예를 들면 어느 날 저녁 하녀가 외출을 허락해달라며 핑계를 찾느라 더듬거리자 엠마는 벌컥 화를 냈다. 그러고는 갑자기 이렇게 말했다.

"그러면 그 사람을 사랑하는 거야?"

그리고 그녀는 얼굴이 빨개진 펠리시테의 대답을 기다리지도 않고 슬픈 표정으로 이렇게 덧붙였다.

"자, 어서 가! 재미있게 지내!"

봄이 되자 엠마는 샤를이 뭐라 하는데도 정원을 처음부터 끝까지 전부 뒤집어엎었다. 그래도 그는 드디어 엠마가 무슨 의욕을 보였다는 것이 기뻤다. 몸이 회복돼가면서 그녀는 더 의욕을 보였다. 제일 먼저 엠마는 유모 롤레 아주머니를 쫓아낼 방도를 찾았다. 유모는 엠마가 몸을 회복해가는 동안 갓난아이 둘과 자기 집에서 돌보는 남자애, 식인종보다 더 먹어대는 그 애를 데리고 수도 없이 부엌을 들락거리는 버릇이 들어 있었다. 이어서 엠마는 오메의 가족을 멀리했고 다른 방문객들도 차례차례 거절했으며 성당에 나가는 것도 전보다 덜 열심이었다. 이에 대해 약사는 대찬성이라며 친근하게 이렇게 말했다.

"신부 나부랭이한테 좀 끌려다니셨지요!"

부르니지앵 씨는 전처럼 매일 교리문답을 끝내고 나면 쓱 나타나곤 했다. 그는 바깥에서 그냥 *작은 숲에 앉아* 공기를 마시는 게 더 좋다고 했다. 그는 정자를 그렇게 불렀다. 그때는 샤를이 집에 돌아오는 시간이었다. 모두들 더웠기에 달콤한 사과주를 내오게 해서 보바리 부인의 완쾌를 축하하며 다 함께 마셨다.

비네도 거기에 있었다. 그러니까 그는 조금 아래쪽, 테라스 담에 붙어서 가재를 낚고 있었다. 보바리가 목이라도 좀 축이라고 불렀는데 비네는 병마개 따는 데 귀재였다.

"병을 이렇게 탁자에 똑바로 세워서 잡고 끈을 끊은 다음 코르크를 아주 조금씩, 그러니까 식당에서 셀츠 광천수를 가지고 하는 것처럼 살살, 살살 눌러야 해요." 비네가 주위를 돌아보며 그리고 저 멀리 만족스러운 시선을 던지며 말했다.

그런데 그가 시범을 보이는 사이 사과주가 여러 번 뿜어져 나와 그들의 얼굴 한가운데에 튀었고, 그러면 신부가 의미를 알 수 없게 웃으면서 이런 농담을 빠뜨리지 않았다.

"이 사람의 친절이 눈에 확 튀네요!"

사실 신부는 좋은 사람이었다. 심지어 어느 날 약사가 샤를에게 부인의 기분전환을 위해 루앙의 극장에 유명한 테너 라가르디를 보러 가라고 권했을 때도 전혀 눈살을 찌푸리거나 화를 내지 않았다. 신부가 이렇게 아무 말 하지 않는 데에 놀라서 오메가 그의 의견을 알고 싶다고 하자 신부는 음악은 문학보다 미풍양속에 덜 위험하다고 본다고 했다.

그러나 약사는 문학을 옹호했다. 연극은 편견을 무너뜨리는 역할을 하며, 재미를 내세우지만 그 속에 미덕의 가르침을 숨기고 있다고 주장했다.

"*카스티가트 리덴도 모레스!** 부르니지앵 씨. 그러니까 볼테르의 대부분의 비극들을 보세요. 그 안에는 철학적 고찰이 여기저기 잘 들어가 있잖아요. 그것이 민중에게는 도덕과 수완을 가르치는 진정한 학교 구실을 하는 거죠."

"저는 예전에 〈파리의 남자아이〉라는 연극을 봤는데 정말 말라비틀어진 늙은 장군 역할이 눈길을 끌더군요. 그는 여공을 유혹한 명문가 자제를 매몰차게 내쫓는데, 결국에는……." 비네가 말했다.

"물론!" 오메가 말을 이어갔다. "나쁜 약국이 있듯이 나쁜 문학도 있어요. 하지만 예술 가운데 가장 중요한 부분을 통째로 처단해버리는 것은 섣부른 짓이자 갈릴레이를 감옥에 가두었던 끔찍한 시대에나 어울리는 기괴한 생각 같습니다."

"저도 잘 압니다." 신부가 반박했다. "좋은 작품, 좋은 작가가 있다는 걸요. 그러나 설령 그것이 세속의 화려함으로 장식된 마음을 홀리는 방에 모여 있는 남녀, 그리고 이교도로 꾸민 분장, 얼굴에 바른 분, 그 횃불, 여자 같은 목소리 같은 것만이라 해도 이 모든 것이 결국은 어떤 정신적 방종을 유발하게 하고

* 웃으며 풍속을 고치다!

추잡한 생각, 불순한 유혹을 가져다주는 거예요. 그러니까," 하더니 그는 담뱃잎을 엄지손가락에 놓고 굴리면서 갑자기 신비스러운 어조로 덧붙였다. "교회가 연극을 금했다면 그만한 이유가 있는 겁니다. 우리는 교회의 법령에 복종해야 합니다."

"교회가 왜 배우들을 파문하는 거죠?" 약사가 물었다. "예전에는 배우들이 공공연하게 교회 의식을 함께했는데 말이에요. 그럼요. 성가대석 한가운데서 신비극이라 불렸던 일종의 희극 같은 것을 공연했어요. 그 안에는 미풍양속의 품격을 해치는 것도 종종 있었죠."

신부는 신음 소리를 한번 내뱉는 것으로 그쳤고 약사는 계속 말을 이어갔다.

"성서 속에서처럼 말입니다. 거기엔…… 아시잖아요…… 짜릿한 세부 묘사가 여러 개…… 정말로…… 야한 내용이 있잖아요."

그리고 부르니지앵 씨가 화난 몸짓을 하자 이렇게 말했다.

"아! 그건 어린아이 손에 들어가게 할 책이 아니라는 걸 신부님도 동의하실 겁니다. 저도 화날 거예요, 만일 아탈리가……."

"하지만 성서를 읽으라고 권하는 것은 우리가 아니라 개신교도들이에요!" 신부가 못 참고 소리를 질렀다.

"아무튼요!" 오메가 말했다. "우리 시대에, 이런 광명의 세기에, 아직도 아무런 해도 없고 도덕을 함양하며 심지어 때로 건강에 유익하기까지 한, 그렇죠 박사님?, 지적 오락을 굳이 금지하겠다고 고집을 부린다는 게 정말 놀랍습니다."

"아마도요." 의사는 어영부영 대답했다. 같은 생각이긴 하지만 누구도 기분 상하게 하지 않으려고 그랬거나 아니면 아무 생각도 없어서 그랬을 수도 있었다.

대화가 끝난 것 같았을 때 약사는 이때다 하고 마지막 결정타를 날렸다.

"평상복을 입고 댄서들이 몸을 흔들어대는 걸 보러 가는 신부들도 있더라고요."

"무슨 그런 소리를!" 신부가 말했다.

"그러는 신부들을 본 적이 있다고요."

그리고 단어를 하나하나 끊어서 오메가 다시 말했다.

"그러는-신부들을-본-적이-있다고요."

"그렇다면 그건 잘못이죠." 무슨 소리든 하라고 체념한 부르니지앵이 말했다.

"그렇죠! 다른 짓도 아주 많이 했고요." 약사가 부르짖었다.

"약사님!……" 신부가 아주 험악한 눈으로 이렇게 말하자 약사는 찔끔했다.

"저는 다만 관용이 사람들의 마음을 종교로 이끄는 가장 확실한 방법이라고 말하고 싶은 겁니다." 약사가 아까보다 덜 거친 어조로 대답했다.

"맞아요! 맞아요!" 사람 좋은 신부가 이렇게 양보하고 의자에 다시 앉았다.

하지만 그는 잠깐 앉아 있다가 자리를 떴다. 신부가 가자마자 오메는 의사에게 말했다.

"자 이게 바로 논쟁이라는 겁니다. 보셨다시피 제가 아주 잘 해치웠죠…… 아무튼 제 말을 믿고, 부인을 모시고 공연을 보러 가세요. 살면서 한번 저런 까마귀들을, 빌어먹을, 화가 나서 펄펄 뛰게 만들기 위해서라도 말이에요. 누가 일을 대신 봐줄 수만 있다면 저도 같이 갈 텐데. 서두르세요. 라가르디는 딱 한 번만 공연할 거랍니다. 상당한 보수를 받고 영국에 가기로 했다는군요. 사람들이 그러는데 그 한량은 황금 위에서 구른다네요. 정부 셋과 요리사를 데리고 다니고요. 그런 유명 아티스트들은 돈을 펑펑 쓰거든요. 그런 사람들한테는 상상력을 자극하는 자유분방한 생활이 필요하지요. 하지만 그들은 젊을 때 저축할 생각을 못 해 죽을 때는 병원에서 마지막을 맞는답니다. 자 그럼, 식사 잘 하세요. 내일 뵙죠."

공연을 보러 간다는 아이디어가 보바리의 머리에서 빠르게 싹을 틔웠다. 곧바로 아내에게 그 이야기를 했더니 처음에 그녀는 피곤하고 귀찮고 돈이 많이 든다며 싫다고 했다. 하지만 이상하게도 샤를이 물러서지를 않았다. 그만큼 그는 공연을 즐기는 일이 그녀에게 유익하리라고 생각했던 것이다. 그가 보기에 가지 못할 이유가 없었다. 기대를 접었던 삼백 프랑을 어머니가 보내주었고, 현재 빚도 전혀 대단한 것이 못 되고, 뢰뢰 씨에게 지불할 어음 만기일도 아직 많이 남아 있어 생각할 필요가 없었다. 게다가 샤를은 그녀가 조심스럽게 사양하는 것이라 여기고 더 강하게 고집했다. 그래서 나중에는 하도 귀찮아 그녀도 가기로 마음을 정했다. 그리고 그다음 날 여덟 시, 그들은 *이롱델*에 올라탔다.

약사는 용빌에서 그를 붙잡는 일이 아무것도 없는데도 자신이 자리를 비우면 안 된다고 여기고 있어 그들이 떠나는 것을 보며 한숨을 내쉬었다.

"자 그럼 잘 다녀오세요! 참 복이 많은 분들이십니다!" 약사가 말했다.

그러고는 네 자락의 장식이 달린 파란색 실크 드레스를 입은 엠마에게 말했다.

"사랑의 여신처럼 아름다우십니다! 루앙에서 *명성을 떨치*시겠어요."

승합마차는 보부아진 광장의 *크루아 루주* 호텔에서 멈췄다. 지방 도시 근교 어디에나 있는 여관으로 큰 마구간과 작은 객실들이 있고 마당 한가운데에서 암탉들이 보부상들의 진흙투성이 이륜마차 아래 귀리를 쪼아먹고 있는 것이 보이는 곳이었다. 벌레 먹은 목재 발코니가 겨울밤이면 바람에 삐걱거리는 이 정겨운 낡은 집은 언제나 사람과 소란과 음식으로 가득했고, 까만 탁자들은 *글로리아* 커피로 끈적끈적했으며, 두꺼운 유리창은 파리 때문에 누렇게 되었고 축축한 냅킨은 푸르스름하게 포도주 얼룩이 배어 있었다. 도시 사람 차림을 한 농장 하인처럼 여전히 시골 냄새가 나는 이곳은 길 쪽으로 카페가 하나 있고 들판 쪽에는 채소밭이 있었다. 샤를은 곧바로 표를 사러 갔다. 그는 귀빈석과 일반 관람석, 일층 앞좌석과 박스석을 구별할 수가 없어 설명을 부탁했는데 들어도 무슨 소리인지 이해할 수가 없었고, 검표원에게서 지배인에게로 갔다가, 여관으로 돌아왔다가, 다시 사무실로 돌아갔다가 하며 이렇게 여러 차례 극장에서 대로까지 도시를 끝에서 끝까지 왔다 갔다 했다.

보바리 부인은 모자, 장갑, 꽃다발을 샀다. 보바리 씨는 개막 시간을 놓칠까 봐 노심초사했다. 그래서 시간이 없어 수프를 다 먹지도 못하고 극장 문 앞에 당도해보니 문은 아직 닫혀 있었다.

# 15

난간들 사이로 꽉 들어찬 사람들이 대칭을 이루며 벽에 바싹 붙은 채 늘어서 있었다. 인근 거리들 모퉁이에는 커다란 포스터에 '〈뤼시 드 람메르무르〉…… 라가르디…… 오페라……, 등등'이라고 화려한 글씨체로 씌어 있었다. 날씨가 화창하고 더웠다. 컬이 있는 머리에 땀이 흘렀고 모두들 손수건을 꺼내 붉어진 이마를 닦고 있었다. 때로 강에서 불어오는 미지근한 바람에 술집들 입구에 늘어진 아마포 차양 가장자리가 흔들렸다. 하지만 조금 더 아래로는 비계와 가죽, 기름 냄새가 나는 차가운 공기가 흘러 시원했다. 컴컴한 창고들이 죽 늘어서 있고 그 안에서 사람들이 술통을 굴리고 있는 샤레트 가에서 나오는 바람이었다.

엠마는 우스꽝스럽게 보일까 봐 두려워서 입장하기 전에 항구를 거닐고 싶다고 했고, 샤를은 조심하기 위해 바지 주머니에 손을 넣고 입장권을 배에 꼭 누른 채 걸었다.

현관에 들어서면서부터 그녀는 가슴이 뛰었다. 자신은 일등석 계단으로 올라가는데 다른 사람들 무리는 오른쪽 다른 통로로 몰려가는 것을 보며 엠마는 자기도 모르게 입가에 거만한 미소를 떠올렸다. 융단이 덮인 문을 손가락으로 밀면서 어린아이처럼 재미있어했다. 그녀는 복도의 먼지 섞인 냄새를 가슴 가득 들이마셨고, 칸막이 좌석에 앉을 때 공작부인처럼 거만하게 상체를 뒤로 젖혔다.

객석이 가득 차기 시작하면서 사람들은 오페라글라스를 케이스에서 꺼냈고 정기 회원들은 멀리서 서로 알아보고 인사를 나누었다. 그들은 예술을 즐기며 매상 걱정에서 벗어나려고 왔지만, 사업 문제를 잊지 못하고 또 면직물, 도수 높은 증류주, 남색 염료 이야기를 하고 있었다. 노인들 얼굴도 보였다. 표정 없는 평온한 얼굴, 머리카락과 얼굴빛이 희끄무레해서 납 증기로 광택이 없어진 은메달 같은 얼굴들. 잘생긴 젊은이들은 조끼의 파인 부분에 드러난 분홍색 또는 연두색 넥타이를 과시하며 통로에서 거드럭거리고 있었고, 보바리 부인은 그들이 노란 장갑을 꼭 맞게 낀 손바닥으로 단장의 금색 둥근 손잡이를 짚고 있는 모습을 위에서 감탄하며 바라보았다.

그러는 사이 오케스트라석 촛불이 켜졌다. 천장에서 샹들리에가 내려와 유리면들이 빛을 발하면서 객석이 갑자기 환하게 밝은 분위기가 되었다. 잠시 후 연주자들이 차례로 입장했고, 먼저 콘트라베이스가 길게 내뿜는 요란한 소리가 나고, 바이올린이 끼익끼익하는 소리, 금관악기의 코넷이 뿜뿜하고 내는 소리, 플루트와 플라지올레토가 삐삐거리는 소리가 들렸다. 그런데 무대 위에서 개막 신호가 세 번 울렸다. 팀파니의 커다란 소리가 울리기 시작하고 금관악기들이 음을 맞추고, 그리고 막이 오르면서 풍경이 드러났다.

숲속 네 갈래 길이 펼쳐지는 곳이 보이고 왼쪽에는 떡갈나무 그늘이 드리운 샘 하나가 있었다. 농부와 귀족들이 여행용 망토를 어깨에 걸치고 사냥 노래를 합창했다. 그다음 한 장교가 나타나 두 팔을 하늘로 뻗치고 악의 천사를 부르며 기도했다. 또 다른 장교가 나타났다. 그들이 무대를 떠나고 사냥꾼들이 다시 노래를 시작했다.

엠마는 소녀 시절에 읽었던 책들 속으로, 월터 스콧 한가운데로 돌아가 있었다. 안개를 뚫고 히드 위로 울려 퍼지는 스코틀랜드의 백파이프 소리가 들리는 것 같았다. 게다가 소설의 기억이 각본 이해를 쉽게 해주어서 줄거리는 한 마디 한 마디 잘 따라갔지만, 머릿속에 다시 떠오르는 흐릿한 생각들은 폭풍같이 휘몰아치는 음악 속에서 금세 흩어져버리고 말았다. 엠마는 음악의 선율에 몸을 맡겼고, 마치 바이올린 활이 그녀의 신경 위를 오가는 것처럼 자신의 전 존재가 전율하는 것을 느꼈다. 의상, 무대 장치, 인물, 누가 무대를 걸을 때면 흔들리는 나무 그림들, 벨벳 모자, 외투, 칼, 다른 세상의 분위기 같은 조화 속에서 움직이는 이 모든 상상의 요소들을 전부 다 바라보려면 눈이 모자랐다. 그런데 젊은 여자 하나가 등장해 초록색 옷을 입은 시종에게 지갑을 던졌다. 그 여자가 혼자 남자 샘물의 속삭임 혹은 지저귀는 새소리 같은 플루트 소리가 들려왔다. 뤼시는 진실한 표정으로 G장조의 카바티나를 부르기 시작했다. 그녀는 사랑의 고통으로 신음하며 날개를 달라고 빌었다. 엠마도 마찬가지로 이 삶으로부터 도망쳐 누군가의 품에 안긴 채 날아가고 싶었다. 갑자기 에드가 라가르디가 나타났다.

그 사람은 얼굴이 하얗게 빛나서, 대리석 같은 위풍당당함이 남부 지방의 정열적인 기질에 더해지고 있었다. 짧은 갈색 조끼가 강인한 상체를 꽉 조이고 있었다. 조각이 들어간 단검이 왼쪽 허벅지에 부딪히곤 했다. 그리고 그는 흰 이를 드러내며 나른하게 좌우를 둘러보았다. 그가 보트 수선을 하던 시절 어느 날 밤 비아리츠의 바닷가에서 노래 부르는 것을 듣고 한 폴란드 공작부인이 사랑에 빠져버렸다는 말이 있었다. 그 여자는 이 남자 때문에 파산했다고 한다. 그는 그녀를 버리고 다른 여자들에게로 갔는데, 이 유명한 사랑 이야기는 예술인으로서의 그의 명성에 계속 도움이 되어왔다. 이 능수능란한 딴따라는 심지어 자신의 매력과 섬세한 영혼에 관한 시적인 문장 하나를 광고 전단에 반드시 집어넣기까지 했다. 아름다운 목소리와 흔들림 없는 침착함, 지성보다는 기질, 서정보다는 과장, 이런 것들이 이발사와 투우사가 합쳐진 이 대단한 약장수 본성을 더 끌어올려놓고 말았다.

첫 장면부터 그는 청중을 열광시켰다. 그는 뤼시를 끌어안았다가 멀어졌다가 다시 돌아와서는 절망에 빠진 모습을 보였다. 분노를 터뜨렸다가 그다음에는 한없이 감미롭게 사랑의 비가를 부르며 흐느꼈고, 밖으로 드러난 그의 목에서 눈물과 키스로 가득한 곡조가 흘러나왔다. 엠마는 벨벳 좌석을 손톱으로 긁으면서 그를 보기 위해 앞으로 몸을 내밀었다. 폭풍우로 난리가 난 조난자들의 절규처럼 콘트라베이스의 반주에 맞춰 길게 이어지는 사랑의 탄식 노래가 그녀의 마음을 가득 채웠다. 엠마는 그 모든 도취와 고뇌, 그로 인해 자신이 죽을 뻔했던 그 도취와 고뇌를 알아보았다. 여자 가수의 목소리는 바로 자기 의식의 메아리인 것만 같고 그녀를 매혹하는 저 환상은 바로 자기 삶의 무언가인 것만 같았다. 그러나 이 지상의 그 누구도 이런 사랑으로 자신을 사랑해준 적은 없었다. 달빛 아래 그가 "내일 봐, 내일!……"이라 말했던 그 마지막 날 밤, 그는 에드가처럼 울지 않았다. 브라보를 외치는 소리로 공연장은 떠나갈 것 같았다. 스트레타 전체가 다시 연주되었다. 두 연인은 자기들 무덤의 꽃과 맹세, 이별, 운명, 희망을 이야기했다. 그리고 그들이 마지막 작별 인사를 노래할 때 엠마가 날카롭게 비명을 질렀지만 그 소리는 마지막 화음의 진동과 한데 섞여버렸다.

"대체 저 귀족 남자는 왜 저 여자를 괴롭히고 있는 거지?" 보바리가 물었다.

"아니, 그런 게 아니라 그 사람은 저 여자의 연인이에요." 엠마가 대답했다.

"그런데 남자는 여자의 가족에게 반드시 복수하겠다고 다짐하고 아까 나왔던 다른 남자는 '나는 뤼시를 사랑하고 그녀도 나를 사랑한다고 믿어'라고 했잖아. 게다가 그 사람은 그녀의 아버지하고 팔짱을 끼고 나갔고. 그 사람이 여자 아버지인 거 맞는데? 그렇지? 모자에 수탉 깃털을 단 못생긴 작은 남자 말이야."

엠마가 설명을 해주었는데도 샤를은 질베르가 주인 아슈통에게 자신의 가증스러운 책략을 알려주는 레시터티브* 이중창에서부터, 뤼시를 속이는 가짜 약혼반지를 보고 에드가가 보낸 사랑의 기념품이라고 믿었다. 게다가 그는 음악 때문에, 음악이 가사를 너무 못 알아듣게 해서 줄거리를 이해하지 못하겠다고 고백했다.

"아무러면 어때요. 조용히 좀 해요." 그녀가 말했다.

"나는 제대로 이해하는 걸 좋아하니까 그렇지. 당신도 알잖아." 샤를이 엠마의 어깨에 몸을 바싹 붙이며 말했다.

"조용! 조용해요!" 엠마가 화가 나서 말했다.

뤼시가 여자들에게 반쯤 부축을 받으며, 머리에 오렌지나무 관을 얹고 자신의 흰 새틴 드레스보다 더 창백한 얼굴로 걸어 나왔다. 엠마는 자신의 결혼식 날을 떠올렸다. 모두 성당을 향해 걸어가던 그때 밀밭 사이 오솔길을 지나던 자신의 모습이 보였다. 나는 왜 저 여자처럼 저항하거나 애원하지 않았을까? 심연이 가로놓인 것도 모르고 오히려 앞으로 달려가면서 즐거워하고 있었다니…… 아! 한창 싱그러운 아름다움을 지니고 있을 때, 결혼으로 더럽혀지고 불륜으로 환멸을 느끼기 전에, 누군가의 견고하고 넓은 마음속에 자신의 삶을 자리 잡게 할 수 있었다면, 그랬다면 미덕과 사랑, 쾌락과 의무가 하나가 되어 지극한 행복이라는 저 높은 곳에서 이렇게 바닥으로 내려오지는 않았을 텐데. 하지만 그런 행복은 어쩌면 모든 욕망의 좌절을 위해 상상해낸 거짓일지도 모른다. 이제 그녀는 예술이 과장해서 보여주는 열정적인 사랑이 얼마나 하찮은 것인지 알고 있었다. 그래서 엠마는 생각을 다른 데로 돌리려고 애쓰며 자신의 고통을 재현하는 저 공연이 단지 눈을 즐겁게 하는 조형적 환상일 뿐이라고 생각하려 했고, 심지어 속으로는 경멸 섞인 연민의 미소까지 띠고 있었는데 그때 무대 구석에서 벨벳 휘장 아래로 검은색 외투를 입은 남자

* 오페라나 종교극 따위에서 대사를 말하듯이 노래하는 형식.

가 나타났다.

그가 몸동작을 하자 스페인식 큰 모자가 떨어졌다. 그리고 곧 악기와 가수들이 육중창을 시작했다. 불같이 노한 에드가는 맑은 목소리로 다른 가수들 모두를 압도했다. 아슈통은 낮은음으로 상대를 죽여버리겠다며 도발했고 뤼시는 날카로운 탄식을 내질렀으며 아르튀르는 따로 떨어져 크지도 작지도 않은 소리로 노래했다. 저음부를 맡은 대신의 목소리가 파이프 오르간처럼 울리고 여자들의 목소리가 그의 말을 합창으로 감미롭게 따라 불렀다. 그들은 모두 한 줄로 서서 동작을 했다. 살짝 벌린 그들의 입에서 분노, 복수, 질투, 공포, 용서, 경악이 동시에 표출되었다. 모욕을 당한 연인은 칼을 뽑아 휘둘렀다. 가슴을 움직일 때마다 그의 목 주위 기퓌르 주름 장식이 들썩들썩 올라갔고, 발목이 나팔처럼 벌어진 부드러운 부츠의 도금 박차로 무대를 쿵쿵 울리면서 좌우로 성큼성큼 걸어다녔다. 많은 사람들에게 이토록 널리 사랑의 향기를 발산할 만큼 그는 고갈되지 않는 사랑을 가지고 있는 모양이라고 엠마는 생각했다. 그 배역의 시적인 정취가 그녀의 마음을 사로잡아 업신여기던 생각이 전부 사라져버렸고, 작중 인물에 대한 환상을 통해 그 남자에게 마음이 끌린 엠마는 그의 삶, 소란스럽고 특별하며 찬란하게 빛나는 삶, 그리고 만약 우연이 그녀 편이었다면 그녀도 그렇게 살 수 있었을지 모를 그런 삶을 머릿속에 그려보려 애썼다. 그랬다면 그들은 서로 알게 되고 사랑하게 되었을 텐데! 그와 함께 유럽의 모든 왕국을 수도에서 수도로 여행하면서 그의 피로와 자부심을 함께 나누고 사람들이 그에게 던져주는 꽃을 줍고 그녀가 직접 그의 의상에 수를 놓아줄 수 있었을 것이다. 그리고 매일 밤 칸막이 좌석 깊숙이, 황금빛 창살 뒤에서, 오직 그녀만을 위해 부르는, 영혼을 쏟아붓는 노래를 황홀하게 받아들였을 것이다. 그는 무대에서 연기를 하며 그녀를 바라보았을 것이다. 그런데 그 순간 엠마는 어떤 광기에 휩싸였다. 그가 그녀를 보고 있었다! 틀림없이! 그녀는 그의 품으로 달려가 마치 사랑 그 자체의 화신인 것 같은 그의 힘

속으로 피신하여, '나를 꺼내줘요, 나를 데려가줘요, 우리 떠나요! 내 뜨거운 마음도 내 모든 꿈들도 전부 당신 거예요! 당신 거예요!'라고 외치고 싶었다.

막이 내렸다.

가스 냄새와 사람들의 입김이 섞여 있었다. 부채질로 생긴 바람으로 공기가 더 숨이 막혔다. 엠마는 나가고 싶었다. 복도에 사람들이 꽉 차 있었고, 가슴이 뛰고 숨이 막혀서 그녀는 의자에 다시 앉았다. 샤를은 그녀가 정신을 잃을까 두려워서 구내매점으로 달려가 보리 음료 한 잔을 가져왔다.

그는 자리로 돌아가느라 아주 애를 먹었다. 두 손으로 잔을 잡고 있어서 발을 옮길 때마다 팔꿈치가 사람들에게 부딪혔기 때문이다. 그러다가 결국 반소매 옷을 입은 어떤 루앙 여자의 어깨에 음료를 사 분의 삼이나 엎지르기까지 했는데, 이 여자는 차가운 액체가 허리께로 흐르자 마치 누가 죽이려 드는 것처럼 공작새 같은 소리를 내질렀다. 방직업자인 그 여자 남편은 그런 실수를 한 사람에게 불같이 화를 냈다. 그리고 그녀가 손수건으로 아름다운 체리색 타프타 드레스에 묻은 얼룩을 닦는 동안 불퉁스럽게 변상, 비용, 손해배상 같은 단어들을 중얼거렸다. 샤를은 간신히 아내가 있는 데로 돌아와서 숨을 헐떡이며 말했다.

"휴, 저기서 정말 못 움직이는 줄 알았어. 사람들이 얼마나 많은지!…… 대단해!……"

그러고서 그가 덧붙여 말했다.

"저 위에서 내가 누구를 만났는지 맞혀볼래? 레옹 씨!"

"레옹?"

"응, 그 사람! 당신한테 인사하러 올 거야."

그가 말을 마치자마자 용빌의 옛 서기가 칸막이 좌석으로 들어섰다.

그는 귀족이라도 된 듯 스스럼없이 손을 내밀었다. 그러자 보바리 부인도 기계적으로 손을 내밀었는데, 아마도 자기보다 더 강한 어떤 의지가 이끄는 대로 따랐던 것 같다. 그녀는 초록색 나뭇잎 위로 비가 내리던 그 봄날 저녁, 그들이 창가에 서서 작별 인사를 했던 그때 이래로 그런 느낌을 한 번도 느껴본 적이 없었다. 하지만 지금 상황을 떠올리고서 얼른 몽롱한 옛 추억을 애써 떨쳐버리고 빠르게 몇 마디를 더듬거리며 말했다.

"아! 안녕하세요…… 아니 어떻게…… 당신이 여기에?"

"조용히 하세요!" 아래층 좌석에서 누가 소리쳤다. 3막이 시작되고 있었기 때문이다.

"그러면 루앙에 계시는 거예요?"

"네."

"언제부터요?"

"나가요! 나가요!"

사람들이 그들을 돌아보았다. 그들은 입을 다물었다.

하지만 이때부터 엠마는 아무것도 듣지 않았다. 초대된 손님들의 합창, 아슈통과 하인들의 무대, D장조의 그 대단한 이중창, 이 모든 것이 그녀에게는 마치 악기들 소리가 희미해지고 작중 인물들이 훨씬 뒤로 물러난 것처럼 저 먼 데서 지나가는 소리일 뿐이었다. 그녀는 약사네 집에서의 카드 게임, 유모 집에 같이 걸어갔던 것, 정자 아래에서 책을 읽던 것, 난롯가에 단둘이 앉아 있던 것, 너무도 조용하고 너무도 오래 이어졌던, 너무도 눈에 띄지 않고 너무도 정다웠던 그 가엾은 사랑, 그런데 그간 잊고 있던 그 사랑을 돌이켜보았다. 그런데 그는 왜 돌아온 걸까? 어떤 일들의 조합이 그를 다시 그녀의 삶 속에 들여놓은 것일까? 그는 그녀 뒤에서 칸막이에 어깨를 기대고 서 있었다. 그리고 그녀는 가끔씩 그의 따스한 콧김이 자기 머리카락으로 내려와 닿는 것을 느끼며 몸에 전율이 일었다.

"재미있어요?" 레옹이 말했다. 그때 그녀에게 너무 가까이 몸을 숙여 그의 콧수염 끝이 엠마의 볼을 스쳤다.

그녀는 나른하게 대답했다.

"아니요. 뭐 별로."

그러자 그는 극장을 나가 어디서 아이스크림이나 먹자고 제안했다.

"아니, 아직 남았는데! 그냥 있지요." 보바리가 말했다. "저 여자가 머리를 풀어헤쳤잖아요. 그러면 이제 비극이 펼쳐질 거라는 말이에요."

그러나 엠마에게는 그런 광기 어린 장면들이 전혀 흥미롭지 않았고 여가수의 연기도 과장된 것처럼 보였다.

"너무 크게 소리를 지르네." 여가수의 노래를 듣고 있던 샤를을 돌아보며 엠마가 말했다.

"응…… 좀…… 그런 것 같기도 하고." 자기는 좋다고 솔직하게 말할지 아내의 의견을 존중해야 할지 정하지 못한 채 우물쭈물 그가 대답했다.

곧이어 레옹이 한숨을 내쉬며 말했다.

"더위가 정말……."

"참을 수가 없어요! 맞아요."

"불편해?" 보바리가 물었다.

"네, 숨이 막혀요. 우리 나가요."

레옹 씨는 그녀의 어깨에 긴 레이스 숄을 부드럽게 얹어주었다. 그리고 세 사람은 밖으로 나가 항구에 있는 한 노천카페의 유리창 앞에 앉았다.

처음에는 엠마의 병이 화제에 올랐다. 하지만 그녀는 레옹 씨가 지루할까 걱정이라며 몇 차례 샤를의 말을 끊었다. 이어 레옹은 노르망디에서는 파리에서와 일의 성격이 다르기 때문에, 일에 익숙해지기 위해 유력한 법률 사무소에서 이 년쯤 있으려고 루앙에 왔다고 이야기했다. 그러고 나서 그는 베르트와 오메 가족, 르프랑수아 아주머니의 소식을 물었다. 그다음 그들은 남편이 있는 데서 더 이상 나눌 이야기가 없었기 때문에 대화가 곧 끊겼다.

공연을 보고 나온 사람들이 '오 아름다운 천사, 나의 뤼시!'라며 흥얼거리거나 목청껏 소리 지르면서 보도를 지나갔다. 그러자 레옹은 애호가인 척하느라 음악 이야기를 시작했다. 그는 탐부리니, 루비니, 페르시아니, 그리지를 다 보았다고 했다. 그들에 비하면 라가르디는 아무리 명성이 높다 해도 아무것도 아니라는 것이었다.

"하지만 마지막 막에서는 아주 훌륭했다고 하는데요." 샤를이 럼주가 든 아이스크림을 조금씩 먹으면서 그의 말을 끊고 말했다. "나는 막 재미있어지기 시작했는데 끝나기 전에 나와서 아쉬워요."

"그런데 그 사람 공연이 곧 또 있어요." 서기가 말을 받았다.

하지만 샤를은 다음 날 돌아간다고 대답했다.

"당신이 혼자 남겠다고 하지 않는다면. 당신은 어때?"

이렇게 자신의 소망에 뜻밖의 기회가 주어지자 이 젊은이는 작전을 바꾸어 마지막 부분에서의 라가르디를 칭송하기 시작했다. 정말 대단하고, 감탄할 만하다는 것이었다. 그러자 샤를이 그렇게 하라고 부득부득 권했다.

"그러고 일요일에 돌아와. 자, 그런다고 해요! 망설일 거 없어. 그게 조금이라도 당신 건강에 좋을 것 같으면 말이야."

그러는 사이에 주변의 탁자들이 비워지고 있었다. 웨이터가 슬그머니 그들 곁에 와서 섰다. 샤를이 그것을 알아채고 지갑을 꺼냈다. 서기가 그의 팔을 붙잡고는 계산을 한 후 잊지 않고 은화 두 개를 남기기까지 했다. 은화가 대리석 탁자에 부딪혀 댕그랑 소리가 났다.

"정말 난감하네요." 보바리가 중얼거렸다. "당신이 돈을 내고……."

서기는 아주 친근하게 그런 건 상관없다는 몸짓을 하고는 모자를 집으며 말했다.

"내일 여섯 시, 약속하신 거죠?"

샤를은 더 오래 집을 비울 수가 없다면서 다시 한번 볼멘소리를 내질렀다. 하지만 엠마는 남지 못할 이유가 하나도 없었다.

"그런데…… 저는 잘 모르겠어요……." 그녀가 묘한 미소를 지으며 더듬거렸다.

"그럼, 더 생각해봐. 두고 보자고. 밤이 지나면 마음이 정해질 거야……."

그리고 함께 걷고 있던 레옹에게 말했다.

"이제 우리 고장에 오셨으니 가끔 저녁 식사라도 하러 오실 거죠? 그러길 바라요."

서기는 안 그래도 사무소 일로 용빌에 가야 하니 반드시 들르겠다고 약속했다. 그리고 그들은 성당에서 열한 시 반을 알리는 종이 울릴 때 생테르블랑 골목 앞에서 헤어졌다.

# 3부

# 1

레옹 씨는 법률 공부를 하면서 간간이 *쇼미에르*에 드나들었다. 그는 그곳에 놀러 오는 아가씨들에게 *신사적인 태도*를 가졌다는 말을 들으며 아주 큰 인기를 얻었다. 가장 모범적인 학생이었던 그는 머리가 길지도 짧지도 않았고 삼 개월 학기 수업료를 첫 달 1일에 다 써버리지도 않았으며 교수들과도 좋은 관계를 유지하고 있었다. 소심하기도 하고 조심성도 많아서 언제든 무절제한 행동을 하는 일은 없었다.

방에 틀어박혀서 책을 읽을 때라든가 저녁에 뤽상부르 공원의 보리수 아래 앉아 있을 때면 그는 법전을 스르르 바닥에 떨어뜨리고 엠마의 추억을 다시 떠올리는 때가 종종 있었다. 그러나 조금씩 그런 감정은 흐려지고 다른 욕망들이 그 위에 쌓여갔지만 그 너머로 엠마에 대한 감정은 여전히 지속되고 있었다. 모든 희망을 다 버린 것이 아니었고, 또 그에게는 마치 어떤 환상의 나뭇가지에 매달린 황금 열매처럼, 불확실한 약속 같은 것이 있었기 때문이다.

그리고 삼 년 만에 그녀를 다시 만나자 그의 열정은 다시 깨어났다. 이제 마침내 엠마를 자기 것으로 만들 결심을 해야 한다고 그는 생각했다. 게다가 수줍음이 많은 성격도 장난을 잘 치는 친구들과 만나면서 많이 없어졌고, 다시 지방에 내려오자 그는 에나멜 구두를 신은 발로 대로의 아스팔트를 밟아보지 못한 사람은 모두 얕잡아 보았다. 훈장을 달고 마차를 소유한 어떤 저명한 박사의 거실에서 레이스 장식으로 치장한 파리 여자 옆에 서 있었다면 이 가련한 서기는 아마 어린아이처럼 덜덜 떨었을 것이다. 그러나 이곳 루앙의 항구에서, 그 보잘것없는 의사의 부인 앞에서는 미리 상대의 마음을 사로잡을 수 있다는 확신이 들어 마음이 편안했다. 흔들림 없는 안정감은 어떤 환경에 처해 있느냐에 달린 것이었다. 중이층에서는 오층에서처럼 말하지 않는 법이고, 부유한 여자는 정조의 미덕을 지키기 위해 자신의 모든 은행권 지폐를 갑옷처럼 코르셋 안감 속에 넣어 몸에 두르고 있는 것같이 보이는 법이다.

전날 저녁 보바리 부부와 헤어진 뒤 레옹은 멀찍이 그들 뒤를 따라갔다. 그리고 그들이 *크루아 루주*에서 걸음을 멈추는 것을 보고는 발길을 돌렸고, 계획을 짜며 밤을 보냈다.

그래서 다음 날 다섯 시쯤 그는 목이 잠기고 뺨은 창백해진 채, 기필코 해내겠다는 겁쟁이의 굳은 각오를 다지면서 여관 부엌으로 들어갔다.

"그분은 안 계시는데요." 한 하인이 말했다.

좋은 징조였다. 레옹은 계단을 올라갔다.

엠마는 그가 오는 것을 보고 당황하지 않았다. 오히려 자기들이 어디에 묵는지 일러주는 것을 잊어버려서 미안하다고 했다.

"아, 여기 계시려니 했지요." 레옹이 답했다.

"어떻게요?"

그는 어쩌다 보니 직관적으로 그녀가 있는 데로 이끌려 왔다고 말했다. 엠마가 빙그레 웃었고, 레옹은 얼른 자신의 바보 같은 말을 바로잡기 위해 아침나절 내내 시내 호텔을 차례차례 다 찾아다녔다고 말했다.

"그러니까 남아 계시기로 한 거군요?" 그가 덧붙였다.

"네. 그런데 잘못했단 생각이 들어요." 그녀가 말했다. "주변에 할 일이 태산인데 즐기지도 못할 일에 버릇을 들이면 안 되니까……."

"아, 상상이 가네요……."

"아니요, 당신은 이해 못 해요. 여자가 아니니까요."

하지만 남자들한테도 마음의 괴로움이 있는 것이기에 몇 가지 철학적인 생각들로 대화가 시작되었다. 엠마는 지상의 사랑이 얼마나 보잘것없는지, 사람의 마음이 얼마나 영원한 고독에 묻혀 있는지 한참을 이야기했다.

레옹은 잘보이고 싶었는지 아니면 그녀의 우울한 말에 자신도 같이 우울해져서 단순히 따라 한 것인지, 자기도 학업을 이어가는 내내 너무나 쓸쓸했다고 털어놓았다. 소송법은 짜증스러웠고 다른 직업들이 더 마음을 끌었는데 어머니는 편지마다 끊임없이 그를 괴롭혔다고 했다. 레옹이 속내 이야기를 털어놓음에 따라 그들은 각자 살짝 들떠서 점점 더 자신이 왜 그렇게 고통스러웠는지를 자세히 말하게 되었다. 하지만 두 사람은 때로 자기 생각을 완전히 다 말하지 못한 채 말을 멈추었고, 그래도 그것을 표현할 수 있을 만한 말을 생각해내려 애썼다. 엠마는 다른 사람을 열렬히 사랑했었다는 말은 전혀 하지 않았고 레옹은 그녀를 잊고 있었다는 말을 하지 않았다.

그는 무도회가 끝난 뒤 남자의 주머니를 터는 아가씨들과 함께 야식을 먹었던 일을 아마 기억하지 못할 것이었다. 그리고 그녀도 연인이 사는 저택을 향해 이른 아침 풀밭을 달려가던 때, 예전의 그 밀회를 아마 기억하지 못할 것이었다. 도시의 소음이 겨우 들릴락 말락 했다. 그리고 방이 자그마해 보여서 두 사람만 외따로 떨어져 있다는 느낌이 더 강조되었다. 엠마는 능직 가운 차림으로 낡은 안락의자 등받이에 머리를 기대고 앉아 있었다. 그녀 뒤에 노란 벽지가 금빛 배경같이 드리워 있었다. 중앙의 하얀 가르마 양쪽으로 머리카락이 내려와 그 아래로 귓불이 드러난 맨머리가 거울에 비쳐 보였다.

"아, 이런, 죄송해요. 이러는 게 아닌데! 제가 하염없이 한탄만 늘어놓아서 지루하시겠어요." 엠마가 말했다.

"아니에요. 전혀 그렇지 않아요. 전혀!"

"제가 꿈꾸었던 모든 걸 당신이 아신다면!" 그녀는 눈물 한 방울이 흐르는 아름다운 눈을 천장으로 들어 올리며 덧붙여 말했다.

"그럼 저는 어땠을까요? 아, 정말 괴로웠습니다. 밖으로 나가 하염없이 걷다가 강가를 따라 헤매고 다닌 적이 많아요. 사람들이 북적이며 내는 소리에 나 자신을 잊어보려 해도 끊임없이 따라다니는 생각을 막을 수가 없었지요. 대로의 판화 가게에 뮤즈를 그린 이탈리아 판화가 있었어요. 튜닉을 걸치고 길게 내려뜨린 머리에 물망초 꽃을 꽂은 모습으로 달을 바라보고 있었답니다. 무언가가 끊임없이 저를 그곳으로 가게 했어요. 몇 시간씩 거기에 서 있다 오곤 했지요."

그러고 나서 그는 떨리는 목소리로 말했다.

"당신하고 좀 닮았었어요."

보바리 부인은 입가에 떠오르는 미소를 누를 수가 없어서 들키지 않으려고 고개를 숙였다.

"당신에게 몇 번이나 편지를 썼다가 찢어버리곤 했어요." 그가 말을 이었다.

그녀는 아무 말도 하지 않았다. 레옹이 계속해서 말했다.

"때로는 우연히 당신을 만날지 모른다는 상상도 했지요. 길모퉁이에서 당신을 본 것 같은 때도 있었어요. 그리고 역마차 문에 당신 것과 비슷한 숄이나 베일이 나부끼면 그때마다 따라서 달려가보곤 했답니다."

엠마는 그의 말을 막지 않고 그냥 이야기하게 두려고 마음먹은 것 같았다. 그녀는 팔짱을 끼고 고개를 숙인 채 자기 실내화의 장미꽃 장식을 내려다보며 가끔 새틴 천 속에서 발가락을 살짝살짝 움직거렸다.

그러다가 그녀가 한숨을 내쉬었다.

"제일 한심한 건 저처럼 아무 쓸모 없는 삶을 질질 끌고 가는 거 아닐까요? 우리의 고통이 누군가에게 쓸모라도 있다면 희생한다는 생각으로 위안을 삼을 텐데요."

그는 미덕과 의무, 조용한 희생을 찬양하기 시작하면서 자기도 헌신의 욕구가 너무나 크지만 충족시키지 못하고 있다고 했다.

"저는 병원에서 일하는 수녀였으면 좋겠어요." 그녀가 말했다.

"아, 남자들은 그런 성스러운 임무를 맡을 수도 없고, 어디를 봐도 그 어떤 직업도…… 의사 같은 직업이라면 아마도……."

엠마는 살짝 어깨를 으쓱하며 그의 말을 끊고는 자기가 병으로 죽을 뻔했던 이야기를 슬프게 늘어놓았다. 정말 아깝지 않은가! 이제 더 이상 괴로움을 겪지 않아도 됐을 텐데. 레옹은 곧바로 자기도 *무덤 속의 평온*을 선망했었고, 어느 날 밤에는 그녀에게서 받은, 벨벳 띠가 달린 그 아름다운 무릎 덮개로 자신을 덮어 묻어달라는 유언장을 쓴 적도 있다고 했다. 그들은 각기 자신의 이상을 만들어놓고 과거의 삶을 지금 그 이상에 끼워 맞추려 하면서, 과거에 자신이 이랬었다면 좋았을 텐데, 그러고 있었다. 게다가 말이란 언제나 감정을 길게 늘이는 롤링밀 같은 것이다.

그러나 그 무릎 덮개를 가지고 지어낸 말에 대해서는 그녀가 그냥 넘어가지 않고 물었다.

"그런데 그건 왜요?"

"왜 그랬어요?"

그는 망설였다.

"당신을 좋아했으니까요!"

그리고 레옹은 어려운 고비를 넘은 것에 속으로 박수를 치며 곁눈으로 그녀의 모습을 살폈다.

그녀의 모습은 바람이 불어 구름이 다 걷힌 하늘 같았다. 그들을 짓누르고 있던 침울한 생각들이 그녀의 푸른 눈에서 사라져 없어지는 것 같았다. 그녀의 온 얼굴이 환하게 빛났다.

그는 기다렸다. 마침내 엠마가 대답했다.

"그러리라 늘 짐작은 했는데……."

그리하여 그들은 먼 지난날의 사소한 사건들에 대한 이야기를 나누었다. 지난날의 기뻤던 일들과 우울했던 일들을 그들은 조금 전에 한마디로 그렇게 요약했던 것이다. 레옹은 클레마티스가 뻗어 올라간 아치, 그녀가 입었던 옷들, 그녀의 방 가구들, 그녀의 집 전체를 회상했다.

"그리고 우리 선인장은요. 어디에 있어요?"

"이번 겨울에 추위 때문에 죽어버렸어요."

"아, 그 선인장들 생각을 얼마나 많이 했는지 아세요? 여름날 아침 덧문에 햇살이 부딪힐 때…… 그리고 당신의 맨팔이 꽃들 사이로 나오는 것이 보이던 그때, 예전 그때 같은 선인장들 모습이 눈앞에 떠오르곤 했지요……."

"아, 저런!" 엠마는 그에게 손을 내밀며 말했다.

레옹은 얼른 그 손에 입술을 댔다. 그리고 크게 한숨을 내쉬며 말했다.

"그 시절 저에게 당신은 제 삶을 다 사로잡아버린 알 수 없는 힘이었습니다. 예를 들어 한번은 제가 댁에 찾아갔었는데…… 하지만 당신은 아마 기억 못 하시겠지요?"

"아니요. 계속해보세요." 그녀가 말했다.

"당신은 아래층 현관에서 외출 준비를 다 하고 마지막 계단에 서 있었어요. 파란색 작은 꽃들이 달린 모자까지 쓰고 있었죠. 그리고 저는 당신이 청하지도 않았는데 저도 모르게 당신을 따라나섰어요. 그러면서 매 순간 제가 바보 같은 짓을 하고 있다는 것을 의식했지만, 감히 당신을 바로 따라가지도 못하면서 또 헤어지기는 싫었기 때문에 계속 당신 근처에서 걸어갔어요. 당신이 어떤 가게에 들어가면 길에 서 있고, 당신이 장갑을 벗고 계산대에서 계산을 하고 있는 모습을 유리창 너머로 바라보았지요. 그다음에 당신은 튀바슈 부인 댁 초인종을 눌렀고 누가 문을 열어주었는데 저는 당신이 들어가고 닫혀버린 무거운 대문 앞에 바보처럼 그대로 서 있었답니다."

보바리 부인은 그의 이야기를 들으면서 자기가 그렇게 나이가 들었다는 데에 놀랐다. 다시 눈앞에 나타나는 이 모든 일들이 그녀의 삶을 확장하는 것 같았다. 마치 광막한 감정의 공간을 거슬러 오르는 느낌이었다. 이야기 가운데 그녀는 눈을 반쯤 감은 채 가끔 조그만 소리로 말하곤 했다.

"네, 맞아요!…… 그래요!…… 그래요……."

기숙학교와 성당, 버려진 대저택들로 가득한 보부아진 구역의 여러 시계들이 여덟 시를 치는 소리가 들렸다. 그들은 이제 아무 말도 하지 않았다. 하지만 그들은 마치 서로를 뚫어지게 바라보는 눈동자에서 소리 나는 무언가가 나온 것처럼, 머릿속에서 무언가 살랑거리는 소리를 느끼고 있었다. 그들은 두 손을 마주 잡았다. 그러자 과거와 미래, 옛 기억들과 꿈, 그 모든 것이 이 감미로운 황홀감 속에 다 녹아들었다. 어둠이 두껍게 깔린 벽에는 판화 네 개가 어둠에 반쯤 가려진 채 아직 빛나고 있었다. 판화는 *넬 탑*의 네 장면을 조잡한 색깔로 찍은 것으로 그 아래에는 스페인어와 프랑스어로 전설이 적혀 있었다. 아래위로 여닫는 창문으로 뾰족한 지붕들 사이에 검은 하늘 한 조각이 보였다.

그녀는 자리에서 일어나 서랍장 위의 양초 두 개에 불을 붙이고 다시 돌아와 앉았다.

"그래서……." 레옹이 말했다.

"그래서요?" 엠마가 답했다.

그러고서 그가 끊어진 대화를 어떻게 이어갈까 생각하고 있는데 그녀가 말했다.

"지금까지 그 누구도 내게 이런 감정을 표현한 적이 없었던 건 어째서일까요?"

서기는 이상적인 사람은 이해하기 어려운 법이라고 큰 소리로 말했다. 그는, 자기는, 첫눈에 그녀를 사랑하게 되었다고 했다. 그리고 운이 좋아서 그들이 좀 더 일찍 만나 서로 떼어놓을 수 없게 하나가 될 수 있었다면 얼마나 행복했을까 하는 생각에 고통스럽다고 했다.

"저도 가끔 그런 생각을 했어요." 그녀가 말했다.

"얼마나 꿈같은 일인가요!" 레옹이 속삭였다.

그리고 그녀의 하얀색 긴 허리띠의 파란색 가장자리를 살며시 만지작거리며 덧붙였다.

"그러면 지금 다시 시작하지 못할 게 뭔가요?"

"아니에요." 그녀가 말했다. "저는 너무 나이 들었고…… 당신은 너무 젊고……, 저는 잊어버리세요. 다른 여자들이 당신을 사랑하게 될 거고…… 당신도 그들을 사랑하게 될 거예요."

"당신처럼은 아니에요!" 그가 소리쳤다.

"어린아이 같군요. 자, 우리 신중하게 행동해요. 그러기를 바라요."

엠마는 그에게 그들의 사랑이 불가능하며 예전처럼 그저 남매같이 친한 관계로 지내야만 한다고 말해주었다.

그녀가 이렇게 말한 것은 진심이었을까? 마음을 사로잡는 유혹과 그것을 반드시 물리쳐야 한다는 생각에 몰두해서 엠마 자신도 아마 알지 못했을 것이다. 연민을 담은 눈길로 레옹을 바라보면서 그녀는 머뭇머뭇 다가오는 그의 떨리는 손길을 살며시 밀어냈다.

"미안해요." 그녀가 뒤로 물러나며 말했다.

그리고 두 팔을 벌려 저돌적으로 달려들던 로돌프보다 자신에게는 더 위험한 이런 머뭇거림 앞에서 엠마는 막연한 두려움에 휩싸였다. 어떤 남자도 이렇게 아름다워 보인 적이 없었다. 그의 태도에서는 부드러운 순진함이 배어 나왔다. 그는 둥글게 위로 말린 섬세하고 긴 속눈썹을 아래로 내리깔고 있었다. 보드라운 뺨이—그녀가 생각하기에—그녀에 대한 욕망으로 붉게 물들어 있었고 엠마는 거기에 입술을 대고 싶은 마음을 억누를 수가 없었다. 그래서 그녀는 시간을 보는 듯 추시계로 몸을 기울이며 말했다.

"세상에, 이렇게나 늦어버렸네! 우리 이야기가 너무 길었어요."

그는 무슨 말인지 알아차리고 모자를 찾았다.

"그러느라 공연도 잊고 있었네요. 마음 좋은 보바리가 일부러 나를 여기 남게 해줬는데. 그랑퐁 가의 로르모 씨가 부인하고 저를 데려가주기로 했어요."

그러면 그녀는 다음 날 떠나게 되니까 기회는 날아가버리는 것이었다.

"정말요?" 레옹이 말했다.

"네."

"하지만 저는 당신을 꼭 다시 봐야만 해요." 그가 다시 말했다. "당신에게 할 말이……."

"무슨 말이요?"

"아주…… 중대하고 심각한 일이에요. 아니, 아니에요, 그게 아니라, 가지 마세요, 그러면 안 돼요. 당신이 아신다면…… 제 말은…… 그러니까 제 말을 못 알아들으신 거예요? 짐작을 못 하셨어요?"

"지금 말씀 잘 하고 계신데요?" 엠마가 말했다.

"아, 농담하지 마시고요. 그만요. 제발…… 한 번만, 딱 한 번만 다시 보게 해주세요."

"그러면……."

그녀는 말을 멈추었다. 그러고는 생각을 고친 듯이 다시 말했다.

"여기는 아니에요."

"어디든 원하시는 대로."

"저기, 그러면……."

그녀는 곰곰이 생각을 하는 듯하더니 간결하게 말했다.

"내일, 열한 시, 성당에서."

"네, 거기로 갈게요!" 엠마의 두 손을 붙들고 그가 외쳤다. 그녀는 손을 빼냈다.

그리고 머리를 숙이고 서 있는 엠마 뒤에 서게 되자 그는 몸을 굽혀 그녀의 목덜미에 길게 입을 맞추었다.

"아니, 미쳤어요? 미쳤군요!" 여러 번 키스가 반복되는 동안 그녀는 조그맣게 까르르 웃으면서 말했다.

그러자 그는 엠마의 어깨 위로 얼굴을 내밀어 그녀의 눈에서 동의를 구하는 것 같아 보였다. 차가운 위엄이 서린 그녀의 눈길이 그를 내려다보았다.

레옹은 뒤로 세 발짝 물러나 나가려다 문턱에서 걸음을 멈추고 움직이지 않았다. 그리고 떨리는 목소리로 속삭였다.

"내일 봐요."

그녀는 머리를 끄덕여 대답하고는 옆 방으로 한 마리 새처럼 사라져버렸다.

엠마는 그날 밤 서기에게 약속을 취소하는 긴 편지를 썼다. 이제 모든 것이 끝났고, 그러므로 두 사람 모두의 행복을 위해 그들은 다시 만나서는 안 된다고 했다. 그러나 편지를 봉하고 보니 레옹의 주소를 몰라서 그녀는 몹시 당황했다.

'내가 직접 전해줘야겠네. 그 사람은 꼭 올 거야.' 엠마는 속으로 혼잣말을 했다.

다음 날 레옹은 창문을 열어놓고 발코니에 나가, 노래를 흥얼거리며 직접 무도화에 몇 번씩 칠을 해서 윤을 냈다. 흰 바지에 얇은 양말을 신고 초록색 윗옷을 입은 다음 손수건에 그가 가진 향수를 다 뿌리고는, 머리에 컬을 넣었다가 도로 폈다가 하며 더 자연스럽게 우아한 머리를 하려고 애썼다.

'아직 너무 이르네!' 아홉 시를 가리키고 있는 이발소의 뻐꾸기시계를 보면서 그가 생각했다.

그는 오래된 패션잡지를 읽다가 밖으로 나와 시가를 한 대 피웠고, 길을 세 군데 지난 다음 이제 시간이 됐다고 생각하며 노트르담 성당 앞 광장으로 빠르게 걸음을 옮겼다.

화창한 여름 아침이었다. 금은세공품 가게에서 은제품들이 반짝거렸고 대성당에 비스듬히 내리쬐는 햇빛이 회색 돌 단면들에 반사되어 반짝였다. 파란 하늘에 새들이 무리 지어 클로버 모양 작은 종루 주위를 맴돌고 있었다. 시끌벅적한 광장에서는 포석 가에 늘어선 꽃들의 향기가 났다. 장미, 재스민, 카네이션, 수선화, 월하향 등의 꽃들로, 그 사이마다 불규칙한 간격으로 고양이풀과 별꽃 같은 물기 많은 풀이 자라 있었다. 한가운데에는 분수가 소리를 내며 솟아올랐고, 커다란 우산 아래 피라미드 모양으로 쌓아놓은 멜론 사이에서 모자도 안 쓴 여자 상인들이 제비꽃 다발을 종이로 싸고 있었다.

레옹은 그것을 한 다발 샀다. 여자를 위해 꽃을 사는 것은 처음이었다. 꽃 냄새를 들이마시자 마치 여자에게 바치는 경의가 자신에게 돌아오는 것처럼 자부심으로 가슴이 부풀어 올랐다.

하지만 누가 보면 어쩌나 두려웠다. 그는 결연히 성당 안으로 들어갔다.

그러는데 문지기가 왼쪽 출입문 한가운데, *춤추는 마리안** 아래 문턱에 서 있었다. 머리에 깃털을 꽂고, 종아리까지 내려오는 칼을 차고, 손에 단장을 쥔 그 사람은 추기경보다 더 근엄한 모습에 성합처럼 빛이 났다.

문지기가 레옹에게 다가오며 성직자들이 어린아이에게 질문을 할 때처럼 살갑게 인자한 척하는 미소를 지었다.

"선생님은 이곳 분이 아니신 것 같네요? 우리 성당의 진기한 것들을 좀 둘러보시겠습니까?"

"아니요." 레옹이 대답했다.

그리고 그는 먼저 회랑을 한 바퀴 둘러보았다. 그다음에 광장 쪽을 보러 나왔다. 엠마는 아직 오지 않았다. 그는 성가대석까지 다시 걸어갔다.

* 루앙의 노트르담 대성당 북쪽 출입문 첨두아치에 세례 요한의 일생이 조각되어 있다. 그중 헤롯왕의 생일잔치에서 춤을 추는 살로메를 일컫는 별칭.

물이 가득 담긴 성수반에 중앙 홀과 첨두홍예 첫머리, 스테인드글라스 몇 부분이 비쳤다. 그런데 물에 비친 스테인드글라스는 대리석 가장자리에서 끊겼다가 바닥 타일 위로 반사되어 알록달록한 카펫처럼 이어졌다. 바깥의 눈부신 햇살이 세 개의 열린 문을 통해 거대한 빛줄기 세 개로 성당 안에 길게 뻗어 있었다. 때로 안쪽에서 성당 관리인이 바쁜 신자들이 그러는 것처럼 살짝 한쪽 무릎을 굽히고 제단 앞을 지나갔다. 크리스털 샹들리에가 미동도 없이 매달려 있었다. 성가대석에는 은으로 된 등불이 밝혀져 있었다. 그리고 측면에 늘어선 작은 제단들과 성당의 어두운 곳에서는 때때로 한숨을 내쉬는 소리 같은 것이 흘러나왔고 그 소리와 함께 철창문이 다시 내려가는 소리가 높은 궁륭 아래 메아리쳤다.

레옹은 진중한 걸음걸이로 벽을 따라 걸어갔다. 인생이 이렇게 근사해 보였던 적이 없었다. 이제 조금 있으면 그녀가 올 것이었다. 사랑스럽고 들뜬 모습으로, 혹시 누가 뒤에서 보고 있지 않은지 살피면서, 몇 개의 자락이 드리워진 드레스에 금색 코안경, 조붓한 구두 차림으로, 그가 아직 본 적 없는 우아한 자태로, 정조의 미덕이 무너질 때의 그 형언할 수 없는 매혹 속에서. 그녀를 둘러싼 성당은 거대한 규방 같았다. 어둠 속에서 그녀의 사랑 고백을 받아들이기 위해 궁륭이 몸을 구부리고 있었다. 스테인드글라스는 그녀의 얼굴을 환하게 빛내기 위해 반짝였고 그녀가 피어오르는 향 속에서 천사처럼 나타나도록 향로가 타오를 것이었다.

그런데 그녀는 오지 않았다. 의자에 앉은 그의 눈길이 푸른색 스테인드글라스에 가닿았고 거기에는 바구니를 든 뱃사공들이 보였다. 그는 한참 동안 그것을 주의 깊게 바라보며 물고기 비늘과 윗도리의 단춧구멍 개수를 세어보았고, 그러면서도 생각은 엠마를 찾아 헤매고 있었다.

조금 떨어진 곳에 있던 문지기는 혼자서 성당을 감상하고 다니는 이 사람에게 속으로 화가 나 있었다. 그가 보기에 이 사람의 행동은 가증스러웠고 어떤 의미로는 자기에게서 뭔가를 훔쳐가는 짓이었으며 거의 신성모독을 저지르고 있는 것이었다.

그런데 바닥에 사락사락 실크 자락 스치는 소리가 나면서 모자의 테두리, 검은색 어깨 망토가…… 그녀였다! 레옹은 얼른 일어나 그녀에게 달려갔다.

엠마는 창백했다. 빠르게 걸어오고 있었다.

"읽어보세요." 편지를 내밀며 그녀가 말했다. "아, 아니에요."

그리고 내민 손을 갑자기 뒤로 빼더니 성모를 모신 제단으로 가서 의자에 기대 무릎을 꿇고 기도를 올리기 시작했다.

이렇게 독실한 신자 티를 내는 변덕에 레옹은 짜증이 났다. 그렇지만 또 얼마 후에는 밀회 도중 안달루시아 후작 부인처럼 기도에 몰두한 그녀의 모습에 마음이 끌리기도 했다. 그러다가 얼마 지나지 않아 그는 지루해졌다. 기도가 영 끝날 것 같지 않았기 때문이다.

엠마는 기도했다. 아니 기도하려고 무진 애를 썼다. 하늘에서 어떤 결정이 뚝 떨어지기를 바랐다. 그리고 신의 구원을 얻기 위해 두 눈에 성궤의 찬란한 빛을 가득 담았고, 커다란 꽃병 속의 만개한 하얀색 노랑장대꽃 향기를 들이마셨으며, 성당의 정적에 귀를 기울였다. 하지만 마음이 더 어지러워질 뿐이었다.

그녀가 자리에서 일어나 두 사람이 함께 밖으로 나가려 하는데 문지기가 얼른 다가오더니 말했다.

"부인께서는 이곳 분이 아니신 것 같네요? 우리 성당의 진기한 것들을 좀 둘러보시겠습니까?"

"아, 아니에요." 서기가 소리쳤다.

"좀 둘러보면 어때요?" 엠마가 말했다.

그녀는 비틀거리는 정조의 미덕을 붙들기 위해 성모, 조각상들, 무덤, 아무 것에나 다 매달리려 했던 것이다.

그리하여 *순서에 따*른 진행을 위해 문지기는 그들을 광장 옆 입구까지 데리고 가서, 포석 바닥에 아무 글도 새겨 있지 않고 조각도 되어 있지 않은 검은색의 커다란 원을 단장으로 가리키며 엄숙하게 말했다.

"이것이 바로 아름다운 앙부아즈 종의 원주입니다. 종의 무게는 사만 파운드가 나갔다고 합니다. 유럽 전체를 통틀어 이런 종은 없었지요. 이 종을 만든 사람은 기쁘게 숨을 거두었는데……."

"그만 가죠." 레옹이 말했다.

문지기가 다시 걷기 시작했다. 그리고 성모를 모신 제단으로 돌아오자 전체를 다 가리키는 커다란 몸짓으로 두 팔을 벌리고는 자기 과수원을 보여주는 시골 지주보다 더 자랑스러운 어조로 설명을 늘어놓았다.

"이 단순한 포석 밑에는 바렌과 브리삭의 영주이시며 푸아투의 원수이자 노르망디의 총독이셨던, 1465년 7월 16일 몽레리 전투에서 전사하신 피에르 드 브레제께서 안치되어 계십니다."

레옹은 입술을 깨물며 발을 굴렀다.

"또한 오른쪽을 보시면, 철 갑옷을 입고 앞발을 쳐든 말 위에 올라탄 이 귀족은 그분의 손자 루이 드 브레제로, 브르발과 몽쇼베의 영주이시며 몰브리에 백작이자 모니 남작, 국왕의 시종관이셨고, 기사 훈장을 수여받으신 분이자 또한 마찬가지로 노르망디 총독을 지내시고 비명에 새겨진 바와 같이 1531년 7월 23일 일요일에 세상을 떠나셨습니다. 그리고 그 아래, 무덤으로 내려가려 하는 이 사람은 다름 아닌 바로 같은 인물을 나타내고 있습니다. 이보다 더 완벽하게 죽음을 표현한 것은 찾아볼 수 없겠지요?"

보바리 부인은 코안경을 집어 들었다. 레옹은 더 이상 어떤 말이나 몸짓도 하려 들지 않은 채 가만히 서서 그녀를 바라만 보고 있었다. 그만큼 그는 한쪽은 작정을 하고 주절주절 말을 늘어놓고 다른 한쪽은 아무 일도 없다는 듯 무심한 태도를 견지하는 데에 이중으로 낙담한 채 마음이 상해 있었다.

지칠 줄 모르는 안내인이 계속해서 말했다.

"그분 옆에 무릎을 꿇고 눈물을 흘리는 여인은 부인, 디안 드 푸아티에로, 브레제 백작 부인이자 발랑티누아 공작부인이시며, 1499년 출생하여 1566년에 사망하셨습니다. 그리고 왼쪽에 아이를 안고 있는 분은 성모 마리아이십니다. 이제 이쪽을 봐주십시오. 앙부아즈 가의 무덤들입니다. 두 분 모두 추기경과 루앙의 대주교이셨습니다. 저쪽 분은 루이 12세 시기 대신이셨지요. 대성당을 위해 좋은 일을 많이 해주셨습니다. 유언장에 빈민을 위해 금화 삼만 에퀴를 남기셨답니다."

그리고 그는 계속 말을 하며 걸음을 옮겨 그들을 난간들로 막힌 한 제단으로 밀어 넣고는 그중 몇 개를 움직여, 잘못 만들어진 조각상이었을 법한 무슨 덩어리 같은 것을 찾아냈다.

"이것은 잉글랜드 왕이자 노르망디 공작이셨던 리처드 1세, 사자왕의 묘를 예전에 장식했던 것입니다." 문지기가 긴 신음 소리를 내며 말했다. "그것을 이런 상태로 만들어놓은 게 칼뱅파랍니다. 그들이 악의적으로 이것을 대주교님의 주교좌 아래 땅에 파묻은 거지요. 자, 여기 이 문이 대주교님이 거처로 들어가는 문입니다. 그럼 이제 성당 측면 스테인드글라스로 넘어가겠습니다."

그러나 레옹은 재빠르게 은화 한 개를 주머니에서 꺼내 주고는 엠마의 팔을 잡았다. 문지기는 외지인에게 아직 보여줄 것이 많이 남았는데 갑자기 이렇게 사례를 받으니 어리둥절해서 멍하니 서 있었다. 그래서 그를 다시 불러댔다.

"저기요, 이보세요! 첨탑! 첨탑을……."

"됐어요." 레옹이 말했다.

"그러면 안 되지요. 높이가 사백사십 피트로 이집트 큰 피라미드보다 구 피트 낮답니다. 첨탑 전체가 주물로 돼 있어서……."

레옹은 도망쳤다. 성당 안에서 두 시간 가까이 옴짝달싹 못 한 그의 사랑이 이제는 제멋대로인 어떤 주물공의 괴상한 시도처럼 대성당 위에 되는대로 아주 기괴하게 얹어놓은 그 부러진 파이프 같은, 기다란 케이지 같은, 빛이 드는 굴뚝 같은 것을 통해서 연기처럼 날아가려 하고 있었기 때문이다.

"대체 어디로 가는 거예요?" 엠마가 말했다.

그가 아무 대답 없이 계속 서둘러 걸어 나가고 보바리 부인은 벌써 성수에 손가락을 담근 참인데, 뒤에서 크게 헐떡거리는 숨소리와 지팡이 짚는 소리가 번갈아 들려왔다. 레옹이 뒤를 돌아보았다.

"이보세요!"

"뭐요?"

문지기가 두꺼운 가제본 책 스무 권가량을 겨드랑이에 끼고 오다가 이제는 배로 떠받치고 서 있었다. *대성당에 대한* 책들이었다.

"이런 바보 같은." 레옹이 성당 밖으로 튀어 나가면서 중얼거렸다.

아이 하나가 성당 앞에서 놀고 있었다.

"마차 한 대만 불러줄래?"

아이는 카트르방 가로 총알같이 뛰어갔다. 그러고 나자 그들은 둘만 남아 얼굴을 마주한 채 몇 분 동안 좀 어색하게 서 있었다.

"아, 레옹…… 정말……, 저는 모르겠는데…… 어떻게 해야 할지……."

그녀가 살짝 애교를 부렸다. 그러고는 심각한 표정으로 말했다.

"이건 정말 부적절한 짓이에요. 알아요?"

"어떤 면에서요?" 서기가 맞받았다. "파리에서는 흔한 일이에요."

이 말이 저항할 수 없는 논거인 양 엠마는 마음을 정했다.

하지만 마차가 오지 않았다. 레옹은 그녀가 다시 성당으로 들어가버릴까 봐 두려웠다. 마침내 마차가 모습을 나타냈다.

"*부활, 최후의 심판, 낙원, 다윗왕*, 그리고 하느님께 버림받아 지옥의 불 속에 빠진 자들을 보실 수 있도록 북쪽 문으로 나가주십시오." 아직도 입구에 서 있던 문지기가 그들에게 소리쳤다.

"어디로 모실까요?" 마부가 물었다.

"아무데나요." 엠마를 마차 안으로 밀며 레옹이 말했다.

그리고 육중한 마차가 출발했다.

마차는 그랑퐁 가를 내려가 아르 광장, 나폴레옹 강둑, 뇌프 다리를 가로질러 피에르 코르네유 동상 앞에서 갑자기 멈추었다.

"계속 가요." 마차 안에서 이렇게 말하는 소리가 들렸다.

마차는 다시 출발하여 라파예트 사거리에서부터 내리막길을 질주한 다음 기차역 안으로 들어갔다.

"아니, 곧장 가요." 같은 목소리가 외쳤다.

마차는 철책 밖으로 나와 곧 산책로에 다다르면서 천천히 커다란 느릅나무들 사이를 달렸다. 마부는 이마의 땀을 닦고 가죽 모자를 무릎 사이에 끼고는 마차를 물가의 잔디밭 옆 보도 밖으로 몰고 갔다.

마차는 강을 따라 마른 자갈이 깔린 선박 예인로에서 섬들 너머 우아셀 쪽으로 오랫동안 달렸다.

그러다가 갑자기 박차를 가해 카트르마르, 소트빌, 그랑드쇼세, 엘뵈프 가를 가로질러 내달리다가 세 번째로 식물원 앞에서 멈춰 섰다.

"계속 가라니까요!" 잔뜩 화난 목소리가 크게 소리쳤다.

그래서 마차는 곧바로 다시 달리기 시작하여 생스베르, 퀴랑디에 강변, 묄르 강변을 지나 다시 한번 다리를 건너 샹드마르스 광장을 거쳐, 담쟁이덩굴로 온통 초록빛인 테라스를 따라 검은 재킷 차림의 노인들이 햇볕을 쪼이며 산책하고 있는 병원 정원 뒤로 지나갔다. 그다음 부브뢰유 대로를 따라 올라가 코슈아즈 대로를 가로지른 다음 드빌 언덕까지 몽리부데 전역을 가로질렀다.

마차는 왔던 길을 다시 돌아갔다. 그때부터는 정해진 방향도 없이 아무렇게나 여기저기 헤매고 다녔다. 생폴, 레스퀴르, 가르강 산, 루주마르, 가이아르부아 광장에 마차가 모습을 보였다. 그리고 말라드르리 가, 디낭드리 가에 나타났다가 생로맹, 생비비앵, 생마클루, 생니케즈 성당 앞에—세관 앞에서—보였고, 비에유투르 아래쪽이나 트루아피프, 모뉘망탈 묘지에도 나타났다. 가끔 마부는 좌석에 앉아서 술집들 쪽을 절망적인 눈길로 쳐다보곤 했다. 그는 이 사람들이 왜 이렇게 달리고자 하는 격정에 사로잡혀 절대 멈추려 들지 않는 것인지 알 수가 없었다. 몇 번 멈춰보려고 했더니 곧바로 뒤에서 다시 가라는 화난 고함 소리가 들렸다. 그래서 그는 마차가 흔들려도 아랑곳없이 여기저기 부딪혀가며, 아무것도 신경 쓰지 않고, 기운이 빠진 데다 갈증과 피로와 괴로움으로 거의 울 듯한 심정이 되어, 땀에 젖은 야윈 말 두 마리를 더 세게 채찍질했다.

그렇게 해서 항구의 짐마차와 술통들 가운데에서, 길가 모퉁이에서, 사람들은 이런 지방에서는 너무나 희귀한 광경, 블라인드를 내린 마차 하나가 무덤보다 더 단단히 문을 닫고 배처럼 흔들거리며 계속 다시 나타나는 이 광경에 어리둥절하여 눈을 휘둥그레 떴다.

한번은 한낮의 들판 한가운데서, 마차의 오래된 은빛 등에 햇살이 가장 강하게 내리쪼일 때, 노란색 작은 커튼 밖으로 장갑을 끼지 않은 손 하나가 나와 조각조각 찢은 종이를 내던졌고, 그 종잇조각들은 바람에 흩어져 저 멀리 붉은 클로버꽃이 활짝 핀 꽃밭에 하얀 나비처럼 내려앉았다.

그 후 여섯 시쯤 되었을 때 마차는 보부아진 구역의 한 골목에서 멈추었고, 여자 하나가 거기서 내려 베일을 쓰고 뒤도 돌아보지 않은 채 걸어갔다.

## 2

여관에 도착한 보바리 부인은 승합마차가 보이지 않아서 놀랐다. 이베르가 오십삼 분 동안 그녀를 기다리다가 결국 그냥 떠난 것이었다.

그렇다고 그녀가 반드시 가야만 하는 것은 아니었다. 하지만 그날 저녁에 돌아가겠다고 약속을 했었다. 실제로 샤를이 그녀를 기다리고 있었다. 그리고 그녀는 속으로 벌써 비겁하게 고분고분해진 자신을 느끼고 있었다. 많은 여자들에게 있어 간음의 벌이자 치러야 할 대가인 것이다.

엠마는 서둘러 짐을 싸고 계산을 마친 다음 마당으로 나가 이륜마차에 올랐다. 그리고 마부를 재촉하고 격려하고, 시간이 얼마나 지났는지 달려온 거리는 얼마인지 수시로 물으며 가다가 캥캉푸아의 초입쯤에서 *이롱델*을 겨우 따라잡았다.

마차의 한쪽에 자리를 잡고 앉자 그녀는 바로 눈을 감았다. 다시 눈을 뜬 건 언덕 아래였는데 펠리시테가 대장간 앞에 마중 나와 있는 것을 멀리서 알아볼 수 있었다. 이베르가 말 고삐를 당겨 멈추자 하녀는 마차의 작은 창까지 발돋움을 하며 무슨 말인지 알 수 없는 소리를 했다.

"오메 씨 댁에 얼른 가보셔야겠어요. 급한 일이 있대요."

마을은 평소처럼 조용했다. 길목마다 조그만 분홍빛 더미들이 공중에 김을

뿜고 있었는데, 이때가 잼을 만드는 시기여서 용빌 사람 모두가 같은 날 오래 두고 먹을 잼을 만들기 때문이었다. 그런데 약국 앞에서 사람들은 다른 곳들보다 월등하게 많은 양이 수북하게 쌓여 있는 더미를 보며 감탄하고 있었다. 마을의 가정집 화덕보다 약국의 장비가 더 큰 데다, 각자가 취향껏 만드는 양보다 일반적인 수요를 염두에 두는 것이 더 규모가 크기 때문이었다.

엠마가 안으로 들어갔다. 큰 안락의자가 뒤집혀 있고《루앙의 등불》마저 바닥에 떨어져 절구공이 두 개 사이에 펼쳐져 있었다. 그녀가 복도 문을 밀었다. 그러자 부엌 중앙에, 씨를 뺀 까치밥나무 열매와 가루설탕, 각설탕이 가득 든 갈색 항아리들과 탁자 위 저울들, 불 위의 냄비들 가운데서 오메네 식구들이 어른, 아이 할 것 없이 모두 턱까지 오는 앞치마를 두른 채 포크를 손에 들고 있는 모습이 보였다. 쥐스탱이 고개를 숙이고 서 있고 약사가 소리를 지르고 있었다.

"누가 너한테 창고에 가서 그걸 가져오라 그랬어?"

"이게 무슨 일이에요? 왜 그래요?"

"왜 그러느냐고요?" 약사가 대꾸했다. "잼을 만들고 있었어요. 잘 끓고 있었는데 너무 끓어서 넘치려 하기에 다른 냄비를 하나 가져오라고 했지요. 그랬더니 이 어리바리하고 게으른 녀석이 조제실에 걸려 있는 창고 열쇠를 가지러 간 거예요."

약사는 자기가 쓰는 도구와 물품 들을 가득 넣어둔 지붕 밑 방을 그렇게 불렀다. 거기에서 그는 라벨을 붙이거나 약을 옮겨 담고 끈을 다시 매기도 하면서 종종 혼자 긴 시간을 보내곤 했다. 그래서 그는 그곳을 단순한 보관 장소가 아니라 진정한 성소로, 거기에서 온갖 종류의 알약, 큰 환약, 허브차, 치료액, 물약 등이 자기 손에서 만들어져 나와 인근 지역에 자신의 명성을 널리 퍼뜨리게 될 그런 성소로 여기고 있었다. 이 세상 누구도 거기에 발을 들여놓을 수 없었다. 그곳을 그렇게나 귀하게 여겼기 때문에 청소도 자기 손으로 했다.

한마디로 누구에게나 개방된 약국이 그의 자랑거리를 펼쳐놓는 장소라면 그 창고는 오메가 오로지 자신에게만 집중한 가운데 자기가 좋아하는 일을 한껏 즐기는 은신처였다. 그래서 쥐스탱의 정신 나간 짓은 그에게 끔찍하게 불경한 행동으로 보였다. 그러니 지금 얼굴이 까치밥나무 열매보다 더 붉게 달아오른 채 같은 말을 계속 반복하고 있는 것이었다.

“그래, 창고 열쇠를! 산과 부식성 알칼리를 넣어두고 잠근 열쇠를! 예비용 냄비 하나를 가지러 갔다고! 뚜껑 있는 냄비 하나를! 어쩌면 내가 한 번도 쓰지 않을 냄비를! 우리 기술의 섬세한 조작들은 각각 다 중요한 거라고! 아니 대관절! 뭐가 뭔지 구분을 해야 하고, 약 조제에 쓸 것을 거의 집안일 용도로 사용해서는 안 되는 거란 말이다! 그건 메스로 닭고기를 써는 거나 마찬가지고, 법관이…….”

“좀 진정해요.” 오메 부인이 말했다.

아탈리도 그의 프록코트를 잡아당기며 말했다.

“아빠! 아빠!”

“아니야, 가만 놔둬!” 약사가 다시 말했다. “가만 놔두라고, 정말! 식료품점이나 하는 게 낫겠다, 진짜로! 자, 어디 네 맘대로 해봐라! 깨버려! 때려 부수라고! 거머리를 풀어놔! 접시꽃을 태워! 약병에다 피클을 담그지 그래! 붕대도 북북 찢어서 쓰고!”

“그런데 아까 저한테…….” 엠마가 말했다.

“좀 있다가요. 네가 무슨 위험에 처했었는지 알아?…… 왼쪽 구석 세 번째 선반에서 아무것도 못 봤어? 말을 해, 대답을 해봐, 뭐라고 똑바로 말을 좀 하라고!”

“저는…… 모르겠어요.” 쥐스탱이 더듬거리며 말했다.

“하! 모른다? 그래? 나는 알아. 노란 밀랍으로 밀봉한 파란 유리병, 하얀 가루가 담기고 내가 ‘위험!’이라고 써놓은 그 병 봤지? 거기 뭐가 들었는지 아냐? 비소! 네가 그걸 건드리려고 한 거야! 그 옆에 있는 냄비를 집어 왔으니!"

"그 옆에!" 오메 부인이 두 손을 모으며 외쳤다. "비소라고? 네가 우리를 모두 죽이려고 했구나!"

그러자 아이들이 벌써 내장에 끔찍한 고통이 느껴지는 것처럼 비명을 질러대기 시작했다.

"아니면 어떤 환자를 독살했거나!" 약사가 계속했다. "그러니까 너는 내가 중죄 재판소 피고석에 앉게 되기를 바란 거구나? 처형대로 끌려가기를 바란 거야? 내가 그런 약품 취급할 때, 눈 감고도 할 만큼 익숙한데도 얼마나 주의를 기울이는지 너 몰라? 내 책임을 생각하면 나 자신도 오싹해지는 때가 많아. 정부는 우리를 들볶고, 말도 안 되는 법은 다모클레스의 칼*처럼 우리 목 위에 매달려 있으니 말이다."

엠마는 자기를 왜 불렀는지 묻는 것도 잊어버렸고 약사는 숨을 헐떡이며 계속 말을 이어갔다.

"너한테 잘해준 것을 너는 이렇게 갚는구나. 내가 아버지처럼 너를 돌봐준 것을 이렇게 보답해! 내가 없었으면 넌 지금 어디서 뭐를 하고 있겠냐? 누가 너한테 먹을 것을 주고 교육을 시키고 입을 것을 주고 사회에서 남부럽지 않은 자리에 올라갈 수 있을 방도를 마련해주겠냐고? 하지만 그러기 위해서는 열심히 노를 저으며 땀을 흘려야 하고 사람들이 말하듯 손에 못이 박여야 하는 거야. *fabricando fit faber, age quod agis.***"

그는 라틴어를 인용할 만큼 머리끝까지 화가 나 있었다. 알기만 했다면 중국어와 그린란드어도 인용했을 것이다. 큰 바다가 태풍 속에 뒤집어지며 모자

* 고대 그리스 시러큐스 섬의 독재자 디오니시오스 2세와 아첨하는 대신 다모클레스의 일화. 왕은 대신에게 왕좌에 앉아보기를 권한 후 왕좌 위에 말 꼬리털 한 가닥으로 칼을 매달아놓고 권력의 책임과 위험을 깨닫게 해주었다는 데서 유래한 표현.

** '장인의 일은 장인을 만든다, 자 그러니 앞으로 나아가자'라는 뜻의 라틴어.

반이 널린 해안에서 모래로 된 깊은 바닥까지 드러내는 것처럼, 그는 마음속에 품고 있는 것을 무차별적으로 전부 다 드러내 보이는 그런 발작 상태에 있었기 때문이다.

약사가 다시 말을 이어갔다.

"너 같은 놈을 떠맡은 게 끔찍하게 후회된다. 네가 태어난 더러운 곳에 비참하게 처박혀 있도록 그냥 두는 게 좋았을 텐데! 너는 뿔 달린 짐승들 지키는 일에나 딱 맞을 놈이야. 과학에는 전혀 소질이 없어. 라벨 하나 붙이는 것도 겨우 하니 뭐! 그런데 너는 여기 내 집에서 주교좌 성당 참사원처럼 편안하게 놀고먹고 있단 말이다!"

그 와중에 엠마는 오메 부인을 돌아보며 말했다.

"여기로 저를 오라고……."

"아 참, 아이고!" 오메 부인이 슬픈 표정으로 말을 끊었다. "어떻게 말을 해야 할지…… 정말 안됐어요."

부인이 말을 끝맺지 못했다. 약사가 고함을 지르고 있었다.

"그걸 비우고 박박 닦아서 도로 갖다 놔. 얼른!"

그러면서 쥐스탱의 작업복 깃을 붙들고 흔드는데 그의 주머니에서 책 한 권이 툭 떨어졌다.

쥐스탱이 몸을 굽혔다. 오메가 재빨리 먼저 책을 집어 들고 보다가 눈이 휘둥그레지면서 입이 딱 벌어졌다.

"『부부의…… 사랑』!" 이 두 단어를 천천히 끊으며 그가 제목을 읽었다. "야, 기가 막히네! 기가 막혀! 아주 대단해! 게다가 그림도…… 아, 이건 정말 해도 해도 너무하다!"

오메 부인이 다가섰다.

"아니, 건드리지 마!"

아이들이 그림을 보려고 했다.

"나가라!" 약사가 명령했다.

그러자 아이들은 밖으로 나갔다.

그는 우선 책을 펴 들고 눈을 굴리면서, 숨을 헐떡이고 얼굴이 부어올라 뇌졸중을 일으킬 지경이 돼서는 큰 걸음으로 방 안을 왔다 갔다 했다. 그런 다음 조수에게 곧바로 다가가 팔짱을 낀 채 그 앞에 턱 버티고 섰다.

"나쁜 짓은 골라서 다 하는구나, 이 한심한 놈아! 조심해, 넌 지금 위험한 길에 들어섰어…… 너는 그러니까 이 잡스러운 책이 우리 아이들 손에 들어갈 수도 있고, 그 애들 머릿속에 불씨를 심고, 아탈리의 순결을 더럽히고, 나폴레옹을 타락시킬 수도 있다는 생각을 못 했다는 거야? 그 애는 벌써 남자 몸이 됐어. 그런데 적어도 애들이 벌써 읽지 않은 건 확실해? 나한테 보증할 수 있어?"

"저기 그런데, 선생님, 저한테 하시려던 말이……?"

"참 그렇군요…… 댁의 시아버님이 돌아가셨어요."

보바리 씨는 식사를 마치고 나오다가 갑자기 뇌졸중이 일어나 전전날 세상을 떠났다. 샤를은 예민한 엠마에게 너무 충격을 주지 않으려고 오메 씨에게 이 끔찍한 소식을 조심스럽게 전해달라고 부탁했던 것이다.

오메는 적절한 표현을 오래 생각한 다음 그것을 유려하게 만들고 다듬어서 리듬까지 잘 살려놓았었다. 그것은 신중함과 완곡함, 세련된 표현과 섬세함이 집결된 걸작이었다. 그런데 분노가 수사적 표현을 압도해버린 것이었다.

엠마는 자세한 이야기를 듣는 것은 포기하고 약국을 나왔다. 오메 씨가 다시 비난을 퍼붓기 시작했기 때문이다. 그러다가 점점 진정이 되어가더니 이제는 자기 그리스 모자로 계속 부채질을 해대면서 아버지 같은 투로 중얼거리는 것이었다.

"이 책이 전부 다 나쁘다는 건 아니야. 의사가 쓴 책이지. 남자가 알아두면 나쁘지 않은, 아니 알고 있어야 한다고까지 말할 수 있는 과학적인 측면도 있어. 하지만 나중에, 나중에! 적어도 네가 남자가 될 때까지는, 그리고 중용을 지킬 수 있게 될 때까지는 기다려야 하는 거야."

엠마가 문을 두드리는 소리가 들리자 그녀를 기다리고 있던 샤를은 두 팔을 벌리고 다가가 울먹이는 소리로 말했다.

"아, 여보……."

그러고는 그녀의 뺨에 입을 맞추려고 살짝 몸을 구부렸다. 그러나 그의 입술이 닿자 다른 남자의 기억이 엄습했고, 엠마는 파르르 떨면서 손으로 얼굴을 가렸다.

그러면서도 대답은 했다.

"네, 알아요……알고 있어요……."

샤를은 어머니가 감상적인 위선은 일체 배제한 채 무슨 일이 있었는지만 서술한 편지를 엠마에게 보여주었다. 어머니는 다만 남편이 두드빌에서 퇴역 장교들과 애국적인 식사를 마친 후 길가 카페 문턱에서 죽는 바람에 종교의 구원을 받지 못한 것만이 아쉬울 뿐이었다.

엠마는 편지를 돌려주었다. 저녁 식탁에서는 예의상 음식이 받지 않는 척했다. 하지만 샤를이 억지로 권해서 할 수 없이 먹기로 한 것처럼 시늉했고, 반면에 샤를은 축 처진 자세로 맞은편에 꼼짝하지 않고 앉아 있었다.

때로 그는 고개를 들어 비탄에 잠긴 시선으로 엠마를 오래 바라보았다. 한 번은 한숨을 내쉬며 이렇게 말했다.

"한 번 더 뵈었으면 좋았을 텐데."

엠마는 잠자코 있었다. 그러다가 무슨 말이든 해야 한다는 것을 깨닫고 이렇게 말했다.

"당신 아버지 연세가 몇이었어요?"

"쉰여덟."

"아!"

그러고는 다였다.

십오 분쯤 있다가 샤를이 덧붙였다.

"가엾은 우리 어머니는?…… 이제 어머니는 어떻게 되나?"

엠마는 모르겠다는 몸짓을 했다.

샤를은 그녀가 그렇게 말이 없는 것을 보고 몹시 슬퍼하고 있는 것이라 여겼고, 감동적이긴 하지만 그녀를 더 고통스럽게 하지 않기 위해 아무 말도 하지 않으려고 애썼다. 그러면서 자신의 마음속 고통은 털어버리고 이렇게 물었다.

"어제 재미있었어?"

"네."

식탁보를 다 치우고 난 다음에도 보바리는 일어나지 않았고 엠마도 마찬가지였다. 그를 가만히 들여다볼수록 이 단조로운 광경이 그녀의 마음속 연민을 조금씩 전부 몰아내고 있었다. 그녀에게 그는 초라하고 유약하고 형편없는, 한마디로 모든 면에서 한심한 남자로 보였다. 어떻게 이 사람한테서 벗어나나? 저녁 시간은 왜 이렇게 길기만 한가! 아편 연기와도 같은, 사람을 멍하게 만드는 뭔가가 그녀를 마비시키고 있었다.

현관에서 마룻바닥에 막대기가 부딪히는 둔탁한 소리가 들렸다. 이폴리트가 엠마의 짐을 날라온 것이었다. 그는 짐을 내려놓느라 힘겹게 의족으로 반의 반 원을 그렸다.

'더부룩한 빨간 머리에서 땀이 뚝뚝 떨어지는 저 불쌍한 친구를 보면서도 샤를은 이제 그 생각은 하지도 않겠지.' 그녀가 속으로 생각했다.

보바리는 지갑에서 동전을 찾았다. 자신이 저지른 구제 불능의 어리석은 행위, 그 행위에 대한 질책의 화신처럼 이 사람이 여기 있다는 것만으로도 자신에게 얼마나 굴욕적인 상황인지 그는 알지 못하는 것 같았다.

"어! 예쁜 꽃다발을 갖다 놓았네?" 레옹이 준 제비꽃이 벽난로 위에 놓인 것을 보고 그가 말했다.

"네." 그녀가 무심하게 말했다. "아까…… 구걸하는 여자한테 산 거예요."

샤를은 제비꽃을 집어 들고 울어서 완전히 빨개진 눈을 그 위에 대고 식히며 살며시 향기를 들이마셨다. 그녀는 얼른 그것을 빼어서 물컵에 꽂으러 갔다.

다음 날 어머니 보바리 부인이 왔다. 어머니와 아들은 많이 울었다. 엠마는 이런저런 일들을 시켜야 한다는 핑계로 자리를 떠났다.

그다음 날에는 장례 문제를 함께 의논해야 했다. 그들은 일감 상자를 들고 물가의 정자 아래 자리를 잡았다.

샤를은 아버지 생각을 하면서 이제까지 그저 조금 사랑하는 정도라고 여겼던 그분에게 자기가 그렇게 큰 애정을 느낀다는 것에 놀랐다. 어머니 보바리 부인도 남편을 생각했다. 예전에 제일 나빴던 날들도 이제는 좋아 보였다. 너무나도 오랜 습관의 본능적인 회한 속에서 모든 것이 사라졌다. 그리고 그녀가 바느질을 하는 동안 가끔씩 굵은 눈물방울이 코를 따라 내려오다가 잠시 매달려 있곤 했다. 엠마는 겨우 사십팔 시간 전에 레옹과 단둘이 세상으로부터 멀리 떨어져서 넋을 잃고 서로를 바라만 보고 있었던 것을 생각했다. 이제는 사라진 그날 하루의 아주 자잘한 일들을 세세하게 모두 떠올려보려고 애썼다. 그런데 시어머니와 남편이 있어서 방해가 되었다. 엠마는 아무 소리도 듣지 않고 아무것도 보지 않기를 바랐다. 자신의 사랑만을 마음에 품고 고요히 생각에 잠기기 위해 그런 것이었으나 어떻게 해봐도 외부에서 오는 감각 때문에 생각이 흩어져버리고 말았다.

드레스의 안감을 뜯어내고 있는 엠마의 주위로 천 조각들이 흩어졌다. 어머니 보바리 부인은 눈을 들지 않은 채 가위 소리를 내고 있었고, 샤를은 가장자리를 두른 실내화에 실내복으로 입는 오래된 갈색 프록코트 차림으로 주머니에 두 손을 넣은 채 아무 말 없이 가만히 서 있었다. 그 옆에서는 베르트가 작은 흰색 앞치마를 두르고 정원에 난 길의 모래를 삽으로 긁고 있었다.

갑자기 울타리 문으로 포목상 뢰뢰가 들어오는 것이 보였다.

이런 *불행한 일을 당하신 상황을 참량하여* 도움을 드리고자 왔다는 것이었다. 엠마는 도움이 없어도 될 것 같다고 대답했다. 하지만 상인은 끝까지 버텼다.

"대단히 죄송하지만 잠시 따로 이야기를 나누고 싶은데요." 상인이 말했다.

그러고는 작은 소리로 덧붙였다.

"지난번 그 일에 관한 건데…… 아시죠?"

샤를은 귀까지 빨개졌다.

"아, 네…… 그럼요."

그러고는 어쩔 줄 모르고 아내를 돌아보며 말했다.

"저기, 당신이 좀……, 여보……?"

엠마가 자리에서 일어나는 걸 보니 무슨 말인지 알아들은 것 같았다. 샤를은 어머니에게 이렇게 말했다.

"아무것도 아니에요. 아마 사소한 집안일일 거예요."

그는 어머니의 잔소리가 두려워서 어음 이야기를 알게 하고 싶지 않았다.

뢰뢰 씨는 둘만 있게 되자 상당히 노골적인 표현으로 엠마에게 유산 상속을 축하한다는 말부터 한 다음, 과수밭과 수확 이야기, 자기 건강이 노상 *그럭저럭, 그냥저냥* 그렇다는 이야기 등 상관없는 이야기를 늘어놓았다. 사실 그는 뼈가 빠지게 일을 하지만 세상 사람들이 떠드는 말과는 달리 빵에 바를 버터 살 돈도 못 번다는 것이었다.

엠마는 그가 그냥 떠들게 내버려 두었다. 이틀 전부터 그녀는 정말 말할 수 없이 지겨웠다.

"그런데 이제 완전히 회복하셨나 보네요?" 뢰뢰가 계속 말했다. "부군께서는 정말이지 딱한 처지였지요. 저하고 문제가 좀 있었지만 참 좋은 분이에요."

엠마는 무슨 문제였냐고 물었다. 그녀가 주문했던 물건들이 배달돼서 시비가 일어났던 것을 샤를이 말하지 않고 숨기고 있었기 때문이다.

"아니 잘 아시잖아요?" 뢰뢰가 말했다. "기분 내키는 대로 주문하신 독특한 물품들, 여행 트렁크들 때문이지요."

그는 눈 위로 모자를 내려쓰고 뒷짐을 진 채, 빙긋이 미소를 띠고 휘파람을 불면서 견딜 수 없게 엠마를 빤히 쳐다보았다. 뭔가 의심을 하고 있는 걸까? 그녀는 온갖 추측을 다 하면서 상상 속에 빠져들었다. 마침내 그가 다시 말을 이었다.

"그런데 이미 화해를 했고, 한 가지 해결 방안을 제안하러 온 겁니다."

그것은 보바리가 서명한 어음 기한을 갱신하는 것이었다. 그런데 보바리 씨는 본인이 원하는 대로 하면 되며, 조금도 고민할 필요가 없고, 특히 힘든 일이 많아지게 될 지금은 더욱이 그렇다고 했다.

"그리고 심지어 누구에게, 예를 들어 부인께, 그 어음을 인계하는 게 나을 수도 있어요. 위임장 하나면 아주 간편하게 되고, 그러면 우리가 소소한 일들은 나중에 같이……."

그녀는 무슨 말인지 이해할 수가 없었다. 그가 입을 다물었다. 잠시 후 뢰뢰는 자기 장사 이야기로 넘어가서 엠마가 그에게서 사야 할 물건이 반드시 있을 거라고 말했다. 그러고는 드레스감으로 그녀에게 검은색 모직물 십이 미터를 보내겠다고 했다.

"지금 입으신 건 집에서나 입는 겁니다. 어디 가실 때는 다른 옷이 필요하지요. 댁에 들어서면서 저는 바로 첫눈에 알아봤지요. 제 눈이 예리하거든요."

뢰뢰는 옷감을 보내지 않고 직접 가져왔다. 그다음에는 치수를 잰다고 다시 왔다. 그러고도 다른 핑계를 만들어 다시 찾아와서는 매번 상냥하고 친절하게 굴었고, 오메식 표현으로 하자면, 충성을 바치면서 언제나 엠마에게 위임에 대한 조언을 흘리곤 했다. 그리고 어음 이야기는 꺼내지도 않았다. 그녀도 그 생각은 하지 않았다. 샤를은 엠마가 몸을 회복해가던 초기 그 일에 대해 분명히 뭔가 말한 적이 있었다. 하지만 머릿속에 너무도 많은 파동이 지나갔기 때문에 그녀는 더 이상 그것을 기억하지 못했다. 게다가 그녀는 수익과 관련

된 논의는 시작도 하지 않으려 했다. 어머니 보바리 부인은 그것에 대해 놀라워하며 엠마의 성정이 변한 것을 투병 중 얻은 신앙심 덕분이라고 생각했다.

그러나 시어머니가 떠나자 바로 엠마는 실리적인 감각을 발휘하여 샤를을 감탄하게 만들었다. 정보를 구하고 저당권을 확인하여, 경매를 할지 청산을 해야 할지 봐야 할 것이라고 했다. 그녀는 되는대로 전문 용어를 써가며 순위, 최고장, 공제 같은 거창한 말들을 내뱉었고, 유산 상속 절차가 얼마나 어려운지 과장해서 계속 말했다. 그렇게 해서 어느 날, 〈그의 모든 자산의 관리 및 경영, 모든 차입, 모든 어음의 서명과 이서, 모든 금전의 지급 등〉에 대한 총괄적 인가의 견본을 그에게 보여주었다. 뢰뢰가 가르쳐준 것을 활용한 것이었다.

샤를은 이런 견본이 어디서 났나며 순진하게 물었다.

"기요맹 씨한테서."

그리고 더할 나위 없이 태연하게 덧붙였다.

"그걸 너무 믿지는 않아요. 공증인들은 평판이 너무 안 좋으니까. 상담을 해야 하는데…… 어쩌면…… 우리는 아는 사람이…… 휴, 아무도 없네."

"레옹이 혹시……." 곰곰이 생각하던 샤를이 답했다.

그러나 서신으로 의논하기는 어려웠다. 그래서 그녀는 자기가 다녀오겠다고 했다. 그는 고맙지만 괜찮다고 했다. 엠마는 계속 우겼다. 배려 시합이 벌어졌다. 결국 그녀가 쾌활한 척 장난스러운 말투로 부르짖었다.

"아니야, 제발, 내가 갈 테야."

"당신은 정말 마음씨가 착해." 그녀의 이마에 입을 맞추며 샤를이 말했다.

다음 날 바로 엠마는 루앙으로 레옹 씨에게 상담을 받으러 가기 위해 이롱델에 올랐다. 그리고 거기에서 사흘을 머물렀다.

# 3

감미롭고 찬란하며 빈틈없이 행복한 사흘, 진정한 밀월여행이었다.

그들은 항구에 있는 *불로뉴 호텔*에 머물렀다. 덧창도 닫고 문도 꼭 잠그고, 바닥에 널린 꽃들 속에서 아침에 가져다주는 차가운 과일즙을 먹으며 지냈다.

그리고 저녁 무렵이면 덮개가 달린 작은 배를 타고 섬으로 저녁을 먹으러 갔다.

조선소 가에서 배의 널빤지 틈을 메우는 직공들이 선체를 망치로 두들기는 소리가 들리는 시간이었다. 타르 연기가 나무들 사이에서 새어 나오고 피렌체의 청동판이 물에 떠 있는 것처럼 강물 위에 커다란 기름방울들이 노을 지는 자줏빛 태양 아래 크고 작은 모양으로 일렁였다.

그들은 부두에 매여 있는 배들 가운데로 내려갔다. 배에 비스듬히 걸린 긴 밧줄들이 배 윗부분을 스치곤 했다.

짐수레 구르는 소리, 떠들썩한 사람들 목소리, 갑판 위의 개 짖는 소리 등 도시의 소음이 모르는 새에 사라져갔다. 그녀는 모자의 끈을 풀었고 두 사람은 그들만의 섬에 다다랐다.

그들은 한 술집으로 들어가 천장이 낮은 홀에 자리를 잡았다. 술집 문에는 검은색 그물이 걸려 있었다. 그들은 바다빙어 튀김과 크림, 체리를 먹었다. 풀밭에 눕기도 하고 사람들과 떨어진 곳 포플러나무 아래에서 키스를 하기도 했다. 로빈슨 크루소처럼 영원히 이 자그마한 공간, 천상의 행복을 누리고 있는 듯한 그들에게는 세상에서 가장 아름다운 곳처럼 보이는 이곳에서 살고 싶었다. 나무와 푸른 하늘과 풀밭을 처음 보는 것도 아니고 물 흐르는 소리와 나뭇잎에 스치는 바람 소리를 처음 듣는 것도 아니었다. 그러나 마치 이전에는 자연이 존재하지 않았던 것처럼, 또는 그들의 욕망이 다 채워진 다음부터야 비로소 자연이 아름답기 시작한 것처럼, 그들은 아마 이 모든 것을 이렇게 감탄하며 바라본 적이 없었을 것이다.

밤에 그들은 섬을 떠났다. 배가 섬들의 기슭을 따라 떠갔다. 그들은 둘이서 배 안쪽 어둠 속에 몸을 숨기고 아무 말 없이 앉아 있었다. 모서리가 각진 노가 쇠고리 사이에서 삐걱거렸다. 그 소리는 조용한 가운데 메트로놈의 똑딱 소리처럼 울렸고, 고물에서는 늘어진 밧줄이 물을 스치며 조그맣게 찰팍거리는 소리가 계속 들렸다.

하루는 달이 모습을 보이자 그들은 기회를 놓치지 않고, 우수에 잠긴 달이 시적인 정취로 가득하다면서 멋있는 문장을 지어냈다. 심지어 그녀는 노래까지 부르기 시작했다.

*어느 날 저녁, 그대는 기억하는지? 우리는 노 저어 나아갔네……* *

조그맣게 노래하는 그녀의 듣기 좋은 목소리가 물결 위로 사라져갔다. 떨리는 장식음이 바람에 실려갔고, 레옹은 주위로 새들이 날아가며 푸드덕거리는 소리처럼 귓가에 스치는 그 소리를 듣고 있었다.

그녀는 배의 칸막이에 기댄 채 그와 마주 앉아 있었고, 열려 있는 덧창으로

* 19세기 프랑스의 낭만주의 시인 라마르틴의 시 「호수」에 나오는 구절.

달빛이 들어왔다. 그녀의 검은 드레스 주름이 부채처럼 펴져 몸이 더 가늘어 보이고 키가 더 커 보였다. 그녀는 손을 모으고 고개를 들어 하늘을 바라보고 있었다. 때로 버드나무 그림자가 그녀를 완전히 가렸다가 달빛 속에 환영처럼 그녀의 모습이 불쑥 다시 나타났다.

그녀 옆으로 바닥에 앉아 있던 레옹은 손 밑에 진홍색 리본 하나가 깔려 있는 것을 발견했다.

뱃사공이 그것을 살펴보더니 뭔지 알겠다며 말했다.

"아, 요전날 제가 실어다준 사람들 것 같아요. 남자 여자 여럿이 케이크에 샴페인, 작은 나팔까지 가져와서 시끌벅적하게 놀고 농담도 잘하고 그랬지요. 그중에 특히 키도 크고 잘생긴, 콧수염을 기른 남자분은 진짜 웃겼어요. 사람들이 그러더라고요. '뭔가 얘기 좀 해봐……, 아돌프……, 도돌프……', 뭐 이런 이름 같았는데."

그녀는 너무 놀라 몸이 떨렸다.

"어디 아파요?" 엠마에게 다가앉으며 레옹이 물었다.

"아, 아니에요. 밤이라 쌀쌀해서 그런가 봐요."

"여자도 많겠더라고요." 늙은 뱃사공은 손님에게 말을 거는 것이 예의라고 생각해서 온화한 말투로 덧붙였다.

그러고는 손바닥에 침을 뱉고 노를 다시 잡았다.

그러나 이제 헤어져야만 했다. 작별 인사는 슬펐다. 이제 그는 롤레 아주머니네로 편지를 보내야 했다. 그녀가 봉투에 편지를 넣고 다시 또 다른 봉투에 넣어서 보내라며 어찌나 상세하게 알려주는지 그는 그녀의 사랑의 계략에 놀라움을 금치 못하며 탄복했다.

"그럼 모든 게 다 확실하게 잘 된 거죠?" 마지막 키스를 하며 그녀가 말했다.

"그럼, 물론이죠." 하지만 나중에 돌아가는 길에 그는 혼자 거리를 걸으며 생각했다. '그런데 대체 그 위임장에 왜 그렇게 집착하는 거지?'

# 4

레옹은 곧 동료들 앞에서 오만한 태도를 보였고 함께 어울리려 하지도 않았으며 서류들은 전혀 들여다보지 않았다.

그는 그녀의 편지를 기다렸다. 편지를 받으면 읽고 또 읽었다. 그리고 그녀에게 편지를 썼다. 자신의 욕망과 기억을 다 끌어모아 온 힘을 다하여 그녀의 모습을 떠올렸다. 그녀를 보고 싶은 마음은 부재로 인해 줄어드는 게 아니라 더 커져만 가서 결국 어느 토요일 아침 그는 사무실을 빠져나갔다.

언덕 꼭대기에서 골짜기의 성당 종탑과 바람에 돌아가는 양철 깃발을 바라보자 그는 백만장자가 되어 고향에 다시 찾아온 사람처럼 의기양양한 허영심과 자기 자신에 대한 감격이 섞인 기쁨을 느꼈다.

그는 그녀의 집 주위를 배회했다. 부엌에 불이 밝혀져 있었다. 그는 커튼 뒤에 그녀의 그림자가 보이나 살펴보았다. 아무것도 보이지 않았다.

르프랑수아 아주머니는 레옹을 보자 반가워서 크게 소리를 질렀고 그가 '키가 더 크고 말랐다'고 했다. 아르테미즈는 반대로 그가 '더 강인해지고 햇볕에 그을렸다'고 했다.

그는 예전처럼 작은 방에서 식사를 했는데 이번에는 세무 관리 없이 혼자였다. 비네는 *이롱델을 기다리는 것이 지긋지긋해져서* 식사 시간을 아예 한 시간 앞당겨 이제 정각 다섯 시에 식사를 하는데, 그러면서도 여전히 *그 낡아 빠진 기계가* 늦는다고 노상 불평을 했다.

레옹은 그래도 마음을 굳게 먹고 의사네 집으로 가서 문을 두드렸다. 부인은 방에 있다가 십오 분이 지나서야 내려왔다. 의사는 그를 다시 만나 반갑다는 것 같았지만 저녁 내내 꼼짝도 하지 않았고 다음 날도 종일 움직이지 않았다.

레옹은 저녁 늦게서야 정원 뒤 골목길에서 그녀를 따로 만나게 되었다. 다른 남자와 만났던 그 골목길에서! 폭우가 쏟아져 그들은 번갯불 아래 우산 속에서 이야기를 나누었다.

헤어지는 것이 견딜 수 없어졌다.

"차라리 죽는 게 낫겠어!" 엠마가 말했다.

그녀는 울면서 그의 품에서 몸부림을 쳤다.

"잘 가요!…… 잘 가요! 언제 다시 보게 될까?"

그들은 가다가 다시 돌아와 또 키스를 했다. 그리고 바로 그때 그녀는 어떻게 해서든 적어도 일주일에 한 번은 자유롭게 만날 기회를 만들어내겠다고 약속했다. 틀림없이 그럴 수 있다고 했다. 게다가 아주 희망이 넘쳤다. 자기에게 돈이 들어오게 돼 있다는 것이었다.

그래서 그녀는 자기 방에 달려고, 뢰뢰가 아주 저렴하다고 떠벌린 넓은 줄무늬 노란 커튼을 샀다. 그녀가 양탄자를 갖고 싶어하자 뢰뢰는 '그리 어려운 일이 아니라'면서 하나 구해다 드리겠다고 정중하게 약속했다. 그녀는 이제 그가 뭘 해다 주지 않으면 지내지 못하게 되어버렸다. 하루에도 수없이 뢰뢰를 불러들였고 그는 군소리 하나 없이 즉각 물건들을 가져다 대령했다. 사람들은 왜 롤레 아주머니가 매일 엠마네 집에 와서 점심을 먹는지, 심지어 따로 만나기까지 하는지 도무지 알 수가 없었다.

엠마가 음악에 대한 커다란 열정에 사로잡힌 것처럼 보이게 된 것은 바로 이 무렵, 겨울이 시작되고 있던 때였다.

어느 날 저녁, 샤를이 피아노 소리를 듣고 있는데 그녀가 네 번이나 계속 같은 대목을 다시 치면서 매번 제대로 안 된다고 투덜댔고, 샤를은 뭐가 다른지 알지도 못한 채 이렇게 외쳤다.

"브라보!…… 아주 좋네!…… 뭐가 나쁘다고 그래. 계속해봐!"

"아니야. 최악이야. 손가락이 다 녹슬었어요."

다음 날 그는 엠마에게 *뭐든 하나 쳐달라*고 부탁했다.

"그래. 당신 좋으라고 하는 거예요."

샤를은 실력이 좀 준 것 같다고 솔직히 말했다. 그녀는 악보의 보표를 잘못 보고 헤매다가 갑자기 뚝 멈췄다.

"아, 이제 끝! 레슨을 받아야 할 것 같아요. 그런데……."

그녀는 입술을 깨물고 나서 덧붙였다.

"1회 레슨에 20프랑이라니 너무 비싸."

"그래, 그러네…… 좀……" 샤를이 바보처럼 히죽거리며 말했다. "하지만 아마 더 싸게 할 수도 있을 거야. 알려지지 않은 음악가들이 있으니까. 유명한 사람보다 더 나은 경우도 많잖아."

"찾아줘요." 엠마가 말했다.

다음 날 샤를은 집으로 돌아와 어딘가 의미심장한 눈으로 그녀를 들여다보더니 결국 참지 못하고 이렇게 말해버렸다.

"당신 가끔 아주 고집불통이야. 오늘 바르푀셰르에 다녀왔거든. 그런데 리에자르 부인이 그러는데 미제리코르드 수녀원 학교에 다니는 세 딸이 1회에 50수를 내고, 그것도 유명한 여선생에게 레슨을 받고 있대."

그녀는 어깨를 으쓱했고 더 이상 피아노를 열지 않았다.

하지만 피아노 옆을 지날 때마다 (보바리가 거기 있으면) 한숨을 내쉬었다.

"아, 내 가엾은 피아노!"

그리고 누가 찾아오기만 하면 그녀는 음악을 그만두었으며 어쩔 수 없는 이유 때문에 이제 다시 시작할 수가 없다는 말을 빼먹지 않고 들려주곤 했다. 그러면 사람들은 그녀에게 안됐다고 했다. 정말 안타까운 일이라고. 그렇게 좋은 재능이 있는데! 사람들은 보바리에게도 그런 말을 했고 그를 부끄럽게 만들었다. 그리고 특히 약사는 이렇게 말했다.

"그러시면 안 됩니다. 타고난 재능을 절대 그냥 묻어두면 안 되죠. 게다가 부인에게 공부를 시키면 나중에 따님의 음악 교육에 드는 비용을 절약하게 된다는 걸 생각해보세요. 저는 어머니가 직접 자녀를 가르쳐야 한다고 생각합니다. 이건 루소의 생각인데 아마 아직은 좀 새로울지 몰라도 나중에는 결국 모유 수유나 예방접종처럼 승리를 거두게 될 거라고 저는 확신합니다."

샤를은 그래서 다시 한번 피아노 이야기를 꺼냈다. 엠마는 그냥 팔아버리는 게 낫겠다고 시큰둥하게 대답했다. 이 가엾은 피아노, 그에게 그토록 허영이 깃든 만족을 가져다주었던 이 피아노가 사라져버린다는 것은 보바리에게 마치, 뭐라 설명할 수는 없지만 어쩐지 엠마의 한 부분이 자살하는 것과 같이 여겨졌다.

"당신이 하고 싶으면…… 가끔씩 레슨을 받는 것도, 하여간, 뭐 그렇게 집이 거덜 날 일은 아닐 거야." 그가 말했다.

"하지만 레슨은 꾸준히 받지 않으면 소용이 없어요." 그녀가 답했다.

이것이 바로 그녀가 일주일에 한 번 연인을 만나러 루앙에 간다는 허락을 남편에게서 얻어내기 위해 취했던 행동이다. 한 달이 지나자 사람들은 심지어 그녀가 상당히 발전했다는 말까지 했다.

# 5

목요일이었다. 그녀는 자리에서 일어나 샤를을 깨우지 않게 조용히 옷을 갈아입었다. 너무 이른 시간에 준비를 한다고 잔소리를 할 것 같아서였다. 그러고 나서 그녀는 방 안을 이리저리 왔다 갔다 했다. 창문 앞에 서서 광장을 내려다보기도 했다. 새벽빛이 시장의 기둥들 사이를 감돌고 있었고, 희미한 새벽빛 속에 덧창이 닫힌 약국의 간판 글자가 드러나 보였다.

추시계가 일곱 시 십오 분을 가리킬 때 그녀는 *리옹도르*로 갔고, 아르테미즈가 하품을 하면서 나와 문을 열어주었다. 그리고 재 속에 묻어두었던 숯불을 부인을 위해 밖으로 헤쳐내주었다. 엠마 혼자 부엌에 있었다. 가끔씩 밖으로 나가보기도 했다. 이베르가 느릿느릿 말을 매면서 르프랑수아 아주머니가 접수창구 밖으로 면 모자를 쓴 머리를 내밀고 심부름거리를 일러주는 말을 듣고 있었다. 다른 사람이라면 혼란스러워했을 긴 설명들을 그냥 그대로 듣고 있었다. 엠마는 신발 바닥으로 안마당의 포석을 내리치며 발을 동동 굴렀다.

마침내 이베르가 수프를 다 먹은 다음 외투를 걸치고 파이프에 불을 붙인 뒤 채찍을 쥐고 태평스럽게 마부석에 자리 잡고 앉았다.

*이롱델*은 빠르게 달리기 시작하여 처음 삼 킬로미터를 가는 동안 여기저기 멈춰서 길가나 안마당 울타리 앞에 서서 기다리고 있는 손님들을 태웠다.

바로 전날 예약한 사람들이 나오지 않고 기다리게 만들었는데 심지어 어떤 사람들은 아직 집에서 자고 있기까지 했다. 이베르는 소리쳐 부르고 욕을 퍼붓기도 하다가 나중에는 마부석에서 내려와 문을 쾅쾅 두드리기도 했다. 금이 간 마차 창문 틈으로 바람이 들어왔다.

그러는 사이 장의자 네 개가 모두 찼고, 마차가 달려 나가며 줄지어 늘어선 사과나무들이 휙휙 지나갔다. 그리고 누런 물이 가득 고인 양쪽의 긴 도랑 사이로 길이 하염없이 이어져 저 멀리 지평선을 향해 좁아지고 있었다.

엠마는 그 길을 끝에서 끝까지 훤히 알고 있었다. 목초지 다음에는 말뚝이 나오고, 그다음에는 느릅나무, 헛간 또는 도로 일꾼들의 오두막이 나온다. 가끔은 자신을 깜짝 놀라게 하려고 눈을 감고 있기까지 해보았다. 하지만 앞으로 가야 할 거리에 대한 또렷한 감각은 한 번도 잃어버린 적이 없었다.

마침내 벽돌집들이 점점 많아지고 마차 바퀴가 지면에 닿는 소리가 울리면서 *이롱델*은 울타리 너머로 조각상이나 정자, 잘 다듬은 주목, 그네 등이 보이는 정원들 사이를 지나갔다. 그러다가 불쑥 도시가 모습을 드러냈다.

안개에 잠긴 도시는 원형 극장 모양으로 내려가 다리들 너머로 희미하게 펼쳐졌다. 그다음 넓은 들판이 단조로운 모양으로 올라가다가 저 멀리 경계가 불분명한 흐릿한 하늘까지 닿아 있었다. 이렇게 위에서 내려다보면 풍경 전체가 그림처럼 전혀 움직이지 않는 것 같았다. 닻을 내린 배들이 한쪽 구석에 모여 있었다. 강물은 초록빛 언덕들 발치를 돌아나가고 기다란 섬들은 포획된, 커다란 검은색 물고기처럼 물 위에 떠 있었다. 공장 굴뚝에서 거대한 갈색 연기가 솟아 나와 꼬리를 그리며 날아갔다. 주물 공장의 부르릉대는 소리와 안개 속에 솟은 성당들의 맑은 종소리가 들려왔다. 집들이 모여 있는 곳 한가운데에서 잎이 진 가로수들은 보랏빛 덤불을 이루었고 빗물로 반들거리는 지붕들이 지대가 높은 지역과 낮은 지역에 따라 다르게 빛을 반사하고 있었다. 때로 공기의 파도가 소리 없이 절벽에 부딪혀 부서지듯, 한차례 바람이 불어와

생트카트린 언덕으로 구름을 몰고 갔다.

이렇게 빼곡하게 모여 있는 삶들을 바라보며 엠마는 언뜻 현기증을 느꼈다. 그리고 거기서 박동하는 십이만의 영혼들이 품은 정념의 기운을 모두 그녀에게 한꺼번에 뿜어 보내기나 하는 듯 엠마는 가슴이 한껏 부풀어 올랐다. 그 공간 앞에서 그녀의 사랑은 더 크게 확대되었고 희미하게 끓어오르는 마음의 동요로 가득 채워졌다. 그녀는 그 사랑을 밖으로, 광장으로, 산책길로, 거리로 쏟아부었고 이 오랜 노르망디의 도시는 어마어마하게 큰 수도처럼, 그녀가 이제 들어가는 바빌론처럼 눈앞에 펼쳐졌다. 그녀는 마차 창틀에 두 손을 짚고 몸을 기울여 잔잔한 바람을 들이마셨다. 말 세 마리가 달려 나가고, 진창 속 돌들이 삐걱거리고, 마차가 좌우로 흔들렸다. 그래서 이베르는 길을 가는 이륜마차들을 향해 멀리서 소리를 질렀는데 반면, 기욤 숲에서 밤을 보낸 부자들은 자기 집 마차를 타고 편안하게 언덕을 내려가고 있었다.

방책 앞에서 마차가 멈추었다. 엠마는 구두 위에 신은 나막신 고리를 풀고 장갑을 바꿔 끼고 숄을 바르게 고쳐 두른 다음 이십 보쯤 더 가서 *이롱델*에서 내렸다.

도시가 잠에서 깨어나고 있는 참이었다. 그리스 모자를 쓴 점원들이 가게 진열창을 닦고, 허리께에 바구니를 든 여자들이 길모퉁이에서 가끔씩 내지르는 소리가 길게 울렸다. 엠마는 땅을 보며 벽에 바싹 붙어서, 검은 베일 속에 기쁨의 미소를 띤 채 길을 걸었다.

남의 눈에 띌까 두려워서 그녀는 평소에 가장 빠른 길로 다니지 않았다. 그녀는 어두운 골목길들로 빠져들어갔다가 땀에 흠뻑 젖은 채 나시오날 가 끝 분수대 부근에 도달했다. 그곳은 극장과 술집, 창녀들의 거리였다. 종종 수레가 연극 무대 장치 같은 것을 싣고 흔들거리며 그녀 옆을 지나쳐갔다. 앞치마를 두른 종업원들이 초록빛 관목들 사이 타일 위에 모래를 뿌렸다. 압생트와 시가와 굴 냄새가 풍겼다.

길의 방향을 돌리자 모자 밖으로 나온 구불구불한 머리카락이 보였다. 바로 그였다.

레옹은 보도를 계속 걸어갔다. 그녀는 호텔까지 그를 따라갔다. 그가 위층으로 올라가서 문을 열고 방으로 들어갔다…… 뜨거운 포옹!

키스가 끝나면 이야기가 쏟아져 나왔다. 일주일 동안의 속상했던 일들, 예감, 편지를 기다릴 때의 불안 같은 것들을 이야기했다. 하지만 이제 그런 것은 다 잊었고, 그들은 서로를 마주 보고 황홀한 쾌락 속에 소리 내어 웃으며 정다운 별칭으로 서로를 불렀다.

침대는 배 모양의 커다란 마호가니 침대였다. 천장에서부터 나팔처럼 펼쳐진 침대 헤드로 드리운 붉은 비단 커튼이 너무 아래에서 묶여 있었다. 그녀가 수줍게 두 손으로 얼굴을 가리며 드러난 팔을 안으로 오므릴 때 그 자줏빛 색조 위로 드러나는 갈색 머리와 하얀 피부만큼 아름다운 것은 세상에 아무것도 없었다.

차분한 느낌의 카펫과 장난스러운 장식에 평온하게 햇볕이 드는 이 포근한 방은 둘만의 뜨거운 사랑에 딱 맞는 공간이었던 것 같다. 끝이 화살처럼 생긴 막대와 구리로 된 커튼 고리, 벽난로 장작 받침의 둥근 공 모양 장식은 햇살이 비치면 갑자기 번쩍 빛났다. 벽난로 위 촛대 사이에는 귀를 대면 바다 소리가 들리는 커다란 분홍색 조개껍데기 두 개가 놓여 있었다.

화려한 빛이 좀 바래긴 했어도 즐거움이 가득한 이 방을 그들은 얼마나 좋아했는지 모른다. 언제나 같은 자리에 가구가 놓여 있었고, 가끔은 그녀가 놓고 간 머리핀이 다음 목요일에 추시계 받침 아래 그대로 놓여 있기도 했다. 그들은 벽난로 옆, 자단을 박은 작은 원형 탁자에서 점심을 먹었다. 엠마는 온갖 애교스러운 말들을 건네면서 고기를 썰어 그의 접시에 놓아주었다. 샴페인 거품이 가벼운 유리잔에 넘쳐 손가락의 반지에까지 올라오면 그녀가 까르르 웃는 웃음소리가 낭랑하게 울렸다. 그들은 서로에게 완전히 푹 빠져 정신을 잃고 있어서 자신들만의 특별한 집에 있다고 생각했고 영원히 변치 않는 젊은 부부처럼 죽는 날까지 거기에서 살게 되어 있다고 믿었다. 그들은 우리 방, 우리 카펫, 우리 안락의자라고 불렀고 심지어 엠마는 내 슬리퍼라고까지 했다. 그것이 레옹의 선물이고 자신이 예전에 갖고 싶어 했던 특이한 물건이라는 것이었다. 그 슬리퍼는 분홍색 공단에 가장자리가 백조의 깃털로 장식돼 있었다. 그녀가 그의 무릎에 앉으면 다리가 너무 짧아 공중에 떴다. 그러면 뒤꿈치가 없는 그 사랑스러운 신발이 그녀의 맨발 발가락 끝에 대롱대롱 매달려 있었다.

그는 형언할 수 없이 섬세한 여성의 우아함을 난생처음 황홀하게 음미했다. 지금까지 한 번도 이런 우아한 말씨, 얌전한 옷차림, 잠든 비둘기 같은 자태를 본 적이 없었다. 그는 열광에 빠지는 그녀의 마음과 치마의 레이스에 감탄했다. 게다가 그녀는 *상류사회의 여인*, 그리고 결혼한 여인! 그러니까 진짜 정부가 아니던가?

그녀는 수시로 자기 기분에 따라 신비로웠다가 명랑해지고, 재잘거리다가 말이 없어지고, 흥분하는가 하면 나른해지면서 그에게 수많은 욕망을 불러일으키고 본능이나 추억을 상기시키곤 했다. 그녀는 모든 소설 속 사랑에 빠진 여자, 모든 연극의 주인공, 모든 시집 속 막연한 *그녀*였다. 그는 그녀의 어깨에서 *목욕하는 오달리스크*의 호박빛을 발견했다. 그녀는 봉건 시대 성의 안주인 같이 긴 코르사주를 입었다. *바르셀로나의 창백한 여인*하고도 비슷했다. 하지만 그녀는 그 무엇보다 천사였다!

때로 그녀를 바라보고 있으면 레옹은 자신의 영혼이 그녀에게로 빠져나가 그녀의 머리 주위로 물결처럼 퍼지다가 하얀 가슴으로 이끌려 내려가는 것 같았다.

그는 그녀 앞에 무릎을 꿇고 앉았다. 그리고 그녀의 무릎에 팔꿈치를 고이고 미소 지으며 고개를 들어 그녀를 한참 바라보았다.

엠마는 그에게 몸을 굽히고 황홀하여 숨이 막히는 듯 속삭였다.

"아, 움직이지 마! 아무 말도 하지 마! 나를 바라봐! 당신 눈에서 너무나 달콤한 무언가가 흘러나와 나를 너무나 행복하게 해주고 있어."

그녀는 그를 꼬마라고 불렀다.

"꼬마, 날 사랑해?"

그리고 답을 들을 새도 없이 그의 입술이 그녀의 입을 덮쳤다.

추시계 위의 작은 청동 큐피드상이 도금한 꽃장식 아래 두 팔을 동그랗게 구부리고 미소 짓고 있었다. 그들은 그것을 보며 여러 차례 웃었다. 하지만 헤어질 때가 되면 모든 것이 심각해 보였다.

둘은 마주 보고 꼼짝도 하지 않은 채 같은 말을 되풀이했다.

"목요일에 봐!…… 목요일에 봐!"

그녀가 갑자기 두 손으로 그의 머리를 잡고 "안녕!" 하면서 이마에 급하게 키스를 하고는 계단으로 달려 나갔다.

그녀는 코메디 가의 미용실에 가서 앞가르마를 탄 머리를 손질했다. 밤이 되었다. 사람들이 가게에 가스등을 켰다.

공연 시간이 되어 뜨내기 배우들을 불러들이는 극장의 종소리가 들려왔다. 그러자 미용실 맞은편에서 얼굴을 하얗게 칠한 남자들과 퇴색한 치장을 한 여자들이 무대 뒤쪽 문으로 들어가는 것이 보였다.

천장이 너무 낮고 비좁은 그 미용실에는 여기저기 널린 가발과 포마드 가운데에서 난로가 소리를 내며 타고 있었고 더웠다. 그녀의 머리를 매만지는 기름 묻은 손과 고데기 냄새 때문에 엠마는 곧 정신이 멍해지면서 가운을 입은 채로 잠시 잠이 들었다. 미용사가 머리를 매만지며 몇 번이나 가면무도회의 표를 사라고 권했다.

얼마 후 엠마는 밖으로 나왔다. 거리들을 거슬러 올라가다가 *크루아 루주* 호텔에 도착했다. 아침에 장의자 아래 숨겨두었던 나막신을 신고 초조하게 출발을 기다리는 손님들 사이에 끼어 앉았다. 언덕 밑에서 몇 사람이 내렸다. 마차 안에 그녀 혼자 남았다.

모퉁이를 돌 때마다 도시를 밝히는 불빛이 점점 더 환하게 보였고, 한데 뒤섞인 집들 위로 빛의 안개가 넓게 드리워진 것 같았다. 엠마는 좌석 쿠션에 무릎을 꿇고 앉아 그 빛나는 풍경을 하염없이 바라보았다. 그녀는 흐느껴 울며 레옹의 이름을 부르고, 바람에 날려 사라질 다정한 말과 키스를 보냈다.

언덕 위에는 오가는 마차들 한가운데서 지팡이를 짚고 어슬렁거리는 초라한 몰골의 남자 하나가 있었다. 몸에는 누더기를 겹겹이 걸쳤고 대야처럼 둥그렇게 찌그러진 낡은 모자가 얼굴을 가리고 있었다. 하지만 모자를 벗으면 눈꺼풀 대신에 시뻘건 눈구멍 두 개가 드러났다. 살은 벌건 누더기로 너덜너덜했다. 거기서 진물이 흘러 코 옆까지 녹색 딱지들이 앉아 있고 시커먼 콧구멍은 경련을 일으키듯이 훌쩍거렸다. 그 사람은 누구에게 말을 걸 때면 백치같이 웃으며 고개를 뒤로 젖혔다. 그러면 푸르스름한 눈동자가 계속 굴러다니다가 관자놀이 쪽 아물지 않은 상처 가장자리에 가닿았다.

그는 마차를 따라다니며 짧은 노래를 부르곤 했다.

*어느 화창한 날의 뜨거운 열기는 자주*
*어린 아가씨가 사랑을 꿈꾸게 만들지.*

그다음 나머지 부분에는 새들과 태양과 나뭇잎 이야기가 나왔다.

가끔 그 사람은 모자도 쓰지 않고 엠마 뒤에 불쑥 나타났다. 그녀는 비명을 지르며 물러서곤 했다. 이베르가 다가와 그 사람에게 농담을 하기도 했다. 생로맹 시장에 점포 하나를 내라고 권한다든가 낄낄 웃으며 여자친구는 어떻게 지내느냐고 묻기도 했다.

마차 창문으로 그 사람의 모자가 불쑥 들어오는 것은 주로 마차가 달리고 있을 때였는데, 그는 바퀴의 흙탕물이 튀어 오르는 발판 위에 서서 다른 팔로 마차를 붙들고 매달렸다. 그의 목소리는 처음에는 약하고 가냘팠다가 점점 날카로워졌다. 뭔지 모를 고통을 한탄하는 불분명한 외침처럼 그 소리는 어둠 속에서 길게 이어졌다. 그리고 방울 소리, 나무들 술렁이는 소리, 속이 빈 짐상자 흔들리는 소리를 뚫고 들려오는 그 목소리에는 까마득히 아득한 무언가가 서려 있어 엠마의 마음을 뒤흔들어놓았다. 그것은 심연 속 소용돌이처럼 그녀의 영혼 깊은 곳에 내려앉았고 그녀를 우울이 가득한 끝없는 공간으로 데려갔다. 그러나 마차가 한쪽으로 쏠리는 것을 알아챈 이베르가 그 눈먼 사람 쪽으로 채찍을 힘껏 내리쳤다. 채찍 끝이 상처를 내리치자 그 사람은 비명을 지르며 진창 속에 떨어졌다.

그러고 나서 *이롱델*의 승객들은 결국 모두 잠이 들어, 어떤 이는 입을 벌리고, 또 어떤 이는 고개를 푹 숙이고, 옆 사람 어깨에 기대거나 피대에 팔을 끼운 채, 마차가 흔들리는 대로 이리저리 규칙적으로 흔들리고 있었다. 마차 밖 말 궁둥이 위에서 좌우로 흔들리는 등불의 불빛이 초콜릿색 옥양목 커튼을 통해 안으로 비쳐 들어와 가만히 앉아 있는 그 모든 사람들 위에 핏빛 그림자를 드리웠다. 엠마는 슬픔에 취한 채 추워서 덜덜 떨었다. 머릿속엔 점점 죽음이 차오르고 두 발엔 점점 더 차디찬 냉기가 느껴졌다.

샤를은 집에서 그녀를 기다리고 있었다. 목요일이면 *이롱델*이 늘 늦게 도착했다. 아내가 드디어 왔다! 그녀는 아이를 슬쩍 안아주는 척만 했다. 저녁이 준비돼 있지 않았지만 상관없었다. 하녀에게 괜찮다고 했다. 지금은 하녀가 무슨 짓을 하든 다 괜찮다고 할 것 같았다.

남편은 때로 그녀가 창백하다는 것을 알아보고 어디 아픈 데가 없는지 물었다.

"아니요." 엠마가 말했다.

"하지만 당신 오늘 밤 아주 이상한데?" 그가 말했다.

"아휴, 아무것도 아니에요! 아무것도 아니에요!"

심지어 들어오자마자 자기 방으로 올라가버리는 날도 있었다. 그럴 때면 거기에 와 있던 쥐스탱이 발소리를 죽여 오가면서 특출난 공주님 시녀보다 더 능란하게 시중을 들었다. 그는 성냥과 촛대, 책을 가져다 놓고, 잠옷을 대령하고, 침대에 들어가 눕기 좋게 이불을 들쳐놓아주었다.

"자, 됐어, 그만 가봐."

쥐스탱이 갑자기 꿈속에 빨려들어가 수없이 많은 끈으로 꽁꽁 묶인 듯 두 손을 늘어뜨린 채 눈을 크게 뜨고 그대로 서 있었던 것이다.

다음 날 하루는 끔찍했고, 그다음 날들은 행복을 다시 붙잡고 싶은 초조함 때문에 더 견디기 어려웠으며, 이미 알고 있는 이미지들로 인해 더 불타오르는 그 격렬한 욕망은 일곱 번째 날 레옹의 애무 속에서 거침없이 터져 나왔다. 레옹의 열정은 엠마에게 자신이 얼마나 황홀한지 얼마나 그녀에게 감사하는지 토로하느라 미처 드러나지 못했다. 엠마는 이 사랑을 조용히 온 마음을 다해 즐겼고, 온갖 기교를 다 동원한 애정 공세로 그 사랑을 가꾸었으며, 나중에 사랑이 사라져버리면 어쩌나 하는 두려움에 조금 떨리기도 했다.

종종 그녀는 우수에 잠긴 다정한 목소리로 그에게 말하곤 했다.

"아, 당신도 나를 떠나겠지…… 결혼을 할 거고…… 다른 남자들하고 똑같을 거야."

레옹이 물었다.

"다른 남자들 누구?"

"아니 그냥 남자들." 그녀가 답했다.

그리고 그녀는 서글프다는 듯한 몸짓으로 그를 밀어내며 덧붙였다.

"남자들은 다 나빠!"

어느 날 둘이 세상의 환멸에 대해 철학적으로 이야기를 나누던 중 그녀는 (그의 질투심을 시험하려 했는지 아니면 혹시 마음을 털어놓고 싶은 욕구가 너무 강해서 굴복해버렸는지) 예전에, 레옹 이전에 누군가를 사랑했던 적이 있었다는 말을 하게 돼버렸었다. "당신처럼은 아니고!"라고 얼른 다시 말하고는 *아무 일도 없었다*는 것을 딸의 목을 걸고 맹세한다며 절대 아니라고 했다.

레옹은 그녀의 말을 믿었지만 그래도 그 *남자*가 무얼 하는 사람이었는지 물었다.

"해군 대령이었지."

이것은 모든 질문을 예방하고 또한 동시에 호전적인 성격에다 사람들의 칭송에 익숙한 한 남자가 자기에게 반했었다는 사실로 자신을 높이 올려놓으려는 것이 아니었을까?

그러자 서기는 자신의 지위가 너무 형편없다는 느낌이 들었다. 견장과 훈장, 직위가 부러웠다. 그녀는 이런 모든 것을 좋아할 것이었다. 그녀의 사치스러운 습관을 보면 그럴 것 같았다.

하지만 엠마는 젊은 마부가 위쪽이 접힌 부츠를 신고 영국 말을 맨 파란색 이륜마차를 몰아 자신을 루앙에 데려주기를 바라는 것 같은 터무니없는 욕망을 많이 가지고 있었는데 그런 말은 입 밖에 내지 않았다. 이런 생각을 불어넣은 것은 자기를 시종으로 써달라고 애원한 쥐스탱이었다. 그런 마차가 없다고 밀회 장소에 가는 기쁨이 줄어드는 건 아니었지만 돌아올 때 더 씁쓸하게 만드는 것은 분명했다.

레옹과 둘이서 종종 파리 이야기를 할 때면 그녀는 이야기 끝에 꼭 이렇게 중얼거리곤 했다.

"아, 우리가 거기서 산다면 얼마나 좋을까?"

"우리 행복하지 않아?" 그녀의 머리를 쓰다듬으며 그가 다정하게 말했다.

"그래 맞아. 내가 정신이 나갔나 봐. 키스해줘."

그녀는 남편에게 그 어느 때보다 살갑게 굴었다. 피스타치오가 든 크림을 만들어주고 저녁 식사 후에는 왈츠곡을 연주해주었다. 그래서 샤를은 자기가 이 세상 누구보다 행운아라고 생각했고 엠마는 아무 걱정 없이 지내고 있었다. 그런데 어느 날 저녁 갑자기 샤를이 물었다.

"당신 피아노 레슨 선생님이 랑프뢰르 양 아니야?"

"맞아요."

"그런데 아까 리에자르 부인 집에서 그분을 봤거든. 당신 이야기를 했지. 그런데 모르더라고." 샤를이 다시 말했다.

벼락이 내려친 것 같았다. 하지만 그녀는 아주 자연스러운 태도로 대답했다.

"혹시 내 이름을 잊은 건가?"

"아마 루앙에 피아노 선생인 랑프뢰르 양이 여럿인 모양이지?"

"그럴 수도 있을까요?"

그러고는 얼른 다시 말했다.

"하지만 그분이 준 영수증이 있어요. 자, 봐요."

그리고 그녀는 책상으로 가서 서랍마다 다 뒤지고 서류들을 헝클어놓더니 나중에는 너무나 정신이 나간 것처럼 굴었기 때문에 샤를이 나서서 별것 아닌 영수증 같은 것으로 그렇게 힘들이지 말라고 애써 말려야 했다.

"찾아낼 거야." 그녀가 말했다.

실제로 그다음 금요일에 샤를은 옷을 빼곡하게 넣어두는 컴컴한 방에서 부츠를 신다가 가죽과 양말 사이에 종이 한 장이 있는 것을 느끼고 꺼내서 읽어보았다.

〈삼 개월 분 수업료 및 기타 교재비로 육십오 프랑을 정히 영수함. 음악 교사, 펠리시 랑프뢰르.〉

"아니 이게 어떻게 내 부츠 속에 있지?"

"아마 선반 가에 놓아둔 낡은 영수증 상자에서 떨어졌나 보네요." 엠마가 대답했다.

이때부터 그녀의 삶은 거짓말의 집합체일 뿐이었고, 그녀는 베일로 감싸듯 거짓말 속에 자신의 사랑을 감싸 아무도 모르게 숨겼다.

이제 거짓말은, 꼭 해야 하는 것, 강박증, 쾌락이 되어버려서 그녀가 어제 오른쪽 길로 갔다고 말하면 왼쪽 길로 갔다고 믿어야 할 정도가 되었다.

어느 날 아침 평소처럼 옷을 가볍게 입고 출발했는데 갑자기 눈이 내리기 시작했다. 그런데 샤를이 창가에서 날씨가 어떤지 보고 있는데 부르니지앵 씨가 루앙으로 가는 튀바슈 씨의 이륜마차에 타고 있는 것이 눈에 띄었다. 그래서 그는 아래로 내려가 신부에게 두꺼운 숄을 건네며 *크루아 루주*에 도착하면 아내에게 좀 전해달라고 부탁했다. 여관에 도착하자마자 부르니지앵은 용빌의 의사 부인이 어디 있냐고 물었다. 여관 여주인은 그녀가 이곳에는 거의 들르지 않는다고 대답했다. 그래서 저녁때 *이롱델*에서 보바리 부인을 발견한 신부는 아침에 참 당황스러웠다는 말을 했지만 별로 대수롭지 않게 여기는 것 같아 보였다. 그가 그 무렵 대성당에서 놀라운 일을 하고 있는 설교자에 대한 칭송을 늘어놓기 시작하더니 부인들이 모두 그 설교를 들으러 달려오고 있다는 말을 했기 때문이다.

그렇다 해도, 신부는 이유를 묻지 않았지만 나중에 다른 이들이 대놓고 물을 수도 있는 노릇이었다. 그래서 그녀는 매번 *크루아 루주*에 내려, 계단에서 마을 사람들이 자기를 보고 아무런 의심을 하지 않도록 하는 게 좋겠다고 판단했다.

하지만 어느 날 뢰뢰 씨가 레옹과 팔짱을 끼고 *불로뉴 호텔*에서 나오는 엠마를 마주쳤다. 그래서 그녀는 그가 떠들고 다니지 않을까 두려웠다. 뢰뢰는 그렇게 어리석지 않았다.

하지만 사흘 후, 뢰뢰가 그녀의 방에 들어와 문을 닫고는 말했다.

"제가 돈이 좀 필요한데요."

그녀는 줄 돈이 없다고 분명하게 말했다. 뢰뢰는 정말 힘들다는 한탄을 늘어놓으면서 이제까지 자기가 제공한 호의를 하나하나 모두 상기시켰다.

실제로 샤를이 서명한 어음 두 개 중에서 엠마는 지금까지 하나만 지불한 상태였다. 두 번째 어음은 그녀의 청에 따라 상인이 다른 두 개의 어음으로 대체하는 데 동의했고 그 지불 기한도 아주 길게 연기해준 것이었다. 잠시 후 그는 대금 지불이 안 된 상품 목록을 주머니에서 꺼냈다. 즉 커튼, 카펫, 안락의자를 위한 직물, 드레스 여러 벌과 여러 가지 장신구 등, 금액이 약 이천 프랑에 달했다.

엠마가 고개를 떨구었다. 뢰뢰가 다시 말을 시작했다.

“하지만 현금은 없어도 *재산*이 있지 않습니까.”

그리고 그는 오말 근처 바른빌에 있는 별로 돈이 되지 않는 누추한 집을 지적했다. 예전에 아버지 보바리 씨가 팔아버린 작은 농장에 딸린 집이었는데, 뢰뢰는 면적이 몇 헥타르인지, 이웃 사람들 이름이 뭔지까지 다 알고 있는 것이었다.

“저라면 그걸 처분하겠어요. 그러고 나면 남는 돈까지 생길 텐데요.” 그가 말했다.

그녀는 살 사람을 구하기 어려울 거라고 반박했고 그는 구해볼 수 있는 희망이 있다고 했다. 그러자 그녀는 자기가 그걸 팔려면 어떻게 해야 하느냐고 물었다.

“위임장을 가지고 계시지 않습니까?” 그가 답했다.

이 단어가 한 줄기 시원한 바람처럼 엠마에게 다가왔다.

“계산서를 제게 주세요.” 엠마가 말했다.

“아 그러실 필요 없습니다.” 뢰뢰가 다시 말했다.

그는 다음 주에 다시 찾아와서, 자기가 열심히 알아본 결과 랑글루아라는 사람을 찾아냈는데, 원하는 가격을 밝히지는 않았지만 오래전부터 그 집을 탐내왔다더라고 떠벌렸다.

“가격은 상관없어요.” 그녀가 소리쳤다.

그는 그럴 게 아니라 좀 더 기다려보고 그 사람의 의중을 타진해봐야 한다고 했다. 직접 그곳에 가볼 필요가 있는데 그녀가 거기까지 갈 수는 없으니 자기가 가서 랑글루아와 접촉을 해보면 어떻겠냐는 것이었다. 그렇게 해서 그곳에 다녀온 그는 매수자가 사천 프랑을 제시하더라고 말했다.

엠마는 그 소식에 펄쩍 뛰며 기뻐했다.

"솔직히 말해서 잘 받는 거예요." 그가 덧붙였다.

그녀는 즉시 금액의 반을 받았고, 그것으로 지불 명세서의 금액을 청산하려 하는데 상인이 말했다.

"제 명예를 걸고 말씀드리는데, 이렇게 *상당한* 금액을 부인께서 갑자기 내놓으시게 되니 제 마음이 정말 괴롭습니다."

그러자 그녀는 그 지폐들을 바라보았다. 그리고 이천 프랑이면 수도 없이 레옹과 만날 수 있겠다는 꿈을 꾸면서 더듬거렸다.

"아니, 아니!"

"오!" 상인은 마음씨 좋은 사람처럼 웃으며 다시 말했다. "원하는 건 전부 계산서에 올려놓기만 하면 됩니다. 제가 어디 살림살이를 모르겠습니까?"

그리고 긴 서류 두 장을 쥐고 손가락으로 밀어서 내놓으며 그녀를 빤히 바라보았다. 마침내 그는 지갑을 열어 천 프랑짜리 어음 네 장을 꺼내 탁자에 펼쳐놓았다.

"여기에 사인해주시고 돈은 그대로 가지고 계세요." 그가 말했다.

그녀는 화를 내며 그럴 수는 없다고 소리쳤다.

"하지만 제가 나머지 금액을 드리면 부인께 도움이 되지 않으시겠어요?" 뢰뢰가 유들유들하게 답했다.

그러고는 펜을 들어 지불 명세서 밑에 〈보바리 부인으로부터 사천 프랑을 정히 영수함〉이라고 썼다.

"육 개월 뒤면 그 집의 잔금을 손에 넣으실 테고 제가 마지막 어음 지불 기한을 잔금 처리 후로 잡아드릴 텐데 뭐가 걱정이세요?"

엠마는 그의 계산이 좀 혼란스러웠고, 마치 돈 자루들이 터지며 주위의 마룻바닥에 금화가 와르르 쏟아져 내린 것처럼 귀에서 쨍그랑 소리가 울렸다. 마침내 뢰뢰는 루앙의 은행에서 일하는 뱅사르라는 친구가 있는데 그가 이 어음 네 장을 할인해주면 그다음에 실제 부채를 제한 나머지를 자기가 직접 부인께 가져다드리겠다고 설명했다.

하지만 나중에 그는 이천 프랑 대신 천팔백 프랑만을 가져왔다. 친구 뱅사르가 (당연히) 수수료와 할인액으로 이백 프랑을 공제했기 때문이었다.

그러고 나서 그는 별것 아니라는 투로 영수증을 써달라고 했다.

"있잖습니까…… 장사를 하다 보면…… 가끔…… 그리고 날짜도 좀, 예, 날짜를."

이제 환상적인 일들이 실현될 수 있다는 전망이 엠마 앞에 펼쳐졌다. 그녀는 신중하게 천 에퀴는 잘 보관해두었다가 첫 어음 세 장의 지불 기한이 되었을 때 그 돈으로 해결했다. 하지만 네 번째 어음이 어쩌다가 어느 목요일에 집으로 날아들었고, 샤를은 당황해서 아내가 돌아오기만 참고 기다렸다가 어찌 된 일인지 물었다.

그녀는 집안일로 걱정 끼치지 않으려고 어음에 관해 말하지 않은 거라고 했다. 그러고는 샤를의 무릎에 앉아 그를 쓰다듬고 달콤한 말을 속삭이며 꼭 필요해서 외상으로 들여놓은 것들을 죽 열거했다.

"그러니까, 산 게 이렇게 많은데 돈이 너무 많이 나간 건 아니에요. 당신 보기에도 그렇죠?"

샤를은 아무리 생각해도 어쩔 도리가 없자 곧, 또 그 뢰뢰에게 호소하게 되었는데, 이 인물은 만약 선생께서 어음 두 장에, 그중 하나는 지불 기한 삼 개월 남은 칠백 프랑짜리에 사인을 해주시면 일을 다 처리해놓겠노라고 장담했다. 일을 해결하기 위해 샤를은 어머니에게 비장한 편지를 썼다. 어머니는 답장을 하는 대신 직접 달려왔다. 그리고 어머니에게서 뭔가를 얻어냈는지 엠마가 알고 싶어 하자 그가 말했다.

"응. 그런데 영수증을 좀 보자고 하시네."

다음 날 날이 밝는 대로 엠마는 뢰뢰 씨에게 달려가 천 프랑이 넘지 않는 다른 영수증을 하나 만들어달라고 부탁했다. 사천 프랑짜리 영수증을 보여주면 사 분의 이를 벌써 다 썼다는 말을 해야 하고, 그렇게 되면 집을 팔았다는 것을 털어놓아야 하기 때문이었다. 뢰뢰가 협상을 잘 해놓은 덕분에 매매 사실은 실제로 나중에서야 알려지게 되었다.

물건 하나하나의 가격이 아무리 낮아도 소비가 너무 과하다는 지적을 어머니는 빠뜨리지 않았다.

"카펫이 없으면 안 되니? 안락의자 천을 왜 새로 갈아? 우리 때는 집에 안락의자가 딱 하나뿐이었고 노인이나 앉는 거였어. 적어도 우리 어머니는 그랬어. 정말 반듯하신 분이었지. 정말로. 모두가 다 부자일 순 없는 거야. 어떤 재산도 낭비에는 당해낼 재간이 없는 거란다. 너희처럼 호사를 부리면 나는 부끄러울 것 같다. 내가 이렇게나 늙었고 보살핌이 필요한데도 말이다. 이거 봐라, 이거 봐, 이런 몸치장하는 물건들! 이런 장식품들! 아니, 뭐! 안감에 쓸 공단이 이 프랑!…… 십 수나 아니, 팔 수만 줘도 너무나 좋은 면직물이 있는데."

엠마는 이인용 안락의자에 상체를 젖히고 앉아 가능한 한 차분하게 대답하고 있었다.

"휴, 어머님, 그만하세요. 그만요……."

어머니는 계속 설교를 해대며 너희는 그러다가 자선병원에서 종말을 맞을 거라는 말을 했다. 하기는 이게 다 보바리 탓이라는 것이었다. 다행히 그가 위임장을 없애기로 약속했지만…….

"뭐라고요?"

"아, 나한테 단단히 약속을 했어." 어머니가 말했다.

엠마는 창문을 열고 샤를을 불렀다. 이 가여운 인물은 어머니가 하도 닦달을 해서 약속을 할 수밖에 없었다고 털어놓았다.

엠마는 어디로 사라졌다가 곧 다시 들어와서는 어머니에게 큰 종이 한 장을 당당하게 내밀었다.

"고맙다." 어머니가 말했다.

그러고는 그 위임장을 불 속에 던져넣었다.

엠마가 웃기 시작했다. 날카로운, 귀청을 찢을 듯한, 멈추지 않는 웃음이었다. 신경 발작이었다.

"아, 이런!" 샤를이 소리쳤다. "아니, 어머니도 잘못했어요. 와서 그렇게 난리를 치니……."

어머니는 어깨를 으쓱하며 *다 가짜로 저러는 거*라고 주장했다.

그런데 샤를이 처음으로 반항을 하면서 아내 편을 들었으므로 어머니는 그만 돌아가겠다는 것이었다. 그리고 다음 날 바로 떠나버렸다. 샤를이 문간에서 붙잡으려 하자 어머니가 대답했다.

"아니, 싫다. 나보다 저 애를 더 좋아하잖니. 네가 옳아. 그게 당연해. 할 수 없는 거지. 어디 두고 봐라…… 잘 지내!…… 당분간은 네 말대로 저 애한테 난리 치러 오지 않을 테니."

그렇지만 둘만 남게 되자 엠마는 샤를이 자기를 믿어주지 않은 데 대한 원망을 거침없이 드러냈고 그래서 샤를은 더 당황하고 어쩔 줄을 몰랐다. 다시 위임장을 받겠다고 그녀가 동의하기까지 샤를은 빌고 또 빌어야 했고, 심지어 기요맹 씨에게 같이 찾아가서 지난번 것과 같은 위임장을 다시 받게 하기까지 했다.

"네 이해합니다. 과학을 하는 사람이 자잘한 일상사에 치이면 안 되죠." 공증인이 말했다.

샤를은 이런 사탕발림하는 말에 안도감을 느꼈다. 그렇게 말해주니 자기가 유약해서가 아니라 뭔가 중요한 일에 몰두해서 그런 거라는 그럴싸한 외양을 지니게 된 셈이었다.

다음 주 목요일, 레옹과 함께 있는 호텔 방 안, 엄청난 격정의 폭발! 그녀는 웃고 울고 노래하고 춤추고, 셔벗을 시키고, 담배를 피우려 들었고, 또 그런 그녀가 그에게는 황당무계하면서도 사랑스럽고 근사해 보였다.

무엇이 그녀로 하여금 이렇게 존재 전체를 걸고 반발하게 만들어 삶의 쾌락에 달려들게 하는 것인지 그는 알 수 없었다. 그녀는 툭하면 짜증을 냈고 식탐이 많아졌으며 쾌락을 탐하게 되었다. 그리고 사람들이 손가락질해도 두렵지 않다며 고개를 꼿꼿이 들고 레옹과 함께 거리를 거닐었다. 그러면서도 때로 엠마는 문득 로돌프를 만날지도 모른다는 생각에 몸을 떨었다. 그들이 영영 헤어지기는 했지만 그녀는 완전히 그에게서 벗어난 것 같지 않았기 때문이다.

어느 날 밤, 그녀가 용빌에 돌아오지 았았다. 샤를은 제정신이 아니었고 어린 베르트는 엄마 없이 자지 않겠다며 흐느껴 울어서 보는 사람 가슴이 찢어지게 했다. 쥐스탱은 무작정 큰길에 나가보았다. 오메 씨도 이 일 때문에 약국을 나왔다.

열한 시가 되고 결국 더 못 참게 된 샤를은 자기 *보크* 마차에 말을 매어 올라타고는 힘차게 채찍을 휘둘러 새벽 두 시쯤 *크루아 루주*에 당도했다. 아무도 없었다. 아마도 서기가 그녀를 봤을 거라는 생각이 들었다. 하지만 그 사람이 어디에 살지? 샤를은 다행히 그의 상사의 주소가 생각났다. 그리로 달려갔다.

날이 밝기 시작하고 있었다. 어느 문에 간판들이 걸려 있는 것이 보였다. 문을 두드렸다. 누군가 문도 열지 않은 채 질문에 대한 답만 외치고는 한밤중에 사람을 괴롭힌다며 심한 욕설을 퍼부었다.

서기가 사는 집에는 초인종도 노커도 없고 문지기도 없었다. 샤를은 덧문을 주먹으로 쾅쾅 두드렸다. 경찰 한 사람이 지나갔다. 그는 겁이 나서 다른 데로 갔다.

'내가 미쳤구나.' 샤를이 속으로 말했다. '어쩌면 로르모 씨 댁에서 저녁을 먹고 가라고 그녀를 붙잡았는지도 몰라.'

로르모 가족은 이제 루앙에 살고 있지 않았다.

"뒤브뢰유 부인을 보살펴주느라 머물러 있을 수도 있겠네. 아이고, 뒤브뢰유 부인은 열 달 전에 죽었잖아!…… 대체 어디 있는 거야?"

생각 하나가 퍼뜩 떠올랐다. 그는 카페에 들어가 연감을 좀 보여달라고 했다. 그리고 후다닥 랑프뢰르 양이라는 이름을 찾았다. 르넬 데 마로키니에 가 74번지.

그 거리로 들어서는데 엠마가 바로 그 길 끝에서 나타났다. 샤를은 그녀를 끌어안는 게 아니라 와락 달려들면서 소리쳤다.

"어제 어디 붙들려 있었던 거야?"

"아팠어요."

"어디가?…… 어디서?…… 어떻게?"

그녀가 이마를 짚으며 대답했다.

"랑프뢰르 선생님 댁에서."

"그럴 줄 알았어. 지금 거기로 가던 길이야."

"뭐 하러 그래요." 엠마가 말했다. "조금 전에 나가셨어요. 그런데 앞으로는 걱정하지 말아요. 조금만 늦어도 당신이 이렇게 걱정을 하면 내가 자유롭지 못하잖아요. 알겠죠?"

이렇게 해서 그녀는 거리낌 없이 나다닐 수 있는 허가 같은 것을 얻은 셈이었다. 그것을 그녀는 마음껏 활용했다. 레옹을 봐야겠다 싶으면 무슨 핑계를 대서라도 길을 나섰고, 그녀가 오는 것을 그는 모르고 있으니, 법률 사무소로 찾아갔다.

처음에는 커다란 행복이었다. 하지만 얼마 지나지 않아 레옹이 사실을 감추지 않고 털어놓았다. 즉 상사가 이렇게 일을 방해하는 데 대해 강한 불만을 표하고 있다는 것이었다.

"하, 참! 그냥 나와." 그녀가 말했다.

그러면 그는 슬그머니 빠져나왔다.

그녀는 레옹이 완전히 검은색으로 옷을 입고 루이 13세의 초상화 비슷하게 턱에 뾰족한 수염을 기르기를 바랐다. 그가 사는 집을 보고 싶어 했는데, 가서 보더니 너무 초라하다고 했다. 그 말에 레옹의 얼굴이 붉어졌지만 그녀는 신경도 쓰지 않고 자기 방에 건 것 같은 커튼을 사라고 권했다. 그리고 그가 돈이 많이 들어서 안 된다고 하자 깔깔 웃으며 말했다.

"아하, 돈에 벌벌 떠는구나!"

레옹은 매번, 지난번 만난 이후 자기가 뭘 했는지 그녀에게 전부 말해줘야 했다. 그리고 그녀는 시를 써달라고 했다. 그녀를 위한 시, 그녀에게 바치는 *사랑의 시*를 써달라는 것이었다. 하지만 레옹은 첫 구절을 쓰고 나니 도저히 다음 구절의 각운을 맞출 수가 없어 결국 기념품 시집에서 소네트를 하나 베껴주고 말았다.

그렇게 한 것은 허영심 때문이라기보다 단지 그녀의 마음에 들고 싶었기 때문이다. 그는 그녀의 생각에 토를 달지 않았고 취향도 그대로 다 받아들였다. 엠마가 그의 정부라기보다 오히려 그가 그녀의 정부가 되었다. 그녀가 키스와 함께 달콤한 말을 건네면 그는 혼이 나가버렸다. 이런 퇴폐적인 행동을 그녀는 대체 어디서 배운 것일까? 너무도 강렬하고 너무도 숨겨져 있어서 거의 비육체적이기까지 한 그런 행동을.

# 6

레옹은 엠마를 만나러 올 때마다 종종 약사네 집에서 저녁을 먹곤 했기 때문에 이번에는 자기가 그를 초대하는 것이 예의라고 생각했다.

“좋지요!” 오메 씨가 대답했다. “안 그래도 에너지 충전이 좀 필요하던 참이에요. 여기에 박혀서 너무 무기력해져 있거든요. 공연도 보러 가고 레스토랑에도 가고 신나게 한번 놀아보자고요!”

“아유 여보.” 남편이 뭔지 모를 위험한 짓을 하려 드는 것에 두려움을 느끼며 오메 부인이 다정하게 중얼거렸다.

“아니, 뭐? 노상 약 냄새만 맡고 사느라 내 건강이 나빠지고 있다고 생각하지 않아? 하기는 이게 여자들 특성이지. 여자들은 과학도 질투하고 지극히 합법적인 기분전환을 하는 데에도 반대를 하고 나선다니까. 뭐 상관없고, 하여간 약속은 꼭 지킬 겁니다. 조만간 루앙에 턱 나타날 테니 우리 어디 돈푼이나 한번 뿌려봅시다.”

예전 같으면 약사는 이런 표현은 삼갔을 것이다. 그런데 지금은 장난스러운 파리식 어투가 제일 멋있어 보여서 그런 말을 열심히 썼다. 그리고 이웃집 보바리 부인처럼 수도의 풍속을 궁금해하며 서기에게 질문을 해댔고, 심지어 파격적인 표현을 쓰겠다고 *튀른*, *바자르*, *쉬카르*, *쉬캉다르*, *브레다 스트리트*

같은 말을 쓰는가 하면, '나는 간다'는 뜻으로 *주 므 라 카스* 같은 은어까지 사용했다.*

그렇게 해서 어느 목요일, *리옹도르*의 부엌에 여행객 복장의 오메가 와 있는 것을 보고 엠마는 깜짝 놀랐다. 한 번도 본 적이 없는 낡은 외투를 걸치고 한 손에는 여행가방, 한 손에는 약국에서 신는 털 슬리퍼를 들고 있었다. 그는 자기 계획을 아무에게도 말하지 않았는데, 약국에 자기가 없으면 손님들이 불안해할까 봐 걱정스러웠기 때문이다.

젊은 시절을 보냈던 곳을 다시 찾는다는 생각에 마음이 들떴던 모양인지 그는 가는 내내 계속 떠들어댔다. 그러고는 목적지에 도착하자마자 얼른 마차에서 뛰어내려 레옹을 찾아 나섰다. 그러니 서기는 아무리 빠져나가려 해도 소용이 없었고, 노르*망디*라는 큰 카페로 오메 씨에게 끌려가고 말았다. 오메는 공공장소에서 모자를 벗는 것이 아주 촌스럽다고 생각해서 모자를 쓴 채 보무당당하게 카페 안으로 들어갔다.

엠마는 레옹을 사십오 분째 기다리고 있었다. 그러다 결국 그의 사무소로 달려가보고는 이내 온갖 추측에 푹 빠져들었다가, 레옹의 무심함을 비난하고 자신의 유약함을 나무라면서 유리창에 이마를 대고 오후를 보냈다.

레옹과 오메는 두 시가 되어서도 여전히 탁자 앞에 마주 앉아 있었다. 커다란 홀이 비어갔다. 야자수 모양의 난로 연통이 흰 천장에 동그란 금빛 다발 모양으로 나 있었다. 그들 옆 유리창 너머에는 환한 햇빛 아래 분수의 작은 물줄기가 대리석 수반으로 졸졸 떨어져 내렸고, 물속에는 물냉이와 아스파라거스 사이에 축 처진 바닷가재 세 마리가 엎드려 있고 그 끝에는 옆으로 뉘어 줄지어놓은 메추라기들이 있었다.

* turne(누추한 방), bazar(무질서한 곳), chicard(멋진), chicandard(멋진), breda-street(사창가), Je me la casse.

오메는 기분이 최고로 좋았다. 그는 미식보다도 화려한 분위기에 취해 있기는 했지만 그래도 포마르 포도주 때문에 좀 흥분한 상태가 되어 럼주가 든 오믈렛이 나왔을 때는 여자들에 대해 비도덕적인 이론들을 늘어놓았다. 무엇보다도 제일 그의 마음을 끄는 것은 멋이었다. 근사한 가구들이 놓인 방에서 여자들이 우아하게 차려입고 있는 것이 너무 좋고, 신체적 특성으로 말하자면 *예쁜 여자*를 싫어하지 않는다는 것이었다.

레옹은 절망적으로 시계를 쳐다보았다. 약사는 마시고 먹고 떠들었다.

"루앙에서 지내면서 뭔가 아쉬움이 좀 있어 보이는데요?" 오메가 불쑥 말했다. "그런데 연애 상대가 먼 데 사는 건 아니잖아요."

그리고 청년이 얼굴을 붉히자 또 말했다.

"자, 좀 솔직해봐요! 아니라고 할 거예요? 용빌에……."

청년은 무어라 말을 못 하고 더듬거렸다.

"보바리 부인 댁에서, 마음에 들려고 애쓰지 않았어요?"

"아니 누구한테요?"

"하녀 말이에요."

농담이 아니었다. 그런데 레옹은 허영심이 조심성을 이기는 바람에 자기도 모르게 아니라고 소리치고 말았다. 게다가 자기는 갈색 머리 여자만 좋아한다고 했다.

"나도 동의해요. 갈색 머리들이 더 관능적이죠." 약사가 말했다.

그리고 레옹에게 가까이 다가가서 어떤 여자가 관능적인지 알아볼 수 있는 징후들을 그의 귀에 대고 알려주었다. 심지어 샛길로 빠져 인종에 관한 이야기에 열을 올리기까지 했다. 독일 여자는 우울하고 프랑스 여자는 방탕하며 이탈리아 여자는 정열적이라는 것이었다.

"그럼 흑인 여자는요?" 서기가 물었다.

"그건 예술가의 취향이지요." 오메가 말했다.

"여기, 커피 작은 잔으로 둘."

"이제 가지요?" 레옹이 결국 초조해하며 말했다.

"*Yes.*"

하지만 오메는 나가기 전에 카페 주인을 좀 보자고 하더니 찬사를 한참 늘어놓았다.

레옹은 오메를 떼어놓으려고 볼일이 있다는 핑계를 댔다.

"아, 그럼 거기까지 같이 가드리죠." 오메가 말했다.

그러고는 함께 길을 내려가면서 자기 아내와 아이들, 아이들과 약국의 미래에 대해 이야기하고 예전에 약국이 얼마나 낡아 빠졌었는지, 그런 곳을 자기가 얼마나 완벽한 상태로 일으켜놓았는지 이야기해주었다.

*불로뉴 호텔* 앞에 이르자 레옹은 후다닥 그를 보내고 계단을 뛰어 올라갔는데, 그의 정부는 말도 못하게 열이 올라 있었다.

약사 이름이 나오자 그녀는 벌컥 화를 냈다. 그래도 그는 그럴 만한 이유들을 계속 주워섬겼다. 자기 잘못이 아니다, 그녀도 오메 씨를 알지 않느냐, 어떻게 자기가 그 사람하고 같이 있는 걸 더 좋아한다고 생각할 수가 있느냐, 등등. 하지만 엠마는 얼굴을 돌려버렸다. 그러자 레옹은 그녀를 붙잡고 풀썩 주저앉아 무릎을 꿇으며 욕망과 애원으로 가득한 괴로워하는 자세로 그녀의 허리를 감싸 안았다.

그녀는 그대로 서 있었다. 불꽃이 이는 커다란 눈으로 그를 심각하게, 거의 무서워서 떨릴 지경으로 쳐다보았다. 잠시 후 그녀는 눈물로 앞이 흐려졌고 분홍빛 눈꺼풀이 아래로 감기면서 두 손을 툭 떨어뜨렸다. 레옹이 그 손을 잡아 입을 맞추려는데 종업원이 나타나 누가 손님을 찾는다고 알려주었다.

"다시 오는 거지?" 그녀가 말했다.

"그럼."

"언제?"

"금방."

"술수를 좀 썼지요." 레옹이 오는 걸 보고 약사가 말했다. "당신이 여기 일을 성가셔하는 것 같길래 내가 좀 빨리 끝내주려고요. 브리두네 집에 가서 가뤼스나 한잔합시다."

레옹은 사무소로 꼭 돌아가야 한다고 버텼다. 그러자 약사는 서류나 소송을 조롱하는 농담을 늘어놓았다.

"퀴자스니 바르톨* 같은 인물은 좀 내던져 둬요. 못할 게 뭐 있어요? 용기를 내요. 브리두네 가자고요. 가서 그 집 개를 봅시다. 아주 신기한 놈이에요."

그래도 레옹이 고집을 부리자 약사가 말했다.

"그럼 나도 같이 갈게요. 기다리면서 신문을 보거나 법전을 들춰보거나 하죠 뭐."

엠마의 분노와 오메 씨의 수다, 그리고 어쩌면 점심 식사 후의 묵직한 느낌에 정신이 멍해진 레옹은 결정을 내리지 못한 채, 계속 떠들어대는 약사의 마법에 홀린 듯 가만히 있었다.

"브리두네로 가자고요. 여기서 금방이에요. 말팔뤼 가."

그래서 레옹은 비겁하고 어리석은 데다가, 아주 싫어하면서도 자기도 모르게 어떤 일에 끌려 들어가 그 일을 하고 마는, 그 설명할 수 없는 감정 때문에 결국 브리두네 집으로 이끌려 가게 되었다. 브리두의 작은 안마당에 당도하니 그 사람은 셀츠 광천수 제조기의 커다란 바퀴를 돌리느라 숨을 헐떡이는 세 청년을 감독하고 있었다. 오메는 청년들에게 이런저런 잔소리를 하고서 브리두를 끌어안았다. 그리고 가뤼스를 마셨다. 레옹은 여러 번 자리를 뜨려고 했지만 오메가 팔을 붙들고 못 가게 하면서 그때마다 이렇게 말했다.

"조금 이따가 저도 갈 거예요. 《루앙의 등불》에 가서 거기 사람들을 만나보

* 각각 16세기, 14세기의 저명한 프랑스 법학자.

자고요. 토마생에게 당신을 소개해줄게요."

하지만 레옹은 그를 떼어내고 호텔까지 단숨에 달려갔다. 엠마는 가고 없었다.

그녀는 머리끝까지 화가 나서 막 그곳을 떠난 참이었다. 이제 레옹이 너무나 싫었다. 그가 약속을 어긴 것이 모욕으로 느껴지기도 했지만, 그것 말고도 그에게서 멀어질 이유가 뭐가 있을지 그녀는 곰곰 생각해보았다. 그는 늠름한 것과는 거리가 멀었고, 유약하고 평범하며 여자보다 더 무기력한 데다 인색하고 소심했다.

잠시 후 마음이 차츰 진정되어가자 그녀는 그를 너무 헐뜯은 것 같다는 사실을 깨달았다. 하지만 여전히 사랑하고 있는 사람을 비방하다 보면 상대에게서 얼마간 좀 멀어지게 되는 법이다. 우상은 건드리는 것이 아니다. 그러면 금박이 손에 묻어나버린다.

그리하여 그들은 자기들의 사랑과 무관한 이야기를 하는 때가 더 많아졌다. 엠마가 그에게 보내는 편지에는 꽃, 시, 달, 별 등 다른 데서 무슨 도움이든 받아 약해진 열정을 되살려보려는 소박한 방편이 등장했다. 그녀는 매번 다음 만남에서 최고의 행복을 기약했지만 막상 그때가 되면 특별한 느낌이 아무것도 없었음을 스스로 인정해야 했다. 하지만 이런 실망은 얼마 안 있어 사라지고 새로운 희망이 솟아났으며 엠마는 더 뜨거워지고 더 탐욕적이 되어 그에게 돌아갔다. 그녀가 코르셋의 가느다란 끈을 획 잡아 뜯으며 거칠게 옷을 벗어젖히자 코르셋이 뱀처럼 쉭하는 소리를 내며 허리에서 미끄러져 내렸다. 이어 그녀는 맨발로 까치발을 하고 문이 잘 잠겼는지 다시 한번 보고 와서는 단번에 모든 옷을 획 벗어 던졌다. 그리고 창백하고 심각한 모습으로 아무 말 없이 그의 품에 달려들어 오래도록 몸을 떨었다.

그렇지만 차가운 땀방울로 뒤덮인 그 이마, 무어라 중얼거리는 그 입술, 초점을 잃고 헤매는 그 눈동자, 그를 끌어안은 두 팔, 여기에는 어딘가 극단적이고 막연하면서 음산한 무언가가 있었고, 레옹은 그것이 자기들 사이에 살며시 미끄러져 들어와 두 사람을 떼어놓는 것 같았다.

레옹은 엠마에게 물어볼 엄두가 나지 않았다. 하지만 그녀가 그렇게나 경험이 많은 것을 보면 고통과 쾌락의 모든 시련을 다 겪어본 것이 틀림없었다. 전에는 매혹적이었던 것이 이제는 좀 두려웠다. 게다가 날이 갈수록 점점 더 자기 자신이 사라져가는 것 같아 반감이 일었다. 늘 이기기만 하는 엠마가 원망스러웠다. 그녀를 아끼고 떠받들지 않으려고 노력해보기까지 했지만 그녀의 발소리가 들리면 마치 독한 술을 본 술꾼처럼 마음이 약해져버리고 마는 것이었다.

그녀는 멋스러운 식탁 차림에서부터 잘 꾸민 옷차림이나 그윽한 눈길에 이르기까지 그에게 정말로 온갖 정성을 다 기울였다. 용빌에서 장미꽃을 품에 안고 와 그의 얼굴에 던져주는가 하면 그의 건강을 걱정해주고, 어떻게 행동해야 하는지 조언을 해주기도 했다. 그리고 그를 좀 더 붙들어두기 위해서, 아마도 하늘이 관여해주기를 소망하며, 그의 목에 성모 마리아상 목걸이를 걸어주었다. 그녀는 어진 어머니처럼 그의 친구들에 대해 질문을 했다. 그리고 이렇게 말하곤 했다.

"그 친구들하고는 만나지 말아, 밖에 나가지 말아, 우리 생각만 해. 사랑해줘!"

엠마는 그의 생활을 전부 감시하고 싶었고, 그의 뒤를 밟게 해볼까 하는 생각까지 했다. 호텔 근처에 여행객들 곁에서 늘 어슬렁거리는 부랑자 같은 사람이 하나 있었는데 이 사람에게 시키면 거절하지 않을 것 같았다. 하지만 그건 자존심이 허락하지 않았다.

'흥, 할 수 없지. 바람피우라 그래. 난 상관없어. 내가 뭐 거기에 집착할 것 같아?'

하루는 그와 일찍 헤어져서 혼자 대로를 걸어오는데 옛날의 수도원 담이 눈에 들어왔다. 그녀는 느릅나무 그늘 아래 벤치에 가서 앉았다. 그 시절에는 얼마나 평온했던가! 책에 나온 대로 머릿속에 그려보려 애썼던, 말로 표현할 수 없는 그 감정을 얼마나 선망했던가!

결혼 초의 몇 달, 말을 타고 숲을 거닐던 일, 왈츠를 추던 자작, 노래 부르는 라가르디, 이 모든 것들이 눈앞에 지나갔다…… 그리고 레옹도 갑자기 다른 이들과 똑같이 아득해 보였다.

'하지만 나는 그를 사랑해!' 그녀가 속으로 말했다.

그러면 뭐하는가! 그녀는 행복하지 않았고 한 번도 행복한 적이 없었다. 삶은 대체 왜 충만하게 채워질 수 없는 것일까? 삶이 무엇엔가 기대는 순간 그것은 왜 바로 썩어버리는 것일까?…… 그러나 만약 어딘가에 아주 강하고 아름다운 존재, 열정이 넘치는 동시에 아주 세련된 용맹한 성격, 하늘을 향해 청동 리라로 애절한 축혼가를 울리는 천사 같은 모습을 한 시인의 마음이 있다면, 그녀라고 왜 찾아내지 못할 것인가? 아, 무슨 가당치도 않은 일! 게다가 찾으려 애쓸 만한 가치가 있는 것은 아무것도 없었다. 모두가 거짓이었다! 모든 미소는 권태의 하품을, 모든 기쁨은 저주를, 모든 쾌락은 혐오를 감추고 있으며, 가장 근사한 입맞춤도 오직 더 강렬한 쾌락에 대한 실현 불가능한 욕망만을 입술 위에 남길 뿐이었다.

삐걱거리는 쇳소리가 허공에 길게 울리더니 수도원 종탑에서 네 번 종 치는 소리가 들렸다. 네 시! 엠마는 예전부터 줄곧 그 벤치에 앉아 있었던 느낌이었다. 그러나 작은 공간에 많은 군중이 들어갈 수 있듯이 한순간 속에 무한한 정념이 담길 수 있는 것이다.

엠마는 자기의 정념에 완전히 몰두해 살았고 이제는 공작부인처럼 돈 같은 건 신경도 쓰지 않았다.

그러나 어느 날 몹시 붉은 얼굴에 머리가 다 벗어진 비실비실한 남자 하나가 루앙의 뱅사르 씨가 보내서 왔다며 그녀의 집에 들어섰다. 그 사람은 초록색 긴 프록코트 옆주머니를 막아놓은 핀을 빼서 소매에 꽂은 다음 정중하게 서류 한 장을 내밀었다.

그녀가 서명한 칠백 프랑짜리 어음이었다. 뢰뢰는 절대 그러지 않을 거라고 해놓고 뱅사르에게 어음을 돌려놓은 것이었다.

엠마는 뢰뢰에게 하녀를 보냈다. 그는 올 수 없다고 했다.

그러자 가만히 서 있던 그 낯선 남자는 굵은 금색 눈썹 아래 감춰진 눈길로 좌우를 살피더니 천진한 표정으로 물었다.

"뱅사르 씨에게 뭐라고 전할까요?"

"저기, 이렇게 전해주세요…… 지금은 가진 게 없어서…… 다음 주에는…… 기다려달라고……, 네, 다음 주에요."

그러자 그 사람은 입도 뻥긋하지 않고 그대로 돌아갔다.

하지만 다음 날 정오에 그녀는 어음 거절 증서를 받았다. 그리고 인지가 붙은 서류에 〈뷔쉬의 집행관 아랑〉이라고 여러 번 큰 글씨로 적혀 있는 것을 보고는 너무나 겁에 질려서 포목상의 집으로 급하게 달려갔다.

뢰뢰가 가게에서 물건 꾸러미를 끈으로 묶고 있는 것이 보였다.

"어서 오십시오! 무엇을 도와드릴까요?" 그가 말했다.

뢰뢰는 하던 일을 손에서 놓지 않았다. 점원과 부엌일을 겸하고 있는, 열세 살 정도 된 살짝 등이 굽은 여자아이가 일을 거들고 있었다.

잠시 후 그는 가게 바닥에 나막신 소리를 내며 걸어가 이층으로 앞장서 올라가더니 엠마를 작은 방으로 안내했다. 커다란 전나무 책상 위에 장부가 몇 권 올려져 있고 그 장부들을 가로질러 채운 쇠막대는 열지 못하게 잠겨 있었다. 벽에는 나사 천 조각들 아래 금고가 살짝 보였는데 어음과 돈 외에 다른 것도 들어 있을 만한 크기였다. 실제로 뢰뢰는 물건을 담보로 돈을 빌려주고 있었고, 바로 거기에 보바리 부인의 금시계 줄이 들어 있었다. 가엾은 텔리에 할아버지의 귀걸이도 거기 있었는데, 결국 가게를 팔 수밖에 없게 되자 그는 캥캉푸아에 허름한 식료품점 하나를 사들여 그곳에서, 양초들 한가운데 누워 그것들보다 얼굴이 더 샛노래져서는 독감으로 다 죽어가고 있었다.

뢰뢰는 짚을 채운 널찍한 안락의자에 앉으며 말했다.

"무슨 새로운 일이라도 있나요?"

"이것 좀 보세요."

그리고 그녀는 서류를 내보였다.

"그래서, 저보고 어떻게 하라는 건가요?"

그러자 그녀는 화를 내면서 그가 어음을 돌리지 않겠다고 한 약속을 상기시켰다. 그는 인정했다.

"하지만 저도 목에 칼이 들어왔는데 그럴 수밖에 없었답니다."

"그럼 이제 어떻게 되는 거예요?" 그녀가 다시 물었다.

"아, 아주 간단하죠. 법원의 판결, 그다음 차압…… *별도리가 없죠!*"

엠마는 그를 후려치지 않으려고 꾹 눌러 참아야 했다. 그녀는 뱅사르 씨를 달랠 만한 방법이 없겠는지 부드럽게 물었다.

"아, 그렇죠, 네! 뱅사르를 달랜다! 부인이 그 사람을 잘 모르시는 거죠. 아랍인보다 더 독한 사람이에요."

엠마는 그래도 뢰뢰 씨가 좀 나서줘야 한다고 그랬다.

"저기요, 지금까지 제가 상당히 잘 해드린 것 같은데요."

그렇게 말하고 그가 장부 하나를 펼쳤다.

"여기 보세요."

그러고는 손가락으로 페이지를 훑어 올라가면서 말했다.

"어디 보자…… 어디 보자…… 8월 3일, 이백 프랑…… 6월 17일에, 백오십…… 3월 23일, 사십육…… 4월에는……."

그는 뭔가 실수를 할까 두렵다는 듯 말을 멈췄다.

"의사 선생께서 서명하신 어음, 하나는 칠백 프랑, 또 하나 삼백 프랑짜리 어음은 말도 꺼내지 않은 겁니다. 부인의 자잘한 계약금이나 이자 같은 건 한도 끝도 없고, 생각하면 정신이 없어요. 그건 이제 생각도 안 합니다."

그녀는 눈물을 흘리며 그를 '마음 좋은 뢰뢰 씨'라고 부르기까지 했다. 하지만 그는 줄곧 '상놈의 뱅사르'에게 떠밀기만 했다. 게다가 자기는 돈이 한 푼도 없다, 요즘엔 아무도 돈을 지불하지 않는다, 몽땅 다 빼앗기기만 했다, 자기 같은 불쌍한 가게주인은 대부를 해줄 수도 없다는 등의 말을 늘어놓았다.

엠마는 아무 말도 하지 않았다. 그러자 깃털 달린 펜을 잘근잘근 씹고 있던 뢰뢰는 그녀의 침묵이 좀 꺼림칙했던 모양인지 다시 이렇게 말했다.

"어쨌든, 조만간 돈이 좀 들어오게 되면…… 제가 어쩌면……."

"게다가 바른빌의 잔금이 들어오면 바로……." 그녀가 말했다.

"뭐라고요?……"

랑글루아가 아직 돈을 지불하지 않았다는 것을 알고 그는 무척 놀란 것 같았다. 그러고는 들척지근한 목소리로 말했다.

"그럼 우리 조건은, 어떻게?"

"아, 원하시는 대로요!"

그러자 그는 눈을 감고 생각을 한 다음 숫자 몇 개를 쓰더니, 골치 아프게 생겼다, 위험천만한 일이다, *출혈이 심하다*, 라는 말을 뱉으며 지불 기한 한 달 간격으로 이백오십 프랑짜리 어음 네 장을 쓰도록 그녀에게 불러주었다.

"뱅사르가 말을 들어줘야 하는데! 하여간 이렇게 결정됐습니다. 저는 질질 끄는 사람이 아니에요. 딱 부러지는 사람이죠."

그러고 나서 그는 새로 들어온 물건들을 별것 아니라는 듯 보여주며 자기가 보기에는 부인에게 어울리는 건 하나도 없다고 했다.

"이런 드레스를 미터당 칠 수에, 절대 색이 변하지 않는다고 보증하면서 팔고 있으니 참! 그래도 사람들은 다 믿어요. 있는 대로 다 말할 수는 없는 거 아니겠어요?" 그는 이렇게 다른 사람들에 대한 속임수를 털어놓음으로써 그녀에게 자신이 전적으로 정직하다는 것을 설득하려 했다.

그러고 나서 그는 돌아가려는 엠마를 불러세워, 최근 한 '*점포정리* 가게'에서 발견한 삼사 미터짜리 레이스를 보여주었다.

"아름답지요!" 뢰뢰가 말했다. "요즘 안락의자 헤드 커버로 많이들 쓰죠. 이게 유행이에요."

그리고 소매치기보다 더 빠르게 레이스를 파란 종이에 싸서 엠마에게 쥐여주었다.

"그래도 얼만지는 알아야……."

"아, 나중에요." 그가 돌아서면서 말했다.

그녀는 그날 저녁 바로 보바리를 재촉해서, 유산의 나머지 금액 전부를 빨리 보내달라는 내용으로 어머니에게 편지를 쓰게 했다. 시어머니는 이제 남은 게 아무것도 없다고 답해왔다. 계산은 다 끝났고, 그들에게는 바른빌 외에 육백 리브르의 연금이 남아 있으니 그것은 정확하게 보내주겠다는 것이었다.

그러자 보바리 부인은 환자 두세 사람 집에 청구서를 보냈고, 그게 잘 풀리자 곧 이 방법을 많이 써먹었다. 그녀는 언제나, '제 남편에게는 이에 대한 이야기를 하지 말아주십시오. 그 사람이 얼마나 자존심이 강한지 알고 계시니…… 죄송합니다…… 안녕히 계십시오……'라는 추신을 빠짐없이 덧붙였다. 이의를 제기하는 편지가 몇 개 있었지만 그녀가 가로채버렸다.

그녀는 돈을 마련하기 위해 자기의 오래된 장갑, 오래된 모자, 오래된 쇠붙이 등을 팔기 시작했다. 그리고 악착스럽게 흥정을 했다. 이윤을 반드시 남기도록 시골 여자의 피가 그녀를 몰아붙인 것이었다. 그리고 시내에 나갈 때면, 다른 사람은 안 사더라도 뢰뢰는 틀림없이 받을 법한 잡동사니들을 사들였다. 그녀는 타조의 깃털, 중국 도자기, 낡은 궤짝 등을 샀다. 펠리시테, 르프랑수아 부인, *크루아 루주*의 여주인 할 것 없이 온 데서 모두에게 돈을 빌렸다. 마침내 바른빌에서 돈을 받게 되자 그녀는 어음 두 장을 지불했다. 나머지 천오백 프랑은 어디론가 다 새어나가버리고 말았다. 그녀는 또다시 빚을 졌다. 내내 그런 식이었다.

가끔 계산을 해보려고 노력했던 것도 사실이다. 하지만 계산 결과가 너무 엄청나서 믿을 수가 없었다. 그래서 다시 계산을 시작하다 보면 금세 혼란스러워져서 다 집어던져버리고는 더 이상 생각하지 않았다.

이제 집안 꼴은 형편없어졌다. 집에 물건을 대주는 상인들이 성난 표정으로 나오는 모습이 보이곤 했다. 벽난로 위에 손수건들이 돌아다녔고 어린 베르트는 구멍 난 양말을 신고 다녀 오메 부인이 보고 기막혀했다. 샤를이 머뭇머뭇 뭐라 하면 엠마는 자기 탓이 아니라고 거칠게 대꾸했다.

왜 이렇게 벌컥벌컥 화를 내는 것일까? 그는 모든 것을 그녀의 예전 신경병 때문이라고 생각했다. 그리고 병 때문에 그런 것을 그녀의 잘못이라고 여긴 자신을 나무랐고, 이기적인 자신을 비난했다. 달려가 그녀에게 키스해주고 싶었다.

'아니야, 내가 귀찮게 하는 걸 거야.' 그가 속으로 말했다.

그는 그냥 가만히 있었다.

저녁 식사 후에 샤를은 혼자 정원을 거닐었다. 그러다가 어린 베르트를 무릎에 앉히고 의학 신문을 펼쳐 글자 읽는 법을 가르쳐주려고 해보았다. 공부를 해본 적이 없는 아이는 금세 큰 눈을 서글프게 뜨고 울기 시작했다. 그래서 그는 아이를 달래느라고 물뿌리개에 물을 담아와 모래에 강을 만들어주고, 쥐똥나무 가지를 꺾어다 화단에 나무를 심어주기도 했다. 정원이 긴 잡초로 뒤덮여 있어 그래도 별로 흉해지지 않았다. 레스티부두아에게 줄 품삯이 너무 많이 밀려 있었다. 얼마 후 아이는 춥다고 하면서 엄마를 찾았다.

"하녀를 불러." 샤를이 말했다. "우리 아기, 엄마는 방해하면 안 좋아하는 거 알잖아."

가을이 시작되고 있었고 벌써 나뭇잎이 떨어져 내렸다. 이 년 전, 그녀가 아팠을 때처럼! 언제가 되어야 대체 이 모든 것이 끝날까?…… 그는 뒷짐을 지고 계속 걸었다.

부인은 침실에 있었다. 아무도 그 방에 올라가지 않았다. 그녀는 옷도 제대로 입지 않고 하루 종일 멍하니 있다가 가끔 루앙의 알제리인 가게에서 사온 하렘의 훈향을 피웠다. 밤에 옆에서 누워 자는 이 남자를 곁에 두지 않기 위해 그녀는 수없이 얼굴을 찌푸려 결국 그를 삼층으로 쫓아버렸다. 그러고는 피비린내 나는 상황이 벌어지고 통음난무의 장면들이 나오는 황당무계한 책들을 아침까지 읽었다. 공포에 질려 비명을 지르는 때도 있었고, 그러면 샤를이 달려왔다.

"아, 저리 가!" 그녀는 이렇게 말하곤 했다.

또 어떤 때는 불륜의 사랑이 불을 지핀 그 내밀한 불길로 더 활활 타오르며 흥분해서 숨을 헐떡이고 욕망에 휩싸인 채 창문을 열어 찬 바람을 들이마셨다. 너무 무거운 머리채를 바람에 휘날리며 하늘의 별들을 바라보고 왕자의 사랑을 소망했다. 그녀는 그를, 레옹을 생각했다. 그때 그녀는 자신에게 충만한 만족을 가져다준 그 수많은 밀회 중 딱 하나만 가질 수 있다면 모든 것을 다 내놓을 것 같았다.

그녀에게는 축제의 나날들이었다. 엠마는 그런 날들이 화려하고 근사하기를 바랐다. 그래서 레옹 혼자 비용을 다 낼 수 없을 때는 그녀가 선선히 나머지를 지불했는데, 거의 언제나 그렇게 되었다. 그는 다른 곳이라도, 좀 더 저렴한 호텔에서라도 자기들 둘은 똑같이 좋을 거라고 설득해보려 했지만 그녀는 매번 반대할 이유를 찾아내곤 했다.

하루는 그녀가 가방에서 도금한 작은 숟가락 여섯 개를(루오 씨의 결혼 선물이었다) 꺼내더니 레옹에게 전당포에 맡기고 와달라고 부탁했다. 그는 시키는 대로 하긴 했지만 그런 일이 내키지 않았다. 자신의 평판이 나빠질까 두려웠다.

그리고 돌이켜 보니 요즘 자기 정부의 행동이 이상하다 싶었고, 그녀를 멀리하라는 사람들 말이 어쩌면 틀리지 않을지도 모른다는 생각이 들었다.

사실 그 전에 누군가 레옹의 어머니에게 익명의 긴 편지를 보내어 *그가 결혼한 여자와 만나며 타락하고 있다*고 알려주었었다. 그러자 그의 어머니는 즉시 아들의 상사 뒤보카주 씨에게 편지를 썼다. 가정을 흔드는 그 지긋지긋한 도깨비, 즉 사랑이라는 깊은 구렁 속에 환상처럼 깃든 저 알 수 없는 위험한 존재, 바다의 마녀 사이렌, 그 괴물이 눈앞에 어른거렸던 것이다. 뒤보카주 씨는 이 일을 완벽하게 처리했다. 사십오 분 동안이나 레옹을 붙들고 앉아 그가 눈을 뜨게끔 타이르고, 그러다가 깊은 수렁에 빠지게 된다고 경고해주었다. 이런 일이 나중에 그가 자리를 잡는 데 해가 될 것이라고 했다. 그러면서 관계를 끊으라고 간곡하게 설득했는데 스스로를 위해 그런 희생을 하지는 못하겠다면 최소한 자기, 뒤보카주를 위해서라도 그렇게 해달라는 것이었다.

레옹은 결국 엠마를 다시 만나지 않겠다고 맹세했었다. 그리고 아침에 난롯가에 둘러서서 동료들이 짓궂게 놀려대는 것은 차치하고라도 그 여자가 얼마나 자기에게 곤란한 일을 일으키고 소문이 퍼지게 할지 생각하니 약속을 지키지 않은 자신을 나무라지 않을 수 없었다. 게다가 그는 이제 곧 수석 서기가 될 참이었다. 진중해야 할 때였던 것이다. 그래서 그는 플루트도 그만두었고 감정이 부풀어 오르거나 상상에 빠지는 일도 하지 않았다. 속물 부르주아라도 뜨거운 청춘의 열기 속에서는 단 하루, 단 일 분일지언정 자신에게 엄청난 열정이나 드높은 기개가 가능하다고 믿은 적이 있는 법이니 말이다. 정말 별 볼 일 없는 바람둥이라도 술탄의 부인을 품는 꿈을 꾸어본 적이 있고, 공증인들도 저마다 자기 안에 시인의 잔해를 품고 있는 법이다.

그는 이제 엠마가 느닷없이 자기 품에 얼굴을 묻고 흐느껴 울 때면 지겨운 느낌이 들었다. 그리고 어느 정도 이상의 음악을 들으면 견디지 못하는 사람처럼, 그의 마음은 사랑이라는 시끌벅적한 소음이 들려도 무심하게 잠들어버릴 뿐 서로 다른 소리의 미묘한 차이를 구별하지도 못했다.

그들은 기쁨이 백배로 늘어나는 그 놀라운 소유의 체험을 하기에는 이제 서로를 너무나 잘 알았다. 그가 그녀에게 지친 것처럼 그녀도 그에게 싫증이 났다. 엠마는 이 불륜의 사랑 속에서 시시하고 단조로운 결혼의 모든 것을 다시 발견하고 있었다.

그러면 어떻게 해야 그런 것을 떨쳐버릴 수 있을까? 그런 행복의 저속함이 치욕스러워도 그녀는 어쩔 수 없었다. 습관 때문에 또는 타락했기 때문에 거기에 매달렸다. 그리고 하루하루 더 악착같이 거기에 목을 맨 채, 너무 커다란 행복을 원함으로써 그 행복을 전부 고갈시키고 있었다. 레옹이 자기를 배반하기라도 한 것처럼 그녀는 희망이 사라져 주저앉은 마음을 그의 탓으로 돌렸다. 심지어 자기가 먼저 결단할 용기는 없으니 두 사람을 헤어지게 만들 치명적 사건이 일어나기를 바라기까지 했다.

그러면서도 그에게 사랑의 편지를 쓰는 일은 계속했다. 여자는 자기 연인에게 늘 편지를 써야 한다는 관념 때문이었다.

하지만 편지를 쓸 때 그녀는 다른 사람을 눈앞에 떠올렸다. 자신의 가장 뜨거웠던 추억과 가장 아름다웠던 책 속의 이야기들, 가장 강렬한 욕망으로 만들어진 환영이었다. 그 환영이 나중에는 너무도 진짜 같고 손에 닿을 것 같아진 나머지 그녀는 황홀하여 가슴이 설렜다. 그렇다고 그 사람을 분명하게 머릿속에 그려볼 수는 없었는데, 그만큼 그 사람은 신처럼 수많은 속성들 속에 담겨 있었던 것이다. 그는 달빛 아래 꽃들의 입김 속에서, 발코니에 공단 사다리가 드리워 흔들리고 있는, 푸른빛이 도는 나라에 살고 있었다. 바로 곁에 그 사람이 느껴졌다. 이제 곧 다가와 입을 맞추고 그녀를 번쩍 안아 들고 갈 것 같았다. 그러다가 그녀는 기운이 다 빠져 바닥에 널브러졌다. 이렇게 막연한 상상 속 사랑의 격정이 굉장한 방탕 행위보다 더 그녀를 지치게 했기 때문이다.

그녀는 이제 끊임없이 전신에 묵직한 피로감을 느꼈다. 소환장과 인지가 붙은 서류들을 받는 일이 빈번하기까지 했으나 거의 들여다보지도 않았다. 그녀는 그만 살거나 계속 잠들어 있고 싶었다.

사순절 세 번째 주 목요일, 그녀는 용빌에 돌아가지 않았다. 밤에 가면무도회에 갔다. 벨벳 바지에 빨간 양말을 신고, 뒤로 머리 한 가닥을 늘어뜨린 가발에 초롱 모양 모자를 썼다. 미친 듯한 트롬본 소리에 맞춰 밤새도록 펄쩍펄쩍 뛰었다. 그녀 주위로 사람들이 빙 둘러섰다. 그러고는 새벽녘 하역 인부나 선원으로 가장한 사람들 대여섯 명과 같이 극장 회랑에 있는 자신을 발견했다. 모두 레옹의 친구들로, 야식을 먹으러 가자는 말을 하고 있었다.

근처의 카페들은 모두 사람들로 꽉 차 있었다. 그들은 항구에서 아주 허름한 식당 하나를 찾아냈고, 주인은 그들에게 오층에 있는 작은 방을 내주었다.

남자들은 구석에서 뭔가 수군거리고 있었는데 아마 비용에 대해 의논을 하는 모양이었다. 서기 하나, 의과대학생 둘, 사무원 하나였다. 이런 무리와 어울려 있다니! 같이 있는 여자들은 목소리의 음색으로 미루어 거의 모두 최하층 사람들이라는 걸 엠마는 금세 알아차렸다. 그러자 엠마는 두려워졌고, 의자를 뒤로 빼며 눈길을 아래로 떨구었다.

다른 사람들은 먹기 시작했다. 그녀는 먹지 않았다. 이마는 불같이 뜨겁고 눈꺼풀이 따끔거리고 살갗이 얼음장 같았다. 머릿속에서는 아직도 춤추는 수많은 발의 리듬에 맞춰 무도회장 마룻바닥이 쿵쿵 울리는 소리가 느껴졌다. 그리고 펀치 냄새와 시가 연기에 정신이 몽롱해졌다. 그녀는 정신을 잃었다. 사람들이 그녀를 창가로 데려다 놓았다.

해가 떠오르기 시작하고, 생트카트린 쪽 희미한 하늘에 주홍빛이 넓게 번져가고 있었다. 푸르스름한 강물이 바람에 파르르 떨렸다. 다리에는 아무도 없었다. 가로등이 꺼져갔다.

그러는 사이 엠마는 다시 정신이 돌아왔고 문득, 하녀의 방에서 자고 있을 베르트 생각이 났다. 그런데 긴 철판을 가득 실은 짐수레가 담벼락에 귀가 멍해질 정도로 쇳소리를 울리며 지나갔다.

갑자기 그녀는 스르륵 빠져나와 의상을 다 벗어 던지고 레옹에게 이만 가야 한다는 말을 남기고 떠났다. 그리고 *불로뉴 호텔*에 이르러 비로소 혼자가 되었다. 모든 것이, 자기 자신까지도 견딜 수가 없었다. 새처럼 어딘가로 날아가 아주 멀리, 더럽혀지지 않은 곳에서 다시 젊어지고 싶었다.

그녀는 밖으로 나와 대로와 코슈아즈 광장과 도시 외곽을 가로질러 정원들이 내려다보이는 확 트인 길에 이르렀다. 빠른 걸음으로 걸으면서 바깥 공기에 마음이 가라앉았다. 그러자 군중의 얼굴, 가면, 카드리유 춤, 샹들리에, 야식, 여자들, 이 모든 것이 바람이 안개를 실어가듯 조금씩 사라져갔다. 얼마 후 *크루아 루주*에 돌아온 그녀는 *넬 탑* 그림이 있는 삼층 작은 방의 침대에 털퍼덕 누웠다. 오후 네 시에 이베르가 그녀를 깨웠다.

집으로 돌아오자 펠리시테가 추시계 뒤에 놓아둔 회색 서류를 보여주었다. 이런 내용이었다.

〈판결의 집행 형식으로 그 정본에 의거하여……〉

무슨 판결? 사실 그 전날 그녀가 모르는 다른 서류도 하나 와 있었다. 그래서 다음에 쓰인 문구를 읽고는 아연실색했다.

〈국왕 및 법과 정의에 의하여 보바리 부인에게 다음의 집행을 명령하는 바……〉

그러고는 몇 줄 건너뛰어서 이런 문구가 눈에 들어왔다.

〈이십사 시간을 기한으로〉—'아니 뭐라고?'—〈총액 팔천 프랑을 지불한다.〉 그리고 그다음에는 이런 말까지 있었다. 〈위 사람은 모든 법적 조치, 특히 가구 및 의류의 차압에 의해 집행이 강제된다.〉

어떻게 하지?…… 이십사 시간 내라고 했다. 내일! 아마도 뢰뢰가 또 자기에게 겁을 주려는 것일 거라고 그녀는 생각했다. 그의 모든 술책과 친절 뒤의 목적을 대번에 다 알아차렸으니 말이다. 그녀의 두려움을 달래준 것은 바로 그 금액이 너무 엄청나다는 것이었다.

하지만 물건을 사고, 돈을 안 내고, 돈을 빌리고, 어음을 쓰고, 그다음엔 그 어음들을 다른 어음들로 바꾸고 하다 보니 새로 지불 기한이 될 때마다 금액이 불어났고, 그녀는 결국 뢰뢰 씨에게 상당한 자산을 마련해주게 되었던 것이며, 이것이 바로 뢰뢰가 돈을 불리려고 애가 타게 기다려온 결과였다.

엠마는 거리낌 없는 태도로 뢰뢰의 집에 들어섰다.

"저한테 무슨 일이 생겼는지 아세요? 아마 농담이겠죠!"

"아뇨."

"아니라니요?"

그는 천천히 돌아서서 팔짱을 끼고 말했다.

"아주머니, 몇백 년이 다 가도록 내가 공짜로 댁에 물건도 대주고 돈도 빌려주고 그럴 줄 아셨나요? 나도 준 돈을 돌려받아야 할 거 아닙니까. 공평하게 좀 합시다."

그녀가 부채 금액을 항의했다.

"하, 어쩔 수 없죠. 법원이 그렇게 승인한걸요. 판결이 났다고요! 당신한테 통고가 됐고요! 게다가 내가 한 게 아니고 뱅사르가 한 거라고요."

"혹시 당신이 좀……?"

"아, 전혀, 아무것도요."

"그래도……, 그렇지만……, 좀 생각을 해보자고요."

그러면서 그녀는 횡설수설했다. 자기는 아무것도 몰랐다…… 생각도 못 했다…….

"누구 잘못인데요?" 뢰뢰가 비꼬듯 그녀에게 몸짓으로 예를 표하며 말했다. "내가 노예처럼 뼈가 빠지게 일할 때 댁은 좋은 세월을 보내셨지요."

"아, 설교는 그만둬요."

"들어서 해될 일은 없답니다." 그가 대꾸했다.

그녀는 비굴해져서 애원했다. 심지어 희고 긴 예쁜 손을 상인의 무릎에 올려놓기까지 했다.

"아니, 이러지 마세요. 날 유혹이라도 하는 거예요?"

"정말 비열한 사람이네." 그녀가 소리쳤다.

"이런, 막 나가시네." 그가 웃으면서 말했다.

"당신이 어떤 사람인지 다 말할 거예요. 남편한테 내가……."

"아, 그럼 나도 뭔가 보여드리죠, 당신 남편한테!"

그러면서 뢰뢰는 천팔백 프랑짜리 영수증, 뱅사르에게 어음 할인을 받을 때 그녀가 준 그 영수증을 금고에서 꺼냈다.

"그 가엾은 양반이 당신의 이 작은 도둑질을 알아차리지 못할 거라고 생각하십니까?" 그가 덧붙였다.

그녀는 몽둥이로 얻어맞은 것보다 더 심한 타격을 받고 풀썩 주저앉았다. 뢰뢰는 창문에서 책상까지 왔다 갔다 하며 계속 같은 말을 반복했다.

"음, 보여드려야지…… 보여드려야지……."

그러고 나서 그녀에게 다가가 달콤한 목소리로 말했다.

"좋은 얘기는 아니죠. 저도 알아요. 그렇지만 어쨌든 누가 죽는 일은 아닌 거고, 또 부인이 내 돈을 돌려주려면 남은 게 이 방법뿐이니……."

"그런데 그런 돈을 내가 어디 가서 구해요?" 엠마가 두 팔을 비틀면서 말했다.

"에이 뭐 부인처럼 친구가 많으면!"

그러면서 그가 너무나 예리하게, 너무나 무섭게 쳐다보는 바람에 그녀는 온몸이 창자까지 떨려왔다.

"약속해요. 서명할게요……." 그녀가 말했다.

"당신 서명 같은 건, 이제 지긋지긋합니다."

"그리고 뭐든 더 팔아서……."

"이거 보세요! 이제 아무것도 없잖아요." 상인이 어깨를 으쓱하며 말했다.

그러고는 가게로 난 구멍에 대고 소리쳤다.

"아네트! 14번 원단 세 개 잊지 마라."

하녀가 나타났다. 엠마는 상황을 깨닫고 "소송을 모두 취하하는 데 얼마가 필요한지" 물었다.

"이미 늦었어요!"

"하지만 몇천 프랑을, 총액의 사 분의 일, 삼 분의 일, 거의 전부를 가져오면요?"

"아, 소용없습니다."

그는 엠마를 계단 쪽으로 슬그머니 밀어냈다.

"제발 이렇게 빌어요, 뢰뢰 씨, 며칠만 더!"

그녀는 흐느껴 울었다.

"아 이런, 웬 눈물 바람이에요."

"이러시면 전 절망이에요."

"그러거나 말거나!" 상인이 문을 닫으며 말했다.

# 7

다음 날 집행관 아랑이 입회인 둘과 함께 차압 조서 작성을 위해 집에 나타났을 때 엠마는 아주 의연한 태도를 보였다.

그들은 보바리의 진료실부터 시작했는데, 골상학 두상은 *의사직에 필요한 기구*로 간주하여 목록에 기입하지 않았다. 그러나 부엌에서는 접시, 냄비, 의자, 촛대 등을, 침실에서는 선반 위의 자잘한 물건들까지 하나하나 다 셌다. 엠마의 드레스와 속옷, 욕실도 조사했다. 그렇게 해서 그녀의 삶은 가장 내밀한 구석까지 그 세 남자의 눈앞에 해부대의 시신처럼 적나라하게 펼쳐지고 말았다.

집행관 아랑은 흰 넥타이에 슬림한 검은 연미복의 단추를 채우고 각반을 바싹 당겨 맨 차림으로 이따금 같은 말을 되풀이했다.

"괜찮겠습니까, 부인? 괜찮겠습니까?"

여러 번 감탄을 표하기도 했다.

"근사하네요!…… 아주 예뻐요!"

그러고는 왼손에 든 뿔 모양 잉크병에 펜을 적셔 다시 목록을 쓰기 시작했다.

방들을 끝내자 그들은 다락방으로 올라갔다.

거기에는 그녀가 로돌프의 편지들을 넣어둔 책상이 있었다. 그것을 열어야 했다.

“아, 편지가 있네요.” 아랑 집행관이 입가에 은근한 미소를 띠며 말했다. “그렇지만 실례 좀 하겠습니다. 상자에 다른 게 없는지 확인을 해야 해서요.”

그러고서 그는 나폴레옹 금화들이 떨어지길 기대라도 하듯 편지들을 살그머니 옆으로 기울였다. 그 커다란 손이, 민달팽이처럼 벌겋고 무른 손가락들이, 예전에 자신이 두근거리는 가슴으로 읽었던 편지를 건드리자 엠마는 분노에 휩싸였다.

마침내 그들이 갔다. 펠리시테가 들어왔다. 보바리가 이 일을 모르게 하려고 하녀에게 망을 보게 했었던 것이다. 그래서 두 여자는 아직 남아 있던 차압 감시인을 얼른 다락방으로 밀어 넣었고 그 사람은 거기에서 꼼짝하지 않겠다고 맹세했다.

샤를은 저녁 내내 수심이 가득해 보였다. 주름이 파인 얼굴에 비난이 담긴 것 같아 엠마는 불안이 가득한 눈길로 그를 몰래 살펴보았다. 그러다가 중국산 가리개가 있는 벽난로, 넓은 커튼, 안락의자, 삶의 씁쓸함을 달래주었던 이 모든 것들에 시선이 닿자 후회가, 아니 그보다는 커다란 아쉬움이 몰려왔고, 그것이 정념을 사그라뜨리기는커녕 오히려 더 불붙게 만들었다. 샤를은 난로의 장작 받침대에 발을 걸치고 평온하게 불을 헤집고 있었다.

한순간, 감시인이 숨어 있는 방에서 지루해졌는지 살짝 소리를 냈다.

“위에서 누가 걸어다니나?” 샤를이 말했다.

“아니요. 천창을 열어둬서 바람에 흔들리는 거예요.” 엠마가 대답했다.

다음 날 일요일에 그녀는 이름을 아는 은행 사람들을 다 찾아가보려고 루앙에 갔다. 모두 시골에 가 있거나 여행 중이었다. 그녀는 물러서지 않았고, 만날 수 있는 사람들을 찾아가 돈이 필요해서 그러니 좀 빌려달라며 꼭 갚겠다고 다짐했다. 몇 사람은 면전에서 비웃었고 모두가 거절했다.

두 시에 그녀는 레옹의 집으로 달려가 문을 두드렸다. 문은 열리지 않았다. 한참 있다가 그가 나타났다.

"무슨 일이지?"

"방해했어?"

"아니……, 그런데……."

그러더니 그는 집주인이 '여자들'을 들이는 것을 좋아하지 않는다고 털어놓았다.

"할 얘기가 있어." 그녀가 말했다.

그러자 그는 열쇠를 집었다. 그녀가 그러지 못하게 했다.

"아, 아니, 저기, 우리 방에서."

그래서 그들은 *불로뉴 호텔*의 그들 방으로 갔다.

그녀는 방에 들어가자 큰 컵으로 물을 들이켰다. 얼굴이 백지장 같았다. 그녀가 말했다.

"레옹, 내 부탁 좀 들어줘."

그러고는 그의 두 손을 꼭 잡고 흔들면서 덧붙였다.

"있잖아, 팔천 프랑이 필요해!"

"뭐, 미쳤구나!"

"아직은 아니!"

이어 그녀는 차압 이야기를 하면서 너무 괴롭다고 심정을 털어놓았다. 샤를은 아무것도 모르고, 시어머니는 자신을 아주 싫어하고, 아버지는 어떻게 해줄 힘이 없다고 했다. 하지만 그는, 레옹은 꼭 필요한 이 금액을 구하러 다녀줄 테니…….

"내가 어떻게 그런 일을……?"

"이렇게 비겁하게 굴다니!" 그녀가 소리쳤다.

그러자 그는 바보같이 이렇게 말했다.

"일을 너무 부풀려서 생각하는 것 같네. 한 천 에퀴 정도면 채권자가 누그러질 거야."

그렇다면 더 뭔가 해봐야 하지 않겠는가. 어떻게 삼천 프랑도 구하지 못한다는 말인가. 그뿐 아니라 레옹이 그녀 대신 빚을 떠안아줄 수도 있을 터였다.

"자, 어떻게 좀 해봐! 꼭 해야 해. 얼른!…… 제발! 뭐라도 좀 해봐! 내가 정말 잘해줄게."

그는 나갔다가 한 시간쯤 지난 뒤 돌아와서 심각한 표정으로 말했다.

"세 사람을 찾아가봤는데…… 소용없었어."

그러고 나서 그들은 벽난로 양쪽 가에 아무 말 없이 가만히 앉아 있었다. 엠마가 발을 구르다 어깨를 으쓱했다. 그녀가 중얼거리는 소리가 그의 귀에 들려왔다.

"내가 당신이라면 분명히 구해줄 거야."

"어디서?"

"사무소에서."

그리고 그녀는 그를 쳐다보았다.

불이 활활 타오르는 듯한 그녀의 눈동자에서 악마 같은 뻔뻔스러움이 튀어나왔고 눈꺼풀이 관능적으로, 얼른 그렇게 하라는 듯 스르르 감겼다. 그래서 이 청년은 범죄를 저지르라고 말없이 지시하는 이 여자의 의지에 압도되어 마음이 약해지는 것을 느꼈다. 그러자 그는 겁이 덜컥 나서 길게 무어라 설명하는 것을 피하기 위해 자기 이마를 탁 치며 소리쳤다.

"모렐이 오늘 밤에 돌아오기로 했지! 그 친구는 거절하지 않을 거야(모렐은 그의 친구로 아주 부유한 상인의 아들이었다). 내일 당신한테 돈을 가져다줄게." 레옹이 덧붙였다.

엠마는 그 희망적인 일을 그가 생각한 만큼 그렇게 기쁘게 받아들이는 눈치가 아니었다. 거짓말이라 의심하는 걸까? 그는 얼굴을 붉히며 다시 말했다.

"그렇지만 내일 세 시까지 내가 못 가면 더 기다리지 마. 이제 가봐야 해. 미안해. 안녕!"

그러고서 그녀의 손을 잡았지만 살아 있는 사람의 손 같지가 않았다. 엠마는 이제 그 어떤 감정도 느낄 기운이 없었다.

네 시가 울렸다. 그녀는 자동 인형처럼 습관이 시키는 대로 용빌로 돌아가기 위해 자리에서 일어났다.

날이 좋았다. 새하얀 하늘에 태양이 빛나는, 맑고 쌀쌀한 삼월의 어느 하루였다. 일요일의 외출복을 차려입은 루앙 사람들이 행복한 모습으로 거닐고 있었다. 그녀는 파르비 광장에 도착했다. 저녁 미사를 마친 사람들이 나오고 있었다. 강물이 다리 아래 세 개의 아치로 흘러나오듯 군중이 세 개의 문에서 쏟아져 나왔고, 그 한가운데에 문지기가 바위보다 더 미동도 없이 버티고 서 있었다.

그러자 그녀는 그날을 떠올렸다. 너무나 불안하면서도 희망이 가득한 가슴으로 성당 중앙 홀에 들어섰던 그날, 앞에 죽 펼쳐진 성당의 홀도 자기 사랑만큼 깊어 보이지는 않았던 그날을. 그러고는 베일 속에서 눈물을 흘리며 멍하니 비틀비틀, 거의 쓰러질 듯한 모습으로 계속 걸었다.

“조심!” 커다란 대문이 열리며 이렇게 외치는 큰 목소리가 튀어나왔다.

엠마는 말이 지나가게 멈춰 섰다. 이륜마차를 끄는 검은 말이 앞발로 땅을 구르며 달려 나가는데 마차를 모는 사람은 검은 담비 모피 옷을 입은 신사였다. 저 사람이 누구더라? 아는 얼굴인데…… 마차가 휙 달려 나가 사라졌다.

아, 그 사람, 자작! 그녀는 얼른 돌아보았다. 거리에는 아무도 없었다. 그녀는 너무 지치고 너무 슬퍼서 쓰러지지 않으려고 벽에 몸을 기대야 했다.

잠시 후 엠마는 자신이 착각을 했던 것이라고 생각했다. 게다가 그녀는 아무것도 알 수가 없었다. 모든 것이, 그녀의 내면에서도 바깥세상에서도, 그녀를 저버리고 있었다. 알 수 없는 심연 속에서 길을 잃고 이리저리 굴러다니고 있는 느낌이었다. 그녀가 *크루아 루주*에 도착하면서 오메를 발견했을 때는 거의 화들짝 반가울 지경이었다. 그는 약이 가득 담긴 큰 상자를 *이롱델*에 싣는 것을 지켜보고 있던 중이었다. 손에는 아내에게 줄 *슈미노* 빵 여섯 개를 스카프로 감싸 들고 있었다.

오메 부인은 사순절에 가염 버터를 발라 먹는 터번 모양의 이 묵직한 작은 빵을 아주 좋아했다. 그것은 중세풍 음식의 마지막 견본으로, 아마 십자군 원정의 세기까지 거슬러 올라갈 텐데, 옛날에 건장한 노르만인들이 횃불의 노란 불빛 아래 식탁 위에 놓인 향료를 넣은 포도주 병들과 거대한 햄과 소시지들 사이에서 사라센인 머리통들을 집어 먹어 치운다 상상하며 배를 채웠던 음식이다. 약사의 부인은 치아가 아주 안 좋은데도 그 사람들처럼 용맹하게 그 빵을 씹어먹었다. 그래서 오메 씨는 시내에 나올 때마다 매번 빠뜨리지 않고 마사크르 가의 큰 빵집에서 그 빵을 사다 주곤 했다.

"이렇게 뵈니 반갑습니다." 오메가 손을 내밀어 엠마가 *이롱델*에 오르는 것을 도와주며 말했다.

그러고 나서 그는 그물 선반 끈에 *슈미노* 빵을 걸어놓은 다음 모자를 벗고 팔짱을 낀 채 나폴레옹처럼 사색에 잠긴 자세를 하고 앉아 있었다.

그러다가 평소처럼 언덕 밑에서 눈먼 거지가 나타나자 큰 소리로 외쳐댔다.

"당국이 아직도 저런 잘못된 짓거리를 그냥 놔두는 걸 이해할 수가 없어요. 저런 놈들은 어디 가둬놓고 강제 노동을 시켜야 해요. 내 명예를 걸고 단언하는데, 진보가 거북이걸음을 하고 있어요! 야만의 시대 속에서 허우적거리고 있다고요!"

눈먼 거지가 내민 모자가 못이 빠져 벽에서 들뜬 태피스트리처럼 마차 문가에서 흔들렸다.

"연주창 증상이구먼." 약사가 말했다.

그리고 이 불쌍한 인간을 잘 알고 있으면서도 처음 보는 척하면서 *각막, 불투명 각막, 공막, 안색* 같은 말을 중얼거리고는 아버지 같은 말투로 그에게 물었다.

"여보게, 이런 끔찍한 병에 걸린 지 오래됐는가? 술집에서 고주망태가 될 게 아니라 식이요법을 해야 한다네."

그러고는 좋은 포도주, 좋은 맥주, 좋은 고기를 먹어야 한다고 했다. 눈먼 거지는 계속 노래를 불렀다. 이 사람은 게다가 백치이기까지 한 것 같았다. 마침내 오메 씨가 지갑을 열었다.

"자, 여기 일 수 받고 이 리아르 거슬러줘. 그리고 내가 일러준 것 잊지 마. 그럼 좋아질 거야."

이베르는 그게 무슨 효과가 있겠냐고 제 의견을 감히 큰 소리로 내뱉어버렸다. 하지만 약사는 자기가 만든 소염 연고로 직접 치료해 낫게 하겠다고 장담하면서 그 거지에게 자기 집을 알려주었다.

"시장 옆 오메 씨 약국 하면 다 알아."

"자 그럼, 수고에 대한 답례로 쇼를 *보여줘*봐." 이베르가 말했다.

눈먼 거지는 무릎을 꿇고 주저앉아 머리를 뒤로 젖힌 채 녹빛이 도는 눈을 굴리고 혀를 내밀면서 두 손으로 배를 문질러대며 굶주린 개처럼 짓눌린 신음 소리 같은 것을 냈다. 엠마는 혐오감에 휩싸여 어깨 뒤로 오 프랑짜리 은화를 던져주었다. 그녀의 전재산이었다. 그렇게 그것을 던져주는 것이 그녀에게는 멋있어 보였다.

마차가 다시 출발하자 오메 씨는 갑자기 창밖으로 몸을 내밀고 소리쳤다.

"밀가루나 유제품은 금지! 모직 옷을 입고 환부에 노간주나무 열매 연기를 쐐."

눈앞에 스쳐 가는 낯익은 풍경이 차츰 엠마의 마음을 현재의 고통에서 벗어나게 해주었다. 참기 힘든 피로가 덮쳐왔고, 집에 도착할 때쯤엔 정신이 멍하고 낙망한 채 거의 반수면 상태가 되어 있었다.

'될 대로 돼라!' 그녀가 속으로 말했다.

그리고 또 누가 알겠는가? 언제고 무슨 기막힌 일이 일어나지 않을 이유라도 있는가? 뢰뢰가 죽을 수도 있는 것이었다.

아침 아홉 시, 광장에서 사람들이 떠드는 소리에 엠마는 잠에서 깼다. 시장 주위에 사람들이 몰려들어 기둥에 붙은 큰 게시문을 읽고 있었는데, 쥐스탱이 경계석 위로 올라가 그것을 찢어내는 모습이 보였다. 그런데 그때 삼림 감시인이 그의 목덜미를 붙잡았다. 오메 씨가 약국에서 나왔고 르프랑수아 부인이 군중들 속에서 뭐라고 떠들어대는 모양이었다.

"마님, 마님. 끔찍한 일이에요!" 펠리시테가 들어오며 소리쳤다.

그러면서 너무 감정이 동요된 이 가여운 아가씨는 현관문에서 뜯어온 노란 종이를 내밀었다. 엠마는 자기 집 동산 전체가 경매에 붙여졌다는 것을 한눈에 훅 읽었다.

그러자 두 사람은 아무 말 없이 서로를 쳐다보았다. 하녀와 여주인, 이들 둘은 서로 아무런 비밀이 없었다. 마침내 펠리시테가 한숨을 내쉬며 말했다.

"저라면 기요맹 씨를 찾아가보겠어요."

"그렇게 생각해?……"

그리고 이 질문은 이런 의미였다.

"너는 그 집 하인을 통해 그 집을 잘 알고 있지, 그 주인이 내 이야기를 가끔 한 적이 있다고 그래?"

"네, 얼른 가보세요. 그러는 게 좋을 거예요."

엠마는 검은 드레스를 입고 흑옥 구슬이 달린 모자를 썼다. 그리고 사람들 눈에 띄지 않게(광장에는 늘 사람이 많았다) 마을 밖 개울가 오솔길로 해서 갔다.

그녀는 숨이 차 헐떡이며 공증인의 집 문 앞에 도착했다. 하늘은 어둑어둑하고 눈이 조금 내리고 있었다.

초인종 소리에 붉은색 조끼를 입은 테오도르가 현관 층계참에 나타났다. 그는 지인을 대하듯 거의 친근한 태도로 문을 열어주고 엠마를 식당으로 안내했다.

벽감을 가득 채운 선인장 아래 커다란 도자기 난로가 소리를 내며 타고 있었고 떡갈나무 무늬 벽지를 바른 벽에는 검은색 목재 액자 속에 스퇴방의 「에스메랄다」와 쇼팽의 「퓌티파르」가 걸려 있었다. 식사가 차려진 식탁, 은제 스토브 두 개, 크리스털 문손잡이, 바닥 마루와 가구들, 이 모든 것이 세세하게 손이 간 영국식 청결함으로 빛나고 있었다. 그리고 유리창 모서리들은 모두 색유리로 장식되어 있었다.

'이런 게 바로 나한테 필요한 식당인데.' 엠마가 생각했다.

공증인이 들어왔다. 왼팔로 종려나무 무늬 실내복 가운을 잡아 여미고 다른 손으로는 밤색 벨벳 모자를 살짝 들었다 내렸다. 거들먹거리듯 오른쪽으로 기울여 쓴 그 모자 아래에는 대머리를 후두부 쪽으로 감싸는 금발 세 가닥 끝자락이 나와 있었다.

의자를 권한 다음 그는 결례를 범해 몹시 죄송하다며 자리에 앉아 점심 식사를 시작했다.

"선생님, 부탁드릴 게 있어서……." 그녀가 말했다.

"무슨 부탁인지요? 말씀해보세요."

엠마는 자기 상황을 설명하기 시작했다.

공증인 기요맹은 포목상과 은밀하게 관계를 맺고 있었기 때문에 그 사정을 잘 알고 있었다. 사람들이 담보 대출 건 계약을 청할 때면 그는 늘 그 상인에게서 자금을 구하곤 했던 것이다.

그래서 그는 그 어음들의 긴 이야기를 (그녀보다 더 잘) 알고 있었다. 처음에는 소액이었다가 여러 사람이 바뀌어가며 이서를 하고, 지불 기한의 간격을 길게 잡아 계속 갱신하다가 결국 포목상이 그 지불 거절 증서들을 다 모은 다음, 자기 고장 사람들에게 잔인한 놈이라는 말을 듣지 않으려고 친구 뱅사르를 내세워 그의 이름으로 필요한 소송을 하게끔 맡긴 것이었다.

그녀는 이야기 사이사이 뢰뢰에 대한 비난을 섞어 넣었고, 공증인은 아무

의미 없는 말로 가끔 대꾸를 했다. 갈비를 먹고 차를 마시는 그의 턱이 파란 하늘 빛깔 넥타이 속에 묻혔다. 넥타이에는 금줄로 연결된 다이아몬드 핀 두 개가 꽂혀 있었다. 그리고 그는 들척지근하고 애매한 표정으로 묘한 미소를 지었다. 그러다 그녀의 발이 젖은 것을 보고는 말했다.

"난로 가까이 오세요…… 더 위로…… 도자기에 닿게."

그녀는 난로를 더럽힐까 두렵다고 했다. 공증인이 친절한 말투로 말했다.

"아름다운 것들은 아무것도 망가뜨리지 않는답니다."

그러자 엠마는 그의 마음을 움직여보려 애쓰다가 자기가 되레 감정이 북받쳐서는 살림살이가 궁핍하고 쪼들리며 고생을 하고 있다는 이야기를 하게 되었다. 그는 이해한다고 했다. 이렇게 고상한 부인이! 그는 식사를 멈추지 않은 채 그녀 쪽으로 완전히 돌아앉았고, 그래서 무릎이 그녀의 신발에 닿았다. 신발 바닥이 난로에 닿아 안으로 휘며 김이 모락모락 피어올랐다.

하지만 엠마가 천 에퀴를 부탁하자 그는 입술을 꽉 물었다가, 여자도 돈을 불릴 아주 편리한 방법이 많은데 진작에 재산 관리를 자기한테 맡기지 않은 것이 무척 애석하다고 했다. 그뤼메닐 탄광이나 르아브르의 토지에 거의 확실한 방법으로 아주 훌륭한 투자를 할 수 있었다는 것이다. 그러고는 틀림없이 벌어들일 수 있었을 환상적인 금액을 생각하며 그녀가 분해서 펄펄 뛰도록 놓아두었다.

"무엇 때문에 저한테 오지 않으셨습니까?" 공증인이 다시 말했다.

"모르겠어요." 그녀가 말했다.

"아니 왜 그랬어요?…… 제가 무서웠나요? 원망을 해야 하는 쪽은 오히려 저군요. 우리는 서로 거의 몰랐잖아요. 하지만 저는 뭐든 해드릴 준비가 되어 있습니다. 바라건대, 이제 그건 의심하지 않으시겠죠?"

그는 손을 내밀어 엠마의 손을 잡고 허겁지겁 키스를 퍼부은 뒤 그녀의 손을 자기 무릎 위에 올려놓았다. 그러고는 온갖 달콤한 말들을 주절거리며 그녀의 손가락을 살살 만지작거렸다.

그의 무미건조한 목소리가 시냇물 흐르는 소리처럼 소곤거렸다. 반짝이는 안경 너머 그의 눈동자에 불꽃이 튀었고 두 손이 엠마의 소매 속으로 들어와 팔을 더듬었다. 헐떡이는 숨소리가 그녀의 뺨에 느껴졌다. 이 남자는 끔찍하게 그녀를 괴롭히고 있었다.

엠마가 벌떡 일어나며 말했다.

"선생님, 기다리고 있습니다."

"네? 뭘요?" 갑자기 얼굴이 극도로 창백해진 공증인이 말했다.

"그 돈이요."

"아니……."

그러다 너무 강렬하게 솟아오르는 욕망을 이기지 못하고 이렇게 말했다.

"아, 그래요……."

그는 실내복은 신경도 쓰지 않고 무릎을 끌며 그녀에게 다가갔다.

"제발, 가지 말아요. 당신을 사랑합니다."

그러고는 그녀의 허리를 끌어안았다.

벌겋게 달아오르는 기운이 보바리 부인의 얼굴로 확 솟구쳐 올라왔다. 그녀는 노기 띤 모습으로 소리를 지르며 뒤로 물러섰다.

"제가 처한 곤경을 이렇게 함부로 이용하는군요. 저는 동정을 받아야 할 사람이지 팔려고 내놓은 게 아니라고요!"

그리고 그녀는 나가버렸다.

공증인은 어안이 벙벙한 채 자신의 아름다운 자수 슬리퍼만 뚫어져라 내려다보았다. 그것은 연인이 준 선물이었다. 그것을 내려다보고 있자니 마음에 위안이 되었다. 게다가 그런 연애를 하게 되면 너무 중대한 결과를 초래할 것이었다.

'한심한 놈! 상스러운 놈!…… 그런 비열한 짓을 하다니!' 그녀는 길가의 사시나무 아래로 비틀비틀 도망치며 속으로 말했다. 일이 실패로 돌아가 낙심한 탓에 모욕을 당한 분노가 더 거세졌다. 신이 자신을 쫓아다니며 괴롭히는 것만 같았다. 그렇게 생각하니 자긍심이 한껏 높아져서 그녀는 그 어느 때보다 자신에게 긍지를 느꼈고 다른 사람들을 경멸했다. 호전적인 무언가가 그녀를 열광 상태로 들뜨게 했다. 남자들을 패주고, 얼굴에 침을 뱉고 모두 박살을 내주고 싶었다. 그녀는 얼굴이 하얗게 질린 채 부들부들 분노에 떨면서, 눈물이 흐르는 눈으로 텅 빈 지평선을 흘끔흘끔 쳐다보며 숨 막히는 증오의 감정을 즐기기라도 하듯 계속해서 빠르게 앞으로 걸어 나갔다.

집이 보이자 갑자기 온몸의 감각이 사라져버렸다. 더 이상 앞으로 나아갈 수가 없었다. 그렇지만 가야 했다. 게다가 어디로 도망을 가겠는가?

펠리시테가 문 앞에서 그녀를 기다리고 있었다.

"어떻게 됐어요?"

"안 됐어." 엠마가 말했다.

그리고 십오 분 동안 두 사람은 어쩌면 그녀를 구해줄지도 모를 용빌 사람들을 이 사람 저 사람 생각해보았다. 하지만 펠리시테가 이름을 댈 때마다 엠마는 대답했다.

"가능하겠어? 해주려 하지 않을 거야."

"이제 주인 나리가 돌아오실 거예요."

"나도 알아…… 혼자 있게 해줘."

그녀는 모든 것을 다 시도해보았다. 이제는 더 이상 할 수 있는 게 없었다. 그러니 샤를이 오면 이렇게 말할 것이었다.

"물러서요. 이 카펫은 이제 우리 것이 아니에요. 당신 집에서 가구 하나, 핀 하나, 지푸라기 하나라도 당신 것이 아니에요. 당신을 이렇게 망하게 만든 게 바로 나예요. 불쌍한 사람!"

그러면 그는 흑흑 크게 흐느끼다가 한참 펑펑 울고는 결국 놀란 마음이 진정되고 나면 용서할 것이었다.

"그래, 그 사람은 나를 용서할 거야. 그이가 나를 알게 된 걸 내가 용서해주려면 백만금을 내도 충분하지 않을 사람이잖아…… 절대, 절대로 충분하지 않지!"

보바리가 자기보다 우위에 놓일 거라는 생각이 들자 그녀는 화가 치밀었다. 그리고 그녀가 고백을 하든 안 하든, 잠시 후든 이따 오후든 내일이든 그는 이 재앙을 알게 될 것이었다. 그러니 그 끔찍한 장면을 기다리고 있다가 그가 베푸는 관용의 무게를 견뎌야만 했다. 뢰뢰의 집에 다시 찾아가볼까 하는 생각이 들었다. 무슨 소용이 있겠는가? 아버지에게 편지를 써볼까? 이미 너무 늦었다. 그러자 아까 찾아갔던 사람에게 굴복하지 않은 것이 이제는 후회스러운 느낌마저 들었는데, 그때 정원의 통로에서 말발굽 소리가 들렸다. 그였다. 울타리 문을 여는 샤를의 얼굴이 회벽보다 더 창백했다. 그녀는 계단으로 튀어 나가 빠르게 광장으로 빠져나갔다. 그리고 성당 앞에서 레스티부두아와 이야기를 하고 있던 면장 부인이 엠마가 세무 관리의 집으로 들어가는 것을 보았다.

그 여자는 카롱 부인에게 그 말을 하려고 달려갔다. 두 여자는 다락방으로 올라갔다. 그러고는 장대에 널린 빨래 뒤로 몸을 숨기고 비네의 방 안 전체가 잘 보이도록 편하게 자리를 잡았다.

비네는 혼자 다락방에서 뭐라 묘사할 수 없는 상아 조각상들을 따라 나무로 뭔가를 만들고 있었다. 초승달 모양들, 서로 파고든 공 모양들로 구성되어 전체가 오벨리스크처럼 똑바로 서 있는, 아무 쓸모도 없는 조각상이었다. 그는 마지막 조각을 깎기 시작하고 있었다. 완성에 다다라가고 있는 것이었다. 명암이 대조된 희미한 작업실 안에, 달리는 말발굽에서 튀는 불꽃처럼 그의 연장에서 금빛 먼지가 날아올랐다. 돌림판 두 개가 붕붕거리며 돌아가고 있었다. 비네는 고개를 숙이고 콧구멍을 벌름거리며 미소 짓고 있었는데, 쉽게 어려운 일을 해냄으로써 지적인 재미를 주고 더 바랄 나위 없는 성취감으로 마음을 꽉 채워주는 하찮은 일거리, 그와 같은 일에서만 가능한 완전한 행복 속에 푹 빠진 것 같았다.

"아, 저기 있네!" 튀바슈 부인이 말했다.

그런데 돌림판 소리 때문에 엠마가 하는 말을 거의 알아들을 수가 없었다.

마침내 두 여자는 프랑이라는 단어를 들은 것 같았고, 튀바슈 부인이 아주 작은 소리로 말했다.

"세금 납부 기한을 미뤄달라고 부탁하고 있네요."

"그런 모양이네." 다른 여자가 대꾸했다.

엠마가 방 안을 왔다 갔다 하면서 벽에 걸린 냅킨 고리들, 샹들리에, 공 모양 난간 장식들을 살펴보는 모습이 보였고, 비네는 만족스럽게 턱수염을 쓰다듬고 있었다.

"뭔가 주문하러 온 걸까요?" 튀바슈 부인이 말했다.

"하지만 저 사람은 아무것도 안 파는데요!" 옆의 여자가 반박했다.

세무 관리는 무슨 말인지 잘 이해가 되지 않는다는 듯 두 눈을 크게 뜨고서 엠마의 말을 듣고 있었다. 그녀는 상냥하게, 애원하듯이 말을 계속했다. 가까이 다가서는 그녀의 가슴이 헐떡이고 있었다. 그들은 이제 아무 말도 하지 않았다.

"엠마가 먼저 접근하고 있는 건가?" 튀바슈 부인이 말했다.

비네는 귀까지 빨개졌다. 엠마가 그의 손을 잡았다.

"아, 이건 너무 심하네!"

아마도 그녀가 뭔가 끔찍한 일을 제안한 모양이었다. 세무 관리가—그는 어쨌든 용맹한 인물로, 보첸과 루첸 전투에서 싸웠고 프랑스 전투에 참전하여 *십자 무공훈장을 받기*까지 한 사람이었다—뱀을 본 것처럼 갑자기 뒤로 획 물러서며 소리쳤다.

"부인! 어떻게 그런 생각을……."

"저런 여자들은 매를 내리쳐야 해!" 튀바슈 부인이 말했다.

"그런데 어디로 갔지?" 카롱 부인이 말했다.

그런 말이 오가는 동안 엠마의 모습이 사라진 것이었다. 잠시 후 그랑드뤼 거리를 지나 묘지로 가는 듯 오른쪽으로 도는 그녀의 모습을 보면서 두 여자는 온갖 추측을 다 해댔다.

"롤레 아줌마, 숨이 막혀요. 옷 좀 풀어줘요." 유모네 집에 당도한 그녀가 말했다.

엠마는 침대에 쓰러져 흐느껴 울었다. 롤레 아주머니는 치마로 그녀를 덮어주고 곁에 서 있었다. 엠마에게서 아무런 대꾸가 없자 잠시 후 아주머니는 다른 곳으로 가서 물레를 잡고 실을 잣기 시작했다.

"아, 그만해요!" 비네의 돌림판 소리라고 생각하고 그녀가 중얼거렸다.

'누가 저렇게 괴롭히는 걸까? 왜 여기로 왔지?' 유모가 속으로 물었다.

그녀는 집에서 자신을 몰아내는 일종의 공포에 떠밀려 이곳으로 달려온 것이었다.

꼼짝하지 않고 똑바로 누워 백치처럼 끈질기게 집중한 채 한 곳만 바라보고 있는데도 사물이 흐릿하게 보였다. 그녀는 벽의 칠이 일어난 곳들, 끝이 맞닿아 연기가 피어오르는 장작 두 토막, 머리 위 대들보 틈에 기어다니는 기다란 거미를 멍하니 쳐다보고 있었다. 마침내 생각을 모아보았다. 일어났던 일을 기억해보니…… 어느 날 레옹과 함께…… 아, 얼마나 오래전 일인가…… 강물 위에 해가 빛났고 클레마티스가 향을 내뿜었고…… 그때, 콸콸 흘러내리는 급류에 휩쓸리듯 추억에 실려가다가 곧 전날의 일이 기억났다.

"지금 몇 시예요?" 엠마가 물었다.

롤레 아주머니는 밖으로 나가 하늘이 제일 밝은 쪽으로 오른손 손가락을 들어 올려 보더니 느릿느릿 다시 들어오며 말했다.

"곧 세 시예요."

"아, 고마워요."

이제 곧 그가 올 것이었다. 틀림없이. 그가 돈을 구했을 것이다. 하지만 그녀가 여기 와 있다는 건 생각도 못 하고 아마 저쪽으로 갈 것이다. 그래서 엠마는 유모에게 자기 집으로 가서 레옹을 데려오라고 시켰다.

"얼른 서둘러요."

"아, 알았어요. 가요. 가요."

이제 그녀는 자기가 왜 처음부터 레옹 생각을 안 했는지 이상했다. 어제 그가 약속을 했는데. 그는 약속을 어기지 않을 것이었다. 그리고 그녀는 벌써 뢰뢰의 집으로 가서 책상 위에 은행권 지폐 세 장을 좍 펼쳐놓는 자신의 모습이 보였다. 그다음에는 보바리에게 이 일을 설명할 어떤 이야기를 지어내야 했다. 무슨 이야기를 할까?

그런데 유모는 시간이 한참 지나도록 돌아오지 않았다. 하지만 오두막에는 시계가 없어서 그녀가 어쩌면 시간을 더 부풀려 생각하는지도 몰랐다. 엠마는 마당에 나가 한 걸음 한 걸음 천천히 옮기며 돌기 시작했다. 울타리를 따라 오솔길로 갔다가 유모가 다른 길로 돌아와 있기를 바라며 얼른 되돌아왔다. 나중에는 기다리다 지치고, 떨쳐버리려 해도 사라지지 않는 의심에 짓눌린 채, 여기에 온 것이 한 세기 전인지 일 분 전인지도 알 수 없는 상태로 구석에 주저앉아 눈을 감고 귀를 막았다. 울타리가 삐걱거렸다. 그녀는 벌떡 일어났다. 그녀가 입을 떼기도 전에 롤레 아주머니가 말했다.

"댁에 아무도 안 왔어요."

"뭐라고요?"

"아무도 없어요. 그리고 주인 나리가 울고 계시더라고요. 마님 이름을 부르시고요. 다들 마님을 찾고 있어요."

엠마는 아무 대답도 하지 않았다. 그녀는 눈을 희번덕이며 숨을 헐떡였고, 그런 얼굴을 보고 겁을 집어먹은 유모는 엠마가 미쳐버렸다고 생각하며 본능적으로 뒤로 물러섰다. 갑자기 엠마는 이마를 탁 치며 소리를 내질렀는데, 캄캄한 밤에 번개가 번쩍하듯 로돌프의 기억이 머리를 스쳐 간 것이었다. 그는 너무도 마음씨 좋고 섬세하고 너그러운 사람이 아니던가! 게다가 또한 그가 만약 부탁을 들어주기를 망설인다면 그녀가 눈짓 한 번으로 그들의 지나간 사랑을 상기시켜 부탁을 들어주게 만들 수 있을 것이다. 그리하여 그녀는 지금 지난날 자신을 그토록 분노하게 했던 것에 스스로를 내던지러 달려가고 있다는 것을 알지도 못하고, 이것이 바로 몸을 파는 일이라는 것을 짐작도 못 한 채 위셰트로 떠났다.

# 8

그녀는 걸어가면서 속으로 물었다. '뭐라고 말하지? 무슨 이야기부터 시작하지?' 그리고 앞으로 나아갈수록 덤불숲, 나무들, 언덕 위의 등심초, 저 너머 성의 익숙한 모습 들이 눈에 들어왔다. 처음 사랑에 빠졌던 때의 감각들이 되살아났고, 그러면서 억눌려 있던 가련한 마음이 사랑을 가득 품고 부풀어 올랐다. 포근한 바람이 얼굴을 스쳤다. 눈이 녹아 새싹에서 풀잎 위로 물방울이 똑똑 떨어지고 있었다.

그녀는 예전처럼 정원의 작은 문으로 들어가서 잎이 무성한 보리수들이 두 줄로 늘어선 마당에 이르렀다. 바람 소리를 내며 긴 가지들이 흔들렸다. 개집에서 개들이 한꺼번에 짖어대어 소리가 크게 울렸지만 아무도 나타나지 않았다.

그녀는 넓은 계단을 올라갔다. 나무 난간이 달린 그 계단은 위층으로 곧게 올라가 그 끝에 먼지투성이의 타일이 깔린 복도로 이어졌고 수도원이나 여관처럼 여러 개의 방이 줄지어 있었다. 맨 끝 왼쪽에 그의 방이 있었다. 문손잡이에 손이 닿자 갑자기 몸에서 힘이 쭉 빠졌다. 그가 없을까 봐 두렵기도 했고, 거의 없기를 바라는 마음이기도 했으나, 그래도 이것이 그녀의 유일한 희망이고 마지막 구원의 기회였다. 그녀는 잠시 마음을 가다듬고, 지금 당장 반드시

해야 하는 일이라는 것을 되새기며 용기를 북돋아 안으로 들어갔다.

그는 벽난로 앞에서 틀 위에 발을 올리고 파이프를 피우는 중이었다.

“아니! 당신이군요!” 그가 벌떡 일어서며 말했다.

“네, 저예요…… 로돌프, 조언을 좀 구하고 싶어서요.”

그러고 나자 무진 애를 써도 엠마는 더 이상 입을 뗄 수가 없었다.

“하나도 변하지 않았네요. 여전히 아름다워요.”

“아, 그래봐야 서글픈 거죠. 당신이 무시해버렸으니.” 그녀가 씁쓸하게 대꾸했다.

그러자 그는 자기가 왜 그럴 수밖에 없었는지 이유를 설명하기 시작했는데, 제대로 지어낼 핑계가 없으니 모호한 말만 늘어놓으며 미안하다고 했다.

그녀는 그가 하는 말에, 아니 그보다는 그의 목소리와 눈앞에 보이는 그의 모습에 스르르 끌려 들어가고 있었다. 그래서 그녀는 결별에 대한 변명을 믿는 척했거나 혹은 어쩌면 정말 믿었는지도 몰랐다. 어떤 제3의 인물의 명예 또는 목숨까지도 걸린 무슨 비밀 때문이었다는 것이었다.

“상관없어요. 나는 정말 많이 아팠어요.” 그녀가 슬프게 그를 바라보며 말했다.

그는 철학적인 투로 대답했다.

“산다는 것이 그런 거죠.”

“우리가 헤어진 뒤 적어도 당신의 삶은 괜찮았나요?” 엠마가 말을 이었다.

“아, 좋을 것도 없고…… 나쁠 것도 없고.”

“어쩌면 헤어지지 않는 게 더 나았을지 모르겠네요.”

“그럴지도…….”

“그렇게 생각해?” 가까이 다가오며 그녀가 물었다.

그리고 그녀는 한숨을 내쉬었다.

“오, 로돌프! 당신은 모를 거야…… 난 당신을 정말 사랑했어!”

그 순간 그녀는 그의 손을 잡았고, 두 사람은 서로 손가락을 깍지 낀 채 한동안 가만히 있었다, 농사 공진회에서의 그 첫날처럼. 그는 거만한 몸짓으로 약해지려는 마음을 떨치려 발버둥쳤다. 하지만 그녀가 그의 가슴에 푹 쓰러지며 말했다.

"당신 없이 내가 어떻게 살라고 그랬어? 행복은 술을 끊듯 끊을 수가 없는 거야. 절망이었지. 죽는 줄 알았어. 나중에 내 이야기를 다 들으면 알게 될 거야. 그런데 당신이…… 나를 두고 멀리 가버렸으니……."

그는 남자라는 성의 특성이 원래 그렇듯 비겁했기 때문에 삼 년 전부터 그녀를 요리조리 피해왔던 것이다. 그리고 엠마는 다정한 암고양이보다 더 애교스럽게, 머리로 귀여운 몸짓을 하며 계속 말을 이어갔다.

"지금도 다른 여자들 많이 사귀지? 솔직히 말해. 그 여자들을 이해는 해. 그래, 봐줘야지 뭐. 당신이 나한테 했던 것처럼 그 여자들을 유혹했겠지. 당신은 남자고, 모든 걸 다 갖고 있어서 여자들한테 사랑을 받으니까. 하지만 우리 다시 시작하자, 응? 다시 사랑하는 거야. 자 봐, 내가 이렇게 웃고 있잖아. 나 행복해!…… 뭐라 말 좀 해봐!"

폭우 속 푸른 꽃받침 안에 고인 빗물처럼 눈에 눈물이 맺혀 흔들리는 그녀의 모습은 황홀하도록 아름다웠다.

그는 그녀를 끌어당겨 무릎에 앉히고 윤기 흐르는 옆 머리를 손등으로 쓰다듬었다. 노을빛 속에서 그 머리카락에 비친 마지막 햇살이 금빛 화살처럼 반짝였다. 그녀가 이마를 숙였다. 그는 입술을 내밀어 그녀의 눈꺼풀 위에 가만히 입을 맞추었다.

"아니, 울었잖아! 왜?" 그가 말했다.

그녀는 왈칵 울음을 터뜨리고 흐느꼈다. 로돌프는 사랑의 감정이 폭발한 것이라 생각했다. 그녀가 아무 말이 없자 그는 이 침묵을 마지막 수줍음이라 여기고는 이렇게 소리쳤다.

"아! 용서해줘. 내가 좋아하는 사람은 당신뿐이야. 내가 바보였고 내가 나빴어. 사랑해. 언제까지나 당신을 사랑할 거야!…… 왜 그래? 말을 해봐."

그는 무릎을 꿇고 앉았다.

"저기…… 내가 재산을 다 날려버렸어, 로돌프. 삼천 프랑만 좀 빌려줘!"

"아니……, 하지만……." 그가 천천히 일어서면서 말하는데 표정이 점점 심각해졌다.

"남편이 전 재산을 공증인한테 맡겨두었잖아." 그녀가 급하게 계속 말했다. "그런데 그 사람이 달아나버렸어. 우리는 돈을 빌려서 썼지. 환자들은 치료비를 안 내고 있고. 그런데 아직 계산이 다 된 게 아니니까 좀 있으면 받을 거야. 하지만 오늘은 삼천 프랑이 없어서 차압을 당하게 생겼어. 그것도 지금, 당장. 그래서 당신의 우정을 기대하고 이렇게 찾아온 거야."

'아, 그래서 온 거구나.' 갑자기 얼굴이 창백해진 로돌프가 생각했다.

마침내 그는 차분한 표정으로 말했다.

"나한테는 그만한 돈이 없습니다, 친애하는 부인."

거짓말을 하는 것이 아니었다. 수중에 돈이 있었다면 그는 아마 빌려주었을 것이다. 보통 그런 일을 해주는 것이 언짢은 일이기는 하지만 말이다. 돈을 요구한다는 것은 사랑을 휩쓸고 가는 돌풍들 중에 가장 차가운 바람이자 뿌리를 뽑아버리는 강풍인 것이니.

그녀는 처음에는 한동안 가만히 그를 쳐다보기만 했다.

"그런 돈이 없다!"

그녀는 같은 말을 여러 번 반복했다.

"그런 돈이 없다!…… 이런 최악의 치욕은 피했어야 했는데. 당신은 나를 전혀 사랑하지 않았어. 다른 남자들보다 나을 게 없어."

그녀는 진짜 마음을 드러내버렸고, 완전히 제정신이 아니었다.

로돌프는 그녀의 말을 막으며 자기도 '곤란한' 형편이라고 했다.

“아, 그거 안됐네. 그래, 아주…….” 엠마가 말했다.

그러고는 벽에 걸린 무기 장식판에서 번쩍이는 금과 은이 박힌 소총에 눈길을 멈추고 말했다.

“하지만 그렇게 가난한 사람은 자기 총 개머리판에 은을 박아놓지는 않지. 거북이 등껍질로 된 추시계를 사지도 않고.” 최고급 벽시계를 가리키며 그녀가 계속해서 말했다. “채찍에 다는 금도금 호루라기도.—그녀는 거기에 손을 가져다 댔다—시계에 다는 장식줄도. 오, 없는 게 없네! 방 안에 술병 받침대까지! 당신은 자신을 사랑하니까, 멋있게 살고, 성도 있고 농장도 있고 숲도 있지. 말 타고 사냥도 하고, 파리로 여행도 가고…… 하, 이것만 해도, 이런 하찮은 것들만 해도! 돈이 될 수 있잖아!……” 그녀가 벽난로 위에 놓인 커프스단추를 집으며 소리쳤다. “어휴, 필요 없어. 그냥 너 다 가져!”

그리고 그녀가 그 커프스단추 두 개를 멀리 집어 던지자 벽에 부딪히며 금줄이 끊어졌다.

“하지만 나는, 당신한테 전부 다 줬을 거야. 한 번의 미소, 한 번의 눈길, ‘고마워’라는 말 한마디를 위해 전부 다 내다 팔았을 거고, 내 손으로 무슨 일이든 하고 거리에서 구걸도 했을 거야. 그런데 당신은 거기 안락의자에 턱 앉아서, 아직도 나를 충분히 아프게 하지 않았다는 듯이 그러고 있네. 그거 알아? 당신이 아니었으면 나는 행복하게 살 수 있었을 거라고! 누가 그렇게 시켰어? 내기라도 했나? 그러면서 나를 사랑한다고 했지…… 조금 전에도…… 아! 차라리 나를 쫓아내는 게 나았을 텐데! 아까 내 손에 당신이 키스했던 자리가 아직도 따뜻해. 그리고 저기, 카펫 저쪽에서 내 무릎에 매달려 영원히 사랑한다고 맹세했지. 내가 그걸 믿게 만들었어. 이 년 동안 한없이 근사하고 한없이 달콤한 꿈속에서 나를 끌고 다녔어…… 우리 여행 계획, 기억해, 응? 아, 당신 편지, 그 편지! 내 마음을 갈가리 찢어놓았어! 그러고는 내가 다시 돌아오니까, 돈 많고 행복하고 자유로운 그 사람한테 누구라도 들어줄 부탁을 하려고 돌아와서 구해달라 간청하는데, 이렇게 온 마음에 사랑을 가득 담고 돌아와 애원하는데, 그 사람은 삼천 프랑이 나가게 되니까 나를 밀쳐버리네!"

"나한테 그만한 돈이 없어요!" 로돌프는 마치 방패로 눌러 덮듯이 엠마의 체념 어린 분노를 싹 덮어버리는 그런 완벽하게 차분한 태도로 대답했다.

엠마는 밖으로 나왔다. 벽이 흔들리고 천장이 무너져 그녀를 짓누르는 것 같았다. 바람에 흩어지는 낙엽 더미에 걸려 비틀거리며 긴 길을 되짚어 나왔다. 마침내 철책문 앞 도랑에 이르렀다. 자물쇠에 손톱이 부러질 만큼 빨리 문을 열려고 서둘렀다. 그리고 백 보쯤 더 가서 너무 숨이 가쁘고 쓰러질 것 같아 걸음을 멈추었다. 그때 뒤를 돌아보니 조금도 흔들림 없는 성과 정원, 세 개의 마당, 정면의 창문들이 다시 한번 눈에 들어왔다.

멍하니 서 있는 그녀에게 자신을 의식할 수 있게 해주는 것은 오직 맥박 뛰는 소리뿐, 그 소리는 귓속이 멍하도록 쾅쾅 울리는 음악이 되어 들판을 가득 채우고 있었다. 발밑의 땅은 물속보다 더 출렁였고 밭고랑은 거대하게 밀려드는 갈색 파도처럼 보였다. 머릿속 옛 기억과 생각들이 수천 개의 불꽃이 터지듯 한꺼번에 터져 나왔다. 아버지, 뢰뢰의 가게, 거기 그들의 방, 그리고 또 다른 풍경이 보였다. 이렇게 미쳐버리나 보다 싶어 덜컥 겁이 난 그녀는 가까스로 정신을 수습했지만 사실 여전히 몽롱한 상태였다. 이런 끔찍한 상태에 놓이게 된 원인을, 그러니까 돈 문제를 전혀 기억하지 못했으니 말이다. 그녀의 고통은 오로지 사랑 때문이었고, 다쳐서 죽어가는 사람이 피 흐르는 상처로 자기 존재가 빠져나간다고 느끼듯이 그녀는 그 기억으로 자기 영혼이 떠나가고 있다고 느꼈다.

밤이 내리고 까마귀가 날았다.

갑자기 불빛 같은 색깔의 구슬들이 작열하는 포탄처럼 공중에서 터져 납작해지면서 빙글빙글 돌고 돌다 나뭇가지 사이 눈 위에 내려앉아 녹는 것 같았다. 구슬마다 한가운데에 로돌프의 얼굴이 나타났다. 구슬들은 점점 더 늘어나 가까이 다가와 그녀 속으로 파고들었다. 그리고 모든 것이 사라졌다. 멀리 안개 속에서 집들의 불빛이 반짝이는 것이 눈에 들어왔다.

그때 자신의 상황이 심연의 모습으로 드러났다. 엠마는 가슴이 터질 것같이 숨이 찼다. 잠시 후 그녀는 영웅심에 도취된 듯한 상태로 거의 기쁨에 겨워하며 언덕을 달려 내려가 소들을 위한 판자 다리와 오솔길, 가로수, 시장을 지나 약국 앞에 다다랐다.

아무도 없었다. 그녀는 안으로 들어가려다가 출입문 종소리가 나면 누가 나올 수도 있을 것 같아서 울타리로 살짝 들어가 숨을 죽인 채 벽을 더듬어 부엌 입구까지 갔다. 화덕 위에 촛불이 타고 있었다. 셔츠 바람의 쥐스탱이 접시를 나르고 있었다.

'아, 저녁 식사 중이구나. 기다리자.'

쥐스탱이 돌아왔다. 그녀는 창을 두드렸다. 쥐스탱이 나왔다.

"열쇠! 저 위 다락방 열쇠, 거기에 그……."

"네?"

그리고 그녀를 바라보는데, 밤의 어둠 속에서 하얗게 두드러질 만큼 창백한 그 얼굴에 쥐스탱은 깜짝 놀랐다. 그녀는 비현실적으로 아름다웠고 유령처럼 엄숙했다. 그녀가 무엇을 원하는지 알지도 못하는 채로 그는 무언가 끔찍한 예감이 들었다.

그러나 그녀는 작은 소리로, 원칙을 무너뜨리게 만드는 달콤한 목소리로 빠르게 말했다.

"그게 필요해. 좀 가져다줘."

벽이 얇아 식당에서 접시에 포크 부딪히는 소리가 들려왔다.

그녀는 잠을 방해하는 쥐를 잡아야 한다고 변명했다.

"약사님께 알려야 하는데요."

"아니야. 가만있어."

그러고는 무심한 듯 말했다.

"아, 그럴 필요 없어, 내가 이따 말할 거야. 자, 불 좀 비춰봐."

그녀는 조제실로 이어지는 복도에 들어섰다. 창고라는 라벨이 붙은 열쇠가 벽에 걸려 있었다.

"쥐스탱!" 약사가 짜증스럽게 소리쳤다.

"올라가자!"

그렇게 쥐스탱은 엠마를 따라갔다.

열쇠가 돌아가고 그녀는 곧바로 세 번째 선반으로 갔다. 그만큼 그녀의 기억이 그녀를 잘 인도했다. 파란 병을 집어 마개를 빼고, 손을 넣어 흰 가루를 한 움큼 집어서는 그대로 입에 넣었다.

"하지 마요!" 쥐스탱이 달려들며 소리쳤다.

"조용히 해. 누가 올라……."

그는 괴로워 어쩔 줄을 모르며 사람을 부르려고 했다.

"아무 말도 하지 마. 다 네 주인 탓이 돼버릴 테니까."

그러고 나서 그녀는 순식간에 마음이 진정되어, 그리고 거의 의무를 완수한 다음의 평온한 상태가 되어 집으로 돌아갔다.

샤를이 차압 소식에 놀라 어쩔 줄 모르며 집에 돌아왔을 때 엠마는 막 나간 참이었다. 그는 소리치고 울다가 정신을 잃기도 했는데 그녀는 돌아오지 않았다. 대체 어디에 갔단 말인가? 그는 오메네로, 튀바슈네로, 뢰뢰네로, 리옹도르로, 온 데로 펠리시테를 보냈다. 그리고 미칠 듯한 불안이 잠깐씩 가라앉을 때마다, 이제 존경받던 지위도 끝장나고, 재산도 날아가고 베르트의 장래는 다 망가져버린 광경이 눈앞에 보였다. 무슨 이유로?…… 한마디 설명도 없이! 그는 저녁 여섯 시까지 기다렸다. 마침내 더 이상 참을 수 없게 되자 그는 그녀가 루앙에 갔을 거라 생각하고서 큰길로 나가 이 킬로미터쯤 가봤지만 아무도 만나지 못한 채 조금 더 기다리다가 돌아왔다.

그녀가 돌아와 있었다.

“어떻게 된 거야?…… 왜?…… 설명을 좀 해봐…….”

그녀는 책상에 앉아 편지를 써서 천천히 봉한 다음 날짜와 시간을 적었다. 그리고 엄숙한 어조로 말했다.

“내일 이 편지를 읽어봐요. 그때까지는 부탁이니 제발 아무것도 묻지 말아요…… 아무것도.”

“하지만…….”

“아, 날 좀 내버려 둬요.”

그리고 그녀는 침대에 길게 누웠다.

입안에 쓰라린 맛이 느껴져서 그녀는 잠이 깼다. 샤를을 얼핏 보았고 다시 눈을 감았다.

그녀는 고통이 느껴지지 않나 궁금해하며 자신을 관찰했다. 전혀! 아직 아무 느낌도 없었다. 시계추 똑딱이는 소리, 장작 타는 소리, 그리고 침대 옆에서 있는 샤를의 숨소리가 들렸다.

‘아, 별거 아니네, 죽는 거! 이제 잠이 들 거고 그러면 모두 끝이야!’ 그녀가 생각했다.

그녀는 물을 한 모금 마시고 벽 쪽으로 돌아누웠다.

그 끔찍한 잉크 냄새가 계속 입안에 맴돌았다.

“목말라!…… 아, 너무 목이 말라!” 그녀가 신음했다.

“왜 그래?” 샤를이 물잔을 내밀며 말했다.

“아무것도 아니에요…… 창문 좀 열어줘요……, 숨이 막혀!”

그러다 너무 갑자기 구토가 일어나서 베개 밑의 손수건을 잡을 새도 없었다.

“이것 좀 치워요. 갖다 버려.” 그녀가 급하게 말했다.

샤를이 엠마에게 질문을 했지만 그녀는 대답하지 않았다. 아주 미미한 감정만 생겨도 구토를 하게 될 것 같아 두려워서 그녀는 꼼짝하지 않고 가만히 있었다. 그러는 사이 발에서 심장으로 얼음장 같은 냉기가 올라오는 것이 느껴졌다.

"아, 이제 시작이구나." 그녀가 중얼거렸다.

"뭐라 그랬어?"

그녀는 괴로움으로 가득 찬 머리를 가만히 저었고, 혀 위에 아주 무거운 무언가가 놓인 것처럼 연거푸 입을 크게 벌렸다. 여덟 시에 구토증이 다시 나타났다.

샤를은 대야 귀퉁이 옆면에 흰 모래 같은 것이 들러붙어 있는 것을 살펴보았다.

"이상하네! 이게 뭐지." 그가 같은 말을 반복했다.

하지만 그녀가 강력하게 말했다.

"아니, 착각한 거예요."

그러자 샤를은 조심스럽게, 거의 살짝 쓰다듬듯이 그녀의 배를 손으로 살살 문질렀다. 그녀가 날카로운 비명을 내질렀다. 그는 너무 놀라고 겁에 질려 뒤로 물러섰다.

이제 그녀는 신음 소리를 내기 시작했다. 처음에는 아주 작은 소리였다. 어깨가 격렬하게 뒤흔들렸고 얼굴이 시트보다 더 창백해졌으며 경련이 이는 손가락으로 시트를 꽉 움켜쥐고 있었다. 불규칙한 맥박이 이제 거의 뛰는 느낌조차 없어졌다.

푸르스름한 얼굴에서 땀방울이 스며 나왔는데 금속성 증기가 발산되다가 굳어진 얼굴 같았다. 아래위 이가 맞부딪혔고 커다랗게 부릅뜬 눈이 주위를 막연히 두리번거렸으며 모든 질문에 대한 대답이 그저 고개를 젓는 것일 뿐이었다. 두세 번 그녀는 미소를 짓기까지 했다. 조금씩 신음 소리가 더 커져갔다. 짓눌린 비명 소리가 새어 나왔다. 그녀는 이제 좀 나아졌으니 조금 이따가 일어날 거라고 했다. 그러나 경련이 들이닥쳤다. 그녀는 소리를 질렀다.

"아, 세상에, 너무 아파!"

샤를은 침대 옆에 무릎을 꿇고 주저앉았다.

"말을 해. 뭘 먹은 거야? 제발, 대답을 해봐."

그리고 그는 그녀가 한 번도 본 적 없는 다정한 눈길로 그녀를 바라보았다.

"어, 저기……, 저기!……" 그녀가 다 꺼져가는 목소리로 말했다.

그는 얼른 책상으로 달려가 봉인을 찢고 큰 소리로 편지를 읽었다. *누구의 잘못이라 탓하지 말기를*…… 그는 읽기를 멈추고 손으로 눈을 비빈 다음 다시 읽어 내려갔다.

"뭐!…… 사람 살려요! 도와줘요!"

그리고 그저 '독약을, 독약을' 하는 말만 반복할 뿐이었다. 펠리시테가 오메의 집으로 달려갔고, 오메가 광장에 나와 그 소식을 크게 외쳤다. 르프랑수아 부인이 *리옹도르*에서 그 소리를 들었고, 몇 사람이 자리에서 일어나 이웃들에게 그 소식을 알렸으며, 이렇게 해서 밤새도록 내내 마을 사람들이 잠들지 못하고 깨어 있었다.

샤를은 완전히 정신이 나간 채 말을 더듬고 거의 쓰러질 지경이 되어 방안을 빙빙 돌았다. 가구에 부딪히고 머리카락을 쥐어뜯었다. 이렇게 끔찍한 광경이 있을 수 있으리라고는 약사도 상상하지 못했었다.

약사는 집으로 가서 카니베 씨와 라리비에르 박사에게 편지를 썼다. 정신이 없었다. 열다섯 번이나 다시 고쳐 써야 했다. 이폴리트가 뇌샤텔로 떠났고, 쥐스탱은 보바리의 말을 너무 심하게 몰아세운 나머지 결국 거의 죽을 지경으로 나자빠진 말을 기욤 숲 언덕에 버려두고 가야 했다.

샤를은 의학 사전을 훑어보려 했지만 글자가 춤을 추고 읽을 수가 없었다.

"진정하세요!" 약사가 말했다. "뭔가 강력한 해독제를 쓰기만 하면 돼요. 무슨 독약이죠?"

샤를이 편지를 보여주었다. 비소였다.

"음, 그렇다면, 분석을 해봐야죠." 오메가 말했다.

그는 어떤 음독의 경우든 반드시 분석을 해야 한다고 알고 있었기 때문이다. 하지만 샤를은 무슨 소리인지도 모르고 대답했다.

"아, 얼른 하세요. 저 사람을 살려줘요……."

그러고는 그녀 옆으로 다시 가서 카펫에 털썩 주저앉아 침대 가에 머리를 기대고 흐느껴 울었다.

"울지 말아요." 그녀가 말했다. "이제 곧 내가 당신을 더는 괴롭히지 않을 거예요."

"왜? 누가 이렇게 만들었어?"

그녀는 이렇게 대답했다.

"그럴 수밖에 없었어요, 여보."

"당신은 행복하지 않았어? 내가 잘못한 거야? 내가 할 수 있는 건 다 했는데!"

"네……, 맞아요……, 당신은 좋은 사람이에요."

그리고 그녀는 그의 머리를 천천히 쓰다듬었다. 그 다정한 손길에 그는 슬픔이 더 북받쳤다. 그녀가 그 어느 때보다 더한 사랑을 표현하고 있는데, 그런 순간에 그녀를 잃게 된다는 생각을 하자 자신의 존재 전체가 절망으로 와르르 무너져내리는 느낌이었다. 그는 뭘 할지도 모르겠고, 아무것도 알 수 없었고, 아무것도 엄두가 나지 않았다. 긴급하게 결정을 내려야 하는 위급 상황에 그는 완전히 정신을 놓고 말았다.

그녀는 그 모든 배신과 비열함, 마음을 괴롭히던 수많은 욕심이 이제 다 끝이구나 생각했다. 이제 아무도 미워하지 않았다. 혼란스러운 황혼의 빛이 생각 속에 밀려들었고, 지상의 소리 중 귀에 들리는 것은 이 가여운 심장의 간헐적인 탄식뿐, 스러져가는 교향곡의 마지막 메아리처럼 부드럽고 드러나지도 않는 그 탄식뿐이었다.

"아이를 데려다줘요." 팔꿈치를 짚어 몸을 일으키며 그녀가 말했다.

"아까보다 더 안 좋은 거 아니야?" 샤를이 물었다.

"아니, 아니에요."

긴 잠옷을 입고 맨발을 드러낸 채 하녀에게 안겨서 온 아이는 웃음기 없이 아직 꿈속을 헤매는 얼굴이었다. 어수선한 방 안을 놀란 표정으로 바라보면서 가구들 위에 놓인 촛불에 눈이 부셔 눈을 깜빡거렸다. 촛불이 환히 밝혀진 것을 보고 아이는 새해 첫날이나 사순절 아침이 떠오른 모양이었다. 그런 날에는 촛불을 밝힌 이른 아침에 잠을 깨서 어머니 침대로 들어가 새해 선물을 받곤 했었다. 아이가 이렇게 말한 것을 보면 그랬다.

"그거 어디 있어요, 엄마?"

그리고 모두가 아무 말이 없자 또 말했다.

"내 신발이 안 보여."

펠리시테가 아이를 침대 쪽으로 기울여주는데 아이는 벽난로 쪽만 여전히 바라보고 있었다.

"유모가 가져갔나?" 아이가 물었다.

자신의 간통과 불운을 기억나게 하는 그 유모라는 말에 보바리 부인은 더 강한 어떤 독이 입으로 올라와 구역질이 나는 것처럼 얼굴을 돌렸다. 그사이 베르트는 침대에 내려 앉혀 있었다.

"아, 엄마 눈이 너무 커요! 얼굴이 너무 하얘! 너무 땀이 나……."

어머니는 아이를 물끄러미 바라보았다.

"무서워!" 아이가 뒤로 물러서며 말했다.

엠마는 아이의 손을 잡고 키스를 하려 했는데 아이가 발버둥을 쳤다.

"됐어. 데리고 가." 침대 쪽 구석에서 울고 있던 샤를이 말했다.

그리고 증상이 잠시 멈추었다. 아까보다 그녀는 덜 힘들어하는 것 같아 보였다. 의미 없는 말 한마디마다, 가슴에서 숨이 조금 진정이 될 때마다 샤를은 다시 희망을 품었다. 드디어 카니베가 나타나자 그는 울면서 팔에 매달렸다.

"아, 선생님이시군요, 감사합니다. 정말 좋은 분이세요. 그런데 모든 게 나아지고 있습니다. 자, 여기 보세요……."

그 의사의 의견은 전혀 그렇지 않았고, 자기 말대로 *이런저런 우회 없이 바로* 위를 완전히 씻어내리는 구토제를 처방했다.

엠마는 곧바로 피를 토했다. 입술을 더 꽉 물었다. 손발에 경련이 일었고 온몸이 갈색 반점으로 덮였으며 맥박은 팽팽한 실처럼, 끊어지기 직전의 하프 줄처럼 떨림이 잦아들었다.

이제 그녀는 끔찍하게 소리를 지르기 시작했다. 독약을 저주하고 욕을 퍼붓다가 어서 일을 끝마쳐달라고 애원했으며, 그녀보다 더 죽어가는 상태인 샤를이 뭐든 먹이려고 하면 뻣뻣한 팔로 전부 내쳐버렸다. 그는 손수건으로 입을 막고 선 채 헐떡이고 오열하면서 발끝까지 들썩이는 흐느낌으로 숨이 막혔다. 펠리시테는 어쩔 줄을 모르며 방 안을 이리저리 쫓아다녔다. 오메는 그대로 서서 깊은 한숨을 내뱉었고 카니베 씨는 여전히 냉정을 잃지 않으면서도 좀 당황스러움이 느껴지기 시작하고 있었다.

"아 이런!…… 하지만…… 위세척을 했으니, 그리고 원인이 제거됐으니……."

"결과도 멈추겠지요. 확실합니다." 오메가 말했다.

"좀 살려주세요!" 보바리가 외쳤다.

그래서 "아마 이제 좋아질 거라는 마지막 발작일 겁니다"라고 추측을 표명하는 약사의 말은 들은 척도 하지 않고 카니베가 해독제를 투여하려 하는 순간 말 채찍 소리가 들려왔다. 귀까지 흙탕물이 튄 말 세 마리가 끄는 역마차가 근처 유리창을 전부 흔들어놓으며 시장 모퉁이에서 전속력으로 달려왔다. 라리비에르 박사였다.

신이 나타나도 이 정도로 감격스럽지는 않았을 것이었다. 보바리는 두 손을 들어 올렸고 카니베는 동작을 딱 멈추었으며 오메는 박사가 들어서기도 전에 그리스식 모자를 벗어들었다.

그는 비샤로부터 파생된 위대한 외과학파에, 광적인 사랑으로 의술을 아끼고 열정과 지혜로 의술을 펼친, 지금은 사라진 저 철학자 의료인들 세대에 속해 있었다. 그가 화를 내면 병원 전체가 벌벌 떨었으며, 그의 제자들은 그를 너무나도 존경하였기에 자리를 잡자마자 곧바로 최대한 그를 따라 하려고 노력했다. 그리하여 주변 도시들에서는 그의 제자들이 박사가 입은 것 같은 긴 메리노 양모 속을 넣은 외투와 품이 넉넉한 검은 양복을 입은 모습을 볼 수 있었다. 단추를 잠그지 않은 양복 소매가 통통한 박사의 손을 살짝 덮고 있었는데, 그 아름다운 손은 고통 속에 놓인 사람들에게 보다 신속히 가닿기 위해서인 듯 절대 장갑을 끼는 법이 없었다. 훈장, 칭호, 아카데미 같은 것들을 하찮게 여기고, 가난한 이들에게 친절하고 너그러우며 아버지같이 대하는 사람, 의식하지 않고 덕을 실천하는 사람인 박사는, 그의 예리한 정신 탓에 사람들이 그를 악마처럼 두려워하게 하지만 않았더라면 거의 성자로 통할 만한 인물이었다. 메스보다 날카로운 그의 시선은 사람의 영혼까지 꿰뚫어 이런저런 변명이나 수줍음 너머의 거짓을 모두 파헤쳐 드러냈다. 이렇게 그는 자신이 지닌 커다란 재능과 부를 스스로 인식하고 나무랄 데 없는 사십 년 인생을 근면하게 살아온 덕분에 인자하면서도 위엄이 넘치는 인물이 되어 있었다.

입을 벌린 채 반듯하게 누운, 시체 같은 엠마의 얼굴을 보고서 라리비에르 박사는 문가에서부터 눈살을 찌푸렸다. 그리고 카니베의 말을 귀 기울여 듣는 듯하면서도 집게손가락을 그녀의 코 밑에 대보고는 같은 말을 되풀이했다.

"그렇지, 그렇지."

그러나 그는 천천히 어깨를 들어 올렸다 내렸다. 보바리가 그런 그의 모습을 지켜보았고, 두 사람의 눈길이 마주쳤다. 그리고 환자가 심한 통증에 시달리는 광경에 그토록 익숙한 이 사람도 어쩔 수 없이 상의의 가슴 장식 위로 눈물 한 방울을 떨구는 것이었다.

박사는 카니베를 옆방으로 데려가려 했다. 샤를이 따라 나왔다.

"아주 안 좋은 거죠? 그렇죠? 겨자로 발적요법을 써보면 어떨까요? 뭐든요. 수없이 사람 생명을 구하신 분이니 뭐든 좀 어떻게 해주세요."

샤를은 두 팔로 박사를 끌어안고 겁에 질려 어쩔 줄 모른 채 애걸복걸하며, 그의 가슴에 기대 반쯤 넋이 나간 표정으로 그를 쳐다보았다.

"자, 자네가 기운을 내야 하네. 더 이상 할 수 있는 게 없어."

그리고 라리비에르 박사가 돌아섰다.

"가시는 건가요?"

"다시 오겠네."

그는 마부에게 무언가 일러줄 게 있는 것처럼 하면서 카니베 씨와 함께 나갔다. 카니베도 직접 엠마의 죽음을 지켜줄 의향이 없었다.

약사가 두 사람이 있는 광장으로 갔다. 그는 기질적으로 유명 인사가 있으면 곁에서 떨어지지를 못하는 사람이었다. 그래서 그는 라리비에르 씨에게 점심 식사에 초대할 수 있는 특별한 영광을 누리게 해달라고 간청했다.

그러고는 급하게 서둘러 *리옹도르*에서 비둘기를, 정육점에서 갈비를, 튀바슈네서 크림을, 레스티부두아네서 달걀을 가져오게 하여 약사가 직접 음식 준비를 도왔는데, 한편 오메 부인은 캐미솔 끈을 잡아당기며 이렇게 말하는 것이었다.

"죄송합니다, 선생님. 우리 마을 같은 촌구석에서는, 하루 전에 미리 알지 못해서……."

"다리 달린 잔!" 오메가 속삭였다.

"시내만 됐어도 속을 채운 돼지고기 다리 요리쯤은 장만할 수 있었을 텐데요."

"조용히 해!…… 앉으시죠, 박사님."

오메는 첫 번째 음식을 먹은 다음, 이 끔찍한 사건에 대해 몇 가지 자세한 사항을 알려주는 게 좋겠다고 판단했다.

"처음에는 인후 부위에 건조한 감각이 있었고 다음에는 상복부에 참기 힘든 통증, 심한 설사, 코마 상태가 있었습니다."

"대체 어떻게 독약을 먹은 거죠?"

"그건 모르겠습니다, 박사님. 어디서 그 아비산을 손에 넣었는지도 잘 모르겠어요."

많은 접시를 포개어 들고 가던 쥐스탱이 갑자기 덜덜 떨기 시작했다.

"왜 그러는 거야?" 약사가 물었다.

그 질문에 쥐스탱은 들고 있던 접시들을 모두 와장창 바닥에 떨어뜨리고 말았다.

"바보 같은 놈!" 오메가 소리쳤다. "이런 변변찮은 둔한 놈! 빌어먹을 멍청한 새끼!"

그러다가 갑자기 마음을 가다듬고는 말했다.

"분석을 해보고자 했는데요, 박사님. *최우선적으로,* 시험관에 조심스럽게……."

"목구멍에 손가락을 넣어보는 게 더 나았을 겁니다." 의사가 말했다.

카니베는 자기가 처방한 구토제에 대해 조금 전 따로 심한 질책을 들었던지라 아무 말 없이 가만히 있었다. 그래서 안짱다리 수술 때는 그렇게 거만하고 말이 많던 사람이 오늘은 아주 겸손하게 앉아서, 동의한다는 식으로 끊임없이 미소를 짓고 있었다.

오메는 식사를 대접하는 주인 역할이 뿌듯해 만면에 웃음이 가득했는데, 보바리의 가슴 아픈 사건을 떠올리자니 이기적으로 자신의 상황이 대비되면서 지금의 즐거움이 알게 모르게 더 커지는 것이었다. 더구나 저명한 박사의 존재가 그를 열광의 상태에 놓이게 만들었다. 약사는 자기 지식을 죽 늘어놓았다. 칸타리스, 유파스, 만치닐, 독사 등을 되는대로 주워섬겼다.

"그리고 또한, 너무 과도하게 훈증한 소시지로 인해서, 박사님, 여러 사람이 마치 벼락을 맞듯이 중독되었다는 사례를 읽은 적도 있습니다. 적어도 그것은 우리 약학계의 최고 권위자이자 스승 중 한 분이신 저 유명한 카데 드 가시쿠르 선생께서 집필하신 매우 탁월한 보고서에 기재되어 있는 것이지요."

오메 부인이 알코올로 덥히는 그 뒤뚱거리는 스토브를 가지고 다시 나타났다. 오메가 식탁에서 커피를 끓이고 싶어 했기 때문이었는데, 그 커피도 손수 볶고 손수 분쇄하고 손수 블렌딩해놓은 것이었다.

"*사카룸*이요, 박사님." 설탕을 내밀며 오메가 말했다.

그러고 나서 그는 아이들의 체격에 대해 박사의 의견을 듣고 싶다며 전부 내려오게 했다.

마침내 라리비에르 박사가 돌아가려고 하자 오메 부인은 남편을 한번 진찰해달라고 부탁했다. 저녁을 먹은 후 매번 잠이 들어버려서 피가 걸쭉해지고 있다는 것이었다.

"아, *센스*가 문제될 양반은 아닌데요."*

사람들이 이 농담을 알아듣지 못하자 박사는 슬며시 미소 지으며 문을 열었다. 그런데 약국은 사람들로 빼곡 차 있었다. 그 바람에 박사는, 평소 아내가 재 속에다 침을 뱉는 버릇이 있는데 폐렴에 걸린 건 아닌지 걱정이라는 튀바슈, 때때로 심한 허기를 느낀다는 비네 씨, 몸이 따끔거린다는 카롱 부인, 어지럽다는 뢰뢰, 류머티즘이 있다는 레스티부두아, 신트림이 난다는 르프랑수아 부인, 등을 떨쳐내느라 무진 애를 먹었다. 드디어 말 세 마리가 길을 달려 나갔고, 사람들은 하나같이 박사가 전혀 친절을 보이지 않았다고들 했다.

* 프랑스어로 피(sang)와 감각(sens)의 발음이 유사한 것을 이용한 말장난. 오메의 약삭빠른 특성을 비꼬는 농담.

성유를 들고 시장을 지나던 부르니지앵 신부의 출현으로 사람들의 관심이 흩어졌다.

오메는 자신의 신조에 따라, 죽은 이의 냄새가 끌어들이는 까마귀에 신부들을 비유했다. 그는 신부를 보기만 해도 개인적으로 기분이 나빴다. 수단이 수의를 연상시켰고, 하나가 무서워서 다른 하나를 몹시 싫어하는 것이었다.

그렇지만 오메가 *자신의 사명*이라 부르는 것 앞에서 물러설 수는 없었기 때문에 카니베와 함께 보바리네 집으로 돌아갔는데, 이는 라리비에르 박사가 떠나기 전 카니베에게 반드시 그리하도록 다짐해둔 일이었다. 그리고 오메 부인이 반대만 하지 않았더라면 오메는 두 아들을 이런 극한의 상황에 익숙하게 만들고 이것이 하나의 교훈이자 표본, 훗날 머릿속에 남는 엄숙한 장면이 되도록 하기 위해 아이들을 데리고 가기까지 했을 것이다.

두 사람이 들어갔을 때 방 안은 음산하고 엄숙한 분위기로 가득 차 있었다. 흰 수건으로 덮인 작업대 위에는 불을 밝힌 촛대 두 개 사이, 큰 십자가 옆에 작은 솜뭉치 대여섯 개가 은접시에 놓여 있었다. 엠마는 턱을 가슴에 끌어당기고 눈을 엄청나게 부릅뜨고 있었다. 그리고 시트 위에 너부러진 가여운 두 손은 벌써 수의로 덮이기를 바라는 듯 임종에 이른 사람 특유의 끔찍하고도 부드러운 움직임을 보여주었다. 조각상처럼 창백한 얼굴에 숯불처럼 눈이 빨갛게 된 샤를은 이제 울지도 않고 침대 발치에 그녀와 마주하고 서 있었고, 신부는 한쪽 무릎을 꿇은 채 나직하게 무슨 문구를 웅얼거리고 있었다.

그녀는 천천히 얼굴을 돌리다가 갑자기 신부의 어깨에 걸친 보라색 영대를 보고는 기쁨에 휩싸이는 듯했는데, 어쩌면 이상하리만큼 마음이 평온해지는 가운데 오래전 최초의 신비 체험에서 느꼈던 사라진 기쁨을 다시 찾고 이제 시작되는 영원한 천상의 행복을 눈앞에 보고 있는 것인지도 몰랐다.

신부가 일어나서 십자가를 들었다. 그러자 그녀는 목마른 사람처럼 목을 길게 내밀어 그리스도의 몸에 입술을 갖다 댔고, 스러져가는 온 힘을 다하여 이전의 그 어떤 입맞춤보다 더 강렬한 사랑의 입맞춤을 했다. 그다음 신부는 *주여 우리를 불쌍히 여기소서*와 *주님 자비를 베푸소서*를 읊고서 오른손 엄지 손가락에 성유를 묻혀 도유식을 했다. 먼저 지상의 모든 영화를 그토록 갈망했던 두 눈에, 그다음 포근한 미풍과 사랑의 향을 그렇게 즐겼던 콧구멍에, 그다음 거짓을 말하기 위해 열리고 오만으로 신음하며 음행 속에 절규했던 입에, 그다음 황홀한 감촉을 즐기던 손에, 그리고 마지막으로 예전에는 욕망을 채우러 그토록 빨리 달렸으나 이제는 걷지 못하는 발바닥에 성유를 발랐다.

신부는 손가락을 닦고 기름에 적신 솜을 불 속에 던졌다. 그리고 죽어가는 엠마 곁에 와서 앉아 이제 자신의 고통을 예수 그리스도의 고통과 합쳐지게 하고 신의 자비에 몸을 맡겨야 한다고 말했다.

이렇게 권하고 나서 신부는 축성된 초를, 잠시 후 그녀를 감싸게 될 천상의 영광의 상징을 손에 쥐여주려 했다. 너무 쇠잔해진 엠마는 손을 오므릴 수가 없었고, 부르니지앵 신부가 받쳐주지 않았다면 초가 바닥에 떨어지고 말았을 것이다.

하지만 그녀는 더 이상 그렇게 창백해 보이지 않았고 좀 전의 병자성사가 그녀를 다 낫게 만든 것처럼 평화로운 표정이었다.

신부는 잊지 않고 그것을 지적했다. 심지어 주님께서는 때로 그들이 구원받을 만하다고 여기실 때에는 사람들의 생명을 연장시키기도 한다고 보바리에게 설명하기까지 했다. 그러자 샤를은 그녀가 지금처럼 죽어가는 것 같았던 어느 날 영성체를 받았던 것을 기억했다.

'어쩌면 절망할 필요가 없었는지도 몰라.' 그가 생각했다.

실제로 엠마는 꿈에서 깨어나는 사람처럼 천천히 주위를 둘러보았다. 그다음 또렷한 목소리로 거울을 달라고 하더니 눈에서 굵은 눈물방울이 주르륵 흘러내릴 때까지 한동안 들여다보았다. 그러고는 한숨을 내쉬며 고개를 뒤로 젖히더니 다시 베개에 머리를 떨어뜨렸다.

곧 그녀의 가슴이 빠르게 헐떡이기 시작했다. 혀가 완전히 밖으로 나오고 두 눈은 빙빙 돌면서 빛이 사그라드는 전등갓처럼 흐릿해져갔다. 영혼이 몸에서 빠져나가려 튀어 오르는 듯 호흡이 심하게 거칠어져 늑골이 무섭도록 점점 빠르게 오르내리지 않았다면 이미 죽은 것으로 여겨질 정도였다. 펠리시테는 십자가 앞에 무릎을 꿇었고 약사마저 조금 무릎을 구부렸는데 카니베 씨는 멍하니 광장을 바라보고 있었다. 침대 가에 얼굴을 대고 다시 기도를 시작한 부르니지앵의 등 뒤로 검은 수단 자락이 방 안에 길게 드리워졌다. 샤를은 반대편에 무릎을 꿇고 엠마에게 팔을 뻗치고 있었다. 그는 아내의 손을 꼭 쥐고서 그녀의 심장이 고동칠 때마다 무너져내리는 폐허의 반동처럼 몸을 흠칫 떨었다. 엠마의 헐떡임이 점점 심해지면서 신부의 기도문 낭송도 빨라져 샤를의 숨죽인 흐느낌 소리에 섞여들었으며 가끔은 조종처럼 울리는 라틴어 음절의 낮은 중얼거림 속에 모든 것이 다 사라지는 것 같았다.

갑자기 보도에서 투박한 나막신 소리와 지팡이 끌리는 소리가 들려왔다. 그리고 어떤 한 목소리, 탁한 목소리가 올라왔다. 이렇게 노래하고 있었다.

*화창한 날의 뜨거운 열기가 때로*
*어린 소녀에게 사랑을 꿈꾸게 하지*

엠마는 머리카락은 헝클어지고 눈동자는 한 곳에 고정된 채 입은 크게 벌리고서 전기에 감전된 시체처럼 벌떡 일어났다.

*낫으로 거둬들인 이삭들을*
*부지런히 한데 모으려고*
*우리한테 이삭을 주는 밭고랑으로*
*나의 나네트는 몸을 숙이며 가지*

“눈먼 거지!” 그녀가 외쳤다.

그리고 엠마는 웃기 시작했다. 그 가련한 인간의 추한 얼굴이 무시무시한 허깨비처럼 영원한 어둠 속에서 불쑥 솟아오르는 것을 본 듯 끔찍하고 광기 어린 절망적인 웃음이었다.

*그날 바람이 몹시도 심하게 불어*
*짧은 치마가 날려 올라가버렸지!*

한차례 경련이 일며 그녀는 다시 침대에 쓰러졌다. 모두 그녀에게 다가갔다. 그녀는 더 이상 존재하지 않았다.

# 9

누군가의 죽음 이후에는 언제나 정신이 마비되는 현상이 일어난다. 그만큼 갑자기 그 사람이 존재하지 않는다는 사실을 이해하기도, 그것을 수긍하고 받아들이기도 어려운 것이다. 하지만 샤를은 그녀가 전혀 움직임이 없다는 것을 알아차렸을 때 그녀에게 몸을 던지며 소리쳤다.

"잘 가! 잘 가!"

오메와 카니베가 그를 방에서 데리고 나갔다.

"진정하세요."

"그래요." 그가 몸부림을 치며 말했다. "정신 차릴게요. 나쁜 짓은 하지 않을 거예요. 하지만 나 좀 내버려 둬요. 저 사람을 보고 싶어요. 내 아내예요."

그러면서 그는 울었다.

"우세요. 자연의 섭리대로 하세요. 그러면 마음이 가라앉을 겁니다." 약사가 다시 말했다.

아이보다 더 약해진 샤를은 아래층 거실로 따라갔고 오메는 곧 자기 집으로 나섰다.

그런 그를 광장에서 눈먼 거지가 따라붙어 말을 걸었다. 소염 연고를 얻겠다는 희망으로 용빌까지 다리를 끌며 와서는 지나가는 사람마다 약사가 어디

사는지 묻던 참이었다.

"나 원, 내가 그딴 짓밖에 할 일이 없는 사람인 줄 아나. 안됐지만 다음에 와."

그리고 그는 약국으로 서둘러 들어갔다.

어떻게 된 일인지 소식을 들으려고 기다리는 사람들은 차치하고라도 그는 편지도 두 통 써야 했고, 보바리에게 줄 진정제를 조제하고, 음독 사실을 감출 거짓말을 찾고, 《루앙의 등불》에 그 기사를 써 보내야 했다. 엠마가 바닐라 크림을 만들다가 설탕으로 잘못 알고 비소를 먹었다는 이야기를 용빌 사람들에게 다 해준 다음 오메는 다시 보바리네로 돌아갔다.

그는 샤를이 혼자(카니베는 돌아간 다음이었다) 창가의 안락의자에 앉아 거실 바닥을 멍하니 바라보고 있는 것을 발견했다.

"언제 식을 치를지 이제 선생님이 직접 정하셔야 해요." 약사가 말했다.

"무슨 식이요?"

그러더니 겁에 질려서 더듬거리는 것이었다.

"아, 아니요. 안 돼요. 아내는 집에 있을 거예요."

오메는 침착하기 위해 선반 위의 물병을 집어 제라늄에 물을 주었다.

"아, 고마워요. 이렇게 잘해주셔서." 샤를이 말했다.

그는 약사가 하는 행동에 수많은 추억이 떠올라 숨이 막혀와서 말을 다 마치지 못했다.

그러자 오메는 그의 생각을 다른 데로 돌리기 위해 원예 이야기를 해보는 게 좋겠다고 생각해서 식물에는 수분이 필요하다는 말을 했다. 샤를이 동의한다는 뜻으로 고개를 숙였다.

"게다가 이제 화창한 날들이 돌아올 거예요."

"아." 보바리가 말했다.

약사가 이제 말할 거리가 생각나지 않자 유리창의 작은 커튼을 살짝 젖혀 보았다.

"아, 저기 튀바슈 씨가 가네요."

샤를은 기계처럼 그대로 따라 했다.

"튀바슈 씨가 가네요."

오메는 그에게 장례식 절차를 다시 이야기할 엄두가 나지 않았다. 샤를을 설득해 겨우 결정을 하게끔 한 것은 신부였다.

샤를은 혼자 진료실에 들어앉아 펜을 들고 한동안 흐느껴 운 다음 이렇게 썼다.

*웨딩드레스와 흰 구두, 머리에 화관을 얹은 차림으로 엠마를 묻어주기 바랍니다. 양쪽 어깨에 머리카락을 늘어뜨려주십시오. 관은 세 겹으로, 참나무, 마호가니, 납으로 해주기 바랍니다. 이에 관해 왈가왈부하지 마십시오. 그리할 능력이 있습니다. 무엇보다도 커다란 초록색 벨벳 천으로 그녀를 덮어주십시오. 저의 바람입니다. 이렇게 해주시기 바랍니다.*

두 남자는 보바리의 이런 몽상적인 발상에 몹시 놀랐고, 약사가 곧바로 그에게 가서 이렇게 말했다.

"그 벨벳 천은 좀 이중으로 불필요해 보이는데요. 게다가 비용이……."

"당신 일인가요?" 샤를이 소리쳤다. "내가 알아서 하게 좀 둬요. 당신이 사랑한 아내가 아니잖습니까. 가보세요."

신부는 그의 팔을 끼고 정원의 산책로를 한 바퀴 돌았다. 그러면서 지상의 일들이 얼마나 허무한 것인지 이야기해주었다. 하느님은 위대하시고 선하신 분이니 그분의 명령에 불평 없이 순종해야 하며, 또 감사하기까지 해야 한다는 것이었다.

샤를은 신을 모독하는 발언을 거침없이 내뱉었다.

"저는 당신의 그 하느님을 증오해요!"

"반항하는 마음이 아직 당신 속에 있군요." 신부가 한숨을 쉬며 말했다.

보바리는 벌써 멀어져 있었다. 그는 벽을 따라 과수밭 옆으로 성큼성큼 걸어가 하늘을 향해 저주의 눈길을 보내며 이를 갈았다. 하지만 그렇게 한다고 해서 나뭇잎 하나 움직이지 못했다.

보슬비가 내렸다. 가슴을 풀어헤치고 있던 샤를은 결국 덜덜 떨기 시작했고, 그러다 부엌으로 들어가 앉았다.

여섯 시에 광장에서 덜커덩거리는 소리가 들려왔다. *이롱델*이 도착한 것이었다. 샤를은 유리창에 이마를 대고 서서 승객들이 하나하나 내리는 것을 보고 있었다. 펠리시테가 거실에 매트리스를 깔아주었다. 그는 거기에 쓰러져서 잠이 들었다.

오메 씨는 냉철한 사람이긴 했지만 죽은 사람을 존중할 줄은 알았다. 그래서 가엾은 샤를에게 나쁜 감정을 품지 않고 저녁이 되자 다시 책 세 권과 기록을 위한 노트 한 권을 가지고 망자 곁에서 밤샘을 하러 찾아갔다.

부르니지앵 씨가 와 있었고, 구석에서 끌어내 놓은 침대 머리에 커다란 초 두 개가 타고 있었다.

원래 침묵을 버티지 못하는 약사가 곧 이 '불운한 젊은 부인'의 비극을 애통해하는 말을 늘어놓았다. 그러자 신부는 이제 남은 것은 그녀를 위해 기도하는 일밖에 없다고 대꾸했다.

"하지만 둘 중 하나지요." 오메가 말을 받았다. "그녀가 (가톨릭교회가 표현하듯) 은총 안에서 죽었다면 우리의 기도가 전혀 필요 없는 것이고, 그게 아니라 회개하지 않은 채 죽었다면(제 생각엔 이게 신부들의 표현 같은데 말이죠) 그러면……."

부르니지앵은 그의 말을 가로막으며 그렇다 해도 기도해야만 한다고 퉁명스러운 말투로 대답했다.

"하지만 신이 우리가 무엇을 필요로 하는지 다 알고 있는데 기도가 무슨 소용이 있는 겁니까?" 약사가 반박했다.

"뭐요? 기도가 소용없다니! 당신은 그리스도인이 아닙니까?"

"죄송합니다! 그리스도교를 존경하지요. 첫째로 그리스도교는 노예를 해방했고 세상에 도덕을 하나 만들어놓았는데……."

"그게 문제가 아니에요! 성서 어디에나……."

"아, 아, 성서 얘기라면 역사책을 펼쳐보시죠. 예수회가 날조했다는 건 다 아는 일입니다."

샤를이 들어와 침대로 다가가더니 천천히 커튼을 열었다.

엠마는 오른쪽 어깨로 머리를 기울이고 있었다. 한쪽 입가가 벌어져 있어 마치 얼굴 아래쪽에 검은 구멍이 난 것 같았다. 양손 엄지손가락은 손안에 접혀 있었다. 흰 먼지 같은 것이 속눈썹 군데군데 붙어 있고, 거미가 줄을 친 것처럼 희고 끈적한 얇은 그물 같은 것 속으로 두 눈이 사라져가기 시작했다. 시트는 가슴에서 무릎까지 푹 파였다가 발가락 끝에서 솟아 있었다. 그리고 샤를에게는 한없이 커다란 덩어리가 어마어마한 무게로 그녀를 내리누르고 있는 것 같았다.

성당의 종이 두 시를 울렸다. 테라스 아래 어둠 속에서 시냇물 흐르는 소리가 크게 들려왔다. 부르니지앵이 때로 가끔 요란스럽게 코를 풀었고 오메는 종이에 펜이 쓸리는 소리를 냈다.

"자, 선생님, 이제 그만 가서 쉬세요. 보고 계시면 더 괴로우실 겁니다." 오메가 말했다.

샤를이 방을 나가자 약사와 신부는 다시 토론을 시작했다.

"볼테르를 읽으세요! 올바크도 읽고 『백과전서』도 좀 읽으세요." 한쪽 사람이 말했다.

"『포르투갈 유대인들의 편지』를 읽어봐요. 전 사법관 니콜라가 쓴 『그리스도교의 근거』도 읽어보고요." 다른 쪽 사람이 말했다.

두 사람은 열이 올라 얼굴이 빨개졌고 서로 상대편 말은 듣지도 않고 동시에 떠들어댔다. 부르니지앵은 어떻게 감히 그런 말을 하느냐며 펄펄 뛰었고 오메는 어떻게 그런 바보 같은 소리를 하느냐며 기막혀했다. 이렇게 그들이 서로 욕설을 퍼붓기 직전의 순간에 갑자기 샤를이 다시 나타났다. 무언가에 홀린 모습이었다. 그는 계속해서 계단을 오르내리고 있었다.

그는 엠마의 얼굴을 더 잘 보기 위해 정면으로 마주 서서 넋을 잃고 바라보았는데 이제는 그 눈길이 너무나도 깊어서 더 이상 고통스러워 보이지도 않았다.

그는 가사 상태, 자성磁性의 기적을 떠올렸다. 있는 힘을 다하여 극도로 원하면 그녀를 다시 살릴 수 있을지도 모른다고 생각했다. 심지어 한번은 그녀 위로 몸을 숙이고 아주 조그맣게 "엠마! 엠마!"라고 외쳐 부르기까지 했다. 숨을 너무 세게 내쉬어서 촛대의 불이 벽에 닿아 흔들리기까지 했다.

새벽에 어머니 보바리가 왔다. 샤를은 어머니를 안으며 다시 울음을 터뜨렸다. 그녀는 약사가 그랬던 것처럼 장례 비용에 대해 몇 마디 지적을 하려 했다. 하지만 샤를이 너무나 벌컥 화를 내는 바람에 입을 다물고 말았고, 심지어 바로 시내에 나가서 필요한 물건을 사오라는 지시까지 받았다.

샤를은 오후 내내 혼자 있었다. 베르트는 오메 부인에게 맡겨놓았고 펠리시테가 르프랑수아 아주머니와 이층의 방에 남아 있었다.

저녁이 되자 그는 문상객을 받았다. 자리에서 일어나 아무 말 없이 악수만 했고, 그러고는 벽난로 앞에 크게 반원으로 둘러앉은 사람들 곁에 가서 앉았다. 다들 고개를 숙인 채 다리를 꼬고 앉아서 가끔 큰 한숨을 내쉬며 다리를 건들거렸다. 모두가 엄청나게 지루했는데, 어디 누가 가지 않고 버티나 보자 내기라도 하는 형국이었다.

아홉 시가 되어 오메는(이틀 전부터 광장에는 이 사람밖에 보이지 않았다) 장뇌, 안식향, 여러 종류의 아로마 허브, 이런 것들을 잔뜩 들고 왔다. 악취를 막기 위해 염소를 한 병 가득 가져오기도 했다. 그때 하녀와 르프랑수아 부인과 어머니 보바리가 엠마 주위를 오가며 옷을 거의 다 입혀가고 있었다. 그리고 뻣뻣한 긴 베일을 내려 그녀의 공단 구두까지 덮어주었다.

펠리시테가 흐느껴 울었다.

"아이고, 가엾은 마님! 가엾은 마님!"

"좀 봐요. 아직도 얼마나 예뻐요. 금세 깨어날 것만 같잖아요!"

그러고 나서 그녀들은 화관을 씌우기 위해 몸을 숙였다.

머리를 조금 들어 올려야 했는데, 그러자 구토를 하듯 입에서 울컥 검은 액체가 흘러나왔다.

"아이고, 세상에! 드레스 조심." 르프랑수아 부인이 소리쳤다. "여기 좀 도와주세요!" 그녀가 약사에게 말했다. "혹시 무서워요?"

"내가? 무섭냐고요?" 그는 어깨를 으쓱하며 대꾸했다. "아니, 나 참! 약학 공부할 때 오텔디외 자선병원에서 그런 거 수도 없이 봤다고요. 해부학 강의실에서 펀치를 만들어 먹기도 한걸요. 냉철한 합리주의자는 죽음을 두려워하지 않는답니다. 그리고 또 여러 차례 말했듯이 나는 나중에 과학을 위해 쓰이도록 내 시신을 병원에 기증할 생각이라고요."

신부가 방으로 들어서며 보바리의 상태가 어떠냐고 물었다. 그리고 약사의 대답을 듣고는 다시 말했다.

"타격을 입고 아직 얼마 지나지 않았으니 그렇겠지요."

그러자 오메는 신부에게 다른 사람들처럼 소중한 배우자를 잃을 염려가 없으니 좋겠다고 했다. 그렇게 해서 성직자들의 독신 생활에 대한 토론이 이어졌다.

"남자가 여자 없이 산다는 것은 자연스럽지 않으니까 말이지요." 약사가 말했다. "범죄도 일어나고……."

"아니, 이 바보 같은 양반아!" 신부가 소리쳤다. "결혼 생활에 붙들려 있는 사람이 어떻게 고해의 비밀 같은 것을 지킬 수가 있겠소?"

오메는 고해를 공격하기 시작했다. 부르니지앵은 고해로 인해 잘못을 바로잡은 예를 늘어놓으며 고해를 옹호했다. 그는 진실한 사람이 된 도둑들의 여러 일화를 느닷없이 예로 들었다. 고해실로 들어가며 눈에서 비늘이 떨어지는 것을 느꼈다는 군인들도 있다고 했다. 또 프리부르의 장관 하나는…….

오메는 잠이 들어 있었다. 잠시 후 신부가 너무 무거운 방 공기에 숨이 조금 답답해져서 창문을 열었고, 그 소리가 약사를 깨웠다.

"자, 여기 코담배예요." 신부가 말했다. "받으세요. 잠을 쫓아줄 겁니다."

멀리 어디에선가 끊임없이 개 짖는 소리가 길게 이어졌다.

"개 짖는 소리 들리세요?" 약사가 말했다.

"개들이 죽은 사람 냄새를 맡는다고 하잖아요." 신부가 대답했다. "꿀벌처럼요. 사람이 죽으면 벌들이 벌통에서 날아가버립니다."

오메는 이런 편견의 잘못을 지적하지 않았다. 다시 잠이 들어버렸기 때문이다.

부르니지앵 씨는 그보다 더 튼튼했기 때문에 한동안 아주 낮게 입술을 달싹이며 기도를 하고 있었다. 그러다가 자기도 모르게 턱이 내려가고, 두꺼운 검은 책을 떨어뜨리고, 코를 골기 시작했다.

그들은 배를 쑥 내밀고 퉁퉁 부은 얼굴에 뚱한 표정으로 마주 앉아 있었는데, 그렇게 티격태격한 끝에 마침내 똑같은 인간적 약점 속에서 하나가 된 것이었다. 그리고 잠들어 있는 것처럼 보이는 그들 곁의 시신과 마찬가지로 더 이상 움직이지 않았다.

샤를이 들어와도 그들은 잠에서 깨지 않았다. 그것이 마지막이었다. 그는 엠마에게 마지막 작별 인사를 하러 온 것이었다.

아로마 허브들이 아직 타오르고 있었고, 푸르스름한 연기의 소용돌이가 창가에 들어오는 안개와 섞였다. 별이 몇 개 떠 있는 포근한 밤이었다.

침대 시트 위로 촛농이 굵은 눈물이 되어 흘러내렸다. 샤를은 촛대에서 퍼지는 노란 불빛에 눈이 피로해지도록 초가 타는 것을 쳐다보고 있었다.

달빛처럼 하얀 공단 드레스에 빛이 어른거리며 떨렸다. 엠마는 그 아래로 사라져버렸다. 샤를에게 그녀는 그녀의 몸 밖으로 퍼져 사물들 주위로, 침묵 속으로, 밤 속으로, 지나가는 바람 속으로, 습하게 피어오르는 향내 속으로 형체 없이 사라져가는 것 같았다.

그러다가 갑자기 토트의 정원 가시나무 울타리 옆 벤치에 있는 그녀, 또는 루앙의 거리, 집 문턱, 베르토의 마당에 있는 그녀가 보였다. 사과나무 아래에서 춤추던 소년들의 즐거운 웃음소리가 지금도 들렸다. 침실은 그녀의 머리카락 향기가 가득했고 그의 품속에서 그녀의 드레스가 불티처럼 타닥타닥 소리를 냈다. 바로 저 드레스, 같은 드레스였다.

그는 이제는 사라져버린 지극히 행복했던 모든 순간들, 그녀의 자태, 몸짓, 음색을 그렇게 한참 동안 머릿속에 떠올려보았다. 하나의 절망 다음에 다른 절망이 찾아왔고, 넘실대는 밀물처럼 계속 그렇게 끊임없이 이어졌다.

무서우면서도 호기심에 못 이겨 그는 가슴을 두근거리며 손가락으로 천천히 베일을 들어보았다. 하지만 그는 공포로 소리를 내질러 다른 사람들을 깨웠다. 그들은 그를 아래층 거실로 데려갔다.

얼마 후 펠리시테가 와서 샤를이 엠마의 머리카락을 원한다고 했다.

"잘라 가요." 약사가 대꾸했다.

그런데 하녀가 엄두를 못 내자 약사가 직접 가위를 손에 들고 다가섰다. 그는 너무 떨려서 관자놀이 몇 군데를 찌르고 말았다. 무서운 것을 겨우 버티며 마침내 오메가 두세 번 되는 대로 크게 잘라냈는데, 그 바람에 아름다운 검은 머리채에 흰 자국이 남아버렸다.

약사와 신부는 다시 자기네 일에 몰두했는데, 간간이 잠에 빠지지 않은 것은 아니었고, 깰 때마다 상대방보고 잠만 잔다고 비난을 해댔다. 그럴 때 부르니지앵 씨는 방에 성수를 뿌렸고 오메는 바닥에 염소를 조금 뿌렸다.

펠리시테가 세심하게 그들을 위해 브랜디 한 병과 치즈, 커다란 브리오슈를 서랍장 위에 올려놓아 두었었다. 그래서 새벽 네 시쯤 더는 참지 못하게 된 약사가 한숨을 쉬며 말했다.

"정말, 이제는 영양 섭취를 좀 해야겠네요."

신부도 전혀 사양하지 않았다. 그는 미사를 드리기 위해 나갔다가 다시 돌아왔다. 그러고 나서 그들은 슬픈 일을 치르고 난 다음 찾아오는 뭔가 알 수 없는 기쁨에 마음이 들뜬 채, 이유도 모르고 괜히 조금 낄낄거리면서 먹고 마셨다. 마지막 술잔을 들고서 신부가 약사의 어깨를 두드리며 말했다.

"우리는 결국 서로 잘 통하게 될 거예요!"

그들은 아래층 현관에서 지금 막 도착하는 일꾼들과 마주쳤다. 그때부터 두 시간 동안 샤를은 널빤지에 울리는 망치 소리를 듣는 극심한 고통을 겪어야 했다. 그다음 그녀를 참나무 관에 넣고 다시 다른 두 개의 관에 넣었다. 그런데 관이 너무 커서 매트리스의 양털로 관들 사이 빈틈을 메워야 했다. 마침내 세 개의 관 뚜껑을 깎아 맞춰 못을 박고 용접한 다음 문 앞에 내놓았다. 대문을 활짝 열자 용빌 사람들이 몰려들기 시작했다.

아버지 루오 씨가 도착했다. 그는 광장에서 관을 덮은 검은 천을 보고는 기절해버리고 말았다.

# 10

루오 씨는 사건이 일어나고 서른여섯 시간 후에야 약사의 편지를 받았다. 그리고 오메는 루오 씨가 너무 충격을 받지 않도록 신경을 쓴 나머지 무슨 말인지 도통 알아들을 수가 없는 식으로 편지를 썼다.

그 양반은 처음에 뇌출혈이라도 일으킨 것처럼 쓰러져버렸다. 그다음에는 딸이 죽은 것은 아니라고 이해했다. 하지만 그럴지도 몰랐다…… 결국 그는 작업복을 입고 모자를 쓰고 구두에 박차를 매고 전속력으로 말을 몰았다. 길을 가는 내내 루오 씨는 숨을 헐떡이며 불안에 시달렸다. 한번은 말에서 내려야 할 정도였다. 눈도 안 보이고 사방에서 목소리가 들려 머리가 돌아버리는 것 같았다.

날이 밝았다. 나무에서 검은색 암탉 세 마리가 잠들어 있는 모습이 눈에 들어왔다. 그는 이 흉조를 보고 겁에 질려 몸을 떨었다. 그래서 그는 성당에 사제복 세 벌을 바치겠노라 성모님께 약속하고, 베르토 공동묘지에서 바송빌 소성당까지 맨발로 걸어가겠노라 다짐했다.

그는 여관 사람들을 큰 소리로 부르며 마롬으로 들어섰고, 어깨로 문을 밀고 들어가 귀리 한 자루를 얼른 집어 먹이통에 달콤한 사과주 한 병과 함께 부어주고는 다시 말에 올라타 발굽에 불이 나게 달려갔다.

사람들이 엠마를 살려낼 거라고 그는 속으로 말했다. 의사들이 틀림없이 치료 약을 찾아낼 것이었다. 사람들이 말해주었던 모든 기적적인 치유를 떠올렸다.

그러다가 엠마가 죽은 모습으로 나타났다. 그의 앞에, 길 한가운데 반듯이 누워 있었다. 고삐를 잡아당기자 환영이 사라졌다.

캥캉푸아에서 그는 힘을 내려고 커피 세 잔을 연거푸 마셨다.

편지를 쓰면서 이름을 잘못 적었을지 모른다는 생각도 해보았다. 주머니에서 편지를 찾으니 손에 잡혔지만 꺼내볼 엄두가 나지 않았다.

그러다가 그는 이것이 어쩌면 누군가의 장난이나 복수, 취기에 떠올린 공상인지도 모른다고 추측하기에 이르렀다. 게다가 만약 엠마가 죽었다면 그걸 알지 않겠나? 절대 아니다! 들판은 전혀 이상한 데가 없었다. 하늘은 파랗고 나무들은 살랑거리고 양떼가 지나갔다. 마을이 눈에 들어왔다. 사람들은 그가 말에 바싹 엎드려 있는 힘껏 채찍을 내리치며 달리는 모습을 보았다. 말의 가죽띠에서 피가 맺혀 흐르고 있었다.

다시 정신을 차렸을 때 루오 씨는 눈물을 흘리며 보바리의 품에 쓰러졌다.

"내 딸! 엠마! 내 자식! 어떻게 된 건가?……"

그러자 샤를도 흐느끼며 대답했다.

"저도 모르겠습니다. 비극이에요."

약사가 두 사람을 떼어놓았다.

"끔찍한 이야기를 자세히 해봐야 쓸데없는 일이에요. 제가 나중에 알려드리지요. 사람들이 오고 있습니다. 아 이런, 품위를 좀 지키세요. 좀 냉철하게!"

샤를은 강인하게 보이려 했고 몇 번이나 반복했다.

"그래요…… 힘을 내야지!"

"그래, 나도 힘을 내야지. 기필코. 내 딸을 끝까지 잘 보내줘야지."

종이 울렸다. 모든 준비가 다 되었다. 이제 출발해야 했다.

성가대석에 나란히 앉은 두 사람은 성가대원 두세 명이 나직하게 성가를 부르며 계속 앞에서 왔다 갔다 하는 것을 보았다. 뱀 모양 나팔을 부는 사람이 있는 힘껏 악기를 불었다. 부르니지앵 씨는 예복을 장중하게 갖춰 입고 높은 소리로 노래하면서 감실을 향해 절하고 두 팔을 펼쳐 손을 들어 올리곤 했다. 레스티부두아는 고래뼈 막대기를 들고 성당을 돌아다녔다. 보면대 옆에, 네 줄의 촛불 가운데 관이 놓여 있었다. 샤를은 일어나서 그 촛불들을 끄고 싶었다.

그렇지만 그는 자기 안에서 신앙심을 일으켜 그녀를 다시 만날 내세의 희망 속에 빠져보려 애썼다. 그녀가 아주 멀리, 오래전부터 여행을 떠나 있는 거라고 상상해보았다. 하지만 그녀가 저 아래 있다는 생각, 모든 것이 다 끝났다는 생각, 이제 그녀를 땅속에 묻을 거라는 생각을 하면 그는 캄캄하고 절망적인, 맹렬한 분노에 사로잡혔다. 그러다가 어떤 때는 더 이상 아무 느낌도 없는 것 같기도 했다. 그러면 그는 고통이 누그러지는 그 느낌을 누리면서 동시에 자신이 이렇게 한심한 것을 자책했다.

쇠지팡이의 메마른 소리 같은 것이, 규칙적으로 타일 바닥을 두드리는 소리가 들려왔다. 성당 안쪽에서 들리던 이 소리는 옆 통로에서 딱 멈추었다. 두꺼운 갈색 상의를 입은 남자가 힘겹게 무릎을 꿇었다. 이폴리트, *리옹도르*의 하인이었다. 새 의족을 달고 있었다.

성가대원 한 사람이 봉헌금을 걷기 위해 성당 중앙 홀을 한 바퀴 돌았고 큰 동전들이 은접시에 소리를 내며 떨어졌다.

"빨리 좀 서둘러요! 괴롭다고요." 보바리는 화가 난 상태로 오 프랑짜리 은화를 던져주면서 말했다.

그 성당 사람은 긴 인사로 그에게 감사를 표했다.

사람들은 성가를 부르고, 무릎을 꿇고, 자리에서 일어나고, 끝도 없이 계속이었다. 그는 언젠가 신혼 시절 둘이 같이 미사에 참석해서 지금과 맞은편, 오른쪽 벽 옆에 나란히 앉아 있었던 것을 떠올렸다. 종이 다시 울리기 시작했다.

의자들이 한꺼번에 움직이는 소리가 났다. 관을 드는 사람들이 막대기 세 개를 관 밑으로 넣었고 사람들은 성당 밖으로 나왔다.

쥐스탱이 그때 약국 문간에 나타났다. 그러고는 갑자기 하얗게 질려서 비틀거리며 안으로 들어갔다.

사람들은 장례 행렬을 보려고 창가에 나와 있었다. 샤를은 맨 앞에서 몸을 꼿꼿이 뒤로 젖히고 걸었다. 그는 의연한 태도를 보이며, 골목이나 문에서 나와 무리 속에 자리 잡는 사람들에게 몸짓으로 인사를 했다.

한쪽에 세 사람씩 여섯 사람이 조금 헐떡이면서 작은 보폭으로 걸어 나갔다. 사제들, 성가대원들, 복사 두 명이 애도의 기도 *De profundis*를 낭송하고 있었다. 그들의 목소리는 높아졌다 낮아졌다 물결치며 들판 위로 나아갔다. 가끔 오솔길 모퉁이에서 그들의 모습이 사라졌지만 커다란 은 십자가는 언제나 나무들 사이로 솟아 있었다.

여자들은 후드를 뒤로 젖힌 검은색 망토를 입고 뒤를 따르며 손에는 커다란 촛불을 하나씩 들고 있었다. 그래서 샤를은 양초와 수단의 메마른 냄새 속에서 끊임없이 반복되는 기도와 촛불들 때문에 정신이 흐릿해지는 느낌이었다. 서늘한 바람이 불어왔고 보리와 유채가 푸르러지고 있었으며 길가의 가시나무 울타리에 작은 이슬방울들이 맺혀 흔들리고 있었다. 온갖 종류의 즐거운 소리들이 지평선에 가득했다. 저 멀리 수레바퀴 자국 위를 따라 구르는 짐수레 소리, 계속 울어대는 수탉 소리, 사과나무 아래로 도망치는 망아지의 발소리. 맑은 하늘에 분홍빛 구름들이 떠 있었다. 푸르스름한 연기의 소용돌이가 붓꽃으로 덮인 초가지붕에 내려앉았다. 지나치면서 보이는 마당들을 샤를은 다 알아보았다. 오늘 같은 아침, 환자를 보고 나와 그녀에게 돌아가던 날들이 떠올랐다.

하얀 촛농의 눈물 자국이 점점이 박힌 검은 천이 이따금 바람에 날려 관을 드러냈다. 관을 든 일꾼들이 지쳐서 걸음이 느려졌고, 관은 파도에 부딪힐 때마다 흔들리는 작은 배처럼 계속 불규칙하게 흔들리며 앞으로 나아갔다.

도착했다.

남자들은 아래쪽, 구덩이를 파놓은 잔디밭이 있는 곳까지 계속 갔다.

모두 빙 둘러섰다. 그리고 신부가 무어라 말을 하는 동안, 가장자리에 쌓여 있던 붉은 흙이 소리 없이 계속 안으로 흘러내렸다.

그다음 밧줄 네 가닥이 놓이고 그 위에 관이 놓였다. 샤를은 관이 내려가는 것을 바라보았다. 관은 끝없이 내려갔다.

마침내 쿵 하는 소리가 들렸다. 밧줄이 쓸리는 소리를 내며 다시 올라왔다. 그러자 부르니지앵은 레스티부두아가 건네는 삽을 받았다. 오른손으로 여전히 성수를 뿌리면서 왼손으로 힘차게 크게 한 삽을 떴다. 나무관에 자갈이 부딪히며 무시무시한 소리, 영원의 울림 같은 소리가 났다.

신부는 성수채를 옆 사람에게 넘겼다. 오메 씨였다. 오메는 그것을 엄숙하게 흔들고 나서 샤를에게 넘겼다. 샤를은 무릎이 흙에 파묻히도록 풀썩 주저앉아 "잘 가!"라고 외치며 두 손 가득 흙을 담아 던졌다. 그는 그녀에게 키스를 보내고는 그녀와 함께 묻히겠다며 구덩이로 기어들어 가려 했다.

사람들이 그를 끌어냈다. 그리고 어쩌면 다른 사람들과 마찬가지로 일을 모두 마무리했다는 막연한 만족감을 느꼈던 것인지 얼마 지나지 않아 그는 진정이 되었다.

루오 씨도 돌아가는 길에는 평온하게 파이프를 피우기 시작했다. 그걸 보고 오메는 속으로 적절하지 못한 행동이라고 생각했다. 그는 또한 비네가 모습을 보이지 않은 것, 튀바슈가 미사 후에 어디로 '새버린 것', 공증인 집 하인 테오도르가 파란색 옷을 입고 온 것을 지적하고 무어라 했다. 테오도르에 대해 "아니, 검은색 옷 하나 찾아 입지 못한단 말이야, 다들 그렇게 하는 건데!"라는 것이었다. 그리고 그의 의견을 전하기 위해 이 사람 저 사람 사이를 오갔다. 사람들은 엠마의 죽음을 애통해했는데, 특히 빠지지 않고 장례식에 온 뢰뢰가 그랬다.

"가여운 부인! 부군께서 얼마나 고통스러우시겠어요!"

약사가 말을 받았다.

"아이고, 내가 없었으면 그 양반도 끔찍한 일을 저지를 뻔했지요."

"그렇게 좋은 분이! 지난 토요일에도 저희 가게에 오셨었다니까요!"

"저는 그분의 무덤에 바칠 몇 마디 말조차 준비할 틈이 없었답니다." 약사가 말했다.

집으로 돌아오자 샤를은 옷을 벗었고 루오 씨도 푸른색 작업복을 다시 입었다. 새 작업복이었는데 오는 길에 여러 차례 소매로 눈물을 닦는 바람에 얼굴에 색이 묻어나 천의 색이 바래 있었다. 그리고 먼지가 앉아 더러워진 부분에 눈물 자국 몇 줄이 나 있었다.

어머니 보바리 부인이 그들과 함께 있었다. 세 사람은 모두 아무 말도 하지 않았다. 마침내 루오 씨가 한숨을 내쉬며 말했다.

"자네가 첫 번째 아내를 잃은 직후 어느 날 내가 토트에 갔던 거 기억하나? 그때 내가 자네를 위로해주었지. 그때는 해줄 말이 있었어. 하지만 지금은……."

그러고는 가슴을 북받치게 하는 긴 신음을 내뱉으며 말했다.

"이제 나도 끝이야. 알겠나! 아내를 떠나보내고…… 그다음엔 아들을…… 그리고 오늘은 딸을!"

루오 씨는 이 집에서는 잠을 못 잘 것 같다면서 바로 베르토로 돌아가려 했다. 그는 손녀를 보는 것조차 거부했다.

"아니, 아니! 너무 괴로울 것 같아. 그냥 나 대신 그 아이에게 키스를 해주게. 잘 있어…… 자네는 좋은 사람이야. 그리고 내가 이건 절대 잊지 않을 거야." 그는 자기 다리를 툭 치면서 말했다. "걱정 마. 칠면조는 계속 보내줄 테니."

하지만 언덕 꼭대기에 이르자 그는 예전에 딸과 헤어지며 생빅토르 길에서 그랬던 것처럼 뒤를 돌아보았다. 마을의 창들이 초원에 지는 저녁 해의 비스듬한 빛을 받아 온통 불이 붙은 것처럼 보였다. 그는 손으로 눈을 가렸다. 지평선 저쪽에 담으로 둘러싸인 곳, 담 안 여기저기 하얀 비석들 가운데 나무들이 검은 덤불숲을 이루고 있는 곳이 보였다. 잠시 후 그는 다시 길에 올랐다. 조랑말이 다리를 저는 바람에 느릿느릿 길을 갔다.

샤를과 어머니는 그날 밤 지쳐 있었지만 아주 오랫동안 이야기를 나누었다. 그들은 예전 일들과 앞으로의 일을 이야기했다. 그녀는 용빌에 와서 살림을 해주겠다며 이제 떨어지지 말고 같이 살자고 했다. 오래전에 자신을 벗어났던 아들의 정을 다시 찾게 된 것에 내심 기뻐하면서 그녀는 다정하고도 약삭빠르게 굴었다. 자정이 울렸다. 마을은 평소처럼 고요했고 샤를은 잠들지 못하고 여전히 엠마를 생각했다.

로돌프는 기분전환을 위해 종일 숲속을 돌아다닌 뒤 자기 성에서 평온하게 자고 있었고 레옹도 저기 멀리에서 잠들어 있었다.

이 시간에 잠들지 못하고 있는 사람이 하나 더 있었다.

전나무 숲속 무덤 앞에서 한 아이가 무릎을 꿇고 울고 있었고, 어둠 속에서 그는 달빛보다 더 부드럽고 밤보다 더 깊이를 알 수 없는 엄청난 후회에 짓눌린 채 흐느낌으로 가슴이 다 부서질 듯 헐떡이고 있었다. 갑자기 철책이 삐걱 소리를 냈다. 레스티부두아였다. 아까 잊어버리고 두고 간 삽을 찾으러 온 것이었다. 담을 넘어 도망가는 쥐스탱을 알아본 그는 이제야 자기 감자를 훔쳐 가는 도둑이 누군지 알게 되었다고 생각했다.

# 11

다음 날 샤를은 아이를 데려오게 했다. 아이가 엄마를 찾았다. 엄마는 잠깐 어디 갔는데 장난감을 사올 거라고 아이에게 이야기해주었다. 베르트는 자꾸 그 이야기를 다시 했지만 나중에는 잊어버리고 말았다. 아이가 즐겁게 노는 모습을 보자 샤를은 가슴이 찢어지는 것 같았고, 약사가 늘어놓는 참기 어려운 위로의 말을 견뎌야 했다.

뢰뢰 씨가 자기 친구 뱅사르를 부추겨서 곧 돈 문제가 다시 시작되었고 샤를은 엄청난 부채를 떠안게 되었다. *그녀의* 것이었던 가구는 아무리 작은 것이라도 절대 팔려 들지 않았기 때문이다. 그래서 그의 어머니는 엄청 화를 냈고 그는 어머니보다 더 화를 냈다. 그는 완전히 다른 사람이 되어 있었다. 어머니는 집을 떠나버렸다.

그러자 사람들마다 그를 *이용해먹기* 시작했다. 랑프뢰르 양은 레슨비 육개월 치를 요구했다. 엠마가 레슨을 받은 적은 한 번도 없었는데(지불 영수증을 보바리에게 보여준 적은 있지만) 받은 것으로 하기로 두 여자 간에 합의가 되어 있었다. 도서 대여점 주인은 구독료 삼 년 치를 청구했다. 롤레 아주머니는 편지 이십여 통을 옮긴 비용을 달라고 했다. 샤를이 그게 무슨 말이냐고 묻자 그녀는 사려 깊게도 이렇게 답했다.

"아, 저야 아무것도 모르죠. 마님 일이었는데요."

빚을 갚을 때마다 샤를은 이것이 끝이라고 생각했다. 하지만 계속 다른 것이 나타났다.

밀린 진료비를 받으려고 했더니 사람들은 엠마가 전에 보냈던 편지들을 보여주었다. 그러니 오히려 사과를 해야만 했다.

이제 펠리시테가 마님의 옷을 입었다. 샤를이 몇 벌을 따로 간직하고 있었기 때문에 전부 다는 아니었다. 샤를은 그 옷들을 보러 엠마의 옷방에 가서 한참씩 틀어박혀 있곤 했다. 펠리시테는 엠마와 거의 체형이 같아 샤를은 뒤에서 그녀를 보고 착각에 사로잡혀서는 이렇게 외치곤 했다.

"아, 거기 있어봐. 그대로 있어봐."

그러나 펠리시테는 테오도르가 하자는 대로 옷방에 남아 있던 것을 전부 들고 성령강림절에 용빌을 떠났다.

미망인 뒤퓌 부인이 샤를에게 〈이브토의 공증인 레옹 뒤퓌 씨와 봉드빌의 레오카디 르뵈프 양의 결혼〉 소식을 전해온 것은 이 무렵이었다. 샤를은 그녀에게 이런저런 축하 인사를 전하며 이런 문장을 적었다.

〈제 아내도 무척 기뻐했을 것입니다.〉

샤를이 하릴없이 집 안을 이리저리 돌아다니다가 다락방까지 올라가게 되었던 어느 날, 얇은 종이들을 둥글게 말아놓은 뭉치 하나가 슬리퍼에 차였다. 펼쳐서 읽어보았다. 〈힘을 내요, 엠마! 힘을 내요! 나는 당신의 삶을 불행하게 만들고 싶지 않아요.〉 로돌프의 편지였다. 바닥에 떨어져 상자들 사이에 있다가 창으로 들어온 바람에 문 쪽으로 쓸려온 것이었다. 샤를은 예전에 엠마가 지금의 그보다 더 하얗게 질린 얼굴로 절망에 빠져 죽으려 했던 바로 그 자리에, 꼼짝도 하지 못하고 입을 벌린 채 그대로 서 있었다. 마침내 그는 두 번째 장 아래 R이라고 작게 쓰인 글자를 발견했다. 누구일까? 로돌프가 열심히 찾아오던 것, 갑자기 사라져버렸던 것, 그 이후로 두세 번 마주쳤을 때 거북해하던 모습 등이 떠올랐다. 하지만 편지의 어조가 정중해서 그는 잘못 생각하고 말았다.

'아마 두 사람이 플라토닉한 사랑을 했겠지.' 그가 속으로 말했다.

게다가 샤를은 무언가를 맨 밑바닥까지 파고드는 유형의 사람이 아니었다. 그는 증거 앞에서도 뒷걸음질쳤고, 확실하지도 않은 일에 대한 질투는 크나큰 슬픔 속에 흩어져버리고 말았다.

그녀는 흠모의 대상이었을 거라고 샤를은 생각했다. 모든 남자들이 틀림없이 그녀를 탐했을 것이었다. 그러자 그녀가 더 아름다워 보였다. 그녀를 향한 욕망이 끊임없이 불타올랐고, 그래서 그의 절망은 불이 붙어 타들어갔으며, 실현될 수 없는 욕망이기에 한계가 없었다.

그녀에게 잘보이기 위해, 그녀가 살아 있는 것처럼, 그는 무언가를 할 때 그녀의 생각과 그녀가 좋아하는 것들을 택했다. 에나멜 부츠를 사고 흰 넥타이를 맸다. 콧수염에 화장품을 바르고 그녀처럼 약속어음에 서명을 했다. 무덤 저편에서 그녀가 그를 망가뜨리고 있었다.

그는 은식기를 하나하나 팔아야 하게 되었고, 다음에는 거실의 가구를 팔았다. 모든 방이 다 비어갔다. 하지만 침실, 그녀의 침실은 예전 그대로였다. 저녁을 먹고 나면 샤를은 그 방으로 올라갔다. 벽난로 앞에 둥근 탁자를 끌어다 놓고 *그녀*의 안락의자를 곁에 가져다 놓았다. 그리고 그 앞에 마주 앉았다. 금빛으로 도금한 촛대들 중 하나에서 촛불이 타고 있었다. 베르트가 그의 곁에서 그림에 색을 칠하고 있었다.

그는, 이 가엾은 사람은, 옷차림이 너무나 엉망인 아이의 모습을 보며 가슴이 아팠다. 끈이 사라진 신발에 블라우스 소매는 허리까지 뜯어져 있었다. 집안일을 봐주는 하녀가 전혀 신경을 안 쓰기 때문이었다. 하지만 아이는 너무도 사랑스럽고 귀여운 데다, 아이가 탐스러운 금발 머리를 장밋빛 뺨 위로 늘어뜨리고 조그만 머리를 너무도 어여쁘게 옆으로 기울이는 모습을 보일 때면 그의 마음에 한없는 기쁨이 몰려왔다. 송진 맛이 나는 망친 포도주처럼 씁쓸함이 한데 뒤섞인 기쁨이었다. 그는 아이의 장난감들을 고쳐주고 마분지로 종이 인형을 만들어주거나 뜯어진 인형의 배를 꿰매주었다. 그러다가 반짇고리나 굴러다니는 리본, 탁자 틈새에 낀 바늘 같은 것을 보면 그는 멍하니 생각에 빠져들어갔고, 그 모습이 너무나 슬퍼 보여서 아이도 그와 마찬가지로 슬퍼지는 것이었다.

이제 아무도 그들을 찾아오지 않았다. 쥐스탱은 루앙으로 도망쳐서 식료품점 점원이 되었고 약사의 아이들도 점점 베르트와 멀어졌다. 오메 씨는 이제 서로 사회적 지위가 달라졌으므로 그들과 친분을 이어갈 의향이 없어진 것이었다.

오메의 연고로 효과를 보지 못한 눈먼 거지는 기욤 숲으로 돌아가 약사의 치료 시도가 전혀 소용이 없었다고 지나가는 이들에게 떠벌여댔고, 그 바람에 오메는 시내에 나갈 때마다 그를 피하기 위해 *이롱델*의 커튼 뒤로 몸을 숨겼다. 그는 그 눈먼 거지가 지긋지긋하게 싫었다. 그래서 자신의 평판을 지키기 위해 무슨 수를 써서라도 그 거지를 없애버리려고 은밀한 작전을 세웠는데, 그것을 보면 그가 얼마나 꾀가 뛰어나고 오만하며 악랄한지가 드러났다. 사람들은 여섯 달 연속으로《루앙의 등불》에서 다음과 같이 작성된 짧은 기사를 읽었다.

〈풍요로운 피카르디 지방으로 가는 사람들은 모두 기욤 숲 언덕에서 끔찍한 안면 상처를 지닌 부랑자 하나를 보게 될 것이다. 이 인물은 여러분을 귀찮게 하고 괴롭히며 진짜 통행세를 뜯어낸다. 우리가 아직도 저 떠돌이 부랑자들이 십자군 원정에서 가져온 나병과 연주창을 만천하에 드러내놓는 것이 허용되었던 끔찍한 중세시대에 살고 있다는 말인가?〉

이런 기사도 있었다.

〈부랑을 금지하는 모든 법규에도 불구하고 빈민 무리들이 여전히 우리 대

도시 주변을 더럽히고 있다. 따로 떨어져서 혼자 배회하는 이들도 있지만 이들도 위험하기는 마찬가지이다. 우리 시의 담당자들은 무슨 생각을 하고 있는가?〉

그다음에 오메는 여러 일화들을 만들어냈다.

〈어제 기욤 숲 언덕에서 까다로운 말 하나가……〉 그리고 그 눈먼 거지가 나타나서 일어난 사고에 대한 이야기가 이어졌다.

오메가 일을 아주 잘 진행해나가서 눈먼 거지는 결국 구속되었다. 하지만 다시 석방되었다. 거지는 다시 시작했고 오메도 다시 시작했다. 그것은 전쟁이었다. 오메가 승리했다. 그의 적이 빈민구제 시설에 영구 구금 선고를 받은 것이었다.

이 성공으로 그는 더 대담해졌다. 그때부터 이 지역에서는 길에 깔려 죽은 개, 불이 난 헛간, 매 맞은 여자, 이런 소식 하나도 그가 나서서 대중에게 알리지 않는 것이 없었다. 늘 한결같이 진보에 대한 사랑과 사제들에 대한 증오가 그를 인도한 것이었다. 그는 공립학교와 무지한 형제들*을 비교하면서 후자를 가차없이 공격했고, 성당에 주어진 백 프랑의 보조금에 대해 성 바르톨로메오 축일의 대학살을 상기시키며 폐습을 고발했으며, 독설을 퍼부어댔다. 그것이 그의 의견이었다. 오메는 뭔가를 뒤흔들고 있었고 위험해지고 있었다.

하지만 그는 신문이라는 좁은 테두리 안에서 갑갑해졌고 곧 책, 저서의 필요성을 느꼈다. 그래서 『용빌 지역의 일반 통계와 그에 이은 기후학적 고찰』을 저술했고, 통계학은 그를 철학으로 이끌었다. 그는 사회 문제, 빈민 계급의 선도, 양식어업, 고무, 철도 등 큰 문제들에 몰두했다. 그러다가 자신이 부르주아라는 것이 부끄러워졌다. 그는 *예술가 스타일*을 내세우며 담배를 피웠다. 또한

* Saint-Jean-Dieu 교단 수사들이 자신을 낮추는 겸손의 의미로 붙인 별칭으로, 18세기부터는 가톨릭학교에서 수사들을 친근하게 또는 조롱하여 부르던 호칭.

퐁파두르 양식의 세련된 조각상을 두 점 사서 거실을 장식했다.

그가 약국을 내팽개친 것은 전혀 아니었다. 오히려 새로이 발견된 것들을 모두 알고 있었다. 초콜릿이 큰 움직임을 보인다는 점도 주시하고 있었다. 센 앵페리외르 지방에 *쇼카*나 *르발렌시아*를 처음 들여온 것도 그였다. 그는 퓔베르마셰식 수력 전기 벨트에 홀딱 반해서 자신도 그것을 차고 다녔다. 그리고 밤에 그가 플란넬 조끼를 벗으면 오메 부인은 몸 전체를 감싼 그 나선형 황금 벨트에 완전히 홀려서, 스키타이 사람보다 더 몸을 꽉 졸라맨 이 멋진 남자, 마술사보다 더 휘황찬란한 이 남자에 대한 마음이 더 뜨거워지는 것을 느꼈다.

그는 엠마의 무덤에 대해서도 몇 가지 좋은 아이디어를 냈다. 처음에는 원통형 기둥에 휘장을 다는 것을 생각했다가, 다음에는 피라미드, 그다음에는 둥근 지붕이 있는 베스타 신전 모양, 아니면 '폐허 더미' 등을 생각했다. 그리고 이 모든 계획에서 수양버들은 절대 포기하지 않으려 들었는데, 수양버들은 슬픔의 상징으로 반드시 있어야 한다는 것이었다.

그는 샤를과 함께 루앙으로 나가 이런저런 묘지들을 보러 묘지 시공업자에게 갔다. 브리두의 친구로, 늘 농담을 해대는 보프릴라르라는 화가를 대동하고 다녔다. 샤를은 백여 장의 도안을 검토한 끝에 견적서를 요청하고, 다시 한 번 루앙에 다녀온 다음 마침내 '불 꺼진 횃불을 든 정령'을 주요 두 면에 새긴 영묘로 결정했다.

비문으로 오메는 〈Sta viator(나그네여 거기 서 있으라)〉처럼 아름다운 것은 찾지 못하겠다며 더 생각을 못 했다. 아무리 궁리를 해봐도 거기서 더 나아가지 못했다. 그는 계속 〈Sta viator(나그네여 거기 서 있으라)〉만 반복했다. 그러다가 마침내 〈amabilem conjugem calcas!(사랑스러운 아내가 지나가다!)〉를 찾아냈고 이것으로 하기로 했다.

이상한 것은 보바리가 계속 엠마를 생각하면서도 그녀를 잊어간다는 사실이었다. 그녀를 잡아두려 아무리 애를 써도 기억에서 모습이 흐려지는 것에 그는 절망했다. 그러면서도 그는 매일 밤 그녀 꿈을 꾸었다. 늘 같은 꿈이었다. 그녀에게 다가가긴 하는데 끌어안으려 하면 품 안에서 썩은 나무처럼 푹 꺼져 버리는 것이었다.

일주일 동안 저녁마다 그가 성당에 들어가는 모습이 보였다. 부르니지앵 씨가 두세 번 그를 찾아가주기까지 했지만 그러다가 그만두었다. 게다가 이 신부는 점점 편협해지고 광신적이 되어간다고 오메가 말했다. 시대 정신에 반하는 비난을 퍼붓는가 하면 이 주에 한 번씩 강론에서 볼테르가 죽어가던 때의 이야기, 모두 알다시피 그가 자기 배설물을 먹으면서 죽어갔다는 이야기를 한다는 것이었다.

절약하며 사는데도 보바리는 오래된 빚을 갚아낼 도리가 없었다. 뢰뢰는 일체의 어음 갱신을 거부했다. 차압이 임박해 있었다. 할 수 없이 어머니에게 도움을 청하자 어머니가 자기 재산의 일부를 저당 잡히게 해주었지만 그러면서 엠마에 대한 비난을 엄청 퍼부어댔다. 그리고 이렇게 희생을 했으니 펠리시테가 훔쳐가고 남은 숄을 하나 달라고 했다. 샤를은 거절했다. 모자는 사이가 틀어져버렸다.

어머니가 먼저 화해를 청하면서, 아이가 곁에 있으면 위안이 될 것 같으니 자기가 데리고 있으면 어떻겠냐고 제안을 했다. 샤를도 그러자고 했다. 하지만 아이가 떠날 때가 되자 도저히 보낼 용기가 나지 않았다. 그렇게 해서 이번에는 완전히 결정적인 결별이 되고 말았다.

마음 둘 곳이 사라져감에 따라 그는 아이에 대한 사랑으로 더 집착하게 되었다. 하지만 아이가 가끔 기침을 하고 두 뺨에 붉은 반점이 생겨 걱정이 되었다.

맞은편에서 약사네 가족은 계속 번창하여 만면에 웃음이 가득했고 세상 모든 일이 만족이었다. 나폴레옹은 약국에서 아버지를 도왔고 아탈리는 그의 그리스 모자에 수를 놓아주었으며 이르마는 잼 병을 덮을 종이들을 동그랗게 오렸고 프랑클랭은 구구단을 단숨에 외워댔다. 그는 세상에서 가장 행복한 아버지, 가장 운 좋은 사람이었다.

아니! 남모를 야심이 그의 마음을 갉아먹고 있었다. 오메는 훈장을 갈망했다. 명목은 전혀 부족하지 않았다.

첫째, 콜레라 시기에 무한한 헌신으로 이름을 알린 것. 둘째, 공공의 이익에 유용한 여러 저서들을 자비로 출판한 것. 예를 들어…… (그리고 그는 '사과주, 그 제조법 및 효과'라는 제목의 논문, 아카데미에 보냈던 잔털이 난 진딧물에 대한 관찰, 통계학 책, 그리고 약사 학위논문까지 다 주워섬겼다) 여러 학술 단체(사실은 하나) 회원이라는 건 치지 않더라도.

"하여간 화재 때 이름을 알린 것만 해도 뭐." 그가 한쪽 발로 빙그르르 돌며 말했다.

그래서 오메는 권력으로 몸을 돌렸다. 선거 당시 도지사에게 은밀하게 큰 도움을 주었다. 한마디로 자신을 내다 판 것, 몸을 판 것이었다. 심지어 황제에게 탄원서를 내어 *정당한 조치*를 간청했다. 그는 황제를 '우리의 어지신 군주'라고 칭하며 앙리 4세에 비유하기도 했다.

그리고 약사는 매일 아침 자신의 훈장 수여 기사가 났는지 보기 위해 신문으로 돌진하곤 했지만 그런 소식은 없었다. 마침내 그는 더 이상 참지 못하고 정원 잔디에 훈장의 별 모양을 만들고 풀로 꼰 작은 끈 두 개가 꼭대기에서 내려오게 하여 리본처럼 만들어놓았다. 그러고는 팔짱을 끼고 주위를 거닐며 어리석은 정부와 배은망덕한 인간에 대해 깊은 생각에 잠기는 것이었다.

세상을 떠난 사람에 대한 존중 때문에, 또는 유품을 뒤져보는 일을 미루며 느끼는 어떤 쾌감 때문에 샤를은 엠마가 평소 사용했던 자단 책상의 비밀 칸을 아직 열어보지 않고 있었다. 그러던 어느 날 마침내 그는 책상 앞에 앉아 열쇠를 돌리고 용수철을 밀었다. 레옹의 편지가 전부 거기 있었다. 이번에는 의심의 여지가 없었다. 그는 마지막 한 통까지 정신없이 읽고, 미친 사람처럼 흐느끼고 울부짖으며 모든 구석, 모든 가구, 모든 서랍, 벽 뒤까지 다 뒤졌다. 상자 하나가 나오자 그는 발로 밟아 한번에 부숴버렸다. 와르르 쏟아져 나온 연서들 속에서 로돌프의 초상화가 그의 눈앞에 튀어나왔다.

사람들은 샤를이 그렇게 무기력해진 것을 보고 놀랐다. 그는 외출도 하지 않았고 누가 와도 만나지 않았으며 환자들을 보러 가는 것도 거부했다. 그러자 사람들은 *그가 집에 틀어박혀서 술을 마시는 거*라고들 했다.

하지만 가끔 호기심 많은 사람이 고개를 빼고 정원 울타리 너머로 들여다보곤 했는데, 수염이 길게 난 샤를이 더러운 옷을 걸치고 험상궂은 모습을 한 채 큰 소리로 울면서 걸어다니는 것을 보고는 경악을 금치 못했다.

여름날 저녁이면 샤를은 어린 딸을 데리고 묘지에 가곤 했다. 그들은 광장 주변으로 비네의 창문을 제외하고 불이 밝혀진 곳이 없는 깊은 밤에 집으로 돌아왔다.

하지만 그의 고통에서 오는 쾌락은 완전하지 못했다. 주위에 그것을 나눌 사람이 아무도 없었기 때문이다. 그래서 그는 *그녀* 이야기를 할 수 있게 르프랑수아 아주머니를 가끔 찾아갔다. 하지만 여관 주인도 그처럼 괴로운 일들이 있었기 때문에 그의 말을 한 귀로 흘려들을 뿐이었다. 뢰뢰 씨가 마침내 *파보리트 뒤 코메르스*를 차린 참이었고, 심부름 잘하기로 크게 이름이 난 이베르는 급여 인상을 요구하면서 '경쟁 업체'로 옮기겠다고 위협을 하고 있었던 것이다.

어느 날 샤를은 아르괴유 시장에 마지막 남은 재산인 말을 팔러 갔다가 로돌프를 만났다.

그들은 서로를 알아보고 얼굴이 하얘졌다. 장례식에 명함 한 장만 보냈던 로돌프는 처음에 몇 마디 변명을 더듬거리다가 나중에는 대담해져서(무척 더운 팔월이었다) 뻔뻔하게 맥주나 한잔하자며 술집으로 그를 데려가기까지 했다.

탁자에 팔꿈치를 괴고 마주 앉아 로돌프는 계속 주절거리며 담배를 씹었고, 샤를은 그녀가 사랑했던 이 얼굴을 앞에 두고 몽상 속으로 빠져들어갔다.

그녀의 것이었던 무언가를 다시 보고 있는 것 같았다. 경이로운 느낌이었다. 자신이 이 남자였으면 싶었다.

상대는 농사, 가축, 비료 같은 이야기를 계속 해대면서 그런 평범한 화제로 어떤 암시가 끼어들 틈을 막으려 했다. 샤를은 그가 하는 말을 듣고 있지 않았다. 로돌프도 그것을 알아차렸고, 추억들이 스쳐 가며 달라지는 그의 표정의 움직임을 살피고 있었다. 샤를은 얼굴이 점점 붉어지고 콧구멍이 빠르게 벌름거리며 입술이 떨렸다. 심지어 샤를이 음울한 분노에 가득 차서 로돌프를 뚫어지게 노려보자 그도 겁이 나서 입을 다물어버린 순간까지 있었다. 하지만 곧 샤를의 얼굴에 아까와 같은 음산한 권태의 분위기가 다시 떠올랐다.

"당신을 원망하지 않아요." 샤를이 말했다.

로돌프는 아무 말 없이 가만히 있었다. 그러자 샤를은 두 손으로 머리를 감싼 채 다 꺼져가는 목소리로, 그리고 한없는 고통을 체념한 어조로 다시 말했다.

"그래요. 이제 당신을 더 이상 원망하지 않아요."

그는 한 번도 내뱉어본 적 없는 엄청난 말을 덧붙이기까지 했다.

"운명의 잘못이지요!"

이런 운명을 이끈 장본인인 로돌프는, 이런 상황에 놓인 사람치고 그가 참 너그럽다고 생각했다가 웃기기도 하고 좀 비루하다 싶기도 했다.

다음 날 샤를은 정자의 벤치에 가서 앉았다. 격자 사이로 햇살이 들어왔다. 포도나무 잎들이 모래 위에 그림자를 드리우고, 재스민 향기가 맴돌고, 하늘은 푸르고, 활짝 핀 백합 주위로 가뢰들이 붕붕거리며 날고, 샤를은 서글픈 마음을 부풀어 오르게 하는 희미한 사랑의 향기에 사춘기 소년처럼 숨이 막혔다.

일곱 시가 되어, 오후 내내 그를 보지 못했던 베르트가 저녁 식사 시간이라고 부르러 왔다.

그는 머리를 뒤로 젖혀 벽에 기대고서 눈을 감고 입을 벌린 채 긴 검은 머리카락 한 타래를 손에 쥐고 있었다.

"아빠, 얼른 오세요!" 아이가 말했다.

그러고는 아빠가 장난을 치려나 보다 하고 살며시 밀어보았다. 그는 바닥에 쓰러졌다. 죽어 있었다.

서른여섯 시간 뒤에 약사의 요청을 받고 카니베 씨가 달려왔다. 그가 샤를의 몸을 열어보았지만 아무것도 발견하지 못했다.

모든 것이 다 팔린 후 십이 프랑 칠십오 상팀이 남았고 그 돈은 보바리 양이 할머니 댁으로 가는 여비로 쓰였다. 할머니도 다음 해에 죽었다. 루오 할아버지는 몸이 마비되었고, 친척 아주머니 하나가 아이를 맡게 되었다. 그녀는 가난해서 아이를 방직공장에 보내 자기 밥벌이를 하게 시키고 있다.

보바리가 죽은 뒤 용빌에는 의사 세 사람이 차례로 왔지만 성공하지 못했다. 오자마자 오메 씨가 그들에게 맹공을 퍼부었기 때문이다. 그의 고객은 어마어마하다. 당국도 그에게 신경을 써주고 여론이 그를 밀어주고 있다.

그는 바로 얼마 전에 레지옹 도뇌르 훈장을 받았다.

끝

# 이브 생로랑의 그림에 대한 기술적 노트

도미티유 에블레, 파리 이브 생로랑 박물관
그래픽 아트 컬렉션 담당자

파리 이브 생로랑 박물관에 소장된 그래픽 아트 컬렉션은 주로 그의 패션 디자인 작업이나 영화, 발레, 연극, 뮤직홀의 무대의상 작업을 보여주는 만여 장의 그림으로 구성되어 있다. 이보다 덜 알려진 소장품으로 이브 생로랑(1936-2008)의 청소년기 작품을 모아놓은 것이 있는데, 1949년과 1951년 사이에 그린 삽화가 들어간 책 여섯 권이 거기에 포함된다.

귀스타브 플로베르의 소설 『마담 보바리』에서 착안한 일련의 그림들은 1951년의 것이다. 이브 생로랑은 그 당시 겨우 열다섯 살이었고, 그가 태어난 알제리의 오랑에 살고 있었다. 이 작품은 손으로 필사한 텍스트 열여섯 쪽과 일반 판형(32.3×24cm)의 그림 열세 장으로 구성되어 있다. 그림들은 제본 없이 파일 안에 들어 있고 겉에 책 표지 같은 그림이 그려져 있다. 여기에는 몇몇 그림과 마찬가지로 그의 전체 이름, 이브 마티외 생로랑*과 날짜가 적혀 있다.

표지에 그려진 마담 보바리의 초상은 이브닝드레스 차림에 사슴 같은 두 눈이 두드러지는 얼굴, 머리를 뒤로 빗어 올려 이마가 드러난 모습을 보여준다. 1949년 빈센트 미넬리의 연출로 제작되어 1950년 프랑스에서 상영된 동명의 영화에서 마담 보바리를 연기한 배우 제니퍼 존스의 모습을 보고 영감을 받은 듯하다. 또한 1950년대의 핀업이나 화가 장 가브리엘 도메르그(1889-1962)의 초상화들과의 연관성도 발견

* 대부분의 청소년기 작품은 이브 마티외 생로랑으로 사인되어 있다. '마티외'는 1957년 이브 생로랑이 크리스티앙 디오르 사의 대표를 맡으면서 사라진다.

할 수 있다. 이브 생로랑은 특히 여러 삽화에서 엠마 보바리의 가슴을 드러내고 그런 식으로 어떤 전복의 욕망을 나타내는 가운데 플로베르의 엄밀한 묘사에서 벗어나 과감히 일탈을 감행하기도 한다.

의상과 옷감 들이 특별히 잘 표현된 이 삽화들은 모두 낱장에 그려져 있다. 단 한 장만 앞면 뒷면에 다 그렸는데 보비에사르 무도회 장면의 스케치 같아 보인다. 스케치는 검은색 잉크로 되어 있고 그 위에 흰색이나 때로는 연분홍색 구아슈가 칠해져 세세한 디테일에 사람들의 눈길이 머무르게 한다.

이브 생로랑은 또한 소설의 1장 전체와 2장 첫 부분을 필사하는 데 열중하기도 했다. 손으로 아주 정성 들여 쓴 이 원고에서 철자의 선들은 네 겹으로 접은 종이 위에 검은 연필로 아주 섬세하게 그어져 있다. 글씨가 한 방향으로 진행되다가 다음에는 다른 방향으로 나아가는데, 나중에 접힌 면을 잘라서 순서대로 모아 제본하려는 공책처럼 되어 있다. 페이지를 이런 식으로 구성해놓은 것을 보면 이브 생로랑은 책 제작 방식을 알고 있었던 것이 틀림없다.

여기에 처음 출판되는 이 귀한 청소년기 작품은 이브 생로랑이 스타일화를 그리는 데 얼마나 큰 재능이 있었는지 보여주며, 또한 패션 디자이너로 일하는 내내 끊임없이 그를 앞으로 나아가게 했던 열정을 드러내 보여준다.

## 이브 생로랑이 삽화로 표현한 소설 장면

이 책 첫 부분에 실린 삽화들이 소설의 어느 장면을 표현한 것인지 이브 생로랑이 적어놓지 않았기 때문에 아래와 같이 삽화와 소설 장면을 연결 지어놓은 것은 오로지 사후 조사에 의한 것이다.

첫 번째 그림 (p. 21)

**1부, 4장**

면사무소가 농장에서 이 킬로미터 거리라 모두 걸어서 갔다가 성당 예식이 끝나고 다시 걸어서 돌아왔다. 처음에는 색깔 있는 스카프처럼 하나로 이어졌던 행렬이 초록빛 밀밭들 사이로 구불거리는 좁은 오솔길을 따라 들판에서 물결처럼 일렁이더니, 곧이어 길게 늘어지고 이야기를 하느라 꾸물거리며 열 무리로 흩어졌다. (p. 86)

두 번째, 세 번째 그림 (p. 22-23)

**1부, 8장**

같이 빙글빙글 돌았다. 주변의 모든 것들, 등잔이며 가구, 벽도 바닥도 모두 축 위의 원반처럼 빙글빙글 돌았다. 문 옆을 지나면서 엠마의 드레스 아랫자락이 바지에 스쳤다. 한 사람의 다리가 서로 다른 사람 다리 사이에 끼어들었다. 그는 아래로 그녀를 내려다보았고 그녀는 눈을 들어 그를 보았다. 그녀는 갑자기 몸이 굳어 멈춰 서버렸다. (p. 117)

네 번째 그림 (p. 25)

**2부, 3장**

그때 레옹 씨가 겨드랑이에 서류 뭉치를 끼고 옆집 문에서 나왔다. 그는 그녀에게 다가와 인사를 하고는 뢰뢰네 가게 앞에 드리워진 회색 차양 아래 그늘로 들어섰다.

보바리 부인은 아이를 보러 가는 길인데 기운이 없어지기 시작한다고 말했다. (p. 162)

다섯 번째 그림 (p. 27)

**2부, 4장**

약사네 집에서 하는 저녁 모임에 사람들이 많이 오지는 않았는데, 오메가 하도 무언가를 비방하고 자기의 정치적 견해를 늘어놓는 바람에 인망 있는 여러 사람을 차례차례 멀어지게 만들었기 때문이다. [……] 카드 게임이 끝나면 약사와 의사는 도미노 게임을 했고, 그러면 엠마는 자리를 옮겨 탁자에 팔꿈치를 괴고《일뤼스트라시옹》을 훑어보았다. (p. 170-171)

여섯 번째 그림 (p. 29)

**2부, 6장**

그녀가 돌연히 얼굴을 들었다.

"네, 안녕히……, 어서 가세요!"

그들은 서로 가까이 다가섰다. 그가 손을 내밀었고 그녀는 망설였다.

"그럼 영국식으로 하죠." 웃으려고 애쓰면서 그녀가 손을 건네며 말했다.

레옹은 손가락에 그녀의 손이 닿는 것을 느끼자 자기 존재의 실체 자체가 전부 그 촉촉한 손바닥 속으로 빠져들어가는 것만 같았다.

이제 그는 손을 폈다. 두 사람의 눈이 다시 한번 마주쳤고, 그리고 그는 사라졌다. (p. 196-197)

일곱 번째 그림 (p. 31)

**2부, 9장**

그리고 그는 팔을 뻗어 그녀의 허리를 안았다. 그녀는 빠져나가려고 몸을 틀었지만 힘이 하나도 없는 동작이었다. 그렇게 그는 그녀의 허리에 팔을 두르고 걸음을 옮겼다.

하지만 말들이 나뭇잎을 뜯어 먹는 소리가 들려왔다.

"아, 또!" 로돌프가 말했다. "가지 말아요! 조금만 더 있어요!" (p. 245)

여덟 번째 그림 (p. 33)

**2부, 12장**

"어쩌면 이렇게 사랑스러울까!" 두 팔로 엠마를 안으며 그가 말했다.

"정말?" 요염하게 웃으며 그녀가 말했다. "나를 사랑해? 맹세해봐!"

"당신을 사랑하느냐고! 당신을 사랑하느냐고! 아니, 사랑하는 것보다 더 사랑하지. 내 사랑!"

완전히 둥글고 자줏빛이 도는 달이 목초지 끝의 지면에서 올라오고 있었다. 달이 곧 포플러나무 가지 사이로 떠올랐고, 나뭇가지들이 마치 구멍이 뚫린 검은 커튼처럼 군데군데를 가려놓았다. (p. 290)

아홉 번째 그림 (p. 35)

**2부 15장**

의상, 무대 장치, 인물, 누가 무대를 걸을 때면 흔들리는 나무 그림들, 벨벳 모자, 외투, 칼, 다른 세상의 분위기 같은 조화 속에서 움직이는 이 모든 상상의 요소들을 전부 다 바라보려면 눈이 모자랐다. (p. 322)

열 번째 그림 (p. 37)

**3부 7장**

그의 무미건조한 목소리가 시냇물 흐르는 소리처럼 소곤거렸다. 반짝이는 안경 너머 그의 눈동자에 불꽃이 튀었고 두 손이 엠마의 소매 속으로 들어와 팔을 더듬었다. 헐떡이는 숨소리가 그녀의 뺨에 느껴졌다. 이 남자는 끔찍하게 그녀를 괴롭히고 있었다. (p. 421)

열한 번째 그림 (p. 39)

**3부 8장**

"나한테 그만한 돈이 없어요!" 로돌프는 마치 방패로 눌러 덮듯이 엠마의 체념 어린 분노를 싹 덮어버리는 그런 완벽하게 차분한 태도로 대답했다.

엠마는 밖으로 나왔다. 벽이 흔들리고 천장이 무너져 그녀를 짓누르는 것 같았다. 바람에 흩어지는 낙엽 더미에 걸려 비틀거리며 긴 길을 되짚어 나왔다. 마침내 철책문 앞 도랑에 이르렀다. 자물쇠에 손톱이 부러질 만큼 빨리 문을 열려고 서둘렀다. 그리고 백 보쯤 더 가서 너무 숨이 가쁘고 쓰러질 것 같아 걸음을 멈추었다. (p. 433)

열두 번째 그림 (p. 41)

**3부 8장**

그리고 엠마는 웃기 시작했다. 그 가련한 인간의 추한 얼굴이 무시무시한 허깨비처럼 영원한 어둠 속에서 불쑥 솟아오르는 것을 본 듯 끔찍하고 광기 어린 절망적인 웃음이었다.

*그날 바람이 몹시도 심하게 불어/ 짧은 치마가 날려 올라가버렸지!*

한차례 경련이 일며 그녀는 다시 침대에 쓰러졌다. 모두 그녀에게 다가갔다. 그녀는 더 이상 존재하지 않았다. (p. 449)

## 옮긴이의 말

『마담 보바리』는 어떤 책이기에 이렇게 오랜 세월 동안 많은 사람에게 읽히고 수차례 영화로 만들어져온 것일까? 수백 페이지에 달하는 이 긴 이야기를 읽어낼 의향이 있는 사람들은 어떤 사람들일까? 이 책은 왜 세계문학사의 고전이라고 불리는 것일까?

『마담 보바리』를 읽을 때마다 매번 달랐던 내 경험이 우회적으로 위의 질문에 답이 될 수 있을 것 같다. 처음은 십대 때였다. 정말 재미없었다. 엠마의 어리석음, 샤를의 우둔함, 다 어딘가 좀 모자라는 것 같은 프랑스 시골 사람들의 모습 등이 한심해 보였다. 내가 사는 세상과 다른 바깥세상 이야기였다. 그러고 나서 이 작품은 내 머리에서 사라졌다. 대학 때 프랑스 소설들을 닥치는 대로 읽던 무렵 다시 이 작품을 읽었다. 간혹 마음에 와서 박히는 문장들, 뭔가 찜찜하게 속을 불편하게 만드는 대목들이 있었고, 전철 속에서 멍하니 엠마 생각을 하기도 했지만 책을 손에서 놓자 바로 다른 책으로 넘어가버렸다. 그리고 잊었다. 그 이후 대학원 수업에서 과제를 내기 위해 처음 프랑스어로 읽으면서도 이전의 경험과 크게 다르지 않았다. 그러다가 어느 해, 프랑스의 작은 도시에 틀어박혀 두 달을 보내던 무렵 『마담 보바리』를 다시 읽었다. 딴짓을 안 하리라는 일념으로 오로지 논문 관련 책들만 싸 들고 갔었기 때문에 아무것도 읽을 게 없었다. 딴짓의 필요가 절실해졌던 어느 날, 할 수 없이 그나마 논문과 직접 관련되지 않는 긴 소설, 『마담 보바리』를 펼쳐 들었다. 그제야 나는 비로소 이 책과 제대로 만났다. 이후 한동안 논문에 손도 못 대는 진정한 딴짓의 후유증을 겪었다.

『마담 보바리』와 처음 만났던 시절의 나는 삶에 대해 무지하고 좁은 세상 속에 갇혀 있어서 이 책이 무엇을 말하는지 거의 알아듣지 못했다. 하지만 내가 이 아름다운 책과 제대로 만나지 못했던 이유는 어려서 세상을 몰랐던 것이 전부가 아니었다. 이브 생로랑은 열다섯 살에 이 책에 매혹되어 정성스럽게 문장을 필사하고 그림을 그렸으니 말이다. 타고난 감수성과 예술가적 직관이 그 소년을『마담 보바리』의 세상으로 이끌었던 것이다. 그는 혼자서 방 안에 틀어박혀 엠마에게 옷을 입히고, 머리를 장식하고, 표정을 만들어주었다. 이 열다섯 살짜리 중학생 남자아이는 무엇 때문에 엠마에게 그렇게 매혹되었던 것일까?

『마담 보바리』의 여러 별칭 중 몇 가지가 떠오른다. '기다림의 소설', '운명의 소설', '환멸의 소설', '실패의 소설'. 이브 생로랑은 식민지 알제리에서 태어나고 자랐으나 본국 프랑스와 알제리 간의 갈등이 고조되어 전쟁이 임박한 시기에 청소년기를 보냈고, 학교 동급생들의 폭력과 조롱의 대상이었으며, 가톨릭 학교와 부르주아 가정에서 동성애자로서의 성 정체성을 드러낼 수 없었다. 외롭고 불안정하며 우울한 기질의 이 소년은 엠마의 기다림, 욕망, 절망을 섬세한 감수성으로 읽어내고, 이 인물의 세계가 인간의 내면에 깃든 보편적 감정을 응축하고 있음을 감지할 수 있었을 것이다. 열다섯 살에 엠마의 드레스를 그렸던 소년은 후일 여성에게 바지정장을 입히는 혁명적인 패션을 만들어내고 몬드리안의 추상화를 원피스의 패턴으로 사용하기도 한다. 엠마가 이 시절의 주인공이었다면 반드시 입고야 말겠다고 나섰을 옷이 아니겠는가? 예민하게 엠마의 갈망에 감응했던 이 소년은 자라서 세계 최고의 디자이너가 되지만 아이로니컬하게도『마담 보바리』의 별칭들을 그대로 적용시킬 수 있을 만한 삶의 우여곡절을 겪었다. 너무 젊은 나이에 성공하여 천재적인 재능을 발휘했으나 평생 우울증과 알코올 중독에 시달리고, 절망의 나락과 화려한 재기가 이어진 파란만장한 생애를 살았던 것이다.

우리는 모두 꿈과 현실 사이에서 갈등하지만 엠마 보바리처럼 현실이 꿈과 같아질 때까지 열렬히 투쟁하지는 않는다. 엠마는 현실이 자신이 꿈꾸던 세상과 같지 않자 그것은 진짜 삶이 아니라고 생각해버린다. 그리고 기다린다. 진짜 삶이 도래하기를. 그래서 이 인물은 현실 파악 능력과 갈등 조정 능력이 결여된 인물로 보인다. 그리하여 자기 인생을 파탄으로 몰고 가고 주변 사람들에게 비극을 초래한다. 반면에 다른 시각에서 보면 그녀는 보통 사람들과 달리 자신의 꿈에 전력투구하고 기꺼이 맹목이 되며, 전혀 안전을 도모하지 않는다. 그 불굴의 의지와 용맹은 보통 사람이 지니지 못한 것이다. 엠마는 한심하면서 동시에 위대하다.

플로베르는 한 편지에서 사람은 고통에 의해서만 가치가 있는 것인지도 모른다며 모든 고통은 갈망이기 때문이라고 했다. 갈망이 없는 상태를 플로베르는 행복, 나태, 만족 등의 어휘로 표현하기도 하는데, 이를 구현하는 인물이 샤를이다. 엠마의 곁에서 현실의 벽처럼 존재하는 이 인물은 만족의 인간, 질문하지 않는 인간, 어떤 현상의 깊은 곳으로 내려가려 하지 않는 인간이다. 하지만 엠마의 죽음 이후, 아내의 배신을 확인한 순간부터 그는 한꺼번에 의문과 분노와 고통을 알게 된다. 플로베르는 '사춘기 소년처럼 숨 막혀' 한다는 분명한 은유로 샤를의 변모를 압축한다. 샤를은 이전에 몰랐던 새로운 세상에 눈뜨고, 만족이라는 평온한 세계에서 쫓겨나와 다른 세상과 마주한다. 이웃 사람이 담장 너머로 본 샤를의 모습, 험상궂은 표정으로 울부짖으며 정원을 배회하더라는 언급만 있을 뿐 작가는 샤를에 대해 침묵한다. 고통의 세계에 진입한 샤를의 모습을 바라보며 우리는 그의 내면을 짐작할 뿐이다. 누구와 나누고 싶지도 않고 나눌 수도 없는 그의 내면의 이야기는 샤를과 플로베르와 독자가 공유하는 인간의 이야기이다. 대상이 무엇이건 애초부터 사랑이란 무한한 결핍이며, 그런 채로의 어쩔 수 없는 이끌림이며, 황홀이자 기다림이자 절망이며, 그 고통의 끝에 기다리고 있는 것은 아무것도 없다는 것.

한심한 엠마가 위대한 엠마로 다시 이해되고, 샤를이 마지막을 맞는 장면에서 독자가 문득 무슨 말인가를 하고 싶어진다면, 이것이 문학이 독자에게 할 수 있는 최고의 일이 아니겠는가.

**마담 보바리**
이브 생로랑의 삽화 및 필사 수록본

초판 1쇄 발행 · 2022년 1월 12일

지은이 · 귀스타브 플로베르
그린이 · 이브 생로랑
옮긴이 · 방미경
펴낸이 · 김요안
편집 · 강희진
디자인 · 부추밭

펴낸곳 · 북레시피
주소 · 서울시 마포구 신수로 59-1
전화 · 02-716-1228
팩스 · 02-6442-9684
이메일 · bookrecipe2015@naver.com | esop98@hanmail.net
홈페이지 · www.bookrecipe.co.kr | https://bookrecipe.modoo.at/
등록 · 2015년 4월 24일(제2015-000141호)
창립 · 2015년 9월 9일

ISBN 979-11-90489-49-2 03860

종이 · 화인페이퍼 | 인쇄 · 삼신문화사 | 후가공 · 금성LSM | 제본 · 대흥제책